浅井雅志 Asai Masashi

モダンの「おそれ」と「おののき」

近代の宿痾の診断と処方

松柏社

モダンの「おそれ」と「おののき」

——近代の宿痾の診断と処方

目次

第三部　霊性への超越

第四部　文化への「回帰」

第五部　「死への先駆」

凡例

一　出典は基本的に本文中に示した。本文において言及・引用されている作品や研究書等が明らかな場合は、頁数のみを記し、明らかでない場合は（作品名、ないしは作者名、頁）という形で出典を示した。その際、英語文献はアラビア数字で、日本語文献は漢数字で記した。

二　引用文献一覧は各章の最後に置いた。

三　頻出する文献は略号で記し、その略号は引用文献一覧の各文献の末尾に示した。

四　引用文中の傍点に関して、特に注記のない場合は原文がイタリクスないしは傍点である。

はじめに

　モダンとは近代の謂いであるが、しかし本書で使う「モダン」ははるかに広い射程をもっている。自省、あるいは内省する力、すなわち頭脳がリフレクティヴな力を具えるようになった時代以降すべてを指している。ということは、おそらくわれわれが知っている歴史のほとんどを占めるであろう。では、なぜこんな紛らわしい用語を使ったのかというと、本書で扱っている問題、すなわちリフレクティヴな能力の生み出した功罪の大半が、モダンの中の人間、すなわち「近代人」において劇的に露呈されたと考えるからである。いかなる犠牲を払ってでも真実を求め、その結果悲劇を招き寄せたあのオイディプスはこの意味で「近代人」だった。しかし彼にあっては、真実を求める気持ちに「揺れ」はなかった。「リフレクティヴ」な力がそれほどの「猛威」を振るっていなかったからである。その意味では、揺れ続けるハムレットとマクベス、そしてオセローは最初の近代人と言っていいだろう。しかしその彼らですら、衝動的とはいえ決定的な行動を起こし、悲劇を引き寄せる「力」があった。ルネサンスにまだ片足をかけていたと言うべきかもしれない。

　考えてみれば、一つの「心」あるいは「意識」が、同じ有機体内にある別の「心」あるいは「意識」を見つめることができるとは、奇妙なことではある。そして頭脳のこの機能が、功罪をさまざまに生んできた。いや、正確に言えば、それはただ「必然的」な結果をもたらしただけであって、それを「功」と見、「罪」と見るのもすべて同じ「意識」なのである。この複雑といえば複雑な人間の意識のありようを、本書で大きく扱うことになるD・H・ロレンスは「両刃の祝福」という見事な比喩で示したが、この「両刃」をどう見るか、両側の刃をどう評価するかで、いや、実はこの事態を「両刃」と見るかどうかで、「モダン」の捉え方は決定的に異なってくる。つまり、ここに「病」を見るか、「健康」への可能性を秘めた「必然」を見るかで、同じ時代を生きる人間といえども、その時代をまったく異なった目で見ることになるのだ。人類は長い歴史の中で、「農業革命」「都市革命」「精神革命」「科学革命」「産業革命」などと歴史家が名づける巨大なパラダイム・シフトを経験してきた。通常モダンと呼ばれる時代は、こうした巨大かつ根源的な変化の後に生起した時代だが、当然のことながらこれらの変化の「功」と「罪」を内包している。モダニズムと呼ばれる精神運動は、畢竟、こうした「功罪」をめぐる「診断」と「処方」の錯綜した総体と言っていいだろう。論じる者によって、何を「功」と見、何を「罪」と見るかは劇的といっていいほどに違ってくる。本書で試みたのは、この壮大かつ複雑なドラマのいわば「腑分け」である。

本書の試みはまた「読み」の試みでもある。読みとは、つまるところ、テクストに沿いつつ、それを土台にして飛翔することである。テクストに忠実でありつつ、しかもそれからどれだけ遠くへ飛べるかが勝負となる。それは主観的な行為であることに違いないが、それでも可能な限り多くの読者の共感も得なければならず、その意味では客観性も併せもたねばならない。その最良の例はロレンスの『アメリカ古典文学研究』に見られる。そこで彼が行なっているのは、決して通常の意味での精読ではないが、その問題の中枢への切り込みの鋭さは、「行間の精読」とでも言っていいだろう。ときにテクストをはるかに越え去り、自らの思想の吐露に突き進む。テクストを自分の見解を投影するスクリーンに使うこともある。その切れ味の冴えは、独断的読みに由来するところも大であろう。しかし読者は、ロレンスがそこから実に多くの養分を汲み取り、また洞察を引き出していることを実感する。私が本書で大胆にも目指すのは、そのような読みである。

ここに収録した論文は約一五年という時間の中で書かれたもので、当然、今の「私」とは多少の距離を感じるものもある。それを最小限にしようと、かなりの時間をかけて加筆修正した結果、大幅に変更が生じた論考もあるが、基本的な構成や主張がほぼそのまま残ったものも多い。一つには、それを書いた時期の自分に何らかの敬意を払いたいという気持ちもあったが、それ以上に、多少は成長したつもりの自分が、ここで扱っている作家や問題圏の「読み」に関しては意外なほどに変わっていないというのがその理由である。進歩がないと言われそうだが、少なくとも、最も中心的に論じたD・H・ロレンスに関しては、その「脱神話化」を常に意識して読んできたつもりである。

そのような長期にわたる期間に書いたものだけに、読者、そして自分への便宜を図るために、やや強引に主題別に分けてみた。第一部は主として「近代の病」の診断を扱ったものを集めた。第二部から第五部まではその病に対する処方箋を、いわば方向別に分類してみた。すなわち第二部は「肉体の復権」への方向、第三部は霊学・神秘学を指向する超越の方向、第五部は死を意識することでこの病を超克しようとする方向である。第四部はこれらとはやや趣向を異にした、文化論や言語論を集めたものである。インタールードとして読んでいただければ幸いである。

第一部　近代の宿痾の兆候と診断

第一章

「時代の病」の表象——D・H・ロレンス、T・E・ロレンス、マックス・ウェーバー

この時代は病んでおり関節がはずれているのだ。（カーライル、ゲイ、五〇頁）

ニヒリズムとは何を意味するのか？——至高の諸価値がその価値を剥奪されるということ。目標が欠けている。『何のために？』に対する答えが欠けている。（ニーチェ、一二頁）

こんにち、究極かつもっとも崇高なさまざまの価値は、ことごとく公けの舞台から引きしりぞき、あるいは神秘的生活の隠された世界のなかに、あるいは人々の直接の交わりにおける人間愛のなかに、その姿を没し去っている。これは、われわれの時代、この合理化と主知化、なかんずくかの魔法からの世界解放を特徴とする時代の宿命である。（ウェーバー、『職業としての学問』七一—七二頁）

序

D・H・ロレンスが処女長編『白孔雀』を出版するのは第一次世界大戦前夜の一九一一年のことである。この二〇世紀初頭という時期が、ヨーロッパ史の大きな転回点になったとはつとに指摘されるところだが、この時代について、スチュアート・ヒューズは「ヨーロッパ社会思想1890―1930」という副題をもつ名著『意識と社会』の中でこう述べている。

第一次世界大戦そのものを回顧してみると、一九〇五年という年がきわめてはっきりと分水嶺をなしている。四半世紀ばかりの間を通じてはじめて、この年に全ヨーロッパがざわめき出したかに見える。……［第一次ロシア革命と並ぶ］その年のもう一つの重大事件――第一次モロッコ危機――の及ぼした諸影響は、なかなかそう早くは消え失せなかった。……これ以後の十年間、ヨーロッパの若者たちは差迫る戦争の雰囲気のなかに暮し、呼吸していたのである（二二八―二二九頁）。

一方ピーター・ゲイは、一九世紀全体を展望する巨大な五部作、『ブルジョアの経験――ヴィクトリアからフロイトまで』の第一巻、『官能教育』で、こうした不安は一九世紀全体を貫くものだという。フランス革命と産業革命という決定的な契機を経験したこの時代は、新しきものがはじめて肯定的意味を帯びた時代であるというのだ。「それまで何世紀もの間、いかなる形のものであれ革新なるものは恐怖の対象で、激しい非難の言葉として用いられてきたが、それが一九世紀になり一つの制度にまで昇格したのである。」そして当然のことながら、こうした「大変動」は人々に「希望に満ちた夢を見せることも、悪夢を見せることも」（五一頁）あったのだ。この「悪夢」の代表こそ、後のロレンスを含む多くの知識人がこぞって非難した「凡庸」「平等」「画一性」が「すぐれたもの、顕著なもの、並外れたものを犠牲にする」時代精神であった。これをアミエルは端的に「凡庸さが支配する時代」と呼び、「憂鬱―不機嫌―が平等の世紀の病となる」（ゲイ、六七頁）と喝破している。

しかしゲイは同時に、この時代が啓蒙主義の直接の申し子でもあることを明らかにする。すなわち、「知性を応用することで苦難の連続であった人間の生活が改善される、疫病の猖獗、飢饉、貧困と戦争という昔から繰り返されてきたパターンがついに終焉を告げる、という現実味を帯びた希望が生まれた。……人間は自身の運命の主であるという……ローマ時代の格言が復活し……真理として広く受け容れられるようになる」（七二頁）時代でもあった。つまり、「全体としてみれば一九世紀ブルジョアの精神状態は、絶望と自信が入り交じったものだった」（七三頁）というのである。

科学への絶対ともいえる信頼と、神秘主義やオカルトの熱狂的な流行を同時に見ることになるこの時代は、おそらくこのように錯綜し、歪んだ精神をその底流にはらんでいたのだろう。そしてこうした時代精神は二〇世紀に入っても引き継がれたばかりか、迫りくる大戦の脅威ともあいまっていっそう先鋭化したといえよう。二〇世紀最初の一〇年間、というよりもむしろ、実際の大戦を経て、束の間の、そしてきわめて不安定な平安が訪れる一九三〇年あたりまで、この時代の作家や知識人たちは、そうした時代精神の表象あるいは言語化に明け暮れたといっても過言ではないだろう。

D・H・ロレンスという作家は、時代の雰囲気を感知する鋭い触覚をもっていた。処女作『白孔雀』でもその触覚はすでに鋭敏な働きを見せている。この作品が、大戦に向かう道程がはらむ暗い予感に満ちているのは少しも不思議ではない。

ロレンスが『白孔雀』のもとになる『リティシア』の執筆を始めたのは、ノッティンガム・ユニヴァーシティ・カレッジに入学した直後の一九〇六年四月といわれている。しかし、執筆にいたる過程を評伝などにたどっても、彼がとりわけ、先のヒューズの引用にあるような世界情勢に敏感だった様子はうかがえない。彼はむしろ、自己を取り巻く人々との関係に喜び、悲しみ、悩んでいたように見える。浩瀚なロレンスの評伝を著わした井上義夫は、さまざまな出来事に言及しながらロレンスの青年期を克明にたどった結論として、この処女長編の執筆契機を、「抽象的な青春の喪失」を「抽象的な次元で補填」しようとする試み、あるいは「成人の自覚を強いられた」（一三七頁）ことに求めている。そして、実際に執筆を行なった大学在学中の時期をロレンスの「懐疑の時代」と呼び、その原因の一つをカーライルの著作の影響に見ている。すなわち、「自らの思想信条の中核をも喪い始めた」ロレンスは、「カーライルが……文人のみが未来の英雄として可能であると述べるとき、その言葉は、小説に筆を染めた二十歳の若者の夢を途方もなく大きく膨らませた」（一四四―四六頁）と考えるのである。

いずれにせよ、『白孔雀』出版までのロレンスには、先のヒューズの言葉に見られるような時代の不安に強く囚われている気配は見られない。しかし、数回の改稿を重ねた結果完成した最終稿に登場する人物は、みな深い憂愁と不安にさいなまれている。本稿の出発点は、こうした不安と憂愁が、単にロレンスの周りに起こる出来事や個人的な経験にのみ帰せられることに対する疑問である。この作品に色濃く見られる不安と不毛の感覚、あるいは井上の言うように、ここには「おびただしい死が充満している」（二八四頁）という事実、こうしたものが、時代の雰囲気、時代精神といったものと何らかの関係があるのではないかというのが本稿の基本的視線である。換言すれば、ロレンスの想像力・創造力がその触手でどのように時代を表象したのか、これを明らかにするのが本稿の目的である。その具体的方法として、この時代のはらむ不安と緊張を鋭敏に感じ取った者の中から、三人を取り上げ、彼らがその時代をいかに表象したかを比較検討してみたい。

比較の対象とするのは、まずT・E・ロレンス（一八八八—一九三五）。後世「アラビアのロレンス」として知られるようになる人物である。彼は複数の顔をもつ（カメレオンと呼ぶ評者もいる）複雑な人物だが、第一次大戦、具体的にはその一戦場となったアラブ反乱において大きな（そして後に物議をかもす）功績をあげて一躍有名になった。しかしその華やかな面とは裏腹に、英雄に祭り上げられた後の彼の人生は数奇をきわめたものだった。その主著『叡智の七柱』は、アラブ反乱の従軍記という体裁のもとに、最初は私家版として一九二六年に出版されたが、ここにはそのような戦記という枠を大きく超えて、時代の、そして彼個人の病をえぐりだす過程が生々しく描き出されている。

もう一人はマックス・ウェーバー（一八六四—一九二〇）。この社会学の巨人の多岐にわたる業績は現在でも圧倒的だが、中でも、資本主義の勃興とプロテスタンティズムの倫理観とを結びつけたものはあまりに有名である。しかし、その華々しい思想活動の裏で、時代の病を敏感に感じ取った彼の生涯は、迫りくる精神病への不安との闘いでもあった。第一次大戦後、T・E・ロレンスと同じくパリ講和会議にドイツ代表の一人として参加した彼は、敗戦国の代表として時代の暗い側面にいやおうなく直面させられる。

二人のロレンス、そしてマックス・ウェーバー、この三者は、ただ同時代人であるというだけでなく、いずれも、時代と真摯に格闘し、時代をそれぞれの方法で表象したという点で強い親近性を見せる。彼らはそれぞれ、二〇世紀初頭という、あらゆる意味で激動した時代、すなわち、単に第一次世界大戦という人類史上初めての総力戦を経験した時代というにとどまらず、それまでほとんど無批判に信じられてきたヨーロッパ的諸価値そのものが動揺するという、ヨーロッパ知識人にとっては未曾有の「事件」を経験した時代でもあるこの時代に直面して、激しく反応した。その反応は、時代に対する懐疑と不安という形で表出した。彼らの反応の仕方、その内容、そしてその結果たどりついた思想には、いかなる共通性と相違があるのかを考察し、そこから浮かび上がってくるものをすくいあげることによって、D・H・ロレンスの処女作の特質をつかみとると同時に、この「時代の病」ともいうべきものを探り当てようと思う。

一　自意識と「存在論的不安」

『白孔雀』をおおいつくしているのは、主要な登場人物がそれぞれの形でかかえる虚無感、空虚感である。シリルはナレーターという性格上、登場人物の中では特異な位置を占めているが、次の彼の独白はこの作品をおおう雰囲気を見事に表象している。

ぼくは窓のそばに座って、低い雲がよろよろ、ふらふらと流れ行くのを見ていた。まるですべてのものが吹き流されていくかのようだった。ぼく自身も自分の実体を失い、確固たるものから、毎日の生活のかちっと踏みならされた道から切り離されたかのようだ。風も雲も、雨や鳥たちや葉っぱも、どんどん進んでいく――どこへとも知らず、またなぜかも知らず、すべてのものが渦を巻いて流れていく――なぜ？（83）

この生からの疎隔感、意味と目的の喪失、これこそが『白孔雀』の基調低音として作品全体に響き渡っているものだ。他の登場人物の奏でる音も、その変奏曲にすぎない。彼らが共有するこの不安感は近代以後の時代を貫いている。これを一九世紀において察知したニーチェは「ニヒリズム」と呼び、二〇世紀のR・D・レインは「存在論的不安」(39-61 参照)と呼んだ。物語の中心人物であるジョージはシリルにこう告白する。

「それはお前が愛なんて呼ぶようなもんじゃないんだ。わかるだろ、おれはレティの上に建てたんだ。」彼は恥ずかしそうに私を見上げ、また鉋屑《かんな》をひきちぎった。「自分の城は何かの上に建てなきゃならんからな。そこでおれは自分の城をレティの上に建てたってわけだ。おれもたいていの者と同じさ、つまり自分の生をこんなものにしたいっていう確固たるものがないんだ。目の前のレンガを手当たり次第積んでいくんだが、もししまいに全部崩れてしまうとすれば、実際そうなるのさ。でも、わかるかい、お前とレティはおれを意識的にしちまった。今じゃどん底でどうしていいかもわからない。おれはこの人生っていう家の上で自分を忙しく働かせるために結婚に目をつけた。何か完全なもの、全体のデザインを教えてくれるものとしてな。つまり結婚しなきゃ行き当たりばったりに生きるしかなかったんだ。……」(238　傍点引用者)

「行き当たりばったりに生きる」とは「存在論的不安」をうまく言い表す言葉だが、ここではっきり見て取れるのは、ジョージが生が与えてくれる(はずの)意味をまったく把握できないという事態である。生の意味と目的をつかもうと、彼は結婚にとびつく。それは生全体のデザインを教え、与えてくれるはずのものだった。

そして結婚相手は、自分の城をその上に建てる確固たる土台のはずであった——あるいはそれにすぎなかった。後に「星の均衡」や「究極の結婚」を説くようになるロレンスが、こうした結婚観をその処女作で描いていることは注目に値するが、それは置くとしても、一農夫が生の意味の喪失をこれほど的確に把握しているのは奇妙に思えるかもしれない。しかしこれは、「序」で引用したヒューズの言葉が指摘する時代の雰囲気をロレンスが表象したものにほかならない。

ジョージのこうした状態を象徴するのは、彼による猫の殺害である。この一見気まぐれとも見える行為を、「悲惨さから救いだしてやるんだ」(27)と弁明しているが、それは彼自身の悲惨さが色濃く投影されたものであろう。しかし例えば、これを作田啓一のいう「生の欲動」の窒息状態を打開する「動物供犠の儀礼」と見ればさらによく理解できよう。「日常的ルーティンの遵守が続くと、人々は活気を失い、倦怠の中に沈んでしまう。そこで人々を活気づけるために社会は欲動の流れを通過させる動物供犠の儀礼を用意」し、それによって「日常の自己中心的な自己を破壊してより以上の生を享受」(一二一—一二三頁)できるようにすると言うのである。

しかしここでさらに注目すべきことは、ジョージが、自分はシリルとレティによって意識的にされたと言っていること、そうして意識的にされたからこそこのように厭世的になったと見るその洞察力である。これは決して責任転嫁などというレベルの問題ではない。ここで描写されているのは、ジョージが、後にロレンスが「自意識」と呼ぶことになるものに苦しみ、それが真に生きることを妨げていることに気づいているという事態だが、彼がその「元凶」を、シリルとレティという、最も親しく、また最も愛する人物に見ているのは示唆的である。この「自意識」は後にT・E・ロレンスを論じるときに中心となるテーマだが、ここでは、D・H・ロレンスもその処女作から、「自意識」が人間の生の自然な流れを大きく阻んでいること、そして、人間には、そうした自意識にわずらわされない「エデンの園」的時代があったことをほのめかしているという点を押さえておこう。

親しい者、愛する者によって意識的にされたジョージは、生の意味から完全に切り離された自分を発見する。物語も終わりに近い頃に彼がシリルに書いた手紙では、彼の自己分析と、それから生じる苦悩はいっそう鋭さを増している。

……ぼくはどこか自分の深いところで、みじめで重苦しい感じを抱いている、そんな必要は少しもないのに。金はかなり稼いでいるし、ほしいものはみんな手に入れた。……先週はともかく五ポンド以上稼いだ、それなのに今はこれ以上ないほど不安だし不満だ。何かをすごく求めているような気がするが、それが何か分からないんだ。ときどきいったい自分はどこに行くんだろうと思うことがある。昨日、白いちぎれ雲が強い風に流されて空を渡っていくのを見た。雲はどれもどこかに向かっているようだ。風は雲をどこへ運んでいくんだろう。ぼくは何かにしっかりつかまっているという感じがしないんだけど、どう思う。ぼくが心の底で何を求めているか、教えてくれないか。君がここにいれば、こんなこと考えずにすむかもしれない。……（263）

ここに見られるのも、基本的には以前の引用文と同じトーン、すなわち生からの疎隔感、意味の喪失感、そしてそれが引き起こす「存在論的不安」である。（シリルの場合と同じく、雲がその感覚の象徴として使われている。）しかしここでは事態はさらに深刻だ。彼にはもはや、たとえ幻想にせよ、結婚という、あるいは女性というすがりつくべきものは何も残されていない。「ほしいものはすべて手に入れたのに不安」であれば、自分が本当に何を求めているのかはわかるわけもなく、答は他者に聞くしかない。これはジョージの魂の最後の悲痛な叫びである——そして多くの近代人の。たいていの人間は「ほしいものをみんな手に入れた」ら満足する。それが実は「心の底からの」満足ではないことにうすうす気づいていても、生が提供する満足はこんなものだと高をくくり、あるいはあきらめ、生を続けていく。しかしある種の人間は、こうしたたいていの人間が満足するものでは満たされず、生の本当の意味をつかみたいと切望する。そしてまたそれゆえにこそ、人間の意識というものの不可思議さに苦しむのだ。それさえなければ人間は生と直接に触れ合い、その甘美さを心行くまで味わえるはずなのに、意識のもつ「自省」機能、すなわち自らの思考や行動を自らがチェックするという機能こそが、こうした直接性を奪っている、と彼らは感じている。サルトルの有名な言葉に、「地獄とは——他者だ」(47)というのがあるが、この「他者」とはあなたを見つめる人間の謂いである。すなわちこの言葉は、他者から見られることが意識の二重化を引き起こし、自然に振る舞うのを阻害するという状況を見事に言い当てている。「自意識的な」とは、この「他者の眼」を自らの中に取り込んでいる状態、つまり自分の意識そのものが二極分解して、外界を見る意識と自分を見る意識が同時に存在し、しかも両者が調和せず、一種のダブルバインドが生じている状態を指す。この意識、そして自意識の問題は、ロレンスが後になって主題的に取り上げるもので、この処女作でそれほどはっきり言語化されているわけではない。しかしその萌芽は明瞭に見てとれる。

『白孔雀』に落ちている時代の影をもう少し追ってみよう。レティやレズリーもそれぞれに生の虚無感を意識している。レティの場合、その現われ方は微妙だ。ナレーター、シリルは妹のレティをこう観察する。

……女性の一生の中で、人生のほとんど、いやおそらくはすべてのものが無意味で退屈なものと思えるような段階にたどり着いたとき、彼女はこれに耐えようと決意した。つまり自分の自己を無視して、内に秘めた潜在的な可能性を他者の器の中に注ぎこみ、自分の人生をいわば間接的に（媒介物を通して）生きようとしたのだ。この奇妙な自己の拒絶は、実は女性にとって、自分の成長の責任を回避する上での絶好の方便だったのだ。まるで修道女のように、レティは自分の生きた顔の上にヴェールをかけ、自らのために存在する女性はもういないことの証とした。つまり彼女は神の、ある男性の、子供たちの、あるいはなんらかの信条に仕える召し使いというわけだ。召し使いであるからにはもはや自分への責任はない。その責任こそ彼女が恐れ、また孤独にしていたものなのだ。仕えるのは単純でやさしいことだ。自分の生がいい方向に進んでいくのに責任をもつことこそ恐るべきことなのだ。（284）

「近代女性」を、より具体的には、ヴィクトリア朝時代に自らを強く主張しはじめたいわゆる「新しい女」を見つめるロレンスの眼が直接に伝わってくるかのような一節である。手紙でレティはシリルにこう書き送る――「わかるかしら、シリル、心の底では私は何にも興味がないの、自分自身を除いてはね。すべてくだらなく思えてしまうの。本当《リアル》に存在しているのは私と、それから子供だけなの」（297）。それゆえ、彼女は「心の底」から求めるもの、すなわちジョージを取らず、表層の自己が求めるものを取った、という見方は的を射ていない。彼女には、自分以外に心底求めるものがなかったのだ。レティにとって外界＝世界は真《リアル》に存在してはいない。存在する唯一のものは自分だけだ。ここに見られるのは最悪の形の独我論である。そして彼女に自我の殻に閉じこもらせたのは、生への恐怖、さらにはその底に潜む徹底的な意味喪失感である。こうした場合しばしば、唯一存在すると思っている自己への関心すら、単なる反動、すなわち、完全なる虚無に直面するのをごまかすための方便にすぎない。生命力の躍動していた物語前半のレティが徐々に「堕ち」ていくのはそのためである。

ここに描写されている世界に対するレティの無関心、それと表裏一体の自己のみへの関心は、物語の結末近くで妻のメグが述べるジョージの姿とぴったり重なる――「……彼はよくめちゃくちゃに飲んだ。常軌を逸するほどに自分のことを考えた。家庭は彼にとって十分に満足のいくものではなかった。彼は骨の髄まで利己主義に染まり、妻のことも子供のことも気にしなかった。彼が気にしたのは自分のことだけだった」(298)。メグは単にシリルに不満をぶつけているだけだが、彼女の描写するジョージの姿はわれわれの見る彼とほぼ一致する。そしてここまでジョージを追い込んだのも、レティの場合と同じもの、すなわち生を本当に生きていないという感覚、この生がリアルでないという空虚感、不安感であった。物語の最後の彼の言葉は象徴的だ――「いいや、おれはこの世から早くいなくなればなるほどいいんだ。」そして物語を締めくくるナレーターの言葉もそれを(無情に)確認している――「私たちは彼から切り離されているという気まずい感覚を共有していた。彼はわれわれと一緒にいたが、呪われた男のように、ぼんやりとして心は離れていた」(325)。

こうしたジョージの「崩壊」とレティの抱く不毛感は、その根を同じくしている。すなわち、生の無意味感である。しかも、この無意味感に対するジョージ、レティ双方の対処法は驚くほどよく似ている。すなわち、自分の周りの事物や人間に生の意味を仮託し、それが生の意味そのものだと自分に思い込ませることで無意味感から目をそらすという方法だ。そうした「物」や「者」自体に生の意味が宿っているのでないことは、二人とも無意識裡に承知している。それを承知の上での自己欺瞞に、やがてジョージは耐え切れなくなり、一方「強靭な」レティはそれを生き抜く。ロレンスがここで暗示し、後には矯激に弾劾するようになるのは、近代人が共有するこの暗黙の承知と自己欺瞞なのである。

生の無意味感、「存在論的不安」が近代人に共有される病であることは、一九世紀末から二〇世紀初頭の作家や思想家がつとに指摘しているところであるが、この作品におけるロレンスの人物描写は、一九二七年の発表直後から圧倒的影響力をふるった『存在と時間』の中で、マルティン・ハイデガーが精緻に分析した近代人の姿に恐ろしいまでに似ている。すなわち、ハイデガーが、「現存在［人間を指すハイデガーの用語］の非本来性」あるいは「頽落」と呼んだ事態に酷似しているのである。「現存在の非本来性」について彼はこう言う。

自己を失ったとか、まだ獲得していないとかいうことがありうるのも、現存在がその本質上、可能的に本来的なもの、すなわち、おのれに託されたものだからである。……とはいえ、現存在の非本来性とは、この様態における現存在の存在が「一段と乏しい」とか、その存在の度合が「低い」とかいう意味ではない。むしろ、非本来性は、多忙や活気や興味や享楽などのきわめて充実した具体相においても、現存在を規定していることがあるのである。（一一〇―一一一頁）

また「頽落」についてはこう述べる。

このように＊＊［何か］にたずさわってそれに溶け込んでいることは、たいていは、世間の公開性のなかでわれを忘れているという性格をもっている。現存在は本来的な自己存在可能としてのおのれ自身から、さしあたってはいつもすでに脱落していて、「世界」へ頽落している。「世界」へ頽落しているということは、世間話や好奇心や曖昧さによってみちびかれているかぎりでの相互存在のなかへ溶け込んでいるということである。(三七三頁)

こうしたハイデガーの視線は、一見したところ活発に人生を楽しんでいるように見えるレティの内面をのぞき見る上で大きな手がかりとなる。しかし注意すべきは、ハイデガーがこうした存在のありかたを否定しているのではなく、むしろ人間(現存在)の現状として価値中立的に描いているという点だ。

現存在は頽落するものとして、事実的な世界＝内＝存在としてのおのれ自身からいつもすでに頽落している。しかし、それがどこへ頽落してきたのかというと、それは現存在の存在の進行中にたまたまどこかで行き当たったりすることのある存在者［世界の中にある事物を指すハイデガーの用語］へと頽落したというのではなく、それ自身現存在の存在にそなわっている世界へ頽落したのである。頽落とは、現存在自身の実存的規定の一つであって、客体的なものとしての現存在について……なんら言明するものではない。

そしてこう強調する。「もしもこの頽落に、ある劣等な嘆かわしい存在的属性という意味をもたせて、それも人類文化の進歩した段階では匡正することができようなどと考えるとしたら、頽落の存在論的＝実存論的構造は、やはり誤解されたことになるであろう」(三七四頁)。つまり「頽落」とは、人間の「本来性」＝本来あるべき、ありうべき存在様式からずり落ちた状態ではあるが、しかし同時に、いわゆる退化や堕落、あるいは非倫理性などとはなんの関係もない、徹底的に人間的な現実であり、これを単に「理想」的視点から批判・否定してすむような事態ではない、というのである。

ロレンスの筆も、レティに、あるいは他の同様に「頽落」している登場人物に対して直截に非難の目を向けているわけではない。ハイデガーと同じく、こうした状況を人間存在のありようとして冷徹に見つめようとしている。しかし文学者としてのロレンスの筆は、哲学者のそれのようにまったく覚めたものではありえなかった。彼の描写の端々には、個々の登場人物にではなく、「時代の病」に向けられた告発、といって大袈裟であれば、苛立ちのようなものが感じられる。人間の「非本来性」、「頽落」が、ハイデガーが言うように、「つねにすでに」存在している状態なのであってみれば、それを言語化して抉り出すことによってしかその超克の道はない。これはおそらくハイデガーも共有する認識だったであろうが、哲学者としての彼は、人間の実存的ありようの解明に自らの仕事を制限するという禁欲的な態度を保持したために、その著書にロレンスから感じられるような苛立ちがあまり見えないのであろう。

ハイデガー哲学を援用しすぎたきらいがあるが、ここで確認したいのは、若いロレンスがその処女作で描いた人間群像と、彼らの背後に広がる時代の雰囲気は、この作品から一六年後に発表されたハイデガーの大著に見られる人間の存在分析と驚くほどに重なる部分があるという点である。一方は第一次大戦前、他方は戦間期という違いはあれ、ともに二〇世紀初頭における、近代の人間が遭遇した閉塞感を見事に抉り出している。

ではこの作品執筆時のロレンスに希望は見えなかったのだろうか。その可能性が垣間見えるのは森番アナブルであろう。森=自然を守るという象徴的役割を振り当てられた彼は、近代人が陥っているこうした閉塞感を打破すべく、後のロレンスの主張を先取りするかのような「動物主義」を唱える。しかしその彼自身が著者によって物語の中途で抹殺されるのは示唆的というほかない。いや、この抹殺を、ロレンスがその不可能性に気づいていた徴だと短絡視する必要はない。この「動物主義」はロレンスが終生手放すことのなかった信念、すなわち人間の復活の最後の拠り所を肉体の復活に見ようとする態度、いうなれば「肉体を通って神へ」ともいうべき信条の第一変奏曲である。ロレンスは後に、『恋する女たち』の中でバーキンに知的な「動物主義」を鋭く批判させているが、その批判は否定ではなく止揚、つまり批判することによって強固にしようとしていると見るべきであろう。「自意識」の牢獄から逃れるには、鋭い直感をそなえた動物のようになるほかない——ここに見られるアナブルの主張には、バートランド・ラッセルなどが批判するやや単純な「動物主義」(21-22)が見られるのはたしかだが、それを処女作に特有の未熟さと切り捨てるのは短慮である。未熟さはある。しかしそれは後の豊穣なる発展を予期させる胚芽のごとき未熟さなのだ。[1]

自意識から自由であるように見える数少ない人物は、トムとエミリーの夫婦である。二人は自然人を思わせるほどの肉体への親近性をもつ人物だが、彼らが脇役であることが、ロレンスのこうした方向での思索の未深化を示唆すると同時に、この処女作の関心のありかを示していよう。すなわち、彼の主たる関心は、彼自身が捉われていた生に対する漠とした不安、あるいは生の意味の喪失感、すなわちニヒリズムと「存在論的不安」に小説という形を与えることによってこれをしっかりと把捉し、さらには乗り越えることであった。端的に言えば、ロレンスの執筆動機として一般的に見られる「悪魔祓い」と言えよう。この不安は自然の豊穣さと対比的に描かれているためにいっそう強烈な印象を与えるが、これまで見てきたように、この種の不安はこの時代がはらむ「病」であり、ロレンスはこれを鋭敏に感じ取ってそれを形象化したのだといえよう。次節以下で検討するT・E・ロレンスやマックス・ウェーバーもこの喪失感と不安を共有していた。しかしこの二人はその感覚を異なる形で表象した。T・E・は性と肉体を拒否し、自分の精神＝自意識に「南京錠」をかけるという形で。ウェーバーは、人間が合理性を追求した結果生まれた近代が「無意味感」を強いることを宿命として認識し、これを引き受ける決意をするという形で。

二 「牢獄の番人」との対決

『白孔雀』の主要登場人物たちが苦しんだ自意識の病、すなわち、人間の意識の二重性が、自然で自発的であるべき人間の思考、感情、行動をしばって機械的でぎこちないものにしている、そしてその結果、人間は生の意味を真につかむ、あるいは感じることができない、という認識と苦悩は、T・E・ロレンスという、D・H・の同時代人によって痛々しいまでに体現されている。D・H・ロレンスの友人でもあったオルダス・ハクスリーは、T・E・ロレンスの死後、彼の生涯をこう総括している。

……彼は人間が人間としてもてるものはすべてもっていた――才能、勇気、不屈の意志、知性、すべてだ。こうした贈り物のおかげで彼は、驚くような、ほとんど信じられないようなことをすることができたのであるが、しかしそれは、「光明」や「救済」、「解放」をもたらすという意味ではほとんどなんの役にも立たなかったのだ。……ロレンスは英雄のみがもちうる自己意志をもっていた。それは実際巨人的であった。しかし今つくづく感じられるのは、彼がその人生の大半を、地獄の業火が燃え盛る場所で過ごしたということだ。（Bedford, 455-56）

ハクスリーの言う「地獄の業火」とは何なのか。これも生前T・E・ロレンスをよく知っていたクリストファ・イシャーウッドはこう言っている――「彼は一つの世代の神経症を一身に背負ったと言っていいだろう[2]」。では、彼の言う「一つの世代の神経症」とは何なのだろう。

T・E・ロレンスの生涯は複雑で、いまだに諸説があるが、一応の「定説」は以下の通りである。彼は一八八八年八月一六日、北ウェールズのトレマドックで生まれたが、生まれ落ちた境遇はきわめて特異なものであった。父トマス・ロバート・タイ・チャプマンはかつてアイルランドの准男爵であったが、娘たちの家庭教師であったセァラ・メイドゥンという若い女性と恋に落ち、駆け落ちした。セァラの家系ははっきりせず、メイドゥンではなくジャナーだという説もある。スコットランドの貧農出身で、私生児であったという。駆け落ちした二人の間には五人の息子が生まれたが、トマス・エドワード（T・E・）はその第二子である。一家はウェールズからスコットランド、マン島、ジャージー島、北フランスのディナール、再び英国のハンプシャーと、転々とするが、一八九六年、オクスフォードに移り住み、ここがロレンスの「故郷」となる。一九〇七年、奨学金を得てオクスフォード大学ジーザス・カレッジに入学、現代史を専攻するが、彼の関心は徐々に中世、さらには考古学へと移っていく。一九〇九年には卒論執筆の資料集めにシリアに渡り、徒歩で多くの十字軍の城を見て歩く。この現地調査をもとに仕上げた卒業論文、「十字軍の城」は、従来の定説に真っ向から挑戦していた。すなわち、中世ヨーロッパの築城術は十字軍がもち帰ったアラブの築城術に影響を受けたものであるという定説に対し、むしろヨーロッパの築城術がアラブのそれに影響を与えたことを、多くの例を引いて実証したのである。この説は最終的には学界にも受け入れられ、現在ではこれが定説になっているという。こうした活躍もあって、早くから彼の熱意と才能に注目していた当時のアシュモーリアン博物館の館長D・G・ホガースは、大学を卒業したロレンスを中東カルケミシュの発掘に誘う。しかし、ホガースが彼を誘ったのは純粋な学術的理由からだけではなかった、と考える評者が多い。すなわち大英帝国と「黒い」つながりをもっていたとされるホガースが、ロレンスのアラビア語やアラブに関する知識を国家的戦略に利用しようとしてかくまでに愛顧したのではないかというのである。

事態はそうした見方を裏付けるかのように進んだ。一九一四年、第一次世界大戦が勃発する。この大戦はサラエボでの不幸な事件がひきがねになって始まったのであるが、それ以前にヨーロッパ列強諸国の利害の対立は、一触即発の事態にまで進展していた。どんなきっかけでもよかったのだ。列強はそれぞれの思惑を抱いていたが、大英帝国は、他の列強ともども、中近東の支配をねらっていた。目的の一つは石油資源だった。この地域はすでに四世紀にわたってオスマン・トルコ帝国に支配されていた。その支配形態は多民族融和を旨としたもので、「柔らかい専制」(3)という言葉に象徴されるように、政治的にも文化的にも宗教的にもかなり寛容なものだった。アラブ人の中にも政府の要職に就くものも多数いた。しかし、傾きかけた帝国の崩壊を食い止めようとする最後の皇帝アブドゥル・ハミドは、それまでの民族融和政策を放棄し、少数民族の抑圧に乗り出した。キリスト教徒であったアルメニア人の大虐殺もその一環として行なわれた。こうした事態に危機感をつのらせたアラブ人は徐々に民族主義に傾いていき、一部の急進的な者たちの反乱計画が発覚して彼らが極刑に処されたとき、独立への気運は最高潮に達した。この気運に英国はすばやく乗じた。広大な地域に多くの部族が割拠・敵対していたアラビア半島にあって、当時大きな信望を集めていたヘジャズ(半島西側の紅海沿岸部)の太守フセインに接近し、反乱に立ち上がるよう進言し、援助を約束したのである。しかしそうした口先とは裏腹に、英国はフランス、ロシアと手を握り、この地域の分割支配を画策していた。この三国は、オスマン帝国を同様の理由から援助しているドイツに対して共同戦線を張り、アラブ反乱と呼ばれる一種の代理戦争を戦った。ロレンスはこの戦争に、奇妙な形で巻き込まれるのである。

奇妙な、と言ったのは、まずその関わり方がきわめて曖昧であるからだ。フセインに進言するという任務を負ったのは情報部東洋班長のロナルド・ストーズだったが、ロレンスは彼に非常に不可思議な形で同行するのである。すでにロレンスは大戦勃発直後に志願兵として入隊、新たにカイロに設立された「アラブ情報局」に配属されていたが、彼の地位からすれば、こうした大役を帯びた者に同行するのはきわめて考えにくいし、何よりこれに関する彼自身の記述が実に曖昧である。さらに深い霧に包まれているのは、彼がこの反乱の進展の間にいつしか、フセインの息子で指揮官の一人となるファイサルの軍事顧問のような地位に就き、さらには彼自身が軍事リーダーとなっていく過程である。ここにはロレンスの神話化、いわゆる「アラビアのロレンス」神話創出の核心が潜んでいる。それに大きく貢献したのがローウェル・トマスというアメリカの従軍記者で、彼はロレンスの「役者性」に注目し、密着取材する。そして終戦後、「パレスチナのアレンビー［英軍総指揮官］とアラビアのロレンス」というフィルムやスライドを使った興行を行なうが、これがイギリス、後にはアメリカで大成功を収め、神話化の土台を築くのである。しかしその過程を追うのは本稿の枠を超える。ここで押さえておきたいのは、ともかくも彼がアラブ反乱および第一次大戦の勝利と同時に「アラビアのロレンス」として英雄になり、それが彼のその後の人生に大きな影響を与えたという点だ。

彼にとってこの成功は、無論甘美であった。変装して上記のトマスの興行に何度か出かけたこともあった。しかし同時にこの成功は実に苦いものであった。ロレンスはアラブ反乱に関わっていく過程で、アラブ人に対して好悪相半ばするアンビヴァレントな感情をいっそう強くしていくが、ある特定の個人には強い愛着を示した。それを象徴的に示しているのが、『叡智の七柱』の冒頭に掲げられた不可思議な詩、「S・A・に」である。その詩はこう始まる。

私はお前を愛していた、それゆえ私はこれら群れなす人々をこの手に統べ、
私の意志を空いっぱいに書きつけたのだ。
それもすべてはお前に、自由を、七つの柱をもつ高貴なる家を与えんがためであり、
われわれが再会するとき、お前の眼が私にほほえむのを
見たいがためであった。

出版当時からこの「S・A」なる人物の詮索が始められた。あるアラブの女性だ、いや、アラブの探検家としてはロレンスの先輩にあたり、親交のあったガートルード・ベルだ、いや、これはそもそも人名のイニシャルではなく、「シリア、アラビア」ではないかという説まで出た。しかし今では、カルケミシュでの発掘当時にロレンスの助手として働いていたダフームというアラブの少年だというのが定説になっている。ロレンスは彼をことのほか可愛がり、休暇で帰国する際には一緒に連れて帰ったほどである。性病理学的にも特殊な性向を有していたとされるロレンスが、彼に同性愛的関心を抱いていたという指摘もある。いずれにせよ、ロレンスがアラブ人に強い思い入れをもっていたのは確かである。そしてその彼が、母国の帝国主義的策謀に巻き込まれたとはいえ、結果的にはアラブ人を裏切ったのだ。

当時英国は、アラブに関しては、いわば「三枚舌外交」を展開していた。最初に、一九一五年にいわゆる「フ

セイン＝マクマホン書簡」で、フセインが駐エジプト高等弁務官サー・ヘンリー・マクマホンにアラビア、シリア、パレスチナの独立の希望を述べ、英国の支援を要請したのに対し、マクマホンはこれを承諾する。次に一九一六年、アラブ反乱の始まる一ヶ月前、いわゆる「サイクス＝ピコ協定」において、英陸軍中佐マーク・サイクスとフランス外交官ジョルジュ・ピコが、英仏および帝政ロシアがオスマン帝国を分割することを秘密裡に取り決める。これは、一九一七年一一月、ロシア革命で政権を握ったボルシェヴィキが暴露したために世に知られるようになった。そして最後に、一九一七年の「バルフォア宣言」で、英国外務大臣バルフォアはシオニスト（ユダヤ人国家建国主義者）の資金援助と引き換えに、パレスチナにユダヤ人国家建設を支援することを約束するのである。こうした相矛盾する外交を一近代国家が臆面もなく行なったこと自体、帝国主義の時代を象徴しているが、ほとんどの英国人とは違って、アラブ人への親近感を抱き、ともに生死をくぐりぬけ、たびたびアラブの未来について語り合ってきたロレンスにとって、これは裏切り以外のなにものでもなかった。さらに悪いことには、彼が反乱のある時点からこの裏切りをひそかに自覚していながら、それに対して何もできないことに良心の呵責を感じていた、より正確に言えば、祖国愛とアラブへの愛の間で引き裂かれた自分を意識していたことである。戦後すぐに執筆を開始した『叡智の七柱』の序文で、彼はこう述べている。

われわれが戦争に勝てばアラブ人との約束が空証文になることは初めから明らかだった。もし私がアラブ人の誠実なアドヴァイザーであれば、こんなばかなことに命を賭けずに早く家に帰れと忠告したであろう。しかし私は次のような希望を抱くことによって自分を慰めた。つまり、このアラブを最後の勝利に導いて、彼らを十分な軍事力をもった確固たる地位につかせ、その結果列強がその理不尽な要求を公正なものに引き下げざるをえなくなる、そうした希望である。言い換えれば、この戦闘を勝ち抜いて、トルコ軍だけでなく、［戦後の講話会議の］会議室でわが祖国とその同盟国どもを打ち負かすことができると考えたのだ。これはなんとも不遜な考えで、いまだに成功したかどうか確信がもてない。しかしはっきりしているのは、私には、何も知らないアラブ人をこのような危険に関わらせる権限など露ほどもなかったということだ。アラブ人の協力は、われわれが東方で容易にまたすばやく勝利を得るためには必要であり、戦いに破れるよりは、勝って約束を破る方がましだという信念にもとづいて、私はこの欺瞞に賭けたのである。(24)

ここで述べている通り、戦後彼は「会議室」で「わが祖国とその同盟国ども」に闘いを挑んだ。ヴェルサイユにおけるパリ講和会議の代表の一人に選ばれた彼は、期待された任務、すなわち最大限の利益を英国にもたらすという任務そっちのけで、アラブの権益のために奔走した。その姿勢を表わすためか、彼はこの講和会議中、しばしばアラブ服を身にまとって現れた。当時のフランス首相、クレマンソーに直談判したともいわれる。しかしそうした努力はすべて水泡に帰した。先の引用文中の「いまだに成功したかどうか確信がもてない」というのは、明らかに負け惜しみか韜晦で、彼は講和会議後、苦い幻滅と絶望感を味わう。帝国主義のうねりの前では、個人の奮闘などなにものでもないことを痛感したのである。

講和会議の後、約二年間、オクスフォード大学オール・ソウルズ・カレッジから提供されたフェロウの地位にあって『叡智の七柱』の執筆に没頭したのち、これをなんとか完成する。しかしロレンスはこれからあがる利益は一切取らないと宣言し、それを実行する。一九二一年、英国政府は、アラブ問題の処理はそれまで管轄していたインド省では困難と判断し、新たに植民地省を設立、大臣にウィンストン・チャーチルを任命する。

チャーチルはロレンスに彼のアドヴァイザーになることを要請、ロレンスは受諾し、精力的に活動するが、一度味わった幻滅は消えなかったのか、一年ばかりで辞任する。そして同二二年、ジョン・ヒューム・ロスの変名で空軍に志願兵として入隊する。

こうしてロレンスの奇妙な後半生が始まるのだが、彼の生涯には時代の病が二重の形でまとわりついている。一つは先に触れた帝国主義との関係。もう一つは近代人の病としての自意識との闘いである。

エドワード・サイードは、そのきわめて影響力の大きな著作、『オリエンタリズム』の中で、ロレンスを「オリエンタリスト兼帝国代理人」と断定し、こう述べる。

ロレンスがしがみついているのは、非アラブの人間のもつ浄化的パースペクティヴにおいて見たアラブの姿である。そして、その人物にとって、アラブのもつ非自意識的な原始的単純さは、観察者、つまりこの場合『白人』によって定義されたものなのである。……アラブ文明の経てきた悠久の歳月は、こうしてアラブをその本質的属性にまで純化しつくすと同時に、その過程で彼らを道徳的に疲弊させもした。……集合体としてのアラブは、いかなる実存的密度も、いかなる意味的密度も蓄積しない。アラブは、「内陸砂漠に関する記録」のはじめから終わりまで常に同じものでありつづけ、ロレンスが言うように、ただ疲弊しつつ純化していくだけなのである。……仮にある一人のアラブが喜びを感じ、自分の息子や親の死を嘆き悲しみ、あるいは政治的専制に不条理を感じているとしても、これらの経験は、アラブであるという純粋で簡潔で永続的な事実のもとに従属させられてしまうのだ。

……還元的な定義のレベルと現実のレベル……の絶対的な一致は、偶発事や環境や経験に妨げられることなく物事の本質をきわめるために考案された語彙と認識手段のおかげで初めて、外部から作り出される。……また、方法と伝統と政治力学……のそれぞれの作用によって、類型——東洋人、セム族、アラブ、オリエント——と通常の人間的現実、……すべての人間の生きる現実との間の区別がかき消されてしまったのである。(229-30)

この一文は、表象という行為に必然的に伴う問題を鋭く抉ってはいるが、少なくとも『叡智の七柱』の読みというレベルに限れば、説得力に欠けると言わざるをえない。ここでは、先に論じたようなロレンス内部の良心の葛藤も、アラブに対するアンビヴァレントな感情も、一顧だにされていない。そもそもロレンスは、サイードが指摘するようにはアラブから距離を置いて物事を見ていない。逆に個々のアラブ人は、その描写の正確さはともかくとして、生身の人間として、ロレンス個人の評価や批判、さらには好悪の対象として描かれているのだ。こうしたサイードのロレンス解釈は、『オリエンタリズム』という著作の主旨、非西洋に対する西洋の支配の根底的形態を暴くという目的に引きずられた結果ではあろうが、やはり短慮というほかない。

サイードのロレンス批判は的を外れているにせよ、ロレンスが帝国主義という時代の潮流に巻き込まれ、翻弄されたことだけは確かである。この帝国主義と呼ばれる現象は、一般に、後に詳しく見るマックス・ウェーバーのいう「合理化」を世界のどこよりも早く押し進め、精緻な近代国家を作り上げた西洋の列強が行なった一連の経済的・軍事的進出を指す言葉で、これは植民地化に帰結するのであるが、これは本稿で論じている「時代の病」の政治的表出形態と見てもあながち的外れではないだろう。なぜなら、この植民地化という行為は、前近代にはあったとされる世界あるいは自然との有機的な意味連関が失われ、近代に特有の意味喪失感が顕著になったときに極大化したからである。しかしこの章にとってさらに重要なのは、もう一つの病、すなわち「自意識」の病である。先にも触れたように、T・E・ロレンスのとりわけ後半生はこの病との闘いの連続といってよく、その格闘がハクスリーやイシャーウッドに先に引用したような言葉を吐かせたのである。

彼の自意識がどのような形をとっていたかを端的に示す文章は『叡智の七柱』のあちこちに見られる。以下はその一つである。

私の場合、この数年間アラブ服を着て生活しようと努力したこと、また彼らの精神の根底にあるものを模倣しようとしたことは、私から英国的自己をひきはがし、西洋とそこで当然とされているものとを新たな目で見る機会を与えてくれた。そしてついにはそれを粉々に砕いてしまったのだ。しかし同時に、私は心からアラブの肌を身にまとうこともできなかった。それはふりにすぎなかったのだ。人に信仰を捨てさせるのは簡単だが、別の信仰に変わらせるのは容易ではない。私は一つの形態（の信仰）を捨てたが、別のものを取ることはしなかった……その結果、人生において強烈な孤独感を感じるようになったばかりか、侮蔑の念を、それも他人に対してではなく、彼らがするすべての行為に対して、感じるようになったのである。こうした疎隔感は、長期間にわたる肉体的苦難と孤立で疲れ果てた人間を襲うものだ。彼の肉体は機械的に動きつづけるが、その理性的な精神は肉体を離れ、外部からそれを批判的に見下ろしては、このつまらないものがやることを、そしてなぜやるのかを批判的に見つめているのである。こうして分裂した二つの自己は、ときに虚無の中で会話を交わすことがある。そうなれば狂気はすぐそこまで来ている。というのも、私の信ずるところでは、二つの慣習、二つの教育、二つの環境というヴェールを通してものを

見る人間は狂気の一歩手前まで来ているからである。(30)

これは前節で見たD・H・ロレンスの自意識観とぴったり一致する。D・H・は後年こう述べるにいたる。「罪とは自己を見ること、すなわち自意識である。……われわれは二元的存在だ。十字架だ。……われわれは自分自身に対して引き裂かれているのだ」(*SCAL*, 82-83)。前節でも触れたように、こうした意識観は、近代以降の作家や思想家に広く共有されたものであろう。その根底には、「われ思う」を「われあり」の根拠と見たデカルトの思想が横たわっている。「思う」根拠、すなわち意識は、しかしいつも一元的とは限らず、しばしば二元的、あるいは二重にもなる。そうなったとき、もう一つの意識は自己から出て、外界にいわば反射して自らに返ってきて他者の眼で自己を見る。そのとき、意識が一方向に向かっている通常のときとは違って、二つの意識の間にズレと葛藤が生じ、それが、D・H・流に言えば「自発的(自然)な」行為を阻み、T・E・流に言えば人間を「狂気の一歩手前」まで導くのである。こうした意識の分裂の結果生まれるのが、「二つの自己」である。そしてその結果生じるのが「私の内でたえず続いている内戦状態」(*Selected Letters*, 326) なのだ。[4]

こうした「苦境」から逃れる道は基本的に二つある。一つは、こうした状況を意識の自己分裂、あるいはいわば「過剰発達」と見て、そうなる以前の状態に帰ろうとする道。この道は、しばしばこの「以前の状態」をユートピア、すなわち「無垢」で理想的な状態と想定する。いま一つは、こうした意識のあり方を、意識が十分に、あるいは本来的に機能していない結果だと感じ、宗教的、知的、肉体的、あるいは芸術的な種々の行為を通してこれを鍛え、いわば「高次の」意識を獲得しようとする道。二人のロレンスが目指したのは明らかに前者である。[5] つまり二人は、意識が二重化する、すなわち自意識化する以前の状態にあこがれたのだ。D・H・

ロレンスがイタリア人に、あるいはアメリカの先住民やエトルリア人に「見た」もの、あるいはそこに投影したものは、こうした理想としての「無垢な」生存様式だった。一九一六年に出版された『イタリアの薄明』で彼は、この問題を主たるテーマとし、肉を中心とした意識のあり方と霊あるいは精神を中心としたそれとの間の葛藤を歴史的にたどっている。古代に主流であった前者を否定してこれに取って代わったのはキリストをその象徴とする後者であり、それがルネサンスまで続いた。この構図を逆転させようとしたのがルネサンスであり、ロレンスはその象徴をミケランジェロに見ている。そしてそれ以後、少なくともイタリアでは、意識の座は肉＝感覚＝闇にありつづけ、それが、ロレンス自身が属する、そして憎悪する北ヨーロッパの意識観と鋭い対称をなしていると見る。こうしたロレンスの眼には、カリアリのカフェにすわるイタリア人は自意識とはまったく無縁に映る。「テーブルについているのは大半が男性で、……なんの違和感も感じずにゆったりとしていて、現代の自意識などまったくもっていない。……一番驚かされるのは、彼らの完全な自意識の欠如である」(*SS*, 62)。ジョヴァンニ・ヴェルガの『マストロ・ドン・ジェズアルド』につけた序文でもこう言う。「シチリア人は、われわれの言うような意味での魂はもっていない。いわゆる主観的意識、つまり自分自身についての魂で凝り固まった観念というものをもっていないのだ」(*P*, 228)。たしかに彼はすぐに、これはヴェルガの時代のシチリア人のことで、アメリカに行ってドルをもち帰った今のシチリア人は自意識的になっていると付け加えてはいる。しかしそれでも、総体としてのイタリア人は北欧人に比べればはるかに自意識から自由で、それだけ闊達で自然であり、それがかくも多くの北欧人をイタリアに引きつけるのだと言うのである。

ロレンスはイタリア(人)をこのように表象したが、無論すべてのイタリア人が自意識から自由であるわけではない。おそらくは、ロレンスが考える「自意識」と、イタリア人が見せる「自意識」とが非常に異なり、それを自意識の欠如とみなすことは、意識の二重性の問題を考える上で好都合だったのであろう。つまりロレンスは、自らの哲学的テーマの思索上の便宜のために、「イタリア人＝自意識から自由」という等式を仮設したのである。

同様の表象は、T・E・ロレンスもアラブ人に対して行なっている。

> アラブ人は何かを見るとき、その視野に中間的な色合いは入ってこない。彼らは原色の民族、もしくは黒と白の民族で、常に世界をその輪郭で見る。独断的、教条的で、われら現代人の茨の冠である疑うということを軽蔑する。われわれが遭遇する形而上学的な困難を、内省的に問題を追及しようとする姿勢を理解しない。彼らが知っているのは何が真実で何が真実でないか、何を信じ、また何を信じないかだけで、われわれにたえずつきまとう、きらびやかな服を着たあのおずおずとした随行員にはまったくわずらわされないのだ。（*SP*, 36）

これは例外的にサイードの批判が妥当する箇所であるが、それはここでは置いて、ここに見られるロレンスの意識観を検討しよう。「おずおずとした随行員」とは、自己をたえず対象化して眺め、いかなるものにも融合・没入することをさまたげ、それゆえ自発的な生を阻むあの自意識にほかならない。T・E・はこれを別のところでは「私の牢獄の番人」（*SP*, 581）と呼んでいるが、なんとも生々しい呼称ではないか。そうした彼の眼に、アラブ人は自意識と、それが生み出す「疑うというわれら現代人の茨の冠」を軽蔑しているように映る。重要なのは信じることであって「内省」ではない。彼らは「内省」こそが、それを生み出す自意識こそが諸悪の根元であることを了解しているように見える。そうした彼らはロレンスの眼には「健康」に映る。サイード的に見れば、これが「真の」アラブ人の姿であるかどうかが問題となるが、ここで注目したいのは、彼らがロレンスの眼にそう映る、そして彼が彼らをそう表象していることである。[6]

二人のロレンスのイタリアおよびアラブ表象に共通するトーンは、しかし単純な称賛ではなく、アンビヴァレンスに満ちている。そこには、自らが優れている、すなわち、自意識に悩まされるほどに文明が進んでいることに対する自負が透けても見える。しかし両者とも、自意識、すなわち意識の中心軸が霊=精神に移った結果達成された文明という産物など、失ったものに比べれば取るに足りない、という見方で一致する。

しかしT・E・の意識観には、D・H・のそれとは微妙な違いがあるように思われる。例えば『叡智の七柱』の次のような個所をどう解釈すべきだろう。

私は低級な創造物を敬遠した。真の知性を獲得するのに失敗した姿をそれに重ねあわせてしまうからだ。そうしたものがいやおうなく目の前に現れると憎悪した。生き物に手を触れるのは汚らわしいことで、向こうが私に触れてきたり、性急に私に関心を示したりするとぞっとした。こうした反応は、雪片がその本来のコースを落ちるように、私の中の原子が感じる嫌悪であった。もし私の頭が独裁者でなかったなら、今の私のような人間と正反対になることを選んだであろう。私は女性や動物が私に及ぼす絶対専制を請い求めた。私がいちばん情けない気持ちになるのは、兵士が女を連れて歩いていたり、男が犬をなでていたりするのを見るときだった。彼らのように、浅薄で、そして完成されたものでありたいと願っていたからだ。しかし私の牢獄の番人は決して私にそれを許さなかったのだ。

私の中では、感情と幻想とがたえず争っていた。理性には相手を打ち負かすだけの力はあったが、その負かした相手を無にしてしまったり、あるいは逆にそれを好きになるのを押しとどめるほどには強くなかった。愛を本当に知っているということは、おそらくは自己が軽蔑するものを愛することであった。しかし私にはそれを望むことしかできなかった。物質の優越性の中に幸福を見ることはできたが、それに身を捧げることはできなかった。何気ない言葉が私の頭の中をすっと通りすぎてしまうくらいに精神を眠らせようと努力することはできた。しかし苦々しいことに、精神は目覚めたままだった。

私は自分の下にあるものが好きだった。だから喜びや冒険を下方に求めた。堕落にこそ確実性が、最終的な安全があるように思われた。人間はどんな高さにでも登ることができる。しかし同時に、動物のレベルもあって、そこから下には落ちることはない。そここそが、休息でき、満足を感じる場所であった。(580-81)

非常に難解な文章ながら、意識、あるいは理性・知性に対するロレンスのきわめてアンビヴァレントな感覚が伝わってくる。ここで自意識から自由な存在として表象されているのは、アラブ人ではなく、女を連れた兵士や、犬をなでる男、つまり、自意識の苦悩にさいなまれずに、感覚の満足のみを「無邪気に」求めているように見える西洋人を含めた人間一般である。こうした人間像は、『白孔雀』の中では、エミリーの夫になるトム・レンショーに見ることができる。彼はこう描写されている――「彼は飛びぬけて男性的だった。つまり、疑問を抱いたり分析したりすることなど夢にも思わないような人間だった。彼の目の前に現れるものはすでに快・不快、いい・悪いのラベルが貼ってあった。物事がその見かけ以外のものでありうるなどとは、想像もしなかった――見かけだけで彼には十分だったのだ」(308)。「疑う」こと、「分析する」ことを知らない人間としてのトムは、動物主義を知的に説くアナブルよりも自意識から自由な人間として描かれている。D・H・は、このトムを主要登場人物とは対照的な一典型として描いたのだが、T・E・の方は、自身をこの種の人間に照らし合わせて、自分が「頭という独裁者」＝「牢獄の番人」にがんじがらめにされていることを痛いほどに感じる。いかに「今の私のような人間と正反対になる」ことを望んでも、目覚めたままの精神がそれを許さない。かくしてT・E・は、「動物のレベル」への「堕落」に「確実性」を、「最終的な安全」を求めるのである。こうした希求が、動物レベルよりもさらに確実な堕落、つまりそこから下には絶対に堕ちることのない完全な安定を、やがて死の中に見出すであろうことはたやすい推測だ。(7) そして現に彼はそうするのである。いや、これはよく言われる、彼の生命を奪ったあの謎めいたバイク事故は実は自殺だなどという意味ではない。そのような謎解きをするまでもなく、すでに『叡智の七柱』そのものの中にその萌芽ははっきりと認められる。

彼ら「アラブ人」はよく知っていた、砂漠の民であるということは、この世界にも、生にも、何ものにも属さぬ敵、すなわち希望そのものと、終わりのない戦いを続けるよう運命づけられているのだということを。そして失敗こそは、神が人間に認めた特権であるらしい。われわれは、自分のできる範囲内にあることをやらないことによってのみ、この特権を行使できる。そうすれば生はわれわれのものとなる。生を安っぽく扱うことによってそれを征服できるにちがいないからだ。死こそは人間が行なうことの中でも最上のものであり、われわれの力の範囲内で自由に行使できる最後の誠実さ、究極的な安逸である。(421-22)

帝国主義の角逐に巻き込まれ、良心との闘いに疲れ果て、偽名を使ってまで潜り込んだ「安全な」軍隊からは、新聞のすっぱぬきによって除隊せざるを得なくなるロレンス。後に、今度はロレンスの名で正式に入隊し――かつての師ホガースは、これを「自分に南京錠をかけるために入隊した」(ナイトリイ、シンプスン、三三五頁)と表現した――、さらには法的にT・E・ショーと名前まで変えるロレンス。しかしいかに、またどこへ逃げても自意識は追ってくる。「脳を眠らせ」(ナイトリイ、シンプスン、二八一頁)ようとする行為はことごとく失敗する。「精神の自殺」(*SP*, 582; *Selected Letters*, 227)は、必ずや肉体の死まで引き込んでしまう。「神の死んだ後の時代」としての近代、その特徴である意識の肥大化と意味・価値の喪失、こうした事態に本能的に気づいていたロレンスは、その華々しい活躍にもかかわらず、時代の中で安らうことはできなかった。晩年に頻繁に見られる否定的言辞は、彼が時代と生に対して抱いていた無意味感や虚無感を如実に表わしている。(8)「死は究極的な安逸である」という三〇歳のときの言葉は、一六年後の自らの死を恐ろしいまでに正確に予見していたと言うべきだろう。そしてこの醒めた自意識こそが、ハクスリーが「地獄の業火」と呼んだものにほかならず、またその運命に忠実に生きたことをイシャーウッドは「一つの世代の神経症を一身に背負った」と表現したのである。

三　「宿命」としての「合理性」

以上、二人のロレンスが「時代の病」をどう診断したかを見てきたが、マックス・ウェーバーは同じ時代をどう見たのだろう。彼は、死の前年に行なった有名な講演、「職業としての学問」の中で、近代という時代の特徴を「主知主義的合理化」(『職業としての学問』三三頁)に見ている。つまり、「それを欲しさえすれば、どんなことでもつねに学び知ることができるということ、したがってそこにはなにか神秘的な、予測しえない力が働いている道理がないということ、むしろすべての事柄は原則上予測によって意のままになるということ——このことを知っている、あるいは信じているというのが、主知化しまた合理化しているということの意味なのだと言い、これを「魔法からの世界解放」(三三頁)と呼ぶ。こうした時代の特徴は、「主知主義的合理化の最大の成果である自然科学の特性に最も明瞭に現れる。すなわち自然科学は、「もし人生を技術的に支配したいと思うならばわれわれはどうすべきであるか、という問いにたいしてはわれわれに答えてくれる。しかし、そもそもそれが技術的に支配されるべきかどうか、またそのことをわれわれが欲するかどうか、ということ、さらにまたそうすることがなにか特別の意義をもつかどうかということ、——こうしたことについてはなんらの解決をも与えず、あるいはむしろこれをその当然の前提とする」と言うのだ。つまり近代人は、「神もなく予言者もいない時代に生活するべく運命づけられている」(六七頁)。そしてその運命をウェーバーはこう述べる。「こんにち、究極かつ最も崇高なさまざまの価値は、ことごとく公の舞台から引きしりぞき、あるいは神秘的生活の隠された世界のなかに、あるいは人々の直接の交わりにおける人間愛のなかに、その姿を没し去っている。これは、われわれの時代、この合理化と主知化、なかんずくかの魔法からの世界解放を特徴とする時代の宿命である」(七一―二頁)。すなわちウェーバーは、近代という時代を、端的に価値の剥奪された時代、ニーチェの言う「神の死んだ」後の時代、ニヒリズムの時代だと言う。そして価値を剥奪したもの、ニヒリズムを招来したものこそ、主知化、合理化だというのである。

こうした見方は、T・E・ロレンスの次の言葉のほとんど精確な言い換えである。「この複雑な時代を生きるわれわれ西洋人、肉体の独房に住むこの僧たちは、言葉と感覚を超えたところで自分たちを満たしてくれる何かを捜し求めたが、まさにその探索の努力そのものによって、その何かから永遠に隔てられたのである」(SP, 521)。つまりウェーバーは「時代の病」の診断においては、二人のロレンスとほぼ共通した見解を示している。しかし彼が二人と異なるのは、こうした趨勢の原動力となった知性、意識を悪の元凶だと考えず、むしろそうした「時代の宿命」を見きわめ、耐えることとの必要性を強調する点である。彼は「意識」という言葉はあまり使わず、むしろ「理念」、「合理性」、「倫理」といった言葉を多用するが、後に見るように、ウェーバーがこれらの源泉を、二人のロレンスと同様、ヨーロッパ人、というより端的に北欧人特有の意識であると考えていることは明らかである。

本章で考察している三人は、それぞれに特異な人生を送った同時代人であるが、ウェーバーに見られる大きな特徴は、絶え間ない精神病の不安との闘いであった。[9] 彼がその早熟な才能を認められてフライブルク大学の教授に就任したのは一八九四年、弱冠三〇歳のときで、その二年後にはハイデルベルク大学に招聘される。しかし一八九八年以降神経症に悩まされつづけ、翌九九年には辞表を提出する。正式に退職するのは一九〇三年だが、この期間ほとんど講義はできなかった。一九〇一年以後、ウェーバーは静養のためしばしば、しかも長期間イタリアを訪ねるが、これがD・H・ロレンスのイタリア体験とも重なるような甚大な影響を彼に与えることになる。すなわち、ロレンスと同様、ウェーバーもイタリアに北欧とは対蹠的な精神のあり方を見出すのである。山之内靖はウェーバーのイタリア体験の重要な側面として二つを挙げている。すなわち「第一は、アルプス以北の厳格なプロテスタント的職業義務の精神に対して、それとは対照的な南欧的な現世主義的信条の葛藤という側面」、第二に、「ヨーロッパ都市市民の系譜に立つキリスト教精神に対して、それとは対照的な、古代ポリスの戦士市民の系譜に由来する騎士的な精神の葛藤」である(一一〇頁)。

ウェーバーの数あるイタリア体験の中でも決定的な重要性をもつと思われるのは、一九〇六年秋の妻と母を伴ったシチリア旅行である。ロレンスのシチリア滞在に先立つこと一四年、しかしウェーバーが見たシチリアとその住民は、後にロレンスの眼に映るものと驚くほどに似ていた。ウェーバーは、ロレンスの母と同じく厳しいプロテスタント的傾斜をもつ母ヘレーネに強い親近感を抱いていた。幼年期から「母の禁欲主義」と「父の自己本位の快楽主義」（ミッツマン、一五六頁）との葛藤を目の当たりにし、母に共感を抱いていたウェーバーは、一八九七年、ついに父に対して感情を爆発させる。それがきっかけとなって（少なくともウェーバーはそう信じていた）、父はその翌月旅に出、旅先で急死するという事件が起こる。前に触れた彼の神経症は、それに対する良心の呵責が原因で発症したといわれている。そうした背景をもつウェーバーは、北欧ドイツとはまったく様相を異にするシチリアに魅惑される。妻マリアンネは夫の感想をこう記している。

> 日常生活の営みは狭い坑道のようなここの街路のなかでまったく〈古代的〉におこなわれており、途方もない不潔さもまた大昔に生きているような気持ちにさせた。……いたるところに彼女［ヘレーネ］は北欧の大都会では見られぬ光景、いかにみすぼらしくとも子供のように幸福な家庭を見た。――勿論この旅行者たち［ウェーバー一行］は、短い一日を何も考えずに楽しんで幸福でありたいという以外に何の欲求も持たないこの現在享楽的な民衆のなかに適応することはできなかったろう。この連中はすべてまったく成り行き任せにし、〈自分自身を超えよう〉とはせず闘ったり努力するようには見えない。そうだ、ほとんどいつも望み、当為を感じている北欧の人間たちは、ここでは故郷を見出せないだろう。（二七七頁）

続いて彼はこう自問する。「それではこの人間たちは、無意識の隠れた世界によって生きているのでないとすれば、一体何を望んでいるのか？彼らの営為は？」そしてこう自答する。「それは究極的には、意欲ではなく必然のもたらしたものなのであり、持って生まれた素質のあらわれなのである」。ウェーバーの目にも、ロレンスの場合と同様、イタリア人は「意欲」＝意志、すなわち理性や意識がもたらすものによってではなく、「必然」、「持って生まれた素質」がそのまま、自然に表れた生活を送っていると映るのである。これに対して、北欧人にとっては、「何よりも〈道徳律〉の実現——公式化し得る戒律によるものではなく、或る道徳的な世界秩序の理念による、〈使命〉による自己規制——が大切」であり、「他の何にもまして倫理的理想は絶対的な価値を持ち、そしてまた倫理的理想は現世の幸福を犠牲にしてでも従わねばならぬ規範でもある」（マリアンネ・ウェーバー、二七八頁。「理念による」の傍点のみ引用者）。そしてこう結論づける。「この旅人たち［ウェーバーたち］は、定言命令の刻印をすべてのものが受けている彼らの故国にあってのみ、以上のような考え方を自覚的人間の自明の特徴として感じることができた。この北方的な世界と比べると、日光に浸された南方の世界享受は子供の楽園のように見えた」（二七八頁）。

こうしたイタリア（人）表象に見られるウェーバーのアンビヴァレンスをD・H・ロレンスのそれと比較してみよう。ロレンスの場合と同じく、ウェーバーのトポロジーの中でも、北方的世界と南方的世界とは鋭く対立し、後者をイタリアが代表する。キリスト教的精神とその「理念」が導入され、それに伴って理性（霊）に中心軸をおく意識が入りこみ、その結果「倫理」と「定言命令」が人間の生活を縛り上げている北方世界。それに対して、そうしたものが入りこむ以前の古代の「無垢」＝「子供の楽園」がいまだに残る南方世界。そして後者に憧憬を抱きながらも、自らはそれから決定的に乖離していることを痛感する観察者ウェーバー。前に見たように、ロレンスの歴史観では、イタリア人のこうした「自然性」はルネサンス以降復活したもので（*TI*, 115-26参照）[10]、この点ウェーバーの見方とは多少異なるが、本稿の主旨からすればそれは些細な違いにすぎない。

マーティン・グリーンは、二人がイタリアに求めたものに違いを見出し、次のように言う。一時は南欧への移住を考えたというウェーバーにとって、それは「象徴的に、彼が自分の人格形成の基準とした『男たちの世界』を断念すること」であり、イタリアは「弛緩であり、休息にすぎず、イタリア化はむしろ創造的自我の喪失を意味」したのに対し、ロレンスにとってこの地は「母権的存在の故郷であり、無歴史的で回帰的発想にもとづく異郷の世界」であり、「イタリア化によって、彼の創造的自我を完全に自分のものにできるだろうという希望をもっていた」（一六六頁）。しかしグリーンは図らずも、まさにこうした言葉によって、違いではなく同質性を指摘しているように思われる。つまり両者にとって、イタリアこそは父親に象徴される「男たちの世界」とは対極的な、ある意味で「弛緩」した、「母権的」で「無歴史的」で「異教」的な場所であり、しかもそれはいい意味においてそうだったのである[11]。すなわち、こうした指摘から浮かび上がってくるのは、むしろ両者が見せるきわめて近似した感受性と思考法である。両者ともに、南方世界が見せる「自然性」（「現在享楽的な民衆」、「子供の楽園」）に圧倒され、理性・倫理・意識の牢獄に苦しむ（「自分自身を超えよう」とする）北方世界とのあまりの対照に衝撃を受ける。そして北方世界が抱える問題に南方世界が何らかの解決の糸口を与えてくれるのではないかと考える。しかし同時に、両者のあまりの距離から生じる苦い諦念をも自覚し、この期待と諦念とが交錯するアンビヴァレントな感情に支配されているのである。

これは単純な二元論的見方である。生涯にわたって鋭い考察を続けたウェーバーが、なぜかくも単純な見方に陥ってしまったのだろう。それは、『職業としての学問』に端的に見られるように、彼が、人間の理性とその産物である「合理化」というものが、人間にいかに大きな功と罪を与えてきたか、ロレンスの言葉を使えば「両刃の祝福」(P, 605)であるかを痛いほどに認識していたからであろう。事実、ウェーバーはその思索の初期から、この「合理性」、「合理化」という問題に注目していた。すなわち、人間の理性・意識がその生を編み上げる独特のありように根源的な関心を抱いていたのだ。その初期の代表的な成果が『プロテスタンティズムの倫理と資本主義の精神』である。その中で彼はこう言っている。

非合理的というのはそのもの自体として言われているわけではなく、つねに特定の「合理的な」立場から言われているのだ。無信仰者からすれば一切の宗教生活は「非合理的」だし、快楽主義者からすれば一切の禁欲生活は「非合理的」だが、それらもそれ自身の究極の価値からすれば一つの「合理化」でありうる。この論考が何か寄与する所があるとすれば、この一見一義的にみえる「合理的」という概念が実は多種多様な意義をもつものだということを明らかにしていることだろう。(四九―五〇頁)

ある立場から非合理的に見えるものも、実は別の立場からすれば合理化を進めた結果にほかならない、というこの指摘は、今ではとりわけ鋭いものとは思えないかもしれないが、ウェーバーの面目躍如たるところは、このテーゼを資本主義の勃興の謎に適用して、眼から鱗を落とすような論を展開している点にある。すなわち、なぜ資本主義は西洋にのみ誕生したのか、しかも、プロテスタンティズムという、一見したところ、富の蓄積を基盤とする資本主義の精神とは対極的な精神および倫理が支配するところに、よりによって生まれたのかという深い謎を、みごとに解明したのである。そしてその解明の鍵になったのが、人間の理性・意識の行なう「合理化」という行為だったのだ。煎じ詰めれば、人間の意識が人間の生を支配する、という陳腐なテーゼになってしまうが、上記の謎の解明は、それこそコロンブスの卵とでもいうべき離れ業であった。

周知のように、「合理性」はウェーバーの思想の鍵概念の一つであるが、本稿の主旨にとって決定的に重要なのは、彼が人間の理性・意識というものの功罪に早くから気づき、晩年には、この「罪」からの脱却が関心の中核を占めるにいたった、という点である。『職業としての学問』という最晩年の講演ではっきり表明されているように、ウェーバーの眼には次第に、理性の「功」よりも「罪」のほうが大きく立ち現れてきた。近代人は「神もなく予言者もいない時代に生活するべく運命づけられている」という言葉には、そうした運命を冷静に認識し、「時代の病」として耐えよ、という含みと同時に、価値の剥奪されたこのニヒリズムの時代に対して、何かができないかという苦慮が読み取れるであろう。

こうした「時代の病」と格闘したウェーバーの思想が最も凝縮した形で示されているとされるのは、第一次大戦最中の一九一六年に発表された「中間報告――宗教的現世拒否の段階と方向の理論」である。彼は壮大な著作『諸世界宗教の経済倫理』を一九一六年から一九年にかけて発表するが、その際、中国世界の宗教を論じた著作、『儒教と道教』の執筆を終え、インドの宗教、さらには古代イスラエルの宗教について考察する（それぞれ『ヒンズー教と仏教』、『古代ユダヤ教』として結実する）前にさしはさんだのが、この一般に「中間報告」と呼ばれる論文である。山之内靖はこの書を、「ヨーロッパ近代の合理化がゆきつく果てに現れる文化的意味喪失について、その悲劇的状況を問い詰め、解き明かした作品」と解し、ウェーバーの創造した学問全体を「神なき時代の社会科学」（二一四頁）と呼んでいるが、たしかにここには、ウェーバーが意味と価値の喪失した時代に何ができると考えたのかを汲み取る大きな材料がある。

この「中間報告」は、『諸世界宗教の救済倫理』と題された一連の著作の、文字通り「中間」、具体的には、中国世界の宗教を論じた『儒教と道教』と、インド世界、古代イスラエル世界を論じた『ヒンズー教と仏教』および『古代ユダヤ教』の執筆の間に書かれたものである。「現世は、純倫理的にみれば、未完成の場所、苦の場所、罪の場所、無常の場所、そしてどうしようもない罪を背負い、その展開と分化とともにいやましに無意味とならざるをえない文化の場所である」(一八八―八九頁)と見るウェーバーは、こうした現世を拒否する手段として宗教を捉える。そしてこの著作で、救済宗教が人間生活の諸領域といかなる関係をもち、いかなる緊張を生じるかを解明しようとするのである。

この解明の過程でウェーバーが直面したのは、「苦」としての現世を逃れる手段として発達した救済宗教が、大きな功罪を生み出したという事実であった。ウェーバーの恐るべき慧眼は、そうした手段として発達していく中で、「宗教倫理」は「現世をば実際的・倫理的に合理化しようとした」(一八九頁)と見抜いた点である。すなわち「宗教意識の内容として自覚的に培われてきた救いの要求なるものは、つねに、またどこでも、生の現実の組織的・実践的な合理化の試みの帰結として生まれてきたもの」(山之内、二一六頁に引用)だと言うのだ。この救済宗教は主として二つの方向に向かうが、その一つは、「被造物的堕落の状態にある人間を世俗内での勤勉な労働を通じて陶冶してゆく」(山之内、二一五頁)という方向性で、これを彼は「現世内的禁欲」(「中間報告」一六一頁)と呼び、その具体化されたものがキリスト教、とりわけプロテスタント的な宗教意識であったと考える。これが逆説的に富の蓄積を生み、資本主義の勃興に道を開いた経過を明らかにしたのが『プロテスタンティズムの倫理と資本主義の精神』であることは前に述べたが、この資本主義の成立に端的に見られる「合理性のパラドックス」について、「中間報告」ではこう触れている。「もと拒否していた富をみずからつくりだしたということこそ、あらゆる合理的な禁欲のパラドックスにほかならない……」（一六六頁）。

いま一つの方向は、「神秘論にみられるように、瞑想のうちに救いを所有すること」（一六一頁）、「瞑想を通して自身の身体に神ないし超神的宇宙秩序が降臨する状態にまでいたりつこうとする神秘主義の方向」（山之内、二一五頁）で、これの典型を彼はインドの宗教意識に見出す。いずれの方向を取るにせよ、先に述べたような「合理化」が起きるため、人間の生はますます「文化」（ウェーバーは「文化財」という言葉も使う）を所有・蓄積するようになる。

このようにして、「文化」はことごとく、有機的にえがかれた自然生活の円環軌道から人間が離脱していくすがたとしてあらわれる。だからこそ文化は、歩一歩、無意味な破滅への道を歩むべき宿命をもつかに思われ、また、神聖な義務つまり「天職」とこころえて文化財に仕えるということにでもなれば、それは、いやましの無意味な焦燥――無価値であるばかりかいたるところで自己矛盾を起こし、たがいに敵対するような目的に仕える無意味な焦燥――に終わるべき宿命をもつかに思われるのであった。（「中間報告」一八八頁、傍点引用者）

ここに見られる「無意味」、「無価値」という言葉の繰り返しには、ウェーバーが、合理化は人間に有益なもの、すなわち彼自身が「現世内的人間にとって現世における最高の状態」（一八七頁）と定義する「文化」を与えた反面、生の無意味化、無価値化という、現世拒否としての宗教の当初の目的からは想像もつかないような結果をもたらしたという思いがはっきりと読み取れる。

カール・レヴィットはこのディレンマをこう平易に言い換えている。「生活のこのような普遍的合理化の結果として、全面的な相互依存の体系、〈隷従〉の〈鉄のように堅い殻〉がつくられ、人間がことごとく〈器具化〉し、各人は経済なり科学なりの、そのつど決定的な力になる〈経営〉のなかにはめこまれて逃げようがなくなる」(四六頁)。ここに述べられている事態が、同時代人D・H・ロレンスが行なっていた「時代の病」の診断と軌を一にしていることは明らかであろう。ロレンスは近代における科学主義とそれが生み出す産業主義、その結果としての人間の生の道具化、機械化を批判しつづけたが、ウェーバーの主眼は、こうした動きの批判によりも、むしろその根底にひそむ合理化という人間の理性・意識の働きを指摘することにあったようだ。しかしその指摘はロレンスのそれとほぼ重なる。すなわち、意識の発達、そしてその「過剰」、あるいは「奇形」としての自意識の肥大によって、人間は「自然」な生が営めなくなったという、早くも『白孔雀』に現われ、生涯にわたっていやましに増大した彼の主張と共鳴するのである。

しかしウェーバーはこの地点でとどまらなかった。意識を獲得し、発達させ、それを使って合理化を押し進めた帰結として文化を所有するという、人間にとって宿命とも見えるこの事態にさらに深くメスを入れていく。

だがしかし、この文化の所有――すなわち「現世内的」人間にとって現世における最高の状態――にこびりついていたものは、倫理上の罪のしるしのほかに、まだなにかがあった。それは、あの最高の状態の価値をさらに徹底して低めるにちがいないものであり、それぞれの文化価値を基準にいうとすれば、「無意味」と名づけてよいものであった。文化人への純現世内的な自己完成、したがってまた「文化」のみなもとと思われる究極の価値は、宗教的思惟にとって無意味なのであるが、それというのも、死が――まさしく現世内的な立場からして――あきらかに無意味なことによる。ほかでもない、「文化」の諸条件のもとでは死が無意味であるからこそ、生のうえにも「無意味」という極印が押されると思われるのである。農夫はアブラハムのように「生に満ち足りて」死ぬことができた。封建領主も戦場の英雄もそうであった。かれらは自己の生存の円環軌道をめぐり終えて、この外に出ることがなかったからである。かくてかれらは、めいめいの生活内容の素朴な一義性にしたがった結果、めいめい、ある世俗内的成就の域にまで達することができた。しかし、「文化内実」の習得ないし創造という意味での自己完成をめざして努力する「教養をそなえた」ひとには、これができない。「生に倦む」ことはある。けれども、円環軌道を成就するという意味で「生に満ち足りる」ことはできない。なぜなら、かれの場合の完璧さは、文化財のそれと同じく、もともと終わりのないものであるのだから。(「中間報告」一八七―八八頁、傍点引用者)

近代において「素朴な一義性」を奪われた人間は、「円環軌道を成就する」、すなわち「生に満ち足りる」ことができなくなった。この事実こそ、まごうかたなき「時代の病」だとウェーバーは言うのである。そして彼はその原因を、「『文化内実』の習得ないし創造という意味での自己完成をめざして努力する」ことに見出す。この文化の「習得」という営為がなぜ無意味感を生むかといえば、文化の中では、また文化を価値とし、それを獲得しようとする営為そのものの中では、死というものがどうしても意味をもちえないからだと言うのである。[12] そして、このような営為を行なう「教養をそなえた人」とは、決して特殊な種類の教養人や学者の類ではなく、そうした努力にいやおうなく駆り立てられる近代人一般の謂いである。その努力に駆り立てるのは「合理性」を求める衝動であり、そしてその起動力および原動力こそが人間の理性・意識なのである。

では、ウェーバーもまた、二人のロレンスと同様に、人間の意識に近代人の苦悩と、それの帰結である「時代の病」の元凶を見たのであろうか。どうもそうではなさそうだ。レヴィットは、先に引用した箇所にすぐ続けてこう言っている。「しかし、〈それにも拘わらず〉（ウェーバーの講演『職業としての政治』もこのような〈それにも拘わらず〉という言葉で終わっている）、この合理性こそはウェーバー自身にとって自由の場である」（四六頁）。この言葉は、これまでの議論と矛盾しているように見えるかもしれない。しかしここで注目すべきは、すでに述べたように、ウェーバーは、合理性とその原動力である理性の「功罪」両面を見ているという点である。つまり彼は、「罪」をもって「功」をすべて切り捨てるのは、あるいはそれができると思うのは、人間の理性・意識の本質を見誤っていると考えていたのではないか。その見方は次のような言葉に表れている。「……われわれは、つぎのような行為の場合に最高度の経験的な『自由感情』をもつことができる。すなわち……物理的、心理的強制をうけずして、いいかえれば合理的に、行為をやりとげたと意識する場合であり、明確に意識している『目的』を、われわれの知識に照らして……最もよく適合する『手段』によって追求する場合である」（レヴィット、五〇頁に引用）。ここでウェーバーははっきりと、人間は「合理的に」行為をしたときに「最高度の自由感情」をもつことができると言っている。この部分を引用したスチュアート・ヒューズもこう結論づけている。「人間の自由の領域は、非合理性の領域の反対である。人間は理性的に行為するときほど、自由であると感じることはない」（二〇七頁）。これはすなわち、ウェーバーが、合理性、そしてその基盤である理性・意識は、人間、とりわけ近代人に大きな苦悩を強いてきたが、人間はもはやこれなしで、あるいはこれを弱めて生きていくことはできないという「現実」を見据えていたことを表わしている。先の引用にも見られたように、人間は「自己完成」を求めるという「もともと終わりのない」道を歩き始めてしまった。その道は人間に、多くのよき果実をもたらすとともに、苦い果実をも押し付けてきた。そして時代を見据えることのできた者だけが、この苦い果実を味わってきた。彼らの多くは、その苦さのあまり、投げ捨ててしまいたいと思った。しかし幾人かの思索家は、この道は引き返すことのできない道だということを認識した。本稿で論じている三者と同じ時代を生き、同じ「時代の病」を認知し、自らも精神病にとりつかれる不安と闘いつづけたヘルマン・ヘッセは、『荒野の狼』で次のように言明する。

狼にであれ、子供にであれ、およそ背後へ人間を連れ戻す道などというものは、あるはずのものではありません。またおよそことの始原に純真さと単一があったということも真理ではありません。すべて創られたものは、たとえどのように単純なものに見えたとしても、もう原罪であり、分裂であり、もう生成という汚れた流れの中に投げ込まれ、永久に永劫に流れを遡る術をもつものではありません。純真への道、創られぬ以前へ、神への道は背後へ導いていくのではなく、実は突進することであります。狼や子供にかえることではなく、いよいよ深く罪劫に塗れ、いよいよ深く人間完成の中に徹することの中にあります。……あなたはあなたの二重性を最もっと分裂したものとし、あなたの複雑さをいよいよもっと複雑なものにしていかねばなりません。（八三—八四頁）

これは、ニヒリズムの全面的肯定、そしてそれのみが可能にする受動的ニヒリズムの能動的ニヒリズムへの転化というニーチェの理想のヘッセ的表明と言えよう。

現代アメリカの、とりわけ「ニュー・エイジ」以後の思想界に大きな影響力をもつケン・ウィルバーも同様の考えを繰り返し表明している。彼は端的にこう言う。「人間が完全に満足できる状態は二つしかない。一つは無意識の中で眠ること。もう一つは超意識の中の目ざめである。その中間はさまざまな修羅の場にすぎない」(二二四頁)。そして以下のようなベルジャーエフの明察を引用する。

楽園では人間の自由はまだ実現されていなかった……人間はそこで楽園の至福を捨てて宇宙のなかの苦悩と悲劇を選び自らの運命を究極まで追及することになった。これが人間意識の誕生であった。……禁断の木の実を食べることによって人間は非合理の暗がりから出て自由の身となったが、それは無知の中の幸せを捨てて死と分別という苦しみを抱え込むという行為でもあった。……失楽園のあと、意識は下界の暗黒の世界に陥らないように用心する必要があった。しかし、意識は神的現実である超意識から人間を遠ざけ神を直感的に知ることをさまたげる……罪に満ちたわれわれの世界では意識はむしろ分断、苦悩、苦難を意味する。こうした不幸は超意識によってのみ救われる。(二七八―七九頁)

ベルジャーエフ、そして彼を引用するウィルバーもヘッセと同様、人間の意識化を必然的宿命とみなし、退行、すなわち無意識的生への回帰ではなく、その過程がいかに苦難をもたらそうとも、意識をさらに深める道を説いている。

ウィルバーが存命する最高の哲学者と考えるユルゲン・ハーバーマスは、理性と合理主義的啓蒙の断固たる擁護者であるが、彼は近代における理性批判を、その二つの様態の混同にもとづく誤ったものと見る。すなわち、こうした理性批判の大半は「目的追及的・戦略的な機能」をもつ「道具的理性」に向けられている。彼は「道具的理性」がもつ疎外や物象化の脅威を十分に認識しつつ、その有用性をも肯定する。しかし彼がさらに強く主張するのは、「対話的・コミュニケーション的」理性というもう一つの重要な「理性」があり、問題は道具的理性の「機能が膨張して、本来の場を離れ、理性のもう一つの形が支配すべき生活世界にまで越境（ハーバーマスの用語では「植民地化」）するとき」（中岡成文、一八―一九頁）に、そしてそのときにのみ生じるという点である。

ウェーバーは彼らほどには明確ではないが、ほぼ同様の見方をしていたように思われる。レヴィットは、「ウェーバーが合理性という概念で、近代世界の特殊な業績と、この業績の全問題性とを同時に表現している」と述べた上で、こう問いかけている。「ウェーバーは合理化のこの宿命的過程を、矛盾しながらも同時に肯定しかつ否定するのではないのか？」（五八頁）。レヴィットはこれを反語疑問として述べたのだろうが、これまでの議論を踏まえるなら、われわれはこの問いかけにはこう答えるほかない。すなわちウェーバーは、学問をする者としての良心ゆえに、ヘッセやベルジャーエフのような断定的、あるいは強いメッセージを含んだ表現は最後まで避けつづけたが、その思想の根底に横たわる意志の姿勢は、この宿命的過程を、勇気をもって、つまり、ニーチェ的な精神をもって肯定せよ、というものではなかったであろうか、と。「神もなく予言者もいない時代に生活するべく運命づけられている」という事態を、「病」としてよりもむしろ「事実」として、すなわち「宿命」として受け止めよ、という、『職業としての学問』の結語が、彼が公に表現した最後の言葉であったことをわれわれは銘記すべきであろう。

結語

二人のロレンスとウェーバーの著作に見られる「時代の病」の表象を追ってきたが、そこに現出した「時代」とはどのようなものであったのか、三者の共通性と相違に着目しつつ整理して、この稿を終えよう。

まず共通性だが、三者ともに、人間の、少なくとも近代人の苦悩を生み出しているものの根源に、意識、あるいは理性・知性といったものの働きを見ている。『白孔雀』においてD・H・ロレンスは、意識の否定的側面にさいなまれる人物群を描いているが、とりわけ自然との一体化を、すなわち無意識的生の重要性を説くアナブルの死後、彼らはそれぞれに「堕落」していく。その「堕落」の共通項は、意味と価値の喪失、そしてその結果生じる「ニヒリズム」と「存在論的不安」であった。

T・E・ロレンスの場合、自らが「時代の病」に深く罹患していることを凝視しつつ、それを限界まで体験することを通して、その本質を浮かび上がらせた。彼の生涯は、その圧倒的な知性と行動力、そしてそれがもたらした栄光とはまったく裏腹に、心理的には悲惨を極めたものだった。彼は自分が「時代の病」たる自意識にとりつかれ、それが自分に間断ない緊張を強いていたことは認識していたが、それにどう対処していいかはわからなかった。「牢獄の番人」の存在を確認することはできても、牢獄から脱出する方法を見つけることはできなかったのだ。かくて彼は自分の精神に「南京錠」をかけるべく軍隊に入り、知性を規律に委ね、肉体を単純な労働に委ねることで、意識し、決断し、行動するという苦痛から自分を解放しようとした。それは彼に精神的自殺と呼ぶしかないものをもたらした。

ウェーバーはD・H・ロレンスとほぼ同様の診断を「時代の病」に対して下した。しかし両者の最大の相違は、人間の理性、あるいは知的意識をどう捉えているかという点にある。前にも見たように、D・H・ロレンスはこれを「両刃の祝福」と呼び、その肯定的・否定的両面を認識してはいたが、しかし包括的に見れば、T・E・ロレンスとともに、この機能の否定的側面を重視したといえよう。それがいかに人間から「自然」さを奪い、さらには狂気にまで導きうるかに思いをいたし、生涯にわたってこれを強く批判した。ウェーバーも、とりわけその晩年には「合理的」行為を超えたものを求めるようになるが、彼が前二者と異なるのは、理性、およびその機能でありまた結果でもある「合理性」というものの性格を、より深く認識していたことである。「より深く」という言葉には語弊が伴うかもしれない。ここでいう意味は、理性・知的意識の肯定的側面を、そしてつきつめればその「宿命」性を、ヘッセやベルジャーエフやハーバーマスと同じく、二人のロレンスよりも深く理解していたということだ。しかし、その「合理性」の歴史的展開、とりわけ西洋におけるそれを研究していくにつれて、彼はその否定的側面に直面せざるをえなくなる。いうなれば、二人のロレンスが直感によって感じ取ったものに、地道な研究を通してたどり着いたといえよう。[13] しかしこの回り道の意義はいくら強調してもしすぎることはない。なぜなら、理性・知的意識のもつこの両側面をどこまで深く認識するかが、その否定的な側面を超克する上で必須となるからである。ヒューズはウェーバーのこの貢献を鋭く察知し、こう述べる。「理性に対する深い関心――それを西洋の最高の達成であるとともに、現代生活における『魂の喪失』の源泉ともしているパラドクスに直面しての苦悩――によって、かれは合理性の文化そのものに吟味・検討を加えようという考えを抱くことになる」(二一九頁、傍点引用者)。「かれ[ウェーバー]は人間の行動の起源が非合理的なものであることをはっきりと認めると同時に、理性の最高の徳を宣言した」(二二七頁、傍点引用者)。「とともに」、「と同時に」に見られる並列性を強調する、すなわち理性の両側面を見据えたヒューズのこの解釈は、ウェーバーが直面した事態と、彼がそれに対して示した理解とをあざやかに照射している。

一八九〇年から一九三〇年にいたる時代の画期性を深く認識していたヒューズは、その時代の決定的に重要な問題は「合理性の問題」であるとして、こう述べる。「理性に対する態度を決定するに当たって、二十世紀初頭の社会思想家たちは剃刀の刃の上を歩くような危機に立たざるをえなかった。一方の側には十八世紀と実証主義的伝統という過去の誤謬があった。他方の側には非合理と情動的思考という将来の誤謬があった」(二八九頁)。そして、「この危機を鋭く自覚していた」ウェーバー「のみが、理性と非論理とはともに人間の世界の理解に不可欠のものだという主張を持して揺るがなかった。現実は非理性に支配されているが、ただ合理的な処理によってのみそれを理解可能なものにすることができるのだ、とかれはいっていたのだ」と言う。そして次の言葉で『意識と社会』をしめくくる。「だが、ウェーバーの知的整合性は、人間の精神にはほとんど堪え難い心的緊張を代償にしてえられたものであった。かれおよびかれの世代が、理性と情動的価値とをなんとか均衡させようと奮闘し努力したのは、わずか十年か二十年の間であった。だから、この二つが間もなく別々のものになってしまったことは格別驚くには当たらないことであったのである」(二九〇頁)。ウェーバーと同様にこの両者を「均衡」させようと奮闘した二人のロレンスも、同じくこの「ほとんど堪え難い心的緊張」に襲われ、一人は意識から逃れる機械的生活に身を投じ、もう一人は肉体＝エロスの復活と自然＝宇宙との一体化にこの緊張を逃れる道を探ろうとした。

理性・知的意識には、二人のロレンスが看破したように一種の破壊的な力がある。しかしそれを発達させてきたのもほかならぬ人間である。それはなんらかの必然に促されてのことであるはずだ。現にそれは、人類に巨大な「益」をもたらしてきた。D・H・ロレンスがこれを「両刃の祝福」と呼ぶゆえんである。そしてこの刃が生み出した「悪」を振り払うには、ヘッセやベルジャーエフが洞察したように、「より深く罪と分裂の中に入っていく」、あるいは「超意識」、ないしは「コミュニケーション的理性」を獲得する以外に道はない。ヨーロッパの近代をおおうニヒリズムを誰よりも深く、正確に理解していたニーチェは、だから昂然としてこう言った――「ニヒリズムは一つの正常な状態である。それは強さの印しでありうる」。なぜか。それはニヒリズムが二義的であるからだ。すなわち、「精神の権力の衰退や後退として」の「受動的ニヒリズム」と、「精神の上昇した権力の印しとして」の「能動的ニヒリズム」(一九頁)。

ニヒリズムをこのように捉えるニーチェの眼は、「デカダンス」をもこう捉える。「堕落、頽落、廃物は、……生の、生の増大の必然的な帰結なのである。デカダンスという現象は、生のなんらかの上昇や前進と同じく、必然的である」(二五頁)。この認識は、次のような恐るべき認識に帰結せざるをえなかった。

意味や目的はないが、しかし無のうちへの終局をもたずに不可避的に回帰しつつあるところの、あるがままの生存、すなわち「永遠回帰」。これがニヒリズムの極限的形式である、すなわち、無(「無意味なもの」)が永遠に!(三四頁)。

必然性、「宿命」性のかくまでに徹底した認識と肯定に、後世の人は胸を打たれた。本稿で論じた三者も例外ではなかった。しかしそれへの共鳴の度合いにおいて、ウェーバーとD・H・ロレンスは袂を分かつ。そしてT・E・ロレンスはその認識に至る前に倒れてしまった。その崩壊の姿は、『白孔雀』のジョージを彷彿させる。

注

（1）この点についての議論は、Masashi Asai, *Fullness of Being: A Study of D. H. Lawrence* (Tokyo: Liber Press, 1992), 11-2 参照。

（2）Christopher Isherwood, *Seven Pillars of Wisdom* の裏表紙より引用。

（3）鈴木董『オスマン帝国―イスラム世界の「柔らかい専制」』（講談社現代新書、一九九二年）参照。

（4）あるいは、こうした分裂の結果生まれる自己は二つ以上かもしれない。そう考えるコリン・ウィルソンは次のように述べる。「……『ロレンスの謎』は、『智恵の七柱』においてロレンス自身によって解き明かされている。人間は一個の単位ではなく、多くの単位の集合体なのだ。が、いかなる行為にせよ、それをなすに値するものとするためには、人間は統一体とならねばならぬ。分裂した王国が統一されねばならぬのだ。われわれ西洋人の文明が培い、かつ美化している錯誤の個性観がこの内部分裂を助長しており、ロレンスはそれを敵と認めた。ゆえに、自己分裂にたいする挑戦は、そのまま西洋文明にたいする叛逆とならざるをえない」（一三八頁）。

（5）もっともD・H・の場合には、例えば『羽鱗の蛇』などでは高次の意識を獲得した人間を描いたと見る評者もいる。E. W. Tedlock, "D. H. Lawrence's Annotation of Ouspensky's Tertium Organum," *Texas Studies in Literature and Language*, II, 2, 1960, 217 参照。

（6）先に見たサイードばかりでなく、アラブの作家スレイマン・ムーサも、ロレンスのアラブ表象は不正確で、彼の著作は「でっち上げるのが習性になっていたうその数かず」（iv頁）に満ちていると指摘している。

（7）ロレンスは相当な読書家で、その蔵書は一兵卒としては破格に多い（*T. E. Lawrence by His Friends*, 476-510 参照）。特に文学関係のコレクションは膨大で、同時代人のものも含め、主要な作家のものはほぼ網羅している。その中にW・B・イェイツの詩集“Words for Music Perhaps”の初版（限定版）が含まれている。この詩集の最初の詩、「気狂いジェインと司教」で、イェイツは「墓の中ではみんな安全」という句をリフレインとして使っているが、ロレンスはこれを読んだときどう感じただろうか。

（8）例えば以下のようなものがある。「人間というのは孤独な存在です（私は特にそうです）。……私の中には、何に対しても、愛などまったくありません。かつては私も物（人ではなく）と観念が好きでした。今では好きなものなど皆無です」（*Selected Letters*, 298）。「ぼくは無だ」（*T. E. Lawrence by His Friends*, 271）。

（9）この点で彼はT・E・ロレンスに似ているが、後者の場合、少なくとも仕事（軍務）に支障をきたすほどではなかった。

（10）*Twilight in Italy* は、ヨーロッパの精神史に対するロレンスの見方を顕著に示すものとして注目に値する。

（11）グリーンは『リヒトホーフェン姉妹』という大部かつ刺激的な著作で、エルゼとフリーダというリヒトホーフェン姉妹を軸に、ロレンス、ウェーバー、オットー・グロスらを配してこの時代の概括を試みているが、本章の問題意識と重なるところが多い。ここで彼はウェーバーとロレンスの相違と類似性を述べているが、その多くは、ここで挙げた例も含めて、視点によってどちらとも解釈できる。しかし、出自を初めとするさまざまな違いにもかかわらず、「時代の病」を深く受け止めた眼力という点で、両者には本質的な同質性が色濃く見て取れる。

（12）死と、文化およびそれを生み出す人間の生との関係に対するこうした見方は、ハイデガーが『存在と時間』で行なった「死の現存在分析」を思わせるところもあるが、主たる相違点は、ウェーバーがこの関係をやや悲観的に見ているのに対し、ハイデガーは、死を「本来的生」の獲得の大きな契機あるいは可能性と見ているところにある。それは例えば次のような言葉にうかがうことができる。「決意性が先駆しつつ死の可能性をおのれの存在しうることのなかへと取得してしまったとき、現存在の本来的な実存は、もはや何ものによっても追い越されることはできないのである」（原佑、渡辺二郎訳、四九〇頁。ちなみに細谷訳では「決意性」は「覚悟性」となっている）。あるいは、「死へとかかわる存在として規定された良心をもとうと意志することは、またいかなる世界逃避的な隠遁をも意味するのではなく、むしろ妄想を断って『行動する』ことの決意性へと導く」（原、渡辺訳、四九三頁）。

（13）「合理化」、「理性」に関するウェーバー晩年の思想について、山之内靖は興味深い論を提出している。まず彼は、ウェーバーの最後の著作となった『社会学の根本問題』（死後に編纂・出版された『経済と社会』の巻頭論文）から次の一節を引く。

……人間の場合でも、昔は、機械的本能的要素が明らかに優勢を占め、その後の発展段階でも、これら要素の不断の協力というより、非常に強い協力が依然として認められる……すべての伝統的行為、それから、心理的伝染の根源であり、社会発展の原動力であるカリスマの大部分は、右のような過程――すなわち、生物学的にしか把握出来ず、また、意味の解釈や動機による説明も、精々、部分的にしか出来ない過程――と密かに連続しているものである。（マックス・ウェーバー『社会学の根本問題』清水幾太郎訳［岩波書店、一九七二年］、一二八頁）

そしてこれをこう解釈する。「伝統的行為とカリスマ現象を分析する場合、意識過程に準拠する意味理の方法の適用は明らかに限界がある。これらの諸現象については、『知覚不能』な無意識的エネルギー、つまりは身体に根ざす文化以前的ないし意味以前的な力の動きを考慮せざるを得ない」。山之内はここから次のような仮説を引き出す。

人間の歴史をつき動かしてきた力には、マルクスが言うところの生産力とは質を異にし、さらにまた、ウェーバーが生涯を通じて解明に取り組んできた宗教的救済に向かう観念の力とも異なるところの、いま一つの力が働いている。それは身体に源をもつ力である。このディオニュソス的な力は、しかし、あらゆる文化的意味の枠組みから外れた力であり、ニーチェの言葉を用いれば「生成の無垢」と呼ばれるほかない力である。ウェーバーは歴史において働く力の中に、この混沌たる無規定的なエネルギーの働きがあることを、最終段階において、はっきりと確認したのでした（一二二―一二三頁）。

きわめて刺激的な論である。しかし、現段階では、このウェーバーからの引用文をこのように解釈できるかどうかにはやや疑問が残る。そのような読みが前後の文脈と整合するかどうかはっきりしないからである。ウェーバーのイタリア体験、そしてニーチェからの影響を思い合わせれば、彼がこうした「ディオニュソス的な力」に魅了されたということは大いにありそうなことではある。しかし、山之内のような結論を引き出すには、ウェーバーの書き方はあまりに曖昧、ないしは抑制的である。

引用文献

井上義夫『薄明のロレンス——評伝D・H・ロレンスⅠ』小沢書店、一九九二年。

ウィルソン、コリン『アウトサイダー』中村保男訳、集英社文庫、一九八八年。

ウィルバー、ケン『エデンから——超意識への道』松尾弌之訳、講談社、一九八六年。

ウェーバー、マックス「中間報告——宗教的現世拒否の段階と方向の理論」中村貞二訳、『世界の大思想Ⅱ-7　ウェーバー　宗教・社会論集』、河出書房、一九七三年。

——『職業としての学問』尾高邦雄訳、岩波文庫、一九八〇年。

——『プロテスタンティズムの倫理と資本主義の精神』大塚久雄訳、岩波文庫、一九八九年。

ウェーバー、マリアンネ『マックス・ウェーバー』大久保和郎訳、みすず書房、一九八七年。

グリーン、マーティン『リヒトホーフェン姉妹——思想史のなかの女性　1870-1970』塚本明子訳、みすず書房、二〇〇三年。

ゲイ、ピーター『官能教育』1、篠崎実、鈴木実佳、原田大介訳、みすず書房、一九九九年。

作田啓一『生の欲動——神経症から倒錯へ』みすず書房、二〇〇三年。

ナイトリイ、P・、C・シンプスン『アラビアのロレンスの秘密』村松仙太郎訳、早川書房、一九九一年。

中岡成文『ハーバーマス——コミュニケーション行為』講談社、一九九六年。

ニーチェ、F・『権力への意志』原佑訳、河出書房、一九六九年。

ハイデッガー、マルティン『存在と時間』上、細谷貞雄訳、ちくま学芸文庫、一九九四年。

――『存在と時間』原佑、渡辺二郎訳、中央公論社、一九七一年。

ヒューズ、スチュアート『意識と社会――ヨーロッパ社会思想１８９０―１９３０』生松敬三、荒川幾男訳、みすず書房、一九七〇年。

ヘッセ、ヘルマン『荒野の狼』芳賀檀訳、人文書院、一九六〇年。

ミッツマン、A・『鉄の檻――マックス・ウェーバー　一つの人間像』安藤英治訳、創文社、一九七五年。

ムーサ、スレイマン『アラブが見たアラビアのロレンス』牟田口義郎、定森大治訳、リブロポート、一九八八年。

山之内靖『マックス・ウェーバー入門』岩波新書、一九九七年。

レヴィット、カール『ウェーバーとマルクス』柴田、脇、安藤訳、未来社、一九六六年。

Bedford, Sybille. *Aldous Huxley: A Biography*. New York: Carroll & Graf Publishers, 1974.

Laing, R. D. *The Divided Self*. Harmondsworth: Penguin, 1969.

Lawrence. A. W. Ed. *T. E. Lawrence by His Friends*. London: Jonathan Cape, 1937.

Lawrence, D.H. *Phoenix*. Ed. Edward McDonald. Harmondsworth: Penguin, 1978. (*P*)

―――. *Sea and Sardinia*. Ed. Mara Kalnins. Cambridge: Cambridge UP, 2002. (*SS*)

―――. *Studies in Classic American Literature*. Ed. Ezra Greenspan, Lindeth Vasey and John Worthen. Cambridge: Cambridge UP, 2003. (*SCAL*)

―――. *Twilight in Italy and Other Essays*. London: Penguin, 1997. (*TI*)

Lawrence, T. E. *The Selected Letters*. Ed. Malcolm Brown. New York: W. W. Norton, 1989.

―――. *Seven Pillars of Wisdom*. Harmondsworth: Penguin, 1962. (*SP*)

Russell, Bertrand. *Mysticism and Logic and Other Essays*. Harmondsworth: Penguin, 1953.

Sartre, Jean-Paul. *No Exit*. Trans. Stuart Gilbert. New York: Vintage, 1955.

第二章　存在の充溢をめざして――D・H・ロレンスの教育論

人間はそれぞれ独自の存在でなくてはならず、その本質的な存在の充溢が開花する機会をもたねばならない。（*P*, 603）

序

D・H・ロレンスが生前（おそらく一九一八年の末）に書いた唯一のまとまった教育論、「民衆教育」に見られるこの言葉は、彼の教育に対する考えの根底に横たわるものといえよう。今、「教育論」と言ったが、これは厳密な意味での教育論とは言えず、むしろ彼の人間観、中でもとりわけ彼が自嘲的に「偽哲学的」（FU, 15）と呼んだ自らの哲学および生理学の披歴ともいうべきものである。それゆえ、この論を読み解く上での最大のポイントは、彼の哲学の正確な読解と、その哲学が教育とどのように結び付けられているかを探ることである。

ロレンスの論説的エッセイにはしばしば見られることであるが、彼はここでも必ずしも論理的に論を進めてはいない。むしろいくつかの鍵概念が螺旋的、循環的に現れては消え、その間にいくつかの教育的な提言がなされる、といった体裁をとっている。その鍵概念を整理してみると、以下のようになろう。

一　人間は一個の孤立した存在である。
二　人間は知的意識、自意識をもつに至り、その結果、愛とか合一とか結合とかいった観念に縛られるようになり、自らが孤立し、自立した存在であるということを忘れている。
三　同じ知的意識が、人間はみな平等だという観念を人間に植え付け、それがあまりに強い固定観念になってしまったために、教育制度をはじめとする、人間存在のあらゆる側面に弊害を及ぼしている。人間はあらゆる点から見て不平等な存在である。
四　この知的意識は、その本来の分を果たす、すなわち本来やるべき機能を行なっている間はいいのだが、人間はこれに過大な評価を与えるようになり、ついにはこれが意識の唯一のあり方、形態だと誤解するに至った。この知的意識の及ぼす最大の害悪は、それがそれ自身を見ようとすることで、そのために人間は自意識的になり、あらゆる自発的な流露はせき止められ、まったく不自然で歪んだ存在になり果てている。

大体以上の四点が主要な鍵概念で、これらが、言葉を変え、論じ方を変えて、変奏曲のように繰り返し現れ、その間にはさまって、思い出したかのように教育に関する発言が現れる。しかしその発言、提言も、その具体性、実現可能性については深く掘り下げられることはなく、そのあたりに、教育を論じることに対するロレンスの姿勢が読み取れるように思われる。

以下、彼の論点を三つの角度から論じてみようと思う。一つは彼の意識論、第二は、人間の理想的存在様式に関する彼の見方、そして第三は、以上の点と教育に対する彼の提言との関連性、およびその提言の具体性と有効性である。

一

人間の意識についての思索はロレンス思想の中核をなすといっても過言ではなく、ジャンルを問わず多くの作品にこれへの言及が見られる。彼の意識論は基本的に二元論的で、人間は二つの別種の意識をもつとし、その両者をそれぞれ〈知的意識〉と〈血の意識〉という言葉で代表させている。彼の意識論の焦点の一つは、この二つの意識がいかにその本来果たすべき機能を失っているかということで、これを大まかに要約すれば、〈知的意識〉が肥大して〈血の意識〉をおびやかす、ないしは圧迫して機能不全に陥らせている、と言っていいであろう。

「民衆教育」の第三章で彼は、風呂に一人で入った子供が、「好奇心」という形で現れる〈知的意識〉のおもむくままに、石鹸を口にいれ、目にすりこんで、惨めな状態に陥る様を述べ、それを動物の「すばらしく純粋な好奇心」と比較して、これを人間のみに見られる悲惨であるとしている。なぜこういったことが起きるかというと、人間はある考え、観念を抱くと、どうしてもそれを「実行に移さずにはいられない」(*P*, 604) からである。しかも悪いことには、この観念は、その人間の真の欲求あるいは必要とは何の関係もない。換言すれば、人間の知的意識は〈観念の自動性〉とも言うべきものをもっており、まさにこの自動性が上記のような悲惨な状態を引き起こすのだと言う。そしてロレンスはこの知的意識を〈苦い責任〉と呼ぶのである。

さらにロレンスはこう続ける。

とにかく、子供たちに「自己表現」をさせようとしたり、自己を大切にして育ってほしいと願ったりするのは犯罪的だ。肉体的な自己表現といえば、石鹼を食べたり蜜を髪にかけたり、指をろうそくの火に入れたりするのが関の山だ。精神的な自己表現などさせられたりして、彼らはもうむちゃくちゃになってしまうだろう。それというのも、彼らはもう十分な知的理解力をもっていて、それが本能的理解力を抹殺し、ついには彼らを破滅させるからである。動物なら歩けるようになれば何とか生きていける。五歳の子供を捨ててみよ。その子はただ死ぬのではなく、自分を傷つけて殺すのだ。生まれながらに備わっているこの知的意識は、恐るべき両刃の祝福であり、それゆえ大人はこの祝福がもたらす破壊的な結末から子供たちを守らねばならないのだ。(*P*, 604-5)

ここには、ロレンスの意識論の中でも最も冷徹な部分が凝縮されているといっていい。というのも、彼が意識を論じると、〈知的意識〉の批判と〈血の意識〉の擁護という決まりきった図式にはまることが多いのであるが、ここではっきりと、〈知的意識〉を、人間に授けられた恩恵の中でも最も〈両刃の剣〉的なものであると認め、これを何とかその本来の機能に立ち帰らせようとする能動的姿勢がうかがえるからである。

第五章ではさらに歩を進めて、「人間が知的理解力を授けられているのは、順応できない動物であれば死に絶えるような敵対的な環境の中でも、すばやく変化してそれに適応し、生き延びるためである」(614-15)とまで言っている。これは彼の〈知的意識〉に関する言及としては異例のもので、このように〈知的意識〉に積極的意義を見ようとする言葉は、彼の全作品を通しても決して多くはない。これはたとえば、同時代のまったく対蹠的立場にあったバートランド・ラッセルの次の言葉を彷彿とさせる。

ベルグソンは知性について、これは純粋に実践的な能力で、生存闘争のために発達したのであって、真の信仰の源ではないと言っているが、これに関してはこう言おう。まず、われわれが生存闘争や人間の生物学的系統を知るのは知性を通してのみである。……当然ながら事実は、直感も知性も有用だったからこそ発達したのであり、はっきり言えば、それが真を差し出せば有用で、偽りを差し出せば有害であった。文明人にあっては、知性は、芸術的な能力のように、ときに個人にとって有用である範囲を超えて発達した。一方直感は、文明が進むにつれて減退していったようだ。一般に直感は大人よりは子供の中で、教育ある者よりは無教育な者の中でよく働くようだ。しかし、だから人間はもっと直感を発達させるべきだという人は、身体を青く染め、森を駆け巡って木の実を食べる野生人に帰ればよい。(21-22)

このロレンスとラッセルの言葉は、結論こそ正反対だが、現代人における本能あるいは〈血の意識〉の衰退を認めながらも、知性あるいは〈知的意識〉の役割をも積極的に評価しようとしている点で同質のものが認められる。一九二四年にニュー・メキシコで書かれた「アメリカのパン神」に見られる次の言葉は、表現そのものまで著しい類似を示している。「われわれはもう、弓矢で狩をし、テントに住むといった原始的生活には帰れない」(P, 31)。ロレンスとラッセルとの確執はよく知られたところで、二人の思想は基本的には異質のものであると言わざるをえないが、その二人にこのような同種の表現が見られるのは興味深い。

〈知的意識〉を「両刃の祝福」と捉えているのは、ロレンスの、そしてラッセルの慧眼と言うべきであろう。〈知的意識〉の特徴はその比較・対比・分析能力、そしてそれを土台とした論理的組立能力にある。G・I・グルジェフは「思考機能は常に比較という方法によって働くと言っていいだろう。知的結論は常に二つないしそれ以上の印象の結果なのだ」（『奇蹟を求めて』一七六頁）と言っているが、確かにわれわれはある問題を前にすると、それをさまざまな角度から検討し、必要とあれば部分に分解し、それをさらに細かく分析し、それぞれに最良の解決法を見出し、それらを総合して最終的な解決策を決定する。このプロセスはすべて〈知的意識〉によるものと言っていい。

しかし、ロレンスもラッセルもグルジェフも、この〈知的意識〉が唯一の意識でないという点では一致している。ロレンスは上記のように、〈知的意識〉を肯定的に評価している反面、その限界もはっきりと認識している。「知的認識あるいは意識は、脳の中で始原の意識からいわば抽出され、電信されて、最終的な形に書き留められたものである」(*P*, 628)。要するに、〈知的意識〉は、彼が「始原の意識」と呼ぶもの（これはほぼ〈血の意識〉と考えていい）から出てくる真の欲求、欲望を知覚に書き留めるだけの、いわば「従」の機能を果たすにすぎず、またそうあるべきだと言っているのである。ところがこの〈知的意識〉は、いつのまにか本来の機能から大きく逸脱し、あるいはこれをはるかに越えて膨張し、本来すべきでないことまでやるようになってしまった、というのがロレンスの主張である。彼はそれをまた次のようにも述べている。

ところがわれわれは僭越にも、強力な自発的意識をちっぽけな知的意識の枠に押し込めようとしている。われわれの内部では、もはや生命が偉大な情動の諸中枢から自発的に出てくるのではなく、はなはだしく肥大した精神すなわち知的意識が、これら根源の諸中枢を包囲し、支配して、初発の感情や行動を意のままに操ろうとしている。精神が実に巧妙にわれわれの感情や衝動を呼び覚まし、操っているのだ。つまり、偉大な情動諸中枢の重大な反応一つ一つが、無意識のうちに、精神によって引き起こされているのである。人間にはなすすべもない。人間のせいではないのだ。かつて存在していた極性が崩壊してしまったのだ。根源の諸中枢は衰弱して本来の自発性を喪失し、従属的で無能な、否定的なものに成り下がった。精神から重要でもない観念によって刺激を受けるのを待っているのだ。こうして現代の偽自発的生活が誕生したのだ。

……

どうしてこんなことになったのだろう。意識的になりすぎたから？　とんでもない。逆に、われわれの意識があまりに固定化したからである。まるでヤギを杭に繋ぐようにわれわれは意識を制限し、ごりっぱな観念に繋ぎとめてしまったのだ。知的中枢という、諸中枢の一つにすぎないものが知っていることにとことん固執するのである。たとえば、われわれは本質的に霊的存在であるとか、理想を追求する存在だとか、意識的な人格、知的生物である、等々と主張する。つまり、偉大なる情動諸中枢の独立した活動を可能なかぎり阻止してきたのだ。数千年もの間、自分の情熱をコントロールしようとするばかりか、ある情熱は完全に根絶させようとし、あらゆる情熱に観念の衣を着せようと躍起になってきたのである。（*P*, 629-30）

長い引用になったが、論旨はきわめて明瞭である。すなわち、現代人の中では本来「主」であるべきものが「従」になって主従関係が逆転しており、これがわれわれから自発性を奪っていると言うのである。

ここで注目すべきは、彼がこのような状態の「責任」を人間に帰していない点、すなわちこれを人類全体が患っている宿痾だと考えている点、そしてさらに重要なのは、このような状態の原因を、われわれが意識的になりすぎたからではなく、むしろ自らの意識を狭めて、あるいくつかの観念にしばりつけてしまったことに求めている点である。第二の点について彼はこう明言する。「知的意識が、人類の昼間の意識が悪いわけではない。悪いのはそれが唯一すべてであると思っていることだ」(*P*, 636)。つまり悪は「知的意識の独裁」だと言うのだが、ここでも、ロレンスのこの指摘は注目に値する。なぜなら、前にも述べたように、彼の筆は〈知的意識〉の一方的批判に傾くことが多く、それもしばしば激烈なものとなり、上記の引用に見られるようなバランス感覚を失いがちだからである。問題は〈知的意識〉そのものにあるのではなく、人間の中のその位置と働きにこそ、そして他の意識との関係の中にこそあるのだという指摘は、ロレンスの意識論を論じる上で、いくら強調してもしすぎることはないであろう。ロレンスが〈血の意識〉のみを擁護し、〈知的意識〉を不当におとしめているという印象を時に与えるのは、実は彼自身にも責任があるのだが、彼の意識論の根底には、このような冷徹な認識が見られるのである。

以上に見てきたような人間の意識観が、ロレンスの教育論の出発点である。すなわち、現時点での教育の目的は、さきに述べた主従関係の逆転を元に戻すことにあるとするのである。これを彼は次のような言葉で述べている。

少なくとも、教育と成長は、観念の自動性から逃れる、つまり自己の自発的で生命に溢れる中枢から直接的に生きる術を学ぶプロセスであるべきだ。(*P*, 604)

われわれは子供を、自発的、希求的、衝動的・欲望的な魂と、観念という小さな車輪の周りを回っている自動的な知性との間に完全な一致が見られるように教育しなくてはならない。これは考えうるかぎりでもっとも困難な仕事だ。というのも、人間は自分の魂が求めているものを解釈する術を知らないからだ。だから人は観念と理想の一大構築物を築き、墓へ、はたまた精神病院へと自分を機械的に追い立てているのである。(*P*, 605)

すなわち、人間の内部は「自発的・独創的な魂」と「自動的な知性」とに分裂しており、これに「完璧なる関係・均衡」をもたらすのが、換言すれば、魂の欲求を知性が理解できるようにすることが教育の本来の目的だと言うのである。

これを実現するための方法として、ロレンスはいくつかの提言をしているが、それを検討する前に、彼の意識論のもう一つの側面、それも、その弱点と思われるものを見ておかなくてはならない。

この側面を明確にするには、ケン・ウィルバーの「前/超の虚偽」(“pre/trans fallacy”)という仮説を援用するのが有効であると思う。ウィルバー自身の言葉を見よう。

まず、実際に人間が、三つの存在と知の一般的領域——感覚的、心的、精神的霊的領域——を活用しうる能力をもっている、と仮定してみよう。これら三つの領域は、いかようにでも言い換えが可能である。無意識—自己意識—超意識、前合理的—合理的—超合理的、前個的—個的—トランスパーソナル的など。問題は、たとえば、前合理的と超合理的は、いずれもそれぞれ独特の意味で非合理的であるため、未熟な目

にはそれらが同様なものに見えたり、時には同一のものにすら見えるということにほかならない。(『眼には眼を』三四一頁)

ウィルバーは、自らがその旗手とみなされているトランスパーソナル心理学独特の用語を使っているので、この引用には多少説明を要するかもしれない。たとえば前意識とは、未だ自己意識(個的意識)が生じていない、すなわち、自己を「個」として、他の存在とは別の個体であると感じていない状態で、最良の例は幼児に見ることができ、また群れをなして生存する動物、たとえば蟻なども個的意識をもっていないとされる。自己意識とは、自らを他の存在とは区別された存在として知覚する意識、つまりわれわれが通常もっているとされる意識である。

超意識は、幻視家や神秘家がもっているとされるような特殊な形態の意識、事物をあるがままに捉えることができる非日常的、あるいは超日常的意識で、モーリス・バックはこれを「宇宙意識」と呼び、エイブラハム・マズローはこの意識が生じる例外的な体験を「至高体験」と呼んだ。ブレイクの一連の著作はほとんどすべてこのような状態を表現していると見ることができる。その状態における人間の知覚を彼は次のように述べる。

一粒の砂に世界を見、
野の花に天国を見る
掌に無限を握り
ひと時に永遠をつかむ(Erdman, 490)

このように、遥か遠い昔から、神秘家とか幻視家とか呼ばれる人々が飽かず述べてきたこの状態、すなわち、自分と世界とを、一点の曇りもなく、その隅々まで見通し、理解し、把握していると感じる意識、これを超意識と呼んでいいであろう。本論でのロレンスの言葉を借りるなら、〈知的意識〉と〈血の意識〉とがそれぞれの分を果たしながら完全な均衡を保っている状態、あるいは、〈自発的・独創的な魂〉と〈自動的な知性〉が完全な意思疎通を行っている状態とも言えよう。

この均衡を説くロレンスは、しかし同時にウィルバーの言う「前／超の虚偽」に陥っているのではないか。たとえばロレンスはこう言う。「これはすべて間違っている。というのも、数匹のウサギを見るとき、われわれは個々のウサギがそれ独自の性格をもった独自の存在であることをはっきりと見て取る。そいつに意識を付与するのは遺憾ではあるが、そいつはまったく独自の意識をもっているのである」(*P*, 619)。ウサギが「独自の性格」をもっているかどうか、あるいは生物学的、生理学的に意識をもっているかどうかはここでは問題ではない。要点は、たとえもっているとしても、それは人間の〈自己意識〉とは非常に違う何物かであるということだ。ここでロレンスが見逃していると思われるのは、上に述べた意識の三段階(これは、意識が文字どおり三段階であるという意味ではなく、意識の発達を図式化したものにすぎない)に当てはめてみると、ウサギの意識は明らかに〈前意識〉あるいは〈無意識〉と呼ばれるものに属し、人間のそれは〈個的意識〉に属するということである。

意識の発達ないしは意識の段階という考え方は、あるいは一般的に受け入れられていないかもしれないが、ここで言う段階とは、たとえば、蟻の意識と人間の意識が同レベルにあると考えるのは困難で、それと同様に、すべての人間が同じ意識のレベルにあると考えるのも困難である、ということから推論されるような段階を指す。ロレンス自身、このことは部分的には明確に認識し、また繰り返し強調している。「ヤマアラシの死をめぐっての随想」では上位から下位までの生存形態を想定し、これを「生存物のサイクル」と呼び、それは「下位の生存物を凌駕することの上に成り立っている」という。そして各生存物間の「生の活性度」を比較していき、メキシコ人の御者は馬より活性度が高く、最後には「メキシコ人の御者より私の中での方が生の活性度は高い」(*RDP*, 357) とまでいう。この序列観には意識の段階と同質の見方がある。そしてこれが発展したものが、「すべての人間は、彼がまごうかたなく彼自身である場合、単一で比較を絶している。しかしこのことから、すべての人間は平等だというとしたら、それは誤った、不合理な推論である」(*P*, 603)、あるいは「いかなる意味でも人間は平等ではない」(*P*, 600) という宣言であろう。

　このように、あるところでは生存物とその意識の序列を明確に認識するロレンスだが、しかしそれ以外の多くのところでは、この序列的・段階的な見方をとらない。とりわけ人間批判をするときにはしばしば、動物がもっていると彼が考える「無垢」を、人間のもつ自己意識よりも高次のものとみなす。つまりロレンスは、たとえば動物に典型的にみられるような意識の前段階を、あたかも超越的段階に達した意識であるかのように捉えていること、ウィルバーの言葉を借りれば、「前個的領域を疑似超個的状態に昇格」(『眼には眼を』三五五頁) させているのである。

　ロレンスの見方では、「生の活性度」の序列と意識の序列は別物なのかもしれない。意識の序列の高い存在は単に〈知的意識〉に秀で、その分〈血の意識〉が弱いと見るのかもしれない。しかし先ほど見たロレンスの「生存物のサイクル」観においても、二つの序列が密接に関連しているのは明らかだろう。チョウよりもヘビが、ダチョウよりも猫が上位にあるのは、単に生の活性度のみでなく、「感覚的、心的、精神的霊的領域」すべてにおいてそうであるはずだ。そうであるからこそ上位のものは下位のものを「凌駕」できるのだ。

前にも見たように、人間は〈知性〉と〈本能〉（ラッセル）、〈知的意識〉と〈血の意識〉（ロレンス）、あるいは〈思考センター〉と〈感情センター〉（グルジェフ）をもっており、それぞれが違う機能を果たしている、もしくは果たさなくてはならない。どちらかが他の機能に踏み込んだり、さらには一方が他方の機能を完全に抑え込んだりするようになると、人間はきわめて悲惨な状態に陥る。どちらかが他方より優れているのではなく、双方が本来の機能を果たすことこそが肝要なのだ。ロレンスもこのことは十分に認めている。しかしそうしながら、知的意識、少なくとも人間のそれと同レベルの知的意識はもっていない動物の生存形態を美化することに、いや、そうせざるをえないところに彼の根本的な誤謬がある。人間の中でこの二つの意識が正常に機能していないという点を認めるまではいいが、それを押し進めて、「前」意識しかもっていない動物、あるいは自然の状態により近いと彼が感じた人間、たとえば農夫やジプシーや森番を、あたかも「超」意識をもっているかのように描くこと、あるいは「超」意識とは言わないまでも、あたかも〈知的意識〉と〈血の意識〉とが調和を保っているかのように描くこと、ここに問題がある。

もちろん彼も、〈知的意識〉が未発達の状態が望ましいわけではないことは認識していた。

イェイツのように間抜けを「神の愚者」などと呼んで賞賛することもできる。しかし私には村の白痴は単なるお馬鹿さんにすぎない。……人間は本能では生きられない、知性をもっているからだ。……人間は知性と観念をもっている。だから無垢と純朴な自発性の欠如を嘆いても無駄なことだ。人間は絶対に自発的

にはなれないのだ。(*PII, 624*)

しかしこのような表現は決して多くはなく、むしろこれとは逆に、動物やある種の人間の「無垢」な状態、そしてそれが生み出す独特の力と美を説いて倦むことがない。典型的な例は『堕ちた女』のチチオ、「処女とジプシー」のジプシー、「セント・モア」の同名の馬など、枚挙に暇がない。チチオという造形にあっては、その〈血の意識〉が生み出すのであろう「暗い美」が、恐るべき力でアルヴァイナに襲いかかり、彼女がそれまで自己だと信じていた表層の自我を突き破って、真の自己を見いだす触媒の役目を果たすのである。チチオの〈知的意識〉はもちろん、彼の内部での二つの意識の関係もまったく問題にされていない。しかしここで重要なことは、この小説が含意している、あるいは少なくとも読者の大多数がそう受け取るであろうところの観念である。すなわち、〈知的意識〉のあまり発達していないチチオのような人物こそが、強い、あるいは望ましい〈血の意識〉をもっており、それが特殊な力と美とを生み出しているのだ、というふうに考えていたとするならば、ロレンスはまさにこの「前/超の虚偽」に陥っていたことになる。なぜなら、超越的意識は、いかにその形態が前個的意識に似ていようとも、あくまで別物だからである。この点について、ウィルバーはこう言う。

自我の発生とともに、精神は阻害の頂点に達したかのように見える。だが、実際には、自我の発生によって、精神は帰途についたのだ。それは自然の前個的な無意識から出て精神の個的な自己意識へと向かったのである。精神への中宿にあたる自我が、すでに堕落している存在状態を自覚できる最初の知的構造であるという事実が、実際には治癒への途上にあるにもかかわらず、誤って自我が病そのものの原因であるかのよ

うに思わせてしまうのである。（『眼には眼を』三五〇頁）

この点をさらに明確にするために、ウィルバーが引いている二人の思想家の言葉を引用しておこう。最初はインドの哲人メハー・ババの言葉である。

自我は消滅するために生じ、魂の長旅では無用の長物である、と考えるのは誤りであろう。精神的霊的努力によって自我を超越し、自我を越えて成長することが可能であるところから、自我は永続的なものではないが、自我形成の局面は一時的に必要なものとみなされなければならない。（『眼には眼を』三五八頁）

次はベルジャーエフの言葉。

楽園の条件は無知ということであった。それは無意識の世界であったといえる。……楽園では人間の自由はまだ実現されていなかった。人間はそこで楽園の至福を捨てて宇宙の中の苦悩と悲劇を選び自らの運命を究極まで追求することになった。これが人間意識の誕生であった。その後の人間はものごとを判別したり評価するようになり、知恵の木の実を食して善と悪のまえに立たされた。禁断の知恵の実を食べることによって人間は非合理の暗がりから出て自由の身となったが、それは無知の中の幸せを捨てて死と分別という苦しみを抱え込むという行為でもあった。……（知恵を身につけたことは）恥ずべきことではなくむしろ高みに昇る行為であった。人間の偉大さの証明であった。（『エデンから』二七八―七九頁）

彼らが指摘しているのは、人間が〈知的意識〉をもつに至ったのはまさに恩恵と言うべきであり、それが現在「両刃の祝福」にとどまっているのは、人間が未だそれを十分に発達させていないからにほかならず、現在陥っている苦境ゆえに、〈知的意識〉の存在そのものを否定的に考えるのは誤りだということである。前に引いたブレイクは、この点に関しても実に鋭い洞察を示している。

組織化されていない無垢とは一つの不可能事である。
無垢は叡智とともにある。決して無知とではない。（Erdman, 697）

思考は生命
そして力であり息吹
しかし思考の
欠如は死　（Keynes, 183）[1]

眼は心が知るよりも多くを見る。（Keynes, 189）

ロレンスとほぼ同時代を生きた霊的思想家ルドルフ・シュタイナーも、人間における思考の役割を重視してこう述べる。「人間は思考存在なのであって、思考から出発するときのみ、自分の歩む認識の小道を自分で見つけだすことができる……　思考こそ感覚的世界で行使しうる能力中最高の能力である」(一七五―七六頁)。これを補足するかのように、このシュタイナーをはじめとする多くの思想家と話し、それを克明に記録したロム・ランドーはこう書いている。「ルドルフ・シュタイナーは、人間の知性(精神)は神的な性質をもっており、それゆえ悪ではありえない、病に対する責任があるとすれば、それは精神がその中に宿る肉体のみである、と言うが、まさにこの教義こそが、知的な混乱の治療に新たな方法を提供したのである」(二五〇―五一頁)。

同じ著書にランドーは、現代インドの聖賢クルシュナムルティの言葉も記録している。「重要なのはあなたの思考の質であって、その内容ではありません。思考を消すのではなく、完遂してみなさい。そうすればあなたの精神は相争う思考の戦場ではなく、すばらしい創造的な道具になるでしょう」(二七一頁)。ここに引用した人たちの見方を、再びウィルバーの言葉を借りて要約すればこうなるだろう。「人は実際に自我・論理から自由になることができる。しかし、そのためにはまず、自我・論理を自由に使いこなせるようになっていなければならない」(『眼には眼を』三五九―六〇頁)。グルジェフの高弟の一人であったモーリス・ニコルも同じ点を強調する。すなわち、グルジェフの思想および行法を習得するのは「第二の教育」であり、これを受けるには「第一の教育」(五頁)、つまり人生経験の中で強い自我を作り上げていることが必要不可欠の条件だというのである。

コリン・ウィルソンの楽観主義については第一四章でやや批判的に論じたが、この文脈で見れば、彼の次の言葉は説得力をもって迫ってくるだろう。「二十世紀という時代はともすれば、知性を軽んじ、直感や本能、時には行動力より下位に追いやってきた。しかし、もっとも深遠な問題の解決策は『知』のなかに、したがって、精神の力のなかにこそ存在するということを私はつゆ疑ったことがない。知性とは私たちが持つもっとも強力な道具である」（九六頁）。

こうした思想家たちの見方が一貫しているのに対して、ロレンスの〈知的意識〉に対する考えは、執筆の時期によってかなりの振幅が見られる。たとえば中期に書かれたエッセイ、「精神分析と無意識」にはこうある。「観念は乾いた生命のない無感覚の羽毛で、われわれとそれを取り巻く宇宙との間に絶縁体を作り、これを征服する道具を生み出すことで、両者の関係を阻害する。知性（精神）は道具中の道具だ。創造的な実在ではない。……知性（精神）は生命の行き止まりなのだ」（*PU*, 274）。しかしその約二年前に書かれた「民衆教育」では、すでに見たようにこう書いている。「知的意識が、人類の昼間の意識が悪いわけではない。悪いのはそれが唯一すべてであると思っていることだ」（*P*, 636）。このような振幅が起きるのは、先に引いた人たちが述べ、ウィルバーが簡潔に要約していた異なるレベルの意識間の関係を、ロレンスがはっきりと認識していなかったからではなかろうか。意識、あるいは広く人間と言ってもよいが、その発達の前段階と超越的段階とは、どちらもその特徴を無垢、自由とする点で酷似しているが（たとえば幼児と聖者）、それらは自ずから別のレベルに属する無垢と自由である。さらに事態を混乱させているのは、両者の中間段階にある大半の人間は、その存在を悲惨と苦しみの連続と感じるか、ないしはまったく機械的、盲目的に、まさに生に流されていく。そして、この段階を何とか脱しようとする者は、つい前段階への退行を夢見るか、努力を通して超越的段階へ参入しようとする。しかし当然のことながら後者の道は険しく、「成功」する者は少ない。勢い、退行を超越的段階への参入と混同するという現象が起きる。人間の道は前方にしか開いておらず、現在の状況を突破してさらなる発展を遂げるしか道はないのだが、大半の人間にはこれが理解できず、幼児的な退行、あるいはロマン的な「高貴な野蛮人」といった類のものが問題の解決法に見えるのである。

ヘルマン・ヘッセは常にこうした人間の意識のありように関心を抱いてきた作家であるが、その最も集約的な表現が『荒野の狼』である。[2] そこで彼のたどりついた洞察も同じ方向を指している。第一章でも見たが、重要なのでもう一度引いておこう。

狼にであれ、子供にであれ、およそ背後へ人間を連れ戻す道などというものは、あるはずのものではありません。またおよそことの始源に純真さと単一があったということも真理ではありません。すべて創られたものは、たとえどのように単純なものに見えたとしても、もう原罪であり、分裂であり、もう生成という汚れた流れの中に投げ込まれ、永久に永劫に流れを遡る術をもつものではありません。純真への道、創られぬ以前へ、神への道は背後へ導いていくのではなく、実は突進することであります。狼や子供にかえることではなく、いよいよ深く罪劫に塗れ、いよいよ深く人間完成の中に徹することの中にあります。（八三―八四頁）

〈知的意識〉あるいは自意識という言葉こそ使っていないが、ヘッセがそれを念頭においてこの本を書いたのは明らかである。主人公ハリー・ハラーは何よりもまず自意識に悩まされる人物として登場する。彼が放浪の果てにたどりつく「魔法劇場」の入場料（犠牲にすべき、放棄すべきもの）は「理性（知性）」であった。それを支払って中に入った彼は、人間意識の万華鏡ともいうべきものを見るが、最後に到達する境地をヘッセはこう書いている。「喜んで私はその将棋をもう一度さしてみたい気がする。その苦しみをもう一度味わってみようではないか、その無意味さの前にもう一度戦慄し、私の心の中に潜んでいる地獄の中を、もう一度、いや、なんどでもくり返しさまよって行きたい気がするのだ」(二八八―八九頁)。たとえ人間の現状が苦渋に満ちたものであろうとも、それをもたらした原因のすべてを〈知的意識〉とそれが生み出す自意識とに帰するのではなく、その意識をさらに完全なものにすることによって、いったん失われた〈血の意識〉、本能、直感などとの均衡を取り戻さなくてはならない。その途上で人間は、ハラーが通り抜けたような苦しみを味わうだろうが、それをもって〈知的意識〉弾劾の理由にするのではなく、ヘルミーネやパブロに象徴される高次の意識へと進むことによってこの苦境を克服しなければならない。人間の目指すべきは「幼児的無垢」ではなく、「聖者的無垢」あるいは「意識的自然さ」とでもいうべきものである。人間の現状の突破口は、決してロレンスがここに書いているような「これ以上自分自身を見ることなかれ」、あるいは「上位の意識を手放せ」(P, 633)といった態度にあるのではなく、より深く、冷徹に自分を見つめることに存するのである。

二

次に、第二点として、人間の理想的存在様態に関するロレンスの考えを検討してみたいが、これは、上に論じた彼の意識観と密接に関連している。ここでは、「民衆教育」で大きく取り上げられている二つの点、すなわち、人間は一個の孤立した存在であるという点、そして人間はみな不平等であるという点を中心に考察してみたい。

まず人間の平等性という点から見てみよう。すでに引用した文章からも明らかなように、ロレンスは「民衆教育」で、人間は平等であるという観念に真っ向から攻撃を加えている。すなわち、人間は平等という観念ないし理想を抱いたがために、個々の人間がそれぞれに独自で、比較を超えた存在であるという根本的な真理を見失ってしまったと言うのである。人間はあらゆる点で違っており、そしてその違いを認識し、尊重すべきなのに、その事実に平等という観念を無理やり押しつけて、違いがまるで存在していないかのように振る舞っていると言う。「小さなものは大きなものと同じく完全である。個々のものは独自でそれ自身の場所にいる。しかし、にもかかわらず大きなものは大きく、小さなものは小さい。そうであることにこそ個々のものの喜びなのだ」(*P*, 603)。彼にとっては、さまざまに違うそれぞれの存在物がそれ本来の位置にいることが純粋な喜びであり、そしてその違いを認識することが何よりも大事なのであって、どちらが優れているか劣っているかということは二義的な重要性をもつにすぎない。――こうした主張はとりわけロレンス独自のものではないし、また理解が困難なわけでもない。しかしここでわれわれの興味を引くのは、ロレンスが図らずも、ウィルバーのもう一つの重要な概念である「カテゴリー・エラー」を人間が犯していることを指摘していることである。

「カテゴリー・エラー」とは、先に触れた「前/超の虚偽」を含む上位概念で、それぞれのカテゴリー内では正しい考えでも、それを別のカテゴリーの中に置くと、あるいはそもそもカテゴリーというものを無視して論じると、必然的に誤りとなる、という考え方である。本論に即して言うとこうなるだろう。もしカテゴリーというものをはっきり意識して論じないならば、人間存在に関する二つの見方は完全に対立しあったままで、何等の妥協点も見いだせないだろう。その二つの見方とは、ここでロレンスが強調している、人間はすべて独自の孤立した存在で、彼らはいかなる意味でも「平等」ではないというものと、人間は一個の存在として本来の場所にいる限り、その独自性や違いとは無関係に、比較を絶した存在であるという意味ですべて「平等」である、という二点である。「民衆教育」の中ではロレンスは、前者ばかりを強調しているように見えるかもしれないが、すぐ上に引いた箇所に込められている考えは明らかに後者に近いものである。

ここで興味深いのは、ロレンス自身こうしたカテゴリーをほとんど意識せずに論じているのだが、それが逆に、われわれが一般に犯している「カテゴリー・エラー」を見事に浮き彫りにしている点である。人間はすべて独自の存在で、個々人それぞれ違っていて、その意味で「不平等」という見方と、人間は、まさにその独自性のゆえにみな「平等」であるというどちらの見方も、それぞれのカテゴリーでは妥当である。両者の言明においては「平等」にこめられた意味が違うと言ってもいいが、それをより適切に言えば、両者は別のカテゴリーに属する事実だということになる。両者はそれぞれのカテゴリーにおいては真であり、決して互いに矛盾しはしない。誤解や混乱が生じるのは、双方をあたかも一つのレベル、一つのカテゴリーに属するものとして互いに突き合わせ、論理的に整合性をもたせようとする時である。そうすること自体が誤りなのだから、そこから出てくる結論に矛盾があるのは必然である。

「カテゴリー・エラー」という観点から見るとき、ロレンスが犯している過ちは明らかになる。たとえばあるときは、「あの人間はあなたと同等か、劣等か、あるいは優等なのか？ もし比較しなければ、そのどれでもありえない。比較しなければ、その人間は比較を絶した存在である。彼は比較できないのだ。彼は独自で、彼自身である」（*P*, 602）と言明しておきながら、ここから彼は、二人の人間が出会うと自然に均衡が生まれるという。「この二人の人間が不平等であることは疑いない。しかし不平等とは感じない」（603）と論を続ける。これは、比較しなければそもそも平等ということもないのだと言いながらも、やはり不平等は存するのだという。これは、当人が感じる（sense）かどうかといった問題ではない。人間が「比較を絶した」「独自な」存在であるということは、このことを思考しているレベル＝枠組み＝カテゴリーにおいては平等、不平等という概念そのものが不適切な、用をなさないものだということにほかならない。それをロレンスは、一方の事実を表明しながら、別の思考のカテゴリーに属する事実を並列して述べる。そこに問題が生じるのである。

しかし、以上のような「カテゴリー・エラー」は犯しているにしても、人間の能力や独自性といったカテゴリーにおけるロレンスの指摘には、注目すべきものが多い。彼の指摘は、図らずも、教育に関わる者の多くが、彼が犯しているのとちょうど反対の「カテゴリー・エラー」を犯していることを明らかにする。すなわち彼らは、平等という観念・理想を盲目的に重んじるあまり（あるいはそうするよう教育されてきたので）、個々人の性格や能力の差異（不平等）という歴然たる事実に眼をつむるか、あるいは前者を後者に無理やり押しつけており、そのため教育はその本来の目的を果たしていない、ということである。

この考えを押し進めるロレンスは、さらに次のような瞠目すべき発言をしている。


だからこれからも人類という、生きた巨大な集団が常に存在するだろう。まとまりもなく自己を表現することもできないこの集団は、それぞれの民族、それぞれの時代が生む偉大な個人を通して完全な自己表現をする。木に葉が生い茂ることで花が咲くように、指導者が生まれるには莫大な数の人間が必要なのだ。リンゴの木の葉一枚一枚をすべて花に変えたいとは思わないだろう。なのになぜわれわれは、すべての人間を完全な表現者としての存在に変えたいなどと思うのか？　すべての炭鉱夫をシェリーやパーネルに変えるのがわれわれの目的なのか？　そんなことはできはしない。炭鉱夫は一人のパーネルを生み出すことで完成され、さらにそうして生まれたパーネルたちは一人のシェリーを生み出すことで完成するのである。これが人間の生の形だ、小さな噴火が無数に起きるのではなく、火山が頂上の一点で噴火するように。（P.

(609)

これは現代の教育者にとってはきわめて衝撃的な言葉だと言わねばならない。ロレンスの論旨は明快である。人間が本来生まれながらにもっている潜在能力には明らかに差がある、つまり不平等なのであり、それを無視して、全員を平等にシェリーやパーネルのような人物に仕立てあげようとすることは、生の事実と根本的に矛盾する。この矛盾に気がつかないか、あるいは気づかないふりをしているために、教育者はこの矛盾に引き裂かれ、身動きがとれない状態に陥っている。人間はみながみな傑出した人物にはなれず、またなる必要もない。しかし、誤った平等観、そしてそれを社会に適用した民主主義なるものが誕生して以来、みながみなシェリーやパーネルになれるし、またならなくてはいけないというのが、教育の至上目的になってしまったのである。(近年はやった言葉で言えば、「みんながオンリー・ワン」の思想とでもいえようか。)そうではなく、一人のパーネル、一人のシェリーを生み出すために、彼らより「劣る」大多数の人間はその輩出の土台となり、そしてそうした人間が生まれたことによって自らの存在をよしとすべきだ、彼らの完成を自らの完成と捉えなければならない、と言うのである。

ここでわれわれは考え込まざるをえない。現在でもかなりの程度階級的な社会形態を残し、教育にもそれが反映しているとされる英国、しかも今よりもはるかに階級が確固たる存在であったロレンスの当時の英国に対してさえこのように激烈な批判が行なわれうるのであれば、現在の日本に対してはいったい何を言うべきであろうか、と。漱石が早くから指摘したごとく、外発的に近代化を始めた、あるいは始めざるをえなかった日本では、平等と、それを保証する民主主義という観念も当然内から生じたものでなく、それゆえわが国では一種純粋培養的にはぐくまれ、きわめて特殊な、「箱いり娘」的な民主主義が誕生した。この民主主義の特徴はその純理論的ともいえる純粋性であるが、この純粋性は、文字どおり両刃の剣である。国民の大半が階級のほとんどない社会と感じられるような国を作り上げたという意味では、この民主主義の「功」は認めざるをえないが、一方、ここでロレンスが論じているような問題、およびそれから生じる矛盾にはからきし弱く、いつまでたっても、この能力差（不平等）という厳然たる事実に真正面から向き合い、これに対処することができないという点において、その「罪」の側面は、すぐれて今日的な問題としてわれわれの目の前にその姿を現している。しかしここでは日本の教育問題を論じるのが主旨ではないので、それを論ずる際にもロレンスの指摘は多くの場合きわめて示唆的であると言うにとどめて、本論に戻ろう。

上に引いたような信念に立つ彼は、社会形態としての階級に対してもこのエッセイでは肯定的な評価を下している。「体制がなくてはならない。人間の階級がなくてはならない。区別が必要なのだ……」(611)。これは、階級社会という当時の英国の状況に終生苦しみ、自らがその中に生まれた労働者階級にも、むろん上流階級にも、そして知識人階級という特殊な層にも違和感を抱き続けたロレンスの発言としては意外にも思えるが、彼の人間観と社会観からすればむしろ論理的必然でさえある。こうした信念を抱く彼にとって、俗に解釈されている民主主義などとうてい容認できるものではない。彼によれば、「真の民主主義とは、莫大な数の民衆という土台から、生と理解の領域を経て、偉大な人間、すなわち完全な表現者が唯一人住まう頂上へといたる体制」(609)である。このような表現が、ロレンスをファシストと決めつけるような見方の温床になったことは否めないが、もちろん彼が言っているのは、微妙な点でファシズムや全体主義とは違うものだ。プラトンの「哲人政治」を思い起こさせるこの体制はむしろ、「真の民主主義」などと呼ばずに、精神的階級社会といった方が誤解が少ないのではないか。少なくとも、現在論じられ、あるいは信じられている「真の民主主義」が、ロレンスの説くそれと一致することはまずあるまい。

すべての人間がシェリーやパーネルになれると信じる者はいないだろう。厳密に言えば、日本をはじめ多くの国で行われている「民主主義的」教育も、決してすべての生徒を詩人や英雄にしようとしているわけではない。その目標としているところは、実はロレンスがここで論じている教育の目標とかなり近いのではあるまいか。すなわち適材適所である。しかしそれはあくまで目標であって、その実態は、少なくとも日本に限れば、はっきり異なっていると言っていい。すべての者に平等、ないしはかなり平等に近い機会と可能性が与えられたのは「民主主義的」教育の最大の功績だが、その反面で、機会が平等であることが、あたかもその機会を享受する者までもが平等であるといった幻想を育ててきたのではないか。能力差、個性というものを本当に認め、尊重するならば、すべての生徒に同じ教育を施し、また同等の結果を期待するということが起こるはずはない。しかしそれが現在、日本をはじめとする多くの国で起こっていることなのだ。

なぜか？　それは現代人が、あるいは近代人と言った方が正確かもしれないが、個性は認めつつも、能力の違いを認めることを極度に恐れるからにほかならない。ロレンスによれば、われわれは飢餓を、貧困を恐れている。その恐怖は、せんじつめれば自己の存在自体に対する恐怖である。みながみな、能力差も、したがって競争もない「平和」な社会と生活を望んでいる。しかしこうした形の「平和」は人間の本性からいって不可能なものであり、望ましいものでもない。われわれは競争と共存しうる平和、もっと言えば、健全な競争が生み出す平和を手に入れなくてはならない。競争が生み出す平和とは、能力差を自明のものとし、同時に、その能力差、個人差が、別のカテゴリーの「事実」である「神の前での」平等をまったく侵害しないような状態と言ってよかろう。換言すれば、能力差に自意識的に同一化しない状態、もっと分かりやすく言えば、能力差というものがあまりに自明であるために、あるいは、それを認めることが完全に合意された前提となっているために、能力をもつ者はそれをおごらず、もたない者もそのことで恥辱を感じることもない、そしてさらには、個々人はそれぞれ違った面に能力をもっていることを認める謙虚さを各人が有している状態、と言っていいであろう。

ロレンスが言っているのはまさにこのことなのだが、もちろんこれは言うはやすく行うは難いことである。なぜそれほど困難であるかと言えば、実はわれわれが、能力というものを、かなり狭い範囲で、あるいはかなり限られた数の尺度で計っているからだ。日本の場合、教育の場での能力といえば、端的に知的能力を指す。みなが口では、人間にはさまざまの能力があるからそれを伸ばせばいいと言いながら、その実ほとんどの生徒が知的能力を伸ばすことにのみ専心している。これはもちろん彼らの責任ではなく、そのような言葉とは裏腹に、教師をはじめとする彼らの周りのすべての大人が、彼らにこの能力の発達を要求していることを痛いほどに感じるからこそそうしているのである。こうして教育の理想と実態とはますますかけ離れていき、ロレンスが描くとおりの完全な悪循環に陥っている。

次に、これに関連するもう一つの彼の論点、すなわち、人間は本来個的存在であり、孤立しているべきであるのに、民主主義的教育はこれに真っ向から反対し、この人間の本来のあり方を破壊している、という点を検討してみたい。まずロレンスの言葉を聞こう。

個は個であり、孤立している。永遠にそうなのだ。……人間が近づきあうと、戦慄が、火のような接触が

生まれる。だが決して一体化することはない。相手から引き下がり、知的な絆は生まれるが、一体感はない。(*P*, 634)

個は個であり、常に集団以上の存在である。……一は多に勝るのだ。(637)

二人の人間の間には生きた一体性は絶対に生じない。あるとすれば、互いに没入しあうという死のごとき一体性にほかならない。(638)

人間の「個」性に関するロレンスの発言は時代によって振幅を見せるが、特に中期にはこの種の主張が一貫して行われる。これらの言葉の伝えんとするところはこうであろう。一個の人間の価値は計りがたいほどに重い。しかるに人間はそのことを忘却して自己を失い、いたずらに集団の中に埋没し、それによって心の平安を得ているが、それは真の平安ではない。人間の出合いは、それぞれが個として孤立しているからこそ成立し、あるいは意味深いものになるのであるが、これを意味深いものにするためには、出会いの後に必ず双方が自らの場所に立ち帰り、決して一体となったままでいないことが必要だ。——この論が、他の時期に書かれた論、例えば『アポカリプス』に見られるような、人間は宇宙という有機的全体の一部にすぎず、それを認識することこそが人間の未来を約束する、といった論や、「ドストエフスキーの『大審問官』」や「個人意識と社会意識」などで強調している、全体の中にあってこそ個は有意味だという見方とはその主旨を異にしていることは明らかだろう。しかし実はこれら二つの見方は彼の中に常に共存していて、あるときは一方が、またあるときは他方が真であると認識され、強く表現される、と見るのが正確であろう。

ここでロレンスが強調する人間の存在様態を理解するには、やはりカテゴリーという概念を導入するのが便利だろう。人間が個であり、孤立した存在だというのは、あるカテゴリーでは厳然たる事実である。しかしこのことは、人間が社会的、集団的な存在であることを否定するものではない。この両者は決して矛盾しているのではなく、別のカテゴリーに属する事実なのだ。前にも論じたように、両者はそれぞれのカテゴリーでは真実だが、これを同一のレベル、カテゴリーで論じ始めるとき、両者の間に矛盾が見えてくる。しかしこの矛盾は幻影であり、そもそもこの両者を同一のカテゴリー内で論じようとする設定自体が間違っている。ロレンスはここでもカテゴリー・エラーを犯している、あるいは少なくとも犯しかけていると言わざるをえない。人間の存在様態の事実として「個」および「孤立」を指摘することは、それ自体何の誤りもない。しかしそれを過度に強調し、人間の社会的存在という側面を否定、あるいはあたかも歪んだ存在様態であるかのように弾劾し始めるや、彼は罠に陥る。人間はどちらの側面も失ってはならない。いや、そもそも失うこと自体不可能なのだ。孤立しているのが本来の状態でもなければ、集団の中にいるのが本来の状態でもない。両者は相補的関係にあり、どちらが中心、あるいは主だとは言えないのである。

先にも述べたように、ロレンスは時期によって、人間の存在のこの両側面のある一方を他方よりも強調する傾向があるが、「民衆教育」を書いた時期には、人間の「個」的側面の強調はその頂点に達していたようである。「あらゆる交感、あらゆる愛や意思疎通はみな意識であり、個人の完全な単独性に至る手段に過ぎない」(*P*, 637)といった表現にそれは端的にうかがえる。しかし、すぐにわかることだが、「交感、愛、意思疎通」(共生存在)と「個人の完全な単独性」(個生存在)とは、どちらかがどちらかの「手段」であるといった関係ではない。両者は人間の二つの存在様態にほかならず、主従の関係にあるのではない。そしてこの両者の完全な統一が、人間が求めるべき理想的存在様態である。しかし「個」を強調するロレンスには、こうした両者の関係が正確には見えていないようだ。

さらに、彼が強調する「個」および「孤立」ということ自体にも問題がある。再び「前／超の虚偽」を援用するなら、人間が孤立している状態にもやはり「前」「個」「超」の区別がある。「前」意識的な孤立とは、集団や人間一般に対する嫌悪、反発、軽蔑、ないしは自分が容れられないという苛立ちなどから、自分を集団から引き離し、あるいはしばしば見られることだが、引き離したような幻想に陥っている状態である。これは単なる「リアクション」にすぎず、孤立しているという感覚自体が幻想で、実際にはネガティヴな形でその集団に依存しているにすぎない。中間段階にある「個」的、あるいは自己意識的孤立は、われわれの大半が、あまり強くは意識していないがそれでもうすうす感じている状態、すなわち、自分が集団に依存しているという感覚と、一人であるという感覚とが同居している、あるいはその双方が交互に強くなるといった、かなり曖昧な状態である。第三の「超」意識的孤立は、これら二者とははっきり違って、自分が個体として孤立していることを完全に認識しながらも、同時に、いかに自分が、直接会うことも目にすることもない人々や動物、さらに広くは、宇宙の生きとし生けるものすべてを含んだ集団に多くを負っているかを、明瞭に意識している状態であろう。これは、ユングの言う「個体化」の過程が終了したときにたどりつく状態、あるいはグルジェフの言う「人間第七番」と基本的に同類の状態と思われるが、ここに至っては、「個」と「集団」、「孤立」と「融合・一体化」という二元論自体が存在しなくなる。より正確に言えば、そのような二元論がそもそも幻影であったことが明瞭に認識されるはずである。

ロレンスがここで説いている「個」と「孤立」がどのカテゴリーに属するかはにわかに決め難いが、少なくとも、あまり明確な区別をしていないとだけは言えるであろう。上に引いた言葉に続けてこう言っている。「これは無政府主義や混乱を意味しているのではない。……あるいは今日言うところの個人主義でもない。いわゆる個人主義なるものは安っぽいエゴイズムにほかならず、ちっぽけな自意識過剰のエゴが自分の自意識を無制限に披露できると思っているのである」(637)。これはロレンスが、自らの説く立場を「前」意識的孤立の状態と区別するために言っていると取れようが、かといって、ここで論じている「民衆教育」を見るかぎりでは、彼が「超」意識的孤立をはっきりと意識していると考えることはむずかしい。厳然たる二元論がそこにあるからだ。

三

前節では、「民衆教育」に見られるロレンスの人間観、とりわけ彼が理想的存在様態と考えるものを検討し、さらにその問題点を考察したが、ここでは彼の教育に関する提言を見、その有効性を検討してみよう。

これまで見てきたような意識観、人間観をもつロレンスが、教育について次のような発言をするのに何の不思議もない。

個人的な希望を言うならば、健全な教育制度を作れば、来るべき世代を自意識というわれらが汚らわしき病から解放できるかもしれない……(*P*, 627)

初期の児童教育は完全に非知的なものでなくてはならない。（P, 641）

手仕事に関して大事なことは、頭で考える仕事になってはいけないということだ。……今やっていることを知的に理解したところで、それは仕事そのものにはまったく無意味だ。……仕事をしている間は、理解などしようとせず、自分が何をしているかを知りなさい。……じかに触れて感覚で知るのだ。……ひたすら仕事に没頭してわれを忘れること、これは人生の喜びの一つである。（P, 653）

現代の教育を害しているのは、根本的な身体的経験を知的活動の領域に押し込もうとしていることだ……もしわれわれの意識が二元的で、その活動も二元的なのであれば、なぜ二つをごちゃ混ぜして一つにしようとするのか。知的意識と情動的ないし身体的意識との関係は、常に相反する両極性をもっているのである。（P, 654-55）

こうしたロレンスの言葉は、彼の時代の教育にも妥当したであろうが、図らずも、現代の教育の現場で起こっているカテゴリー・エラーを鋭く指摘している。すなわち、〈知的意識〉と〈血の意識〉とにはそれぞれ持ち場があるのだから、教育においてもそれらをはっきりと区別して、双方の意識を適切に教育しなければならない。しかるに、現今では知的教育が偏重されていて、血の、もしく身体的意識には適切な働きかけが行われていない、と言うのである。前節において、自我を乗り越えるためにはまずしっかりとした自我を作り上げる必要がある、この「自我の弁証法」とでもいうべきものをロレンスは十分に認識していなかったのではないか、と論じたが、このしっかりとした自我を作り上げるためにも、ここで彼が行なっている指摘は重要である。なぜなら、しっかりした自我と二つの意識とは、両者への適切な教育があってはじめて生まれるものだからである。不適切な教育からは未熟な自我しか生まれず、未熟な自我ではそもそも自我の超克をしようなどという意欲が起きるはずがない。いや、自我の超克どころか、通常の人生を送ることさえおぼつかない。成熟した自我と未熟な自我との混同から生じる醜さ、あるいは滑稽さについてのJ・D・サリンジャーの次の一節は、見事に核心を突いている。自我こそが諸悪の根元だと信じこむフラニーを、兄のズーイはこうたしなめる。

いまここにあるのは神の宇宙だぜ、な、おい、おまえのじゃないんだから、なにが自我でなにが違うか、そのことで決定的なこと言えるのは神だけだ。……とにかく自我一般のことをキーキー言うのはやめろよ。おれに言わせりゃだよ、……この世の中の不潔さはな、半分は、自分のほんとの自我を使ってない連中の引き起こすものだ。おまえの言うタッパー教授を例にとってみろ。……そいつの使ってるもの、そいつの自我だとおまえが思ってるもの、それはぜんぜんそいつの自我なんかじゃなくて、なにか別のもの、ずっと汚くて、自我のような本質的な能力じゃないのさ。(一九七—九八頁。一部変更)

この「カテゴリー・エラー」については前節で十分に論じたので繰り返さないが、ここで確認したいのは、以下に論じるロレンスの具体的な提案にもこの「エラー」が色濃く反映している点である。

ロレンスはこの教育論の冒頭で、ジミーとナンシーを登場させて、当時の教育界の陰鬱な様子を皮肉たっぷりに描写し、そしてこう言う。「あらゆるものの根底には、［学校を出たジミーとナンシーが働く］洗濯屋とかビン工場に漂っているおそろしく深いシニシズムがある」(*P*, 589)。つまり、教育が唱えるきれいごとや理想の下には、醜悪な現実が歯をむき出して子供たちを待ちかまえていると言うのだ。このような、生徒の大半を占める子供たちを、オクスフォード出身の上品な先生ののたまう高邁な理想などで縛りつけてはならない、と彼は言う。そんなことをすれば、真の自我が育たないばかりか、自意識過剰の、人の顔色を見るのと世渡りばかりがうまい、それでいて自分の存在には恐怖を抱いている、そのようなこすっからい人間を生み出すのが関の山である。そうならないように彼はいくつかの提言をするのだが、それらは基本的に次の三点に要約できる。一つは授業時間の短縮と放任主義、第二は職業訓練などの実習と体育の重視、そして第三は、校長をはじめとする教師に強い権限をもたせ、彼らが責任をもって生徒の適性を見きわめることである。

これらはことさらに目新しい独創的な提案ではない。しかしともかく、その有効性を問うなら、ある具体的な場に適用してみるほかはない。筆者にとって知識的にそれができるのは現在の日本をおいてないこともあり、またそれが議論の成果としてもっとも大きいと考えるので、日本の教育の現状に照らし合わせつつこれらの点を考えてみよう。これら三つの提案は、現在日本が取っている方向とはほぼ正反対のものといってよいが、なぜ日本が現在のような方向、すなわち知性偏重の方向を取っているかと言えば、それが社会的な「仕切り」(西尾幹二、二九七頁)を生み出す上で最も便利かつ効果的だからである。いかなる社会においても、人間はそれぞれに具わった能力にしたがって「仕切り」、あるいは階層を構成する。前に、日本では多くの人が自らの社会を階層のない社会と感じていると書いたが、それは一つには、他の多くの社会に比べて階層間の距離がかなり近いのと、いま一つは、われわれがそれにあまり敏感にならないように教育されている、あるいは社会全体が仕組まれているからであろう。

現在の日本の教育界での最大の問題の一つである大学教育にしても、多くの提言がなされながらなかなか実行に移されないのは、あるいは移されても実効をあげないのは、提言をする者も含めた大多数の人の中に、現在の安定した社会構造を揺るがすまいとする、それこそ階層を超えた暗黙の了解があるからだとしか思えない。西尾幹二はこの点を鋭く突いている。


日本では、実社会において人が生涯競争の辛さを免れるために、一八歳の時点に選抜の機能をあえて集中させているとさえ言えるのである。日本人は無意識に、実社会で一番責任の重い人間評価、人間選別をアメリカのように赤裸々に実行するのを避けるために、一八歳の青年にいっさいの責務を押しつけているのではないだろうか。それはひょっとしたら実社会の摩擦を予防するための、日本人の民族としての無言の智恵なのかもしれない。(二六五頁)

冷利な観察であるが、実はこのことには、われわれの多くが無意識の内に気づいているのではないか。「生涯競争の辛さを免れるため」とは言い得て妙である。

つまりところ、ここに問題の核心がある。これも前に、多くの者が競争のない平和な社会を望んでいるが、それは本質的に不可能だと書いたが、日本はなんと社会全体でこの不可能事を可能にしようとしているのだ。しかし、当然のことながら、すべての者が平和になれるわけではない。「しわよせ」は教育を受ける者に、そして二次的には教育を与える者にやってくる。しかしその「しわよせ」は一時的なことで、学生であることを終えた時点でこの苦痛は一種の「幸せ」に転ずる。「幸せ」とはいくらなんでも言い過ぎと思われるかもしれないが、ここで言う「幸せ」とは、少・青年期の多少の苦労が、うまくいけばその人のほぼ一生を安定的に支えてくれる、というほどの意味である。どの程度安定的かは若い時の苦労による。しかしともかく、ある一定の年齢（たいていの場合一八歳）まで多少の苦労をすれば、その後の苦労は最小限ですむというのは、やはり現在の日本の大きな特徴と言わざるをえない。

この、現在の日本に厚く垂れこめる暗雲のような雰囲気、金と安定のみを求める雰囲気は、とりわけ日本に特有の現象とも思われないが、このエッセイを書いた当時のロレンスが英国の中で敏感に感じとったものともほとんど寸分違わぬものであっただろう。当時の雰囲気をロレンスは辛辣にこう書いている。「学校の門にはスフィンクスが寝そべっていて、男女の別なく出てくる生徒にこう質問する――『将来どうやって生きていくのか？』生徒は答えられなければ死ぬほかない――と、かわいそうな彼らは信じている」（P. 590）。これはまるで日本の現状を述べているようではないか。次の言葉も同様だ。「金があればあるほど恐怖心も募る」（P. 593）。

このような雰囲気を突破するには何が必要であろうか。突破口への示唆は、まだ一五歳だったニーチェの次の言葉が与えてくれる。

けれども若い頃苦労したおかげで得られた恩典に、ただじっと浴しているなんて、考えてみただけで僕はぞっとする。僕の魂はいつも永遠の春の真只中に立っていなくてはならないのだ。バラの花の季節がようやく終わってしまうときには、僕の生命もまた終わってしまうのだから。（西尾幹二、九七頁。一部変更）

もう一つは三島由紀夫の言葉である。

もう少しゆけば、時間は上昇をやめて、休むひまもなく、とめどもない下降へ移ることがわかっている。下降の道で、多くの人はゆっくり収穫《とりいれ》にかかれることをたのしみにしている。しかし収穫なんぞが何になる。向う側では、水も道もまっすぐに落ちてゆくのだ。（一三二頁）

三島の文章は、「生の絶頂で時を止める」幸福を述べるというやや特殊な文脈に出てくるものではあるが、両者の基本的なメンタリティには同質のものが感ぜられよう。それはともに、後の安定のために一時的な苦労を受け入れる、逆に言えば、一度苦労したからには、その後は何としてもそれからうまい汁を吸わずにはすませない、という、さもしいといえばさもしい根性を、きっぱりと否定する精神である。

このような精神の共有者たるロレンスも、上記のようなさもしい根性と雰囲気とをかぎとる臭覚にかけてはおささ引けはとらなかった。産業主義、金銭主義（マモンの神）、それらと手に手を取った安定（定住！）志向、これらは彼が終生攻撃してやまないものだった。彼の教育についての具体的な提言は、他の多くの人々の教育に関する提言と同じく、社会構造、さらには人間の思考法や価値観そのものの変革を別にしては、少なくとも日本では直ちに実行に移せるものではあるまい。

とはいえ、これを彼の「民衆教育」の最終評価とするのは不当であろう。というのも、それは具体的な有効性・実効性を第一の目的としたものではなく、最初にも述べたように、むしろ彼の意識観や人間観を確認し、発展させようとしたものだからだ。そう考えれば、論の多くの部分が教育とは直接関係がないのも、最終章で話が教育からかなりそれることも、いぶかるには当たらない。結局彼の考えの真骨頂は、教育とは小手先の変革くらいで変わるものではなく、真に生きることを幸運にも学んだ一部の人たち（彼が自分をその中に含めていただろうことは想像に難くない）が、長い時間をかけて人々の価値観や思考様式を変えていくことによってしか変わりはしない、というものではないかと思う。そしてそのような「真の」教育は、いかなる制度化された教育にも求められないと考えたのではなかろうか。本質的に「自学」の人であったロレンスの唯一の教育論の本当の意義は、むしろこの点を明らかにしたことにあるように思う。

注

（1）これは後に『経験の歌』に入れられる「蠅」の草案の一部で、アードマン編の全集には収録されていない。ちなみに最終稿は以下のとおり。「もし思考は生命／そして力であり息吹であれば／そして思考の欠如が死であれば／それなら私は／幸福な蠅／たとえ生きていようが／死んでいようが」(Erdman, 24)

（2）この小説は一九六〇年代から七〇年代にかけての「カウンター・カルチャー」の時代のバイブルの一つになった本であるが（この本の題名「シュテッペンウルフ」の名を冠したロック・グループまで誕生し、人気を博した）、これはこの文脈で考えると面白い現象だ。というのも、この時代は二〇世紀後半の「ロマンティック・リヴァイヴァル」といってよい側面をもっており、そこでは、理性ではなく本能や感情や直感が称揚された。そしてこの作品には、たしかにそうした時代精神に訴える感性重視の非理知的ベクトルをもっていた。しかしここで論じているように、この小説の最大のメッセージは、現在のいかなる混沌にも眼を背けず、ノスタルジックに過去を美化せず、人間の宿命である「知性」の力も使いつつ前に進むしかない、というもので、単純な感性・感情称揚とは明らかに異なる。いずれにせよ、この作品がこの時代精神にかくも熱狂的に受け入れられた背景には興味深い問題が横たわっているようだ。

引用文献

ウィルソン、コリン『超読書体験』下、柴田元幸監訳、学研、二〇〇〇年。
ウィルバー、ケン『エデンから』松尾弌之訳、講談社、一九八六年。
――『眼には眼を』吉福、プラブッダ、菅、田中訳、青土社、一九八七年。
ウスペンスキー、P・D・『奇蹟を求めて』浅井雅志訳、平河出版社、一九八一年。
サリンジャー、J・D・『フラニー・ズーイ』鈴木武樹訳、角川文庫、一九六九年。
シュタイナー、ルドルフ『神智学』高橋巖訳、イザラ書房、一九七七年。
西尾幹二『日本の教育　ドイツの教育』新潮社、一九八二年。
ヘッセ、ヘルマン『荒野の狼』芳賀檀訳、人文書院、一九六〇年。
三島由紀夫『天人五衰』新潮文庫、一九八二年。

Blake, William. *Blake: Complete Writings with Variant Readings*. Ed. Geoffrey Keynes. Oxford: Oxford UP, 1966.

________. *The Complete Poetry and Prose of William Blake*. Ed. David Erdman. New York: Doubleday, 1988.

Landau, Rom. *God is My Adventure*. London: Faber & Faber, 1935.

Lawrence, D. H. *Fantasia of the Unconscious*. Harmondsworth: Penguin, 1975. (*FU*)

________. *Phoenix*. Ed. Edward McDonald. Harmondsworth: Penguin, 1978. (*P*)

________. *Phoenix II*. Ed. Warren Roberts and Harry T. Moore. Harmondsworth: Penguin, 1978. (PII)

________. *Psychoanalysis and the Unconscious*. Harmondsworth: Penguin, 1975. (*PU*)

________. *Reflections on the Dearth of a Porcupine and Other Essays*. Ed. M. Herbert. Cambridge: Cambridge UP, 1988. (*RDP*)

Nicoll, Maurice. *Psychological Commentaries on the Teaching of Gurdjieff and Ouspensky*. vol.1. London: Watkins, 1980.

Russell, Bertrand. *Mysticism and Logic and Other Essays*. Harmondsworth: Penguin, 1953.

第三章　意味の奪還――D・H・ロレンスとC・G・ユングの他者表象

序

D・H・ロレンス（一八八五―一九三〇）とC・G・ユング（一八七五―一九六一）という、アルプス以北に生まれた二人の同時代人は、ともに広く旅をしたという点でも顕著な共通性を有している。旅に費やした時間という点では大きな違いがあるが、本稿で論じようとしているテーマ、すなわち、自らとは異なるもの（ここではこれを「他者」と総称する）との接触から可能な限り多くのものを得ようとする態度、さらに言えば、そうした「他者」を一つの鏡にしてそこに自らを映し出し、自己の思索を深化させようという「意志の姿勢」ともいうべきものには本質的な親和性が見られる。そして、異文化体験に基づく彼らの他者表象がともに、西洋文明批判と、それと表裏一体をなす、西洋人が失ってしまった「生の意味」をいかにすれば奪還できるか、という関心を軸にして展開する点でも共通している。以下、本稿では、二人の他者表象の特徴を検討し、その差異を踏まえたうえで、その共通性のよって来るゆえん、根拠を考察してみたい。

二人が共有する出発点は、ヨーロッパ人は真に生きていないという感覚である。ユングの「われわれに欠けているのは生の強烈さである。」（*MDR*, 270）という言葉はそれを端的に表明している。それに比べて、彼らの出会った異文化に属する他者たちは「強烈」に、真に生きているように見えた。なぜか？　どうすれば、その他者たちが保持していると二人の目に映った生の「強烈さ」、生の意味を取り戻せるのか？　この問いから二人の内的な旅が始まる。

一　ロレンスとユングの投影的他者表象

まず二人の異文化体験をクロニクル風に追ってみよう。ロレンスはその生涯の半分を、「野蛮な巡礼行」などと呼ばれる旅、ないしは放浪に費やした。訪れた国や地域は、スカンディナビアや東欧を除くヨーロッパのほとんどの地域、セイロン（現スリランカ）、オーストラリア、アメリカ、メキシコにまで及んでいる。とりわけ滞在が長かったのがイタリア、アメリカ西南部とメキシコで、前者には一九一二年から死の直前の一九二九年にわたって、合計で約六年間居住した。後者には、一九二三年から一九二五年まで、途中一度ヨーロッパに帰るが、合計二年半滞在している。それに比べてユングは、本質的に書斎の人で、旅に割いた時間も比較的に短かったが、それでも、イタリア（一九一三年、一九三三年）、北アフリカ（一九二〇年）、アメリカ（一九二五年）、ケニア、ウガンダ（一九二五年）、インド（一九三八年）などを訪ねている。

こうした滞在の期間の違いは、両者の旅に対する見方、あるいは姿勢、さらに言えば、彼らの旅の質そのものにも深く関係している。ロレンスは基本的にイグザイル的、あるいはデラシネ的な生を選んだ人であり、ユングは逆にスイスという母国にどっかりと根を下ろした人間であった。片や文壇に属さない、あるいはその末席に連なっている作家、片や臨床医にして学者。こうした二人は、生きるスタイル、そしておそらくは生というものの捉え方においてもさまざまな差異を有していたであろう。しかし、先にも述べたように、両者の他者表象にはヨーロッパのある型の知識人に特有な独特のパターンが共通して見られるように思われる。ここではその共通性に注目しつつ、他者表象という営為が必然的にはらむ傾向と、二〇世紀前半のヨーロッパの知識人の思考の一形態に光を当てようと思う。

以下の稿では、まず、ロレンスとユングがともに他者との接触において強い印象を抱いた三つの点について考察したい。すなわち、時の観念、太陽、そして人間の意識の座である。第一の時の観念とは、時間の意味するものと、それが逆照射するヨーロッパ人、あるいはヨーロッパ文明の特質である。巨大なインド文明に直面したユングはこう考える。「ヨーロッパ人は頭だけを世界を把握するための道具だと思い込んでいる」(『ユングの文明論』一一一頁)。また、アメリカのプエブロ・インディアンを前にしたとき、彼はこう言う。「私は自分が、このアメリカにいてさえ、どれほど完全に白人の文化意識の中に閉じ込められているかを痛切に感じた」(*MDR*, 275)。ではこの「白人の文化意識」とはいかなるものか。ユングはその一側面を時間の観念に見る。以下の言葉は、北アフリカでの彼の思索である。

> 私は突如として自分がもっている時計のことを考えた。それはヨーロッパ人の気ぜわしいテンポの象徴であった。これは間違いなく、この疑うことを知らない人々「アラブ人」の頭上に脅すように覆いかぶさっている暗雲であった。突然彼らは私の目に、自分を追い詰めている猟師の存在が見えていない猟獣のように思われた。見えないのだが、ぼんやりと彼のにおいに気づいている——その「彼」とは、今でも永遠に最も近いものである持続性を、日、時間、分、秒といった細切れに必然的に切り刻んでしまう時という神である。……ヨーロッパ人は、自分たちがもはや以前の自分たちではないことを確信している。にもかかわ

らず、その後自分がいかなる存在になったかを知らないのだ。それでも彼の時計は、「中世」以来、時とその同義語である進歩とが彼に這いよってきて、彼から何かを奪い去り、もはや取り戻しようもないことを告げているのである。(*MDR*, 267-68 傍点引用者)

プエブロ・インディアンに接したロレンスも同様の感想をもつ。「この白い猿［白人］は奇妙なトリックをもっている。例えば、時というものを知っている。メキシコ人やインディアンにとっては、時は曖昧でぼんやりしたリアリティにすぎない」(*MM*, 34)。この観察／感想から、彼は自らの時の観念の開陳へと進む。

過去や未来などすべて剝ぎ取ってしまえ。そして現在の瞬間を、一糸まとわぬ姿で現出せしめよ。記憶も剝ぎ取り、予測や気遣いもすべて剝ぎ取れ。瞬間を、意識など伴わぬむき出しの鋭い姿であらしめよ。今この瞬間は、あの生贄を捧げるナイフのように、忘却というかみそりの刃のように永遠に鋭いのだ。以前や以後などというものは意識の産物にすぎない。現在のこの瞬間は忘却というかみそりの刃をもっており、生贄を捧げるナイフのように永遠に鋭いのだ。(*MM*, 35)

ここでの二人の思索には強い親近性が見られる。その主たる特徴は、時計に象徴される、過去から未来へと一直線に同じテンポで進んでいく時間、ヨーロッパでは当然と考えられている観念への懐疑である。ロレンスはこうも言っている。「直線などというものはないのに、われわれが直線的にものを考えるとは奇妙なことだ。あらゆる道筋は遅かれ早かれ湾曲し、中心に向かって急降下するのだ」(*MM*, 45)。

この一直線に進む時の観念への懐疑は、「過去―未来」という観念、さらにはこれから派生する進歩／進化の観念に対する疑念ないしは否定を必然的に伴う。そしてこの疑念をほんの一歩進めれば、意識（「時の神」）では捉ええない時間、何ものにも捕われないむき出し（「一糸まとわぬ姿」）の「現在という瞬間」の称揚へと至る。ユング、ロレンスともにこの一歩を進めた。こうして捉えられた時はユングにとっては「永遠に最も近いもの」であり、ロレンスにとっては「生贄を捧げるナイフのように永遠に鋭い」ものであった。

こうした時の観念は、ではいかなる思想にその根拠をもつのだろう。市の日に集まってくるインディオたちを描写しながら、ロレンスは突如、自らの人生観・世界観を彼らに投影しつつ語り始める。「すべては消滅するよう意図されている。すべての曲線は渦の中に飛び込み、消え去り、そしてまた消え去る。触れえぬものだけが重要なのだ。接触、交感の火花。決して固定しえぬもの、永遠に過ぎ去り、永遠にやって来るもの、絶対に保持しえぬもの、すなわち接触の火花、それだけが」(*MM*, 52)。ほとんど仏教的無常観を思わせるこうした言葉は、インディオの人生観・世界観に重ね合わせて表現されているが、これはロレンス自身の人生観・世界観の投影ないしは読み込みである。無論インディオはロレンスの思索に刺激は与えた。彼が自分の理想を語る、あるいは投影するのにうってつけの生活や態度をもっていた。しかしそれは、当然ながら、彼らがそうした世界観・人生観をもっていることを保障しない。

こうした投影的表象はユングにも明瞭に見られる。アラブ人を前にした彼はこう考える。

> アラブ文化と接触した私は、明らかにその巨大な力に圧倒された。この非内省的な人々はわれわれよりもはるかに生に近く、彼らのもつ感情的な性格は、われわれの内部に歴史的に積み重なっている階層、つま

り、われわれがすでに克服して置き去りにした、あるいはそうしたと思い込んでいる階層に強力な影響力を行使したのである。ここはまるで、われわれがそこから脱出したと想像している子供の楽園のようだが、しかしこの楽園は同時に、そのこまごまとした所作で、われわれに新たな敗北を押し付けるのである。実際、進歩というわれらがカルトは、未来についてのもっと子供っぽい夢をわれわれに押し付け、過去から逃れるようさらに強い圧力をかけるのである。（*MDR*, 272　傍点引用者）

「非内省的な」アラブ人は、それゆえに「われわれよりも生に近い」、すなわちより真の、あるいは「強烈な」生を生きている。彼らはまるで、「われわれ」がそこから抜け出してきた「子供の楽園」（後に見るウェーバーも同じ言葉を使っている）にいるかのようだが、まさにそのことが「われわれ」の敗北を告げている。すなわち、過去から逃れて子供っぽい未来の夢を描くことに駆り立てる「進歩のカルト」をもっているヨーロッパ文明は、そのカルトゆえにアラブ文明から敗北を強いられているというのである。こうした投影的な他者表象は、決してロレンスやユングに限られたものではない。おそらくは、例えばエドワード・サイードが『オリエンタリズム』で強烈に批判した学者や作家、旅行家らが書き残したものすべてに、程度の差はあれ共通に見られるものだろう。そしてこの傾向は、おそらくは表象という行為に必然的に伴うものであるかと思われる。この点を考察するために、ここではもう一例、サイードが同書で批判的に論じたT・E・ロレンスの場合を見てみよう。

後世「アラビアのロレンス」として有名になるこの人物は、ある面ではD・H・ロレンスやユングとは大きく異なっている。すなわち彼は、アラビア語を習得し、アラブの文化と民族に彼らよりもはるかに親近感を抱き、また彼らからも抱かれるようになる。(1) さらには、帝国主義的な時代の波に巻き込まれて、アラブ反乱という歴史的事件に深く関与し、アラブ側のリーダーの一人として、ドイツ・トルコ軍を破って反乱を勝利に導く。しかしこの勝利の後、母国を含む列強は戦前に約束していたアラブの独立を実行しようとしない。そのため彼は、代表の一人として派遣されたパリ講和会議において、ときにはアラブ服を身にまといまでして、母国の国益にそむいてアラブ権益のために奔走することになる。しかし、帝国主義いまださめやらぬ時代の列強の利権争いの前にはなすすべなく、そうした努力はすべて水泡に帰する。――と、これだけなら、まさにディヴィッド・リーンがあの壮大な映画『アラビアのロレンス』で描いたような文字通りの悲劇の英雄となる。しかし、例えばサイードが強く批判するように、実はロレンス自身がそうした帝国主義的側面をも併せもち、自らもそれを意識し、見方によってはその悲劇的な行動も、帝国主義的の軋轢から生まれたものであると同時に、帝国主義的の範囲内でのものであった、ということになると、話はずいぶん違ってくる。それについては別の稿で論じたので[2]ここでは繰り返さず、彼のアラブ表象の特徴を簡単に考察し、本稿で主題的に扱っている二人の人物のそれとの異同を確認しておきたい。

彼はその主著、『叡智の七柱』でこう言う。

> アラブ人は何かを見るとき、その視野に中間的な色合いは入ってこない。彼らは原色の民族、もしくは黒と白の民族で、常に世界をその輪郭で見る。独断的、教条的で、われら現代人の茨の冠である疑うということを軽蔑する。われわれが遭遇する形而上学的な困難を、内省的に問題を追及しようとする姿勢を理解しない。彼らが知っているのは何が真実で何が真実でないか、何を信じ、また何を信じないかだけで、われわれにたえずつきまとう、きらびやかな服を着たあのおずおずとした随行員にはまったくわずらわされ

ないのだ。(*SP*, 36)

ここに見られるのも、D・H・ロレンスやユングの他者表象に非常によく似た投影的表象である。彼の眼にはアラブ人は、物事を常に黒か白で見る民族として映る。すなわち、現代西洋人の頭を呪いのように覆っている「疑うこと」(ユングの言う「内省」)、あるいは「きらびやかな服を着たおずおずとした随行員」、すなわち理性(自意識といってもいい)の働きから自由であるように見えるのだ。これがアラブ人の「現実」であるというよりは、ロレンスの願望が裏返しになった投影であるのは明らかであろう。

ロレンスはオクスフォード大学卒業後、そのアラビア語や中東についての知識や考古学的能力を見込まれて、シリアのカルケミシュ遺跡の考古学的発掘に携わるようになる。その地から友人に宛てた手紙には次のような言葉が見られる。

アラブはぼくの想像力をかきたてた。それは古い古い文明で、家庭の神々や、ぼくらの文明が急いで身にまとおうとしている虚飾の大半を振り払ってしまったのだ。物質的に質素でいるという考えは悪くない。そしてそれはどうやら一種の道徳的率直さにもつながっているようだ。彼らは現在のことだけを考え、角を曲がったり丘を登ったりせずに人生を疾駆しようとする。ある意味で彼らは精神的、道徳的に疲弊し、枯渇しきった種族なのだ。彼らは苦難を避けるために、ぼくらが名誉であり勇敢であると考える実に多くのことを捨て去らねばならない。(*Selected Letters*, 150)

先に触れたサイードはまさにこのような箇所にロレンスの帝国主義的視線を認めるのだが、ここで注目したいのは、ロレンスのアラブ表象はそのような批判に値するか、もしないのであればその特徴はどのようなものか、という点である。「現在のことだけを考え、角を曲がったり丘を登ったりせずに人生を疾駆しようとする」という言葉は第一義的には肯定的で、すなわち、理性や意識が行う厄介な「内省」などにはわずらわされずに生をまっすぐに生きている、という意味であろう。しかしサイードはこれを肯定的評価とは見ずに、他者の「還元」=抽象化、固定化と見るのである。しかし本稿の問題意識は、ここにはむしろ自らの思想や願望の投影があるのではないか、ということだ。

こうした投影的他者表象は、しばしば他者称揚と、それと表裏一体となった自己批判の陰影を帯びるが、これも二人のロレンスとユングに共通している。アラブの文明に直面したユングはこう感じる。「ヨーロッパ人は、自らの重心の喪失と、それに呼応して生じた不全感を、例えば蒸気船や鉄道、飛行機、ロケットといった勝利の幻想によって補っている。こうした幻想的勝利は、ヨーロッパ人から持続性を奪い去り、彼らを別の現実、スピードと爆発的加速という別の現実に連れ去ってしまうのである」(*MDR*, 268 傍点引用者)。すなわちユングは、ヨーロッパ人が手にした理性、あるいは合理性、そしてそれがもたらしたさまざまな果実、その中心的存在である時間=進歩の観念は、ヨーロッパ人から威厳や荘重さ、「存在の重み」のようなものを奪い去り、それが「不全感」、あるいは「意味の喪失感」を生んでいるが、それを機械文明の産物という「勝利の幻想」でなんとか埋め合わせ、直視することを避けている、と言っているのである。これはD・H・ロレンスの西洋文明観とぴったり符合する。

D・H・ロレンスとユングが共有する西洋文明観とは、すなわち、西洋は何か根源的に重要なものを失ったが、それを補足・補填するために機械文明を発達させたとする見方であるが、これは二人がともに注目した第二の点にも顕著に表現されている。非西洋人のもつ太陽観である。ネイティヴ・アメリカンを見たロレンスはこう言う。

しかし厳密に言えば、アメリカ原住民の宗教の中には「父」も「創造主」もいない。そのかわりに、生命の　偉大な生きた源泉が存在している。それは例えば生存を支える太陽である。電気に向かって祈ることができないのと同様、太陽に向かって祈ることはできない。この太陽からは巨大な潜勢力が放射される。それは無敵の影響力で、光と暖かさと雨をもたらすのだ。(*MM*, 74)

あるいはこうも言う。

蛇は潜勢力の源泉近くに横たわっている。その源泉は地球の中心に潜む、暗くて強力な太陽だ。プエブロ・インディアンがそうであるような文明化されたアニミストにとって、地球の暗い中心は暗い太陽を抱えているのだが、それはわれわれの孤立した存在の源泉であり、その周りをわれわれの世界が巨大な蛇のように取り巻いているのである。(*MM*, 78)

太陽、名をもたない太陽、あらゆるものの源泉、われわれはこれを太陽と呼んでいるが、それはほかの名をつけるのが怖いからだ。この巨大な暗黒の原形質である太陽からわれわれを養うすべてのものが放射されている。……小さくてか弱い人間、最初の太陽の暗い中心から創造の宇宙へと旅立ち、最も遠くまで達した冒険者である人間。生存を勝ち取った最後の神である人間。その人間はつねに「源泉」から、最も内奥にいる太陽の龍から支えられては脅かされ、危険にさらされてはまた養分を与えられているのである。彼はつねに従属し、そしてまた征服しなければならない。「源泉」から放射される不可思議な恩恵、見つけることのできない恩恵に服従しなくてはならない。そしてまた、「源泉」から発する、これまた理解を超えた不可思議な悪意を征服しなければならないのだ。(*MM*, 86-87)

ロレンス独特の神秘的表現というべきであるが、彼はネイティヴ・アメリカンが太陽を神聖視していることを知ったとき狂喜したであろう。というのも、太陽をすべての生命の源とする見方は彼の持説そのままであり、それさえ知れば、彼らの太陽観の仔細は取るに足りないものとなる。彼はこの太陽に、彼の生命観を読み込む。すなわち、生命の源は慈悲深いと同時に恐るべきもの、悪意を秘めたもので、人間を支えると同時に脅かしてもいると言う。それゆえ人間は、この恩恵には謙虚であると同時に、悪には挑戦し、征服せねばならないと言う。こうした「読み込み」=投影的表象には学問的正確さなどは必要ない。彼がそう見、そう感じればいいのである。

実は学者であるユングもこの点では大差ない。彼はタオス・プエブロの酋長オチウィアイ・ビアノにこう問う。「太陽は不可視の神が創った火の玉だとは思わないか」と。それを聞いた酋長の応えは簡潔だった。「太陽は神だ。それは誰でも見ることができる」(*MDR*, 279)と。これを聞いた彼は深く胸を打たれる。

人間誰しも、太陽のもつ強烈な印象を免れることはできないが、私にとって、太陽のことを語るときに胸にあふれる感情を制御しているこれら成熟した、威厳のある人々を見るのは、新鮮かつ深く胸を揺さぶられる経験であった。……そのとき私は、個々のインディアンがもつ「威厳」、その冷静沈着さがどこに由来するのかに気がついた。それは彼が太陽の息子であることから来ているのだ。彼の生は宇宙論的に意味があるのである。それというのも彼は、すべての生あるものの父であり、かつその生命を維持している者が、日々上昇し下降するのを助けているからだ。こうした情景に対してわれわれが自らの自己正当化を、理性によって定式化されたわれわれ自身の生の意味を対置するとしたら、自分の貧しさを見ないわけにはいかないだろう。(*MDR*, 279-80　傍点引用者)

ここに明瞭に示されている見方は、ケン・ウィルバーが「レトロ・ロマン的引き上げ」と呼ぶものであろう。すなわち、直面した他者に、「意識の進化」という観点を度外視して、より高次の意識段階を読み込んでいるのである。ウィルバーの見解については後に詳しく考察したい。

ロレンスとユングの投影的他者表象をさらに明確にするために、二人が他者との接触から深い感銘を受けたもう一つの点に触れておこう。人間の意識の座である。先述のプエブロ族の酋長はユングに、「白人はみな狂っていると思う」と言う。なぜかと尋ねると、彼は「白人は頭で考えると言うから」と答える。驚いたユングが「あなたがたはどこで考えるのか」と聞くと、酋長は「ここで考える」と言って心臓を指差した。これはロレンスの太陽叢の考えにきわめて近いと思われるが、ここではユングの内省に注目しよう。「おそらくは人生で初めて、誰かが私に白人の真の姿を示してくれたように思われた。まるでそのときまでは、感傷的に美化された姿だけを見てきたようだった。このインディアンはわれわれの弱点を突き、自分では見えていなかった真実を露わにしたのだ」。そして彼は、ローマ帝国からキリスト教の布教、植民地化にいたる長いヨーロッパ史を振り返り、こう結論する。「われわれが植民地化とか異教徒への布教、あるいは文明の展開などと自分の見地から呼んでいるものは、実は別の面をもっている——獰猛な目で獲物を狙う猛禽という面を——海賊や追いはぎの民族にこそふさわしい面を。われわれが紋章に使う鷲をはじめとする捕食性の動物は、われわれの真の性質を見事に心理学的に表象しているように思われる」（*MDR*, 277　傍点引用者）。この自己批判的内省も、自らの思い、ヨーロッパ文明批判を、酋長の一言に読み込んだものである。それは無論ここでユングが述べていることの「正しさ」を否定するものではない。しかしこうした読み込みには、自己に光を当てるために他者を方便として利用しているという陰影がつきまとう。ヨーロッパ史にこうしたことがあったのは「事実」であり、それはまさに現在ポストコロニアル的な研究の主題となっているのだが、ユングのように、こうした事実をすべて白人の生得的な残酷さ、獰猛さと直接結びつけてしまえば、還元主義のそしりを免れまい。他者の言葉に照らしたとき、それまで見えていなかった自己の姿が見えてくるのはたしかだが、それがすなわち自己の「真の姿」であると言うのには飛躍がある。そしてこうした飛躍は、投影的な他者表象の必然的な結果なのである。

それがさらに顕著に見られるのは、ユングのインド人表象である。インド経験を総括しつつ、彼はこう言う。

彼ら［インド人］は周囲にとんちゃくせず心を動かさない。……そこではなにものかが永遠に変わらない……住民は見るからに意味のなさそうな生活を、あくせくとせわしなくけたたましく営んでいる。彼らは、寄せては返す波のように死しては生まれ、同じところにたゆたっている。はてもなくくりかえされる単調きわまりない生なのだ。……われわれが非現実と呼んでいるもの、センチメンタルな神やグロテスクな神、淫猥な、あるいは怪物じみた、血も凍るような神々は、熱帯の夜のいっとき、ヨーロッパ人の眠れる太陽神経叢を揺さぶり起こすような、あのデーモンの知恵にみちた間断ない太鼓の連打に身をさらすとき、疑う余地のない現実となるのである。ヨーロッパ人は頭だけを世界を把握するための道具だと思い込んでいる。……私は夢見るようなインドの世界に強い衝撃を受けたのである。……たしかにインドの方が現実の世界であって、われわれ白人は抽象の気違い病院に住んでいるのかもしれない。……インドでは生はまだせまい頭蓋のうちにひっこんではいない。(『ユングの文明論』一〇八―一一二頁)

ここには、サイードが噛み付きそうなオリエンタリズム的表現もあるが、より重要なのは、二人のロレンスとまったく同様の二元論的発想、すなわち、ヨーロッパ人は意識(「せまい頭蓋のうち」)に囚われて「気違い病院」に入ってしまったが、インド人はまだそうした意識/自意識から自由である。彼らの世界はヨーロッパ的視点から見れば変化も意味もなさそうな、まさにその論文のタイトルどおりの「夢見るような世界」であるが、その方がヨーロッパ人が住んでいる世界よりも「現実」だという。ここに見られる引き裂かれた表現は、ひとえにユングのインドへの「ロマン的読み込み」、すなわち投影的他者表象によるものだ。自分たちヨーロッパ人があまりに「頭だけの世界」に閉じ込められていることに対するフラストレーションのあまり、インド人の「一見」無意識的な生にその反対物を、すなわちより理想に近いものを投影しているのである。

D・H・ロレンスの他者表象にもまったく同種のものが見られる。その表現はユングのそれに比べればアンビヴァレントで、否定的ニュアンスを含みつつも、イタリア人やインディオの自然で自発的、つまり非―

意識的な生き方に自らの理想を投影するのである。「シチリア人はわれわれが言うような意味での魂はもっていない。いわゆる主観的意識、つまり自分自身の魂で凝り固まった観念というものをもっていないのだ」(*P*, 228)。あるいは、サルデーニアのカフェに座っている男たちは「なんの違和感も抱かずにゆったりとしていて、現代の自意識など全然もっていない。……一番驚かされるのは、彼らの完全な自意識の欠如である」(*SS*, 61-62)。あるいはメキシコである若いインディオを見たときにはこう感じる。「ここでも私は、この人々はなんと美しくてしなやかで豊かな肌をしているのだろう、一種独特の肉体の豊かさをもっているのだろうと思った。しかしその豊かさはおそらく、われわれが『魂／精神』と呼ぶものの完全な欠如と表裏一体なのだろう」(*MM*, 31)。無論、自意識、あるいは精神のない人間などいない。ロレンスにそう見させているのは彼の抱く意識観である。すなわち、意識（彼の区分で言えば「血の意識」ではない「知的意識」あるいは「自意識」）は人間を縛って、自由な、自発的な思考や行動を妨害するという強い信念である。そうした目から見ると、イタリア人やインディオはなんと自由闊達に見えることか、これはきっと自意識に縛られていないからに違いない、というわけだ。現実は、イタリア人やインディオの自意識や精神の様態とその働き方が、ロレンスたち北ヨーロッパ人とは非常に違っているために、あたかも彼らにはそれがないかのように見えてしまうのである。

　同種の他者表象の例として、もう一つ挙げておきたい。第一章でも論じたマックス・ウェーバーのイタリア人表象である。ウェーバーもロレンスと同様何度もイタリアに行き、この地に強く魅了されるが、一九〇六年秋に妻と母を伴って行ったシチリアはとりわけ大きな印象を残した。そのウェーバーが見たシチリア人は次のようなものであった（以下の引用は妻マリアンネのウェーバー伝からのもので、どこまで正確にウェーバーの見方を表しているかは確定できない）。

日常生活の営みは狭い坑道のようなここの街路のなかでまったく〈古代的〉におこなわれており、途方もない不潔さもまた大昔に生きているような気持ちにさせた。……いたるところに彼女［母］は北欧の大都会では見られぬ光景、いかにみすぼらしくとも子供のように幸福な家庭を見た。――勿論この旅行者たち［「ウェーバー一行」］は、短い一日を何も考えずに楽しんで幸福でありたいという以外に何の欲求も持たないこの現在享楽的な民衆のなかに適応することはできなかったろう。この連中はすべてまったく成り行き任せにし、〈自分自身を超えよう〉とはせず闘ったり努力するようには見えない。そうだ、ほとんどいつも望み、当為を感じている北欧の人間たちは、ここでは故郷を見出せないだろう。（二七七頁）

この旅人たちは、定言命令の刻印をすべてのものが受けている彼らの故国にあってのみ、以上のような考え方を自覚的人間の自明の特徴として感じることができた。この北方的な世界と比べると、日光に浸された南方の世界享受は子供の楽園のように見えた。（二七八頁、傍点引用者）

ロレンスの場合と同じく、ウェーバーのトポロジーの中でも、北方的世界と南方的世界とは鋭く対立し、後者をイタリアが代表する。シチリアの不潔と喧騒を目の当たりにしたウェーバーは、それに嫌悪感を示しながらも、南方世界が見せる「自然性」（「現在享楽的な民衆」、「子供の楽園」）に圧倒され、理性・倫理・意識（「定言命令の刻印」）の牢獄に苦しむ自分の世界、「自分自身を超えよう」と常に努力している、あるいは常に努力することを要請されている北方世界とのあまりの相違に衝撃を受ける。そして、その衝撃のあまり、キリスト教的精神とその「理念」が導入され、それに伴って理性（霊）に中心軸をおく意識が入りこみ、その結果「倫理」と「定言命令」が人間の生活を縛り上げている北方世界が失ったもの、すなわち、そうした倫理が入りこむ以前の古代の「無垢」＝「子供の楽園」がいまだに残る「理想」を存在の世界に投影するのである。この投影は、その返す刀で、北方世界がかかえる問題に南方世界が何らかの解決の糸口を与えてくれるのではないかという期待を導き出す。しかし同時に、両者のあまりの相違からくる苦い諦念をも自覚し、この期待と諦念とが交錯するアンビヴァレントな感情に支配されているのである。これはセンティメンタリズムにきわめて近い感情といえよう。

ロレンス、ユング、ウェーバーに共通するのは、彼らが直面した異文化＝他者をそれほどよく知らないままに、彼らに自分の「理想」を投影していることだ。心理学者であるユングは、異質なものに触れることで自分の中の見えない自分が見えてくる可能性に積極的な期待を寄せている。「ヨーロッパ圏の外部で、いわば心理的な監視所を見出すためにアフリカに旅行したとき、私は無意識のうちに、私の人格の中のある部分、すなわちヨーロッパ人であることの影響力と圧迫感ゆえに見えなくなってしまった部分を見つけたいと思っていた。この部分は私自身に無意識裡に対立し、また事実私はそれを抑圧しようとしているのである」（*MDR*, 272）。つまりユングは、いかにも心理学者らしく、他者を一種の鏡にして、あるいは他者を一つの刺激として、自分に不可視になっている内的部分を探し出そうとしているのだが、その鏡に映った自分（たち）の姿とは次のようなものだ。「きわめて理性的になっているヨーロッパ人はあまりに人間的なものに違和感を抱く。そしてそのことに誇りさえ感じているのだが、その理性なるものは活力を犠牲にして勝ち取ったものであること、したがって自分の人格の原始的部分は抑圧されて地下にもぐってしまったことには気づいていないのだ」。理性的であることはたしかに彼に一種の優越感を与えてくれる。「……どこに行っても私は、自分がヨーロッパ人であることを思い出して優越感を感じずにはいられなかった」。しかしそれは彼にいかなる心の平安も与えてくれない。「しかし私は、自己の内部にある無意識の力が、こうした他者を強烈に支持することに対して準備ができていなかった。だから激しい内部の葛藤が始まったのだ」(*MDR*, 273)。以上の引用にはっきり現れているアンビヴァレントな感情に引き裂かれた彼は、鏡に映った自画像と、自分がそれまで抱いていた自画像との間の葛藤に巻き込まれていくのである。

しかし、自分の行為に対するこれほどの意識的態度をもってしても、彼の行為が基本的に「投影」である事実を変えることはできない。なぜなら、他者を鏡にして自己を、その見えない部分を映し出すといっても、それはすべて彼が、彼の意識が行なっているからだ。そこに映し出されるものは、その意味で、すでに知っていたことだけなのである。これは他者表象というものが本質的に免れえない側面であるが、他者に直面することによって自己および自己の属する西洋文明を批判したいという欲求ないしは課題が心理の奥深い部分にあるために、他者に読み込むものはことごとく、ヨーロッパ文明が失ったもの、すなわち理想化されたものになってしまう。これは、程度の差はあれロレンスやウェーバーにも共通して見られる傾向である。(3)

二　他者表象と自己認識

以上、ロレンスとユングを中心に、投影的他者表象、それも、「レトロ・ロマンティック」な傾向をもつ表象について考察してきたが、論の公平を期すために、そうした傾向を意識的に批判しているように見える両者限り客観的に他者を見ようとする態度である。すなわち、自他の違いを認識し、いたずらに自己の思想を他者に投影せず、可能な限り客観的に他者を見ようとする態度である。

ユングは、二〇世紀初頭の西洋におけるヨーガの流行について論じた小論の中で、その流行の原因を探り、こう述べている。「プロテスタントには方法といったものがまったくない。……彼らを最もじゃましているのは……信仰と知識の葛藤である。……この葛藤こそひとえにヨーロッパ精神の歴史的分裂によるものなのである。……ヨーガはこの期待に応えた」（『ユングの文明論』一四〇―四一頁）。さらには、「［「信仰をほしがる悪い習慣」と「科学的、哲学的な批判力」との間で］分裂した西洋の精神にとっては、ヨーガの意図をそのままに実現することなど不可能なのだ。……インド人は身体と精神のいずれをも忘れない。ヨーロッパ人はどちらかを常に忘れている。それができるからこそヨーロッパ人はさしあたり世界を征服した……」（二七八頁、傍点引用者）と続ける。これはロレンスの次の言葉と正確に呼応している。「白人は一種の驚くべき白猿で、その狡猾さによって宇宙の半魔術的な秘密を次々と暴き、そのことによってこの出し物［世界］のボスになっているのである」（*MM*, 33）。しかし、とユングは続ける。「ヨーロッパ人は自然についての科学をもちながら、おのれの自然、内なる自然については何も知らない。……人間の本性から分離した知性が解き放たれたらどういうことをやってのけるか、先の［第一次］世界大戦で思い知らされた。……ヨーロッパ人に必要なのは帰ること、ルソー風の自然に帰るのではなく、おのれの自然に帰ること」（『ユングの文明論』一四二―四三頁）だ、と。「西洋人に欠けているのは、内と外の自然よりも自分が下にあるという劣等の認識である。……西洋人はなんでも技術化してしまう」。こうした自他の違いを考えれば、「ヨーガが固有の歴史をもったヨーロッパ人の構造にうまく合うとはとても考えられない。むしろ東洋人の与り知らない歴史と伝統から、ヨーロッパ人本来のヨーガが出てくるはずである。……西洋における精神の発達は東洋とはまったく違った道を歩んだのであり、そのためヨーガの移植にはおよそ不向きな土壌を作り出したのである。……まるで異なる心理条件のもとで生まれた方法を、まねしていたのではなおさらだめである」（一四六―四八頁）。

こうした、自他の違いを冷徹に見極め、それゆえ単純に自らの思想や理想を他者に投影することを避ける言説はD・H・ロレンスにも見られる。

インディアンはわれわれと同一線上にはいない。われわれの歩んだ道を歩まないのだ。彼の存在全体がわれわれの道とは違う道を歩んでいるのである。

こうしたとき、われわれにできることは二つしかない。われらが偉大な道とは異なる道を歩むこの油断ならぬ悪魔どもを憎悪するのが一つ。もう一つは、心理的なトリックを使って自分と他者をともにだまし、羽根やらなにやらでごてごてと飾り立てたこの可愛い子ちゃんたちは自分たちより真の理想的な神々に近い存在だと信じ込ませることである。

この二つ目はまったくのたわごとで、嘘である。……一つ目、つまり本能的だが許容できる嫌悪感は、西洋のごく普通の農夫や人々が抱くきわめて自然な感情であり、そのように認識することこそ誠実というものであろう。

インディアンの意識のあり方はわれわれのそれとは異なり、またそれにとって致命的なものである。われわれの意識はインディアンの意識とは異なり、またそれにとって致命的である。この二つの道、二つの流れは絶対に融合することはない。両者は和解することさえ決してない。両者の間に橋はなく、結びつける運河もないのだ。

このことに気づき、受け入れ、そして鼻持ちならないセンティメンタリズムにひたってインディアンをわれわれの言葉で解釈するのをやめるのが早ければ早いほどいいのだ。

人間の意識の巨大なパラドクスを受け入れることこそ、新たな進展の第一歩なのである。(*MM*, 54-55 傍点引用者)

ヨーロッパ人とネイティヴ・アメリカンという二人の他者同士が、「決して融合することはない」というロレンスの断言が正しいかどうかはここでは置こう。ここで重要なのは、かくまでに自他の距離に意識的であったユングとロレンスが、ではなぜ他者を「われわれの言葉で解釈する」ことを、すなわち投影的他者表象をやめなかったのかという点である。ここには他者表象と自己認識との間に横たわるきわめて厄介な問題が潜んでいる。これを考えるために、こうした投影的傾向から比較的に免れている例を見てみよう。

ロレンス、ユングと同様にアメリカ南西部のネイティヴ・アメリカンに注目した言語学者B・L・ウォーフは、彼らの言語と思考法および世界観との関係に注目して現地調査をし、次のような結論に達した。

彼〔ホピ・インディアン〕は、「時」というものを均一に流れる連続体として捉える概念ないしは直感的知識をもっていない。すなわち、その中で宇宙のすべてのものが、未来から現在へ、そして現在から過去へと同じ速度で進む「時」というものを、あるいはその構図を逆転して、観察者が過去から未来へと連続する流れの中に運び去られるという意味での「時」というものを知らないのだ。……それゆえホピの言語は、

明示的にせよ暗示的にせよ、「時」を表わす語をもっていない。(57-58)

この見解は、表現こそやや学術的であるにせよ、先に見たロレンスやユングのネイティヴ・アメリカンの時の観念についての見方とほぼ一致している。しかしウォーフがこの二者と異なるのは、投影的他者表象という点で抑制的だという点である。例えば彼は、上記の見解から自己の思想の発露へと進むことを抑制し、次のような発言にとどめている。「われわれの言語、思考、そして近代文化を支える形而上学……は、宇宙に二つの巨大な『宇宙的形態』、すなわち空間と時間を押し付ける。つまり静的で三次元的な無限の空間と、動的かつ一次元的で、均質かつ永遠に流れ続ける時間というものを。この二つは、現実がもつ諸側面のうちの、互いに何の関連もない分離した二つの側面にすぎない」(59)。

ここに見られるように、ウォーフは、ホピの言語に照らしてヨーロッパ言語はいかなる特質をもっているか、その背後にある世界観・宇宙観はいかなるものかを検討することに自己の作業を限定しており、ロレンスやユングに見られる、ときにやや極端で独断的な(あるいは直感的な)ヨーロッパ文明批判には及んでいない。ここで注目すべきは彼らの批判の正否ではなく、ウォーフの見方には投影的傾向が見られないことである。彼は見出した自他のこうした違いに自己の思想を投影したり、あるいはホピの方が優れている、われわれも彼らから学ばねばならないといった種類の自己批判には進まない。その主たる理由は、彼が、他者表象における自己の投影という現象をはっきり認識しており、それを避けようと意識していたことであろう。ホピの世界観では「時間は消え、空間は変容」し、同時に「われわれの言語が適切な語をもっていない新たな抽象概念」が出てくると言うウォーフは、こう続ける。

これらの抽象概念は……われわれには間違いなく心理学的な、それどころか神秘的な性格をもつものに見えるだろう。……これらの抽象概念は、心理学的あるいは形而上学的な語としてホピ語の語彙にはっきりと現われているか、もしくは、この言語の構造や文法そのものの中に——ホピの文化や行動様式に見られるのと同様——暗黙のうちに含まれている。これらの概念は、この客観的分析の試みにおいて、私が他のシステムをホピ語に投影したものではない。それは避けようと意識的に努めたのである。(59傍点引用者)

そして、こうした概念が西洋の科学者の目に神秘的に映るとしても、「距離を置いた視点から見れば」、西洋の時間と空間の概念も「根本的には同様に神秘的なのである」と続ける。このような「距離を置いた」視座、あるいは相対的視野、たとえいかに困難であれ、そうした視座を意識し、保とうと努めること、これが他者表象の「客観性」を保障する最大のものであるだろう。そしてこれの有無、あるいは強弱こそが、ロレンス、ユングとウォーフの他者表象を分かつ決定的な岐路になったと思われる。

もう一つ同種の例を挙げれば、先に論じたT・E・ロレンスの他者に対する態度だろう。先の引用にすぐ続けて、彼は次のような注目すべき言葉を記している。

だが、たとえ彼ら「アラブ人」とものの見方を共有しなくとも、彼らの見方を批判しないで理解し、彼らの視線で自分自身や他の外国人を眺めることは十分可能だと思う。ぼくは自分が彼らにとってよそ者であるし、これからもずっとそうだということはよく知っている。しかしぼくは彼らを劣っていると考えるこ

とはできなかった、彼ら流に生きることができなかったのと同様に。(*SP*, 36)

ここに見られる、自他を、優劣の価値判断を伴わずに冷静に見つめようとする視点は、ウォーフに見られた「距離を置いた視座」と同種のものである。「ものの見方を共有しなくとも、彼らの視線で眺めること」は、実はロレンスが言うほどには簡単ではないであろう。しかし、繰り返しになるが、ここで重要なのは、そうした自他の距離に対する覚めた視線である。D・H・ロレンスが述べていた自他の間の溝の深さを絶望的に自覚しつつも、しかしそこにとどまらず、それをも乗り越えて他者と共感しようとする意志の姿勢である。

ツヴェタン・トドロフは、『他者の記号学――アメリカ大陸の征服』の中で、民族的、文化的に異質な他者同士が出会ったときに取りうる態度を二つに分ける。一つは相手を自分と「対等であるばかりでなく、同一のものと見なす」態度で、「こうした態度は同化主義に、すなわち自分自身の価値観を他者へ投影することに帰着する」。もう一つは「差異」から出発するが、これは「ただちに、優越と劣等をあらわす言葉に翻訳される」と言い、こう結論する。「他者性の経験がもつこうした二つの基本的形態は、いずれも、自己中心主義、すなわち自己固有の価値観と価値一般との同一視、私と宇宙との混同、要するに、世界は一つであるという信念にもとづいているのである」(五八―五九頁)。D・H・ロレンスがインディアンに直面したとき、彼は両者の間に「差異」しか見なかった。したがって、彼の問いは、その「差異」を前にしたときに人間はいかなる態度を取りうるか、というものであった。そして彼の答えは、異質の相手を「悪魔」と見なして拒否するか、あるいは自分をだまして相手の方が「神に近い」、すなわち優れていると見るかの二者択一であり、しかも後者は虚偽だとする。

こうしたロレンスの見方には、相手を「対等」ないしは「同等」と見る態度は含まれていないように見えるが、実は彼の他者観の根底にはそれが潜んでいるようにだ。他者同士の間にいかなる橋も和解も融合もないとする見方は、一見他者を拒否しているようでありながら、他者を「あるがままに」認めよ、自分の言葉で解釈・翻訳するなという主張は、自他の対等・同等を前提にして初めて成り立つからである。まさにそれゆえに、こうした態度は、一見独我論のように見えながら、その実、トドロフの言うように「同化主義」に、すなわち「自分の価値観を他者に投影すること」に帰着するのである。

では、このような「投影」は単純に虚偽あるいは「悪」なのかといえば、そうは言えない。人間のもつ表象機能の本質的機能にかかわっているからである。ケン・ウィルバーは、表象される以前の世界というものは存在しないと言う。「世界が所与のものではなく、表象によってリカヴァリー（再発見、取り戻し、復元）されるものであることは明白であると思われる」（541）。世界は単に客観的に「あちら」に存在しているものではなく、私がそれに積極的に関与し、働きかけて初めて生起する。人間は世界に直面し、それに何らかの形で働きかけることによって、その反応としてそこから印象を得、それを「再現—再現前《リプリゼント》」という形で表象《リプリゼント》する。こうすることによって人間は世界を構築するのである。こうした事態をウィルバーはこう表現している。「私が外界を知ることができるのは、それがすでに私の中にあるからであり、私は私を知ることができるからだ。他者認識とは程度の異なる自己認識である。というのも、自己と他者とは同じ織物からできていて、一方が耳を貸すときにはいつでも互いに優しく語りかけているからだ」（110 傍点引用者）。

他者を表象するという行為が、私といういわば濾過装置を経た「再現前」の行為である以上、「投影」、あるいは「読み込み」が起きるのは必然的であるといえよう。それゆえ、もしD・H・ロレンスとユングの他者表象に批判すべき点があるとすれば、それは投影という行為そのものではなく、いかなる目的でいかなる投影をしているかに、そしてそれをどの程度意識しているかに密接にかかわってくる。そしてまさにその点において、彼らの投影は、ウィルバーが「レトロ・ロマン的」あるいは「ロマン的退行」と呼んで厳しく批判するものに重なってくるのである。

これに関するウィルバーの論の出発点は「前／超の虚偽」という概念である。すなわち、「(意識の) 前合理的な状態も超合理的な状態も、それぞれに非合理的な状態であるから、訓練されていない目には、似ているか、あるいはまったく同じに見える」と言うのだ。そしてこの「虚偽」は二つの形で生じると言う。一つは、「すべての高次あるいは超合理的な状態を低次あるいは前合理的な状態へと引き下げる。例えば、本物の神秘的あるいは観想的な体験が、ナルシシズム、大洋的な非二元論的状態、原初的な自閉症などの幼児的な状態への退行または逆行」と見なすもの。フロイトが『幻想の未来』で取った道がこれにあたると言う。もう一つは、「高次の、あるいは神秘的な状態に共感的である者が前と超を混同した場合、すべての前合理的な状態をある種の超合理的な栄光へと引き上げてしまう (幼児的な原初的ナルシシズムは神秘的合一の中での無意識的な眠りと見なされる)。ユングとその弟子たちはしばしばこの道を取り、単に未分化で差異化されていない、いかなる統合にも欠けた状態に、個を超えた深い霊的状態を読み込んだのである」。彼によれば、ユングに代表されるこうした「引き上げ主義者」にとって、「嫌らしい、疑い深い合理性を追い払うものなら何でもいいのだ。『不合理ゆえに我信ず』というテルトゥリアヌスの言葉こそ彼らのマニフェストであり、その後のあらゆる形態のロマン主義の中に深く刻み込まれた傾向」(206-7) なのである。

なぜこうしたロマンティックな「引き上げ」、あるいは「読み込み」ないしは「投影」を批判しなければならぬかと言えば、それが意識あるいは理性の進化に対する健全な見方（これをハーバーマスは「進歩の弁証法」と呼ぶ）を阻害するからだ。「合理性とは、見えない世界への大いなる扉である。それを超えて、その彼方に、感覚や慣習では捉えられない多くの秘密が横たわっているのである」（Wilber, 174）。「引き上げ主義者」は、こうした理性あるいは合理性のもつ健全な側面を無視ないしは軽視しがちである。理性や意識がより高次の段階に達したとき、それが新たな段階であるがゆえに、前段階では対処できなかった病理的・否定的に見える側面を伴う。ロレンスやユングが指摘する「理性の横暴」とそれゆえの「意味の喪失」はその代表的なものであろう。

しかし、こうした現象の捉え方には、ウィルバーが「ロマン的退行」として批判する態度が潜んでいる。彼はこう言う。「進化のそれぞれの発達段階は、新たな問題や病理を生み出す。しかしそうした病理だけを取り上げ、それを先行する段階の達成と比較するのは倒錯もはなはだしい」（198）。ウィルバーのこの見方によれば、ロレンスやユングは基本的に、自らがいる段階の病理に注目するあまり、その達成を軽視する傾向にある。現在われわれがいるこの段階とは、ウィルバーの言う「合理性の段階」、「考えることについて考える能力、自分自身の思考を反省・自省する能力」、すなわちロレンスの言う「自意識」を獲得した段階である。この人類にとってまったく新しい段階は、多くの作家、思想家が指摘・批判するように多くの「病理」を生み出してきた。ロレンスは人間がいかにこの「自意識」に縛られ、そのため「自発的・内発的」に思考、行動できなくなったかを生涯批判しつづけた。ユングはプエブロ・インディアンに「白人は頭で考える」と言われて深く内省し、自己批判する。ウェーバーは自分たち北欧人が「倫理と定言命令」に縛られ、南方人のように、「子供」のように無垢で幸福に生きることはできなくなったと感じる。こうした状況はたしかに近代以降の時代がはらむ病理であり、多くの人間を苦しめているかもしれない。しかしそのことをもって「理性」そのものを否定することには、ウィルバーが言うように論理的誤謬があると言わざるを得ない。たしかにそうした「病理」は「理性」がもたらしたものではあるが、その「病理」を乗り越えるのもまた「理性」なのだ。なぜなら、理性が保障する「合理性とは、見えない世界への大いなる扉であり、そこを超えて、存在の彼方に、感覚や慣習には見えない多くの秘密が横たわっている」からであり、また「合理性だけが互いに異なった文化［＝他者］をより普遍的な空間の中で、異なった視点から見ることにより、それらが共存することを可能にする」(44) からである。人間発達のどの段階でもそれ特有の「病理」を生み出しはするが、「その問題は高次の、超合理的な領域への発達によってのみ解決できる」(208) と考えるウィルバーの思想には、ロレンスやユングに典型的に見られる思考様式に対する痛烈な批判がある。

この点をさらに考察するには、ウィルバーが説く「進化」の概念を理解する必要がある。彼は、進化は「新しい創発的な可能性をもたらすが、それゆえに新たな潜在的病理をももたらす」とし、自分と同じ作業、すなわち「ロマンティックな退行に対する批判」を行なっていると考えるドイツの哲学者、ハーバーマスを引用する。

> 進化にとって重要な革新は、学習の新しいレベルだけでなく、新たな問題的状況が発生したことも意味する。新しい社会の形成に伴う新たなカテゴリーの重荷が生じるのである。進歩の弁証法は、一つの問題解決の能力の獲得に伴って、新たな問題的状況が意識されるという事実に見ることができる。生産力や社会統合がより高度な段階に達すれば、たしかに先行する社会構造の問題を解決してくれる。しかしこの新たな発展段階に生じた問題は、先行段階のそれに比べれば、さらに困難なものになりうるのである。(197　傍点引

用者）

「近代」を「未完のプロジェクト」と捉え、「啓蒙」を「反啓蒙」の諸潮流から死守することをライフワークとしているハーバーマスの考えがよく出ている文章だが、これに対するウィルバーのコメントが、先に引用した見解、すなわち「新段階の病理を先行段階の達成とのみ比較するのは倒錯」だとする見方である。これに続く彼の意見はこの問題にとって決定的に重要である。「必要なのは、まさにそうした先行段階の限界や失敗がそれを超越する進化的変容を要請し、強く促してきたことを考慮に入れるバランスの取れた見方である」。つまり、進化とは、先行する段階が経験した失敗や限界そのものが、それ自体を超越するために要請したもの、すなわち時の中における人間の変化にとって必然的なものである、という見方である。これを別の角度から言い換えれば、ある段階でいかなる「病理」が生じようと、それはその段階が必然的にもたざるをえないものであり、そしてそれを克服するのは、さらなる「進化」によるしかない、ということになろう。例えばロレンスはじめ多くの思想家が主張する「肉体の復権」による病理の克服も、つまるところこの「理性」が命じるものなのである。

結語

ロレンス、ユング、そして、「合理性」の価値をあれほどに信じていたウェーバーでさえもときに捕えられた「理性」への不信、すなわち「理性」は良きものより多くの困難をもたらしたのではないか、という疑念は、これらの思想家を越えて多くの同時代人に共有されている、「時代の宿痾」とも言うべきものである。その症状は、いわく、「無垢の喪失」、「自然さ・自発性の喪失」、「自意識の苦悩」、「精神と肉体の分離・相克」、「生の意味、あるいは強烈さの喪失」、「生の不全感」等々、リストは延々と続く。——これはたしかに多くの近代人を悩ませてきた「病理」ではある。しかしここで問うべきは、こうした問題を克服するには、過去への回帰、と言って言いすぎであれば、少なくともかつての高貴な価値と意味の奪還にしか道はないのか、ということである。ロレンスやユングは、その「引き上げ主義者」的、「レトロ・ロマンティック」な発言に見られるように、少なくとも心情的にはそちらを向いていたように思われる。ウィルバーやハーバーマスが提示する道はこれとは異なる。その段階、すなわち「現在」が、いかに病理に、苦難と汚辱にまみれていようと、それを乗り越える道は未来にしかない、というものである。

実はロレンスは、頭ではこれをよく理解していた。晩年に書いた「人間の運命について」というエッセイの中で、彼はこう書いている。「われわれは自らの運命を受け入れようではないか。人間は本能のみで生きることはできない。なぜなら理性をもっているからだ。……人間は理性と観念をもっており、それゆえ無垢と純朴な自然さを思ってため息をついても不毛である。人間は決して自然で自発的ではないのだ」(*PII, 624*)。しかし彼の多くの作品にあって、このトーンはついに主旋律となることはなかった。その主旋律は終生、「自発性」の源であり、感覚と本能の王国である「肉体・身体」の復活による、そして宇宙とのまったき交感の成就による人間の全一性の回復にあった。

本書ですでに何度か引いたヘッセはこの「病理」に極度に敏感であった。彼は自らの精神を危機にさらすまでにその病理を引き受けた。その結果到達したのが、あの「荒野の狼」の明察であった。「純真への道、創られぬ以前へ、神への道は背後へ導いていくのではなく、実は突進することであります。狼や子供にかえることではなく、いよいよ深く罪劫に塗れ、いよいよ深く人間完成の中に徹することの中にあります」。これが、ウィルバーやハーバーマスと同種の精神の詩人的表現であることは論を俟つまい。いかなる苦難と喪失感を感じても、決して「ロマン的退行」へ、進化の前段階にあるものを美化し、「引き上げ」る方向へと目を向けることなく、この場所、すなわち「現在」の「病理」の中にいかに辛抱強くたたずむことができるか、その決意と忍耐力にこそ、この問題を解く鍵が潜んでいる。この場所とは、合理性に支配されてはいるが、超合理を待ち構えている場所、ウィルバー流に言えば「偏在する世界霊が下降する」場所である。そしてこの場所は、「合理性を超える進化の道」(524)へと続いているはずだ。この忍耐が十分であったとき初めて、生の意味と生の強烈さの感覚は奪還できる。そして、ロレンスとユングに共通して見られる投影的他者表象は、この点に逆説的な光を投げかけてくれるのである。

注

(1) D・H・ロレンスは、同時代人で、当時は彼よりはるかに有名であった同姓のこの人物について、『チャタレー卿夫人の恋人』で揶揄している以外、ほとんど語らなかったが、ある書評において例外的に言及している。「ヘスター・スタナップ夫人……から第一次大戦のT・E・ロレンス大佐の偉業にいたるまでずっと、アラブ人の中に入ってアラブ化していった多少とも奇想天外な英国の男性女性がいたように思われる」。そしてこれに続いて、T・E・ロレンスが「東方にいる英国人を二種類に分けている」(“Said the Fisherman, by Marmaduke Pickthall,” *P*, 351)のを紹介しているから、部分的にかもしれないが彼の著作を読んでいたようである。ちなみにD・H・ロレンスもここで、「アラブ人は批判能力がなく、衝動的だ」と、ユングやT・E・ロレンスと同様の印象を述べている。

(2) 浅井雅志「アラブの影におびえるロレンス――T・E・ロレンスのアラブ言説と他者表象」、『表象としての旅』(東洋書林、二〇〇四年)参照。

(3) 西洋人の抱く生の無意味感からの脱却法として、ウィリアム・ジェイムズも「より深い原始的な生活水準へと下がっていくこと」を推奨する。「われわれが生気に欠けていることが多いのに対し、彼ら[未開人]の方はたしかに生き生きしている」が、その理由は、「生きがい」を保障する「鋭い感受性」が「抽象的な概念」に邪魔されていないからだと言う。その証左として、ロッツが述べている「ある酋長」が白人に言ったという「何も考えず何もしないという幸福」や、W・H・ハドソンが『パタゴニア流浪の日々』で描いている「純粋に感覚的な認識だけによる水準にまで引き下げられた生活の強烈な魅力」(七九―八一頁)を引用しているが、西洋と非西洋的他者に向ける彼の眼差しも、ここで論じている思想家たちと基本的に同じものである。

引用文献

ウェーバー、マリアンネ『マックス・ウェーバー』大久保和郎訳、みすず書房、一九八七年。

ジェイムズ、ウィリアム「人間におけるある種の盲目について」、スティーヴン・C・ロウ『ウィリアム・ジェイムズ入門』本田理恵訳、日本教文社、一九九八年。

トドロフ、ツヴェタン『他者の記号学——アメリカ大陸の征服』及川、大谷、菊池訳、法政大学出版局、一九八六年。

ヘッセ、ヘルマン『荒野の狼』芳賀檀訳、人文書院、一九六〇年。

ユング、C・G・「インドの夢見る世界」、『ユングの文明論』松代洋一編訳、思索社、一九七九年。

Jung, C. G. *Memories, Dreams, Reflections.* Recorded and edited by Aniela Jaffe, Trans. R. and C. Winston. London: Collins, 1974. (*MDR*)

Lawrence, D. H. *Mornings in Mexico.* Harmondsworth: Penguin, 1975. (*MM*)

———. *Phoenix.* Ed. E. D. McDonald. Harmondsworth: Penguin, 1978. (*P*)

———. *Phoenix II.* Ed. Warren Roberts and Harry T. Moore. Harmondsworth: Penguin, 1978. (*PII*)

———. *Sea and Sardinia.* Ed. Mara Kalnins. Cambridge: Cambridge UP, 2002. (*SS*)

Lawrence, T. E. *Seven Pillars of Wisdom.* Harmondsworth: Penguin, 1962. (*SP*)

———. *The Selected Letters.* Ed. Malcolm Brown. New York: Norton, 1989.

Whorf, Benjamin Lee. *Language, Thought, and Reality.* Ed. John Carroll. Cambridge, Mass.: MIT Press, 1956.

Wilber, Ken. *Sex, Ecology, Spirituality.* Boston & London: Shambhala, 1995.

第四章　聖性の奪還——イェイツと反キリスト教的「精神」の系譜

序

イェイツが「クレイジー・ジェイン」詩群を書いたのは一九二九年から三一年にかけてだが、これを含む『音楽になるかもしれぬ詞』の執筆の背景には、彼の健康の回復があった。彼はこれを「生命力が、押しとどめられないエネルギーという印象を伴って私に還ってきた」（Jeffares, 290）と表現しているが、この肉体が発するエネルギーがこの詩群を読み解く鍵になるであろう。そこでイェイツが表現しようとしたものは、ブレイク、D・H・ロレンス、ニーチェなどとの顕著な共通性をもっている。その共通性とは、組織化され、形骸化した、つまりイエスの教えを歪曲したキリスト教会への批判、そして虚偽と化した「天」への上昇の道を拒否し、あくまで現世に留まって、その美と豊饒を讃美し、その行為を通して失われた聖性と無垢を奪還しようとする姿勢である。

こうした異教的な姿勢は正統的キリスト教にとっては常に敵であった。たとえばT・S・エリオットはその異端審問的な書『異神を求めて』で、「われわれにとって正しい伝統はキリスト教の伝統である」（三二頁）と宣言し、「非正統」を暴き出すべく数人の作家を俎上に乗せるが、その一人がイェイツであった。エリオットはまず、イェイツの『自伝』の一部を引用する。

私はとても宗教的だったが、大嫌いなハクスリーとティンダルに子供時代の素朴な宗教を奪われてしまった。それで私は新しい宗教を作らねばならなかったが、それはほとんど不可謬の詩的伝統の教会であった。つまり、一連の物語、登場人物、感情などの教会で、それは最初に表現された形から切り離すことはできず、詩人や画家が哲学者や神学者からいくらかの助けを受けて代々受け継いできたものであった。(*Auto*, 115-16)

エリオットはこの「新しい宗教」を「個人的宗教」と呼び、これを作ったがゆえに、イェイツが求めた「超自然の世界」は「精神的な意義のある世界、真の『善』と『悪』の世界、聖と罪の世界ではなくて、ひどく凝った、文献によって補修された神話」と化し、それは「段々薄れていく詩の脈拍に、死にかかっている病人が末期の言葉を言えるように、なにか一時的な興奮剤を注射するため、医者のように呼び寄せられたもの」(六七—八頁)になったと言う。同様の批判はロレンスにも向けられ、「ロレンスは伝統とか制度の規範から離れて、まったく自由に人生を出発しました。そして彼を導くものとては『内なる光』があるばかりですが、これはさまよえる人類に提供されるもっとも信頼のおけない、間違いを起こしやすい案内者であります」(八五—六頁)と述べ、「彼の直感は精神的ではありますが、精神的に病んでいます」(八七頁)と明言する。

こうしたエリオットのイェイツ、ロレンス批判に共通するのは、正統から離れてしまった人間は「個人的宗教」、「内なる光」に頼らざるをえなくなり、その結果病的な感情を高ぶらせ、頽廃に至るという信念である。ここでエリオットが非正統と考えた姿勢こそ「クレイジー・ジェイン」詩群を貫く基調低音だといっていい。それはすなわち異教的な生の肯定であり、反キリスト教的「精神」である。

一

「クレイジー・ジェイン」詩群の基本的な構造は「狂った」ジェインと「正気の」司教の対話である。彼女にはジャックという恋人がいるが、司教は二人の関係が堕落している責め、悔い改めを迫る。この司教が、イェイツが考えるキリスト教、組織化され、形骸化したキリスト教会の「精神」の象徴であることは明らかで、それは「ガチョウのような皮膚とサギのような背のこぶ」(*CP*, 290)に明瞭に具象化されている。一方ジャックは旅の職人という「組織」からはずれた人間である。この枠組みからすれば、最初の詩、「クレイジー・ジェインと司教」の各連の最後にある「堅気の男と気障野郎」というリフレインは、それぞれ司教とジャックを指すものと読めよう。しかしジャックは「樺の木」のように「立って」いた。多くの評者が指摘するように、これに性的な暗喩があることは明らかで、たとえばアンタレッカーはこれに「明らかに男根的なイメジャリーと主題」(226)を見ているが、司教にはこうした性的な力、生命力はない。かつて若かったとき、司教はジェインに言い寄ったことが暗示されているが、彼が拒絶されたのはひとえにこのエネルギーの欠如ゆえであろう。ジェインの処女を奪ったジャックは彼女を夜の中、樫の木の下に誘うが、夜が異教の、樫が生命力の暗喩をもつことも明らかだろう。そしてその夜の中の樫こそが彼らに安寧を保証するという。これは、「墓の中じゃみんな安全」というもう一つのリフレインが戯画的に表象している、善人に死後の世界(来世)の安寧を約束するキリスト教の甘いささやきと見事な対称をなしている。こうして詩の最後まで来ると、この二人の男はどちらが「堅気」でどちらが「気障」であるかがわからなくなる。無論これはイェイツの意識的な仕掛けであり、後の対話の展開において司教とジェインの位置／力関係が逆転することの布石である。

第二の詩、「叱られたクレイジー・ジェイン」では、イェイツは彼女に「怖い雷石も／陽を遮る嵐も／ただの天のあくび」（291）と言わせることで、神の意志が人間を罰するというユダヤ・キリスト教的な考えを否定し、異教的な自然観に好意的な態度を示す。それを諭す司教に対して、自然＝反キリスト教を象徴する「草の上」を寝床とするジェインは、次の詩「最後の審判の日のクレイジー・ジェイン」でこう返答する。皮肉にもユダヤ・キリスト教的「精神」の中核をなす終末＝最後の審判が来たときに初めて、「愛はほんとうには／満たされはしない／肉体と魂を丸ごと／受け入れぬ愛は」（291-92）という「真理」が明らかになる、と。これはこの詩群の中心的メッセージと思しきもので、組織化されたキリスト教が説く愛とは対蹠的なものだ。

この詩でジェインが述べる「真の愛」は、第六の詩、「クレイジー・ジェイン 司教と語る」に至ってさらに明瞭な、生々しい表現を取る。

「今では乳房もしぼんで垂れ下がり
血管もすぐに干からびるぞ
もう豚小屋は出て
天上の館に住みなさい」

と諭す司教に対し、

「きれいと汚いは親戚のようなもの
きれいには汚いが要るのよ
友達はいなくなったけど、これは
墓も寝床も否定しない真実、
肉体を卑しめて
心の誇りで学び取った真実よ」

「女は愛に身を捧げるとき
誇り高くて頑固一徹
でも愛の神様が館を建てたのは
排便する所
引き裂かれたことがないものなんか
完全にはなれないわ」(294-95)

と完膚なきまでにやり返す。スウィフトを思わせる激烈きわまりない反キリスト教的言辞である。第五の詩、「クレイジー・ジェインの神についての観想」にあるように、「男たちは私の上を/道みたいに行き来」してきたが、「私の身体はうめきもせず/歌い続け」(294)てきた。彼女が「肉体を卑しめて」学んだ真実、「寝床」(生)も「墓」(死)も否定しない真実とは、全身と全霊を傾けた愛は、それが肉体の上で現象したものであろうと、いや、だからこそ「完全」になるというものだ。清濁、霊肉の区別は善悪の観念と同様人間が作ったもので、それは本来一体である。それをイェイツは、「愛の神がその館を建てた場所」は「排便する所」だという強烈な詞で表現するのである。

どうやらイェイツは、清濁は不可分ではあるが、そこに区別を作るのは人間の性で、むしろそうして引き裂かれたものが再度合体してこそ完全な一体をなすことができると考えたようだ。対立がなければ進歩も創造もない、というのはブレイクとロレンスの信念であったが、イェイツもこれに全面的に同意するだろう。ブレイクはこう言う。

相対立するものなしには進歩はない。誘因と反発、理性とエネルギー、愛と憎しみが人間存在には必要である。

これら相対立するものから、宗教的人間が善悪と呼ぶものが生じる。善とは理性に従う受動的なもの、悪はエネルギーから生じる能動的なものである。

善は天国、悪は地獄である。(34)

「善悪」を作り出したのは「宗教的人間」で、彼らは理性に従うものを「善」と、エネルギーから噴出するものを「悪」と呼び、「善」を天上に、「悪」を地獄に置いた。こうした見方は、イェイツの「天上の館」や「豚小屋」という表現にそっくり受け継がれる。司教はジェインに、迫り来る死をちらつかせて脅しながら、「怒り」「血」「汚濁」にまみれた「単なる錯乱」("Byzantium," *CP*, 280) でしかない人生という「豚小屋」を離れ、神的理性が統括する「天上の館」に住めと言う。しかしそこは、生の汚濁をすべて捨象することで対立は消えるが、そのかわりいかなる創造的エネルギーも生まれない場所だ。そこではブレイクの「対立こそ真の友情である」(42)という考えは否定され、「魂」のみが称揚されて「肉体」はおとしめられる。ブレイクはこうも言う。

一　人間は魂と分離した肉体をもってはいない　肉体と呼ばれるものは五感によって識別された魂の部分、この世における魂の主要な入り口だからである
二　エネルギーこそ唯一の生命であり、肉体から生じる　理性はエネルギーの限界あるいは外　周である。
三　エネルギーは永遠の悦びなり。(34)

「魂」と「肉体」を峻別し、魂のみを称揚することは、結果的に肉体が発するエネルギーを封じ込めることになる。「怒り」も「血」も「汚濁」もないかわりに「永遠の悦び」であるエネルギーも消える。こうした場所に行くことをジェインはきっぱりと拒絶する。

ジェインの「天上の館」の拒絶は、同じ詩集に収められた「自我と魂との対話」の最終二連と絶妙に反響し合う。

喜んでこの人生をもう一度生きよう
いや何度でも、たとえ人生が
盲人が盲人を殴りつける溝の中の

蛙の卵に飛び込むことであっても、
あるいはとびきり多産な溝に飛び込むことであっても、
男が、その魂と縁のない高慢な女性を口説けば
演ずる、あるいは苦しむ、ばかげたことに満ちた溝
そんな溝に落ち込むのが人生であったとしても

喜んで溯っていこう
一つ一つの行動や思索の源泉まで
運命を推し測り、その運命を甘受しよう！
私ごとき者でも悔恨を捨て去るなら
すばらしい歓喜が胸に流れ込んでくる
われわれは笑い、歌わねばならない、
われらはあらゆるものから祝福され、
目にするあらゆるものも祝福されているのだ。（267）

ここに見られる精神は、ニーチェの「運命愛」と「永劫回帰」を、そして後に見るロレンスの言葉を強く想起させる。「盲人」「蛙の卵」「溝」「ばかげたこと」などの強い調子の言葉を畳み掛けるように使うことで、「回帰」すべき生の汚濁が生々しいイメジャリーをまとって提示される。「悔恨」とは「豚小屋」を離れて「天上の館」

へ行こうとする改悛の情だが、「自我」はジェインと同じくこれを「捨て去る」。生がいかなる汚濁であれ、それを「運命」として受け入れたとき初めて、胸に大きな歓喜があふれ、われわれは笑い、歌う。そのとき、われわれも、すべてのものも祝福されるというのである。

キリスト教の推奨する「天上」は人間がいる／行くべき場所ではないというジェインの主張は、L・マクニースが「クレイジー・ジェイン詩群」を読み解くときに使っている「血の精神（霊）性」(143) と呼ぶものに通じる。「血の精神（霊）性」とは対立とそれが生み出す汚濁をすべて受け入れる精神であり、「生きとし生けるものすべて聖なり」(Blake, 45) と見る精神である。「クレイジー・ジェイン詩群」に続く「気のふれたトム」で、トムはこう歌う。

「野や海にあるものはすべて
鳥も獣も魚も人も
雌馬も雄馬も雄鳥も雌鳥も
血の活力にあふれて
神様の変わらぬ目の前に立っているんだ
おいらはそう信じて生き、死ぬんだ。」(305)

あるいは「クロッカンのトム」では、

「雄馬の〈永劫〉が
〈時〉の雌馬にまたがり
浮世の子をはらませよった。」(306)

明らかにトムは、「一粒の砂に世界を見／野の花に天国を見る／手のひらに無限をつかみ／一ときの中に永遠を握る」(490) と歌ったブレイクと同種の精神なのだ。

「クレイジー」、「気のふれた」——ともにイェイツが反キリスト教的「精神」を謳うために用いる戦略／仮面だが、とりわけ第四の詩、「クレイジー・ジェインと職人ジャック」におけるジェインの言葉には、人間は一人で神の前に立つべしとするプロテスタンティズムの教えに対する反発が見られる。キリスト教からは「獣同士」と見られる二人が、「暗闇と夜明けの間に解かれる巻き糸にすぎない」愛を「排便する所」において成就したとき、それは「真の愛」に結実し、死んで霊となっても二人を結びつける。ジェインは「神のところに昇っていくような一人ぼっちの霊」であることを拒否し、死後もジャックの後についてさまよわねばならぬと言う (292-93)。エロスを介しての他者との融合《コミュニオン》は人間の孤立性を超克するというのである。

イェイツはキリスト教についてこう述べている。「真の道徳体系は最初期から傑出した人間がもつ武器だった。カトリック教会はこうした一つの体系を聖人のためにのみ創り出した。それゆえかくも長期間権力を維持しているのだ。それが説く善の定義は狭いものだが、そもそもそれは商人たちを生み出すために作られたのではなかったのだ」(Auto, 492)。これは以下のように述べるロレンスのキリスト教観と酷似している。「聖人が生み出した規則はすべて恐るべきものだ。なぜか？ それは人間の本性が聖人的ではないからだ」(*A*, 71)。二人の言葉は共に、キリスト教が説く道徳、規則が人間の現実・真実に即していないことを指摘している。そしてこの見方の根底には、キリスト教の肉体軽視／蔑視への拒絶がある。ロレンスは白鳥の歌となった『アポカリプス』の末尾で、生涯にわたるキリスト教批判を総括し、こう述べる。

人間にとって大いなる驚異は生きているということである。……未生の者や死者が何を知っていようと、彼らは肉体をもって生きているという美と驚異は知らない。死者は死後の生に関心があるのだろう。しかし、肉体をもって、今ここでの壮大な生を生きるということは、われらだけのものであり、しかもそれとて、ほんのしばしのことなのだ。われわれは、生きていること、肉体をもっていることに、肉体をもった生ける宇宙の一部であるという事に、歓喜して乱舞すべきなのだ。(149)

ジェインの、あるいは「自我と魂との対話」の「自我」の言葉と直截に響き合うこの断言は、ジェインが司教に向かって投げつける言葉と見まごうばかりではないか。

二

こうしたキリスト教批判を最も激烈かつ明示的に展開した最大の先駆者はニーチェである。キリスト教の肉体蔑視についてはこう述べる。「キリスト教はエロスに毒を飲ませた。――エロスはこれによって死にはしなかったが、堕落して背徳となった」(『善悪の彼岸』一二九頁)。「キリスト教の僧侶は、そもそもの初めから、官能性の不倶戴天の敵である」(『権力への意志』七五頁)。またときにはブレイク的にこう言う。「魂とは、肉体に属するあるものを言い表すことばにすぎない。肉体はひとつの大きい理性である」(『ツァラトゥストラ』五〇頁)と。しかし彼の批判が辛辣をきわめるのは、イエスその人と組織化されたキリスト教会との乖離に対してである。

キリスト教徒は、イエスが彼らに命じておいた行為をいちどとして実践したことがなく、また、「信仰によって義とされる」という破廉恥な饒舌と、これがもつ唯一至上の意義とは、教会が、イエスの要求する業を信奉すると公言する気力も意志ももちあわせていなかったことの結果にすぎない。

キリスト教において欠けているのは、キリストがなすべく命じておいたすべてのことを何一つなしていないということである。

「キリスト教」は、その開祖が実践し意欲したものとは何か根本的に異なったものとなってしまった。教会こそ、イエスがそれに反対して説教し——またそれに対して闘うことを使徒たちに教えたもの、まさにそのものである。(『権力への意志』九〇—九一頁)

ニーチェの慧眼は、こうした「逆転現象」の根底にパウロの「天才」をかぎつける。「パウロは原始キリスト教を原理的に無効にしてしまった。……パウロは、イエスがおのれの生によって無効にしてしまったもの、まさしくそのものを、大規模に再建したのである」(『権力への意志』八〇頁)。「異教の世界の大きな欲求を理解して」いたパウロは、「宗教的に興奮した大群衆の秘儀への欲求から出発」し、「永生(個人の霊魂が罪から清められ浄福を得て死後生存しつづけるということ)を、復活として、あの犠牲と因果的に結びつけようと努める」(八〇頁)。「偉大な象徴主義者」イエスは「内的な現実のみを現実として、『真実』としてうけとった」(『アンチクリスト』六七頁)。その霊的、超越的な心理学を、パウロはルサンチマンの心理学と化してしまったと言うのだ。

こうした転倒の結果、「浄福」、「天国」といった概念の徹底的な歪曲が生じる。

イエスは、懺悔や贖罪の教え全部に抵抗する。彼が示すのは、おのれが「神化された」と感ずるためにはどう生きなければならないか——また、おのれの罪を懺悔し後悔することではそこに達することはできないということである。「罪を意にかいしない」ということが彼の主要な判断である。

天国は心の一つの状態である、「地上を越えたところ」にあるのではけっしてない。……それは、「個々人における心の転換」であり、いつでも来るが、またいつでもまだ現にないあるものである……

「浄福」はなんら約束ではない。それは、以上のように生き、行うなら、現にあるものなのである。(『権力への意志』七八一九頁)

「神の国」は心におけるひとつの経験である。それはいたるところにある、それはどこにもない。……（『アンチクリスト』六九頁）

こうしてニーチェはイエスに言寄せて「天国」や「浄福」を徹底的に内面化するが、これこそジェインが主張するところに他ならない。

彼女の主張は、「愛よりなされたことは、つねに善悪の彼岸に起こる」（『善悪の彼岸』一二五頁）というニーチェの言葉に尽きる。詩群最後の詩、「老いたクレイジー・ジェイン踊る者を見る」はこの主張を一つのイメージにしたものといえよう。「踊る者」もいま一つのエネルギーの象徴だが、愛し合う二人がその踊りの中で殺しあっている（ようにジェインには見える）。しかし彼女は、女が男をナイフで刺そうとしても手を出さず、「彼を運命の手に委ねる」。なぜなら、「愛はライオンの牙のよう」（一九五頁）で、「憎悪」という対立物なしには存在できないからだ。その愛憎がもたらす運命に人間は謙虚でなくてはならない、それは「善悪の彼岸」に起こっているからだ。ジェインのメッセージを要約すればこうなろうか——二人が殺し合おうがそれがなんだ。踊り・生命こそすべてだ。踊るときの眼のきらめきこそすべてだ。かつては私にも、何があったって露ほども気にかけず、あんな踊りが踊れる肉体をもっていたときには、神がいたんだ。——これこそロレンスが言う「肉体をもって生きているという美と驚異」であり、ニーチェが言う「天国」「浄福」の状態ではないか。それを、イエスの教えを歪曲した教会＝司教は否定するのだ。こうした教会をニーチェは徹底的に断罪する。

教会の唯ひとつの実践は、寄生虫的な生き方であろう。その萎黄病的な理想でもって、その「神聖」の理想でもって、生へのあらゆる血を、あらゆる愛を、あらゆる希望を飲み干してゆくのである。彼岸とは、あらゆる現実を否定しようとする意志であり、十字架とは、かつて存在した最も地下的な謀反の認識票にほかならない。――それは健康に対し、美に対し、質の良さに対し、勇敢さに対し、精神に対し、そして魂の善に対する謀反であり、生そのものに対する謀反にほかならない。(『アンチクリスト』一四六頁)

「クレイジー・ジェイン」詩群におけるキリスト教批判はニーチェのそれほど直截的なものではないが、より広いコンテクストで見るなら、大衆(「畜群」「末人」)、民主主義、均一化・平準化などへの嫌悪において、さらにはこれらをキリスト教文明がもたらしたデカダンスあるいはニヒリズムとする見方において、ニーチェとイェイツには強い親近性が見られる。晩年のイェイツは古代アイルランドへ、そしてその「精神的父」と考える古代ギリシアへの回帰を強く説くようになる。例えば「彫像」においては、

古代からの流れを受け継ぐわれらアイルランド人は
この汚れた現代の潮流に投げ出され
ぶざまに放卵する憤怒の波に難破したが
今こそわれら本来の闇によじ登り
正確に測られた顔の面立ちをなぞらねばならぬ。(*CP*, 376)

と述べ、また最晩年の詩「ベン・バルベンの麓」でも、

アイルランドの詩人よ
出来栄えのよいものだけを歌え
……
過ぎ去った日々に思いを致せ
来るべき日にわれらがなおも
不屈のアイルランド人であるように。(*CP*, 400)

と歌う。イェイツにとって、「われら本来の」「不屈」を取り戻すためには、キリスト教が撒き散らしてきたデカダンスとニヒリズム、その具現としての平準化、大衆化、美と崇高の喪失はなんとしても超克しなければならないものだったのだ。

こうしたニヒリズムとしてのキリスト教批判と表裏一体となっている、イエスその人と、彼が説いた「根源的キリスト教」に対する敬意という点でも、イェイツとニーチェ、そしてロレンスは一致する。イェイツは戯曲『復活』の中でヘブライ人にこう言わせている。「彼［キリスト］は人間以上のものではない。しかしかつて生きた中では最高の人間だった。彼以前にあれほど人間の苦悩を哀れんだ者はいなかった」(*Collected Plays*, 583)。ここには次のニーチェの言葉が反響していないだろうか。

つきつめていけば、キリスト教徒はただ一人しかいなかった。そしてその人は十字架につけられて死んだのだ。「福音」は十字架上で死んだのだ。……ひとえにキリスト教的実行、十字架上で死んだ人が身をもって生きたような生活のみが、キリスト教的なのだ。

……今日なおそのような生活は可能である。ある種の人間には必要ですらある。本当の、根源的なキリスト教はいつの時代にも可能であるだろう。……信仰ではなくて、行為である。とりわけ、多くを行為しないこと、別種の存在になりきることだ。(『アンチクリスト』七五頁)

こうしたイエスその人への敬意と、その精神から離反した教会への敵意は、ロレンスやブレイクにも明瞭に見られる。ロレンスはキリスト教に二つの種類、すなわち「イエスおよびその『互いに愛し合いなさい!』という戒律の焦点をあてた」ものと、「黙示録に焦点をあてたもの」を認め、前者を「優しさのキリスト教」、後者を「謙虚な者の自己賛美のキリスト教」(*A*, 64-65)と呼ぶ。そしてこう論を進める。

イエスのキリスト教はわれわれの本性のほんの一部に適応するのみだ。適応しない大きな部分がある。そしてこの部分にこそ、救世軍が示しているように、黙示録がぴったり合うのだ。

放棄と黙想と自己知の宗教は個人のみのものである。しかし人間はその本性の一部において個人であるにすぎない。もう一つの大きな部分では、人間は集合的存在なのだ。(*67*)

そしてこう断言する。「イエスは完全なる個人の立場を取った……彼は常に一人きりだった」(*69*)。イエスの「優しさの宗教」に敬意を払いながらも、それは「強者」の宗教であるとして、その「誤解」の上に成立したキリスト教の全能性を否定するのである。このキリスト教に対するアンビヴァレントな心情は、死後に残された断片の中の次の言葉にも読み取れる。

だが私はキリスト教会を信じることはできない。イエスは全能の神が遣わした子の中の一人であるにすぎない。救世主はたくさんいるのだ。……キリスト教が嫌われるのは、それが、神に至る道はただ一つだと宣言するからだ。……イエスはもはや道ではない。しかしそれがなんだというのだ。彼は神の子の一人なのだ。（*RDP*, 385）

一方、ブレイクはこう書き記す。


ついに一つの体系が形成された。ある者はそれを利用し、その心的な神々を具象化することで、あるいは物体から切り離して抽象化することで粗野なる者たちを奴隷化した。かくして聖職者集団なるものが始まったのだ。

礼拝の形式を詩的物語から選び取ることによって。

そしてついに彼らはこうしたことを命じたのは神々であると宣告した。

かくして人はすべての神々が人間の胸に住んでいることを忘れてしまった。（38）

ジェインのキリスト教批判も、この、組織化によるイエス本来の教え、すなわち「神は人間の内に宿っている」という「真理」の忘却・喪失に集中しているといえよう。

以上の議論を総括するために、ケン・ウィルバーのキリスト教観を参照しよう。彼は、イエスの本来の教えは精神と肉体を一体と考える「非二元的」なものだが、この長い霊的伝統は途切れたと言う。そして、その代表である「プラトン／プロティノスの非二元的伝統」を妨害したのは「すべてを文字通りに受け取る神話段階のキリスト教の登場」(350)だと考える。イエスその人は、「我と父とは一体なり」、すなわち「至高の神との同一性」を主張する最高次（ウィルバーはこれを「原因段階」と呼ぶ）の意識を達成した「覚者」だったが、周囲はその主張・教えを容赦しなかった。

> 教会のドグマはこの驚くべきナザレの覚者を実に巧妙に取り扱った。合理性の力を総動員して神話を支えたのである。彼らは言う、よろしい、イエスが神と一体なのは真実だ、と。……しかし原因段階の上昇はそこで停止させよう。イエス以外の人間はこの覚醒に到達させないようにしよう。これは奇妙なことだ。その時代の人間はみんなよく知っていたように、イエス自身は、自分だけがこの覚醒を得たとか得られるなどと言ったことはただの一度もないし、おまけに弟子たちには自分を「救世主」と呼ぶことをはっきりと禁じていたのだから。(352-53)

高次の意識を獲得したイエスは、それを伝えようとした。しかし教会はこれを危険と見なし、抑圧した。そのためにはイエス一人を「神の子」として別格にしなければならなかった。

イエスは、（彼自身の自己規定である）全人類のために苦しむ僕ではなく、文字通りエホヴァの独り子にされたのだ。言い換えれば、彼は当時の支配的な神話の中にいわば下向きに畳み込まれたのである。こうして彼は、新たに選ばれた人々を救おうとする神の、奇蹟的で超自然的な歴史への介入のもう一つの（しかしはるかに大きな）例に祭り上げられた。選ばれた人々とは、教会、すなわちすべての魂にとって唯一の正しい道であり救済である教会を取り巻く人々であった。（353）

イェイツ、ロレンス、ニーチェ、ブレイクが口をそろえて批判したまさにその点を、ウィルバーは歴史的視野に立って見事にまとめ上げている。[1]

結語

以上、イェイツが「クレイジー・ジェイン」詩群において表現しようとしたものを、反キリスト教的「精神」の系譜の中で検討してきた。以下、近代におけるもう一人の精神的血縁者、ジョルジュ・バタイユの言葉を引いて論を結ぶことにしたい。

そのエミリ・ブロンテ論においてバタイユは、ヒースクリフとキャサリンが犯した掟は「理性の掟」、すなわち「キリスト教精神が、原始宗教の禁制と、聖なるものと、理性とを、一緒にしてでっち上げた集団の掟」（三二一―三二頁）だと言い、こう続ける。「文学は、もしそれが『倫理的な諸価値にもっとも強くしばられているひとたち』の表現でなければ、非常に危険なもので、それゆえ、反抗の姿勢こそ往々にしてもっとも深いまなざしをもったものだ。……事実ロマンチスムの運動以来、宗教の凋落と結びついた文学……が取り入れようとしたものは、宗教というよりは、むしろその周辺にあってほとんど反社会的な相貌を呈していた神秘主義の中身だった」。その「中身」たる神秘的精神状態においては、「恍惚状態に到達するための必須条件である断絶を招来するのは、ほかならぬ死」であり、「しかもこの断絶と死との動きの中で見出されるものとは、やはり存在の無垢性と陶酔感とである。つまり孤立した存在が、自分以外のもののなかにおぼれこむ「自分を失う」のだ。……もちろん情熱は、対象におぼれこみながら味わう快感の持続を求めるが、その最初の動きは、他者の中に自分を忘れることにあるのではなかろうか。したがって、利害の計算から逃れて、現在の瞬間の強烈さを味わうまでにいたるいかなる動きも、すべて根源的には同一のものだ」。神秘主義は「神憑りの状態をあらわす場合に、愛欲をあらわす時の用語を用い」、また「推理的な反省から解放されている観想には、子供の笑いの単純さが宿されている」(三六一八頁)。

バタイユの言う「推理的な反省」とは、組織化したキリスト教会の思考様式、「キリスト教精神が、原始宗教の禁制と聖なるものと理性とを一緒にしてでっち上げた集団の掟」に基づいたものであり、「天上的」体裁こそとってはいるが、どこまでも「利害の計算」に則ったものだ。司教を論駁するジェインは、ヒースクリフやキャサリンと同じくそれから解放されている。その彼女が聖性の奪還のためにとる戦略は、ここでバタイユが言う「神秘主義的」なものであった。すなわち、ジャックという「他者」にエロスを介して「おぼれこむ」ことで「神憑りの状態」を手に入れ、それが差し招くであろう「死」をいとわず、これを運命として受け入れようとする。バタイユはこの論の冒頭で、「死こそ愛欲の真理であり、また愛欲こそ死の真理である」と述べ、この「死と愛欲」のダイナミズムを「エロチスムは、死を賭するまでの生の讃歌である」（一九頁）と簡潔に要約しているが、これこそ、イェイツがジェインとジャックに体現させているものである。このダイナミックな死生観からすれば、「天上の館」へ来るようにとの司教＝キリスト教会の促しは生への裏切りにほかならず、いわば裏口から聖性へ到達しようとするものだ。ジェインがこれを拒否し、あくまで「存在の無垢性と陶酔感」、「現在の瞬間の強烈さ」を抱きしめるのは、けだし必然なのである。それゆえ、これまた必然的に、彼女のレトリックは「愛欲をあらわす時の用語」を多用するものとなり、それが副次的に「子供の笑いの単純さ」を生み出している。

バタイユとジェインに共通するのは、天への「上昇」の道を虚偽として拒否し、あくまで地上に留まり、そこでの生が提供するもの、広い意味での「エロス」を味わいつくすことを通して聖性を奪還しようとする姿勢と戦略である。この姿勢は神秘主義的・超越的雰囲気および言辞を伴うのを常とする。ニーチェはこの姿勢を究極的な肯定の言葉で表明した——「地上に生きることは、かいのあることだ。ツァラトゥストラと共にした一日、一つの祭りが、わたしに地を愛することを教えたのだ。『これが——生だったのか』わたしは死に向かって言おう。『よし！それならもう一度』と」（『ツァラトゥストラ』五一六頁）。この超越的な絶対肯定こそジェインの主張の核心である。司教を圧倒する彼女の存在はほとんど一人の幻視者といってよく、そこには、次のように書き残して夭逝したもう一人の幻視者、エミリ・ブロンテの相貌が重なって見える。

しかしわたしはなやみをうしなうこともくるしみをやわらげることも
のぞまない

苦悩にさいなまれるかぎりそれだけ祝福のときが近づいているのだ
たとえ地獄の業火に焼き尽くされようとも天上の光にてらされようとも
たとえ死を予告するものだとしてもこのヴィジョンはあまりにけだかく
美しい（バタイユ、四〇―四一頁）

注

（1）ただし、ウィルバーが同意するのはこの点までで、最終的には彼はロマン的思考を真理の半分しか指摘していないとして批判する。「千年ないし二千年にわたる上昇志向、『手に入らない極楽』を求め続けることにうんざりした理性は、無理からぬことだが、神話という産湯と一緒に超越という赤ん坊も流してしまったのである」（372）。なぜうんざりしたのか？それは理性を獲得して神話段階から抜け出た人間たちが、キリスト教会の教えるように「天」を求めてみたが、教会はイエス以外の人間にはイエスの覚醒を禁じるという、いわば「ダブル・バインド」にかけていることに気づいたからだ。イェイツはこうした事態を「再臨」という詩で実に印象深く述べている――「だが今私は知る。石の眠りをむさぼってきた二千年の歳月が／揺りかごによって揺り起こされ、悪夢にうなされているのだと」。この事態をウィルバーに言わせればこうなる。「西洋では、ほぼアウグスティヌスからコペルニクスに至るまで、神話―合理的な構造は上昇の道を非常に強調した。その完全な上昇の終着点は論理上キリストであったが、同時にそこまで到達することは公式に禁止されたのである。この矛盾した組み合わせによって、西洋は千年以上にわたり上昇の理想型の中だけに閉じ込められてしまった。……中断された上昇をその中核にもつ西洋は、実に奇妙な霊的飢餓に襲われることになった。実際、これほど絶望的な飢餓は他のいかなる場所でも見られなかった」(409)。つまりウィルバーは、このダブル・バインド、あるいは「石の眠り」への反動として、西洋の代々の理性ある人々は「超越」を志向する上昇の道をすべて徹底的に否定し、「目に見え、感覚で捉えられる神に［のみ］忠誠を誓った」(410)のであり、その近代における現われがロマン主義者だと見るのである。これはきわめて重要な指摘であるが、これの検討は次の機会を待ちたい。

引用文献

エリオット、T・S・『異神を求めて』大竹勝訳、荒地出版社、一九五七年。

ニーチェ、F・『アンチクリスト』西尾幹二訳、潮文庫、一九七一年。

――『権力への意志』原祐訳、河出書房、一九六九年。

――『ツァラトゥストラ』手塚富雄訳、中公文庫、一九七三年。

――『善悪の彼岸』竹山道雄訳、新潮文庫、一九五一年。

バタイユ、ジョルジュ『文学と悪』山本功訳、ちくま学芸文庫、一九九八年。

Blake, William. *The Complete Poetry and Prose of William Blake*. Ed. David Erdman. New York: Doubleday, 1988.

Jeffares, A. N. *A New Commentary on the Poems of W. B. Yeats*. London: Macmillan, 1984.

Lawrence, D. H. *Apocalypse*. Ed. Mara Kalnins. London: Penguin, 1995.（*A*）

________. *Reflections on the Death of a Porcupine and Other Essays*. Ed. M. Herbert. Cambridge: Cambridge UP, 1987.（*RDP*）

MacNeice, Louis. *The Poetry of W. B. Yeats*. London: Faber & Faber, 1967.

Unterecker, John. *A Reader's Guide to W. B. Yeats*. London: Thames and Hudson, 1977.

Yeats, W. B. *Autobiographies*. London: Macmillan, 1980.（*Auto*）

________. *Collected Plays of W. B. Yeats*. London: MacMillan, 1960.

________. *Collected Poems of W. B. Yeats*, London: Macmillan, 1950.（*CP*）

Wilber, Ken. *Sex, Ecology, Spirituality*. Boston & London: Shambhala, 1995.

第二部　理性の「不幸」、肉体の「幸福」

第五章　裏切られた肉体――T・E・ロレンス論（1）

序

T・E・ロレンスという存在は、おそらく今世紀でも稀に見るほどに複雑で不可解な「現象」であろう。またたからこそ、一軍人としてはまったく例外的な注目を浴び続けているのだろう。彼に関する本や論文はおびただしく、それぞれに有益な光を投げかけてはいるが、彼という存在のはらむ謎はおそらくは永久に残るであろう。それは必ずしも彼が例外的な存在であったからではなく、むしろその謎が人間存在そのものが潜めもっている謎をあまりに鮮明に示しているからである。

本稿の目的は、ロレンスの中に潜む謎を解明しつつ、それを通して人間という謎めいた現象の一側面に触れ、それを明らかにすることにある。以下、この第一部では、まずロレンスの身体観と、それと密接にからみあっている性に対する態度を考察したい。彼の身体的行動にはとりわけ多くの謎と伝説がまとわりついている。性衝動にまったく悩まされなかった、女性を嫌っていた、同性愛者であった、マゾヒストで、後年はある青年に自分の身体を鞭打たせていた、などなど……こうした「伝説」にどれだけの信憑性があるのかは、それだけできわめて興味をそそられる問題だが、ここで考えたいのは、むしろそうした「伝説」を生みだした土壌、そしてそれが生まれるにいたった経緯である。この論は、ロレンスを病理学的に解剖し、すべてをある特定の原因に帰して、彼を還元論的に裁断することを意図したものではない。しかし彼の著作や行動は、曖昧な、あるいは未知の部分があまりに多く、自己神秘化をはかったのではないかという見方もうなずけないわけではない。(1)それゆえ、彼の著作や手紙などを読むときには、ある種の心理的読み解きが要求される。ある程度の精神分析的手法、例えば彼の出生、幼児期、母親との関係などに触れる必要性はそこから生じる。それらが彼の後の考えや言動のすべてを説明するわけではないが、こうした要因を抜きにしてそれらを語ることができないのも確かである。

続いて、次章で彼の国家観を見るつもりである。「アラビアのロレンス」として華やかな脚光を浴びた彼ではあるが、客観的にはあくまで大英帝国の軍人であり、諜報部員であった。ここでも彼のとった行動は謎に満ちていて、ある人から見ればおぞましい国家主義者、人種差別主義者であり、またある人から見れば、アラブを愛し、彼らの解放を心から願って自らの命まで差しだした反帝国主義者になる。同時に、有名人になった後で彼が取ったきわめて奇妙な行動を検討したい。その名声はもとより、終戦時には大佐にまで昇進していたその地位も、学者、あるいは政府要人としての洋々たる前途もすべて振り捨て、偽名を使って一志願兵として空軍に入隊したこと、今では英文学史に確固たる地位をしめる大作『叡智の七柱』執筆と、それに対するアンビヴァレントな態度を初めとして、彼の生涯を貫いて見られる、通常の基準では計れない行動を考察し、それが人間という現象の解明にいかなる寄与をするかを見てみよう。

一　暗き森を逃れて

ロレンスの身体観を考察するには、彼の出生、および幼児期から青年期にかけての経歴を見ることが不可欠である。これはおそらくいかなる個人にもあてはまるであろうが、ロレンスの場合、その特殊な出生ゆえにとりわけ重要となる。

トマス・エドワード・ロレンスは一八八八年八月一六日、北ウェールズの小さな町、トレマドックで生まれた――と書くと、きわめて平凡な出生に聞こえるが、そこにいたる経緯は実に複雑である。まず第一に絶対に確実とされる説がない。現在多くの伝記や批評書で「定説」として扱われているのは、大略以下の通りである。父はトマス・ロバート・ロレンス、母はセァラ・ロレンスといったが、二人は結婚しておらず、また終生結婚することはなかった。父は以前はトマス・ロバート・タイ・チャプマンといい、アイルランドのウェストミース州に地所をもつアングロ・アイリッシュの准男爵で、妻イーディスとの間に娘四人をもうけていた。その彼が、娘たちの家庭教師にやとったセァラ・メイドゥンと恋に落ち、ついには駆け落ちをしたのである。さらにやっかいなことに、セァラの家系もはっきりしない。スコットランドの貧しい境遇の出身であることは確かなようだが、姓もメイドゥンではなくジャナーだという説もあり、今では私生児であったというのが定説になっている（ロレンス自身もそう信じていた）。

駆け落ちした二人は各地を転々とし、その間に五人の男児が生まれた。ダブリンで長男のロバートが生まれるとまもなくイングランドに移り、ここで正式に姓をロレンスと変える。ウェールズでトマス・エドワードが生まれてわずか一年あまりで一家四人はスコットランドに移り、そこで三男ウィリアムが生まれる。マン島、ジャージー島と転居を重ねた一家は、やがて北フランスのディナールに住み、ここで四男のフランクが生まれる。一八九四年には英国に帰り、ハンプシャーに二年ばかり住んだ後、両親は子供の教育を考えて、一八九六年オクスフォードに移り住む。ここがトマス・エドワード（以下、断りのないかぎりロレンスと呼ぶ）の「故郷」となる。この年から一九〇七年まで彼はオクスフォード・シティ・ハイスクールに通い、一九〇七年から一九一〇年までオクスフォード大学ジーザス・カレッジで学ぶことになる。その後もアラビアから帰ってくるのはこの地であり、彼自身オクスフォード人を自認していたようである。

ここまで見てきただけでも、彼の出生および幼児期の体験の特殊性は一目瞭然であろう。こうした体験が一人の人間の性格および後の思想と行動に影響を与えないはずはないが、その中でも最も目を引くのは、彼が、私生児である女性と駆け落ちした貴族との間に生まれた私生児であり、しかも父の前妻が頑として離婚を受け入れなかったために、彼が終生私生児でありつづけたという点である。幼い頃から聡明かつ繊細であった彼にとって、この事実がいかなる打撃となったかは想像にかたくない。いわゆるロレンス神話の解体に情熱を注いだリチャード・オールディントンでさえ、「この異常な状況が……ロレンスのキャリアの挫折と、自己を苛む性格への鍵」(23) だと見ている。

ロレンスの死後、末の弟のアーノルド・ウォルター(2)が編纂した *T. E. Lawrence by His Friends* に見られる回想を見ると、ロレンスが早くも幼児期から青年期にかけて、後年アラブで見せる才気と落ちつきを備えていたことがうかがわれる。一例として、当時オクスフォード・ハイ・スクールの副校長であったアーネスト・コックスの言葉を引いてみよう。

ネッド(3)は言葉少なで冷静沈着、果断だがどことなく謎めいたところのある子だった。他の少年たちに比べて特別目だってはいたわけではないが、ただ、われわれの思いも及ばぬところに何か可能性を秘めているのではないかと思わせる点だけが違っていた。頭脳は明晰で、ものに動じることはあまりなかった。自負心が強く、やる気のおこらぬことを無理にさせられると本能的に内に閉じ込もってしまうのを誰もが感じた。肉体は頑健ではなく、将来あんな肉体的耐久力を発揮するとは思えなかった。しかしその敏速な歩きぶりは、精神と肉体の敏活さを物語っていた。それと同時に、話し相手に対して心持ち頭をうつむけ、上目づかいに相手を見つめるときの不屈の眼差しは、彼が何か物事に当たるときの深みと真剣さを表していた。(37)

オクスフォード時代の親友で、互いに同性愛的親近感を抱いていたといわれるヴィヴィアン・リチャーズが、ロレンスの死後まもなく出版した回想録にはこうある。「リーダーたる者、機略、すばやい本能的ひらめき、その国や人々についての詳細な記憶、そして不屈の意志をもっていなくてはならない。これらすべての点において、ロレンスは至高の能力を備えていた」(1)。特に初期の回想録には、こうしたいささか過度に思える賛美の言葉が続くので、眉に唾をつけたくなるのも無理はない。これほど有名になった人物の汚点は書きにくいということはあるだろうが、しかし彼が成人した後に知り合った、アラブ人その他の非英国人も含む多くの人の証言と照らし合わせるとき、こうした言葉が死者に対する単なるはなむけの言葉ではないことがわかる。彼らは、彼に批判的な人も含めて、その勇気と果断さ、頭脳の明晰さには一様に賛嘆の言葉を述べている。

オクスフォード大学では奨学金を得て現代史を専攻する。少年の頃から彼は、オクスフォードの町の工事現場から出てくる陶器の破片などの遺物に強い興味を抱き、現場の労働者に金を渡してそれらをとっておかせ、自分でそれらを復元していた。こうした考古学への興味、さらに後には中世に対するロマンティックな関心を抱くようになるが、この傾向はさらに強まり、一九〇八年の夏には自転車でフランス各地にある中世の城を見て回る。翌一九〇九年の夏には、周囲の反対を押し切ってシリア（いわゆる大シリア、戦後分割される以前のシリアで、現在のイスラエル、ヨルダン、レバノンを含む）に渡り、数カ月にわたって酷暑の中を旅し、多くの十字軍の城を見て歩いた。しかも千六百キロにわたる旅程の大半を徒歩で踏破したのである。この現地調査をもとに書き上げた卒業論文、「十字軍の城」は、従来の定説をくつがえす画期的なものであった。すなわち、それまでは中世ヨーロッパの築城術は、十字軍がもちかえったアラブの築城術から学んだものであるとされていたのを、ロレンスは逆に、ヨーロッパの築城術こそアラブのそれに影響を与えたことを、多くの実例を引いて実証したのである。一卒論が学界の定説をくつがえし、しかも多くの権威者の賛同を得ること自体きわめて珍しいことだが、このロレンスの説が現在に至るまで定説として支持されていることを知ってわれわれの驚きは深まる。この卒論により、彼は第一級優等賞を得て卒業する。

歴史家としてのロレンスの前途は洋々としているかに見えた。陶器集めをする頃から彼に目をかけていた一人の人物がいたが、この人物こそ後のロレンスに甚大な影響を与えたD・G・ホガースである。彼は考古学者、東洋学者で、当時オクスフォードのアシュモーリアン博物館の館長を務めていたが、後年ロレンスは彼をこう回想している。「一七歳以来、私が享受したすべてのことは、彼という人物のおかげである。……彼は大樹のようであり、私の人生の背後にあるものの主要部分をなしている。彼が倒れるまで、どんなに私を庇護するために尽くしてくれたか分からなかった」（『秘密』四三頁）。ロレンスが人生の大恩人と讃えるホガースは、しかし彼を学者の世界には導かなかった。いや、表面上はそう見えなくもない。つまり彼は、当時大英博物館の依頼で監督をしていた、小アジアのカルケミシュでの考古学的発掘にロレンスを参加させたのである。しかしこれが、ロレンスの学者としての経歴を援助するためのものだったかどうか、あるいはそれだけを目的としたものであったかどうかは、大いに疑問視されている。現在では、その国家主義的思想、当時の大英帝国の主要な人物との私的な関係、さらには、第一次大戦中に設立され、のちにはロレンスも属することになる諜報機関、「アラブ情報局」の顧問としての地位などから、彼が早くからロレンスの能力を見抜き、彼自身の目的に資するロレンスの「実用性」に着目してこれほど愛顧したのではないかと考える評者が多い。

そしてロレンスの人生は、まさにホガースが望んだであろう航路を取ることになる。一九一四年の第一次世界大戦勃発とともに、アラビア語の卓越した能力、アラブの地理や歴史、民衆についての知識をかわれ、そしてもちろんホガースの推薦を受けて、ロレンスはカイロの「アラブ情報局」に勤務する。一九一六年六月一〇日、メッカの太守で、ヘジャズ（サウディアラビアの紅海沿岸地域）の最有力者であるフセインは、四世紀にわたって中近東を支配してきたオスマン・トルコ帝国に対して反乱ののろしを上げる。多くの帝国の例にもれず、オスマン帝国も多民族国家であったが、異民族に対して抑圧的ではなく、逆に多民族融和策をとっていた。そのため、支配者たるトルコ民族よりも大きな集団であったアラブ民族[4]も、とりわけ虐げられていたわけではなく、政府の高官になっている者も多数いた。それが反乱に立ち上がったのは、ひとえに帝国の崩壊を食い止めようとする最後の皇帝、アブドゥル・ハミドと、その取りまきの必死のあがきのためであった。彼らはそれまでの民族融和政策を放棄し、少数民族の抑圧に乗りだした。史上悪名高いアルメニア人の大虐殺が起こったのはこのときである。彼ら以外にも、ギリシア正教徒を含む多くのキリスト教徒が殺害された。同じムスリムとはいえ、こうした事態に危機感をつのらせたアラブ人は徐々に民族主義に傾いていった。一九一五年、アラブの民族主義者たちの反乱の策謀が発覚し、その中に政府の要職についている者もいることに衝撃を受けたオスマン帝国の高官は、彼らに極刑を課した。ここにアラブ人の蜂起の期は熟した。

現在サウディアラビアと呼ばれている広大な地域は、当時は多くの部族に分裂し、互いに対立し合っていた。その中で最も大きな信頼を集めていたのがヘジャズのフセインで、彼に反乱のリーダーシップを求める声があがったのは当然であった。しかしここでやっかいなのは、この反乱が単に抑圧者対被抑圧者の間の闘いではなかったという点である。つまりこの地は、主として石油の利権を求めるヨーロッパ諸列強の角逐の場になっていたのである。

かくしてフセインはアラブの反乱に立ち上がったが、ドイツの支援を受けているオスマン帝国に対して自力で勝利をおさめる可能性はどう見てもなかった。しかし自国の権益にとってオスマン帝国の崩壊が最重要事であった英仏は、裏でアラブを支援しようとした。フセインと接触する任務を負った英国情報部東洋班長のロナルド・ストーズは、ヘジャズのジッダに派遣されたが、これにロレンスが同行することになった。二人はフセインに会い、英国の支援を約束する。そしてこのときから、ロレンスはアラブの反乱に本格的に関わることになる。アラブ反乱とその直後の経緯は次章の主題と密接に関わるのでそちらに譲ることにして、ここでは彼の後半生の概略だけを押さえておこう。

アラブ反乱の勝利、そして第一次大戦の勝利は、ロレンスを一挙に英雄にする。彼はパリ講和会議にも出席し、アラブのために奮闘するが、列強のエゴに空しく押し切られてアラブは寸断され、反乱中に彼らにしていた約束、すなわち統一アラブの宿願は夢と消え、結果的に彼はアラブを裏切ることになる。しばらくオクスフォードのオール・ソウルズ・カレッジのフェローとなり、オクスフォードとロンドンを行き来して、累世の大作、『叡智の七柱』を、三回書き直しながら完成させる。その後、戦後処理をまかされて植民地相に任命されたウィンストン・チャーチルに請われて彼のアドヴァイザーになるが、一年ばかりでこの職を辞し、オクスフォード大学のフェローという特権的地位も放棄した彼は、ジョン・ヒューム・ロスの偽名で、一志願兵として英国空軍に入隊する。しかし彼の名声は衰えることなく、半年たらずで新聞に素性をすっぱぬかれ、除隊せざるをえなくなる。数カ月後、再び名前をT・E・ショーと偽り（後には正式に改名する）、今度は英国陸軍の戦車部隊に入隊する。二年後には再び空軍にもどり、二年間のインド勤務を含めて、一九三五年まで一兵卒として英国各地を転々とする。その年の三月に除隊、ドーセット州クラウズ・ヒルの家に引退してまもない五月、かねてから熱愛していたモーターバイクで事故を起こし、約一週間後、かつて勤務していたボヴィントンの陸軍病院で死去する。四六歳であった。

二 「内なる内乱」

ある人間の身体観を知るには、その人間が性についていかなる態度をとっているかを見るのが有効であろう。ロレンスのセクシュアリティについては、これまで多くの言葉が費やされてきた。いわく、彼は同性愛者である、女性嫌いである、マゾヒストで頻繁に自らの身体を鞭打たせた、いや、性衝動とは無縁であった、等々。しかしまず彼自身の言葉を聞くのが順序だろう。

……発情期を失い、一年中感情や興奮を撒き散らすようになったのは人間の多いなる不幸だ。……
……しかし、われわれ人間など、死ぬか、あるいは精神がなくなった方が、世界ははるかにきれいな場所になるのではなかろうか？　われわれはみんな罪人なのだ。こうした肉欲がなければ、君もぼくも　存在していないのだ。肉をそなえたすべてのものは、……淫らな思いが行動に移され、それが成就した結果なのだ。そしてこの誕生という罪のいかばかりかは、生まれた子供にもとどまるのではなかろうか？……いずれにせよ、すべて汚らわしいことだ……　(*Selected Letters*, 233)

……ここにいる男たちは口汚く、その裏には精神の動物性とでもいうべきものが浸透している。[5] 彼らの混じりけのない動物性に触れると、ぼくは恐怖を感じる、いや、痛みさえ感じる。女性の肉体を買ったり、自分の身体を売ったり、その他いかなるやり方にせよ自分を汚すことは、ここではなんの批判も受けないどころか、自然なことと考えられている。ぼくはこうしたことに対して叫び声を上げた。一つには自己憐憫の情から、というのも、ぼくは自分が彼らと同じような人間になったことを呪ってきたからだ。また一つには、そんなことをしても失敗するという予感がしていたからだ。なぜかというと、ぼくのマゾヒズムはずっと道徳的であったし、これからもそうであろうからだ。ぼくは肉体的にこうしたことをすることはできない。実際、ぼくは彼らが肉欲にふけることから得る満足を、それを拒否することから手に入れるのだ。

……肉体にまつわるものすべては、今のぼくには嫌悪すべきものなんだ（ぼくの場合、嫌悪すべきというのは不可能と同じ意味だ）。(*Selected Letters*, 236)

なぜ世の父親や母親は、子供をこの悲惨な世界に生み出す前に少し考えないのでしょう。こんな世界を生き抜こうとする奴なんて、怪物だけです。両性が融合する理由の九九パーセントは性的快楽、残りのほんの一パーセントが子供がほしいという気持ち、少なくとも男性に関してはそうだと聞いたことがあります。前にも言ったように、私はそうした感情に押し流されたことは一度もありません……おそらく子供がもてるという希望だけが、もしそれがなければ女性にとって耐えがたい屈辱であるにちがいない行為を、多少とも緩和しているのでしょう——いや、私にはそれが耐えがたいものだと感じられるのです。……私はこうした動物的側面を蛇蠍のごとく嫌っています……私はこの世に生み出されたことを残念に思います。この世を去るときには、さぞや嬉しいでしょう。(*Selected Letters*, 268)

君の最後のページの性交についてのくだり、あれにはまったくまいった。前にも書いたが……ぼくはやったことがない。あまりしたいとも思わない。……人が話しているところによると、あっというまに終わるそうだ。……だから人生の果実を食べないままでいるといった気はしない。それに、その後には汚らしい感情が残るにちがいないからね。(*Selected Letters*, 389)

これらの文章で目を引くのは性に対する強烈な嫌悪感だが、とりわけ特徴的なのは、その嫌悪が、子供をこの忌まわしい世界に生み出すことに対する嫌悪と分かちがたく結びついていることである。すなわち、性はそれ自体汚らわしいものであると同時に、その生殖機能ゆえに忌避されているのである。そしてその根底には、子供が生み出される世界に対する深い絶望が見て取れる。人は容易にこれをロレンスが私生児であることと結び付けるであろう。そしてそれはむろんまちがいではない。しかしことはそう簡単ではなさそうだ。

ロレンスの不可思議な一生を見るとき、こうした性に対する見方、そして身体観がそれになんらかの影響を与えたと考えるのはきわめて自然であろう。さらに、こうした思考法の形成にあたっては、人生の初期における心理的トラウマが決定的役割を演じたことには疑問の余地がない。フロイトは人間の性格形成にあたっての幼児期の体験の重要性を生涯説き続けた。彼の思想は独創的な洞察に満ちていて、まことに予言者と呼ぶにふさわしいが、人間のあらゆる精神病を、出生時および幼児期のトラウマ的体験に帰せしめる手法は、あまりに還元的であるという感を免れない。現在見られるフロイト批判の一端はこれに起因していると思われ、その意味では正当な批判であるが、しかしだからといって、フロイトの個々の洞察がその批判に連動して機械的に否定されるべきではあるまい。必要なのは、そのトラウマを探り当て、それが人間の謎にいかなる照明を投げかけるかを検証しつつ、しかしそれでもってある人間のすべてを説明しさることはひかえるという、いわばバランス感覚であろう。この還元論の誘惑を退けることができれば、精神分析学的アプローチはかなりの有効性をもつだろう。

彼の母親、セァラ・ロレンスの回想記が残っている。彼女の眼から見たロレンスは、「いっときもじっとしていない」(*His Friends*, 29)子であった。同じ回想によれば、彼は、俗説とは違って学校と勉強が好きで、またよくできた。ここに記されている重要な事件は、学校である年下の子がいじめられているのを助けようとして喧嘩に巻き込まれ、足首近くの骨を折ったことである。[6] 母はこれが彼の成長を止めた原因であると思っていた。彼の身長は一六〇センチ強で、極端に小さくはなかったが、英国人の中では低い方だった。成人した彼の写真を見ると、身長に比べて頭が不つりあいに大きいので、あの事件が自然な成長を妨げたという見方は正しいのかもしれない。これが彼の精神にいかなる影響を及ぼしたかは推測の域を出ないが、彼の後の不可思議な心理と行動の原因の一つをここに見ようとする者もいる。

友人の目に映る彼は「やることすべてに非常な情熱を傾けた」(*His Friends*, 27)。彼がとりわけ情熱を注いだのは、読書、陶器などの古代の遺物の収集と復元、自転車旅行(英国と北フランスのかなりの部分を走破している)、川下りなどの冒険、書物の美しい装丁などであった。と同時に彼は、興味を引かないことには、周りの人間が、また社会がいかに熱狂していても、一顧だに与えなかったという。例えばフットボールをはじめとするスポーツや、青春期には多くの者が一度ならずやるいたずらやどんちゃん騒ぎにはいっさい関わらなかった(Richards, 8参照)。

多少奇矯ではあるが、しかしこの頃のロレンスは、後の彼を想像させるような突出した存在ではなかった。しかしその素地は着々と形成されつつあった。彼ら兄弟は、熱心なクリスチャンである両親につれられてセント・オールディッツ教会に通い、何年にもわたってクリストファー牧師の教えを熱心に受けた。クリストファーは後にある程度の名をはせる熱烈な福音主義者(7)で、彼の教えが自分の「罪」の自覚にさいなまれていたロレンスの母に大きな影響を与え、そして救いとなったであろうことは容易に想像できる。現に五人の息子のうち三人、すなわち長男のロバート、三男のウィリアム、四男のフランク(後の二人は第一次大戦で戦死する)はクリストファー牧師と母の感化を強烈に受け、とりわけロバートは後に宣教師となって一九二一年から中国に渡り、一年後には母もこれに合流するのである。

弟のアーノルドは、ロレンスがこうした環境と教えから相当な影響を受けたと見ている。いずれにせよ、彼がきわめて宗教的、ほとんど清教徒的雰囲気の中で育ったことは確認しておかねばなるまい。この雰囲気を、彼の伝記作者の一人、ロレンス・ジェイムズはこう描写している。

毎日家族全員で祈りが捧げられ、注釈付きの聖書が頻繁に読まれた。悪徳に転げ落ちる道はロレンス夫人の厳しい監視の目でがっちりと遮断され、飲酒や、シェイクスピア以外の芝居、ダンスはすべて禁じられていた。恋愛などもってのほかで、女性はいっさい近づけられなかった……(10)

ロレンス伝説の中での彼の父は、酒の好きな道楽者として描かれることが多いが、これもアーノルドによれば、母は「ファンダメンタリスト的しつけのおかげで宗教的になったのであって、もともとの性格ゆえではない。……父の方がより宗教的性向をもっていた」(Wilson, 7)。父親の「感情的な、ほとんど神秘的ともいえる宗教心」(Wilson, 7)によって育まれたなら、ロレンスの屈折もあるいは軽減されたかもしれない。しかし育児としつけは母が一手に引き受けた。その権威に反抗すると、「彼らはむき出しの尻を鞭打たれた」(James, 16『秘密』三五頁)。こうした教育は、とりわけ意志と自我が強かったロレンスにとって次第に抑圧と感じられるようになり、ついに一七歳のとき、家出をする。オクスフォードから数百キロ離れたコーンウォールまで行くが、頼るあてもなく、せっぱつまってファルマスの英国砲兵守備隊に志願入隊する。結局はそこでの同僚の乱暴さにへきえきして父に助けを求め、家に帰る。(Wilson, 12-13『秘密』三六—三七頁)。

強烈な、それもドグマティックな宗教心に支えられた支配的な母親と、早くから強い自我を示した子供の間に見られる、これは典型的な葛藤といえようが、それが子供の心理に残した傷跡は大きかった。後年、その傷を癒すかのように、彼はG・B・ショー夫人のシャーロットに、ほとんど代理母にすがりつくかのように親密な愛情を示し、また求めた。おそらく生前に彼が最も心を開いた人間の一人であった彼女に、彼はほかでは見られない率直さで母のことをこう語っている。長い引用だが、彼と母親との関係を知る上で決定的な重要性をもっている。

彼女はあまりに硬直しています。自分に万全の自信があるのです。彼女の「硬直」は何年も前に、おそらく私が生まれる前に始まったものです。私は彼女に私の感情を、信じていることを、生き方を、知られることを極度に恐れています。もし知られてしまえば、それらは傷つき、台無しにされ、もはや私のものではなくなってしまうのです。……彼女はわれわれ兄弟が成長するのを見ようとしません。それは思うに、われわれが成長をはじめて以来、彼女自身成長を止めてしまったからなのです。彼女は私の父にすっぽりと包まれていますが、その父は、彼女があらゆる困難と闘って、彼の以前の国と生活から用心深く引き離し、勝ち取ったもので、自らの力の記念碑として飾っているのです。彼女は狂信的な主婦でもあり、自分のことなどまったくかまわないほど家事に打ち込むのです。

……手紙ではいつも自分が年老いてさみしいともらします。そしてわれわれだけを愛しており、同じようにわれわれも彼女を愛することを請い願うのです。いつもわれわれをキリストの方に向かせ、そこにしか幸福と真理はないと言うのです。自分自身はちっとも幸せになんかなっていないのに。

あなたにこんなことを言うべきでないのは分かっています。でも彼女は私とアーニーをおそろしいほど不幸にしました。われわれにはどうしようもありません。母があの不可能な要求を突きつけることでわれわれに与えた痛みを、ほかの人間には決して与えまいと思うばかりです。しかし実は今でもわれわれは彼女に痛みを与えています。彼女からいくら手紙で要求されても、水道の蛇口をひねるように愛情を注ぐことなどできないからです。われわれにとってキリストはシンボルではありません。彼女のような信仰者をもつことですっかり汚された一つの人格なのです。……彼女が安心してわれわれを放っておいてくれさえしたら。

私の父は人柄の大きな人間で、いろいろな経験をつんでいて、寛容で、懐が深く、そそっかしくてユーモアたっぷり、話がうまく、生まれながらに貴族的でした。……母の方は、スカイ島の信仰心の篤いプレスビテリアンの家で罪の子として育てられ、子守になり、それから私の父をその妻から奪うという「罪」(彼女自身の判断です)を犯しました……私の両親は常に自分たちが罪を背負って暮らしていると感じていました。そしていつの日にかわれわれがそのことを知るのではないかと恐れながら。……

私が軍隊に入った本当の理由の一つは(三つか四つありますが)、一人で暮らせるからです。母は私に家庭の恐怖を、その異端審問の恐ろしさを植え付けたのです。それでも彼女が私の母であることに、並外れた人間であることにかわりはありません。彼女の意志の力を知っている私は、いかなる女性も母親にすることができず、子供を生み出す役割を果たせないのです。彼女はこのことに気づいているのではないかと思いますが、しかし知らないことが一つあります。それは、私の内でたえず続いている内乱状態は、彼女と私の父との性格の不一致から、すなわち彼ら二人がそれぞれの生活と規律から根こぎにされた結果生じた、強さと弱さが混じりあって燃え上がることから生まれたものであるということです。彼らは子供を生むべきではなかったのです。(*Selected Letters*, 325-26　傍点引用者)

この告白は、彼と母との葛藤が最高潮に達した時期から二〇年以上を経て回想されたものではあるが、それにしても、なんという冷徹さ、いや、マゾヒスト的ともいえるほど鋭い自己と肉親との分析であろう。これは単なる明晰な知性の産物ではない。たえざる「内なる内乱」を経験してきた者特有の分裂した自己意識が、かさぶたの下から膿がしみでるように、じくじくとにじみ出してきたものである。精神分析学的ともいえる鋭い分析のメスは、両親の、とりわけ母の魂を切り分けてその内部を露出させると同時に、返す刀で自らの身をも切りさいなむのである。

三　裏切る肉体

母と自分を、そしてその関係を分析する際のペシミズム、絶望の深さは、それにしても尋常ではない。全体をおおう罪の観念はとりわけ目を引き、彼があれほどに反抗した母の歪んだキリスト教教育が、皮肉にも彼の精神のいかに深い部分にまで達していたかを証明するかのようである。この手紙で注目すべき第一の点は、母による「愛の強要」である。一〇歳頃には両親の「罪」を知ったロレンスにとって、この強要はとりわけ耐えがたかった。ロレンス・ジェイムズは、「母の『秘密』を知ってしまった彼は、自分に押しつけてくる要求から彼女自身がいかにかけはなれているかを知っていた」(18)と言っているが、ロレンスが母のこの要求に偽善をかぎとっていたことはまちがいあるまい。しかしむろん彼は母の偽善だけを責めているのではない。むしろ、この「愛の強要」という行為そのものに潜むいかがわしさを告発しているようだ。これを彼は端的に「不可能な要求」と呼んでいるが、これの含蓄するところは深い。いかに深いかは、彼の同時代人で、姓も同じであるD・H・ロレンスの後期の思想と比較するとき、きわめて明瞭になる。

D・H・の最晩年(といっても、彼も四四歳で没しているのだが)に書かれた中編「死んだ男」は、明らかにキリストを思わせる一度「死んだ」男が、蘇生し、かつて自分が教えた愛の教義を否定し、イシスを守る巫女との肉体的接触を通して真に再生するという話だが、その一節にこうある。

男が触れることのできるものは一つとしてなかった。誰もが、狂ったように自己のエゴを彼に強要し、彼の内なる本質的な孤独を侵犯したがっていたからである。……男女の別なくすべての者が、自己の内部が空っぽであることに死ぬほどの恐怖を感じて狂気に陥っていた。男はかつての自分の布教を、いかに自分がすべての人間に愛を強要してきたかを振り返った。するとあの嘔吐感がまた甦ってきた。微妙な形ではあれ、なんらかの要求をしない接触などないのである。(146)

T・E・の母親の分析との類似性は衝撃的で、ともに、人間の深層にひそむ謎に触れた人間の言葉である。両者ともに「愛の強要」の非を説いているが、D・H・がその底に人間の内部の空虚さの認識を見るのに対し、T・E・は人間の「罪」の自覚を見ている。彼のいう「罪」(“guilt,” “sin” の両方を使っている)は、狭義には両親の不倫と駆け落ち、とりわけ母の「性的誘惑」を指すが、同時に、キリスト教の原罪とほとんど同じ意味でも使っている。(前の引用文にあった「誕生という罪のいかばかりかは、生まれた子供にもとどまるのではなかろうか?」という言葉を思い出されたい。)言葉こそ違え、両者が指し示しているのは同じもの、すなわち人間存在そのものに根源的につきまとうなんらかの欠落感、不全感、R・D・レインの言葉を使えば「存在論的不安」であろう。レインは、「人生の初期の経験から安定感を獲得した人間は、他の人間との関係にも満足を見いだす可能性が高い。しかし存在論的に不安定な人間は、自分を満足させるよりはむしろ自己を保護することにとりつかれている」(42)と言う。T・E・の母の、そして彼自身の分析に、これ以上の注釈はまたとないだろう。フロイトならば明らかにこの不安感を出生時および幼児期のトラウマ的体験に結び付けるだろうが、ここで重要なのは、T・E・が、母のこうした不安感、空虚感を「罪」の産物と見ていることである。そして母と父にこの「罪」を犯させた最大の誘因は性であった。

この時点で、同じ認識の場に立っていた二人のロレンスはたもとを分かつ。D・H・は、主人公の男を、それまで拒ませていた性的接触という未知の圏内に引き入れることによって真の甦りを迎えさせる。一方T・E・は、当然のことながら、罪の原因たる性を身辺から一掃する。行為としての性の拒否から、観念としての性の拒否まではほんの一歩である。

では彼には、性的衝動そのものもなかったのだろうか。以上の考察でこの疑問には実質的に答えているのだが、もう一度確認しておこう。前節で引用した彼の書簡に注目すべき言葉があった。「ぼくは自分が彼らと同じような人間になったことを呪ってきたからだ。……ぼくは彼らが肉欲にふけることから得る満足を、それを拒否することから手に入れるのだ」。「彼らと同じような人間」というのはやや曖昧な表現だが、文脈から考えて、彼らと同じように「肉欲」を備えた人間と取るのが妥当だろう。実際、彼が書き残したものには、自らの性的経験を否定する、あるいはこれからもする気はないことを示す言葉は散見されるが、性欲そのものの存在を否定するものは見つからない。いや、これについては同じ手紙の彼の言葉自体が何より明瞭に述べている。すなわち彼は、性の、そして性欲の「拒否」というすぐれて意志的な行為によって、他の人間が性から得る満足を得ると言い切っているのである。(8)

では、これもよく言われるように彼は同性愛者であったのか。これを論じるには、彼の人生の大きな転回点と一般に認識されている一つの重要な事件、すなわち、アラブ反乱中に彼がデラアという町で経験した事件に触れねばならない。しかしこれは、謎の多い彼の人生の中でも最も議論の集中している事件なので、紙幅の関係上、詳細は割愛せざるをえない。ここでは簡単に、これが彼のマゾヒスト的、同性愛的嗜好を彼に気づかせた最初にして最大の出来事だったという人口に膾炙している説を踏まえて論を進めよう。

一九一七年一一月、ロレンスはサーカシア人に変装し、一人の仲間と、当時まだトルコ軍の手中にあったデラアの町を偵察するが、捕まり、尋問を受ける。そのとき、トルコ軍の長官から同性愛の相手になるよう強要されるが、これを拒否したためにひどい拷問を受ける。しかし、そのおそるべき鞭打ちの激痛の中で、未知の感覚を経験する。

> 精神をコントロールするために、私は鞭打ちの回数を数えはじめたが、二〇を過ぎる頃にはそれも分からなくなった。感じるのはただ、ぼんやり重たい痛みだけだった。爪をはがされるような痛みなら我慢できると思っていたのだが、その苦痛はおそるべき力で私という全存在に徐々にひびを入れ、その力は波動のように背骨を登っていって、ついには脳髄に達し、そこで激しく砕け散ったのだ。……
>
> 私が完全にくたばってしまうと、彼らは満足したようだった。……私は汚い床の上に転がっていた。呆然とし、激しくあえいではいたが、なんともいえず心地よかった。私は、この痛みをすべて知ろうと、抵抗の糸が完全に切れるまでがんばった。私はもはや演技者ではなく、観客だった。自分の身体がのけぞり、悲鳴をあげるのも意に介さないようにした。それでも私は、自分の中を何が通り過ぎていったかを知った、もしくは想像したのだった。

伍長が私を立ち上がらせようと、鋲のついたブーツで私を蹴ったのを覚えている。……同時に覚えているのは、そのとき私が彼にぼんやりとほほえんでいたことだ。何か甘美な暖かさ、おそらくは性的な暖かさが私の中に満ちあふれるのを感じたからである。……鞭がもう一度振りおろされた。私はうめき、眼の前が真っ暗になったが、その間も私の内部では、生命の核が、引き裂かれた神経をゆっくりと登っていき、この最後の筆舌につくしがたい激痛によって肉体からはじき出されていった。(*SP*, 453-54　傍点引用者)

傍点をふった箇所を見るかぎり、彼のマゾヒスト的傾向は明らかだが、その根底に透けて見えるのは、苦しむロレンスとそれを観察するロレンスとの分裂である。苦痛さえもすべて知り尽くさずにはおかないこの自意識、これこそがロレンスを考察に値する人物にしているのだ。[9] 後に彼はなんとか尋問を逃れて味方のもとへ帰り、この事件を振り返るのだが、この章を結ぶ次のような謎めいた言葉は、彼のこの自意識の強さを考慮に入れないと理解しがたい――「あの夜、デラアで、私の完璧性の砦は永久に失われたのである」(456)。

前述したように、この事件は、まったくの作り話だとする評者も多く、しかもそう考える理由もさまざまで、実にやっかいである。しかし、たとえそうだとしても、ロレンスは少なくとも何事かをここで表現したかったはずである。前に見たように、彼が生涯女性と性的関係をもたなかったのはまず確実で、その原因についても考察してきた。しかし、いかなる宗教観、倫理観を植え付けられたとしても、またいかに観念としての性と生殖を嫌悪したとしても、それで性欲そのものが消えるわけもなく、ロレンスのように常人をはるかに超えた頑健な肉体をもっていれば、それはなおのことであろう。[10] その欲動はなんらかのはけ口を見つけざるをえない。裏切られた肉体は、常に裏切る肉体に変わるからである。

「『罪の意識は、あるいは個人では支えきれなくなるほどにまで膨れ上がるかもしれない』が、これを避ける唯一の方法は、世界を変える力として攻撃性を外部に向けることである」(Brown, 53)。もはや支えきれなくなった「罪」の意識を、ロレンスは外部に向ける。そのエネルギーは初めのうちは考古学的調査の情熱のうちに解消されていたが、第一次世界大戦という「絶好の」機会を得て、内部に秘められていた攻撃性にはけ口が与えられる。ペンギンの大型版で七百頁になんなんとする『叡智の七柱』は、アラブ反乱の史的記述という体裁をとってはいるが、著者自身断っているように、明らかにロレンスの個人史であり、より正確に言うなら、彼のこの内なる攻撃性との格闘の記録であり、「罪」の意識を超克する試みの歴史である。いや、もっと端的に、彼の「悪魔祓い」の奮闘の残滓と言った方がいい。実際ここには、彼の驚嘆に値する肉体的、精神的克己の様子がページごとにつづられている。すなわちこれは、彼が「世界を変える力として攻撃性を外部に向け」ようと努めて、ついには失敗した記録なのである。拒否された攻撃性は内部に向かう。この転回を促した最大のきっかけが、前述のデラア事件であろう。つまりこのときロレンスは、攻撃の対象が自己の内部にもあることを発見したのである。(11)

後日彼は、彼の晩年の「告解師」ともいうべきシャーロット・ショーにこう書き送っている。「あの夜について。……傷つけられるのを恐れて、というよりむしろ、私を狂乱に駆り立てていたあの激痛からほんの五分でもいいから逃れたい一心で、われわれがこの世に生まれてくるときにもってくる唯一の所有物、すなわち肉体の完璧性(純潔)を放棄してしまったのです。それは許しがたいことであり、取り返しがつきません」(*Selected Letters*, 261-62)。ここで彼は、『叡智の七柱』よりも明瞭に、トルコ人の長官の同性愛的要求に屈したことを示唆している。「完璧性(純潔)」と訳したのは"integrity"という語だが、これは著書の中でのこの事件の記述に使っている言葉と同じである。これは「罪（guilt, sin）」と並んで、ロレンスの行動を読み解く重要なキーワードであるが、決して肉体的な「純潔」だけを指しているのではない。例えば、これもシャーロット・ショー宛の手紙の中で、母に関してこう言っている。「思うに私は、母が私の存在の完結性（integrity）の圏内に入ってくるのが恐かったのでしょう。しかし彼女はいつも私の城壁をハンマーで打ち壊して侵入しようとしたのです。実に支配的な人間です」（Meyers, 118）[12]。ここで彼が"integrity"と呼んでいるのは、彼が自分の中に、あるいはすべての人間の中にあると想定していたなんらかの自己充足性、生まれながらにもっている完全性、他の人間が決して押し入ってはならない領域、彼自身の言葉を使えば「生命の核」であろう[13]。彼は繰り返し、幼年期からいかに母がこれを侵害してきたかを述べている。これに前述した「罪」の意識がからまって、きわめて錯綜した不安な心理が生まれ、外部への攻撃でもこの不安が取り除けなかった彼は、今やその攻撃性を自己へと向け始めるのである。

一九六八年、ロンドンの『サンデー・タイムズ』のウィークリー・リヴューに衝撃的な記事が載る。この中でフィリップ・ナイトリイとコリン・シンプスンという二人の著者は、ロレンスは一九二四年から死ぬまで、ジョン・ブルースという一五歳年下のスコットランド青年に金を払い、定期的に自分を鞭打たせていたと書いたのである[14]。おまけにこれは、ブルース自身が彼らに話をもちこんできたという。この説は、反対者と同時に支持者も見出して今日に至っている。もしこれが真実であれば、少なくともロレンスのマゾヒスト的性向は実証的裏付けを得たことになり、同性愛説もはるかに現実味を帯びてくる。

私はここでこの説の真偽を論じるつもりはないし、正直言って、世に言われるほど重要なこととも思えない。私がロレンスに見出す意味と意義は、こうした「事実」とはほとんど無縁なところにあり、この「事実」はそれに何ほどのものも付け加えはしない。ではその意義とは何か。それは彼が、人間存在の根幹に巣食う自意識とそれが生み出す存在論的不安をどのように意識し、認識して、それとどう格闘したかという過程にある。彼のマゾヒスト的、あるいは同性愛的性向は、もしあるとしても完全に内在的なものであり、こうした「史実」的裏付けを毫も必要としない性格のものだ。だから逆に、かりに彼のこの話がまったくのでっちあげであったとしても、彼の深層心理のマゾヒスト的傾向、つまり自己をあらゆる形で痛めつけることによってこの不安と、その根元にある「罪」の意識を悪魔祓いしようとしたという「心理的事実」はいっこうに揺らがないのである。

しかし、いかに痛めつけても肉体はつねに甦り、反逆する。同じく「ピューリタニズムの暗夜」の中に自己を見出すが、多量のモルヒネ投与によって母を安楽死させるというおそるべき行為と、その底に潜む欲求を作品化、すなわち外在化することによって儀式的「悪魔祓い」を敢行し、これをくぐり抜けたD・H・ロレンスは、ついに「肉を通って神へ」という突破口を見出す。[15] これに対してT・E・は、渾身の力をこめて書き上げ、書き直した『叡智の七柱』にも裏切られ、最後の望みを託した軍隊生活での肉体と精神の虐待による「救済」にも裏切られる。戦後七年、植民地省を辞して軍隊に「隠遁」してわずか三年後の一九二五年には、生ける屍となった彼をわれわれは見る――「人間というのは孤独な存在です（私は特にそうです）……誰も、「愛」と呼ばれているものを水道の蛇口をひねるように自由に出したり止めたりすることはできません。私の中には、何に対しても、愛などまったくありません。かつては私も物（人ではなく）と観念が好きでした。今では好きなものなど皆無です」（*Selected Letters*, 298）。

いや、これを生ける屍といっては感傷的にすぎるだろう。彼はすべての努力を否定されたのである。肉体を抑圧され、その結果内部に欝屈したエネルギーを外部に向けるがこれも拒否され、今度は自己の内部に矛先を向けるが、これも幻滅以外のものを生み出さなかった。肉体を、フロイトの言葉を使えば「エロス」を復活させんとする試みは、ことごとく失敗に帰する。フロイトを解釈しつつ、ブラウンはこう述べている。

> エロティックな構成要素は、ひとたび昇華されると、以前にはその中に含まれていた破壊的要素全部を拘束しておく力を失う。これらの要素は、攻撃や破壊の形をとって解放されるのである」。このようにして蓄積された昇華のたどる道は、同時に、蓄積された攻撃性と罪の意識が蓄積される道筋でもある。攻撃性は、非性化された不完全な世界を前にして途方にくれた本能の反逆であり、罪の意識は、非性化された不完全な自己に対する同じ本能の反逆なのである。(174)

「非性化」された世界、性を剥奪された世界とは、肉体が否定された世界である。ロレンスは生涯この世界と向き合い、対決し、超克しようとした。しかし幼年期に刻み込まれた「罪」の意識、そしてそれが生み出す接触への恐怖、愛への恐怖はあまりに重く彼にのしかかり、肉体の復活を希求する彼の本能の反逆もこれを振り払うことはできなかった。

死後に『モーリス』を残したE・M・フォースターは、ロレンスが心を許したわずかな人間の一人であるが、彼への手紙にロレンスはこう書いている。「ぼくはこれまで一度もそれができなかった、少なくともそう信じている。他の人間に触れたいと思わせるほど強い衝動はまだぼくの中には生まれていない」(*Selected Letters*, 360 傍点引用者)。「それ」とは、フォースターが『モーリス』や、この手紙の議論の対象になっている『ドクター・ウーラコット』の中で描き、ロレンスがトルコ人に強要されたという同性愛行為である。こうしてロレンスは、彼が「実質的な」同性愛者であるという現在も議論されている説を一刀のもとに両断する。彼は同性愛者でもなく、また異性愛者でもなかった。[16] 彼はいかなる形であれ、肉体の接触に耐えられなかった。そして彼の自意識は、自らの内に巣食うその宿痾を痛いまでに知っていたのである。ここに彼の、そして近代人の最大の悲劇がある。

四　脱出

すべてを拒否された彼は、ただただ死を願う。軍隊生活という疑似的な死ではもはや満足できなくなる。そして一九三五年五月一三日、彼は絶好の「機会」を得た。住居クラウズ・ヒルから約二キロ離れている郵便局へ、晩年唯一の喜びを見いだしていたバイクを猛スピードでとばして行く途中、坂の頂上で自転車に乗った二人の少年に突然出会い、衝突するのを避けようとしてバイクもろとも道路の外に投げ出され、頭蓋骨をひどく損傷、六日後の一九日、入院先のボヴィントン陸軍病院で死去する。[17] 私はこれを自殺だと言おうとしているのではない。しかし、彼のそれまでの言動を見るかぎり、彼が死の欲求、フロイトのいう「タナトス」にとりつかれていたことは否定のしようがない。たとえこの事故が起こらず、かりに晩年を「平穏」に送ったとしても、この心理的事実に変化はないだろう。

ほとんど詩は書かなかったロレンスだが、ここに二編の重要な詩が残っている。一つは『叡智の七柱』の巻頭に掲げられている、謎の「S・A・」に捧げられた詩、いま一つは晩年の友人カーロウ卿に贈ったといわれるものである。前者の中にはこうある。「死はこの道を行く私の従者のようであった……」後者は、絶望の中で最後に見出した恍惚、すなわちスピードに対する賛辞である。

スピードの中で、われらは肉体を超越する。
ガソリンの香煙につつまれてのみ、われらの肉体は天空を駆けりゆくことができるのだ。
骨。血。肉。すべてが一体となって内面化される。(『秘密』四五七頁。わずかに変更)[18]

そう、彼は肉体を「超越」せねばならなかった。裏切られた肉体は常に牙をむきだして反逆し、裏切る肉体へと転じるからである。高速の轟音の中で、肉体とともに、接触も、愛も、すべてを断ち切ってしまわねばならなかった。絶望の中で彼にそれを許した唯一のものは、「一人」で乗るバイクであった。

しかし、上に引いたフォースター宛の手紙のこれに続く箇所で彼がもらしている言葉はこうである。「でも、もしかしたら、君の『死』(『ドクター・ウーラコット』の擬人化された登場人物)のような存在に身を捧げることによって、いかなる孤独を通してでも届きえないような、肉体の大いなる認識に——と同時に最終的な破壊へと——至ることができるのかもしれない」。

希望と絶望の交錯——謎めいた言葉を身にまとって、伝説の中でも、ロレンスは仮面を取ることを断固として拒んでいるかのようである。「大いなる認識」と「破壊」、ロレンスがどちらの言葉に賭けていたのかは永久に謎として残るだろうが、少なくとも言えることは、ロレンスがそのあふれかえる能力を清教徒的に開花させ、生が彼に課した運命をすべて引き受けたということである。「死の本能は、抑圧されることのない、すなわち人間の肉体に『生きられることのなかった運命』を残さない生においてのみ、生の本能と和解する。そのとき死の本能は、喜んで死を受け入れる準備のできている肉体の中で肯定されるのである」(Brown, 308)。自らの運命を完遂したロレンスは、かくして死の本能を生の本能と和解させた。もって瞑すべしである。[19]

注

(1) 例えばムーサ、『アラブが見たアラビアのロレンス』、四五五―五三九頁を参照。

(2) 彼は一家がオクスフォード移住後に生まれた年の離れた弟で、後にケンブリッジ大学の考古学の教授になるが、終生兄のT・E・を敬愛し、その死後、*T. E. Lawrence by His Friends* という回想録集と彼の書簡集を編纂し、「T・E・ロレンス学」とでもいうべきものの礎石を置くことになる。

(3) 彼は家族や親友からずっとこのニックネイムで呼ばれていた。

(4) 一九〇八年当時のオスマン帝国の総人口は約二二〇〇万人。そのうちトルコ人は七五〇万、アラブ人が一〇五〇万、残りの四〇〇万がギリシア人、アルバニア人、アルメニア人、クルド人などであった。(『秘密』一一五頁)

(5) ロレンスは当時、英国陸軍の戦車基地、ドーセット州のボヴィントン・キャンプに配属されていた。

(6) この事件は、友人の回想によると「遊び半分のとっくみあい」から起こったのだという (*His Friends*, 46)。ちなみにナイトリイとシンプスンは、彼に発育障害があったとしても、それは「青年期になってから患った耳下腺炎の結果と考えたほうがよさそうである」(三一頁) と述べている。

(7) 制度としての教会の権威よりもはるかに聖書、特に新約聖書の権威を重視し、個人の罪の自覚を強調、キリストの贖罪を信じることによってのみ個人の救済は得られると考える、プロテスタント教会の一派。一八世紀から一九世紀にかけて大きな勢力をふるう。

(8) 上記の別の引用文中の、「私はそうした感情に押し流されたことは一度もありません」という言葉は、彼の中の性欲の存在の否定のようにも聞こえるが、これもやはり彼の意志の力が言わせているものと取りたい。

(9) 同様の意識の分裂は『叡智の七柱』第八一章にも見られる。砂漠の行軍で疲れきった彼は、自己が分裂していくのに気づく。彼の一部はラクダに乗っているのだが、「別の一部は私の頭上を飛び交いながらものめずらしげに覗きこみ、肉体は何をしているのかと聞くのである。……さらに第三のおしゃべりな私は、好んで苦しんでいる肉体の労苦を批判するかのように、そのような労苦の理由を嘲笑するかのように、不思議そうに語りかけてくるのだった」(461)。

(10) アラブ反乱中に彼が、酷暑と酷寒の砂漠の中、とぼしい食料と水だけで行った多くの行軍で示した忍耐力と頑健さは、砂漠の民をも凌ぐものであったという。また彼が食物や睡眠の欠乏にきわめて強かったという逸話は数多く残っている。

また、ロレンスの性欲について、彼の友人だったデヴィッド・ガーネットはこう述べている。「ロレンスは性欲を満たそうとはしなかった。その結果、彼は愛も欲望も知らなかった。……ときに彼は、嫌悪を催させる聖者たちと同様、生の敵であるかのように思われた。自然の中で自ずから噴出する生殖への衝動は、彼に強い嫌悪を抱かせるか、あるいはほとんど意味をもたなかった。しかし彼には想像力と共感する力が強かったので、この不具を克服できたのだ」(Mack, 426-27)。

(11)イヴ・セジウィックはこのデラア事件に触れ、これを「レイプ」と断定しつつ、ここから政治的な結論を引き出している。すなわちこの事件によってロレンスは、「人種と国家的文化を舞台にして、対称的対立関係にあるふたつの集団の双方の特質を平等に備えているふりをしつつ、実際は自分個人のために両者の地位の非対称性を操るという見せ掛けの『両性具有』あるいは半分半分の地位をうち立てようとしていた」(302)という、いわば自己の立場の偽善性に気づいたのだと言う。この指摘は本稿の文脈からはややそれるが、ロレンスが外務省定期報告に載せた「ヘジャーズのアラブ人たちの扱い方」についての彼女の指摘は本稿の主張を側面から支えてくれるように思われる。つまり彼女は、この報告の中の「アラブ人たちを密かに操るコツは彼らをたゆみなく研究すること、このことに尽きる」という言葉に見られる「精神的な自己抑制」が、いかに耐え難いものであろうと、「ロレンスはそれを愛した。なぜならそれこそ彼が選んだエロスだったからである」(301)と言うのである。この指摘は、ロレンスが、他の人間が性から得る満足を性の「拒否」という意志的な行為によって得ようとする心的態度を別の角度から見たものと言うことができよう。

(12)これはマルコム・ブラウン編の *Selected Letters* には入っていない。

(13)興味深いことにD・H・ロレンスもこのような存在を人間の内に見出し、これを「核」と呼んでいるが、しかし彼は“core”ではなく“quick”を使う。

(14)この二人は後に、このスキャンダラスな内容を含む大部な伝記、*The Secret Lives of Lawrence of Arabia*(『アラビアのロレンスの秘密』)を出版する。

(15)Masashi Asai, *Fullness of Being: A Study of D. H. Lawrence*, 77-100 参照。

(16)藤田博史は、フロイトの「パラノイアは同性愛に対する防衛として生じてくる」という仮説、さらにこれを逆転させたローゼンフェルトらの「同性愛はパラノイアに対する防衛である」(四八頁)という仮説を紹介しているが、これらに照らし合わせるなら、ロレンスの同性愛的傾向には別の光が当たるかもしれない。

(17)死後にもロレンスは伝説につきまとわれ、この事故に関しても諸説がある。

(18)この詩は、すでに自決を決意していた三島由紀夫が、自衛隊に体験入隊した際にジェット機に乗った体験を詩にしたものに、言葉だけでなく、精神においても稀に見る親近性を示している。

私はそもそも天に属するのか?　……何故かくも昇天の欲望は/それ自体が狂気に似ているのか?/私を満ち足らせるものは何一つなく/地上のいかなる新も忽ち倦かれ/より高くより高くより不安定に/より太陽の光輝に近くおびき寄せられ/何故その理性の光源は私を灼き/何故その理性の光源は私を滅ぼす?……私が私というものを信ぜず/あるいは私が私というものを信じすぎ/自分がなにに属するかを性急に知りたがり/あるいはすべてを知ったと傲り/未知へ/あるいは既知へ/いずれも一点の青い表象へ/私が飛び翔とうとした罪の懲罰に?　(九二—九六頁)

(19)こうしたロレンスの「奇妙な」人生を振り返って連想されるのは、前の注で触れた三島ともう一人、同時代人のヴィトゲンシュタイン(一八八九—一九五一)である。ロレンスの一年後に生まれた彼は、ウィーンの裕福なユダヤ人家庭で幼少期を送るという決定的な違いはあるが、早くして三人の兄が自殺するという別種の衝撃を受け、そのトラウマを生涯引きずることになる。そのあふれかえる才能、その社会的認知、それをこともなげに振り捨て、あるいは拒絶して弧高の世界に閉じこもろうとする性向はロレンスと同種のものが感じられる。両者を並べて論じるコリン・ウィルソンは、「二人とも自分自身にたいする測り知れない不満によって突き動かされ」ていたが、その「不満の源は、たくましく成長した理性の力と、それを嘲笑するような感情や欲望との葛藤」（三三六頁）だったと言う。理性と感情の分裂が近代人を大きく特徴付ける徴だとすれば、この指摘は妥当と言える。しかしこの問題を「時代の病」との関連でより掘り下げて論じるには、別の稿が必要だろう。

引用文献

ウィルソン、コリン『性のアウトサイダー』鈴木晶訳、青土社、一九八九年。

セジウィック、イヴ・K・『男同士の絆――イギリス文学とホモソーシャルな欲望』上原早苗、亀澤美由紀訳、名古屋大学出版会、二〇〇一年。

ナイトリイ、P・、C・シンプスン『アラビアのロレンスの秘密』村松仙太郎訳、早川書房、一九九一年。（『秘密』）

藤田博史『性倒錯の構造――フロイト／ラカンの分析理論』青土社、一九九三年。

三島由紀夫『太陽と鉄』講談社文庫、一九七一年。

ムーサ、スレイマン『アラブが見たアラビアのロレンス』牟田口、定森訳、リブロポート、一九八八年。

Aldington, Richard. *Laurence of Arabia: A Biographical Enquiry*. London: Collins, 1955.

Asai, Masashi. *Fullness of Being: A Study of D. H. Lawrence*. Tokyo: Liber Press, 1992.

Brown, Norman O. *Life Against Death: The Psychoanalytical Meaning of History*. London: Routledge & Kegan Paul, 1959.
James, Lawrence. *The Golden Warrior: The Life and Legend of Lawrence of Arabia*. New York: Paragon House, 1993.
Laing, R. D. *The Divided Self*. Harmondsworth: Penguin, 1969.
Lawrence, A. W. Ed. *T. E. Lawrence by His Friends*. London: Jonathan Cape, 1937. (*His Friends*)
Lawrence, D. H. *Love Among the Haystacks and Other Stories*. Harmondsworth: Penguin, 1974.
Lawrence, T. E. *The Selected Letters*. Ed. Malcolm Brown. New York: W. W. Norton, 1989.
———. *Seven Pillars of Wisdom*. Harmondsworth: Penguin, 1962. (*SP*)
Mack, John E. *A Prince of Our Disorder: The Life of T. E. Lawrence*. Boston: Little Brown, 1976.
Meyers, Jeffrey. *Wounded Spirit: A Study of Seven Pillars of Wisdom*. London: Martin Brian & O· keeffe, 1973.
Richards. Vyvyan. *T. E. Lawrence*. Tokyo: Kenkyusha, 1984.
Wilson, Jeremy. *Lawrence of Arabia: The Authorized Biography of T. E. Lawrence*. New York: Collier Books, 1992.

第六章　自意識と「運命」——T・E・ロレンス論（2）

序

マックス・ウェーバーの思想の鍵概念として知られる「運命」という言葉の使い方には、ある特定の傾向が見られる。E・バウムガルテンはこれを以下の三つの領域に分類する。すなわち、一将来の世界における人間の自由の運命、二ある「祖国」に生まれることにまつわる運命、三個人的運命、である。このうち、第二のものをバウムガルテンはこう述べている。

一定の「祖国」（国民、民族）の子として生まれるという普遍的な、同時にその都度特殊的な運命により、どのような種類の、いかなる程度の客観的束縛と主観的忠誠とが人間に要求されるか？人間がその父祖や子どもたちの国である一定の国と歴史との連関において自分の生活をもつという絶対的な条件により、どれほどの「荘厳」ないしは呪詛が人間の本性には与えられるか（または課せられるか）？（一六五—一六五頁）

「運命としての祖国」がウェーバーにとって魅力と呪縛の相拮抗するものであったことは多くの評者の指摘するところだが、T・E・ロレンスの祖国に対する態度にもこれと同質、そしておそらくは同程度のアンビヴァレンスが見て取れる。この「アンビヴァレンス」はロレンスという不可解な存在を読み解く最大の鍵であるが、〉彼を「オリエンタリスト兼帝国代理人」（一九六頁）と断定するエドワード・サイードなどはこれを完全に見過ごしている。あるいはスレイマン・ムーサは、サイードほど断定的ではなく、またロレンス内部の葛藤にも理解を示した上で、なお彼を大英帝国の「手先」（ⅳ頁）と見なしている。本稿では、まずこのような、ロレンスを帝国主義者、ないしは心ならずもその「手先」となったとする論を検討し、その上で、アラブ反乱以後の、常人の理解を超えるようなロレンスの行動の底に潜むものを考察してみたい。そこに浮かび上がってくるのは、運命としての祖国、運命としての歴史には人間として可能なかぎり耐え、献身したが、近代人にとりつく運命としてのニヒリズムとの苦闘にはついに破れさる一人の人間の姿である。そこに至る彼の内面の変遷をたどることで、この「敗北」の意味を読み解いてみたい。

一　壮大な意図

ロレンスについての「アラブ側の唯一の文献」（ⅲ）を自認するムーサは、前述のようにロレンスを英国の帝国主義の「手先」と見ているが、ロレンスの生きた時代、すなわち帝国主義の最後の残照が燃え上がった時代には、そうした「手先」、いや、帝国主義の権化のような者すらいくらでもいたことは歴史が明らかにしている。そうした中で彼が特にロレンスに批判の矛先を向けるのは、ロレンスが「英雄」になり、後世の人間にあまりに大きな影響力を、それも英国あるいは西洋崇拝を高める形で影響力をもち、それがために彼の内部の帝国主義的要素が十分に批判されないままうやむやにされている、いやそれどころか栄光に包まれてさえいると感じるからであるようだ。彼の言葉によればこうである。

ロレンスの賛美者の著作のなかであれ、中傷者の著作のなかであれ、目を皿のようにしてアラブを正しく扱う者を捜してみても見当たらない。……アラブは不正に扱われた。……アラブはロレンスの鳴り物入りの評判にあきれると同時に、眉につばつけて眺めてきた。なぜなら〈反乱〉は、アラブの目的を達するため、アラブによって実行された、純粋にアラブの試みであったと彼らは理解していたからである。(四頁)

さらにムーサは、日本語版に寄せた序文の中でこう言っている。「わたしは、ある『文化的義務』、すなわち、アラブ側の物語を提供して公平な見方をもたらす必要に迫られていることを自覚した」(iii)。このように、ムーサがこの著作に取りかかった動機は、祖国、あるいは自らが属する民族が不当な扱いを受けているという、いわば民族的義憤である。では、彼が展開するロレンス批判にはどの程度の説得力があるだろう。彼はまず、ロレンスの「英雄」化を一種の虚偽と考える。そして、その根拠として、「ロレンスの伝記作者はすべて、ロレンス自身の声明および著述をほとんど唯一の依りどころとしている」(五頁)こと、および、彼の著述が「でっち上げるのが習性になっていたうその数かず」(五三七頁)に満ちていることをあげる。しかし実は、ロレンスの伝記作者たちは、ロレンス自身の著作以外にも、彼と行動をともにし、彼の生活をその目で見たさまざまな人たち(たしかに大半が非アラブ人であるが)の著書や証言を利用している。この事実を考慮に入れれば、ムーサが示唆するように、西洋人がいわば一致団結してロレンス神話を作り上げよう、アラブの努力を無視しようとしたとは考えられない。むろんムーサの批判の背景に、サイードが指摘するような無意識の「オリエンタリズム」がある可能性は高いが、彼の論がそれを視野に入れているようには思えない。それに何よりロレンス自身が、ムーサのこの主張をすでにその著作で行なっているのである——「この戦争は、アラブ人が、アラブ人の目的のためにアラビアで行なったものである」(SP, 21)と。

このように見てくると、そのかなり繊密な背景的事実の検証と考察にもかかわらず、ムーサのこうした主張は、なにか非常に重大なものを見落とし、ある奇妙な土台の上でなされているように思われる。それはもしかしたら彼の「文化的義務」、あるいは民族的義憤ゆえの目の曇りがもたらしたものかもしれないが、むしろこうした「誤解」の最大の原因は、彼がロレンスの著作を純粋な歴史的記録だと考えているところにあるようだ。この点は慎重に考察してみる必要がある。

結論から先に言えば、ロレンスの最大の著述であり、ムーサがその史的正当性をなんとかくつがえそうとしている『叡智の七柱』は、ムーサが考えているような通常の意味での「歴史的記録」ではないということである。ロレンス自身がその「序文」でこう述べている——「ここに書かれているのはアラブ反乱の歴史ではなく、それに加わった私についての記録である」(22傍点引用者)。あるいは、詩人であり、後には彼の伝記を書くことになるロバート・グレイヴズには「……これは何ひとつ削除も隠しだてもしていない私自身の等身大の肖像」(Meyers, 131)だと言っている。むろんこうした言葉を無批判に受け入れ、それを根拠に彼の記述がすべて非歴史的であるとか、あるいは半フィクションであると考えるのは強引すぎよう。しかし少なくともこの言葉は、ムーサの丹念な作業、つまりこの本の記述と、いわゆる「史実」や他の(とくにアラブ側の)関係者の証言とのずれを指摘するという作業を、なにかしら不毛なものにすることもまたたしかである。何より肝要なのは、ロレンスという存在に焦点をあて、その謎の解明を通して人間存在への理解を深めることをめざす者は、彼の著作を、フィクションでもノンフィクションでもない一つのテクストとして扱うであろうし、そうした者にとっては、ムーサの採ったアプローチおよびその成果は、参考にはなるが不十分だということである。[1]

たしかにロレンスは、ジェフリー・マイヤーズも指摘するように、自著の歴史的正確さについて相矛盾する言葉を残している。一方でバーナード・ショーには、『叡智の七柱』は歴史を想像力の生み出したものにしようと努力した一つの結果です。現実を劇化しようとした二度目の試みなのです」と言い、また前出のロバート・グレイヴズには、「この本の歴史的正確さについてだが——前にも言ったように、私には何も保証できない。ただ、全体にわたってなるべく不正確さを避けようとしたとは言える」と書きながら、他方では、E・M・フォースターには、この本は「アラブ反乱で実際に起こったことの完全な叙述」であると言い、エドワード・ガーネットには「出来事は日記のように正確な順序で進み、全編にわたって文字どおりの真実です」と書き送っている。マイヤーズ自身はこうした「矛盾」をほとんど考察もせず、あっさりと「彼の反乱についての記述は基本的に正確である」(25) と結論づけているが、説得力に欠けるのはいうまでもない。

マイヤーズは別の箇所で、戦後、ロレンスがロンドンからオクスフォードに帰る際、レディング駅での乗り換えのときに、苦労して書き上げた『叡智の七柱』の最初の草稿を置き忘れたという有名なエピソードについて論じているが、そこでグレイヴズの見方を紹介している。グレイヴズはロレンスがわざとこの最初の草稿を捨てたのではないかと考えているが、その理由は、この初稿が、日記などを参照しつつ書いたために、現在残っている最後の版より「正確」なものになったので、これを捨てて、「記憶だけにもとづいて書き、その歴史性を弱めようとした」(50) からであると言う。つまりその方が「内的な自伝」を書きやすい、というわけだろうが、まったくの推測とはいえ、ロレンスの心理の機微に触れているようで、マイヤーズの見方よりは説得力がある。

しかし、もしこれが正しいとすれば、なぜロレンスは「歴史性を弱め」たいと思ったのだろう。『叡智の七柱』の「序文」にある次の言葉が一つの鍵を与えてくれるかもしれない。

人はみな夢を見る。しかし見方は一様ではない。夜に、心のほこりをかぶった片隅で夢を見る者は、朝目覚めたときにはそれが幻だったことを知る。しかし昼間に夢を見る者たちは危険だ。その夢を実現しようと、目を開いたままそれを実行に移すかもしれないからだ。私がやったことはまさにそれであった。すなわち、新たな国をつくり、失われた影響力を復活させて、霊感を受けた二千万のセム族が、その民族的な思念を奮い立たせて心に描いた夢の宮殿を建てる土台を、彼らに与えたいと思ったのだ。(23)

「夢を実行に移す」という比喩で表現しようとしているロレンスのアラブ反乱に対する姿勢は、そのまま彼の自著に対する姿勢と取れるのではないか。つまり、アラブ反乱への参加が自分の「夢」の実現をねらうというきわめて個人的なものであったのならば、この著作も正確な歴史的記述を意図したものではなく、自己の精神の軌跡、その葛藤と動揺を記録し、願わくはそれを乗り越えようとした必死の試みであったのではないか。もしその過程で、ムーサをはじめとするアラブの人たちに不利になるような、あるいは侮辱するような記述がなされたとしたら、その不正確さを指摘する努力はなされてしかるべきだろう。しかし、『叡智の七柱』という著作を歴史的記録と考え、そこに誤謬を探すのは無益である。この巨大な作品はそのような単純・平板なものではなく、またそのようなものとして意図されたのでもない。ロレンスははるかに複雑な、あるいはもっと正確に言えば、はるかに偉大な書物を書こうとしたのである。彼はある書簡の中でこの自著についてこう言っている。

> 私の本にはいいところは何も見当たらないし、自慢しようとも思わないが、それでも人がほめてくれると嬉しい。この本に対してはひどい嫌悪感と愛着の念が交互にやってくる。まずまずの好著だとは分かっているのだが、そうでなければいいと思うこともよくある。もしあれほど大きな目標を掲げないで書いていたら、意図をもっと明確にでき、もっとはましな本にできたことだろう。しかしできあがったものは巨大な失敗作だ（構成も各部のバランスも悪く、一貫性も流れるような筋もない）。でもおもしろいことに、私の好きな本の中にはこうした失敗作が多い――『モービー・ディック』、『ツァラトゥストラはかく語りき』、『パンタグリュエル』――こうした本の著者はまるでロケットみたいに天空に飛び上がり、そして破裂してしまった。私は自分のこの本がこういった本と同クラスの作品だと言ってるんじゃない。でも私にとってこれは、『ツァラトゥストラ』がニーチェにとってもっていたような意味をもっているんだ。つまり自分の力が及ばなかった何かなんだ。(*Selected Letters*, 234-35)

野心と謙虚さが同居するこの文章から読み取れるのは、こうした「偉大な失敗作」に並ぶ作品を書こうとした強い欲求である。以下の言葉は、オクスフォード大学時代からの親友であるヴィヴィアン・リチャーズが『叡智の七柱』について書き送ってきた感想にロレンスが答えたものであるが、実に示唆的だ。

君は物語の壮麗さに酔っている。でもそれでいいんだ。ここでぼくが語っているのは、これまで人間に物語るよう与えられたもののうちで最も壮大なものの一つなんだから。

芸術家であるよりむしろ批評家だ［という点について］。それはぼくの中の分析的な性向のためだ。どうにも消しようがない。意識的な創作の中では、批評家はもちろんすなわち芸術家だ。……つまりぼくは創造的批評というものがあると言いたいんだ。文学的でも芸術的でもなく、個人的なもの（伝記）や倫理的なもの（ペイターの「想像の中の肖像」みたいな）が。完全な芸術家とは半分批評家で半分創造者なんだ。

自分を過小評価することはぼくには必要だ。……ぼくはばかばかしいほど過当に評価されてきたし、今もそうだ。超人なんていないし、ぼくもまったく普通の人間だ。このことは、この作品の芸術的結果がどうなろうとはっきりいうつもりだ。この点に関しては、ぼくは自分について真実を語る数少ない人間の一人だろう。（*Selected Letters*, 224-25）

このような自己分析と意気込みにもとづいて書かれた書物が、ムーサが考えるような歴史的記録にならなかったことはむしろ自然であろう。同じ手紙の次の言葉はさらに意味深い。

でも［リチャーズが言うように］最上の芸術作品においては静けさこそが「絶対的な」要素だとはどうしても思えない。……ラブレーの作品、『モービー・ディック』、『カラマーゾフ』といったぼくの偉大な本は読者に汗をかかせる。……たしかに『叡智の七柱』はぼくにとっては大きすぎる。いや、どんな作家にとっても大きすぎるだろう。……読者を疲れさせて共感の気持ちを奪い去ってしまうだろう。こんな本は失敗作になるほかない。優雅なものってのは、いつだって自分の能力の範囲内で作り出されたものなんだから。でもきみも言っているように、この本の欠点や不完全さは、むしろそれ自体がその芸術的効果に貢献しているんだ。(225-26)

「読者に汗をかかせ、疲れさせ」、自分の能力を超えたところで書かれ、あるいはそう書くことをめざし、しかもそれでいて芸術的な効果を及ぼすような作品、彼が意図していたものがそのようなものであったことは間違いあるまい。

ロレンスの死後、ウィンストン・チャーチルはこう述べている。「戦争と冒険の記録として、また世界にとってアラブがもつ意味を提示したものとして、『叡智の七柱』を超えるものはない。これはかつて英語で書かれた多くの偉大な書物と肩を並べている」(*His Friends*, 199)。これに対してマイヤーズは、この本はそのような記録以上のもので、「その偉大さはロレンスの軍事記録にあるのではなく、彼の自己探求と、そしてそれを白日のもとにさらしたことにある」(73-74)と言い、さらにはこれをロレンスの「精神的自伝」と呼んでいるが、以上の考察からも分かるように、この言葉の正しさは明白であろう。(もっともチャーチルもこれを「記録」としてのみ偉大だと言っているのでないことはその文脈から明らかである。)

実はこの点についてはロレンス自身が誰よりも明瞭に語っている——

私はこれまでずっと一つの熱望を抱いてきた。創造的な形で自己を表現する力を手に入れたいと願ってきたのだ。しかしその技術を獲得するには私はあまりに散漫であった。ところが——ひねくれたユーモアなのか——ふとした偶然から私に行動の人の役が割り当てられ、アラブ反乱へと投げ込まれたのだ。これは格好のテーマで、この目で見、手で触れられる叙事詩であった。かくして私には文学への、非技術的な芸術へのはけ口が与えられたのだ。(2) (*SP*, 565)

彼にとって反乱は、アラブの解放という「歴史」にかかわるものであったと同時に、あるいはそれ以上に、彼の自己表現欲に格好の材料を提供したのである。

二　「運命」としての帝国主義

以上の考察から、ムーサの論が自明としている土台、およびロレンスという存在に対する彼のアプローチ、すなわちロレンスを歴史的、社会的にのみ見ることには基本的な誤りがあることが明らかになったが、にもかかわらず、ムーサの著作がそれ以前の西洋の論者のものには見られない視点および意見を提供していることにかかわりはない。前にも述べたように、ムーサの根本的な執筆動機は「文化的・民族的義務」、すなわち反乱で大きな努力と犠牲を払ったアラブはちっとも評価されず、明らかに帝国主義的な意図をもって参加した「脇役」ロレンスだけが栄光を独り占めにしていることを白日のもとにさらす、という義憤の念であった。「〈アラブの反乱〉が主体であり、ロレンスの話はその枝分かれの部分だとみなされるべきだが、西側の著者たちは想像力でこの構図をひっくり返し、〈反乱〉をロレンスが起こしたものとして描いた」（五〇四―五頁）というわけだ。たしかにロレンス自身、すぐに見るように自分が「この反乱の発議者」だったと書いてはいるが、今ではそう見る評者はほとんどいない。実情はむしろ、彼の活躍が「英雄」ロレンスのイメージを生み出し、やがて映画『アラビアのロレンス』の大ヒットもあって神話化し、それが一人歩きして広まっていったのであろう。

ムーサの主張する最も根本的なテーゼは、ロレンスは帝国主義者だというものだ。ムーサ自身、帝国主義を定義した上でこの問題を論じているわけではないので、ここでもあえてその煩はとらないが、その主張は次のように要約できよう。すなわちロレンスは「何よりも第一に自国の権益に大きな関心をもつ英国市民」（五一四頁）であり、また「たしかにアラブの友人だったが、それは自分の国の利益と一致した場合のことであり、上司の指示に沿ったものであった」（iv）。こうした主張に対し、戦時にこの意味での「帝国主義者」でなかった人間はいるのか、と反論するのはやさしいが、しかしそれでは要点を見逃すことになる。人間誰しもそうなのだからロレンスもそうしたのだ、ということは、ロレンスという存在の解明を放棄することになる。われわれはあくまで、軍事行動におけるロレンスの行動と、その後の行動を勇気的に関連付けて見なければならない。もしロレンスが軍事的・戦略的場面において誰もがするように、つまり自国の権益を守るという方向で行動したのだとすれば、なぜその後は常人とはまったく違った行動をとったのか。一見帝国主義的に見える彼の行動の底には、恐るべき深淵が潜んでいたのではないか――われわれが問うべきはこの点である。それについてムーサはこう言う。

彼の「第一の性格」は、彼に原則を押し立たせ、もめ事や困難をうまく切り抜けさせたが、それで彼の過剰な野心を完全に充足させることができなかった。そこで彼は補足的にほらをふいたり、偽ったり、でっち上げをやり、それが彼の空想を満足させ、野心を充足し、切ない思いをみたすうえで役だったのである。同時に彼の「第二の性格」は彼の内部に学識ある者の良心を喚起させ、傍聴人や判事として行動させた。すなわちロレンスは、自己の内部の不可解な矛盾に揺さぶられていたのである。(五三八頁)

アラブの不利益の指摘に焦点を絞ってきたムーサの考察は、この結論部に至ってようやくロレンスの「内部の不可解な矛盾」に目が届いたようだ。しかし本稿の主眼は、まさにこの「矛盾」の解明にある。すなわち、彼がその「自意識」にさいなまれた形と強さとがわれわれの関心をひくのである。

その考察に入る前に、前章と多少重複するが、ロレンスのアラブ反乱との関わりを通観し、彼が帝国主義者であるという批判を検討しておきたい。彼は一九一〇年、優等でオクスフォード大学を卒業するが、そのときの「十字軍の城」という卒業論文がきわめて高い評価を受け、以前から彼に注目していたアシュモーリアン博物館のホガース博士にカルケミシュの発掘に誘われる。この四年近い近東滞在で、一九〇九年に卒論のための調査旅行で滞在したときにかなり身につけていたアラビア語にいっそうの磨きをかけ、アラブ人の思考および生活様式にもなじんでいった。そうしたときに第一次世界大戦が勃発する。一時的に英国に帰国し、「うんざりするような退屈」(ナイトリイ、シンプスン、七七頁)を感じていた彼は、ホガースに頼み込み、その推薦を受けてカイロのアラブ情報局に配属される。一九一六年、アラブが反乱に立ち上がるが、ドイツの支援を受けるトルコ軍の反撃にあい、戦況は膠着状態に入る。この地域に帝国主義的な野心を抱くイギリス軍は、その打開を図るべく、ロナルド・ストーズを反乱の首謀者であるメッカの大守フセインのもとに送りこむ。これにロレンスは同行するのである。

こうして彼はアラブ反乱に巻き込まれていくのだが、そのいきさつはかなり曖昧である。『叡智の七柱』の記述によれば、彼はカイロの情報部の無能さにうんざりしており、またアラブ反乱を成功に導く自分の能力への自負もあって、この同行を自ら望んだようだが、それにしては不自然な点が多い。彼はアラビア行きに至る経緯をこう書いている――「やがて彼ら［情報局の者たち］は私に我慢ができなくなってきた。そこで私はこの好機を戦略的に利用して一〇日間の休暇を申し出た。申請理由は、ストーズが大守［フセイン］に会いにジッダに行くので、私も休みをとって彼と一緒に紅海で船遊びをしたい、ということにした」。しかし、こうした大役に同行する理由として、これはいかにも弱い。それどころか彼はすぐにこうつけ加える――「……こうした詐欺的な逃げ方は、その意味では東洋的だ。しかし私は、もしきちんとした助言をすればアラブ反乱は最終的には成功するという自信があったので、それでもって自分の行為を正当化した。私はこの反乱の発議者であり、それに大きな期待を抱いていたのだ」（63）。これも一情報局員の言葉としてはいかにも尊大であろう。ナイトリイとシンプスンは、「彼のメソポタミアからの報告書、『メッカの政略』という論文、『シリアの征服』という覚書などからも察せられるように、実際には、ロレンスはすでに反乱の発想を推進する舵手であった」（一〇七頁）と、ロレンスのこの言葉をほぼ認めているが、たとえそうであったにせよ、ロレンスがこのあたりの経緯を意図的に曖昧にしているという印象はぬぐえない。

ともかくこうして、アラブとイギリス軍情報部とをつなぐ政治情報将校としてアラビアに渡ったロレンスが、フセインの三男ファイサルに「統率者に必要な熱情と、われわれの科学を実行に移すだけの理性をあわせもった」（SP, 64）リーダーを見出すのは有名な話である。そしてアラブ軍と行動をともにし、紅海の要衝アカバに陣取るトルコ軍を背後から衝くために決死の砂漠越えを敢行して、ついにこれを陥落させたのは、「アラビアのロレンス」の英雄譚の中でも最も華々しい箇所であるが、そうした中で彼は徐々に一情報将校という枠を越えて、ファイサルとともに反乱軍全体を率いるまでになる——これがローウェル・トマスのショーに始まり、近くはディヴィッド・リーンの映画などで喧伝された「ロレンス神話」であり、ムーサはもとより、リチャード・オールディントンのような英国人までが疑っているものである。

この稿はそうした真偽の解明を目指すものではない。前にも述べたように、ここではロレンスの書き残したものをあくまでテクストとして読んでおり、歴史的「真偽」を問題にしていない。書くという行為は広い意味での表象であり、その意味では「フィクション」化であって、そこでは書かれたものが「真実」であるかどうかは的をはずれた問いだ。問うべきは、なぜ書き手がそのように書いたのか、書き方に説得力はあるのか、そしてそれが開示するものは何なのか、である。そうした眼でこのテクストを見るとき、そこに浮かび上がってくるロレンス像は、帝国主義者などという平板なものではない。しかしムーサやサイードのような評者の目には、同じテクストもそうは映らないようだ。では、そうした目に帝国主義的と映りそうな箇所をいくつか検討してみよう。

ある人になぜアラブ反乱にかかわったのかと問われたロレンスは、強さの順に四つの動機をあげているが、その二番目と四番目はそれに該当するであろう。

二　愛国的なもの。私はこの戦いの勝利に寄与したかった。アラブ人がアレンビー〔英軍最高司令官〕

を助けてくれたおかげで、彼の［軍の］死傷者は何千人も減ったのです。
四　野心。君もライオネル・カーティスが帝国の概念――自由な人々の共同体（コモンウェルス）――をみんなに受け入れやすいものにしたことは知っているでしょう。私はその考えがアングロ・サクソン的な形を超えて広がることを希望しました。自分でものを考える人々の新たな国家を建設し、彼らがわれわれの自由を歓呼して迎え、そしてわれわれの帝国への参入を望む、そのような事態が起こることを願ったのです。私から見れば、結局のところエジプトやインドにはこれ以外に道はなく、ならばわれわれの帝国内にアラブの自治領を生み出してその道を容易にしてやろうと思ったのです。（*Selected Letters*, 169）

これが単純な帝国主義的言辞でないことは明らかだが、一方でその背後に、サイードの言う「オリエンタリズム」のような無意識の傲慢さ、あるいは東洋に対する優越意識が働いていることまでは否定できない。しかし、「序」で引いたバウムガルテンの言葉を借りるなら、一定の祖国の子として生まれるという運命は、程度の差はあれその個人に「束縛」と「呪詛」を投げかけるのではないか。サイードやムーサはこの側面への感受性が低いようだ。

同じ手紙の後半でロレンスは、反乱の勝利の結果そうした動機にいかなる変化が起こったかを述べている。

動機四　これは残った。しかし私をその地に留まらせるほど強いものではなかった。私はアレンビーに休暇を請い、許されると直ちに帰国しました。すべての中で最も弱いこの動機の薄れゆく残像があったればこそ、パリその他の地でファイサルのためにあのような闘いを演じたのです。……

アラブの反乱を押し進めて以来、私は誰かに対して不正を働いたとは思っていません。とはいえ、私はアラブでの軍務の中で身を売ってしまいました。というのも、英国人が赤色民族に身を委ねるなど、スウィフトのフーイヌムのように野蛮人に身を売るも同然だからです。しかしながら、私の身体と魂は私のものであり、誰も私が彼らにしたことで私を責めることはできません。あなたがたみんなにとって私は潔白なのです。ここまで読んだら、どうか全部燃やしてください。こんなことは誰にも言ったことはないし、これからもないでしょう。自分の内部をさらけだすなんてみっともないことですからね。打ち明けたことですっかり空しくなっている自分を見て、私は笑っています。(170)

ここに見られる内部の葛藤と、それが生み出す不気味な自嘲の響きを見逃してはならない。いかなる内的な葛藤があったにせよ、ともかく彼は帝国主義的な行動をとったのだ、と言うなら、そうかもしれない。しかしそう言ったとたん、ロレンスは歴史上の一人物、一点景に退き、クリストファー・イシャーウッドの「彼は一つの世代の神経症を一身に背負ったのだ」(3)という言葉に端的に見られる、自意識と苦闘する近代人の一典型たるロレンスという像はかき消されてしまう。この点は、一人の人間はどの程度時代に巻き込まれ、また時代から自由なのかという問題に密接に関連している。これには客観的に正しい答はないだろうし、またいかなる答もその人の立場を語るにすぎないだろう。しかし少なくとも言えるのは、時代を超越しているかのごとく、ムーサのように歴史上の人物を裁いてはならないということである。ロレンスにはもちろん帝国主義的側面があったし、またそういう行動もとった。そしてそれをすべて時代の責任に帰するのはまちがっている。

しかしそういう一方で、歴史の必然に、あるいは冒頭で引いたウェーバーのいう「運命」に目を向けない者は、歴史の一面しか見ていないことになろう。バウムガルテンはウェーバーのいう「運命」を、「大略、人間の意志や人間の計画に対してどうしても甘受せざるをえない『優越した力』」（一六五頁）と考えているが、ウェーバーが国家というものをまさにこの意味において考えたことにこそ注目すべきであろう。このウェーバーの見方は、サイード的、あるいはドゥルーズ的な「ノマドロジー的」思想[4]の対極にあるものだが、第一次世界大戦にロレンスとは違った形でかかわり、パリ講話会議にも出席し、この大変動に深く傷つきつつもその経験から眼をそむけず、これを凝視してニヒリズムと対決した者の見方として考慮すべきものをもっている。

終戦直後、ウェーバーはある人にこう書き送っている。「いずれにしても私は内乱や敵の侵攻がありはしないかと恐れています。もしそうなったら、いかに苦しく恐ろしくとも、やはりそれはやりとげられねばなりません。なぜなら、私はこのドイツの不滅を信じているからです。私はこの最も暗い汚辱の時代においてほどドイツ人であることを運命の賜物であると感じたことはありません。いかに事態が困難であろうと、もう少し耐えて下さい」（バウムガルテン、一七七―七八頁）。これを今風に「国粋主義者」とかいったレッテルを貼って片付けてはならない。この言葉は現今のナショナリズムをめぐる問題の根幹に触れている。すなわち、国家を、あるいは共同体を運命として引き受ける態度は、どこから出てくるのかという問題である。

すでに第一章でも論じたが、戦時中に執筆され、ウェーバーの全思索の中で重要な位置を占めるとされる「宗教的現世拒否の段階と方向の理論」、一般的には「中間報告」と呼ばれる論考で、彼は以下の注目すべき言葉を記している。

力の脅迫の最たるものとしての戦争は、まさしく近代の政治共同体のなかに、あるパトス、ある共同体感情をつくりだす。かくて戦争は、戦う者の献身と無条件の受難の共同体、さらには困窮者にたいする憐憫と愛情——自然発生的な団体のあらゆる枠をとりはらう愛情——の活動を、大量現象としてよびだしてくる。これは、わずかに友愛倫理の英雄共同体のかたちにおける宗教にしてはじめて対等でありうるほどのことがらなのである。そればかりではない。戦争は、具体的な意味において他のいかなるものもなしえないようなことを、兵士自身にたいしてやってのける。戦争でしか考えられない死の意味、死の尊さというものを、兵士自身に感じさせる。戦場にある軍隊共同体は、今もむかしの従士団とかわりなく、ともに死を誓った共同体は、そうしたもののなかで最大の共同体と自覚している。死は人間共通の運命であり、それ以上のなにものでもない。それは、なぜほかのひとではなくてこのひとが、なぜほかのときではなくてこのときに死ぬのかわからぬままに、すべてのひとに襲いかかる宿命である。……避けようにも避けるすべもないこうした死と戦場の死とではどこがちがうかといえば、戦場においては——これほどの規模では戦場においてのみ——個人ひとりびとりが、自分はなにかの「ために」死ぬのだと信じることができるという点にある。自分が死に立ち向かわねばならぬという事実、そしてその理由および目的を、兵士は普通まったく疑わず、そうした者は、戦場の兵士以外には、ただ職に殉ずる者があるだけである。救済宗教が取り組んでいるような、きわめて普遍的な意義における死の意味いかんなどという問題は、そもそも成立する前提がみつからないほど、戦場の死は彼に自明のことなのだ。このように、死をば意味ある神聖な事象の列に加えることこそ、政治的権力団体に固有の品位を維持しようとする、いっさいの努力の究極の

基礎にある作業なのである。(5)（一六九頁）

ここには、いわゆる社会学的見地から一歩踏み込んで、戦争を、死の共有による究極の共同体発現の場と見、そしてその共同体意識を、近代人の陥っている疎外、あるいはニヒリズムに対する巨大な防波堤とさえ見なす「心理学者」ウェーバーがいる。これは戦争賛美などではむろんなく、個人にとっては不可避的なできごとに対処する意志の姿勢の表明である。こうした観点はムーサやサイードには決定的に欠けており、そして戦時中のロレンスが共有していたものである。

三　「運命」としてのニヒリズム

ウェーバーもロレンスも戦争を、そしてそれを支える帝国主義を一つの運命と受けとめたが、その運命を死の相貌のもとに見た点にこそ最も本質的な共通性がある。しかし次のようなロレンスの言葉を見るとき、彼とウェーバーの意志の姿勢には微妙なずれが忍び込んでくる。

……生は、全体として見れば感覚的なものにすぎず、その極限において生き、そして愛すべきものなのだ。反乱には休息所はありえず、歓喜の配当も支払われない。反乱の精神は増大するものであり、感覚が耐えられるところまで耐えるべきものだ。一歩前進するごとにそれを足場とし、さらなる冒険、より深い困苦、より激しい苦痛へと向かうべきものなのだ。感覚は前進も後退もできない。感じられた感情は克服された感情であり、すでに死せる経験だ。それをわれわれは表現することで埋葬してしまうのだ。

彼ら［アラブ人］はよく知っていた、砂漠の民であるということは、この世界にも、生にも、何ものにも属さぬ敵、すなわち希望そのものと、終わりのない戦いを続けるよう宿命づけられているのだということを。そして失敗こそは、神が人間に認めた特権であるらしい。われわれは、自分にできる範囲内にあることをやらないことによってのみ、この特権を行使できる。そうすれば生はわれわれのものとなる。つまり、生を安っぽく扱うことによってそれを征服することができるにちがいないからだ。死こそは人間が行なうことの中で最上のものであり、われわれの力の範囲内で自由に行使できる最後の誠実さ、究極の安逸である。この二つの極、死と生、いや、そこまで極端でなくとも、安逸とあくせくした生活という両極の中で、われわれは生活（生の実質）を可能なかぎり避け、あくまでも安逸にしがみつかねばならない。そうすれば、行為よりもむしろ無為を押し進めることができるだろう。……非物質的なもの、肉体ではなく精神にかかわるものを生み出すには、肉体の要求をみたすための時間や苦労をおしまねばならない。たいがいの人間は、肉体よりもはるかに早く魂が老けてしまうからだ。人類は労役からは何も得てこなかったのだ。

確実な成功などにはなんの名誉もない。しかし確実な失敗からは得るものは多いだろう。……冷徹な眼をもつ者にとっては、失敗こそが唯一の目漂である。われわれはどこまでも信じなければならない、成功というものは、それに向かって奮闘しつつも実は失敗を切望し、ついには死に至ること以外にはないということを。そして、絶望のあまり「全能者」にもっと強く打ってくれと懇願すると、「彼」は望み通り打ってくれるが、そうして打つことによってわれわれの苦痛にさいなまれた自己を和らげ、「彼」自身の滅亡を

招く武器へと化するのだということを。（*SP*, 421-22）

この一節は難解な『叡智の七往』の中でもとりわけ難解で、また彼の「病」をどこよりも赤裸々に示している箇所であろう。ここに見られるニヒリズムは、個々人がどの程度意識しているかにかかわらず、近代人の共有しているものに相違なく、その自覚、そしてそれが生み出す苦悩の深さにおいて、ロレンスほどに見事な例は容易に見つからない。イシャーウッドが「彼は一つの世代の神経症を一身に背負ったのだ」と言うゆえんである。そして、繰り返し述べるように、ロレンスに対するわれわれの関心もまさにそこから生じる。ニーチェが鋭く指摘したこのような近代的ニヒリズムにロレンスが深く染まっていたことは、彼の「ツァラトゥストラ」への強い共感と高い評価に見ることができる。

上の一節に前章で論じたロレンスの「死の願望」を見るのはたやすいが、ここで注目したいのは、彼が失敗こそが人間の目的であり、その失敗の究極のものとしての死が、「人間が行なうことの中で最上のもの」であり、「最後の誠実さ、究極の安逸」だとしていることである。失敗は人間の「特権」であり、これを最大限に行使することによってのみわれわれは生きることができると言う。しかしここから彼は、だから人間は死ぬとき、あるいは死を覚悟した行動においてのみ真に生きることできるというウェーバー的、ハイデガー的な結論には至らない。逆に、「自分にできる範囲内にあることをやらないことによってのみ、この特権を行使できる」と言う。この点は、ロレンスが近代的ニヒリズムをニーチェ流の「能動的ニヒリズム」へと転化しえたかどうかを判断する上で決定的に重要である。

「行動の人」ロレンスは、アラブ反乱では死を覚悟した行動を取り続けた。しかし「思索の人」ロレンスは、その著作でまったく反対のことを述べる。「生を安っぽく扱うことによってそれを征服する」、「あくまでも安逸にしがみつ」き、「行為よりもむしろ無為を押し進める」という。となれば、彼にとっては命を賭けた行動も「人生を安っぽく扱う」ことになるのだろうか。もしそうなら、これは究極的なニヒリズムの宣言といっていい。ニーチェは、近代の「眼」=知性に芯まで染まり、それが生み出す毒に終生苦しめられた点でロレンスに酷似しているが、あのエンガディン渓谷での孤独な夏に得たヴィジョン、「人と時を超えること六千フィート」という言葉で表現している「永劫回帰」のヴィジョンによって、「ツァラトゥストラ」を生み出す。そしてこの著作が、彼が究極的ニヒリズムの底を打ち破って絶対肯定へ、「運命愛」へと、すなわち「能動的ニヒリズム」へと至る道を切り開くのである。生を無意味なものと見る「眼」が自分の中に埋め込まれているのであれば、その無意味を無意味なままに肯定せよ! かくてツァラトゥストラは「死」に向かってこう言い放つ——「『これが——生だったのか。よし! それならもう一度』」(五一六頁)と。究極的ニヒリズムが突きつける絶対否定を、それから決して眼を離さずに対峙し、ヴィジョンと思索とによって絶対肯定に転化させるという離れ技、これこそニーチェが近代世界に対してなした最大の貢献である。彼は、成功とは「失敗を切望し、ついには死に至ることしかない」というロレンスと、まさに対極的な場所に至りついたと言わねばなるまい。

以上の考察をさらに確かなものにするために、『叡智の七柱』の中でロレンスが自己分析を行なっている箇所を見てみよう。ダマスカス陥落の一ヶ月半前、三〇歳の誕生日を迎えた彼は、「自分の誠実さを満足させるために、私の内部の闇に探りの手を入れつつ、自分の信念や動機を分析し」はじめる。

私は自分の内部にさまざまな力や存在物があることをはっきりと意識していた。……まず他人に好かれたいという強い欲求があった。これがあまりに強く、張りつめていたために、他者に向かって自分を親しく開くことがどうしてもできなかった。好かれようと努力して失敗に終わるのが怖くて、行動に移せないのだ。……親しげな態度は、相手が同じ言葉で、同じ形で、そして同じ理由で完全に応えてくれなければ恥ずべきものに思われたのだ。

それにまた、有名になりたいという気持ちも強かったが、そんな気持ちがあることを知られるのも怖かった。傑出した人間になりたいという欲求を軽蔑するあまり、いかなる栄誉もこれを受け取ることを拒否したのだ。私は自分の独立性をほとんどベドゥィン同様に大事にしたが、ヴィジョンを見る力が弱いために、描かれた絵の中で自分の姿が一番はっきり見え、ふと耳にしたおぼろげな評判が、私がどんな印象を他人に与えているのかを一番はっきり教えてくれるというありさまだった。私自身をこのようにふと耳にしたり、ふと見たりしたいという強い欲求こそが、私の神聖な砦をいつも脅かしていたのである。（580 傍点引用者）

この最後の言葉は、デラア事件の記述を結ぶ言葉、「あの夜、デラアで、私の完璧性の砦は永久に失われた」を強く思い出させる。この「砦」は、前章でも触れたように、彼が自分の中に、あるいはすべての人間の中にあると想定していたなんらかの自己充足性、生まれながらにもっている完全性、他の人間が決して押し入ってはならない領域、彼自身の言葉を使えば「生命の核」と考えていいだろう。そしてここでの記述が明瞭に示しているのは、彼が自己の中の分裂を強く意識し、見られる自分、聞かれる自分をしか「自分」と感じられないということ、そしてその分裂が、彼の「神聖な砦」＝「生命の核」を脅かしていると感じていることである。

しかしロレンスの自己解剖のメスは、ここで止まらず、さらに彼の「闇」の奥深くを切り裂いていく。

私は低級な創造物を敬遠した。真の知性を獲得するのに失敗した姿をそれに重ね合わせてしまうからだ。そうしたものがいやおうなく目の前に現れると憎悪した。生き物に手を触れるのは汚らわしいことで、向こうが私に触れてきたり、性急に私に関心を示したりすると、ぞっとした。こうした反応は、雪片がその本来のコースを落ちるように、私の中の原子が感じる嫌悪であった。もし私の頭が独裁者でなかったなら、今の私のような人間と正反対になることを選んだであろう。私は女性や動物が私に及ぼす絶対専制を乞い求めた。私がいちばん情けない気持ちになるのは、兵士が女を連れて歩いていたり、男が犬をなでていたりするのを見たりするときだった。彼らのように、浅薄で、そして完成されたものでありたいと願っていたからだ。しかし私の牢獄の番人は決して私にそれを許さなかったのだ。

私の中では、感情と幻想とがたえず争っていた。理性には相手を打ち負かすだけの力はあったが、その負かした相手を無にしてしまったり、あるいは逆にそれを好きになるのを押しとどめるほどには強くなかった。愛を本当に知っているということは、おそらくは自己が軽蔑するものを愛することであった。しかし私にはそれを望むことしかできなかった。物質の優越性の中に幸福を見ることはできたが、それに身を捧げることはできなかった。何気ない言葉が私の頭の中をすっと通りすぎてしまうくらいに精神を眠らせようと努力することはできた。しかし苦々しいことに、精神は目覚めたままだった。

私は自分の下にあるものが好きだった。だから喜びや冒険を下方に求めた。堕落にこそ確実性が、最終的な安全があるように思われた。人間はどんな高さにでも登ることができる。しかし同時に、動物のレ

ベルもあって、そこから下には落ちることはない。そここそが、休息でき、満足を感じる場所であった。(580-81)

「ヴィジョンの力」は弱かったかもしれないが、自己を分析する理知の眼はおそろしく鋭い。自意識の「病」、すなわち見られる自分と見る自分との分裂にさいなまれるあまり、その分裂に悩まされていない、あるいは彼の眼にそう映る「浅薄な」存在、すなわち女性や犬に大きな満足を見出し、それらの「絶対専制」に身を委ねて自らの「頭」をまったく働かせる必要のない存在に羨望の念を抱くロレンス。そうした人間は、彼が理想とする「脳を眠らせ」(ナイトリイ、シンプスン、二八一頁)た人間に思えたのである。「頭」、「精神」、「理性」、「知性」、「頭脳」といった語の頻用、そしてそれらの象徴としての「牢獄の番人」——こうしたものの「絶対専制」から逃れようと、彼は「動物のレベル」への「堕落」に自己の存在を支えてくれる「確実性」を、「最終的な安全」を見ようとする。

こうした分裂を彼は別の言葉でも表現している。「きみの精神は何階建てかのビルのようなものだ。そこに入居しているのはきみだけで、そのときどきの気分次第で、ある階から別の階へ、部屋から部屋へと動き回っているんだ」(*Selected Letters*, 233)。人間の精神あるいは意識のこのような見方は、G・I・グルジェフのそれと酷似している。

人間が常にまったく同じであると考えるのは、最大のまちがいだ。人間は、長い間同一であることは決してない。ある人がイワンと呼ばれていれば、われわれは彼を常にイワンだと考える。実は決してそうではないのだ。今イワンなら、次の瞬間にはピョートルになり、一分後にはニコライに、セルゲイに、マシューに、サイモンになる。……彼らはみな自分を〈私〉と呼ぶ。すなわち、彼らは自分自身を支配者と考え、他を認めたがらない。彼らひとりひとりが一時間ほど国王になり、何も考慮せずにやりたいことをやり、後で他の者がそのしりぬぐいをしなければならないというわけだ。……それがわれわれの生なのだ。（ウスペンスキー、九三―九四頁）

ここで述べられている人間の内なる統一の欠如は、ロレンスの確信でもあった。「……人間というものは内乱状態にあり、そのため、調和させたり、論理的に整合性のある統一体にしたりすることは不可能だろう。……要するに、人間は、あるいは人類は、有機体であり、自然の産物である以上、教育によって変えることなどできないのだ。もって生まれた性質も皮膚の色も変えることはできず、肉体を超越したり、死と肉体性をもたないものを生み出したりすることもできないのだ」(*Selected Letters, 326*)。人間の変化の可能性に対するこの完全なペシミズムに注目されたい。グルジェフも同じく人間を「内乱状態」にあると見るが、しかし彼は同時にそれを変える可能性を強調する。つまり人間が変わるための必須の自己認識としてこれを説くのである。その意味でこの二人は、同じ人間観からまったく逆の方向を見ていたといえよう。

ロレンスの中に巣くうこのペシミズム、その明察さえも飲み込んでしまうペシミズムは、前章でも論じた彼の生涯をおおう存在論的不安から生じたものであろう。彼は『叡智の七柱』の冒頭で、アラブ人と自分を、そして西洋人一般を比較している。彼の見るアラブは、「われら現代人の茨の冠である疑うこと」を軽蔑し、「内省的に考察する」(36) という行為を理解しない。「思考にとりつかれた性質」(284) こそ自分の本質だと自覚する彼は、「自己を問いつめること」から離れることができない自分に比べると、「彼らは何が真実で何がそうでないかを、何を信じ、また何を信じないかを知っているだけで、われわれにたえずつきまとう、きらびやかな服を着たあのおずおずとした随行員にはまったくわずらわされないのだ」(36)。「おずおずした随行員」とは自己を常に対象化して眺め、いかなるものにも合体・没入することをさまたげ、それゆえ真に生きているという感覚を奪い去ってしまうあの自意識、彼自身いみじくも「牢獄の番人」と呼んだものにほかならない。そしてこの自意識の、「常に自己を問いただす」意識の支配を、自分、西洋人、いや現代に生きる多くの人間にとりついた「精神の病」(387)と呼ぶのである。

こうした「精神」＝自意識の「病」とはいかなるものであるのか。D・H・ロレンスを論じる寺田建比古は、この「病」の根底に近代人の「自己独立化」を見る。すなわち、「本来自己がその一部である自然と歴史から自らを切断して自由となった自己肯定的な、かつ自己自身へと制約された意識」(六六頁)がもたらすものであり、そしてこの「自己独立化」とは、人間の「意識の眼」の独立の謂いであると言う。『罠』とは、他ならぬ、『見張りしつつ』、生けるものの首を絞め殺す装置に他ならない。人間の意識の眼の罠に捕捉されるところ、あらゆるものは死の残骸となる。殺戮の手段は、も早自明的に『対象化』である。対象化は、開かれし世界への出口を切断する」(七一頁)。「牢獄の番人」が常に彼を見張っていて、何をしても口を出し、干渉する。「思考にとりつかれた」ロレンスの眼は独立し、見る主体と見られる客体をくっきりと分けてすべてを対象化する。その結果、彼は本来自分が属していたはずの大いなるものに対する帰属意識を完全に失い、それを奪回せんと、そして「開かれし世界への出口」を見つけようと、上に見たような単純な人間に、単純なレベルの「合体融合」に、そして動物レベルへの「堕落」に救いを求めるのだ。

彼の友人のエリック・ケニントンが、自ら師と仰ぐ人物に『叡智の七柱』のある章を読ませて感想を聞いたが、それはここでの考察と驚くほどの一致を見せている。

> この本を読んで胸が痛んだ。著者は、私の知るかぎりでは誰とも比較できないほど傑出した人物だが、しかし彼はおそろしくまちがっている。自分自身ではないのだ。自分の『私』を見つけはしたが、しかしそれは彼の真の『私』ではない。この先彼がどうなるかと思うと身震いする。彼は何をやってもその中で生きていないのだ。交感というものがまったくない。生命が流れ通る管にすぎないのだ。非常にすばらしい管ではあったらしいが、真に生きるには管以上のものにならねばならない。（*His Friends, 272*）

こうした人間、つまり自己をとりまく運命、とりわけ歴史的運命と必死に闘争するが、いかなる行動も自意識の妨害ゆえに真の行動とはならず、そこが生命を感じる場ともならず、「牢獄の番人」の見張りゆえにアラブ反乱という歴史とも合体することのできなかった人間が、死に最後の救いを見出したとしてもなんの不思議もない。

しかし、ケニントンの師がいうように、こうした形での自意識からの解放が真の自由をもたらさないことは明白であろう。真の自由とは、自意識が自己の中に引き起こす葛藤と分裂を運命として受けとめ、その困難にあえて立ち向かう結果得られるものである。ロレンスが選んだのは、その超人的な努力の後であるとはいえ、これを回避する道であった。いや、もしかすると、アラブ反乱という死と隣り合わせの状態に身を置いた最大の理由も、彼の内に潜むこの欲求だったのかもしれない。後年彼が、すべての名誉と栄達の可能性を捨て、偽名を使って一兵卒として軍隊に潜り込んだことは、多くの人を驚かせ、また不思議がらせたが、その最大の誘因は、戦争という、「牢獄の番人」を回避する最良の場が閉ざされ、パリ講話会議での幻滅で良心の呵責をいやがうえにも感じるようになった彼が、絶え間なく機能して彼を批判しつづける自意識、彼が女性や犬と、いやおそらくはもっと巨大なものと「一体化」するのをさまたげる自意識から逃れようとする欲求であったのだろう。そうした自分の行動を、彼は自ら「精神の自殺」(*Selected Letters*, 228) と呼んでいる。

後に彼は軍隊になじみ、除隊したときには寂しささえ感じているが、入隊の当初はその野卑さにへきえきした。ライオネル・カーティスにはこう書き送っている。

ここの生活はひどいが、みんなは順応している。あるときぼくが誰かに、「あいつらは猫を見ると本能的に石を投げるようなやつらだ」……というと、「じゃあお前さんは何を投げるんだい」と聞き返してきた。私がここの図柄にぴったりはまっていないことは分かってもらえると思うが、でもそのうちきっとはまるようになるよ。……自分を堕落させるのがぼくの目的なんだ。……もしかしたら解決は多重人格にあるのかもしれない。自分の本やアラブ反乱を、そして新しくできた国々をこきおろすのはぼくの理性なんだ。なぜといって、人間が引き起こすごたごたが帰着する唯一の理性的な結論は、ハーディがいうようなペシミズム、冬の荒野にそっくりのペシミズムなんだから。(*Selected Letters*, 228)

規則と義務と肉体の酷使、そして繊細さをいっさい拒否する空気が支配する軍隊、ここにいれば自意識は完全に停止させておくことができる。これは彼にとって「堕落」であると同時に「救済」でもあった。かつての師であるホガースは、ロレンスは「自分に南京錠をかけるために入隊した」(ナイトリイ、シンプスン、三三五頁)

と評したが、鋭い眼力というべきだろう。

ロレンスの言う「理性」や「知性」、「精神」などが、フロイトの「超自我」に近いことは明らかだが、さらにブレイクの創作になる理性の権化「ユリゼン」（= your reason）との親近性も感じられる。上に引いたカーティスへの手紙にはこうある。「そのうちぼくも……『存在するもの、すべて聖なり！』というブレイクの驚くべき言葉に共感できるようになるつもりだ。これはぼくにはこれまでに表現された最良の言葉のように思われる」(228)。しかし彼は、決してこの言葉を、そしてそれを生み出した精神をブレイクと共有することはなかった。存在するものをすべて聖なるものと見るには、彼はあまりに自意識に、「眼の罠」に捉われすぎていた。別のカーティスへの手紙に、彼はウェルズの町の堀で見た魚のことを書いている。「……魚の生活がいかにすばらしいものであるかという思いが私を打った。魚は人類から自由であり、彼らを守ってくれる水の中で、痛みも感じず、神経を働かせることもなく、いつも完璧に浮かんでいるのだ。……ぼくは魚か……小鳥になりたい」(242)。

この深いニヒリズムは、一方で無私の態度を生み出す。彼の死後カーティスはこう書いている。「ロレンスはいつも人に、自分自身を、友愛を、時間を、頭脳を、所有物を、そして（もっているときには）とりわけ金を、惜しみなく与えたが、他人から何かしてもらったり物を受け取ったりするのは嫌がった」(*His Friends*, 261)。E・M・フォースターの思いも同様であった。「T・Eはほんとうに親切で細かいことにまで気がつき、……自分が厳しい生活をしていればいるほど、ほかの人間は気持ちよく暮らせるように心をくばったのである。人を幸せにするためなら、労を惜しまなかったのだ」(二〇二頁)。植民地省にロレンスを呼び、終生彼に対する深い敬意を失わなかったウィンストン・チャーチルも同様の観察をしているが、まことに至言というべきだろう。

現代世界における想像力を彼が見事に理解していたのは、自然が自らが産み出した無数の子供たちに与えてくれる恩恵に彼が無関心だったからである。自然が与える心の痛みは十分に感じることができたが、その恵みには心を動かされなかった。家庭、金、快適さ、名声、権力——こうしたものは、彼にはほとんど、あるいはまったく意味がなかった。……孤独で厳格、確固不動の彼は、われら凡人の運命をはるかに超えたところで生きたのだ。彼にとって生存は一つの義務にすぎなかったが、その義務は実に忠実に果たされたのである。(*His Friends*, 201)

あのチャーチルをして「われら凡人」と言わしめ、「厳格」と評されたロレンス——しかし、当然のことながら、それほどの厳格さ、「義務」としての生を自意識にさいなまれながら送る努力にはいつかは限界がくる。除隊から突然の死が訪れるまでの数ヶ月間に書かれた手紙は、自分にかけた「南京錠」が突如として取り除かれたときの不安と空虚感をあますところなく語っている。

空軍を失ったことで、私は麻痺しています。……実際、いつもカーテンが降りることを願っている自分に気づくのです。まるで自分の人生が終わってしまったような感じです。(*Selected Letters*, 526)

……今の私の「失われた」ような感覚……(*Selected Letters*, 526)

今は空っぽのような生活を送っています。(*Selected Letters*, 531)

毎日、日が昇り、輝き、夕方がやってきて、眠る、その繰り返しだ。何をやったのか、何をやっているのか、何をやるつもりなのか、ぼくにも見当がつかない。君はこれまで、自分が一枚の葉で、秋になって木から落ち、どうしていいかわからない、といった気持ちになったことがあるかい。今の気持ちはまさにそれだ。(*Selected Letters*, 537)

かつて彼は、入隊当初の緊張の中で、こう手紙に書いた。「気分が熱してきてコントロールがきかなくなると、ぼくはバイクを引っぱり出して、全速力で何時間も悪路をぶっとばすんだ。神経は疲れきってほとんど死んだようになっているので、何か生死を賭けるような危険を冒さなければ生きているという感じを呼び覚ますことができないんだ。でもそうして得た『生』も、一日のほんの九分の二を賭ける価値しかない憂鬱な喜びにすぎない」(*Selected Letters*, 237　傍点引用者)。傍点を付した箇所はロレンスの一生を自己総括したような言葉だが、このような緊張はもはや終末を迎えていた。それが「憂鬱な喜びにすぎない」ことに気づいた今、ニヒリズムの極限にまで近づいたロレンスの中で、死の欲求はいやがうえにも高まる。「ああ神よ、私の魂は疲れています。私はただ横になって、眠って、そしてそのまま死にたいのです。死は最も望むところです。覚めることがないのですからね。私は、私の罪業、そしてこの世界の倦怠を忘れたいのです」(中野好夫、二四一—四二頁)。

四　「ぼくは無だ」

『叡智の七柱』の巻頭の詩はこう始まる。

私はお前を愛していた、それゆえ私はこれら群れなす人々をこの手に統べ、

　私の意志を空いっぱいに書きつけたのだ。

それもすべてはお前に、自由を、七つの柱をもつ高貴なる家を与えんがためであり、

　われわれが再会するとき、お前の眼が私にほほえむのを
見たいがためであった。

『叡智の七柱』とは自由の象徴であり、それを彼は「S・A・」なる人物に捧げている。この人物を詮索する議論は今もあるが、それほど重要であるとは思われない。ロレンスがこの詩を自著の巻頭に置いたのは、むしろ、その人物に仮託して、ロレンスが自らの自由を獲得しようとする意志を表明するためであっただろう。

しかし、第二スタンザになると急にトーンが変わる。

死はこの道を行く私の従者のようであった。やがてわれわれは近づき、
　お前が待っているのが見えた。

お前がほほえんだとき、悲しみにとらわれた死はわれわれを羨み、
　　私を出し抜いてお前を奪い去った
　　死の静けさの中へと。

そしてこの詩の最後のスタンザを、彼は不気味にこう締めくくる。

人々は私に、お前の思い出のためにわれらの仕事をやりとげ、あの神聖な家を
　　建てるよう懇願した。
　しかし私は折りを見計らってこれを未完成のまま打ち壊した。そして今では、
小さなうじ虫がはいだしてきてあばら屋を建てている
　　お前が残してくれた贈り物の
　　　傷つけられた影の中に。

彼は、あれほど求めた自由の象徴である「神聖な家」を「未完成のまま」自らの手で打ち壊し、虚無感から逃げようと軍隊に身を投じ、バイクのスピードに命を賭け、そして死んだ。それ以前に死んだとされる「お前」も、今やうじ虫のえさ、すなわちニヒリズムの餌食となりはてている。そのうじ虫が建てる「あばら屋」は、ロレンスが打ち立てようとした輝かしい「七つの柱をもつ高貴なる家」のあまりに無惨な陰画である。彼は、自由を、自意識からの自由を獲得し、「お前」、すなわち大いなる全体との合体融合を果たそうとする試み

を放棄した。歴史の運命に従うという「義務」を忠実に果たしたロレンスは、しかし「生」が促す運命に従う義務は拒否したかのようである。

前章の結論で私は「生が彼に課した運命をすべて引き受けた」と書いた。出自の複雑さ、母からの清教徒的な愛の強制と強要、病理学的な性意識、こうした個人的運命を彼は強い意志で引き受け、さらには歴史が課した「帝国」と「ニヒリズム」という運命にも常人を超えた知力と体力をもって耐えた。すでに見たように、ロレンスは『叡智の七柱』という一大著作に、『ツァラトゥストラ』がニーチェにとってもっていたような意味」を付与し、これによって自己の内部に巣くうニヒリズムを超克せんとした。しかし晩年の彼の内部でニヒリズムがさらに深化するのを見るとき、彼がこれをニーチェ的な能動的ニヒリズムに転化したとは考えにくい。巨大な母なる自然の一部からの「独立」、それに必然的に伴う主客の分離、自己を「見る者」としか捉えられない近代人の孤立、そしてその必然的帰結たる「神の死」、すなわち絶対的価値と基準の消滅——こうした近代人を呪縛する運命に、ロレンスは最も深く捉えられ、そしておそるべき努力でこれに立ち向かった。しかしその運命はあまりに重く、ついには彼を押しつぶしてしまう。彼がケニントンにつぶやく言葉、「ぼくは無だ」(*His Friends*, 271)は、自画像というにはあまりに無惨ではないか。

彼の死の一〇年あまり前、アングロ・サクソンが産んだもう一人の激烈なるニヒリズムとの闘士、D・H・ロレンスは、近代人を捉えて離さぬ自意識の「病」をこう喝破していた——「罪とは自己を見ること、すなわち自意識である。……われわれは二元的な存在だ。十字架だ。……われわれは自分自身に対して引き裂かれているのだ」(*SCAL*, 82)。そして彼自身の死の直前にはついにこう断言する——「個人は愛することはできない。……そして近代人は男も女も自分を個人としてしか認識できないのだ」(*A*, 147)。自己の中の分裂を明瞭に自覚し、それが生み出す苦悩を底まで味わったという点で、T・E・はD・H・の認識をその存在で表現したといっていい。しかも「アラビアのロレンス」には、D・H・が最後にかろうじて見出した救い、すなわち「聖霊」による二元性の克服、そして宇宙＝大いなる全体との融合への望みさえも完全に拒まれたのである。残された道は死以外になかった、というべきであろうか。しかし実は、ほかならぬ彼自身が、ネガティヴなものを見抜く不気味なまでの眼力でこの結末を予見していたではないか――「失敗こそが人間の特権」であり、「確実な失敗からは得るものは多い」と。「自らの運命を完遂したロレンス」という前章の結論は、かくして以下のように言い直さねばなるまい。自意識＝「眼」の罠との闘いに彼は破れた。しかしそれは、ニーチェが、あるいはD・H・ロレンスが破れた(6)というのとまったく同じ意味で破れたのであり、その「敗北」、すなわち「確実」で崇高でさえある「失敗」においてこそ「自己の運命を完遂した」のである。ニヒリズムが微妙に姿を変えながらも、いよいよその様相を濃くしている現代に生きるわれわれにとって、彼の「失敗」の意味はあまりに大きく、また重い。その意味を鋭く見抜き、その重さを最も真摯に受けとめたのは、もう一人の「眼」の人、オルダス・ハクスリーであった。

……彼は人間が個人としてもてるものはすべてもっていた――才能、勇気、不屈の意志、知性、すべてだ。こうした贈り物は、彼自身驚くべきことに、ほとんど信じられないようなことをするのを可能にはしたが、「光明」や「救済」、「解放」をもたらすという意味ではほとんど何の役にも立たなかった。……ロレンスは英雄のみがもちうる自己意志をもっていた。それは実際巨人的であった。しかし今つくづく感じられるのは、彼がその人生の大半を、地獄の業火が燃え盛る場所で過ごしたということだ。(Bedford, 455-56)

注

（1）この問題は、歴史記述とは、いや、歴史とは何かという大問題に密接に関係しているが、この点に関しては、第一六章、「「倫理」の両刃――「オリエンタリズム的パラダイム」の光と影」で論じた。

（2）「非技術的な芸術」と訳したのは "the technique-less art" だが、なぜロレンスはこれを「文学」と同格の言葉として使ったのだろう。ちなみに中野好夫はこれを「技術を超えた芸術」と訳している（二〇二頁）が、ロレンス自身、リチャーズやフォースターと、形容詞の使用などの「技術的な」問題を論じていることを考えあわせると、この "less" の意味はにわかに断定しがたい。

（3）*Seven Pillars of Wisdom* の裏表紙より引用。

（4）サイードは自分のことをこう語っている――「複数の文化の狭間にいる感覚が私にはきわめて強くなってきている。この感覚は自分の生涯を貫いている唯一の、また最も強烈な流れであると言ってよかろう。つまり、私はつねに事物の中に入ったり出たりして特定の一つのものに長く帰属することがけっしてできない人間なのである」（五一五頁）。

（5）バウムガルテンに引用されている生松訳を参考にして、文章を多少変更した。

（6）自分をイエスと同一視するに至ったニーチェは狂気の淵に落ち、自分の個人主義を「迷妄」と見限ったD・H・ロレンスは宇宙との合体に最後の弱々しい希望を託さざるをえなかった。

引用文献

ウェーバー、マックス「中間報告——宗教的現世拒否の段階と方向の理論」中村貞二訳、『世界の大思想II‐7 ウェーバー宗教・社会論集』河出書房、一九七三年。

ウスペンスキー、P・D・『奇蹟を求めて』浅井雅志訳、平河出版社、一九八一年。

サイード、エドワード・W・『世界・テキスト・批評家』山形和美訳、法政大学出版局、一九九五年。

寺田健比古『「生けるコスモス」とヨーロッパ文明—D・H・ロレンスの本質と作品』、沖積舎、一九九七年。

ナイトリイ、P・、C・シンプスン『アラビアのロレンスの秘密』村松仙太郎訳、早川書房、一九九一年。

中野好夫『アラビアのロレンス』岩波新書、一九八九年。

ニーチェ、F・『ツァラトゥストラ』手塚富雄訳、中公文庫、一九七三年。

バウムガルテン、E・『マックス・ウェーバー　人と業績』生松敬三訳、福村出版、一九七一年。

フォースター、E・M・『フォースター評論集』小野寺健訳、岩波文庫、一九九六年。

ムーサ、スレイマン『アラブが見たアラビアのロレンス』牟田口義郎、定森大治訳、リブロポート、一九八八年。

Bedford, Sybille. *Aldous Huxley: A Biography*. New York: Carroll & Graf, 1974.

Lawrence, A. W. Ed. *T. E. Laurence by His Friends*. London: Jonathan Cape, 1937. (*His Friends*)

Lawrence, D. H. *Apocalypse*. Ed. Mara Kalnins. London: Penguin, 1995. (*A*)

_______. *Studies in Classic American Literature*. Ed. E. Greenspan, L. Vasey and J. Worthen. Cambridge: Cambridge UP. 2003.（*SCAL*）

Lawrence, T. E. *Seven Pillars of Wisdom*. Harmondsworth: Penguin, 1962.（*SP*）

_______. *The Selected Letters*. Ed. Malcolm Brown. New York: W. W. Norton, 1989.

Meyers, Jeffrey. *The Wounded Spirit: A Study of Seven Pillars of Wisdom*. London: Martin Brian & O'Keeffe, 1973.

Said, Edward W. *Orientalism*. New York: Vintage, 1979.

第七章　二つのイエス像──ロレンスとカザンツァキス

一

ロレンスの「死んだ男」は、『アポカリプス』と並んで、彼のキリスト教観の総決算の書と考えていいだろう。本章の目的は、この作品と、彼の同時代人、ギリシアの作家ニコス・カザンツァキス（一八八三──一九五七）の『最後の誘惑』との比較を通して、ロレンスのキリスト教についての最終的ヴィジョンを明確にすることにある。

ギリシア人の近代作家としては群を抜いて有名なこのクレタ島出身の作家は、終生霊と肉の相克に苦しんだ。フランスに留学してベルグソンのもとで哲学を学んだが満足できず、厳格な修行と女人禁制で名高いマケドニアのアトス山の修道院で半年を過ごした。しかしここでも望ましい結果は得られず、その後はヨーロッパ各地を転々と移り住みながら著作活動を続けた。彼の探求の特異な点は、自らの生が抱える根本的な問題を解決してくれそうな「ヒーロー」を見出し、その思想を導きの糸として思索を続け、それが不十分とわかると次の「ヒーロー」を探す、という方法だ。彼の幼少期の「ヒーロー」はキリストであった。その後、ニーチェ、仏陀、レーニン、オデュッセウスと移って最後はキリストへ回帰する。一九五七年にはノーベル賞にノミネートされたが、わずか一票差でカミュがその年の文学賞を得た。同年十月に死去するが、その際、ギリシア教会が彼をキリスト教徒として埋葬することを拒否するというスキャンダルを引き起こした。

彼の代表作は『オデッセイ──現代の続編』、『ギリシア人ゾルバ』、『聖フランチェスコ』、そしてこの『最後の誘惑』である。この本は一九五一年の出版直後からキリスト教会からの激しい非難と批判を浴び、一九五四年にはヴァチカンの禁書リストに載せられた。一九六〇年に初の英訳が出て、読者が一気に広がり、それを受けて一九八八年にはM・スコセッシによって映画化されたが、欧米諸国では上映禁止が相次ぐといういわくつきの作品である。

カザンツァキスの描くイエスの最大の特徴は、その非神人性にある。このイエスは、早くから自己の特殊な運命をうすうす感じてはいたものの、そのような運命の存在自体を忌み嫌い、恐れおののく、平凡な欲求をもった一人の人間として登場する。

食べたり眠ったり、友達と一緒に笑ったり、道ですれ違う女性を見て「いい娘だな」と思ったり、ともかく幸福な気分を味わおうとすると必ず、十本の爪がたちまち彼に襲いかかって刺し貫き、すると彼の欲求は消えてしまうのであった。(32)

彼のあらゆる欲望を押さえつけるこの力は、神から発せられているのだと感じてはいるが、彼は幼少時からこれを嫌い、これと闘い、拒否しつづける。何をしろというでもなく、ただ欲望の抑圧という否定的な形でしか要求を発しないこの目に見えぬ相手に対して、彼は叫ぶ。「『おれにはできない!おれは無学で怠け者で、おまけに大のこわがりだ。うまい食事とワインと笑うのが好きだ。結婚もしたいし子供もほしい……頼むからほっといてくれ!』」(33)。しかしこの見えない存在は決して彼から離れず、ついには、「彼女」という女性形で表現される、彼にしか感知できない存在を彼に送りつけ、四六時中監視させるに至る。この「彼女」から逃れるために彼はしばしば仕事を放り出して野をさまよう。

この「神にとりつかれた」状態の緊張と重荷に耐えきれず、ついに彼は、家族にも内緒で家を出、救いを求めて荒野の修道院に向かう。彼にこのような行動を取らせたもう一つの動機は、「人間を縛り付ける、運命の女神が回す紡ぎ車」から逃れて「砂漠に隠遁したい」(72)というものであった。この二つ、すなわち、神の圧力を逃れたい、より正確には、神が自分に何を望んでいるのか突き止めたいという気持ちと、永遠に続くかとも思われる人間的日常性からの逃避とが、カザンツァキスの描くイエスを突き動かす主要な動機であった。しかも、彼の描くイエスの職業は、象徴的にも「十字架を作る」大工である。ユダヤの同胞をローマの支配から解放しようと英雄的に立ち上がる者たちを抹殺するのに手を貸すこの職業は、当然のことながらユダヤの民から憎悪され、蔑まれていた。そのような状況から逃れたいという気持ちも、潜在的な動機となっていたであろう。

ここで重要なのは、イエスが決して神の子として、超越的な存在として生まれたのではないことが強調されている点である。あくまでイエスは、人間的に苦しみ、苦闘し、神の御心を捜し求める者として描かれている。その意味で、カザンツァキスのイエスは徹底的に「非神話化」されている。

もう一点、特に「死んだ男」との関連で重要なのは、このイエスが肉体を蔑み、魂を称揚していることである。修道院への旅路でも、「そこで私は肉体を殺し、魂へと変えねばならない」(86)と決意を新たにしている。ロレンスの「男」も、「死ぬ」以前には肉体をおとしめる形で愛の説教を行なったというが、カザンツァキスのイエスは、はるかに激しく肉体、つまり肉の欲求からの脱却を望んでいる。しかし彼のこの希望が決して単純なものでないことは、イエスの従姉妹であり、幼なじみであるマグダラのマリアとの関係から見て取れる。そして、まさにこの肉体に対するイエスの見方の複雑さこそ、子供時代にほとんど天上的ともいえる経験をイエスと共有したマリアが娼婦に身を落とす大きな要因となったのであり、さらには、物語の最終部での巨大などんでん返しをも準備するのである。

修道院への旅の途上、イエスはマグダラに、娼婦に身を落としているマリアを訪ねるが、彼を「臆病者」とののしり、口をきわめて罵倒するマリアの言葉は、この肉欲の問題に対する彼のアンビヴァレントな態度を浮き彫りにする。

「……あんたには反吐が出そうよ、さわらないで！　一人の男を忘れるために、私を救うために――そのために私はこの身体をすべての男に捧げたのよ！」

……

「……あんたは私の身体を渇望していたくせに、それを口にするかわりに――そんなことあんたにはできっこないわ――私の魂を責め、それを救いたいなんて言い出す始末。いったいどんな魂だっていうの、白昼夢に浸ってるお方？　女の魂は肉体よ。知ってるくせに、知ってるくせに。でもあんたにはその魂を男らしく腕に抱いてキスしようなんて、キスして救おうなんて勇気はありゃしないわ！……」(95)

「女の魂は肉体よ」というマリアの言葉は、肉体を介さない愛を説くことの非を悟る「死んだ男」の、あるいは第四章で論じたイェイツの「狂女ジェイン」の認識に通じるものがあるが、イエスの肉体と性に対するこの屈曲した態度の偽善性は、後に彼自身も、マリアの父シメオンへの告白の中で認めるに至る。「『私は嘘つきで偽善者です。自分の影が怖くて一度も本当のことを言いませんでした——勇気がなかったのです。女性が通り過ぎるのを見ると、私は顔を赤らめてうつむきますが、眼には欲情の炎が燃えているのです』」(151)。シメオンの『女と寝たくはないのか』」という問いに、一度は肯定するものの、すぐに『いや、寝たくはない！』」と力を込めて言う。訳を問うシメオンに、『それでは十分じゃない。もっと大きなものが必要なんです』」と答える。彼における肉体と性の拒絶が、決して生得のものでなく、苦悩の中で意志されたものであることがはっきりと読み取れる。

さらに彼は、自分の見た夢をシメオンに話す。「『私の中には悪魔がいて、こう叫ぶんです。「お前は大工の息子じゃない、ダヴィデ王の息子だ。……お前は神の子だ！　いや、神なのだ！」と』」(151-53)。これを告げるのが悪魔であるというところに、自分が特殊な使命を負わされた存在であるという意識と、そう意識すること自体が傲慢（悪）ではないのかという苦悩の間で揺れるイエスが浮き彫りにされる。

ここで注目すべきは、彼が、内なる声の命ずるものを、憎悪しながらも無視できず、次第に耳を貸し、ついには信じるにいたる過程、そしてそこに見られる内なる声への誠実さである。この誠実さこそ、彼の「一時的」成功の原因なのであるが、一方彼の内なる揺れは、彼が超越的存在ではないという印象をいっそう強く読者に与える。「お前は神の子だ」と告げる内なる声を悪魔の声だと考え、傲慢の罪に悩む人間が、生まれながらの超越的存在だとは考えにくい。取るべき行動について常に思い悩み、さらには、福音書の記述とは逆に、イスカリオテのユダに精神的な支えを求めるイエスは、一般のキリスト者が思い描き、希求するイエス像には程遠い。つまり、カザンツァキスが描くのはあくまで「人間イエス」であって、「神の子イエス」ではない。この点こそ、ロレンスの描くイエスとの重要な共通点であるとともに、両者が正統的キリスト者およびキリスト教会から批判された最大の理由であろう。

こうしてカザンツァキスのイエスは、苦悩しながらも、神の国の福音を述べ伝えるという使命を徐々に自覚し、救世主の役割を引き受けるに至る。この時彼は早くも、救世主になるとはすなわち死ぬことだということに気づいている。石もて追う人々の手から助けだしたマグダラのマリアが、改心して彼の弟子になろうとするとき、彼はこう言う。「『救世主とは全世界を愛するがゆえに死ぬ者のことだ。……私は自分の中で救世主を造りつつあるのだ』」(232)。ここでも、超越的な存在が最初から定められている使命を遂行するというより、一人の繊細な人間が内的変容を遂げるという点に強調が置かれている。カザンツァキスはかなりの時間をかけてこの変容の過程を描いていくが、その筆は説得力に満ちているとは言いがたい。イエスに自覚を促す重要なきっかけとして夢が多用されるが、精神分析などの影響はともかくとしても、安易という印象はぬぐえない。もっとも、「人間イエス」から「救世主イエス」への変容の過程を説得力をもって描くのは、いかなる作家にとっても至難の技であろう。むしろわれわれはこのことから、イエスという存在の謎の深さを改めて思いしるべきなのかもしれない(1)。

ともかく、こうしてイエスは、彼のカリスマ性と、時折見せる奇蹟的な能力を、ローマ支配からの脱却という政治的目的に利用しようとするイスカリオテのユダに支えられながら、弟子たちとともに、ついにエルサレムに入城する。その後の展開は、カザンツァキスの想像力によって膨らまされながらも、ほぼ福音書などの記述どおりに進行する。

二

この作品の真にユニークな部分は、イエスが十字架にかけられたときに始まる。前述のように、救世主になるとは死ぬことであると覚悟を決めていたイエスではあったが、十字架上で苦しみながら、「不満に満ちた、聞く者の心を引き裂くような大きな叫び声」(453)をあげ、そして気絶する。眼をさますと、彼は十字架上ではなく、花咲く木に寄りかかっている。そこに人間の姿をした天使が現われ、あの受難はすべて夢であった告げる。

これに続くイエスの行動、そしてその背景をなす思想と、ロレンスの「死んだ男」のそれとの類似性は瞠目に値する。天使が案内してくれる夢のように美しい場所は、彼自身が人々に述べ伝えた「天の王国」かとイエスが聞くと、天使は地球だと答える。「なんと変わったことか」と言うイエスに、天使はこう応える。「地球が変わったのではなく、お前が変わったのだ。以前お前の心は地球をほしがらなかった。その意にそぐわぬものだった。しかし今では求めている――まさにこれが秘密の核心だ。地球と心との調和、ナザレのイエスよ、これこそが天の王国なのだ」(457)。

見る眼を、心の姿勢を変えるだけで、同じ地球がまったく違ったものに見える、求めていた天の王国そのものに見えるというこの天使の言葉は、生き返った「男」の、眼の鱗が落ちるようなあの鮮烈な認識と本質的に呼応してはいないか。

死んだ男はむき出しの生の世界に眼を向けた。そこにはとほうもなく大きな意志の力が、眼に見えぬ大海原の表面に乱れる泡沫のごとく、荒々しくも精妙な波頭となって一面に躍り上がっており、黒とオレンジ色に彩られた雄鶏も、いちじくの木の枝先に吹き出す緑の炎も、すべてはこの意志の力の発現であった。これだけではない、春のすべての生き物が、欲望と自己主張に燃えて躍り出る。眼に見えぬ欲望の青い激流から、力強く渦巻く不可視の大海原から、泡のように吹き出してくる。色と形をもって現れては、はかなく消えてゆくが、絶えることなく生まれることによって死を超越しているのだ。……（133）

肉体的に生き返ったとはいえ、生にはいまだ「幻滅の深い嘔吐」（129）を覚え、死の静寂への未練を捨てきれない「男」は、生と死の間をあてもなくさまよう。その彼の前に現われたのは、生への意志を体現しているかのような雄鶏で、彼はこの鶏から、初めて生の神秘を教えられる。そのときに得た、先の引用に見るこの認識は、ありふれたものが突如超越的な輝きをもって顕現するというジョイス的なエピファニーを思わせるが、また「色即是空、空即是色」という言葉に象徴される仏教的世界観にも、また、「エネルギーは永遠の悦びなり」というブレイクの世界観にも通じる、一切の執着と迷いとを脱した者にして初めてもつことのできる世界認識であろう。あらゆるものが、意志、すなわち宇宙的エネルギーの取る一形態であり、それらは、見る者の好悪や肯定、否定を越えた彼方に顕現する。これは絶対的な美の世界であり、その美を支えるのが、「絶えることのない生への意志」なのである。

カザンツァキスのイエスが経験する根元的な認識の転回は、「男」のそれに相呼応している。天使は彼を花嫁に引き会わせるが、それはなんとマグダラのマリアであった。これに続く二人の抱擁はこの作品のクライマックスともいうべき場面である。「愛する妻よ、世界がこれほど美しいところだとは、肉体がこれほど神聖なものだとは、まったく知らなかった。肉体も神の娘、魂の気品あふれる妹なのだ。……肉体の悦びには罪がないとは、思いもよらなかった」(460)。これに応えてマリアは言う。「どうしてあなたは天を征服しようなどとしたの。ため息をつきながら、永遠の生命の奇蹟の水を捜そうなどと? 私がその水なのに」。これに対するイエスの応答は、「男」がイシスに仕える女との肉体的な接触をもつときに獲得する認識とほとんど完全な相似を見せている。

「私の心は、エリコのしおれた薔薇が水につけられて生き返り、また花開いているかのようだ。女こそ不死の泉だ。今初めてわかった」

「何がわかったの?」

「これが道だということが」

「道? 何の道、いとしいイエス?」

「死すべきものが不死になる道、神が人間の姿をして地上に降りてくる道だ。私が道に迷ったのは、肉体の外にそれを見つけようとしたからだ。雲の道、偉大なる思想の道、そして死の道を通って私は行こうとしていた。神の貴重なる同士である女よ、許してくれ。神の母よ、私は首を垂れてお前をあがめよう」(460)

これをロレンスの以下の描写と比べてみよ。

男は女のそばにうずくまった。すると、男性の熱い炎が、力の炎が、おそるべき勢いで燃え上がるのを感じた。

「私は甦った！」

男の腰の奥深くに、彼自身の壮大に燃え上がる太陽が、何ものも押し殺すことのできぬ太陽が昇ってきた。四肢のすずみにまでその火が伝わり、顔も無意識のうちに輝き始めた。

男は女の麻のチュニックの紐をほどき、引き下ろすと、白金色の乳房が白く輝きつつ現れた。それに手を触れた男は、生命が溶け去って行くのを感じた。「父よ！」と彼は言った。「どうしてこれを私から隠しておかれたのですか？」激しい驚異の念と、四肢を差し貫くような欲望に燃えて、男は女に触れた。「見よ！これこそは祈りをも超えている」。内に深く包まれた温かさ、挿入を受け入れる生きた温かさ、この女、薔薇の心！　私の館は、花弁の重なるこの温かい薔薇、私の歓喜はこの花なのだ！（168-69）

「肉体を通って神へ」を生涯説き続けたロレンスの、これは総決算とでもいうべき言葉だが[2]、カザンツァキスのイエスの啓示的認識との相似は両者のキリスト観の根幹からくるものであろう。ところがカザンツァキスは、この接触の直後にマリアを殺してしまう。後にパウロと名を変えてキリスト教を世界宗教へと押し上げる立て役者となるサウロを登場させ、レヴィ人たちとともに「娼婦」マリアを殺させるのである。

マリアの殺害を知らないイエスは、地球にくちづけながら、注目すべき言葉を吐く。『母よ、私をしっかり抱いてくれ。私もしっかりと抱こう。母よ、なぜあなたが私の神になれないのか？』」（465）。父なる神から母なる神への転換、天より命じる神から、やさしく抱擁する神への変化。ここにも、ロレンスの神観念に相通じるものが見られる。

再び現われた天使が、マリアが神に殺されたと告げると、取り乱したイエスは以前には想像もできなかった反応を示す。「『私は人間だ、だから叫ぶ、不正だ！　不当だ！　神よ、彼女を殺すとはなんという不正』」。これに対して天使は、「『世界には、無数の顔をもった女がただ一人いるだけだ』」(467)とさとし、別のマリア、イエスが復活させたラザロの妹であるベタニアのマリアが彼を待っていると言う。そこで彼はベタニアへ向かうが、その途上、天使はイエスに天国の意味を説明する。「……それは無数の小さな喜びだ。ドアをたたくと女が開けてくれる。火の前に座り、彼女が食事の用意をするのを見る。暗くなると、彼女がお前を抱きしめる……このようにして救世主はやってくるのだ。ゆっくりと――数々の抱擁を経て、息子から息子へと。それが救世主の道なのだ」(469)。この教えを受け入れたイエスは、マリアおよびその姉のマルタと住み始め、さらには名前もラザロと変える。するとその容貌までラザロに似てくる。そして二人の女にこう言う。「『私は肉体を変えた。魂も変えた。そうだ、私は貧困と断食に対して宣戦を布告する。魂は生き生きとした動物だ、食べねばならんのだ。……私は神と闘うのは止めたんだ』」(471)。

こうして彼は、マリアとの間に子供をもうけ、幸せな日々を送る。今では黒人の子供に身を変えてイエスのそばにいる天使に向かって、ある日彼はこう言う。「『神を見つけようとして、なんという邪悪な道を私は取っていたんだ。……一人では神は見つけられない。二人が、男と女が要るんだ』」(475)。これが、ロレンスの「男」がイシスの女との接触から得た認識と本質的に呼応するものであることは明かであろう。「男はその女を知り、一つに結ばれた」。女は男のわき腹の傷に触れ、もう痛まないかとたずねる。男は答える。「『傷は太陽だ！　あなたが触れたので、光り輝いている。傷は私をあなたに結び付ける贖罪の絆なのだ』」(169)。ここで使われている「贖罪」"atonement"は、古くは神と人との和解を意味する言葉であり、それを重ね合わせると、ここでロレンスが伝えようとしたものと、カザンツァキスのそれとの相似がいっそう明瞭になる。ロレンスにおいても、神と人との和解には、二人の人間、男と女の接触が必要だったのだ。

三

『最後の誘惑』、「死んだ男」の両作品において、イエス(後者においては「イエス的」人物)は肉体の拒否、あるいは肉体を介さない愛の可能性を否定し、男女の肉体的接触を通してのみ本当の甦りは起こると認識する。この認識の後、「男」は、ロレンスの究極的認識とも考えられるものに思いいたる。「なんという造形の妙だろう。……私もこの大いなる薔薇の宇宙の一部なのだ。……宇宙は多くの花びらをもった一輪の闇の花、そして私はその花の香りに浸りきっている、まるで肌を触れ合うかのように」(169-70)。「汝の隣人を愛せよ」という生前の説教が、実は「愛の強制」にすぎなかったこと、そしてその強制は、男女がともにもつ「自分が無であることへの自己中心的な恐怖」から生まれるものであることを理解した「男」は、人間がもつ「本来的な孤独」(146)を尊重しあえる女性に出合い、ローマ人の追手を逃れて、一人船で海に漕ぎ出す、「明日はまた別の日だ」(173)という言葉を残して。(3)

『最後の誘惑』のこれに呼応する究極的な認識は、しかしイエスではなく、天使の口から述べられる。「『ここに天の王国がある、地球だ。ここに神がいる、お前の息子だ。ここに永遠がある、一瞬一瞬だ、ナザレのイエスよ、流れ去る一瞬一瞬なのだ』」(476)。「今、ここ」を強調するこの認識は、「男」のそれに劣らぬ迫真性をもっている。しかしこれが天使の口から発せられるところに、すでに最後のどんでん返しの伏線が張られていると言うべきだろう。

エルサレム陥落の日、昔の弟子たちがイエスの家にやってくる。みな時に押し流され、変わり果てているが、イスカリオテのユダだけは昔の意気を少しも失わず、イエスを「裏切り者」と呼び捨てる。イエスは自己弁護する。「『お前は決して人間の限界を認めようとはしなかった。お前は、人間の魂は矢のようなもので、天に向かって極限まで昇るが、常に大地に落ちてくることを忘れている。地上の生とは、自分の翼をふるい落とすことなのだ』」。ユダは狂気のように応える。「『恥を知れ。……地上の生とは、パンを食べてはそれを翼に変え、水を飲んではそれを翼に変えることだ。地上の生とは、翼をはやすことなのだ。それこそお前がわれわれに説いたことではなかったのか……』」(504)。これは「死んだ男」に入れてもいいような挿話だ。昔の説教への自らの裏切りを告発されているのだから。この言葉に完全に打ちのめされたイエスは、十字架にかかる前に勇気をなくして逃げ出したことを認めるが、ここで彼の夢がさめる。自分が誰で、どこにいて、なぜ苦痛を感じているのかを思い出す。

抑えがたい喜びが彼の全身を貫いた。いや、いや、彼は卑怯者ではなかった。逃亡者でも裏切り者でもなかった。十字架にかけられていたのだ。最後の最後まで誇り高く己の道をまっとうしたのだ。自分の言ったことを貫いたのだ。「エリ、エリ」と叫んで気を失った瞬間、誘惑の魔手がほんの一瞬彼を連れ去り、道を踏み外させたのだ。快楽も結婚も子供たちもみんな嘘だった。……すべて悪魔がしかけた幻影だったのだ。……彼は勝利の雄叫びをあげた。成就せり！ と。(507)

物語のこの最後の半ページが、作品全体のメッセージを決定していることは疑いを容れない。すなわちカザンツァキスは、イエスはこのおそるべき最後の誘惑に耐えて自らの使命をまっとうしたと高らかに宣言しているのである。ここでわれわれは、一体いかなる「誤読」が彼を異端者にしたのか、と問わざるをえない。彼の「真意」は、伝統的なイエス像こそ破壊しているが、最後の、そして最大の「誘惑」をくぐり抜けさせることによって、イエスという「現象」の意味と意義とを、伝統的なそれよりもさらにいっそう強化し、深化させることにあったようではないか。現に彼はこの作品の序文をこう結んでいる——「私は確信する、これほどまでに愛に満ちたこの書を読むすべての自由なる人が、これまでよりも強く、また深くキリストを愛するであろうことを」(10)。そして彼のこの意図はかなりの程度に達成されている。カザンツァキスに対するキリスト教会の批判と攻撃は、テクストの大半を占める「人間イエス」の創造に向けられたものであろうが、通常の意味での誤読にもとづいている。

この最後の場面を読み終えたとき自問せざるをえないのは、では、ロレンスのイエス観とカザンツァキスのそれとの相似性は表面的なものにすぎなかったのか、というものだ。この最終頁を素直に読むかぎり、カザンツァキスは、「人間イエス」を、その苦悩を直視することを通してキリスト教の再生を計ろうとしているのだと思われてくる。それに対して、同じく宗教の再生を願ったロレンスは、伝統的イエス観に根底的な変更を迫っている。すなわち、「史的イエス」を「脱神話化」し、肉体の栄光を発見する一人の人間として再生させることによって、宗教に本来の活力を取り戻させようとする。そのための具体的キリスト教批判として、まず第一に、伝統的なイエスの愛の教えを「愛の強制」として拒否する。第二に、普通の人々、「死んだこともなく、いや、大地に還る以外にはそもそも死ぬことすらできぬ」人々に高次の生を説き、彼らを「引き上げ」ようとしたことは、「干渉」であり「間違い」であったとしてこれも退ける（134-35）。第三には、このような「愛の強制」を乗り越えたところで、人間同士の真の接触を可能にするものとして、肉体的接触を唱える。そしてロレンスにとっては、この接触こそが、他者への恐怖を打ち砕く最後の寄りどころであり、それが成就されたときに初めて、神との最終的和解が可能となるのである。

こうして、ロレンスの最終的なキリスト教批判は、それへの賛否はともあれ、首尾一貫している。たしかにカザンツァキスも、イエスがマグダラのマリアとの肉体的な接触を通して深い認識の転換を経験する様を描いているが、最後の「どんでん返し」を見るかぎりでは、それはすべて最後のメッセージを強烈にするためのレトリックだったと読者に思われても仕方がない。一体、そうなのか？

ロレンスのテクストが、単なるキリスト教批判を超えて、新たな宗教、キリスト教という枠をはるかに超え出るものを思考していることはたしかだ。「(私は) イエスが神の子の一人であることを信じる」(*RDP*, 385) と言明したロレンスは、しかしイエスの唯一絶対性は信じず、また彼が説いた教えにも根本的な疑義を呈する。その教えは本質的に聖人向けであり、「その本性が神聖（聖人的）ではない人間」(*A*, 71) にとっては不可能、いや有害でさえある。その際たるものが非肉体的愛だが、これを説くことによってイエス自身の聖性も無益に費やされたと考える。肉体同士の接触という最も「地上的」なものこそが、天上的な認識および存在に至る最上の道であると喝破したところにこそ、ロレンスのイエス観・宗教観の真面目がある。『アポカリプス』で彼は、「生の、今、ここの宗教以外のすべての宗教は、延期された運命、死、つまり『もしお前が善良であれば』死後に報酬をやろう式の宗教に成り下がってしまった」(84) と慨嘆しているが、彼が「死んだ男」で示そうとしたのは、まさにこの「生の、今、ここの宗教」であった。

こうしたロレンスの「成果」はこれまで限りなく論じられ、また評価もされてきた。カザンツァキスのイエスはたしかに最後の最後でこの「生の、今、ここの宗教」を裏切ってしまう、あるいはそのように見える。テクストの大半を占めてきた物語をここに至って「嘘」、「悪魔が使わした幻想」だと「暴露」し、「すべてはなるべきようになった、神に栄光！……それは成就された」と物語を閉じる。しかし最後に一行、「それはまるで彼がこう言ったかのようだった――『すべては始まった』と」(507)。この結末をわれわれはどう読むべきか。これを「素直」に、キリスト教の再生を図るためのレトリックだったと読むのには大きな躊躇を覚える。そもそも先に見たように、物語中で天使はイエスに「あの受難はすべて夢であった」と告げていたではないか。今ここに来て、いや、実は受難の方が現実であちらの方が夢であったと言われても、われわれはこの堂々巡りのどちらにつくべきか判断に迷う。荘子の「胡蝶の夢」ではないが、どちらがどちらの夢を見ているのか読者には判断できなくなるのだ。

しかしそれは比較的には仔細なことにすぎない。われわれの躊躇の最大の原因は、本体となるテクストで示されるイエスの開眼＝エピファニーの圧倒的迫力であり説得力である。その力は、最終頁のこのようなある意味で小賢しい「どんでん返し」などではびくともしない重さをもっている。むろん、あまりにカザンツァキスをロレンスに引きつけて読む愚は避けねばならない。しかしもしこの書が単純なキリストおよびキリスト教賛歌で、一種の護教論なのであれば、ここで取り上げるには値しないし、何よりその世界的な反響はまったくの誤読の上に生じたものとなる。先ほど私は「一体いかなる『誤読』が彼を異端者にしたのか」と問うたが、実はキリスト教会側も誤読などしていないのではないか。彼らはあるレベルで、この書でのカザンツァキスの「真意」を読み取っていたのではないか。

いや、この私の読みこそ「誤読」かもしれない。しかしもしそうだとしても、ロレンスとカザンツァキスという多くの共通性をもつ同時代人が、イエスについてかくも共鳴しあう物語を書いたことを指摘できれば、それはきわめて生産的な「誤読」になるのではなかろうか。

注

（1）本稿の主題からは外れるが、ある意味でロレンス、カザンツァキス両者の先見性を示すものとして、一九九二年にバーバラ・シーリングが発表した *Jesus the Man* について触れておこう。イエスを神の子ではない「人間」とする見方は、いわゆる聖書の「非神話化」という流れの中でそれまでにもあったが、この書はある特殊な手法を使ってイエスの生涯に関するまったく新たな解釈を打ち出し、革命的とも言えるイエス像を提示して世界に衝撃を与えたことで記憶に新しい。その典型的かつ最も衝撃的な箇所はこうである。

イエスは十字架の上では死ななかった。彼は毒の効力から回復し、友人たちに墓から助け出され、彼らとともにローマまで行き、紀元六四年にはまだそこにいた。

これは推測ではなく、ペシャーという技法によってテクストを読むことから得られる結果である。その根本的な仮説は、超自然的なことは何も起こらなかったし、ヴィジョンもなかった、というものだ。そういうものは「赤子」のための虚構である。（154）

ではその「ペシャー」という技法とは何か。これは「旧約聖書では『夢の解釈』を意味するものとして使われていた」(29)と言い、付録では「ペシャリストのための規則」(522-29)を五つ挙げているが、実に微に入り細をうがったものである。しかしここでの主題にとって肝要なのは、この読みによれば「聖書に二つのレベル」があり、「表面は一般読者用に通常の宗教的事柄を含む」が、その下には「特別な知識をもつ者だけが得られる特定の歴史的事柄」(30)が潜んでいる、という点である。その「特定の事柄」には、それまでの見解を覆すものが数多く含まれている。イエスの十字架上での死の否定、すなわち「復活」の否定のほかにも、例えばマグダラのマリアが紀元三〇年にイエスと結婚し、一女二男をもうけたが、戦闘的ナショナリスト集団「ゼロテ党」に属していてイエスとは反対の見解をもっていたために後に離婚したとか、イスカリオテのユダはその「ゼロテ党」の長で、イエスの属していた「一二使徒」との同盟を望んだが、イエスがこれを拒否したとか、パウロはその初期には熱烈なナショナリスト(ヘブライスト)であったが、後にイエスの影響でヘレニストへと改宗した、またイエスはマリアとの離婚後に、小アジアのヘレニスト集団の女性リディアと再婚した、等々。こうした歴史的背景はカザンツァキスがその小説の背景として設定しているものとかなりの重なりを見せているが、こうした見解がシーリングの著作以前にどの程度共有されていたのかについては詳らかにしない。

いずれにせよ、これほどの解釈の多様性を許すほどにイエスという存在は人類にとって謎に満ちている。シーリングが引いているシュヴァイツァーの言葉は暗示的だ。イエスは今なお「われわれのそばを通り過ぎる、われわれの時代にとっては異邦人、一つの謎として」(100)。この言葉が暗示的なのは、死の床にあったカザンツァキスを見舞った数少ない者の一人がシュヴァイツァーだったからである。

こうした彼女の主張の土台は長年にわたる死海文書研究だというが、その意図せざる含みは本稿の主題にとって非常に興味深い。主張の根拠およびその内的な意味こそまったく異なるが、イエスは「文字通り」肉体として「復活」したと述べているからである。

(2) もう一つの総決算は、言うまでもなく『チャタレー卿夫人の恋人』であるが、これら双生児とも言うべき二作品には、非嫡出の第三子とでも呼びたい不気味な小品、「島を愛した男」が影のようにつきまとっていて、「死んだ男」執筆当時のロレンスの心情の一筋縄では行かぬ複雑さを垣間見させる。これについては第二〇章「引き裂かれた聖霊」で詳しく論じた。

(3) 何度も繰り返される奴隷にまつわる否定的表現や、「彼女(イシスの女)までもが、自分をとりまく自分だけの空気が、ひんやりとさわやかであってほしいと願い、不安から解放されたいと思っていた」(83) という言葉などを見ると、「島を愛した男」に凝縮的な表現を見る、ロレンスの、愛と「共生」の可能生についての懐疑が、それを肯定したい気持ちと同様に、いや、もしかしたらそれ以上に、きわめて深いものであったことがうかがわれる。たとえば、「復活の主」というエッセイでは、「もしイエスが、肉も魂もともに具えた完全な男として復活したのであれば、彼は自分の女をめとり、ともに生き、その女との二人一体の生をしなやかに開花させるために復活したのである」(*PII*, 575) と述べているが、これが「男」の行動と一致していないことは明瞭であろう。この点についても第二〇章で論じた。

引用文献

Kazantzakis, Nikos. *The Last Temptation*. London: Faber, 1975.

Lawrence, D. H. *Apocalypse*. Ed. Mara Kalnins. London: Penguin, 1995. (*A*)

———. "The Man Who Died," *Love Among the Haystacks and Other Stories*. Harmondsworth: Penguin, 1974.

———. *Phoenix*. Ed. E. D. McDonald. Harmondsworth: Penguin, 1978. (*P*)

———. *Phoenix II*. Ed. Warren Roberts and Harry T. Moore. Harmondsworth: Penguin, 1978. (*PII*)

———. *Reflections on the Death of a Porcupine and Other Essays*. Ed. Michael Herbert. Cambridge: Cambridge UP, 1988. (*RDP*)

Thiering, Barbara. *Jesus the Man*. London: Corgi Books, 1993.

第八章　トリスタンとシーグマンド――アガペからエロスへの「越境」

「わたしなくばおんみなく、おんみなくばわたしなし、これが二人の恋のさだめでござりました」。（『トリスタン・イズー物語』二六四頁）

序

D・H・ロレンスの第二長編『越境者』は、キリスト教がもはや保証しえなくなった人間間の「『なんじ』の消滅と感じられるほどの共同感情」（ウェーバー、一七九頁）、他者との一体化を、宗教と法（国家権力）の双方が推奨する婚姻の外での性愛の場において再獲得しようと苦闘する人間の姿を描いている。主人公シーグマンドは妻と家庭を捨てて恋人ヘレナのもとへ走るが、彼女からも期待していた「共同感情」＝一体感を得ることができず、絶望して死を選ぶ。その行動の底には、キリスト教が理想化する結婚に対する幻滅が見られる。より正確に言うなら、結婚は、キリスト教が説くように喜び、充足をもたらすどころか、逆に不幸のみをもたらすという自覚が濃厚に見られる。そして主人公は、その窮状を突破するには、人間のエロス性に訴える「情熱恋愛」しかない、と本能的に思い込む。いわば、その依って立つ原理をアガペからエロスに「越境」することで問題を克服しようとする。このエロス原理への依拠という点で、この物語は、「トリスタン・イズー神話」に象徴的かつ典型的に表象されている男女関係の一変奏曲と見ることができるように思われる。そこで本稿では、西洋の恋愛観の根底に潜むこの神話を座標軸に据えることで、『越境者』の骨格をなすエロスとアガペの葛藤というキリスト教世界の根底に横たわる問題を読み解いてみたい。

「トリスタン・イズー神話」はこれまで多くの作家や芸術家に霊感を与えてきたが、これを西洋の思考および感性の基層をなすものの一つと見て壮大な論を展開したのがドニ・ド・ルージュモンである。(1) 彼は一九三九年に出した『愛と西洋』で、キリスト教的愛と情熱恋愛、すなわち婚姻内での愛と婚姻外での愛の葛藤が西洋史を貫く大きな糸であること、そしてこの葛藤を引き起こす主因がエロスとアガペという二つの原理の対立であることを、その博覧強記を駆使してあざやかに論じている。『越境者』にもこの葛藤のパターンがはっきりと認められる。ロレンスが誰かの編になる「トリスタン神話」を読んだかどうかは定かでないが、手紙や作品中での言及の頻度から考えて、なんらかの版を読んでいたことはほぼ間違いない。それに、執筆当時リヒャルト・ヴァーグナーの楽劇に大きな関心をもっていたことも、ロレンスのこの神話への親近感をいっそう深めたであろう。(2) 本稿で注目したいのは、この「トリスタン神話」に象徴的に結実している、西洋史の底流に歴然と見られる一種の男女関係、すなわちルージュモンが異教的な神秘的合一を目指す「情熱恋愛」と呼んだ関係に、ロレンスが日常の、そして時代の閉塞感からの突破口を見出そうとしていたと思われる点である。同じく「トリスタン神話」から強烈な霊感を得て『トリスタンとイゾルデ』を作曲したヴァーグナーが、この時代に大きな影響を与え、「時代精神」形成の一端を担ったことはよく知られている。『越境者』の主人公がヴァーグナーの『ヴァルキューレ』の主人公と同名で、その死まで同様に悲劇的なものであるとなれば、誰しもヴァーグナーの影響を読み取りたくなる。ロレンスのこの第二の長編が、ヘレン・コークの実体験や彼女の草稿にその執筆契機をもちながら、その通奏低音としてこのヴァーグナー的恋愛観、あるいは悲劇観が流れているのは否定すべくもない。そして「ヴァーグナー的」とはこの時代を象徴するアイコンである。つまり、『越境者』全編をおおっているのは、キリスト教的モラルと倫理観の崩壊に象徴される時代の雰囲気なのである。ヴァーグナーの音楽への言及がちりばめられているのは、象徴的というほかない。

一　結婚と「情熱恋愛」

シーグマンドとベアトリスの不和は冒頭から提示されており、ほとんど物語の前提になっているが、この不和の原因はこの作品を読み解く上で決定的な重要性をもっている。シーグマンドが初めて登場するのは第二章で、彼がいかに現在の生、とりわけ家庭生活に倦み、嫌悪感さえ抱いているかが示される。しかしそれは説得力をもって描かれているだろうか。例えば、仕事を終え、家に向かう列車に座る彼はこう描写されている。

これは彼の人生における一つの危機だった。もう何年も彼は自分の魂を抑えつけ、機械的な絶望とでも呼べるものの中で義務を遂行し、残りのことにはただ耐えてきたのだ。そのうちに彼の魂はこの束縛から逃れる誘惑にかられるようになった。そして今では、この縛めを完全に断ち切って、せめて数日間でも自分の喜びのためだけに過ごそうと思っていた。これは、責任ある一人の人間にとって、束縛を解き放ち、血のつながりを断ち切ること、すなわち一種の新生を意味していた。(49　傍点引用者)

中年にさしかかった男性の多くが、程度の差はあれ何らかの共感を覚えるような文章ではある。しかし、何が彼の中にこの種の感覚を生みだしたのだろう。同じ章にはこうある。「……彼はパンとチーズを機械的に食べながら、なぜ自分はこんなにみじめなんだろう、なぜ喜びをもって明日を待ち望まないのだろう、といぶかった」(51)。「機械的」という語の繰り返しに、日常生活に対するシーグマンドの幻滅が表われている。しかし彼は、現在の生に喜びを見出せないことに苛立っているばかりで、なぜそうなったかは理解していない。その原因は、ベアトリスを中心とする家庭の描写からある程度推測できるが、なお十分に腑に落ちるとまではいかない。これに光を当ててくれそうなのは、物語の終結部に見られるシーグマンドの死後の彼女の行動である。ベアトリスは夫の死にもくじけず、気丈にも下宿屋を始めるのだが、アンチクライマックスとも思えるこの描写を長々とする作者の意図はなんだろう。第三〇章はこう始まる。「ベアトリスはシーグマンドの死の衝撃に打ちのめされまいと、注意深く対処した。いってみれば、彼女はそれをよけたのである。死んだシーグマンドが、干からびた記憶の陪審員を伴って非難してくるのに直面するのが恐かったのだ」(217　傍点引用者)。つまり彼女の無意識下には、彼に対する罪の意識があったということになる。そしてその「注意深い対処」の結果始めたのが、下宿屋である。カフカの『変身』で、グレゴールの死後、あたかも何もなかったかのように、あるいは彼の死を「喜ぶ」かのように、家族そろって遠出に行く結末を髣髴とさせるこの描写は、読者の不意をつく奇想天外な展開とも思える。しかしこの結末のエピソードでロレンスが表わしたかったのは、ベアトリスの生活力といったものではなく、むしろ彼女の(ロレンスの後の言葉を使えば)「無垢なる核」(P, 245)がかくまでに硬化していたということだろう。いずれにせよ、ロレンスがこの作品の結末をこうしたものにしたことを多くの読者はいぶかり、やがて、シーグマンドの彼女からの離反は必然だったという読後感に導かれる。しかし、たとえ必然であったにせよ、なぜそうなったか、つまり先に述べたあの腑に落ちなさはそのまま残るのである。

おそらくこの不分明さは、作者が執筆時に感じていた日常の機械性とそれが生み出す生の圧倒的な空虚感、そしてそれと連動する死に対する意識（死は作品中で、暖かそうに見える生の底深くに潜む無慈悲な「冷たさの塊」［89, 94］と表現されている）、さらには、キリスト教が理想化（理を押し付けて現実を変形する行為）する婚姻制度に対する漠とした疑問に強く結びついていると思われる。つまり、ロレンスの苦悩と懐疑がシーグマンドのそれに投影されていると考えられるのだ。シーグマンドが感じている結婚生活、ひいては生そのものは、日々の意味もない繰り返し、すなわち、家族を支える責任だけがあって「喜び」はほとんどない生活として具象化されている。――「『三八歳だ』と彼は独り言を言った。『そして子供のように不幸だ！』」（52）。むろん子供がみんな不幸なわけではない。しかし子供が不幸になったとき、その深度は大人の想像を超えるものがある。世界全体の不幸より深いかもしれないのだ。(3) 同様にシーグマンドの不幸も世界大である。では、そのような不幸をもたらしたものは何なのだろう。

その原因は一人ベアトリスにあるのではなさそうだ。つまり結婚における彼の不幸は、キリスト教をその基盤とする文化の中で広範に見られるもので、とりわけ近代以降では世界的現象といえるものではないか。ルージュモンは「トリスタン神話」を下敷きにして、この結婚における不幸という問題に独自のアプローチを試みている。

幸福な恋愛には波乱がない。死にみちびく恋愛、いわば人生そのものから脅かされ、非難された恋愛にしか物語はないのだ。恋愛をたかめるものとしての西洋の抒情性は、官能の快楽でも、夫婦のみのりゆたかな平安でもない。みちたりた恋愛ではなくして、恋愛の情熱である。（上、三〇頁）

そしてすぐにこう付け足す――「そして情熱は苦悩を意味する」。彼のこうした主張は、「愛と死の一致が、われわれのもっともふかい心の琴線にふれる」のはなぜか、なぜ西洋の芸術はかくまでに「情熱恋愛」（姦通や不倫に魅惑されてきたのか、という疑問に対する答として提出されたものだ。ルージュモンのこの見方を受け入れるならば、シーグマンドとベアトリスの不和もなんら特殊なものではないことになる――そしてシーグマンドの苦悩も。換言すれば、キリスト教文明の内にあっては、「情熱恋愛」すなわちエロスと結婚における「キリスト教的愛」（ルージュモン、上、一二四頁）、すなわちアガペの対立と葛藤は本質的・必然的現象であり、いかなる男女関係もこれを免れることはできない、ということだ。

では、いかなる意味で「トリスタン神話」がこの葛藤の象徴的・典型的表現であるのか。この神話はさまざまな形で物語化されてきたが、それらの集大成として現在もっとも広く読まれているのがジョゼフ・ベディエの編になるものである。ここで、ベディエ版にしたがってこの神話の概要を確認しておこう。

トリスタンは、伯父のコーンウォール王マルクの宮廷で育つ美貌と武勇を兼ね備えた青年である。ある日、アイルランド王が貢ぎ物を要求して勇猛な騎士モルオルトをマルク王のもとに差し向けてきた。トリスタンはモルオルトを倒すが、彼自身も深く傷つき、死を待つ身となる。王に迷惑をかけることを嫌うトリスタンは、彼を癒してくれる人のいるところへ行きたいと願い、一人小船で海をさまよう。たどり着いたところには、皮肉にもモルオルトの姪である黄金の髪のイズーがいて、トリスタンの命を救う。治癒した彼はマルク王のもとに帰るが、後、王の花嫁探しに再びアイルランドを訪れ、竜を退治して、イズーを妃として迎える。しかし二人は帰途、船中で誤って媚薬を飲み、たちまち熱烈な恋におちる。コーンウォールの城に着いた後も、二人は王の眼を盗んで密会を続ける。しかし宮廷の「心のよこしまな四人の騎士」(『トリスタン・イズー物語』三六頁)の策謀で関係が発覚する。イズーは癩病者の群れに委ねられ、トリスタンは死刑の宣告を受ける。彼は知略と武勇で危機を逃れ、イズーを救い出し、モロワの森に逃げる。そこで二人は隠者オグランに出会う。キリスト教倫理の代表者たる彼はトリスタンに悔い改めを薦めるが、トリスタンは、「いやいや、わたしは生きるのです。そして悔い改めはいたしませぬ」(一二四頁)とこれを拒否する。そして二人は森で苦難に満ちた生活を送る。あるとき、森番の通報を受けたマルク王が隠れ家に行き、二人が眠っているところを目にするが、「ひと振りの抜き身の剣が、彼らの身体を距てているのに気がついた」(一三五頁)彼は、それを純潔の印と見て、二人を殺さずにその場を去る。そして数年(三年とも四年ともいわれる)たったある日、二人はほとんど同時に「物思い」にふける(これは通常媚薬の効力が切れた結果と解釈されているが、ベディエ本にはそうした記述はない)。二人は事態を「客観的に」見つめ、その結果トリスタンはイズーを王のもとに帰し、自分は宮廷を去る決意をする。

ブルターニュに渡ったトリスタンは、数々の武勲を上げ、その地の王オエル公に、娘であるイズー(偶然にも同じ名なので「白い手のイズー」と呼ばれる)との結婚を求められる。そしてこれを受け入れる。しかし結婚しても、彼は白い手のイズーに触れようとはしなかった。媚薬の効力が消えても、トリスタンと黄金の髪のイズーの間にはまた情熱がよみがえったのだ。その様子を不審に思った白い手のイズーの兄カエルダンがトリスタンにわけを聞くと、トリスタンはこれまでの生涯を語る。それを聞いて、怒るどころか強い哀れみを感じたカエルダンは、ともにコーンウォールへ行き、イズーの気持ちを確かめようと提案する。首尾よくイズーに会えたものの、ある不幸な出来事からイズーはトリスタンの気持ちを信じることができず、彼を追い払う。そしてその直後に深く後悔する。失意の内にブルターニュに帰ったトリスタンは、ある闘いで深手を負い、毒のために死に瀕する。もう一度イズーに会いたいとカエルダンに懇願するが、それを立ち聞きした妻のイズーは復讐を誓う。カエルダンはコーンウォールに行き、無事イズーを船に乗せて連れ帰るが、途中暴風や凪で時間がかかる。イズーを連れ帰っている場合には白い帆、連れ帰られぬ場合には黒い帆を揚げるよう頼んでおいたトリスタンは、妻のイズーから黒い帆が見えるとの虚報を聞き、落胆のあまり「魂を天に還した」（二六六頁）。その直後に着いた黄金の髪のイズーは、トリスタンの亡骸に抱きついたまま昇天していった。

一二世紀中葉にほぼ現在の形になったといわれるこの神話・伝説のエピローグにはこうある。「願わくば、ままならぬ恋への思いに、恋の不満に、恋の遺恨に、心の痛みに、すなわちなべての世の恋の苦患に、こよなき慰めの糧をこの書の中に見いでたまわんことを！」（『トリスタン・イズー物語』二七〇頁）。すなわち、恋愛感情にかかわるあらゆる心の動きがこの中に描かれているというのだ。そして現にこの神話は、男女の恋愛関係の一元型として、その後の西洋における恋愛のありかたに決定的な刻印を押した。そのもっとも明瞭な印は、ルージュモンによれば、「騎士道精神」対「結婚」の構図として読むことができるという。騎士道の節操は「結婚と相容れないばかりか、愛の〈充足〉とも相容れない。」騎士道精神に内在する「宮廷風恋愛の掟は、このような情熱が〈現実になる〉ことを、いいかえれば意中の婦人を完全に所有することを拒む。」なぜなら、「〈現実になれば、もはや恋愛ではなくなる〉」（上、六〇頁）からである。

以前に引用したルージュモンの言葉、「幸福な恋愛には波乱がない。死にみちびく恋愛、いわば人生そのものから脅かされ、非難された恋愛にしか物語はないのだ」という言葉を思い起こせば、ここで語られていることの本質は容易につかめよう。これを一言で言えば、情熱の失せた関係は人間の心をかき立てない、ということだ。そして、情熱の対象を現実になる一歩手前でつねに押しとどめ、それをあくなき憧れの対象として釘付けにしておくときにのみ、情熱は保証される。しかし、そうした情熱につかまれたとき、人間は同時に死にもつかまれるのだ。二人が誤って媚薬を飲んだことを知ったイズーの侍女はこう叫ぶ――「あなたがたがお飲みになりましたのは、それは死なのでございますよ！」（『トリスタン・イズー物語』六一頁）。

ではなぜ人間はかくまでに、平安を犠牲にしてまで情熱を求めるのか。ここには人間存在の大きな謎の一つが潜んでいるが、その謎は、情熱への希求を「新生」と感じてワイト島へ旅立ったシーグマンドが最終的に導かれたのは、なぜ死への誘惑であったのかという謎と重なる。『越境者』という作品はこの謎の深淵を垣間見せてくれるのだ。

二 「エロス原理」と「アガペ原理」

情熱がかき立てるもの、そして同時に情熱を押し進めるもの、このエネルギーは古来、生のエネルギーと同一視されて「エロス」と呼ばれてきた。これをもっとも早く思弁的に論じたのは、よく知られているようにプラトンである。『饗宴』における彼の言葉によれば、「恋《エロス》とは、あの善きものと幸福への欲望なのです。……恋《エロス》とは、善きものが永遠に自分のものであることを目ざすもの」（一五九頁）である。プラトンはこのエロスについての議論を、「美のイデア」、ひいては「イデア」そのものという超越的なものへと導くいわば序論として行なっているのだが、しかしその場合もエロスは、生松敬三が言うように、「まず欠如するもの、欠如する善美への獲得衝動に発する地上的な営みであることは確か」である。すなわちエロスは、「地上」＝現世における善と美の獲得衝動と考えられたのだ。しかし、と生松は続ける——「いささか奇妙なことに、近代の哲学においてはエロスにせよアガペにせよ愛の問題がそれとして正面から取り上げて議論されたことはまことに少ない。プラトンが〈ダイモン〉と名づけ、つねに陶酔とか狂気とかに関連づけられるエロスの現象は、近代哲学の主流を占めた理性主義の立場からは扱いにくいものであったのであろうか」(『世界宗教学事典』二七二頁)。

そうした近代においてもっとも深くエロスを扱ったのは、生松も指摘するように、フロイトであろう。フロイトの斬新な解釈で著名なN・O・ブラウンは、エロスについての考察におけるもう一人の貢献者としてスピノザを加えた上で、こう述べる。「フロイト派のエロスの究極目標——快楽の内に世界との統合を確認すること——は、スピノザにおける人間の欲求の究極的目標——神の知的な愛——と本質的には同じである。……スピノザにとっては快楽の内に世界と結ばれることが人間の欲求の究極的目標なのであり、またフロイトにとっては、これがエネルギー（欲求）の究極的目標であって、本質的には自己愛的なものである」（五七頁、傍点引用者）。すなわち、スピノザとフロイトが考えたエロスとは、人間のエネルギーが世界に向かって手を伸ばし、これと一体化することによって、あくまで地上において究極的な快楽・満足を手に入れようとする自己愛的な衝動だというのである。先に見たプラトンはエロスの自己愛的な側面は強調していないが、地上的衝動と見る点ではほぼ一致するといえよう。

一方、これと対照的なエネルギーあるいは指向性は、「アガペ」と総称されてきた。このアガペについて生松は、

「罪なくして人間の苦しみを背負って十字架にかかったイエスに具現化される愛であって、人間の罪にもかかわらず神から注がれる絶対的な愛である。それは人間の上昇の道ではなく、神の下降の道であった」（『世界宗教学事典』二七二頁）と述べているが、エロスに対するアガペの特徴はなんといってもそれが「非地上的・天上的」な愛であり、愛他的な衝動だという点であろう。すなわちこの愛の根底には、地上的な対象との合一にではなく、「父なる絶対者への〈合一の欲求〉が潜んでいる」（『世界宗教学事典』三六頁）のである。

このように、エロスとアガペは、西洋思想においてはきわめて早くから一対の、それもしばしば対立的なものとして見られてきたのだが、トリスタン神話にその元型の一つをもつ両者の葛藤は『越境者』にもくっきりと見ることができる。キリスト教倫理によってアガペ的関係を求められているベアトリスとの結婚生活に倦み疲れたシーグマンドは、エロス的関係の可能性を感じるヘレナに向かい、最終的には自死にいたる。彼のこの内面の変化を、ルージュモンのエロス・アガペ観とフロイトに代表されるそれとを参照しながら、エロス―アガペの葛藤のパターンとして読み解くとどうなるだろう。まずルージュモンのエロス観から見てみよう。

エロスとは完全無欠な「欲望」であり、光明に満ちた「憧憬」である。最高の能力をもち、純粋性を激しく求める状態、すなわち「全一」をあくまで追及する状態にまで高められた人間本来の宗教的飛躍だ。しかし究極の合一とは、多様の中であえいでいる現存在の否定にほかならない。かくして欲望の最高度の飛躍は、無欲の状態に到達する。エロスの弁証法は、性的魅力のもつリズムとはまったく無関係ななにかしらを人生に導入することとなる。もはや鎮まることのない欲望は、もはやなにものによっても満たされない。ひたすらに「全者」との合一を願うのあまり、現世において完成される誘惑をしりぞけ回避する。それは限りなき

超越、人間の神に向かっての上昇である。そしてこの動きには、回帰する道がないのだ。(上、一一三頁)

ルージュモンの解釈では、エロスとは、性愛はもとより、単なる生への衝動、生きんとする意志をも超越するエネルギー、「全者」＝神との究極の合一を願う欲望である。こうした見方に立つ彼は、「トリスタンの情熱はエロス崇拝であり、美神ウェヌス(ヴィーナス)を軽侮する『欲望』である」(上、一一八頁)と明言するとおり、トリスタンのイズーに対する欲望は、女性に対する性的欲望をはるかに超えたものであると言う。そしてこうした欲望の基底にルージュモンは「東洋的にして同時に西洋的な異教」(上、一二三頁)を見る。すなわち、「はじめペルシアで成立し、のちにグノーシス派とオルフェウス派によって仕上げられた」神話、「インド＝ヨーロッパ世界に共通した一種の神秘主義」(上、一一九頁)が西洋思想の底に流れているとし、その象徴的存在をマニ教に(また論の後半では異端カタリ派に)見出すのである。そしてこう結論づける——「マニ教的・二元論的概念はすべて、肉体の生を不幸そのものと見、死こそ究極の善であり、死によって生誕の罪が償われ、『一者』のなかに、光明につつまれた不分離のなかに霊魂が生きかえると考える」(上、一二二頁)。

このエロス解釈は先に見たフロイトやスピノザのエロス観とは異なり、通常の意味でのアガペ的要素が濃厚に感じられる。この見方は、シーグマンドのヘレナを求める欲望とその後の絶望、そして死への希求という一連の行動を考察する上で有力な手がかりを提供してくれそうだ。しかし、少なくとも物語の初期のシーグマンドは「肉体の生を不幸」とは見ておらず、それゆえこの見方では、彼がヘレナに性愛を介して接近するが、それが成就できないことからなぜ決定的な絶望にいたるかがうまく説明できそうにない。

この問題を考えるにはルージュモンのアガペ観を知る必要があるだろう。まずルージュモンは、キリスト教誕生以前のすべての思想・宗教をエロス的なものととらえるところから出発する。

既知の一切の宗教は、人間を昇華させる傾向があり、要するに人間の〈有限な〉生を罪悪視するにいたる。エロスの神はわれわれのもつさまざまな欲望を高揚し昇華させて、それらを唯一なる「欲望」のうちに集中させるか、結局最後にはその唯一なる「欲望」は、さまざまな欲望を否定する結果となる。この［エロスの］弁証法の最終目的は、生の否定であり肉体の死滅である。……ところがキリスト教は、イエスのなかにキリストが肉化したという教義によって、エロス的弁証法を根底から完全にくつがえしてしまったのだ。（上、一二五頁）

そして「『言《ことば》』のこの世における肉化」こそが、「聖書がアガペと呼んでいるキリスト教的愛の根源」（上、一二四頁）だとする。つまり、イエスの教えによるこの根源的な「転回」によって、生と死の立場が逆転したと言うのである。「死は最後にいたりつく目標であることをやめて、第一の条件となった。福音書が〈おのれの死〉と呼んでいるものは、この世にありながら、新しき生が始まることを意味している。現世の外への精神の逃避ではない。世界の内部への積極的な回帰だ！」（上、一二五頁）。最後の感嘆符からも推測できるように、エロスとアガペのダイナミクスの冷徹な観察者としてこの書を始めたルージュモンは、ページを追うごとに護教論者的相貌を濃くしていくのだが、それは置くとしても、彼のこのエロス—アガペ観がきわめて刺激的な視点を提供してくれることにかわりはない。その最大の点は、先にも見たように、エロスは生の肯定に向かうのではなく、全者との究極的な合一を願うあまり、むしろ死を志向する、つまり生を否定する原理だとするところにある。

情熱の中の情熱、その最大のものであるはずのエロスが、高揚のあまり昇華して「欲望の否定」へと至る、というのだ。彼はこれを「エロスの弁証法」と名づけている。「エロスにとって、被造物は空しい仮託にすぎず、燃え上がるための契機にすぎなかった。そしてすぐにもそれから離脱しなければならなかった。なぜなら、絶えず激しさをまして燃え、死にいたるまで燃えつづけることが、その目的だったから」（上、一二六頁）。情熱は「燃えつづける」こと自体をその目的にするがゆえに、本質的にどこかにたどり着くことはなく、必然的に死を志向せざるをえないのである。しかるに、キリスト教が説くアガペという新しい道＝原理は、「具体的な生からの空しい逃避にすぎぬエロス的昇華とは、およそ正反対の道である」（上、一二七頁）。つまりキリスト教のアガペこそが、死を人間の目標からひきずりおろし、生への意志を強めると言うのである。

こうした見方は、他の思想家のエロス―アガペ観とはほとんど正反対のものと言っていい。例えばフロイトは、先にも触れたように、「死［タナトス］」をエロスの対立者」（ブラウン、五七頁）と見ている。あるいはニーチェは、キリスト教とは、彼岸の生において強者との力の逆転を求める弱者の、ルサンチマンに満ちた現世拒否であるとし、それに対立するものとして、幼児の無垢と、そこに見られるデュオニュソス的な生への意志、盲目的な生の肯定を説いた。そしてニーチェは、このディオニュソス的な生への意志をエロス的なものと同定するのである。

三島由紀夫が「エロティスムのニーチェ」と呼んだジョルジュ・バタイユのエロス観も、この議論に光を当ててくれるだろう。バタイユはその「エミリ・ブロンテ論」の中で、ブロンテは「情熱についての苦悩に満ちた認識をもつようにさだめられていた」と述べているが、これは、本稿の文脈で言えば、ブロンテが、そしてバタイユ自身も、「トリスタン神話」に象徴される情熱恋愛の秘義に深い理解をもっていたことを意味している。

その秘義とは、「死こそ愛欲の真理であり、また愛欲こそ死の真理である」(一九頁)というものだ。ほとんど世間から隔絶したヨークシャーの片田舎でエミリー・ブロンテという天才が書き記した『嵐が丘』という稀有な作品は、おそらく英文学史上もっとも「トリスタン神話」的な物語であろう。バタイユは両者の内的関連性にはまったく触れていないが、『嵐が丘』を論じる最初の節に、「エロチスムは、死を賭するまでの生の讃歌である」というタイトルをつけたことからも、彼がそれに気づいていたことが推測される。彼の次のような言葉は、「トリスタン神話」に対する鋭い注釈となりおおせている。

……性欲発情の根底には、自我の孤立性の否定が横たわっている。つまりこの自我が、自己の外にはみ出し、自己を超出して、存在の孤独が消滅する抱擁のなかに没入する時に、はじめて飽和感を味わうことができるのだ。清純なエロチスム(情熱としての恋)の場合にも、体と体がふれあう肉欲の場合にも、存在の崩壊と死とが透けて見えてくるほどになると、その強烈さはこの上もなく大きなものとなる。その意味から、世のいわゆる悪徳とは、まさしくこの奥深い死の介入に由来するものだが、また肉体に具象化されない恋の苦しみも、愛に結ばれている二人のものたちの死が近づき、彼らにおそいかかるほどにもなると、それだけに愛欲の究極的な真理の象徴となるのである。(二〇—二一頁)

つまりバタイユは、エロスによって「快楽の内に世界と結ばれる」その究極点において死が訪れ、そしてその訪れ自体がその快楽をいっそう強めると考えるのである。これは一見ルージュモンの見方を思わせるが、その類似は表面的なものだ。つまりバタイユは、エロスはたしかに死を究極の目的とはするが、しかしだからといってそれは決して「死の原理」などではなく、むしろそれこそが「生の讃歌」だと言うのである。「死と崇高な陶酔の瞬間とは、……すべての計算の究極的な終末であり、それからの出口」だと見るバタイユは、「わたしたちは、生の歓喜を悲劇的な姿においてしか味わうことはできず、また悲劇は歓喜のしるしでもある」(三四頁)と言う。ヒースクリフとキャサリンが犯した掟とは、「キリスト教精神が、原始宗教の禁制と、聖なるものと、理性とを、一緒にしてでっち上げた集団の掟」(三二一—三二三頁)だとし、『嵐が丘』という作品一編を反キリスト教的な「聖なる暴力への夢想」と解釈するバタイユが、キリスト教=アガペ原理を、生に向かい、生を肯定する原理と解するはずもない。「情熱は呪いをまぬがれるということはない。ただ、この『呪われた部分』こそ、人間の生のなかで、この上もなく豊饒な意味をもつものにあてられた唯一のものなのである」(四三頁)。つまり彼は、「利害の計算からのがれて、現在の瞬間の強烈さを味わ」(三八頁)おうとする情熱の瞬時性・刹那性を、たとえそれがいかなる悪を巻き込もうとも、そして究極的には死を招こうとも、生の極北であると見るのだ。この悲劇的死生観こそが、ルージュモンとバタイユを分かつ根本的な境界線なのである。

もう一人、エロスとアガペのダイナミクスについて、宗教社会学の観点から鋭い論を展開したマックス・ウェーバーを見てみよう。以前の章ですでに何度か論じた「中間報告」の中で、ウェーバーは『諸世界宗教の経済倫理』という壮大な著作全体のキーであると考えた一つの疑問を解こうとする。「現世否定の諸宗教倫理は、総じていかなる動機にもとづいて成立し、いかなる方向に向かって展開したのか、それゆえ、そうした諸宗教倫理の『意味』はなんでありえたのか」(一五九頁)という問題である。つまり、現世拒否の一形態として生まれた宗教が、現世の諸々の領域でいかなる緊張関係を生み出し、またその緊張はいかなる方向でどのように解決されたかを明らかにしようとした。その領域の一つが「性愛の領域」である。ここでのウェーバーの考察は、なぜ「トリスタン神話」がかくも西洋を呪縛してきたのか、ルージュモン風に言えば、結婚を理想化するキリスト教文明の中にあって、芸術作品で扱われる男女関係はその大半が婚外の「情熱恋愛」であるのか、という謎に対する一つの回答として読むことができる。

まずウェーバーは、もともとは宗教的友愛倫理と性愛の関係はきわめて親密であったという点から論を始める。しかし、性が「呪術的なオルギア状態の一部」（一七六頁）であった時代は終わり、「呪術的なオルギア状態ならびに非合理的な各種の恍惚状態にたいして、あらゆる合理的な生活規制が対照を描きだ」（一七七頁）すようになると、「農夫の素朴な自然主義の対極として、意識的に陶冶される非日常的な領域［性愛］にまでセックスの世界が昇華されることによって、［両者の］緊張が昂進した」と言う。そしてこう続ける。「性愛はついに、意識的な（極度に昇華された意味で）享楽の領域に達する。にもかかわらず、いやそれゆえにこそ、性愛は、合理化の機械的な作用とは反対に、もっとも非合理的でもっともリアルな生の神髄にいたる入り口のように立ち現れる」（一七七頁）。

このように特権化した性愛は、時代が下るにつれてさらに変貌する。

知性主義的な文化を基礎に、性愛の領域の価値が最後の昂進をみせたのは、性愛の領域が職業人のまぬかれえない禁欲性と衝突したときであった。合理的な日常とのあいだにかかる緊張状態が生じたところでは、非日常的となった性生活、ことに結婚と無関係な性生活は、こんこんと湧き出る生命の泉にふたたび人間を結びつける唯一のきずなのように思われることがあった。……［宗教的］救済倫理にとって性生活なるものは、どうしようもない獣性との結びつきを残す唯一のものでありうるのであって、だからこそここで、肉体にたいする精神の勝利ということこそがその絶頂をきわめるべきであるのだから。この場合の緊張が最高度のするどさをしめし、これを避けようにも避けるすべもなくなるのは、つぎのようなときであった。すなわち、セックスの領域が組織的に仕上げられ、完全に獣的ないっさいの関係が光りかがやく美化を受けて価値高い性愛の感情が現れているときに、救済宗教のほうでは友愛や隣人愛といった愛の宗教としての性格を濃くしてくるというばあいがこれである。このような条件のもとにおいては、性愛の関係こそ愛の極み、魂をじかにかよわせあう愛の極み、このようにみえてくるからにほかならない。ここでは限界を知らぬ献身が、あらゆる実際的なこと、合理的なこと、一般的なことにたいして可能なかぎり極端に対立しているのであって、この無限性のかかわる意味は、あの非合理な魂をかよわせあう二人にしか通用しないとくべつな意味なのである。が、性愛の立場からみるかぎり、この意味と、したがってこの関係の価値内容それ自体は、完全な合一、つまり「なんじ」の消滅と感じられるほどの共同感情の可能性に根ざしたものである。……愛するものは、どんなに合理的な努力を重ねても永遠に到達できない生命の実相のまっただなかに植えこまれたと感じている。(一七九頁)

獣性を秘めるセックスが性愛という形で美化される、というのは、本章の論旨でいえば、エロス原理が台頭し、人々を引き付けるようになるということであろう。そして、それに対抗して救済宗教が隣人愛をいっそう強調するのは、アガペ原理の反撃である。(4) しかし、そうした緊張状態の中にあって、人々をより強く引きつけるのはエロス原理である。それこそが、近代において希薄になった「「なんじ」の消滅と感じられるほどの共同感情」の可能性を提示し、人間が「生命の実相のまっただなか」にいるという感情を生み出すからだ。アガペというキリスト教独自の「合理性」は、その前ではまったく無力である。そうならざるをえない。なぜなら、性愛の領域がこれほどに人間を引きつけるのは、キリスト教を含む合理性、そしてそれが押しつける倫理性と、肉として生きている人間の「獣性」との葛藤・緊張が耐えがたくなるからである。ルージュモンが力説するように、たしかにキリスト教は他者を前提とする充足した交わり＝結婚を推奨し、その実りを約束する。しかし、とウェーバーは言う。

純現世内的にみれば、婚姻を両性の倫理的責任という思想と結びつけることだけが、――それゆえ純粋に性愛的な領域とは質のちがう両性関係のカテゴリーと結びつけることだけが――、つぎのような感懐をいだく一助となりうるのである。すなわち、「最高の年齢のピアニシモにいたるまで」波風おおい生涯を通じて、責任を意識した愛の感情の移りゆくなかに、(ゲーテのいう意味で) たがいに許しあいたがいに責めを負いあうなかに、婚姻にしかないなにかとくべつなものが、そしてなにかすばらしいものが横たわっている、こういう感懐である。そうした感懐に純粋にひたれるひとはめったにいない。ひたれるひとは自分の幸運と運命の恩恵を語るがよい。自分の「てがら」を喋々するのはやめるがよい。(一八二頁、傍点引用者)

アガペ原理の説く、すなわちキリスト教の保証する結婚の幸せの困難さを、ウェーバーは独特の距離をおいて述べているが、彼の実人生における葛藤を知るとき、この言葉のはらむアンビヴァレンスはおおうべくもない。(5) むろんウェーバーはアガペ原理を否定しているのではない。しかし彼は、その実現がいかに困難で稀であるかを、そして一つの僥倖であるかを、換言すればエロスの誘惑がいかに強いものかを、ルージュモンよりはるかに深く認識している。すなわちエロス原理は、救済宗教の倫理＝アガペ原理がいかに反対あるいは否定しようと、その呪縛を人間から解こうとしないのである。「合理的な日常」との間の緊張状態がいっそう強まる近代以降はとりわけそうであっただろう。

以上、バタイユとウェーバーのエロス―アガペ観を見てきたが、彼らの議論を念頭におきつつ、再びルージュモンに帰ってその論を要約するなら、こうなろう。西洋には異端とキリスト教に代表される二つの理想、ないしは思想潮流が存在してきた。その「第一の流れは神人合一的神秘主義の流れで、霊魂と神との完全な融合に向かう。第二の流れは、祝婚歌的神秘主義とも呼ばれるべきもので、霊魂と神との結婚に向かう」（上、三二三頁）。

ここで「融合《ユニオン》」と「結婚」とはルージュモンにとって決定的に異なるものであり、この区別こそが彼の論の理解の鍵となる。エロスは融合へと向かうが、その融合の対象は神あるいは「全者」という非具体的・非触知的存在である以上、そこには肉体をそなえた他者＝「隣人」は必要ない。しかるに、「生の彼岸で行なわれる合一を求めない」（上、一三〇頁）第二の流れであるアガペは、「被造者と創造者との間の本質的区別が守られることを前提としている」（上、三二三頁）。その区別を前提とした上で自己を他者と結ぶつながりが、ここでいう「結婚」であり、「交わり《コミュニオン》」であるのだ。「アガペにとっては、自我の神への融合も、熱狂的解体もない。神の愛は新しい生の源であって、その創造的行為が交わりと呼ばれるのだ。現実に交わりが存在するためには、二つの主体が存在していなければならず、二つの主体は向かい合って、すなわち隣人同士でなければならない」（上、一三二―三三頁）。

このあたりのルージュモンの口吻はほとんど司祭のそれを思わせるが、彼の主張の核心とはこうだ。エロス原理に支配された男女関係は、本質的に隣人＝他者を必要としない以上、不毛なものに終わるほかなく、トリスタンとイズーの関係に象徴的に見られるものはまさにこれである。それは他者ではなく、情熱をこそ求めるために、二人の関係が成就しそうになるや否や、つまり理想が現実になろうとするとすぐに、二人の間に障害を置いてこれを阻み、情熱を絶やすまい、いや、さらにかきたてようとするのである。二人の間に「純潔の剣」を置く、あるいはマルク王にイズーを返すなどの行為は、すべてこの情熱維持の手段にほかならず、決して相手を「隣人・他者」として扱った結果ではない。このような関係は死に至るほかはない……

つまりルージュモンは、エロスを「超越化」していると言えよう。すでに見たように、エロスは地上的な衝動で、地上における融合・合体に究極の満足を得る性質のものとされていた。ところがルージュモンは、エロスは地上的融合では満足せず、それを超越して死を志向する、なぜならエロスの底には、マニ教的な「死を究極の善」とする見方が流れ込んでいるからだと言う。こうした歴史的遡行が正しいかどうかは本稿の主題を超えるが、少なくとも、このエロス観は誤解を招きやすい。というのも、これを超越的原理とすることで、アガペ原理との区別がつきにくくなるからだ。しかしルージュモンにとっては、アガペは同じく超越的衝動ではあっても、それは「生」を志向するという点でエロスとは根本的に異なり、それどころか対立している。しかもこの「生」は地上的な生、すなわちフロイト的な「快楽原則」に則ったそれではなく、あくまでキリストの教えに従う超越的なものであり、エロス原理によってはどうしても成就できないものなのである。換言すれば、ルージュモンにとって死は、トリスタン神話で、そしてその背景をなす異教（マニ教）においてそうであるように賞揚さるべきものではなく、あくまで「生」を忌避する道、文字通りの堕落であり破滅なのだ。

以上見てきた思想家たちのエロス—アガペ観を念頭において、死へと至るシーグマンドの内面の変化の問題に戻ってみよう。彼は、アガペ原理に則る結婚と家庭の中で、その必須条件たる「他者」が見出せなくなり、「自分の生をコントロールできなくなった」と感じる。「彼の過去、長い間彼をあるやり方で養ってきてくれた子宮が、今徐々に彼を押し出そうとしていた。彼の存在全体が震えていたが、なぜそうなるのかはわからなかった。今彼にできることは……自己の変身が続くのに身を任せることだけだった」(49)。これをルージュモン風に言えば、シーグマンドはアガペ原理を捨ててエロス原理で「自己の変身」を遂行しようとしている、あるいは「祝婚歌的神秘主義」に基づく「結婚」の不可能性に絶望して、「神人合一的神秘主義」へ、「融合」へと向かおうとしている、と言えるだろう。そしてその融合の対象は、音楽という「媚薬」を分かち飲んだ相手、ヘレナである。けだしシーグマンドにとって音楽は、「彼の人生はヴァイオリンと一体で、その繊維は彼の肉体の繊維と同じものだった。……ヴァイオリンは彼の小さな恋人で、彼の存在を飲みこみ、音楽に変えてしまった」(48)と描写されるほどに彼の本質に食い込んでいたのである。

しかしヘレナは、シーグマンドの求める融合を困難にする性質をもっていた。融合に導く最大の手段である性愛に対して、シーグマンドと感覚を共有できないのだ。ワイト島の宿で二人が口づけするとき、「彼らは溶けて融合するかのように思えた」(傍点引用者)。しかし唇が離れると、「彼女は疲れ果てていた。彼女は『夢見る女性』と呼ばれるあの類に属していたのだ。彼女らにとって、情熱は唇で燃え尽きてしまうものだった。……ヘレナにとって、夢はつねに現実以上のものだった。彼女がシーグマンドに抱く夢は、彼女にとっては現実のシーグマンドその人以上のものだった。」そしてただちに作者はこう付言する――「あるタイプの女性は、何世紀にもわたって人間の中の『動物』を拒否しつづけてきた。そして今やそうした女性の夢は抽象的で空想に満ちたものとなり、その血の流れは堰き止められ、彼女が見せる親切は残酷さに満ちるまでになっている」

(64)、と。ヘレナという女性は物語の最初から月、そしてその「白さ」と結び付けられている。仕事から家に帰る列車に月の光が降り注ぐのを見たシーグマンドは、「その白さをヘレナだと思った」(50)。白さと同定されるヘレナは、最初から肉体性(人間の中の「動物」)を剥奪されていたのである。

シーグマンドの融合への希求が挫折することは、かくして早々と予言される。そしてこの予言を成就するために、作者は二人の性愛の幻滅を繰り返し書き記す。性行為の中で、ヘレナは「自分を彼に犠牲として捧げているような気がした」。それに気づいた「彼の喜びの中には大きな悲しみがあった」(69)。別の夜にも同様のことが起きる。「彼女が求めていたのは、実は彼の情熱ではなかった。しかし彼女は彼が自分を狂気のように求め、すべてを、すべてを手に入れてくれることを願った。彼にとってはすばらしい夜だった。彼の中に強い『生への意志』がよみがえってきた。ところが彼女はそれが自分を壊してしまうと感じた。自分の魂が吹き飛ばされたように感じたのだ」(87)。

こうした記述に見られる二人の間の溝は、互いに「愛」を感じあってはいるものの、その「愛」の立脚する原理がまったく異なることに気づかないことの帰結ではないか。すなわち、シーグマンドが求めたのが、スピノザやフロイトが考えたエロス的合一、つまり地上的・肉体的融合をとおしての快楽・満足の獲得であったのに対し、ヘレナの求めていたのはルージュモン的なエロス的関係、すなわちその融合の対象を神あるいは「全者」とするような関係であったのではないか。

こうしたずれの上に築かれた関係である以上、これ以後、性愛に関する彼らの間の溝は広がるほかない。浜辺でヘレナを見ているとき、シーグマンドは突如「二人の間の距離」(94)を強く感じる。この距離感はどこから生じるのか。それは、繰り返しになるが、両者の「合一・融合」に対する感覚のずれに起因する。ヘレナはシーグマンドに自分を「犠牲」として与えることに喜びを感じる。そして同時に、そうすることで「彼を自分のものにすることを望んで」(87)いる。ロレンスにとっての女性の元型の一つであり、後に「貪り食う母」として類型化される女性の雛形がここに見られる。女性に限らず、こうした関係を求める人間の根底に潜むのは、地上における融合によって究極的快楽を得るというフロイト的エロス原理の否定、換言すれば、死に向かって超越的存在との究極的合一を求めるというルージュモンの言う「エロスの弁証法」の肯定である。一言で言えば、抽象化・夢想化された愛への希求である。

これを典型的に表わしているのが次の場面である。ある夜、シーグマンドと抱き合ったままドイツ歌曲を歌っているうちにヘレナは恍惚となり、彼に月を見るように言う。そのとき、「彼は彼女の奇妙な恍惚状態が自分に向けられるのに空恐ろしささえ感じた」(102)。この後、性行為を暗示する曖昧な一節に続いて、こういう記述がある。

> ……こうして彼の力強さに揺られていた彼女は、少しめまいを感じて無意識の中に入りこんだ。
>
> 我に返ったとき、彼女は深いため息をついた。自分の身体の下にある彼の生命のえもいわれぬ上下動に気づいたのだ。
>
> 「私は生の向こう側にいたわ。死の中に少し入りこんでいた」と、彼女は大きな眼を開け、喜びに浸って自分の魂につぶやいた。呆然と横になったまま、そのことに思いをひそめた。すばらしい平安に満ちた幸せへと帰ってこなければならないことに、彼女は驚いた。(103 傍点引用者)

「すばらしい平安に満ちた幸せ」とはシーグマンドといる現在、すなわち「生」のことである。しかし、「こなければならない」という言葉からもわかるように、彼女はそれを真の「幸せ」とは感じていない。「生」では情熱が待ち構えているからだ。しかし、かといって「死」の側に居続けることもできない。死はルージュモンの言う「エロスの弁証法」が最終的に求めるものだが、すでに見たようにエロス的関係は「情熱恋愛」と同義であり、彼女が心底求めているものではないからだ。こうした心の揺れを感じた彼女は、

突然、自分は徐々にシーグマンドの生命を押しつぶしていることに気がついた。……彼女の心は悲しい哀れみで溶けていった。……そして彼に長い、苦悩に満ちたキスをした。まるで自分の魂を彼の魂と永遠に融合させようとするかのように。それから身を起こすと、深いため息をついた。手を額の上にかざし、月を見た。「もう二度としないわ」と彼女の魂は言った、まるで魂それ自体もため息をついているかのように――「もう二度と！」（103　傍点引用者）

ヘレナのこの心の動きは、二つの異なるエロス原理の間の葛藤ととらえると理解できるだろう。彼女は「他者性」を消し去ってしまうほどに激しい地上的・肉体的な「融合」にはどうしても入っていけない。それは、何度も言うように、究極的には死に向かうからだ。だから彼女は「魂の融合」を求めようとする。しかしそれさえ、アガペ的・キリスト教的に、シーグマンドを「隣人」として、つまり「交わり《コミュニオン》」の相手として扱っているのではない。彼女の彼に対する「愛」はあくまで夢想的・抽象的で、「情熱」なしに自分をすべて手に入れてくれることを求めるような、利己的・一方的なものであった。

このことをはっきりと示すのはシーグマンドの自殺後の彼女の行動である。トリスタンの亡骸を前にしたイズーは、嘆き悲しむ白い手のイズーにこう言ってのける――「奥方さま、そこをお退きあそばして、わたしに近寄らせてくださいませ。あなたさまよりわたしこそ、この方の死を悼む権利があるとおぼしめせ！わたしはもっともっとこの方をお慕い申しておりました」（『トリスタン・イズー物語』二六八頁）。ヘレナは苦悶しはするが、決してこうは言わない。いや、実は一度そう口にする、「あなたが死んだら一日も生きてはいないって誓うわ」（194）と。しかしむろん、この誓いは守られない。ヘレナは急に生に執着したのか？そうではない。彼女のこの態度は初めから約束されている。すでにワイト島から帰る列車の中で、シーグマンドはそれを確信していた――「彼は彼女のこれからの生活を想像してみた。それは自分の死後も、しばらくの間は今と同じように続いていくだろう。しかしその後は……？彼女がどんな風に成長していくのか見当もつかなかった。……しかし彼女は死にはしないだろう。それだけは確信がもてた」（155）。ヘレナが決してシーグマンドの後を追って死なないこと、それは、彼女がシーグマンドの求めるエロスを拒絶したことの必然的帰結であった。シーグマンドの死後にヘレナとつきあうようになったバーンが彼女の中に感じ取ったのもこれであったに違いない――「彼はいつもシーグマンドに深い共感を覚え、血族のように感じていた。ときには自分がヘレナを憎んでいると思うこともあった」（227）。

本節の最初に引いたルージュモンの言葉を思い起こされたい。「究極の合一とは、多様のなかであえいでいる現存在の否定にほかならない。かくして欲望の最高度の飛躍は、無欲の状態に到達する。」ヘレナは「現存在」を否定する気もなく、無欲の状態に達してもいなかった。それに加えて、エロスの弁証法の最大の原動力である性愛＝情熱という契機をも欠いていた。かくして、五日間のワイト島での「恋《エロス》」の逃避行は、皮肉にも、二人が同じエロス原理、すなわち死をかけて情熱恋愛を遂行するという決意を共有できないことを悟る場となったのである。

三　情熱の果ての死

『越境者』という作品の布置結構の中では、シーグマンドとヘレナの二人の決定的乖離は早くから予見される。そこにいかなる偶発的要因も入る余地のないほどに、二人の生きる原理は異なっていた。すなわち、二人の乖離の原因は、それぞれが抱くエロス原理が、実はまったく別のものだったことにあったのだ。ヘレナはシーグマンドとの合一を願っているようでいて、実は性愛的・地上的合一はつねに拒否していた。では彼女は、ルージュモンの言うアガペにしたがって生きようとしていたのだろうか。この疑問をもう少し一般化すれば、エロス原理の拒否はすなわちアガペ原理の擁護につながるのか、ということになろう。そしてこの疑問は、作者ロレンスはなぜシーグマンドを自殺させたのかという疑問につながっていく。

ルージュモンによれば、アガペ原理の最大の特徴はそれが隣人=他者の存在を可能にすることである。とすれば、シーグマンドとヘレナの「失敗」の原因は、一見この原理にしたがって生きているように見えるヘレナが「他者」を相手の中に見出そうとしていたのに対し、自殺にいたる彼の方ではそうしなかったことにあるのだろうか。いや、どうもそうではないようだ。

寺田建比古は、「『越境者』の根本モティーフは……エロースを通しての〈ネザァミーア〉の回復の希願であり、その挫折である」と述べた上で、こう続ける。「ここでも又、主人公の自己充成の願いを打ち砕く腐解の作用剤は、女性であり、女性の宿す〈アムール・プロプル〉が惹き起こす観念的浮上性ないし理想性である」(一九四頁)。シーグマンドとヘレナの関係にトリスタンとイズー(イゾルデ)のそれの響きを聴き取る寺田は、筆者ときわめて近い主題をこの作品から読み取っているように思われる。では彼が「〈ネザァミーア〉の回復」という言葉で表わそうとするものは何だろう。著者の言葉によれば、「意識の文明の過剰な光によって無化せられ、遂に人間から姿を消してしまった〈人間的生の原郷〉、人間が本来帰属する〈存在の胎内〉」(一九〇頁)だという。それはそれで間違いあるまい。シーグマンドはたしかに「存在の胎内」のごときものを求めた。しかしそれはあくまで、アガペ的生の理想をその裏にちらつかせる結婚に心底幻滅した結果であって、決して意識的、選択的行為ではない。彼は溺死寸前だったのだ。

そしてその「回復」は、ヘレナとの融合を求めるという形で追求され、さらにその融合はまず何よりも性愛を介するエロス的融合でなければならなかった。寺田はこう言う。「シーグムンドにとって、ジョージの運命を免れうる唯一の途は……ヘレナとのエロースの経験を通路として、〈ネザァミーア〉の秘奥へと再び帰還することにある。」なぜなら「ロレンスにおいて、本源的な性愛の体験とは、人間が生ける宇宙と合一するための、もの達との関係のただ中へと入りこむための、一つの主要な通路以外の何ものでもない」(一九五—九六頁)からだ。そのとおりであろう。そしてまさにここに、前章までに見てきたような、キリスト教文明の根幹に食い込んだエロスとアガペの葛藤という問題が絡んでくるのである。

たとえシーグマンドを挫折させたのがヘレナであるとしても、すでに見たように、これも決して彼女の側の意識的、選択的行為ではない。彼女にはそうしかできなかったのだ。なぜか? アガペ原理が、少なくとも表層的には覆いつくしているキリスト教文明にあって、その影響を強く受けて育った彼女は、性愛が顕示的にも暗示的にも示している「神秘的融合」を無意識の内に拒否せざるをえないからである。こうしたヘレナのありようを、寺田は、彼女の中に（そしておそらくはすべての女性の中に）「アモール・プロプル」が潜んでいる、という言い方で表わそうとしているのであろう。彼によれば「アモール・プロプル」とは、「直訳的には『固有の愛』であるが、一般には『自尊心』と訳される。この言葉の本義は『その固有の自己への、……ひたむきな愛着』であって、……『自尊心』と『虚栄心』という二つの両端の間に含まれる意味の全領域を、微妙に移行してゆく意味の全ニューアンスを内包する」（一七二頁）ものである。なぜこの「アモール・プロプル」が破壊的かといえば、それがたとえ無意識的なものであれ、そもそも「愛」というものを人間の内に惹起して突き動かす根本動因と矛盾するからだ。

宗教的な愛であれ、エロースであれ、性の交わりであれ、凡そあらゆる形態の愛の基本的な動因は、〈交わり〉に他ならない。ラテン語の「宗教」の原義を示す動詞「レ・リガーレ」は、（神的根源へと）「二度・結び返す」の意味である。生命は、ただ個体の枠を通してしか決して現象化しないものでありながら、しかもそれは本源的には飽くまで超個体的なものである。ここに個体の、存在論的な意味における、深い不安定が胎胚する。あらゆる形態の愛は、人間存在のこの不安定性からの脱出と救出の意味を担う運動であると言えよう。（寺田、二〇〇頁）

愛のこうした指向性に対して、「アモール・プロプル」にとりつかれた人間は「交わり」を拒絶する。性愛の関係においても「始めから恋人の肉体を可能な限り〈不在化〉させようと意志する。さらに、与えるべき自らの肉体をも又、はじめから可能な限り〈不在化〉させるのである。……純粋な近代的愛は、秘められた正体において、存在における合一ではなくて、意志（意識）による他我の所有」（二〇九頁）だと寺田は言う。すなわち、二人の関係において、ヘレナがシーグマンドを不在化すると言うのだが、この見方は、すでに見たルージュモンのエロス観とどうつながるのだろう。

ルージュモンによれば、エロスは神秘的合一を求めるがゆえに他者を否定し不在化する。彼は言う――

トリスタンとイズーの愛は、二人であることの悩みであった。そしてこの恋愛の至上［の］帰結は、形態も、容貌も、各自の宿命も消えてしまう『夜』の中で、無限界に没入することであった。〈もはやイゾルデもなく、トリスタンもない。もはや二人を隔てる名前はない！〉他者が私を苦しめることをやめて、〈自己即宇宙〉となるためには、他者が他者でなくなる、したがって他者がもはや存在しなくならなければいけない！（下、二八七頁）

これは寺田が言う〈不在化〉と同じ事態なのだろうか。

ヘレナは苦悩を抱えている。それはシーグマンドへの次のような告白に見ることができる――「『これまでの人生では……いつも、と言っていいと思うけど、真の生は外側に……私のいる平凡で醜悪な場所の外にある気がしていたの』」(124)。そして次のような内省が続く。

彼女は恐怖心でかすかに震えた。あらゆるものごとの表面は鉛色でおぞましく見えた。厳格なウェズレー派の家に生まれ、芸術家というよりは道徳家である彼女は、自分を罰することを覚えた。また間違いをやってしまったのだ。振り返ってみると、彼女が接触すると必ずその相手を傷つけた。破壊的な力を秘めている彼女は、抱擁する相手をすべて傷つけてきたのだ。彼女の良心からかすかな声が響いてきた。影たちは彼女に対する不平で満ちていた。その不平はすべて本当だ——彼女は、運命を取るに足りない結末にひきずってゆくような有害な力なのだ。(125)

ここに記述されているヘレナの宗教的出自は、彼女のエロス（性愛）拒否の大きな、しかし無意識裡の、要因であろう。彼女は拒否するよう条件づけられているのだ。それゆえ、その拒否は決して自動的にはアガペ原理の遂行につながらない。彼女はエロス原理を拒否することで、換言すれば「『聖母的』愛」(129)で愛そうとすることで、シーグマンドを「不在化」する。すなわち、アガペ原理の要諦である「他者・隣人」としての彼を「不在化」するのである。「交わり《コミュニオン》」の拒絶はその結果である。彼女も「人間存在の不安定性からの脱出」を強く願っている。しかし、彼女の中の理想化癖（「夢見る女性」）と無自覚的自己愛（「アモール・プロプル」）によって、その可能性を自ら押しつぶすのである。それゆえ、シーグマンドがこう独白するとき読者は深い共感に打たれる。「彼女は意志伝達ができない。……だから孤独で、すべて自己流にやってしまうのだ。彼女はぼくを詮索するためだけにぼくを求めている。岩場の水溜まりのように、ぼくの中で水浴びしようとしてるにすぎないんだ。しばらくしてぼくが消えてしまったとき、ぼくがかけがえのない存在ではなかったことに気づくだろう……」(143)。

こう見てくると、シーグマンド―ヘレナ関係に注ぐ寺田の視線と、トリスタン―イズー関係へのルージュモンの視線は、他者の「不在化」という一点でのみ共通していることがわかる。両者の決定的な違いは、寺田が関係破綻の責をほぼ一方的にヘレナの観念性に帰するのに対し、ルージュモンの方は、トリスタンとイズーが求めたエロス的関係そのものの必然だと見ているところにある。彼は言う――「……われわれは、トリスタンが愛していたものはイズーではなくして恋愛そのものであることを、そして、この恋愛の彼岸で死を、すなわち、罪深い奴隷の状態にある自我からの唯一の解放である死を愛していることを知った」。トリスタンはイズーにではなく、「彼自身のもっとも内奥に潜むひそかな情熱に誠実」(下、二八五頁)なのだと言うのである。

どちらの説に従うにせよ、性愛としてのエロスを拒否するヘレナが、そうすることによって実はアガペをも否定していることにかわりはない。ルージュモンが説く、キリスト教に理想的に体現されているアガペ原理は、やはりその目的に、エロス原理と同じく「交わり」を置いていた。両者の違いは、エロス原理が、地上的合一をもとにした自・他の区別のない神秘的融合を目指すのに対し、アガペ原理は自己と他者・隣人という明瞭な区別のもとに、「合一・融合」ではなく、天上的・霊的「交わり《コミュニオン》」を目指す点にあった。ところがヘレナは、他者を拒否=不在化することで、「融合」とともに、この「交わり」の可能性も拒絶するのである。

何度も繰り返したように、しかしこの拒絶は彼女の意志的、意識的なものではない。組織化した教会によって何世紀も支配されてきたキリスト教世界には、表層的アガペ原理が染み渡っている。ヘレナはその犠牲者にほかならない。そして逆説的にはシーグマンドも。なぜなら、彼はそれに反逆しはしたが、なぜ自分が絶望し、反逆しているかはついに理解できなかったからだ。先に触れたように、ヒースクリフとキャサリンはキリスト教精神がでっち上げた掟に刃向かい、死んでいった。しかしこの作品の主人公たちは、ただその掟に押しつぶされるのである。

ここで論じている他者の「不在化」の問題は、ハンプソンなる人物が登場するやや唐突な章でも確認される。明らかにシーグマンドの内的対話であるこの章では、彼の他我《ドッペルゲンガー》＝「内なる声」の役割を担ったハンプソンが、シーグマンドがもっとも聴きたがっていること、確証を求めていることを述べる。

「最上の女性たち、もっとも興味深い女たちは、ぼくたちにとっては最悪の存在だ。……彼女たちは本能的に、ぼくたちの中の荒々しく動物的なものを押しつぶそうとねらっている。……女性はぼくたちなしでは生きられない。しかし、ぼくたちを破壊してしまう。深みのある、興味深い女性は、絶対にぼくたちを求めはしない。ぼくたちから集められる精神の花がほしいだけなんだ。」(112)

ここで何より注目すべき点は、ハンプソンの言葉の中で他者の「不在化」と死とが交差していることである。「結局、正体もわからないまま打ち寄せる巨大な生命が――それをぼくたちは死と呼んでるわけだが――今日のような日の青い外皮を通して、ぼくたちの白い繊維組織を通して、忍び込んでくるんだ。そしてぼくたちがひとたび漏れはじめると、もうこの侵入を止めることはできない」(110 傍点引用者)。「漏れる」というキーワードの説明をハンプソンに拒否させることで、作者はこの言葉を謎めいたままにしているが、これまでの議論に照らせば以下のように読めるだろう。「漏れる」、すなわちアガペ原理に幻滅し、これから離れて生きようとするとき、人はエロス原理に則って生きるしか道はないが、その中では「最上の女」は男の中の「動物的なものを押しつぶす」＝「不在化」する。それゆえその関係の中で生まれる「巨大な生命」＝情熱は死と直結するほかない、と。

この謎めいた言葉は、したがって、シーグマンドの死の予言でもある。彼は性愛としてのエロスを求めた。フロイト的に言えば「快楽の内に世界との統合を確認」しようとした。ところが、それが拒絶された後の彼は、徐々に、自分が求めていたのは実はトリスタン的エロス、あるいはルージュモンが言う意味でのエロス、すなわちその究極目標に他者との融合・合体ではなく死を置くエロスではなかったかと感じるようになる。いや、たとえヘレナが「夢見る女」、「唇で満足する女」ではなく、彼をエロスの領域で完全に受け入れたとしても、やはり彼は死ぬほかなかったであろう。なぜなら彼は、情熱は必然的に死に至るほかないという、ルージュモン的、あるいはバタイユ的認識に、無意識のレベルながら、気づくからである。だから、彼が死にいたるのは、ルージュモン的なエロス原理の成就であり、フロイト的なエロスの獲得の失敗としてである。

フロイトによればエロスは自己愛的なものだ。それゆえ、自己そのものを破壊する死は、通常は自己愛からもっとも遠いものである。しかしシーグマンドの自死はすぐれてエロス的・自己愛的といわねばならない。たしかに自殺の多くは自己愛的な要素を含むだろうが、彼の場合はなお特異である。自殺に臨む彼の態度がきわめて論理的、いや、ほとんど美学的ですらあるからだ。彼はヘレナにこう言う——

「ぼくには死が自らを駆り立てて生に押し寄せてくるのが見える——影が実体を支えているのが。ぼくの人生は目に見えない炎のように燃えているんだ。ぼくは死を燃料にして燃えているけど、ぼくの出す光は、その源泉と放射物をぼくの目から隠すほどには輝いていない。なぜって、生っていうのは闇の表面から噴出して、やがてまた闇へと帰っていくものにすぎないからね。でも放射物としての死は源泉としての死とは違う。少なくともぼくは力を潜めた影によって死を美しくすることはできる——生は美しくできなくて

もね。」（159　傍点引用者）

フロイト的エロスを成就するためには、二人は同じエロス原理に則っていなければならない。ヒースクリフとキャサリンのごとく、「反キリスト」＝反アガペで一致している必要がある。たしかにこの二人は別々に死んだが、彼女の「私はヒースクリフよ」という言葉に象徴されるように、二人は同じ原理で生きていることを確信していた。それゆえ、表面的には「裏切られた」ヒースクリフの苦悩は、シーグマンドのそれとは根本的に異なる。たしかにキャサリンは「自然」たるヒースクリフを捨てて「文化」たるエドガーを選んだ。しかしそれが本質的選択ではないことは、キャサリン本人もヒースクリフも承知していた。つまり二人は、幼いときに培い、共有したエロス原理を手放さなかったのだ。彼らが彼岸での合体を望むのは、一見ルージュモンの言うアガペ原理に沿っているかに見える。しかし実はそうではなく、バタイユの言うように、これはフロイト的なエロス原理が死の領域に投影された、あるいは「越境」したものである。二人は互いを、ルージュモンの言う「他者」と認めてこれと「霊的結婚」をしようとしたのではない。彼らはあくまでフロイト的なエロス原理に固執し、これを死の領域で成就しようとしたのだ。

ところがシーグマンドは、ヘレナにフロイト的エロス原理を拒否されたことで、『嵐が丘』の二人のような関係をもつことができなくなる。地上的融合を拒むヘレナは、かといってヒースクリフとキャサリンのようにエロス原理を死の領域に「越境」させることにも同意しない。かくしてシーグマンドはルージュモン的エロス原理へと押し込まれ、逃避としての死を選ぶ。

彼がその逃避を自らに正当化し、意味あるものにするために「死を美しくしよう」としたのはきわめて自然であろう。そうした意識が、死に臨んだ際の奇妙な冷静さを生み出した。だからこそ、自分が何をしているかほとんど意識していないと言いながら、「それでも自分の目的を秩序だって、しかも正確に遂行した。ささいなことまで彼は完璧にやった、まるで確固たる意志に操られているかのように」(204 傍点引用者)。死を直視するがゆえの意識の明晰さ、というべきか。ドストエフスキーの『悪霊』におけるスタヴローギンの、あるいは三島由紀夫の自死を思い出させるような冷静さ、周到さである。[6] しかし、そのように冷静に遂行される死が、はたして目論見どおりに「美しい」ものになるのか。作者自身、これには懐疑的だ。死後のシーグマンドの顔は膨れ上がり、「ほとんど見分けがつかないくらいに変わっていた」(208) と書いているからである。これは、彼の自死が、パンゲ (注6参照) の言うような栄光あるものではないことの証左であろう。それは、まさにルージュモンがトリスタンの死に見たような、エロス=情熱の衝動が行き着く先としての死であり、エロス原理によって生を回復することに失敗した者の逃避としての破滅的な死であった。シーグマンドは、バタイユの言うように、「死とは生の更新の条件」(四二頁) であることにかすかに気づきはした。しかし彼は、「一応認めたこの「理性の」限界や必然性から逸脱している還元不可能な部分、至高の部分が、自分のなかにあるということもまた存在は知らなければならない」(バタイユ、四三頁) ことには思い至らなかったようだ。先に引いたバタイユの言葉を思い起こそう——「情熱は呪いをまぬがれるということはない。ただ、この『呪われた部分』こそ、人間の生のなかで、この上もなく豊饒な意味をもつものにあてられた唯一のものなのである」。情熱が生み出す「呪われた部分」こそ人間の中の「至高の部分」(パンゲの言う「人間というものの比類なき至上性」) だという認識、そしてその認識をもとに、情熱の、「生の讃歌」の帰結たる死を決然と受け止めること (笑みを浮かべて死んでいくヒースクリフを見よ)、シーグマンドにはここまで進むことはできなかったのである。

しかし、ではロレンスはこの作品で、このような死に至るシーグマンドを、そしてその原因となったヘレナを、強く非難あるいは批判しているかといえば、そうは思えない。寺田は、ヘレナに見られる「他者性の抹殺」(二一一頁)を、ゲーテの『親和力』や三島由紀夫の『美徳のよろめき』にも見出し、こう述べる。「しかし、それ[他者性の抹殺]は、精神と肉体との分裂において在る人間が、文化時代において陥り勝ちな自然の掟に背反する根源的な罪であり、生命的廉直性という人間存在の背骨を根底から打ち砕く極めて忌わしい行為であることに変わりはしない」(二一二頁)。まさにそのとおりであるが、問題は、ロレンスがこうした批判にどれだけ意識的に力を込めていたかということだ。これまで論じてきたことからもわかるように、ロレンスのこの作品での主眼は、主人公たちの「忌まわしさ」を暴くことよりはむしろ、エロスとアガペの相克に生きることを宿命づけられている人間のありようを描くことにあったと思われる。後の作品で強さを増してくる彼独特の、「宇宙的倫理性」とでもいったものは、ここではまだかすかにしか見えない。

結語

前にも述べたように、性愛としてのエロスを否定したヘレナは、だからといって決して自動的にアガペの側につくわけではない。アガペ原理が要請する「他者」を他者として容認することができないからだ。彼女にとって性欲をもつシーグマンドは忌まわしい存在でしかなく、夢の中で彼を理想化し、それを愛することで代替的な満足を得る。この独特の愛の形は、寺田が指摘するように「文化時代」、すなわちニーチェが「神の死」を宣告した後の時代である近代以降にとりわけ顕著になってきたものであるかもしれないが、正確には、トリスタン神話にその元型を有する古来のものであろう。理性を手に入れた人間は、情熱的・地上的愛にも、超越的・天上的愛にも安住できなくなったのである。『越境者』一編の、そして同じく「トリスタン神話」の系譜上につらなる多くの作品が明らかにするのは、まさにこの事態ではないか。シーグマンドもヘレナも、最初はフロイト的エロス原理に則って合一感に歓喜するが、すぐにそれが幻想であることに気づく。人間は、フロイトの言うような「世界との合一」から本質的に拒否されているのである（フロイト自身、晩年にはこうした合一感を「大洋感情」と呼び、自らの中にそれが存在することを否定するにいたる）。

近代においてますます加速するこうした事態の前では、ルージュモンが渾身の力をふるって唱えるアガペ原理復活の声は空しく響く。

ここにおいて、キリスト教的な愛、仁愛（これがアガペ）が等身大の姿で現れてくる。これは行為する人間の肯定である。そして、理想主義的な禁欲という毒物——ニーチェが不当にもキリスト教の責に帰しているもの——を、われわれの西欧世界にひろめたのは、エロスすなわち情熱的な愛、異端風の愛である。われわれの死の本能をたたえ、それを〈理想化〉しようと意図したのはエロスであって、アガペではない。

……

エロスは、われわれ被造物の終わりも限界もある条件の上に、生命を高揚させようとするから死の奴隷となる。こうして、われわれをして生命をあがめさせる衝動そのものが、われわれを生命の否定に追い込む。これがエロスの絶望、深刻な悲惨であり、エロスの表現不可能な自主権喪失である。アガペはこれを表現することによってエロスを解放する。アガペは地上のかりそめの生命が、あがめるにも殺すにも値し

ないものであり、むしろ「永生」に服従しながら、これを受容すべきものであることを知っている。(下、二八九―九〇頁)

ここでルージュモンが述べているのは、キリスト教の視点から見ればまったくの正論である。しかし彼が十分に理解していないのは、あるいは理解を拒否しているのは、「神の死」、「神の喪失」という出来事が、換言すれば「近代」という時代の出現という出来事が、いかに決定的で、しかも不可逆的であるかということだ。この事態を最も深く理解し、恐るべき勇気をもって言葉にしたのは、ニーチェその人であった。ルージュモンのニーチェ非難は必然的と言うほかない。

人間は、とりわけルネサンス以降、「被造物の終わりも限界もある条件の上に、生命を高揚させよう」としてきた。換言すれば、神に代わって宇宙の主人公に躍り出た、あるいはそう信じようとしてきた。そして数世紀かけて、この試みはほぼ「成功」した。人間はもはや神の監視のもとにびくびくして生きる必要はなくなった。ドストエフスキーの創造になるイワン・カラマーゾフはこう宣言する――

「おれは大調和なんぞほしくない。人類にたいするあまねき愛のために、おれはそんなものを欲しない。それよりもむしろ、贖われざる苦悩のままで終始したい。……おい、アリョシャ、おれは神そのものを認めないのではないんだぞ。ただ〈大調和〉の入場券を、謹んでお返しするだけなんだよ。」(『カラマーゾフの兄弟』2、二〇五頁)

この言葉に、アガペ原理を代表するアリョシャは、「それは謀反というものですよ！」（二〇五頁）と反論する。まさにそのとおりだ。これは神に対する人間の謀反だ。そして『カラマーゾフ』以降、主導権を握ったのはアリョシャではなくてイワンだったのである。かくして人間は「自由」になった。しかしこの「自由」こそが、人間が手にした獲得物の中で最大の背理であることが判明するのに、長い時間はかからなかった。ロレンスは人間の意識を「両刃の祝福」という見事な比喩で呼んでいるが、この「自由」にもまったく同じ比喩がふさわしい。『越境者』出版の数十年後には、『自由からの逃走』という書が世界で広く読まれるに至るのである。

＊　＊　＊

キリスト教世界となって久しいヨーロッパで、性愛としてのエロス追及は破綻する運命にあった。本来は隣人・他者との創造的行為としての「交わり」が起こる場である家庭で、シーグマンドはその「他者」を見失った。そうした「他者」として機能することを無意識に拒否する妻と対峙したシーグマンドは、エロス的場で、エロス的原理によってヘレナにそれを求めた。ヘレナはたしかにシーグマンドの根源的な欲求に応えなかった。あるいは応えられなかった。しかしそれは彼女の意志と決定というよりも、キリスト教世界そのものの意志と決定であった。キリスト教世界の要請によって無意識の内にシーグマンドのエロスを拒否したヘレナは、しかし、ベアトリスと同じくすでに、「他者」同士が「交わる」というアガペの原理に則って機能することもできなくなっていた。そしてこれもまた、ヘレナという個人の意志とか責任といった問題ではなく、キリスト教世界、それも、「神の死」の後の世界における本質的な問題の反映にすぎない。トリスタンはイズーとともに死んだ。シーグマンドはヘレナに拒絶されて一人で死んだ。ルージュモンの「エロスの弁証法」にしたがって行動し、その原理が導く果てまで行ったという点で両者はよく似た軌跡を描くが、希求した「神秘的合一《ユニオン》」の成就、ウェーバーの言う「『なんじ』の消滅と感じられるほどの共同感情」の共有という点で、両者は大きく隔たっているといわねばならない。

　神とのつながりという垂直の軸を失った人間は、自分たちが宇宙の主人であり、だからその生命は、「あがめるにも殺すにも値しないもの」でないどころか、それこそがもっとも尊いもの、「地球より重い」ものとさえ感じるようになった。そしてその結果として起こったのが「他者の不在化」である。ルージュモンは、神中心主義から人間中心主義へのこの変化が近代以降もたらしてきたあまりの混乱と悲惨に当惑し、おそらくは憤り、是が非でもアガペ原理を、キリスト教の理想を復活させようとした[7]。そしてこれが復活したときにのみ、「苦悩は応答によって癒され、郷愁は現存によって満たされ、感性的な幸福を求めることもなく、苦悩することもなくして、われわれの昼を受容することになる。そうなってこそ結婚は可能になる。われわれは二人して充足の中に浸れる」（下、三〇七頁）と考えた、いや、熱望したのである。『愛と西洋』という大著をしめくくるこの言葉は、どこかロレンス晩年の理想と、『チャタレー卿夫人の恋人』と重なってこないだろうか。その意味で晩年のロレンスは、少なくともロレンスの内部の「一部」は、ルージュモンがここで示している信念の近くにまで行くのかもしれない。しかしそれは後年のことだ。『越境者』執筆時の彼は、そうするにはあまりに強く死に、情熱の果てにある死に捉えられていた。物語の悲劇的な布置結構は、その必然的な帰結であった。

注

（1）彼はこう言っている。「そこで私は、この『トリスタン』を文学作品としてではなく、一つの特定な歴史集団における、男女関係の典型として取り上げようと思う」（上、三六頁）。

（2）ローズ・マリー・バーウェル編の「ロレンスの読書リスト」（*A D. H. Lawrence Handbook*. Ed. Keith Sagar. Manchester: Manchester UP, 1982）にはこの作品は見当たらないが、手紙などでの「トリスタン神話」への言及の多さから考えて、ロレンスが誰かの編になるこの物語を読んでいたのはほぼ間違いない。また、クロイドンに行ってからは、新しい友人たちの影響や観劇の機会の多さから、ヴァーグナーの作品に関心をもつようになる。彼の『トリスタンとイゾルデ』も見ており、次のような感想を述べている。「『トリスタン』は長く、弱々しく、いささかヒステリックで、統制も取れていないし迫力もない。正直、うんざりした」（*L1*, 140）。あるいは、「真の悲劇は……『トリスタン』の最終幕のごとき事態の異常性にあるのでもない」（*L1*, 419）。

『越境者』の中では頻繁に言及されている。第三章では、ロンドンからワイト島に向かうシーグマンドが、日常から離れた解放感から時間を超越した感覚をもち、それを「ロマンスであり、トリスタンへの帰還」（55）であると感じる。そのすぐ後では、聞こえてくる「霧笛」を不吉だと言って嫌がるシーグマンドに対して、ヘレナが、「あの音は海を越えてトリスタンを呼んでいる角笛の音みたいだわ」と言っている。また第二九章では、コーンウォールに行ったヘレナが、ヴァーグナーの『トリスタンとイゾルデ』の一部を口ずさんでいる。ワイト島から帰った直後にコーンウォールに行くというやや唐突な彼女の行動も、この作品と「トリスタン神話」との内的連関を考えれば理解できるのではないか。

『越境者』へのヴァーグナーの影響、ないしは両者の関係についてはいくつかの論考があるが、最も詳しく論じているものの一つはJ・L・ディガエタニであろう。彼はデラヴネやオールディントンを引用しつつ、ヴァーグナーとロレンスの美学および哲学の親近性、そして神話への強い関心という共通性を指摘する。主人公シーグマンドとヴァーグナーのトリスタンは「陰鬱で死を志向するパーソナリティ」(69)という点で同類で、またどちらの作品にも「光と闇の葛藤」(71)が見られるが、イメジャリーの使い方は異なっており、「水(海)の象徴的用法」(72)でも共通するものの、それが象徴するものは正反対だと言う。彼はさらに、言及されている部分と呼応する個所の楽譜まであげて論を続けているが、総じてあまり深い読みにはいたっていないように思われる。とりわけその結論で、「ロレンスの作品の中で、このもっとも明瞭にヴァーグナー的な作品においてさえ、その結末においては生(へ)の力が強調されている」(77)と述べているのを見ると、著者がこの作品の核心部分を見逃していると感じざるをえない。

日本の研究家では、吉村宏一がこの作品におけるヴァーグナーへの言及を、『ヴァルキューレ』や『トリスタンとイゾルデ』などの楽劇と関連させながら綿密に検討している(五―二八頁参照)。彼はここで、『越境者』とヴァーグナーの『トリスタンとイゾルデ』が、「愛と死までが一体となって受け入れられている」かどうかという点において「似て非なるもの」であるとし、シーグマンドとヘレナは「それぞれがその小さな自我の殻から出ようとはせず、それぞれの立場から相手を見つめるのみであって、その生と死が両者に共通のものとして捉えられることはない」(二七頁)と述べているが、妥当な論というべきだろう。ただ、次のような結論にはやや違和感を覚える――「ロレンスの場合、男と女とは別々の存在であり、それぞれ固有の生き方をしていくというのが、男女の愛を構築する前提となっている。それゆえに、相手の生をも自分の中にとりこんだり、また相手の死をも自己のものとして、共に死ぬということはありえないのである。この点は、『侵入者』においてすでに明確な形で提示されていて、『侵入者』における男女間の葛藤は『虹』や『恋する女たち』においていっそう深く多面的に描かれることになり、ロレンスの愛の哲学とも言うべきものが確立されていくのである」(二七―二八頁)。この『越境者』という作品は、例えば後に「星の均衡」という言葉に凝縮されるようになる思想を、たとえその萌芽においてさえ主題としたものとは考えにくい。男女が別々の存在であることはシーグマンド、ヘレナともに強く感じてはいるが、それは両者が「生と死を共有する」可能性となんら抵触しない。それを彼らに阻んだのは、本章で詳しく論じているように、両者が無意識の内に依って立つ原理の相克であったと思われる。

(3)ドストエフスキーは『カラマーゾフの兄弟』の中で、イワンにこう語らせる。「認識の世界全体をこぞっても、この哀れな女の子が彼女のいわゆる〈神ちゃま〉にたいして流した涙だけの値打ちもないだろうじゃないか!」(一九七頁)。そして「そんな[世界の]大調和なんてしろものは、あの悪臭にとざされた不潔な牢屋で、小さな拳でわれとわが胸を打ちながら、〈ああ、神ちゃま〉と祈った虐げられた女の子の、一滴の涙にさえ値いしないだろうからなあ」(二〇七頁)。ここでドストエフスキーは、イワンにキリスト教的理想を反駁させる根拠として子供の涙を使っているのだが、ロレンスがシーグマンドに「子供のように不幸だ」と言わせるとき、同様の意図がなかったであろうか。

(4)生松敬三はこう言っている。「……この対照的なエロスとアガペは、人間主義的解放の時期としてのルネサンスにおいては前者が、原始キリスト教精神の回復事業としての宗教改革においては後者が、それぞれ大きく登場してくることになったのである」（『世界宗教大事典』一二七二頁）。

（5）エロスとアガペの相克はマックス・ウェーバーにとっても大きな問題であった。「S・フロイトの弟子である、天才的な知性と心情の魅力をそなえた或る若い精神病医」［オットー・グロースのこと］が周りの者に大きな影響力を振るうのを目の当たりにした彼は、この相克について深く思いをいたす――「あらためて擁護されねばならぬこれらの〈無条件の〉理想の一つは、彼ら［ウェーバー夫妻］にとっては、愛の力とその固有の永遠の価値への信仰にもとづく夫婦生活というものであった。エロスの贈る高い人生の幸福は、共同生活、夫婦相互の責任、子供たちという厳しい課題を引き受ける心構えを代償として得られるのでなければならない」（マリアンネ・ウェーバー、二八三頁）。ウェーバーは、グロースの説く「性の共産主義」（「もし結婚がまず第一に妻と子供の扶養として成り立っているならば、愛はその陶酔を結婚生活の枠の外で味わうだろう」）は「一夫一婦制に対する冒瀆」で、「戦慄すべき重大な破壊的な罪科の気配を帯びていた」と感じながらも、しかし同時に、「若干の場合にはあの危険な理論も最も重大な葛藤からの最も〈ましな〉打開策を見つけるために肯定されねばならぬこと……を理解した。……実際彼らは、罪を犯すことによって自分を賭け、その罪を克服して行く人々の勇気に驚嘆せざるを得なかった」（マリアンネ・ウェーバー、二八五―六頁）と感じるほどに、この問題に対してはアンビヴァレントな態度を取るのである。

また、寺田建比古によれば、引用文で言及されているゲーテ自身、その『親和力』において、結婚の内側における情熱恋愛ともいうべきものを生々しく描いているという。寺田の次の言葉は、『越境者』の根底を流れる基調低音をしっかりとつかんでいる。「この作品［『親和力』］の根本主題は……『結婚による結合の永続性』をめぐる問題性という、極めてロレンス的なものである。親和力という、自然界においてはブランク（無記的）な化合現象が……人間的世界へと投射される時には、熟年期のゲーテの深い叡智を以ってしても如何とも為し得ない、絶望的な悲劇的運命の起動力となる。ゲーテはエードゥアルト夫婦の犯した罪を、例えばオイディプースのそれのような、自然的であると同時に文化的存在である人間に不可避的に随伴する深い宿命の一つとして捉えていたかにさえも見える」（二一一頁）。

（6）スタヴローギンは自殺の直前に手紙にこう書いた──「……しかし、私は自殺を恐れる、宏量を示すのが恐ろしいからだ。私はよくわかっている、それは虚偽なのだ、──無限な虚偽の連続における最後の虚偽なのだ。単に宏量の真似事をするためにみずからを欺いて、どれだけの益がある？　憤懣とかいうものは決して私の内部に存在し得ない。したがって、絶望というものもあり得ない」と。それでも彼は自殺する。『悪霊』という大作を締めくくるドストエフスキーの筆致は、自意識の人スタヴローギンのありようを鮮烈に語っていて、不気味でさえある。「ウリイ州の市民は、すぐ戸の向う側にぶらさがっていた。テーブルの上には、小さな紙きれが載っていて、『何人をも罪［ママ］するなかれ、余みずからのわざなり』と鉛筆で書いてあった。同じテーブルの上には、一挺の金槌と、石鹸のかけと、あらかじめ予備として用意したらしい、大きな釘が置いてあった。ニコライが自殺に使った丈夫な絹のひもは、まえから選択して用意したものらしく、一面にべっとりと石鹸が塗ってあった。すべてが前々からの覚悟と、最後の瞬間まで保たれた明確な意識とを語っていた。町の医師たちは死体解剖の後、精神錯乱の疑いを絶対に否定した」（三九〇─九三頁）。

一方、三島由紀夫は、自決の日と決めた一九七〇年一一月二五日を、最後の大作『豊饒の海』の第四巻『天人五衰』の擱筆の日とし、その最終稿を机上に残して家を出る。モーリス・パンゲは、『自死の日本史』という瞠目すべき著作の中でこう述べている——「日本人の行動にあっては、しばしば、死というこの究極の行為に、苦くはあっても、理性と熟慮にもとづく意思決定が結びついて」おり、「生きるための理由と死ぬための理由とが冷静に計られている」（一三頁）。自死に至る道筋をかくも見事に演出した三島の死を、パンゲが現代日本におけるその象徴的表現と考えたのはけだし当然であった。この膨大な著作の最末尾において、彼は三島の死についてこう述べる。「死が意志に向かって投げ続ける挑戦はあるいは眠り込み、忘れられるときがあるかも知れない。しかしこの挑戦が一つの状況に出会い目を覚ますとき、人の躓きとなるべき死という虚無がその鋭い刃をもって現われ、存在がその濃密な謎をもって立ち現れてくるだろう。そのときにこそ異常なまでに過激であった一つの行為が、みずからに死を与えることができる人間というものの比類なき至上性のもっともすぐれた例証となることであろう」（六〇五頁、傍点引用者）。シーグマンドの死は、このような「至上性」の例とはどうしても見なせない。彼は「鋭い刃」をもった虚無に、謎を秘めた存在に打ちのめされて死へと逃げ込んだのである。

（7）こうした当惑と憤りが極度に昂進すると、いわゆる「宗教的原理主義」が台頭してくるのは、近現代の歴史が証明するところである。

引用文献

ウェーバー、マックス「中間報告——宗教的現世拒否の段階と方向の理論」中村貞二訳、『世界の大思想II-7ウェーバー宗教・社会論集』河出書房新社、一九七二年。

ウェーバー、マリアンネ『マックス・ウェーバー』大久保和郎訳、みすず書房、一九八七年。

寺田建比古『「生けるコスモス」とヨーロッパ文明——D・H・ロレンスの本質と作品』、沖積舎、一九九七年。

ドストエフスキー『悪霊』4、米川正夫訳、岩波文庫、一九七四年。

——『カラマーゾフの兄弟』2、原久一郎訳、新潮文庫、一九六八年。

バタイユ、ジョルジュ『文学と悪』山本功訳、ちくま学芸文庫、一九九八年。

パンゲ、モーリス『自死の日本史』竹内信夫訳、ちくま学芸文庫、一九九二年。

ブラウン、N・O・『エロスとタナトス』秋山さと子訳、竹内書店、一九七〇年。

プラトン『饗宴』、鈴木照雄訳、『世界の名著』6、中央公論社、一九六六年。

ベディエ編『トリスタン・イズー物語』佐藤輝夫訳、岩波文庫、一九八五年。

山折哲雄監修『世界宗教大事典』平凡社、一九九一年。

吉村宏一「『侵入者』のワグナー的要素をめぐって」、『ロレンス研究——「侵入者」論集』、D・H・ロレンス研究会、一九七四年。

ルージュモン、ドニ・ド『愛について』上下、鈴木健郎、川村克己訳、平凡社、一九九三年。

DiGaetani, John Louis. *Richard Wagner and the Modern British Novel*. London: Associated University Presses, 1978.

Lawrence, D. H. *The Letters of D. H. Lawrence I*. Ed. J. T. Boulton. Cambridge: Cambridge UP, 1987. (*L*1)

———. *Phoenix*. Ed. Edward McDonald. Harmondsworth: Penguin, 1978. (*P*)

———. *The Trespasser*. Ed. Elizabeth Mansfield. London: Penguin, 1994.

第三部　霊性への超越

第九章　「四次元」のヴィジョン――『羽鱗の蛇』における二元論超克の試み

どんな生き物でも、その存在を充全に開花させ、生きている自己を獲得するならば、それ独自の無比の存在となる。それは、生存するものの天国ともいうべき四次元の世界に己の場を保持し、そこで全きものとして比較を超えた存在となる。(*PII, 47*)

一

『羽鱗の蛇』は、メキシコという「非西洋」を舞台にしている点で、ロレンスの他の長編とは明瞭な違いを生み出している。人間に可能な、しかしヨーロッパでは忘れ去られた新たな生の形態を求めて地球の半分を経めぐったロレンスは、ニューメキシコでコペルニクス的転回ともよべる体験をする。この体験を経た後で書かれたという点にこそ、『羽鱗の蛇』の最大の特徴がある。すなわち、『堕ちた女』、『アロンの杖』、『カンガルー』と、英国を離れ、放浪の旅を続けながら手探りで自分の真に求めるものを探り続けてきたロレンスは、ここニューメキシコに至ってはじめてそれを探り当てるのである。「これまで私が外部の世界から受け取った体験の中でも、ニューメキシコは最大の体験であったと思われる。たしかにそこでの体験以来、私は変わった」。ニューメキシコは、まず圧倒的、究極的な「美」として彼を打つ。そしてこの「美」は彼の世界観自体を変えるものであった。「ニューメキシコの壮大で猛々しい朝が来ると、ぱっと目が覚める。魂の新たな部分がむっくりと起きあがる。すると古い世界は退き、代わって新しい世界が到来する」(*P*, 142)。このような世界観の変更を迫る力の根元は、「純粋で威圧的な」光を放つ、「途方もない存在」である太陽であった。

この、言うなれば「美的衝撃」の底には、より強力な衝撃が潜んでいたが、それは「宗教的衝撃」と呼べるであろう。この衝撃は、「自分を打ちのめしてくれる宗教的感動を求めて、これまであちこちを見て回った」ロレンスを、十分に打ちのめした。彼の目には、「真に宗教的人間である赤色インディアンは、たぶん、宗教ということばの最も古い意味で、そして最も深い意味で、宗教的である」(*P*, 143-44) ように見えた。インディアンの宗教は「宏大な古い宗教であって、われわれの知っているどんな宗教よりも偉大であり、宗教そのものがあらわにむき出しのまま顕れている」。その宗教が、ロレンスが幼い頃から親しみ、ついには疑問を抱くに至った宗教、すなわちキリスト教と端的に異なっていたのは、そしてそれゆえ彼に強い感銘を与えたのは、そこに「神はいないし、神という観念も存在しない」という点であった。つまりインディアンにとっては「あらゆるものが神」なのだ。しかし、さらに重要な点は、それが、「われわれもよく知っている、『神はあらゆるところに、あらゆるものの中に、存在している』と唱えている汎神論などではない」こと、換言すれば、「最古の宗教においてはあらゆるものが生きていた。超自然的な形ではなく、自然のままに生きていた」という点こそ、何にもましてロレンスを引きつけたのである。「それは最古の宗教であり、万民に共通の宇宙宗教であって、特定の神や救世主、宗教体系に分裂していない状態のものである。それは神なる観念の存在する以前のものであり、それゆえ神を奉るあらゆる宗教よりも偉大で深遠である」(*P*, 146-47)。人間の生における宗教の重要性に早くから気づき、宗教の新たなる再生を夢見ていたロレンスは、しかし自らが生まれ落ちた西洋世界を支配するキリスト教には強い疑問を感じ、それはこの時までには非常に強くなっていた。そのロレンスの前に、彼の理想をほとんど具現化したような宗教が姿を現したのである。彼が歓喜したのも無理はない。このような宗教の実在を知った彼は、自らの理想が内包する真理をいっそう確信し、自分が次の作品において何を描くべきかについてもかなり明確なヴィジョンをもつに至ったのではあるまいか。そしてこの確信こそが、この作品の長所と短所を生み出した、というのが不適切ならば、少なくとも、この作品に対する賛否両論の大半を引き起こした原因ではないかと思われる。

ロレンスの作品の多くは、筆者が別のところで「物語的弁証法」と呼んだ彼独自の方法に則って進行する。[1]すなわち彼は、書くという行為を通して思惟を進め、思想を展開するという方法を取り、読者はしばしば、どこへ連れて行かれるかわからないというサスペンスと同時に、著者の思考の揺れをすべて共有させられるという感覚を味わう。これを作品の長所と見るか短所と見るかは読者によって異なろうが、しかし彼の思想に深い関心を抱く読者にとってさえも、このような手法は時として、あまりに反復が多く、晦渋であるという印象を与える。それに対してこの『羽鱗の蛇』では、主人公の心が誘引と反発の間を揺れ動き、それがパターン化して繰り返されるという形態は踏襲しているものの、プロットの展開はいつになく早く、かつきわめて劇的で、その点にかぎれば読者を飽きさせる心配はあまりない。読者は、作者が何を書こうとしているか、何を伝えたいと思っているかをかなり明瞭に感じ取ることができる。しかしそれと同時に、「ケツァルコアトル教」という、一部の読者には反発を覚えさせる「新興宗教」が現れ、主人公がそれにいやおうなく巻き込まれていくという展開、しかもきわめて血生臭い展開に、強引さを感じる読者もいるであろう。宗教運動の流れと、主人公ケイト・レズリーの魂の変遷との奇妙な「ずれ」をつとに指摘しているG・ハフなども、このような強引さを感じている一人である（135-36参照）。あるいは、この宗教運動の成功の鍵の一つになると思われるケイトとシプリアーノの結婚、そしてそれを成就するために彼らの間で行われる、一種秘教的な匂いのする特異な性行為に困惑する読者も多いことであろう。

これらはすべて、ロレンスのきわめて明確な目的意識の産物であるように思われる。すなわち彼は、人間が真に結びつくためには「万民に共通の宇宙宗教」が必要であり、そしてそのためには、人間が長い年月にわたってその中に束縛されてきた二元論という「軛」を脱しなければならぬ、ということを明確に意識し、その意図をこの『羽鱗の蛇』において、「四次元」のヴィジョンという形で具現化しようとしたのではあるまいか。以下、まずロレンスの二元論超克の試みを検討し、次に、彼のいわば「万教帰一的」な思想がどこまで説得力をもって提示されているかを論じ、そして最後に、主人公ケイトにとって、そして究極的にはロレンスにとって、メキシコ体験はいかなる意味をもっていたのかを考察してみたい。

二

そこには神秘的な二元性がある。つまり生命は自己分割するが、それでも生命そのものは分割不可能なのである。（*PII*, 229）

ロレンスの生命論と宇宙論を貫く最も根元的な思想が二元論であることはよく知られているが、実は彼の説く二元論は、一般に考えられているほどには確固不動のものではない。一九一九年に発表された「二大原理」から引いた上の文章は、二元的な見方に対する彼のアンビヴァレントな態度をよく表している。生命は自己分割するが、同時に生命そのものは分割不可能であるというのは明らかに自己撞着であるが、このような形でしか表現できないところに、ロレンスの二元論を解く鍵がある。

しかし、このようなアンビヴァレンスを表現している文章はむしろ少数で、彼の文章の大半は二元論を強く表明している。例えば同じ「二大原理」にはこうある。「この二元性はすべてのものを貫いており、あらゆる被造物の魂、自己、いや存在そのものにまであまねく行き渡っている」(*PII*, 233)。あるいは、「二大原理」とほぼ同じ頃、おそらく一九一八年の終わりに書かれた「民衆教育」ではこう述べている。「もしわれわれの意識が二元的であり、その活動も二元的であるのなら、もしわれわれ人間の活動が相反する二種類の活動から成り立っているのなら、なぜそれをごちゃまぜにして、わけの分からない一つのものにしようとするのか」(*P*, 655)。このような二元論の強調、宇宙とその中の被造物すべてを二元的に捉えようとする見方は、ロレンスの書いたものに一貫して見られる。しかし彼の二元論の真に注目すべき点は、彼がそれに対して、肯定的見方と否定的見方の入り混じったアンビヴァレントな態度をとっていることである。

肯定的見方の根底には、互いに相容れない二元的なものの対立こそが生であるという、ブレイクにも通じるロレンスの力動的な生命観がある。[2]「王冠」で繰り広げられるあのよく知られたテーゼ、すなわち「対立するものの闘いこそが神聖なのだ」(*P*, 374)という彼の信念がある。この闘いは神聖なだけではなく、われわれの生存そのものを支える土台だとさえ言う。

この闘いには休息もなければ終わりもない。なぜなら、この闘いはわれわれが生まれながらにもっている内なる対立の結果生じたものだからだ。この対立を取り除けば破滅が訪れ、われわれは突如として粉々に砕け散って宇宙の無の中へ四散してしまうであろう。(368)

こうした考えは一見きわめて首尾一貫しているように思われるが、これに次のような文を絡めあわせてみるとどうだろう。

今日人間は二元論という考えをひどく嫌う。しかしそれは良くない。われわれは実際二元的だからだ。十字架だ。もしこのシンボルを受け入れるなら、われわれは実質的に事実を受け入れたことになる。われわれは自分の内部で引き裂かれている、という事実をである。(*SCAL*, 83)

これは一九二三年に書かれた『アメリカ古典文学研究』にある言葉だが、ここからは、すでに不気味な不協和音が響いてくる。対立するものの闘いが神聖だとしながら、その対立は、われわれの中で本来は一つであったものが分裂した結果生じたものであることをも認めているのである。この分裂の過程を彼は「個人意識と社会意識」の中で見事に描いている。

いかなる個人でも、自分自身が個人として孤立しているのに気づくと、即座にその人は自分とは無関係に外界に存在しているものに気づく。そして自分の有限なることを意識する。すなわち、その人の魂は二つに分裂し、主観的な実在と客観的な実在とに分かれる。こういうことが起こると、自分以外のあらゆるものと生ける連続体となっていた原初の全一なる私は崩壊し、窓から自分自身ではない実在を見つめている私になる。現代人の意識は、幼い子供の時からこんな状態になっているのである。(*P*, 761)

ロレンスは明らかに、「原初」には人間は「自分以外のあらゆるものと生ける連続体となっていた全一なる私」が存在していたと考えている。その一例は、この「宇宙と一体となった生ける連続体」とは、『あなた』または『それ』は『私』との連続体である――目と鼻のように異なってはいるが分離してはいないもの――と感知すること」であり、これが「個人の原初的というか、原始的というか、あるいは根本的ともいうべき意識であり、『無垢あるいは純真』の状態なのである」(*P*, 761-62) という言葉に見られよう。

以上のことを考え合わせれば、ロレンスが直面していたディレンマは明らかとなろう。彼は、二元性は宇宙とその中の生命を支配する大原理だと言いながらも、同時に、その二元性を超えた原初の、あるいは究極の統合を強く希求していたのである。「私の内なる二つの自己は分裂して互いに相反していた。男の子も女の子も自らに敵対して分裂している。国民もそうなのだ。なんと悲惨な状態であろう」(*PII*, 568) という、晩年に書かれた「怯懦の状況」に見られる言葉は、彼のこのディレンマの率直な表現であろう。「人間の運命」(一九二四年)というエッセイにおいては、ロレンスはさらに一層率直である。

われわれは、自分の運命を受け入れようではないか。人間は精神をもっている限り、本能によって生きることはできないのだ。……人間は精神と観念をもっているのだから、無邪気さやナイーヴな自然体などをあこがれ求めても、それは実に幼稚な欲求だと言える。……
……
感情はそれだけではただの厄介ものである。精神もそれだけでは不毛なものであって、何一つ実を結ばせることはない。それではどうしたらよいだろう。それら二つのものを結婚させねばならぬ。(*PII*, 624-25)

「相対立するものの結婚」——これこそはロレンスの二元論の底に流れる、絶えることのない底流であった。惜しむらくは、彼の二元論を説く声があまりに強いために、この底流は読者に見過ごされがちであったばかりか、彼自身も意識的に作品化したことはあまりなかった。それゆえ、先に見たように、それはディレンマの表白という形で表わされることが多かった。しかし、『虹』と『恋する女たち』として独立することになる作品に『結婚指輪』というタイトルをつけていたことに端的に見られるように、「相対立するものの結婚」は、無意識的にであれ、常に彼の念頭にあったと考えていいだろう。

彼がこうした考えをかなり早くからもっていたことを示す例が、『虹』のアナとウィルの結婚式の場面におけるトムのスピーチである。ここでトムは、「男の魂と女の魂が一つに結ばれると、それが天使を生む」と言い、さらには「肉体と魂は同じもんだ」(129)と言う。ここでの「天使」が、次の引用に出てくる「聖霊」と同じ役割を果たしているのは明かであろう。すなわち、『虹』や「王冠」とほぼ同時代の一九一四年に書かれた「トマス・ハーディ研究」の中に見られる以下のような言葉である。

法と愛という二大原理がお互い努力しあわなければ、何も創造されない、創造自体が不可能だ。

……

今、人間に残された課題は、法と愛という二大原理を世々代々生かしめるもの、つまりその創造者であり、調停者である聖霊を認識し、探求することである。

……

今やるべきことは、真の均衡を求めること、つまりおのおのの側、アポロンと復讐の女神たち、愛と法に本来の持ち分を与え、そして両者を和解させるものを捜し求めることである。(*P*, 513-14)

このように、ロレンスの思想の背後には、相争うもの同士を結婚させるという考えが一貫して流れていた。ではなぜこの主張がもっと直接になされなかったか。それはおそらく彼の特異な「結婚」観のゆえであろう。すなわち、互いが互いを呑み込むことなく、また相手の中に自己を没入させることもなく、比喩的に言えば常に「闘う」ことによってしかその真の姿を維持できないようなダイナミックな関係のみが真の「結婚」であるとする彼の考えを、「結婚」という言葉から容易に連想される、いわば「もたれあい的」な結合と峻別したいと考えたからであろう。

前にも述べたように、『羽鱗の蛇』は、ロレンスの行った二元論超克の最大の、少なくともフィクションにおいては最大の試みであると思われるが、その検討に入る前に、同様の試みが尖鋭に表れている箇所を、もう少しエッセイから引用しておきたい。一つは一九二五年に発表された「ヤマアラシの死をめぐっての随想」に出てくるものである。「生存しているものはすべて二元的であり、うねりのごとく盛り上がり、それ固有の存在を達成しようとする。冠毛の小さな傘をつけて漂っているタンポポの種子の中に、聖霊がちんまりと座っている。聖霊は、光と闇、昼と夜、雨と陽を融合させ、一本の糸で結び付けている」(*RDP*, 359)。ここで注目すべきは、生きとし生けるものがそれ固有の「存在」を達成しようとするならば、そこには「聖霊」の働きが不可欠だとしていることである。すなわち二元的な生存物は、第三の力ともいうべき「聖霊」のもつ「結び付ける」力によって固有の「存在」を獲得するというのだ。同じエッセイでロレンスは「生命の法則」について語っているが、その第四法則はこうだ。

四、生きている生存物の場合、活力を手に入れる基本的なやり方は、自分たちよりも下位の生き物から活力を吸収するやり方である。……(他のものを吸収するにはいろいろなやり方がある。食物としてむさぼり食うのも一つの方法であるし、愛によって相手を吸収する場合もけっこう多い。最上の方法は相手との間に至純なる関係を作り上げることである。その場合、関係を作り上げている両者は、時空を超えた四次元において己の存在を確固として保持しながらも、両者をつなぐ生きた流れの中で交互に行きかい、それぞれの内にある生命を増大させるのである。)(359)

ここでは論旨はさらに明快である。「四次元」とは、「活力の究極の源」である「別種の次元、別種の領域」、「これまで天国と呼ばれてきた」ものであり、「時間と空間の観点からでは捉えられない世界を表す一つの言い方」(358)だとするロレンスの言葉を考え合わせるならば、次のように言えるだろう。すなわち、関係を作り上げる両者は、その二者が立っている次元とは別の、より高次の次元からやってくる活力を得てはじめて真の関係を樹立することができるのである。

このことは、先に引いた「ハーディ研究」の別の箇所を見ればいっそう明らかになる。

……男と女は、性器の結合、ほとんど統合といってもよいものから始まって、感情と精神に向かって旅を続けるうちに、両者、雄と雌とのあいだにはますます大きな違いと微妙な区別が生じ、ついにその円環が閉じるとき、そこから生まれる発言は純粋なものとなり、そこで両者は再び真に一体となる。したがって、純粋な発言はどれも完璧な統合体であり、聖霊によって結ばれた二者合一の姿である。(*P*, 514-15)

違うものがその違いを究極まで際だたせ、それによって自らの円環を閉じる時、はじめて両者には合一に向かう準備が整う。言葉を換えれば、「自らの存在の自然法」を「畏敬の念をもって」(515) 知った男女のみが、両者の間に「聖霊」を生みだすことができ、そしてこのような合一を達成できるのである。

二者の二元的対立を超えたところにはじめて真の存在が誕生する――これは、広く知られているロレンスの二元論的哲学とはかなり趣を異にするものではあるが、すでに述べたように、彼が二元論的言説を吐く裏には、常にこの二元論を超えようとする意志が潜んでいると見るべきである。いや、彼が常にそうはっきりと意識していたとは言うまい。しかし彼の言葉を注意深く探ってみるならば、彼が二元論的対立を存在の最高の形態と考えていなかったことが見て取れる。ロレンスのこの考えが最も美しく表現されたのが「平安の実相」である。

宇宙における第一法則が二元的な誘引と反発、すなわち二極性の法則であるとしたら、平安はどこにあるのだろう。……

では一体平安はどこにあるのか。それは、二元性と二極性が超越されて融合が起こる時の完璧な成就の内にこそある。……

私をまるで種のように内蔵している闇、そして種の中にあるのと同様私の中にも内蔵されている光、この二つが無限の源泉から私に向かってやってくる時、そして両者が出会い、抱擁しあいながら完全なる接吻をかわし、私を挟んで全面的に相争う時、そしてこの両者が私の中で泡立ち、どこまでも強まっていく融合の中に溶け去って、ついに一なるものへと解放されるとき、存在のバラは私の有限性の茂みの上に花咲き、そして私は平安を得る。

……

……「私は存在する」と「私は存在しない」が一つになる。その時突如として私は二元性から抜け出て、成就の純粋なる美の中に滑り込む。そして妙なる平安のバラになるのである。(*RDP*, 50-52)

きわめて詩的な表現の中に、彼の目指す方向がくっきりと表れている。正常な形で行われた対立[3]が極点に達すると、対立する両者は突如融合し、両者の立っている次元あるいはレベル自体が変化し、「一なるものへと解放される」。そのとき初めて真の存在が生まれ、そこから生の美が立ち現れる。そしてこれを実現させるのが「聖霊」に象徴される高次の力なのである。

『羽鱗の蛇』では「聖霊」という言葉はあまり見られないが、これに代わる象徴は数多くみられる。最も重要な象徴は、いうまでもなく、「鳥」と「蛇」とをより高次の次元で統合した「羽鱗をもつ蛇[4]」である。これはトルテク族およびアステク族の主神たる「ケツァルコアトル」をモデルにしたものだが、最初にこの存在を知ったとき、ロレンスはこの「神」が内に秘める象徴的意味の深さに打たれたに違いない。二元論的対立を「四次元」で統合する象徴としてこれほど適切なものはまたと見つからなかったであろう[5]。それが、あの決定的な精神的変容を彼に強いたニューメキシコの父祖の地たるメキシコで見出されたのである。

いま一つの重要な象徴は、「昼」と「夜」の対立を止揚し、統合するものとしての「明けの明星」あるいは「宵の明星」であり、それとパラレルの関係にある「太陽（光）」—「闇」—「薄明」という三つ組である。そのヴァリエーションである「天（稲妻）」—「大地（地震）」—「明けの明星」（199）も同じく、いわば宇宙的三つ組とでもいえようが、この「三位一体」的表現はこれにとどまらない。「ラモン」—「シプリアーノ」—「ケイト」、そのおのおのが神格化された「ケツァルコアトル」—「ウィチロポチトリ」—「マリンツィ」、あるいは「霊」—「血」—「神秘なる星」などもすべて同じ関係を表している[6]。

すでに述べてきたことを考え合わせれば、これらの三つ組でロレンスが何を表したかったのかは明瞭となろう。それぞれの三つ組みの前二者はまったく異なる本質をもち、それゆえ対立した状態にある[7]。これがラモンが「男たちはまだ全き男ではなく、女もそうではない。皆半分で、統合されてはいない」（209）という言葉で伝えようとしたものである。すなわち「知的意識」と「血の意識」とが内部で分裂したままの人間の謂である。

してみると、これらは単なる三つ組ではなく、一種の「三位一体」を構成していると考えたほうがいいだろう。すなわち、第三の存在は前二者の統合者として現われるのであるが、それは前二者が第三の存在の中に融解するのではなく、それぞれの本性を保ちつつ、それ本来の力を最大限に発揮し、刺激を与え合うという形で対立するという、きわめて力動的な関係を樹立することによって第三の存在を生み出す（ちょうどアウグスティヌスが『三位一体論』の中で、聖霊は「父と子より（ex patre filioque）」発出すると述べたように）とも言えるし、また同時に、第三の存在が現出して初めて、第一と第二の存在はその本来的な機能を果たせるようになるとも言えよう。いずれにせよ、この三者は有機的に不可分の関係を成している。

三

主人公ケイト・レズリーは、このような関係を内に欠いた者としてのみでなく、自らの四〇年の人生の中でそれがいかに欠如していたかを痛感する者として登場する。

彼女は四〇歳になった。人生の前半は終わったのだ。花や愛、それに十字架の道行きが書き込まれたまばゆく輝くページはその墓標とともに閉じられた。今や彼女は新しいページをめくらねばならないが、そのページは真っ黒に塗りつぶされているのだ。……これほど底しれず黒いページに一体何が書けるというのか。（50-51）

人生に倦み疲れ、将来がまったく見えない彼女は、こうして「ほとんど宿命ともいうべき」地に、すなわち「とぐろを巻く巨大な蛇のように重くのしかかってくるもの」（24）として彼女の前に横たわっているメキシコにやってくる。そして彼女の予感は的中する。巨大な蛇の化身たるドン・ラモンとシプリアーノ、そして彼らをとりまく、ケイトの理知では理解できないメキシコ人たちは、常に彼女に変容を迫るべく、「重くのしかかってくる」。彼らに対する主人公ケイトの「誘引」と「反発」の繰り返しが、ロレンスの他の長編と同じく、この作品でもその基調低音を成しているが、その振幅が「彼ら」の方に大きく揺れるとき、彼女は心理的変容を経験する。しかしその経験は必ず反動を伴い、振り子は反対の極へと揺れ戻る。このような振幅がだんだんと狭くなり、最後には揺れの中央で止まりそうになるのだが、ぴたりと止まったかどうかの判断はきわめて微妙である。その考察は後に回すとして、ここでは、彼女のそのような変容の過程をたどりつつ、そこでロレンス流の「三位一体論」がどのように展開されているかを見ることにしよう。

メキシコ・シティで強烈な闘牛の洗礼を受けたケイトは、ラモンの誘いを受けてサユラ湖にやってくる。二人の船頭の操る船に揺られる彼女は、自分の来し方、行く末をぼんやりと瞑想する。ヨーロッパへ帰ることも考えるが、「魔法が消え去ってしまった」(103)場所へは帰る気にはなれない。「私に神秘を下さい、そして世界が私にとってもう一度生き生きしたものになりますように! ケイトはおのが魂に向かって叫んだ。そして私を人間の機械性からお救いください」(105)。「機械性」とは人間の中で二元性が盲目的に対立しあっている状態、いわゆる「出口なし」の状態である。盲目的とはすなわち、自らの二元性に、その「二元」が何であるかに気づいていない状態であり、このような対立からは決して「王冠」で述べられているようなダイナミックな均衡は生じない。ここから生まれるのはむしろ、例えば『虹』のアナとウィルの間で交わされる泥沼的な闘争である。そして、この二者が有機的に統合された状態こそケイトの言う「魔法」であり、「神秘」であり、また「驚異の念」(103)をかき立てるものなのだ。むろんこの「魔法」は彼女の前半生にもありはしなかった。そのようなものの存在にすら気づかず、四〇年間生の表面を流れてきた。が、ここに至って彼女は、ヨーロッパにも自分の中にもそれが欠如していることを痛感する。

この国では彼女は恐怖を感じた。だが恐怖を感じるのは、肉体よりもむしろ魂であった。今にして初めて彼女は、いかなる幻に苦しめられてきたのかを、宿命のごとく決定的に悟ったのだ。これまで、人間はみな完全な自己をもっている、完全な魂、完成された「私」をもっていると考えていた。それが今や、まるで自分が新しい人間に変容したかのように明瞭に、そうではないことに気づいたのである。男も女も、いい加減に寄せ集められた断片でつくられた不完全な自己しかもっていない。人間は完成品として創造されたのではない。今日の男たちは未完成、女たちも未完成だ。ある程度の規則性をもって生存し活動してはいるが、しばしば矛盾だらけの絶望的な混乱に陥る動物なのである。

……

より完成した存在、あるいは実体に到達する責任を回避するために、昆虫のような集団的意志をもっている。いっそう純粋な自己を完成するよう促されることに対する狂気のような憎悪。統合されていない生に対する病的な狂信。(105-6)

人間の内的現実をこのように看破した彼女は、進むべき方向を確信する。自分の中の「断片」が勝手にうごめきまわる機械性を脱し、統合した自己を、「私」を完成すること。そして、まさにこの方向へと彼女を促すのが、ドン・ラモンでありシプリアーノであった。この確信はこの後何度も大きな懐疑を経るのだが、この場面で注目すべきは、たとえ一時的なものとはいえ、この認識を経験した彼女が、「大いなる息吹き」などという、普段とは違う言葉遣いをしている自分に気づくことである。そしてこのような状態を「憂欝と荒廃」と感じ、それがために、「大気の中のこの『別種の息吹き』や、大地の中の青みがかった神秘的な力が、突然、いわゆる現実よりももっと現実的なものになった」(108-9)と感じることである。一時的にこのような高揚した(一時的に「四次元」に近づいた、あるいは入った、と言ってもいい)意識をもった彼女は、「強く照りつける太陽の背後から、より深い太陽の神秘的な目が自分を見つめている」(109)と感じる。

ロレンスが、人間の変容した意識が見るものの象徴として「暗い太陽」を使うことはよく知られているが[8]、事実、これに続く章、「広場」では、ある老人が人々に向かって「暗い太陽」のことを述べる。しかしここでは、この「暗い太陽」は「主なる太陽」(124)とも呼ばれ、「父」と同一視されている。そしてこの太陽こそが、年老い、活力を失ったケツァルコアトルをメキシコの大地から天空へ引き上げ、代わりに「十字架の上で死んだ神」イエスを連れきたったのである。しかし今ではこのイエスも疲れはて、父のもとに還ろうとしている。それに代わって再びこの地に戻ってこようとしているのが、今は「明けの明星」に身を変えているケツァルコアトルであった。

この老人の演説は、後に触れる、ロレンスの「万民に共通の宇宙宗教」の思想の根幹となるものであるが、ここではもう少しケイトの変化を追ってみよう。この「広場」の章は物語前半のケイトの認識の変化の頂点を示している。彼女は、何かを待つかのように円形になって広場にじっと座っている男たちを見て、引きつけられると同時に反発を覚える。

しかし、ここに、ここだけに、生命が奥深く新しい炎をあげて燃えているように思えた。ここにある以外の生命は、彼女の知る限り、弱々しく、青白く、生気がないように思われた。彼女の世界の蒼ざめた弱々しさと陰欝さ！そしてここ、永遠の炎の核心のように、輝く松明に照らされて浅黒く赤らんだ男たちの姿、これこそ新しい人類の発火点にちがいない！

　そうであることを彼女は知っていた。しかしそれでもなお、彼らに触れないように外側にいたかった。実際に接触するのは耐えられなかったのだ。（122）


前述のように、主人公の内部でのこうした誘引と反発は、ほとんどパターン化してロレンスの長編の多くに見られる。血の意識が「知る」ものを、古い自我にしがみつく知的意識が拒否するというパターンである。ここでもそのパターンは踏襲されているが、この章は珍しく強い誘引で幕を閉じている。

　太鼓に合わせて歌が始まると、ケイトの意識はもう一度強烈な変容を迫られる。その、彼女の耳にはほとんど音楽とも思えない音は、しかし彼女の魂にまっすぐ入り込んでくる。いや、それは「彼女の」魂ではなく、「人類という家族が集まって直接触れ合える唯一の場所、あらゆる人間のもつはるか古代からの永遠の魂」（126）であった。ユングの「集合無意識」を連想させるこの体験は重要である。このときケイトの中の二元性、知的意識と血の意識との対立は昇華され、彼女は一時的に「四次元」に入るわけだが、ここで見落としてはならないのは、二元論の超克がすなわち個我主義の超克ともなっていることである。「リズムも情緒もない」原始的な音の中で、自分の個我を取り囲み、それを必死で守っている壁が崩れさるのをケイトは感じる。自他の区別の消失、いわゆる「神秘的没入（participation mystique）」が生じる。

　この感覚は、踊りの渦に巻き込まれたケイトの中ではいっそう増幅する。

緩やかに回転する誕生期の生命の海原で、彼女は自分の性と女性性がとらえられ、同化されて、その上に男たちの暗い空がおおいかぶさり、旋回しているのを感じた。彼女は彼女自身ではなく、消え失せてしまい、彼女の欲情は大いなる欲情の大海へと没入してしまった。……

……彼女自身は大我に没入し、その女性性は大いなる女性性の中で成就された。(131)

彼女の血が感得したこの「神秘的没入」、いうなれば「メキシコ的認識」は、たえず古い知的意識、あるいは「ヨーロッパ的認識」の抵抗にあい、両者の間で彼女は揺れ続ける。そのような振幅の中で、彼女の認識は緩やかに移行し、しだいに「四次元」的認識に近づくのだが、次に物語の広範囲におけるその過程を見ることによって、彼女の変化がどこまで進んだのかを考えてみよう。

「ケツァルコアトルによる結婚」の章で、ケイトは、ケツァルコアトルとなったラモンの祭式でシプリアーノと結婚する。結婚の場所となるラモンの家に向かう車の中で、彼女はシプリアーノが発する重苦しいような「意志」の力、「彼の血が発する暗く重い振動」を感じ、「至高の男根的神秘」(310)が天空に向かって立ち上がり、天頂を貫くのを見る。この後も、「パン神の力」、「悪魔の力」、「暗いオーラ」、「主人」、「永遠なるパン神」などの言葉が続き、ついには彼を「悪魔的恋人」(312)と認識するに至る。彼女が彼の魔力にとらえられた、すなわちその変容した意識の状態は、「絶対的服従」、「至高の受容性」、「受容性の神秘」、「なんという放棄」などの言葉で表現されているが、注目したいのは、彼女のこのような受容性を「薄明の下の大地のよう」(311)と形容していることである。光と闇の間、それらを調和、融合させるものとして、そのどちらの要素ももちながら、しかもどちらにも属さない存在としての「薄明」の力の下にあるケイト。

そのような「四次元」的状態に入ったケイトにとって、いつもなら重圧としか感じられない男の「意志」もむしろ好ましいものに思われる。ラモンからイツパパロトルの女神になるよう誘われたケイトは、その知的意識によって「恥ずかしくて死んでしまう」と答えながらも、同時に彼女の血の意識は、彼の「奇妙な定言命令」を「彼方からの使者」(316)の声のように聞くのである。

そんな状態にある彼女は、自分にとって自分自身が「とらえどころがなくなっている」ことに気づいて愕然とする。シプリアーノはほとんど口を開かないが、時折発する言葉は「人々が通常まとう奇妙な柔らかいヴェイル」をまとっておらず、彼女の中の「第三の人格」(321)に向かってまっすぐにやってくる。ケイトが、それまで自分の中で無意識のうちに対立していた、知的意識と血の意識とで代表される二つのいわば「人格」のほかに、「第三の人格」が存在することに気づいたのは重要な発見といわねばならない。すなわちこの発見によって、彼女は自分の中に統合的原理があることに気づくのである。しかしこの「第三の人格」は以前から彼女の中に存在していたというよりは、シプリアーノという「悪魔的恋人」の「暗いオーラ」の中で、二元的対立が一時的にであれ止揚された結果生まれたものと見る方がよいであろう。結婚の儀式を通して彼女が感じるのも、自分の魂、あるいは存在そのものの「捉えどころのなさ」であり、しかもそれに「すばらしい」という、通常であればそぐわない形容詞をつけることによって、ロレンスはケイトの意識がはっきりと変容し、自分をまったく新たな目でみるようになったことを巧みに表現している。それに加えてロレンスはここでも、「三位一体」的な場の雰囲気を生み出している。すなわち、結婚の誓いの言葉としてラモンはケイトに、「この男は天から降ってくる私の雨である」と、そしてシプリアーノに「この女は私の大地である」と言わせることにより、雨としてのシプリアーノが大地であるケイトを天と結び付ける、つまり異質なものの統合という調和的な関係を示唆している。

ケツァルコアトルの教会を開く儀式が終わり、家に帰ったケイトは、自分が「魔法にかけられている」ことは認めるが、それでも自分は「完全に言いなりになっている」わけではないと感じ、「魂の片隅では反発とかすかな嘔吐感」(387) さえ覚える。そしてこのメキシコ、いやアメリカの地では、常に「仮借ない意志」がすべてを支配していることを強く嫌悪する。しかし瞑想が深まり、前夫ジョアキムのことを思い浮かべるうちに、思いは徐々に変わってくる。「メキシコの大地から火山の噴火のように吹き出してくる、黒くて壮大な意志の誇りは、彼［ジョアキム］には未知のものであった。彼は、白い自己犠牲の神々の一人であった。だから彼女は苦しんだのだ」(388)。彼女は再び、このメキシコ的意志を肯定し、シプリアーノが彼女に投げかける魔法を受け入れる。自分は男と「相互的な」関係を構成する単なる片割れではない、「自己という小さな星をもっている」という考えは、シプリアーノのそれに対する拒絶を思うとき、次第に変化していく。「孤立した個人としては、彼女の存在意義はほとんど、あるいはまったくない。……相互的になるまでは、彼女は真の存在になれないのだ」(388)。この認識は、『恋する女たち』で展開された「星の均衡」を一歩進めたものと見ることができる。「自己という小さな星」の役割は、ここではかなりの程度減少し、「相互性」に完全に力点が移っている。

しかしこれでケイトの疑念が去ったわけではない。それどころか彼女は、シプリアーノは彼女をそのような相互的関係を完成するための道具とし、決して手放しはしないだろうと考える。(この部分は明らかに物語の最後の彼女の言葉の伏線をなしている。) しかしまた思いは逆転して、ラモンの説く「明けの明星」——彼女とシプリアーノの両者のものであり、またどちらのものでもない「奇妙な第三の存在」(389)——が二人の間に生まれるのを信じたい気持ちになる。

ところが、「明けの明星」を認めることは、それまで彼女が信じてきた「個我主義」、自己を支える根底と信じてきた個我という概念そのものを覆すことになる。「これが人間がこれまで主張してきた個我性に対する最終的な解答なのか?」「個我とは結局幻想にすぎないのか?」という自問に、彼女は明確な答を与えることができない。理由は明瞭だ。「それはこれまでしたこともないような服従を意味した。彼女の個我の死を意味した。あまりに多くを、彼女の基盤そのものまでをも放棄することを意味していたのだ。というのも、これまで彼女は心から、男も女も同様に個我という土台の上に成り立っていると信じていたからだ」(390)。それでもケイトは思いを巡らせ、すべて断片である人間は、唯一の包括的なものである「明けの明星」が二人の間に、そして多くの人間の間に立ち昇るのを受け入れることによってしか、統合された真の存在になることはできないと考える。ここで彼女はなぜか、シプリアーノが行なった処刑の場面を思い出す。そして自分がその処刑のナイフの鞘になるべきなのだろうかと考えるところで彼女の瞑想は終わるが、この瞑想は重要である。というのも、ここで彼女は、男は「暗い、矢のような意志」であり、女は「その矢が放たれる弓」であるという考え、すなわち受動的役割の積極的意義を、無意識のうちに受け入れたと考えられるからである。この瞑想には、ケイトがメキシコに来て以来繰り返してきた思惟がすべて集約的に反復されている。しかしそれでも、彼女の疑念はまだすべて消え去ったわけではない。四〇年の間彼女を縛ってきた知的意識、ヨーロッパ的な個我主義的認識法は、いまだ根強く彼女の核をつかんではなさない。

カルロータの死後、新たにラモンの妻となるテレーサとの会話にもそれはうかがえる。男の意志を受け入れ、男への内的な服従の中に究極的な平安を見るテレーサに、ケイトは「でも人間は自分自身の生を生きる方がいいに決まってるわ」(409)と言う。白人女性としてのケイトを多少恐れているテレーサも、「本質的な女性としてはまったく恐れていなかった」。テレーサは、これまでの白人女性がメキシコ人女性を「劣ったもの」(411)として扱かってきたのと同じ態度をケイトの内に認め、これを断固拒否しようとする。そしてたしかにケイトの中にも、このような態度は無意識的にであれ残っていた。「ケイトはこのテレーサという小さな浮浪者から教えを垂れてもらう気はなかった」(410)からである。このような彼女にとって、シプリアーノとの結婚も、「一風変わった、束の間のもの」に思える。そして「シプリアーノがいないときには、ケイトは古い個我的な自己に戻っていた」(411)のである。

第二六章「ケイトは妻になる」の冒頭でも、彼女の瞑想は続く。「人間の生の新たな概念」は、「血と脊柱から生まれる古代からの意識を、白人が現在もっている知的、精神的意識と融合させることから生まれるであろう」(415)と、弁証法的に、あるいは「三位一体的」に考える。だが彼女の中ではこの融合は容易に起こらない。「血は一つである。われわれはみな一つの血の流れなのだ」という気持ちと、「私の血は私のものだ。我に触れるなかれ」(433)という二つの気持ちがぶつかり合い、その間を彼女は揺れ続ける。ラモンと彼に従う男たちとの関係は、両者の単なる融合ではなく、ラモンの中にある「神秘的な星」が「普遍的な血と、精神の普遍的な息吹とを統合する」(434)結果生まれるのだということはよくわかっているのだが、それでも彼女の心は決まらない。

ケイトの心が強くラモン、あるいはシプリアーノの側に傾くのは、この章における一種秘儀的な性行為の後である。これについては別のところで詳しく論じたので[9]、ここでは要点だけを述べるにとどめるが、この場で行われているのは、オルダス・ハクスリーも指摘しているように、射精を伴わない性交、すなわち "coitus reservatus"、あるいは「カレッツァ」と呼ばれるものであろう。[10]「泡から生まれたアフロディテ」という象徴的な比喩で表されているのは、「摩擦的、電気的な女性のエクスタシー」、L・D・クラークの注によれば「クリトリス的オーガズム」(478)ということになる。これこそケイトが「満足」と呼んでいたものであり、またこれを与えてくれるがためにジョアキムを愛していたのである。この種の快感をすべて拒否するシプリアーノに、初めは失望していたが、徐々に、自分はそんなものを求めてはいなかったことに気づくようになる。

しかしここで実際にどのようなことが起こったのかについては、作者は「暗く、言葉にできない」(422)としか述べていない。[11]ともかくそれは、「完全に知ることとよく似た、最後のけいれんから生まれる白いエクスタシー」とは非常に違う何かである。この行為の中で、彼女は彼を「知る」ことはできない。「親密さ」を拒否された彼女が彼に感じるのは「非人格的な存在」であり、彼女は自分が彼の「オーラ」の中にいることを知る。このような意識状態に連れ込まれた彼女は、二人の間に「知性を介さない血の交流」(423)が生まれたことを確信する。そしてこの確信は、シプリアーノが去っても消えることはない。彼が行った後も、彼女は彼の「存在」を感じ続け、もはや以前のように彼を「知ろう」とすることはない。そして、「私は本当にテレーサのようになったわ」(424)とつぶやくのである。

彼が去った後、散歩していたケイトは蛇に出会う。穴に入っていく蛇を見つめながら、彼女は「大地の隠れた場所に棲むすべての目に触れないものたち」に思いを馳せる。彼らは創造の段階をもっと高いところにまで昇れないことに失望しているだろうかと自問し、「たぶんそうではないだろう。きっとそれなりに平安なのだろう」と感じる。そのとき、「自分と蛇との間に一種の和解」(425)を感じるのである。蛇がシプリアーノの象徴として使われてきたことを考えれば、この隠喩の意味するところは明かであろう。しかし、それにもかかわらず、彼女はテレーサにはなりきれないのである。(もっとも、テレーサという女性は、この作品の執筆時におけるロレンスの理想の女性像をほとんどステレオタイプ的に描いた人物としか思われず、J・M・マリなどもつとに指摘しているように、登場人物としての存在感、あるいはリアリティはかなり希薄だと言わざるをえない。)

最終章「ここに!」の解釈は、おそらくこの小説の評価の最大の鍵になるであろうが、これの検討を十分なものにするために、その前に、この作品のもう一つの大きな柱であると思われる、「万民に共通の宇宙的宗教」をロレンスがいかに提示したかを見ることにしよう。

四

「すべての民族の宗教は、どの地においても預言の霊と呼ばれている詩的想像力を、各民族がそれぞれに異なった受容をすることから生まれる」(Blake, 1)。ウィリアム・ブレイクのこの言葉は、『羽鱗の蛇』でロレンスが描こうとした「万民に共通の宇宙的宗教」という思想を集約しているように思われる。前に、「広場」の章の老人の演説を見たが、簡単に繰り返すと、以前メキシコの地の神であったケツァルコアトルが活力を失い、「主なる太陽」はその代わりにイエスを連れきたった。しかし数世紀を経てそのイエスもまた疲れはて、天に還ろうとしている。それに代わって現われたのが、再生したケツァルコアトルだというのである。ラモン自身がキリスト教会の神父に述べる言葉を聞こう。「……ここメキシコでは、われわれの大部分がインディアンです。

神父様、彼らは高次のキリスト教を理解できません。教会もそのことはよくご存知のはずです。キリスト教は精神の宗教であり、それが効果を発揮するためには頭で理解される必要があります」(263)。「どうしてムハンマドの普遍的教会もお認めにならないのです、究極のところ、神は一つの神なのですから。しかし人々の話す言葉はさまざまです。だから各民族はその言語で話す予言者が必要なのです。神父様、キリストの普遍的教会、そしてムハンマドの、ブッダの、さらにはケツァルコアトルやその他すべての預言者の普遍的教会――それこそがカトリック教会なのです」(264)。この普遍的宗教の提示は、ロレンスのこれまでの著作から推測はできるものの、これほどはっきりとした形ではなされたことはない。そしてこれは、現在世界で進行している、諸宗教間の対話、あるいはキリスト教の側から言えば、その絶対的優位性に対するキリスト者自身の疑念提出の先駆けとなっている。キリスト教の独創性を「神話」と見て、諸宗教間の相互理解を進めようとするシンポジウムをまとめた『キリスト教の絶対性を超えて――宗教的多元主義の神学』という著作も、これと同種の発言で埋めつくされている。(12)

いまやキリスト教は、告発者としてではなく、他宗教によって道徳的に告発される者として立っていた。キリスト教の領域では、キリスト教は自分達のまわりにある活気があって影響力に富む他宗教に対して、受け身で枯渇して生気がないと感ずるようになった。(八七頁)

キリスト教徒がキリストを神的だと考えるのは一つの知覚である。……しかしキリストだけをそのような媒介者として認めることは不可能である。(一二六頁)

また別の論者は、「カトリック（普遍的）宗教としてのキリスト教が全地球を覆う唯一の宗教の普及を意味するようになったのは、ただキリスト教世界の末期的崩壊が地理的に広がるのに伴ってである」（二一八頁）として、カトリックの世界への普及の意義そのものに疑念を呈している。さらにある論者に至っては、キリスト教と帝国主義との関係を告発し、「キリスト教徒の優越感が、第三世界と私たちが呼んでいる所への西洋の帝国主義的搾取を支持し、正当化してきた」（四五頁）とさえ述べている。

全体としてこの書は、非キリスト教徒には自明のことに思える「キリスト教は唯一の救いの道ではない」という命題の論証にその大部分を捧げているのだが、このことにこれほどの時間とエネルギーを費やしていること自体、逆に、西洋においてはいかにキリスト教の唯一性、絶対性、そして優越性が疑いもなく受け入れられてきたかということを証明している。意地悪い見方をすれば、ロレンスの本書における努力も、これと同じ精神からなされたと見られなくもない。しかし全体の流れの中で読みとれば、彼の意図が、このシンポジウムに集まった神学者たちとまったく同じであったとは思えない。彼の意図はあくまで、万民がよって立つことのできる普遍的宗教の提示であった。より正確に言うならば、普遍的宗教の核は時代を越えて真理であるが、その外的形態は、時代により、場所により、また民族や文化によって変化せねばならず、それが固定化したとき、その宗教は内的に枯渇しはじめるので、それを避けるには、常に時代に合わせた再活性化が必要となる、という考えを具体的に示すことにあった。

第二二章「生けるウィチロポチトリ」でラモンは、聖職者に宛てて公開書簡を書くが、これはロレンスの生の声と見ていいであろう。「しかし異なった民族は異なった救世主をもたねばなりません。言葉も肌の色も違うからです。究極的な神秘は唯一無二です。しかしその顕現は多様なのです。……裸になれば人間はみな人間です。しかしその感触や容貌、そして一人の裸の人間から別の人間に伝えられる言葉は生の神秘です。われわれは顕現によって生きているのです」(360)。前に引いた神父との会話で、ラモンはこうも言っている。「……救世主は一人ではありません。いや、今も増えていることを祈りたい気持ちです。しかし神は唯一無二であり、救世主はこの唯一無二の神の息子なのです。教会の木の枝を世界中に張らせようではありませんか、そして座して彼方の叡智を説く予言者たちに陰を提供しようではありませんか」(265)。このような多元的神観、救世主観は、例えば仏教徒の眼にはきわめて正常かつ健全に映るであろうが、キリスト教徒の多くにとって、とりわけ「熱心な」キリスト教徒にとって(その戯画化された姿がカルロータに投影されている)、これがいかに受け入れがたい見方であるかは、先に見たような、キリスト教の絶対性を超えようとする巨大な努力が逆説的に証明している。

ロレンスとほぼ同時代を生き、ブラヴァツキー夫人の創始になる神智学から出発し、やがて独自のオカルト体系である人智学を生み出したルドルフ・シュタイナーは、「諸宗教に共通する叡智の核心」という講演の中で、このような見方の先駆けとなる発言をしている。[13]「太古の偉大な宗教創始者たちは、同一の中心地から送り出された」と言う彼は、「さまざまなブッダがアジアへ」、「ヘルメスはエジプトへ」派遣され、さらにピタゴラスやイエスもここから送り出されたと言う。そして、「ゾロアスター教、古代のインド教、仏教、それどころか古代アメリカに栄えた宗教でさえも、そのすべての中には、すばらしい一致を示す共通の要素が見られる」と述べる。このような発言の根底には、ロレンスのそれと酷似したシュタイナーの現実認識がある。少し長いが引用してみよう。

この原人類の後に続いた現在の人類は、異なる仕方で神と向き合っています。現代人の直感力はかつての力を失いましたが、その代わりに知的な思考力を発達させました。その思考力は、かつての直感力と比べて、見方次第でより高いとも、より低いとも言えます。現代人は周囲の外的対象について鋭い理解力をもっている点では原人間よりも高いところに立っていますが、世界の神的なタオ的作用力との生きいきした関連を感じることはもはやできません。ですから現代人の知っている世界は、自分の魂の中に現れる限りでの狭い世界なのですが、その一方では、鋭い理解力を働かせてこの世界に対しています。

アトランティス人は神的なイメージを自分のうちに感じていました。現代人は外なる世界に眼を向け、そして耳を傾けます。その場合の外部と内部は対立しており、両者を結び付ける絆はどこにも見出せません。このことに気づくことは人類の進化にとって大きな意味をもっているのです。大洋の海水が諸大陸をおおってしまった後で、大地が再び隆起するようになって以来、人類は内部に感じられるものと外界に現象しているものとの間に絆を再び見出したいと願っています。religare というラテン語は、「宗教」の意味を正しく言い表しているのです。すなわちそれはかつて結ばれており、今は分かれているものを、世界と自我とを、再び結び付けるという意味なのです。諸宗教の教義のさまざまな形式は、この結びつきを再び見出すために、偉大な賢者たちによってその都度教えられてきた道であり、手段なのです。それゆえにその諸形態は、さまざまな仕方でつくられて、それぞれの文化段階の人間に理解できるものになっているのです。（一―三頁）

ロレンスが『羽鱗の蛇』で描こうとした「万民に共通の宇宙的宗教」とその力を、これほど見事に補足する文章もまたとあるまい。細かく見れば、ロレンスが、現代人が「直感力」の代償を払って手にいれた「思考力」の力をそれほど高く評価していないのに対し、シュタイナーはこれにより積極的な意味を見ようとするなど、違いがないわけではない。しかし根本的な点、すなわち現代の人間がおかれている状況の認識といい、宗教がそれに対して果たすべき、あるいは果たすであろう役割の認識、さらには、その宗教が多元的であるべきだとの見方に至るまで、両者の類似性は瞠目に値する。本稿の冒頭で引いたエッセイ、「ニューメキシコ」で、ロレンスははっきりとこう述べている。「仲介物や仲介者なしに、真に赤裸々な接触を得ようとする努力が宗教の根本の意味なのだ」(P, 147)。これは、先にシュタイナーが述べた「内部に感じられるものと外界に現象しているものとの間の絆を再び見出す」という宗教の定義とまったく同義であろう。

最晩年の一九二八年に書かれた「人生と讃美歌」というエッセイでロレンスは、「結局、人生で最も貴重な要素は驚異の念なのだ」と言明し、この「驚異の感覚」を「あらゆる生命の中に存在する宗教的要素」だとし、これが「人間のもつ第六感」であり、「生まれながらにもっている宗教感である」と述べている。さらには、「科学が真の驚異という状態にある場合、それはいかなる宗教にも劣らず宗教的である」(PII, 598-99)と、彼としては珍しい発言までしている。

こういった言葉を見るとき、ロレンスが「宗教」という語で表わそうとしたものが、『羽鱗の蛇』の中の神父はもとより、例えば先述のシンポジウムに出席した神学者たちがこの言葉に込める意味ともかなりの違いがあることがわかる。それは、人間を救ってくれるものという側面よりは、人間に生の意味を知らしめるという側面をはるかに強くもつものである。この作品の中でたしかにラモンは生けるケツァルコアトルとなり、救世主的役割を演じはするが、それはメキシコという地の宗教を再活性化するための一時的「方便」と見た方がよく、彼に救世主の地位に留まろうとする強烈な権力志向を見ることはできまい。彼が演じる救世主は、メキシコの人民に自分たちの不完全さを気づかせ、十全な存在となる手助けをすることに力点がおかれているが、この点を見誤ると、ロレンスをファシストと同定する過誤を犯すことになる。

「驚異の念」をもつとき、人間に本来具わってはいるが通常は眠っている「第六感」が正常に機能しはじめ、そのとき人間は、一時的にせよ「四次元」に移行する。すなわち、自分が「自由ではなく」、「奴隷ほどの選択の幅さえもっていない」(205) ことに、あるいは、「人間はまだ十全な意味で人間になっていない、半分までしか到達していない」(209) ことに気づく。この「気づき」を起こさせることこそ、ラモンの最大のねらいであり、また彼の考える宗教の最大の役割の一つであった。これを実行するには、疲弊した古い宗教は新しく活気に満ちたものにとって代わられねばならない。ケツァルコアトル教という宗教創設の動機は、このようなものであった。

ここで留意すべきは、ラモン、あるいはロレンスは、一見してそう思われるほど「反キリスト教的」ではないということである。ロレンスの「反キリスト教的」言辞は最晩年に至るまで続き、最後には「死んだ男」という彼独自の「キリスト」像、あるいは聖者像を描くに至るのだが、彼の「アンチ・クリスト」的言辞の底には、はるかに大きな動機、すなわち上に述べたような意味での宗教の再活性化という目的があったことがここで読み取れよう。言い換えれば、「アンチ・クリスト」はその目的達成の過程における作業の一つにすぎず、キリストを否定すること自体が目的であったわけではない。[14]

ケンブリッジ版の「ヤマアラシの死をめぐっての随想」に初めて掲載された「本当の争いはない」という注目すべき小エッセイは、この点を率直に述べている。

私とキリスト教との間に本当の争いはない。……私の本性は最深部においてカトリック的である。私は、万物の上に輝かしく君臨する神の存在を信じる。イエスが神の子の一人であることを信じるが、彼が神のただ一人の子であるとは信じない。……私は教会を信じる。……だが私はキリスト教会を信じることはできない。イエスは全能の神が遣わした子の中の一人であるにすぎない。救世主はたくさんいるのだ。……

宗教のかかえる最大の不幸は、個々の宗教が、一人の救世主だけを排他的に祭り上げようとしがちなことだ。キリスト教が嫌われるのは、それが神に至る道はただ一つだと宣言するからである。真の教会ならば、神に至る大道は何本もあり、さらに無数の細い道があることを知るだろう。

……常に自分にふさわしい神への道を見つけなければならない。その道はかつてはイエスだった。だが今は、もはやイエスではない。(*RDP*, 385)

ロレンスは決してイエスを否定していない。イエスの唯一性と永遠性の主張を否定しているにすぎない。たしかに、例えば「ドストエフスキーの『大審問官』序文」では、「キリストの教えは理想ではあるが、不可能な教えである。それが不可能なのは、人間の本性が耐えうる以上のことを要求しているからである」(*P*, 284) と述べて、あらわなキリスト批判を展開するが、それは後のことである。

彼のキリスト教批判の適切性については後に触れるとして、ここで注目したいのは、彼のこのような「万民に共通の宇宙的宗教」を描こうとする努力は、深いところで、前節で論じた、二元論の超克と通底しているということである。すなわち、「仲介物や仲介者」なしに現実と直接接触するのが真の「宇宙的宗教」であるとするなら、それは二元論を克服したときに初めて可能になる。主体と客体、時間と空間、光と闇といった二元論的認識法では、世界を、あるいは現象を、そのあるがままの全体性において捉えることはできないからだ。なぜなら、通常の意識のレベルで世界を一つの対象として把捉しようとすれば、世界の一部である主体は、これも世界の一部である客体を、まるでそれが客観的にそこに自らとは別に存在しているかのように分離した上で、これを扱わざるをえないからだ。ここには世界認識の根元的矛盾が潜んでおり、今世紀を代表する物理学者の一人エディントンは、このような状況を巧みにこう表現している。「自然は、世界の半分について知ることが、もう半分についての無知につながるように仕組んでいる」（ウィルバー、一二六頁）。ある人間が世界を「知った」と思った瞬間、その「知る」自分も知られる対象である世界の不即不離の一部であることに気づき、その「知る」自分とは何なのかという問題に還ってくるのである。

民族や文化を問わず多くの宗教が、あるいはハクスリーの言葉を借りれば「永遠の哲学」が、はるか昔から述べ伝えてきたこのような「非二元的認識法」を、二元的世界認識の代表ともいうべき現代物理学の最先端にいた学者たち（ハイゼンベルク、シュレディンガー、ボーア、エディントン、ジェイムズ・ジーンズ、スペンサー・ブラウン等）が精力的に説き、その結果現代の世界に広く知られるようになったとは、なんとも皮肉である。[15] しかしそれはともかく、これらの学者が活躍していたのとほぼ同時代に、まったく別の分野で活動したロレンスが、図らずも彼らと酷似した世界観を抱くに至ったことは特筆に値するだろう。[16]

ウィルバーによれば、現代においてこのような世界観の重要性を最も強く認識していた思想家はA・N・ホワイトヘッドである。

ホワイトヘッドによれば、抽象化のプロセスは日常会話では役に立つかも知れないが、対象の際だった特徴に着目し、ほかのすべてを無視することによって機能するといった意味で、究極的には「虚偽」である。というわけで、「抽象化とは真理の一部を省略すること以外の何ものでもない」。また、象徴的な知の様式は分岐、すなわち「縫い目のない世界の衣を切断することによって」機能する。……この知の様式に対立するものが、ホワイトヘッドが会得（prehension）と呼んだものであり、無媒介、直接的、非抽象的、非二元的な実在の「知覚」なのである。（五七頁）

ここで述べられているホワイトヘッドの「会得」が、ロレンスが説く宗教的知覚ときわめて近いものであることは明瞭であろう。ホワイトヘッドがこのような「直接的」な知の様式を、〝pre-hension〟、すなわち「手でつかむ」という、すぐれて肉体的な言葉で表現したのも、「仲介物や仲介者なし」に現実を把捉しようとしたロレンスと同様の姿勢の現われであろう。これはつまり、ロレンスにとって宗教的であることとは、二元的認識を克服することと同義であるということにほかなるまい。そして彼の用語法によれば、そのような非二元的認識ができる状態こそ「四次元」なのである。別言すれば、この状態に入った人は、世界を分節することなくあるがままに見、そこから驚異の念と活力が生まれるのであろう。(17)

第一一章「昼と夜の主」の冒頭でラモンが見せる独特の瞑想法も、このような非二元的認識の獲得を目指していると見ることができよう。「彼の眼には闇だけが残り、その闇がゆっくりと頭の中でも回転し、ついには知的意識の脱落した状態になった」（169）というくだりには、ラモンが日常的な、つまり物事を二元的に見る意識、「縫い目のない世界の衣を切断するような」意識を超え、非二元的・超越的な領域に入ったことが示唆されている。

あるいは第二二章で行なわれるラモンとシプリアーノの間の霊的交流ともいうべき行為も、このような認識法の伝達と考えることができよう。シプリアーノの眼を塞いだラモンが次々に発する一種禅的な問いに、シプリアーノの「理性」は追い詰められ、「まるで知性が、頭が闇に融け去り、黒いワインの中の真珠のようになり、眠りの別の輪が大きく揺れ始めた」。そして「誰が生きているのか」という問いにも、「誰――」としか答えられなくなり、ついには「二人とも完全な無意識に陥って」しまう。次の朝、目覚めたとき、シプリアーノは「空間すべてを見つめているような黒い眼で」ラモンを見つめる。そして「もうその先がない果てまで行ったのか」と問うラモンに、「そうだ」と答える(368-69)。こうした言葉の含意するものはもはや明瞭であろう。ロレンスが、性的な接触を介さず、ある種の瞑想的「訓練」をとおしてこのような意識の変容が起こる過程を描くのはきわめて珍しいことであるが、いずれにせよ、そのたどりついたところが、二元的に世界を見る知性の脱落、道元流に言えば、「身心脱落」[18]の状態であることは間違いないであろう。

五

以上の節で、ロレンスがこの作品においてどのように二元論の超克を試みたか、そしてそれが、彼が「ケツァルコアトル教」という形で提示しようとした「万民に共通の宇宙的宗教」とどのように関連しているかを検討してきた。この最終節では、そのような思想的側面が、ケイトという主人公の行動、そして変容といかに絡み合っているか、そして彼女の結末における態度をどう解釈すべきかについて考えてみたい。

最終章でわれわれは、まるで前章での「和解」などなかったかのように揺れ続けるケイトを見出す。ついにはヨーロッパに帰ると言い出す彼女に、ラモンは「どうしても帰らなければならないのか」と詰問調に問う。それに対して彼女は反動的に「そうよ！」と言ってしまうが、その瞬間、自分の中の二重性に気づく。

それはまるで二つの自己をもっているような感じだった。新しい方の自己はシプリアーノとラモンの側に属しており、敏感で、欲求にあふれていた。もう一方は、すでにできあがって硬化しており、母や子供たちやイングランド、つまり彼女の全過去に属していた。この古い完成済みの自己は、奇妙なまでに不死身で鈍感、奇妙に硬くて「自由」だった。この自己の中にいれば、彼女は個人であり、自分の主人でいることができた。もう一つの自己は傷つきやすく、シプリアーノと、いやラモンやテレーサとも有機的につながっており、そのためまったく「自由」ではなかった。

彼女は自分の中のこの二重性に気づき、苦しんだ。古い生き方へも新しい生き方へも、決然と入り込んではゆけなかった。どちらにも後込みした。古い道は牢獄で、身震いするほどいやだった。しかし新しい道では自分の主人にはなれないので、彼女の自己中心的な自己が後込みするのだった。（429）

きわめて怜悧な自己観察と言わねばなるまい。それも、ケイトの、というよりはロレンスの。実際読者は、ここに至って主人公は何をいまだに躊躇しているのかと問わざるをえない。すでに何度も現われた彼女の心理的「揺れ」、そしてそのたびに起こる彼女の意識の変容と拡大。そうしたものをあれだけ見せつけながら、なおケイトは躊躇するのか。となれば、この躊躇は作者その人のものではないのか、と。

事実ロレンスは、物語を閉じるに当たって苦悶する。この最終章を何度も書き直していることにそれはよく表れている。[19]その苦悶は、ケイトの最後まで続く「揺れ」に如実に反映されている。「私にはあなたが帰るのがいいことだとは信じられない」と言うラモンに、「私は自分のことには絶対的な確信をもっていますわ」（429-30）と傲岸に答える。クリスマスやイングランドや贈り物が「安全で、慣れ親しんだ、正常な」ものに思えてくる。テレーサに対しても、「ただ生きていて、自分自身であることができさえしたら、もうそれだけで私には十分けっこうな人生ですわ」（431）などと、まるでそれまでの経験などなかったかのような言葉を吐く。しかしその後、ペオンと言葉を交わすとき、「自分の内部に生命がいきいきと強く波打つ」のを感じ、「『これは性なんだわ。男たちが性というものを力強くて神聖なものにあらしめるかぎり、そしてそれが世界に満ちわたれば、性は実に驚異的なものになるわ』」（436）とつぶやく。これらはすべて、以前の章で語られたことの変奏曲にすぎない。

やってきたシプリアーノに、イングランドへの船の予約をしたことを告げると、少し怒ったようだったが、言葉少なに去っていく。一人になったとき、彼との愛の成就に思いが至る。結局自分は、それさえも自分のエゴを肥え太らせる餌にしていたのではないかと自問し、ついには自己批判する――「肉欲の発作と、自分の孤立した個我性を淫らに楽しませることだけに生涯専念してきた大猫」は、接触からも「力の感覚」だけを手に入れ、ついには接触を断ち、「孤立した個我性によりかかって喉を鳴らす」（438）。この辛辣なまでに自嘲的な自画像を思い描いたとき、彼女の心はまた反転する。『私のエゴと個我性には、これほどの代償を払うだけの価値はない。あんなになるくらいなら、エゴを少しばかり放棄し、個我性を少しばかり押し黙らせたほうがいい』」(439)というわけだ。もちろんここでは、「少しばかり」というところがミソなのだが、「賢い」(438)ケイトはそれをこう合理化する。文字どおり知性で論理立て、自己正当化するのである。

「私は［性の力とエゴの］両方をもたねばならない。シプリアーノやラモンから後込みしてはならない。あの人たちは私の体内の血を花咲かせてくれるからだ。たしかに彼らにも限界はある。しかし人はなんらかの限定を受けなければならない。いかなる限定も受けまいとすれば、人はおそるべきものになる。シプリアーノが私に触れて限定し、私の意志を押し黙らせてくれなければ、私はぞっとするような老いぼれになるだろう。私は限定を受けることを望むべきなのだ。男が強い意志と暖かい接触とで私を限定するなら、それを喜ぶべきなのだ。自分の偉大さ、自分の背後にいる神の巨大さ、などと私が呼んでいるものは、ひとたび男の手が私を暖かく支え、限定してくれなくなれば、たちまち私が無の虚ろな床から転落するのを黙って見ていることだろう。ああ、そうだ！　ぞっとするような老いぼれになるよりは、服従しよう、ただし必要な分だけ、それ以上はしない」。(439)

ヨーロッパ的知性を備えた「賢い」女の面目躍如というところか。「べき」の繰り返しに、そしてとりわけ最後の文章に、ケイトの、そしてロレンスの苦渋のあとがうかがえる。いや、そんなもって回った言い方はよそう。これは自己欺瞞以外の何ものでもない。

ケイトは、ヨーロッパに帰るという前言をひるがえしにラモンとシプリアーノに会いに行く。そこで偶然聞くラモンの讃歌は、そのときの彼女の気持ちにぴったりと応えるものだった。

我が道は汝の道ではなく、汝の道は我が道ではない。
さりながら、別れる前に
個々に明けの明星に行き、
そこで会おう。

彼女のエゴはエゴとして尊重し、彼女なりの道を歩いても朱の明星に至れることを確約してくれるような、彼女にとってはうれしい讃歌である。そしてここでも、二つの道をつなぐものは第三の道、すなわち「聖霊」である。

我が善良なる魂は遠路をたどり
聖霊に至る。
おお汝、二股の炎の天幕で
我と会え、我がいとしんでやまぬ汝よ。

人はそれぞれの道を永遠にたどるけれど、
しかしみなその中間に浮かぶ者に向かう。
その者は我らが見つからずにすべりこむ時、

天幕の釣り扉のように炎を広げる。(441)

ここでも「三位一体」的な発想は顕著であるが、ここに至ってこうした讃歌を提示することは、まるで作者がケイトの躊躇に寄り添っているかのようではないか。以下の展開はそれを証明しているように思われる。

ケイトは二人のもとから去りたくない旨を伝えるが、ラモンの保護者然とした言葉に接すると、また反抗心が頭をもたげてくる。シプリアーノの情熱的な言葉に涙を流すが、その涙の中でさえ彼女の理知は動く。「私はなんというペテン師なのかしら！　この二人をまったく必要としていないのは私の方であることはずっと知っていたんだわ。私が本当にほしいのは自分自身。でも私はそれがばれないように彼らをだませるわ」(443)。この、取りようによっては、それまでの彼女の努力、いや、作者自身の努力すらもすべて水泡に帰せしめるような言葉を、イタリックで書いたロレンスの気持ちは、誠実というべきか、居直りというべきか。

シプリアーノがスペイン語で繰り返す「君が好きだ」という言葉に応えるような、「あなたは私を離しはしないでしょうね」という謎めいた言葉でこの物語は終わる。『恋する女たち』の結末のように、読者は宙づりにされたまま置き去りにされる。自己の意識のありようを揺るがすさまざまな経験を経た後でさえ、揺れ続け、涙を流すかと思えば、「服従」の損得計算を冷静に行なうケイト。彼女のヨーロッパ的な自我は彼女が思っていたよりもはるかに強く、ほとんど不死身なのか？　人間の存在の根はかくまでに動かしがたいものなのか？

それとも、結末で新たに流した涙で、彼女は最終的に変容して古い自我を超脱し、真のマリンツィになったのか？　あるいはロレンスは、いかなる結論も出さず、彼女の「揺れ」を描くこと自体を目的と考えたのか？そして、それを飽くことなく描写し続けるロレンスの作家としての「誠実」をわれわれは評価すべきなのか？

本稿の冒頭にも記したように、筆者は、ロレンスはこの作品に着手した際、いつになく明確な目的意識をもっていたと考える。そしてその目的は、これまで見てきたように、かなりの程度達成されたと考える。よく似た讃歌が繰り返し現われたり、ケイトの「揺れ」が同じパターンを繰り返すなど、特に作品の後半において展開にやや停滞が見られるものの、「三位一体」的なイメジャリーの構築とその積み重ねは見事で、非二元的、あるいは超二元的認識法を読者に感覚的に捉えさせることにはかなりの成功を収めているように思われる。また、「ケツァルコアトル運動」は、その一見して感じられるいかがわしさとは裏腹に、B・ホックマンが言うところの「激越なる共同体主義」(xi)、あるいはD・シュナイダーの言う「共感的結びつき」(234)を、これまでのどの作品よりも明瞭な輪郭をもってきわめて劇的かつ具体的に描き出している。[20]その意味では、ロレンスが提示したいと考えた「万民に共通の宇宙的宗教」は、それが何を原理とし、何を力とすべきかも含めて、かなりの説得力をもって描かれていると考えられる。[21]

このように、この作品のいわば「思想的」な側面がかなりの程度成功しているとすれば、プロットの中のケイトの逡巡はこれとはあまりに対照的と言わねばならない。いや、彼女がすんなりとラモンの思想を受け入れ、マリンツィになる方が作品の布置結構上望ましいと言っているわけではない。彼女の「揺れ」を描くことこそロレンスの作家としての良心であったのだろうし、またその「揺れ」が弱ければ、妙に説得力を欠いた薄っぺらな作品になっていたことであろう。

そのことは十分に認めた上で、なおかつケイトの果てしない逡巡は、作品全体が読者に与える衝撃という点で、きわめて不満足なものを残しているように思われる。この点をG・ハフは鋭く指摘する。

ユングを学んだ者なら、ロレンスの経験のこの局面を、この心理学者が統合と呼ぶことになるものの不完全な例だと気づくであろう。統合とは、人格の中心が自我意識から、無意識をそっくり包み込むような周辺をもつ新たな中心へと移るプロセスである。このプロセスは、意識的生と無意識的生との間に新たな調和を生み出すべきものである。しかしこの過程の途中には大きな危険が待ちかまえている。すなわち、無意識層から制御されずに吹き出してくるものに意識が圧倒されるという危険である。ユングの冷徹な眼はこれをおそるべきものと受けとめた。彼は統合への道で待ちかまえるこの危険、「魂の危機」をうまず説き続けた。ケイトはこの危機に直面して恐れおののいた。馬で去った女は流れに呑み込まれてしまった。どちらの女性も彼方に横たわる統合への試練を無事くぐり抜けることはなかった。いや、ロレンス自身ができなかったのだ。……

ロレンスは深淵をのぞきこみ、その縁で躊躇し、ついには恐れおののいて引き返したのである。……(147)

ユングの言うこの「危険」こそ、まさに十字架の聖ヨハネが「魂の暗夜」と呼び、禅が「魔境」と呼ぶものにほかならず、それは間違いなく「おそるべき」道行きである。なればこそ、「恐れおののいて引き返した」とはあまりに厳しい評に思われるかもしれない。それがむしろ「人間的な」反応であったのだ、と。事実、シュナイダーはケイトの逡巡にはきわめて共感的であり、しかしまさにそれゆえに、作品としては失敗だと言う。

彼女［ケイト］は完全な服従を受け入れることを拒否した。ロレンス自身あきらかに、これが、精神的な意識をもつ白人女性に開かれた唯一可能な道だと考えていた。ケイトは、個我性とは自己の中にではなく、むしろ神との関係の中にこそあるものだという見方を完全には受け入れないで、いまだに古い死んだ自己にしがみついているようだ。こうして自己にしがみつくことで彼女は、ラモンの説く「個我性」の拒絶という、どの作品よりもこの『羽鱗の蛇』で明瞭に示された考えを把握することに完全に失敗したのである。(233)

ところが、いったんこうした否定的な評価を下しながら、すぐ後では、「シプリアーノへの服従を、そしてラモンの神政政治の中核をなす『中心に燃える火』への服従を受け入れたケイトは、忘却を探し求めるのではなく、信仰ある者にはよく知られているあの創造的破壊、すなわち、自己もしくはエゴの死と、より大いなる自己、つまり魂の獲得とを目指しているのである」(236)と、明らかに一貫性に欠けることを述べている。この部分の解釈の難しさをうかがわせる一例であろう。

しかしシュナイダーのこの後者の「積極的」解釈は、前のハフの評と比べてみるとき、説得力を欠いていると言わざるをえない。ケイトはラモンとシプリアーノを、その存在と思想もろともに、百パーセント受け入れることは最終的に拒否したのである。彼女の至りついた地点は、自分の古い自我と、メキシコが彼女に見せてくれた新しい自己のあり方、新しい認識様式の双方を、微妙なバランスをとりつつ内に保持するという、いかにも妥協的なものであった。そのような「妥協」がいかなるものであるか、その脆弱さを、ロレンスは十分に認識していたのかもしれない。しかしそれでもなお、シュナイダーの言うように、それが「白人」としてとることのできる唯一の道と考えたのかもしれない。しかしこれを「白人作家」ロレンスの限界であると言うのも要点を見逃すことになる。ロレンスが深淵を見て躊躇し、引き返したのは、決して彼が「白人」、メキシコ人の蔑称の対象たる「グリンゴ」であったからではない。その真の理由は、この時点で彼は、自分の抱く二元論、そして個我主義の「幻想」を、作品の中では見事に客体化し、それに痛烈な一撃を加えはしたものの、いざ結末に至って自らの方向性を明示しようとしたとき、やはりそれを完全には捨てきれなかったからではなかろうか。ケイトは自分が、そして白人文化が崇拝する個我主義を幻想ではないかと疑う。そして一時的にはそうであると信じる。しかし結末のこの弱々しさ、態度保留的な言動を見るかぎり、彼女がその虚偽を心底見抜き、これと訣別したとは思えない。あるいはこう言い換えてもよかろう。『アポカリプス』の結末における、いっさいの保留なしの明言、「だから私の個我主義はまったくの幻想なのだ」(149)に比べれば、ここでのロレンスの態度はあまりに不明確、あるいはひ弱である。その意味で、ハフの見方は決して極論ではない。そのように取られても仕方のない不決断がたしかにここには見られるのだ。

では、これほど長大な二元論批判、あるいは三位一体的認識様式を描いた後に、なぜこのような不決断が待っているのか。ハフは先に引いたのと同じ節で、その理由をこう述べている。

［ユングから受けた影響］をもっと公に認めなかったのはロレンスにとっておそらくは不幸なことであった。とはいえ、もしロレンスが人生の危機に当たって、外部からの助言や援助を受け取る才にもっと恵まれていたならば、彼は違った人物になっていたことだろう。しかしながら現実には、孤独でほとんど気違いじみた探求は彼の精神に犠牲を強い、その虚弱な肉体はとうていそれに応えることはできなかったのである。(147)

外部からの助言ないしは影響に対するロレンスのこのようなかたくなさについては、別のところで書いたことがあるが、このようなかたくなさは、たしかに彼の精神の深いところに巣くっていたように思われる。[22] そしてそれが彼の個我主義に対する執着を、余人よりもいっそう強いものにしていたのかもしれない。しかしここでのケイトの、そしてロレンスの躊躇、あれほど思惟を繰り返し、あれほど精神を揺さぶられる激烈な経験を経てなお残る個我主義への固執、これは、ロレンスが認識の深まりの途路にあったことの証左であるように思われる。人間の精神の最も深いところにあるエゴ、私は私であって他のなにものでもないという強烈な主張、世界は私という「主体」とそれ以外の「客体」からなっているという、デカルト以来ヨーロッパに連綿と流れる二元論的認識様式——ロレンスは、作品を書きながら思考を深めることによって、このような認識様式の根底にある虚偽にいよいよ深く気づくようになる。しかしそれと同時に思い知らされたのは、自分もその「伝統」の中にどっぷりと浸っているということであった。ロレンスの全作品は、エゴにしがみつこうとするヨーロッパ的認識と、その虚偽を暴こうとする努力との相克であったと見ることもできよう。そしてこの相克の最も困難な点は、後者の努力は他者（読者）に対してのものであると同時に、あるいはそれよりもむしろ、自分に対するものであったという点である。克服すべき最大の敵は自らの内にいたのである。

二元論的認識様式を克服し、それによって、彼が現代人の内にひそむ最大の宿痾と考える「関係の拒否」、すなわち「愛の不可能性」をも克服しようとした彼は、生涯の最後に、苦渋に満ちた言葉を吐かざるをえなくなる。「われわれは関係に耐えられない。これこそわれわれらの宿痾なのだ。関係を断ち切って一人にならねばならない。われわれはこれを称して自由といい、個人という。われわれの到達したある点を越えると、関係は自殺となるのだ」[23]（*A*, 148）。いかに苦渋に満ちていようとも、近代人の精神のありようをこれほど見事に喝破した言葉もまたとあるまい。しかしこの認識のおそるべき正確さと表裏一体となっているのは、ほかならぬロレンスの、このような状況を突破しようと努めて失敗に終わったという苦い諦念である。[24]

ハフは何度かユングを引いて論じているが、実はユングも、ロレンスがニューメキシコを訪ねたのとほぼ同時期の一九二四年に同地を訪ね、タオス・プエブロの長と話している。白人は狂気に陥っており、その理由を、「頭で考えること」と言う長に、驚いたユングは、では君たちはどこで考えるのかと聞く。それに答えて長は、「ここだ」と言って心臓を指す（276）。この答はユングを長い瞑想に引き込むのだが、ロレンスの読者であれば、長の言う「心臓」がロレンスの「太陽叢」と同じものを指していることは容易に了解できよう。この地での経験でユングは、自分が「いかに完全に白人の文化意識に捕えられ、がんじがらめにされているかを痛感」（MDR, 275）する。これはケイトの認識とまったく同一である。彼はさらにこう述べる。

そのとき私は、インディアン一人一人に見られる「威厳」、あるいは静謐なたたずまいといったものが何に基づいているのか理解した。それは太陽の子であるということから生まれているのだ。彼の生は宇宙的に意味深いものだ、というのも、父なる太陽の、つまりすべての生命の保護者の、日毎の出没を助けているからだ。もしわれわれがこれに対して、理性が作り出すわが生の意味を対置させて自己弁明するとすれば、自分たちの貧しさを痛感せずにはおれないだろう。羨望の念をおさえかねて、彼らの純朴さに微笑み、そして自分たちの利口さを誇るしかないであろう。そうでもしなければ、自分たちがいかに貧しくみすぼらしいかに気づかざるをえないからだ。知識はわれわれを豊かにはしない。むしろ、かつては生まれながらに故郷と感じていたあの神話的な世界からますますわれわれを遠ざけるのである。（280-81）

このような言葉にも、ロレンスのそれと同種の「諦念」を見ることができるかもしれない。しかしユングの語り口には、何かロレンスのそれとは違う毅然としたものがうかがわれる。「神とわれわれ」と並べて考えるインディアンたちは、「言葉の最も十全の意味で、しかるべき場所にいるのである」(281-82)という彼の言葉には、自他の距離をはっきりと見つめ、それを性急に縮めたり、あるいは飛び越えたりしようとする愚を冷徹に見据えている響きがある。

このことは、ユングがヨーガについて書いた次の文章にはっきりと見ることができる。

このように、私はヨーガに対しては批判的で、これを取り入れないが、……私の批判がただひとえに、ヨーガを西洋人に応用しようとする点にむけられていることを、十分に汲み取っていただきたいと思う。西洋における精神の発達は、東洋とはまったく違った道を歩んだのであり、そのためヨーガの移植にはおよそ不向きな土壌をつくりだしたのである。西洋文明はたかだか千年になるかならぬかにすぎず、いまだに、まずその野蛮な一面生から解脱することを必要としているのである。それにはなによりも、人間の本性に対するもっと深い洞察がいる。だが、抑圧と支配によっては何の洞察もえられない。まるで異なる心理条件のもとで生まれた方法を、真似していたのでなおさらだめである。西洋は西洋で、何百年かを経るうちに独自のヨーガを生み出すだろう。そしてしかもそれは、キリスト教によって築かれた地盤に根ざすものであるにちがいない。(『ユングの文明論』一四八―四九頁)

ユングのこの言葉は、ロレンスが陥った窮地に対して実に示唆的である。異文化が生み出した認識様式がいかにすばらしく、自らが直面している問題を解く鍵を提供しているように見えようとも、その様式は固有の環境と長い時間が生み出したものであり、それをいきなり異なる背景をもつ人間に移植すれば、大きな抵抗を誘発せずにはおかない。結末まで続くケイトの「苦闘」は、まさにこのような必死の、自らの存立基盤をかけた抵抗であった。

しかしここではっきりさせておきたいのは、シュナイダーが言うように、ケイトが白人、すなわち西洋人だからラモンとシプリアーノを拒否したのではないということである。その拒否はあくまでケイトの未熟さからきている。そしてその未熟さは、つまりところロレンスの人間の変容に関する認識の不十分さ、いや、むしろ「勇気」の不十分さにあると言わねばならない。このロレンスの態度は、例えばユングの、異質のものを真似たり、いきなり取り入れたりするのは賢明ではないという認識に立ったものではないのである。

ただし、ユングにも見落としていると思われる点、あるいは意識はしていても強調していない点があると思われる。それは、ヨーガであれ、彼の用いる「能動的想像法」（『ユングの文明論』一四八頁）であれ、その方法論は異なっても、目指すところはほとんど同じだということである。ユングは、ヨーガを行うインド人あるいは東洋人を、「身体と精神のいずれをも忘れない」（一四二頁）人間、あるいは「無意識がそれほどの潜勢力をもっていない、つまり、無意識が人格の大半の部分を占めていない」（一四五頁）種類の人間だと規定しているが、これは自文化中心主義的な類型化のそしりを免れまい。インド人が皆そのような人間であるはずもなく、また同様に、西洋人でヨーガを本当に有効に役立てる人がほとんどいないとも考えられない。いや、現実そのものがこのような見方への何よりの反証であろう。インド人だからヨーガが有効で、西洋人だからそれに不向きなのではない。こう見れば、還元論の陥穽にはまることになる。インド人にも西洋人にも、それに真に取り組み、その「意図を実現する」(一四二頁)ことができる人とそうでない人がいるのだ。

ユングの説は、西洋人の性急な模倣をたしなめるあまり、いささか正確さを欠いているようだ。それは一般的な文化論としては妥当しても、精神の深層においては真実ではないように思われる。もしユングのこの説が文字どおり正しいなら、あらゆる種類の精神的・宗教的方法論は、その精神あるいは宗教が支配している地に生まれついた者にしか有効ではないということになり、これは歴史的な事実ともそぐわない。例えばインドの「ジャーナ」が中国に入って「禅定」となり、さらに日本に渡って「禅」となって大輪の花を咲かせたことを思えば、この種の伝播が、もちろんかなりの時間を要するにせよ、歴史上絶えず起こってきたことは否定すべくもない。そうであればこそ、「精神的意識」をもつ白人であることを、ケイトの拒否の理由と見てはならないのである。その拒否の原因は、繰り返しになるが、ケイト自身にこそあったのだ。

＊　＊　＊

『羽鱗の蛇』における二元論超克の試みは、後に『アポカリプス』で見せる苦い諦念に至りつく前にロレンスが行った、最も野心的かつ包括的な試みであった。しかし、そこで彼が描こうとした人間の「四次元」的状態は、個々の部分では見事に描かれてはいるものの、最後まで残るケイトの逡巡、誘引と反発との間に「揺れ」が結末に至るまでその中間点で静止しない彼女の有り様を見るかぎり、作品全体としてその状態が十分な説得力をもって描かれているとは言いがたい。読者は、人間の変容の可能性よりも、古い個我、エゴの強さを、そしてそれゆえ変容の不可能性の方をむしろ強烈に印象づけられるのである。

この作品でロレンスが展開した思惟は、彼の全作品の中でもユニークな位置を占めている。先に論じた、今世紀に入って隆盛を見ている二元論的認識様式を克服しようとする努力、いわゆる「デカルト・ニュートン的世界観」克服の方向性を、ホワイトヘッドらとともに予言しているばかりではない。現代のこの努力に対する彼の最大の貢献は、その可能性を、メキシコという現実の場で、生き生きとしたイメジャリーとプロットとを駆使して具現化したということであろう。しかしその「具現化」は、主人公が二元論的認識様式を完全には脱しきれず、したがって「四次元」に完全には入りきれなかったことによって大きくくじかれる。「相争う二つの法の間の苦闘を知り、そして二者が平等なもの、二にして一、完全なものとなるような最終的和解を知っている芸術もあることだろう。これが至高の芸術だが、まだ成し遂げられてはいない」(*P*, 516)。「ハーディ研究」の末尾にあるこの言葉は、若きロレンスの野心とヴィジョンとを明瞭に物語っている。その野心は、「三位一体」的構造を備える「『暗き神』の具現化のまったき成就」(「暗き神の誕生」四三頁)を達成せんとしたこの挑戦的な作品においても、その成就一歩手前で挫折したと言うべきであろう。(25)

注

(1) 浅井雅志「アルヴァイナの変容について」、一六九—二一一頁参照。

(2) 例えばブレイクはこう言う。「対立がなければ進歩はない。誘引と反発、理性とエネルギー、愛と憎しみ、これらは人間の生存のために必要なのだ」。しかしここでも注目すべきは、ブレイクもロレンスと同じく、これら二者の対立は単なる対立ではなく、より高次のものによって統合されて初めてそれ本来の働きをすると彼が見ていることである。ブレイクはこの高次の存在を「エネルギー」と規定し、これが、「肉体」と「魂」という、これまで誤って二元対立的に捉えられてきたものを統合するという。先の引用に続く以下の言葉は、その考えを明瞭に表明している。「一　人間は魂とは別個の肉体をもつてはいないというのは、肉体と呼ばれるものは五官によって識別された魂の部分、この世における魂の主な入り口だからである／二　エネルギーは唯一の生命であり、肉体からきている　そして理性はエネルギーの限界または外周である／三　エネルギーは永遠の悦びなり（三四頁）

（3）この場合の「正常」とは、例えばロレンスが次のように言うときに思い描いていたであろう正常さである。「常に征服が行われるであろう。だが征服は、新たなる開花を目指して、征服者と被征服者とが完璧なる関係を打ち立てるために行なわれるべきである」（*PII*, 472）。このような言辞が、ロレンス＝ファシスト論にその論拠を与えてきたのだが、ロレンスの作品を丹念に読めば、彼の一見ファシスト的言説が、実はまったく別の次元で出されたものであることがわかるであろう。ファシストであるか否かを見分ける基準の一つは、その人が「地上的権力」を求めているかどうかにあるが、その点からすれば、ロレンスをファシストと見ることは、単に無理であるだけでなく、大きな誤解であると言わなければなるまい。しかしこの問題を存在論的レベルで論じれば、そう簡単に言い切れない側面が浮上してくる。だがこの問題を論じるには稿を改めねばならない。

（4）テオティワカンの遺跡などに見られるケツァルコアトルは、身体中に鱗状に羽毛をつけているので、

"plumed" にこのような訳語を与えた。

（5）F・カーモウドは、「明けの明星であるケツァルコアトルは、宇宙的な男性―女性の両極性を調停するものであり、聖霊である。」（115）と述べ、ケツァルコアトルが統合の原理を有する聖霊の役割を果たしているとしている。

（6）ケイトはマリンツィとなって三位一体の一角を担うよう、ラモンとシプリアーノにしばしば要請されるが、彼女は拒み続け、最終的に受け入れたかどうかも曖昧なままに残されている。その意味では、「ラモン」―「シプリアーノ」―「ケイト」の三つ組は完全なものとはなっていない。

（7）ラモンとシプリアーノがまったく異なる本質をもち、対立しているとは考えにくいかもしれない。ここでは簡単に、前者は精神と霊を、後者は肉体と力を象徴しているという意味で、すなわち象徴的に対立しているのであって、プロットの上での両者の行動とは直接に関係がないということを指摘しておくにとどめよう。

（8）ここでもロレンスとブレイクとの類似性は驚くほどである。『天国と地獄の結婚』の中で、天使に導かれた「私」は地獄に行くが、そこで目にするのは「黒く輝く太陽」（41）であった。ブレイクにおける「地獄」が、人間がそれまで誤って抱いてきた信念と価値とをすべて転倒させる力を生み出す場所であることを考え合わせるならば、そこで見る「黒い太陽」が「見者」ブレイクの眼で見られたものであることは疑いを容れまい。

（9）Asai, 229-31 参照。

（10）Huxley, 296-97 参照。同書は英国では *Adonis and Alphabet* のタイトルで出版された。また、Rudolf von Urban の *Sex Perfection and Marital Happiness*（邦訳『愛のヨガ』、片桐ユズル訳［野草社、一九八三年］）は、この性愛

技法を主題的に論じた数少ない本の一つである。

（11）このあたりの描写は『堕ちた女』のアルヴァイナとチチオとの間の性行為のそれと酷似しており、どちらも性的な接触による女性の意識の変容を「秘教的言語」（J・M・マリ）を使って描いているという点で、ロレンスの長編の中でもとりわけ注目に値する場面である。前出の拙論、「アルヴァイナの変容について」参照。

（12）これは一九八六年にカリフォルニア州のクレアモント大学院で開かれたシンポジウムを書籍化したものだが、このような催し自体、宗教界の近年の認識、すなわちいかなる宗教も、その独自性と唯一性を主張しているだけでは、もはやどうにもならないところまできているという認識に呼応したものであろう。

（13）ローズ・マリー・バーウェルの作成した「ロレンスの読書リスト」によれば、ロレンスはブラヴァツキー夫人の *Secret Doctrine* を一九一七年に、*Isis Unveiled* を一九一九年に、そしてシュタイナーの本をいくつか一九二二年に読んだという。またこの頃には、*The Occult Review* や *The Theosophical Review*、ウスペンスキーの *Tertium Organum*、それにヤーコプ・ベーメなどを読み、オカルトや神智学に強い関心を抱いていたようだ。そしてこの関心が、フレデリック・カーターとの交友を深めるきっかけになり、ひいては『アポカリプス』執筆の動機ともなってゆくのである。Sagar, 87-97 参照。

（14）彼にとっての「アンチ・クリスト」はむしろ、「白人のアンチ・クリストたちの慈善や社会主義、政治や改革がついにはメキシコを破滅させてしまうだろう」（209）というラモンの言葉で表現されているものであろう。

（15）この両者、すなわち「古代の叡智」と「現代物理学が発見したもの」との類似性を一般読者に初めて指摘し、世界に大きな反響を引き起こしたのはフリッチョフ・カプラの *The Tao of Physics* (1975) であった。その後、同種の本は溢れるほどに出版され、いわゆる「ニュー・エイジ」の広がりの一翼を担った。

(16) まったく別の分野で活動したロレンスではあるが、物理学には大きな関心を抱いていたようだ。一九二一年にはコテリアンスキーにアインシュタインの本を送ってくれるよう頼み、受け取っている。『三色すみれ』に入れられている「相対性」という詩では、「私は相対性や量子論が好きだ／なぜかというと理解できないからでもあるが／空間がまるでじっとしていない白鳥のように動き回るかのように感じさせるからだ」と書いているが、これを読むと、ロレンスが、驚異の念を引き起こすものとして物理学を見ていたことをうかがわせる。

(17) われわれが通常「認識」と呼んでいるものが、実はあるがままの現実を文化の凝集体である言語によって「分節」することであることを、『意識と本質』(一九八三年)、『意味の深みへ』(一九八八年)、『コスモスとアンチコスモス』(一九八九年)、『超越のことば』(一九九一年) などの著作でこの上なく明晰に説いたのは井筒俊彦である。彼によれば、真の見者は「分節」という知的操作を経ずして世界をありのままに見るという。例えば、イスラームの哲学者イブヌ・ル・アラビーが見る世界を説明してこう述べる。「一粒の麦がすべての麦。一粒の麦が全世界。そしてまた、全世界が一粒の麦。一個のアトムのなかに、重層的に、一切のアトムの存在性が流入し、同様の構造をもった無数のアトムが、互いに他を映現しつつ、刻々に生じては消え、また生じていく。あらゆるものが重々無尽に浸透しあいつつ、走馬燈のように、限りなく流動する。万有円融の絢爛たる存在風景」(一〇〇頁)。これは、ロレンス的に言えば、世界を「驚異の念」をもって見たときの存在風景と言えるであろう。

(18)『日本の名著』7、「身心学道」参照。「身心」と、通常の順序を逆転させて「身」を「心」よりも先に置いているところからも、ロレンスと道元の思想的類似性が見られるように思われる。

(19) ケンブリッジ版、四七九頁の注を参照。

(20) ロレンスと同時代を生きた稀有な知性、T・E・ロレンスは、『白孔雀』以来彼［ロレンス］の作品はすべて読ん」(337) でおり、書評を頼まれたときもロレンスの作品なら喜んでやると言って、現に実行するほどに彼を評価していた。研究者の間では評価の分かれるこの作品についても、「私は『羽鱗の蛇』の構成を、とても均整の取れた満足すべきものと考える。いや、彼の小説のほとんどは実に見事に構築されている」(368) と述べ、同時代人の中では抜きん出た読みの鋭さを見せている。彼についてはこれまでのいくつかの章で論じたが、この同姓の二人の相違を思うとき、T・E・のD・H・に寄せる共感はとりわけ興味深い。

(21) 物語の結末に至ってこの運動がほとんど言及されず、その行く末が不明確に感じられるのは、必ずしも欠点とは言えないだろう。この種の運動はその結末あるいは成果が第一義的な問題なのではなく、そのようなものの存在の可能性を示すこと、そしてその過程でいかなる力が生み出されるかを描くことこそ重要なのである。たしかに、ロレンスが、これ以上この運動を追求することに創作上の困難を感じていたのも間違いないであろう。しかしながら、この運動の結末の不明確さをもってこの作品の評価を左右するのは、的はずれである。その悪例の典型が、次のジュリアン・モイナンの言葉である。「インディアンは食料を、住居を、公平な扱いを、そして生活における新たな意味感を必要としている。［ケツァルコアトル運動が生み出した］新しい秩序は、これらの必要にどう応えるのであろうか。一言で言えば、インディアンを腹をすかせた無知な状態に放置することによって、地主が搾取し続けるのを許すことによって、シプリアーノの山賊軍隊が与える恐怖心によって、そしてメキシコの何千という教会をアステカの寺院にし、そこでインディアンの男女の血の供犠を捧げることによって、これに応えるのである」(111)。この部分に関する限り、モイナンはこの作品全体が生み出している効果を完全に取り逃がしているばかりでなく、フィクションというもののもつ意味さえも把握しそこねているようである。ロレンスは社会学者でもなければ、むろん政治家でもない。

(22) Asai, 285-302 参照。ロレンスが伝統からの恩恵あるいは影響を認めたがらないというのはよく言われることである。しかしブルームの言う「影響の不安」ではないが、これは芸術家なら誰しも程度の差こそあれ見られるものだろう。問題なのは、そのような「体質」が、ここでハウが言うような「外部からの助言や援助を受け取る才」の欠如につながっている場合だ。ロレンスは良くも悪くも"self-made man"であった。そしてこれが肯定的に表出しとき、彼は独創的なことをやってのけた。しかし否定的に出たとき、自閉的になり、尊大になった。T・E・ロレンスが一九三二年に出たハクスリー編集になるロレンスの書簡集に抱いた感想は、その点を鋭く突いている――「彼の非寛容さには本当に驚いた。私が八百頁の本を書いたとして、その中に、これまでに誰かが書いたものや行なったことに対して、せめてほんのわずかでも満足の意を表す言葉を記さないなどということはとても考えられない」(469)。

(23) この「関係の拒否」を象徴する言葉としてロレンスが好んで使うのが、「われに触れるな (Noli me tangere)」である。私は、イエスがこの言葉に込めた意味と、ロレンスのそれとは非常に違ったものであると考えるが、ロレンスがそれを意識していたがどうかを論じるには稿を改めなければなるまい。仮に、もし彼がそれを意識しておらず、イエスも自分の個我性に執着してこの言葉を吐いたと考えたのだとしたら、そのあたりにもロレンスがこの最後の苦渋を味わわねばならぬ原因があったのではないかと思われる。

(24) その「諦念」を最も見事に形象化しているのは「島を愛した男」である。このニヒリズムの極北ともいうべき不気味な作品は、『チャタレー卿夫人の恋人』、「死んだ男」といわば三位一体的な関係にあり、その解読は第二〇章「引き裂かれた聖霊――ロレンス晩年の作品群におけるヴィジョンの分裂」を参照していただきたい。

(25) こうした読みは、例えばD・ロッジのようにバフチンの「ダイアローグ理論」をロレンスに当てはめる立場からは、物足りないか、あるいは賛同しかねるだろう。そうした立場からすれば、ロレンスの中でも、「語り手が討論や討論の中心人物に対してけっして最終的な判断の言葉を述べ」ず、「流動的で柔軟な視点」(一一四―一一五頁)をもつ作品の方が高い評価に値するのであろう。しかし本論の主旨は、そうした読みの否定ではなく、作品から読み取れるロレンスの「意図」とその「成果」との懸隔を指摘することにある。すなわち、主人公および作者が「最終的な判断」をしなかったことを、「ダイアローグ的読み」とは別のレベルで論じようとしたのである。

ロッジが高い評価を与えるのは、当然のことながら『恋する女たち』や『ミスター・ヌーン』であって、この『羽鱗の蛇』は「馬で去った女」や『チャタレー』と並ぶ失敗作、すなわち「支配的な作者の言説は一つの特権的なイデオロギー的立場へ向かって容赦なく女主人公を導く」(一一六頁)「モノローグ的」作品と見なしている。しかしここで皮肉なのは、本稿では逆に、『羽鱗の蛇』には「特権的イデオロギー的立場」などなく、むしろそうしたものが喪失したところからこの作品は始まっており、そしてその代替物も見つけられなかったと繰り返し述べてきた。その意味では、私の論は「図らずも」この作品を「ダイアローグ的」

に読み直す試みになっているのかもしれない。

引用文献

浅井雅志「アルヴァイナの変容について」『ロレンス研究――「堕ちた女」』朝日出版社、一九八二年。

――「暗き神の誕生」『ロレンス研究――「カンガルー」』朝日出版社、一九九〇年。

井筒俊彦『コスモスとアンチコスモス』岩波書店、一九八九年。

ウィルバー、ケン『意識のスペクトル』上、吉福、菅訳、春秋社、一九八五年。

シュタイナー、ルドルフ「諸宗教に共通する叡智の核心」高橋巌訳、『人智学通信』第四五号、日本人智学協会、一九九三年。

道元『日本の名著』7、中央公論社、一九七四年。

ヒック、J・、P・ニッター編『キリスト教の絶対性を超えて――宗教的多元主義の神学』八木誠一、樋口恵訳、春秋社、一九九三年。

ユング、C・G・『ユングの文明論』松代洋一編・訳、思索社、一九七九年。

ロッジ、デイヴィッド『バフチン以後――〈ポリフォニー〉としての小説』伊藤誓訳、法政大学出版局、一九九二年。

Asai, Masashi. *Fullness of Being: A Study of D. H. Lawrence*. Tokyo: Liber Press, 1992.

Blake, William. *The Complete Poetry and Prose of William Blake*. Ed. David Erdman. New York: Doubleday, 1988.

Hochman, Baruch. *Another Ego: The Changing View of Self and Society in the Work of D. H. Lawrence*. Columbia, South Carolina: Univ. of South

Carolina Press, 1970.

Hough, Graham. *The Dark Sun: A Study of D. H. Lawrence*. New York: Octagon Books, 1979.

Huxley, Aldous. *Tomorrow and Tomorrow and Tomorrow and Other Essays*. New York: Harper, 1956.

Jung, C. G. *Memories, Dreams, Reflections*. Ed. Aniela Jaffe. London: Collins, 1974.（*MDR*）

Kermode, Frank. *D. H. Lawrence*. New York: Viking, 1973.

Lawrence, D. H. *Apocalypse*. Ed. Mara Kalnins. London: Penguin, 1995.（*A*）

________. *Phoenix*. Ed. E. McDonald. Harmondsworth: Penguin, 1978.（*P*）

________. *Phoenix II*. Ed. W. Roberts and H.T. Moore. Harmondsworth: Penguin, 1978.（*PII*）

________. *The Rainbow*. Ed. Mark Kinkead-Weekes. Cambridge: Cambridge UP, 1989.（*R*）

________. *Reflections on the Death of a Porcupine and Other Essays*, Ed. M. Herbert. Cambridge: Cambridge UP, 1988.（RDP）

________. *Studies in Classic American Literature*. Ed. Ezra Greenspan, Lindeth Vasey and John Worthen. Cambridge: Cambridge UP, 2003.（*SCAL*）

Lawrence, T. E. *The Selected Letters*. Ed. Malcolm Brown. New York: W. W. Norton, 1989.

Moynahan, Julian. *Deed of Life: The Novels and Tales of D. H. Lawrence*. Princeton: Princeton UP, 1963.

Sagar, Keith ed. *A D. H. Lawrence Handbook*. Manchester: Manchester UP, 1982.

Schneider, Daniel. *D. H. Lawrence: The Artist as Psychologist*. Lawrence, Kansas: UP of Kansas, 1984.

第一〇章　ロレンス対プラトン

序

ロレンスが若き日にジョン・バーネットの『初期ギリシア哲学』を読んで大きな衝撃を受けたことはつとに知られている。それ以来ギリシアの哲学者はロレンスの大きな関心の対象であった。ここで主題とするプラトンへの言及も数多い。もっとも気になる思想家の一人だったのは間違いない。さまざまなエッセイでの言及を見ても、彼がプラトンのいくつかの対話篇を、どの程度詳しくかはともかく、読んでいたのはたしかだろう。ロレンスにとってのプラトンは何よりもまず、霊魂と肉体を分離し、霊魂＝「自意識」＝知的意識を肉体の上位に置くことによって肉体と生をおとしめるという、西洋思想史上の大転換を、それも悪しき大転換を成し遂げた最大の立役者、ということになろう。

しかし近代以降の西洋思想史を概観すると、ロレンスのこうした見方が決して特異なものではないことがわかる。そこには「反プラトンの系譜」とでも呼べるものが連綿と続いている。そうした系譜にある思想家に共通するのは、プラトンがその起源であり代表であるとされる一連の観念、すなわち、プラトンのイデアに象徴される「普遍」「絶対」「永遠」「超越者」などに対する批判ないしは否定である。後で見るように、こうした反プラトンの説の多くは「通俗プラトニズム」への反論にすぎないとする論者もあって、この問題はかなりやっかいである。本稿の主目的は、ロレンスのプラトン観を手がかりに、こうした反プラトンの系譜をたどり、その批判の根拠を探ることによって、こうした系譜＝思想潮流を根底で支えているものを明らかにすること、そして、その系譜の中でのロレンスの位置はいかなるものかを考察することである。

一

ロレンスがこうした反プラトンの系譜に立つという見方は、ロレンス研究者の間でもそれほど議論されることはなく、それだけこの見方が受け入れられているということだろう。ここではまず、少し視野を広げて、ロレンスとギリシア哲学とを比較考察した論を概観しておこう。

まずバリー・シャーの論から始めよう。シャーの論の骨子は、ロレンスが自分が天才であるという確信と自尊心を守るために、換言すれば、ハロルド・ブルームのいう「影響の不安」を振り払うために、本質的には哲学的な立場を共有するプラトンを故意におとしめ、否定しているのだというところにある。その論証として、オットライン・モレル宛の手紙の言葉を引用しつつ、「ロレンスはキリスト教徒ではなかったが、自らの『哲学』の、そして『真理および本当のゴールへの旅』の真の出発点として、『無限、無境界、永遠』を特権化した」と言い、こう続ける。

ロレンスは、「無限なるもの」に対する強い関心を抱く非キリスト教的哲学者という点で、ほかならぬプラトンの子孫であり、西洋の伝統の中では最も先鋭な「無限なるもの」を論じた非キリスト教的哲学者である。

偉大なるプラトンとのこの関係はロレンスの中に大きな心理的ディレンマを生み出したに違いない。西洋の非キリスト教的伝統における主要かつ独創的な詩人哲学者という自負をもつロレンスは、意識的にはプラトンの影響を認めることはできなかった。プラトンへの借りを認めるよりは、彼と「格闘」し、自分のための「想像力の空間」を空けておこうとしたのである。(42-43)

キリスト誕生以前の思想家であるプラトンを「非キリスト教的」伝統に組み込むのは、思想的系譜に着目してのことかもしれないが、違和感は残る。しかしもっと重要なのは、シャーが、ロレンスのプラトン批判は自分の独創性を守るという保身的姿勢からのみ生まれたと考えている点である。ロレンスが過去の作家や思想家からの影響、あるいは「遺産」伝承をあまり認めたがらず、批判することが多かったのは事実だが、彼のプラトン批判の最大の動機を虚栄心に見るのはやはり極端と言うべきだろう。それどころかシャーは後には、ロレンスとプラトンの本質的な違いを論じるのであるから、自己矛盾もはなはだしいと言わねばなるまい。ロレンスとプラトンとの本質的な共通性という重要な点を示唆しながら、それをほとんど発展させることなく、ロレンスの虚栄心とそのもとになった不安のみを指摘するのは生産的批評とはいえまい。それは置くとしても、シャーは、両者の違い、つまりロレンスにプラトン批判をさせた原因となる違いをどこに見ていたのだろうか。彼はロレンスのラッセルへの手紙に手がかりを見る。

脳や神経系統以外にも意識の座があります。通常の知的意識、つまり眼を情報源あるいは連結器とする知的な意識とは独立した血の意識というものがあるのです。この血の意識は、知的意識が眼ともっているのと同じ関係を性との間にもっています。……われわれのこの生、あるいはあなたの生の悲劇は、知的・神経的意識が血の意識を支配し、そのためあなたの意志は知的意識に完全に身を預け、最後の解放者である血の存在あるいは血の意識の破壊に手を貸しています。その帰結は死以外にありません。プラトンも同じことをしたのです。(59)

この手紙はロレンスの「血の意識」の思想を明確に表現しており、彼とプラトンとの関係を見る上でも注目に値するが、シャーはこの引用をこう評する。「……このように知的意識ははっきりプラトンと同定されているが、たしかに彼は『パイドロス』で『われわれの肉体に与えられた最も鋭敏な知覚様式』だとして視覚に特権を与えている。……ロレンスは、知的意識を奉じる『ホモセクシュアル』の哲学者プラトンとはまったく折りが合わなかったのだ」(59-60)。

たしかにシャーは、ロレンスのプラトン批判の根幹が、眼をその源泉とする「知的意識」と、性と深く関わる「血の意識」との対立にあり、プラトンを前者の代表と見なしている、という要点はつかまえてはいる。しかし、ほとんどなんの考察もせずに、あるいは単に古代ギリシア人はみなそうだったという思いこみによってか、プラトンを「ホモセクシュアル」と断定し(1)、ロレンスのホモセクシュアリティへの嫌悪を彼のプラトン批判の一要因とするなど、いかにも粗雑だし、ロレンスが反プラトニストであるという「俗説」にも何の異論も唱えておらず、全体的に説得力に乏しい論である。

次にポール・グリーソンの論を見てみよう。彼もシャーが引用したのと同じロレンスのラッセル宛の手紙を引き、こう述べる。「ロレンスによれば、ラッセルはプラトンに従って、知性と神経が肉体と血よりも大きな精神的重要性をもつという観念的哲学を提唱した」(321)。たしかにロレンスは、後に「盲目の人」でラッセルをモデルにして人物造形をしているところから判断して、ラッセルをこう評価していたのはまちがいないだろう。しかしグリーソンは、ラッセル自身がプラトンの強い批判者だったことはまったく考慮にいれていない。この点については後で詳しく触れるが、例えばラッセルの「プラトンとともに、純粋思考の自生的世界を重視して感覚の世界を拒否する傾向がやってきた」(90)といった言葉を見るかぎり、ラッセルを安易にプラトンと同定し、ロレンスをそれに対置することはできないだろう。実際ここには、プラトン―ロレンス―ラッセルという「奇妙な三巴」の関係が見られるのだが、著者はそれにはまったく気づかず、『アロンの杖』に見られるプラトンの反響のみを論じている。それはそれで妥当な論ではあるが、本稿の問題意識からすれば掘り下げが弱いといわざるをえない。すなわち、ロレンスは反プラトニストであるとする「俗説」がはらむ複雑な問題にはほとんど気づいていないのだ。

最後にダニエル・シュナイダーの論を見ておきたい。彼の論はロレンスとプラトンの関係に焦点を当てたものではなく、ロレンスが初期ギリシアの哲学者から受けた思想上の影響を、一、一者およびその対立物への分割、二、均衡、三、生と死　四、火の意識、水の無意識　五、歴史における愛と闘争の五点に分類して簡潔、明瞭に論を展開している。しかし、よく整理されてはいるものの、とりわけ斬新な指摘は見られない。プラトンとの関係への言及はないが、ロレンスがかくも強くソクラテス以前の哲学者から影響を受けたというこの説と、「ソクラテス以前・以後」という西洋哲学史上定説となっている区切りとを重ね合わせると、ロレンスはヘラクレイトスを中心とするソクラテス以前の哲学者とは親近性があるが、それ以後の哲学者、とりわけプラトンとはほとんどない、という「俗説」を追認しているようにも思われる。しかし、「ロレンスがヘラクレイトスおよびエンペドクレスの観念を発展させたものの中にはかなりのナンセンスがあるのは間違いない」(108)という言葉は、ロレンスが、強い影響を受けた初期の哲学者をも「誤読」していたことを示唆しているようだ。

以上、ロレンスとプラトン、あるいはギリシアの哲学者との関係を主題的に論じているものを概観したが、全体的に見て、ロレンスは反プラトニストであるという「俗説」を追認、あるいは肯定するものはあっても、ロレンスのプラトンに対する「誤解」ないしは「誤読」という視点で論じたものはほとんどないといっていい。では、ロレンスはやはり反プラトニストなのか。もしそうだとしたら、それにはいかなる意味があるのか。以下、ロレンスのプラトン理解、あるいはその扱いを検討することでこの問題を考えてみたい。

二

まずロレンスがプラトンに言及している主な箇所を拾ってみよう。

> われわれの時代は、知的意識としての精神を賞賛するために生殖的な肉体を十字架にかけるという、吐き気がするほどに不愉快な時代である。プラトンはこの磔刑をつかさどる大司教であった。(*P*, 569)

> 肉体と精神を分け、精神を、自意識を賞賛したプラトンとはなんと悪意に満ちた人物であろうか。(*P*, 766)

> 存在とは、プラトンなら観念的、霊的なものだというだろうが、そうではない。それは生存の超越的な形

態であり、そして生存しているものがそうであるように物質的なものだ。物質が突然四次元の世界に入り込んだだけのことなのだ。(*RDP*, 359)

一つの円環、一つの瞬間だけを選りだすこと、その瞬間以外のすべての文脈を無視し、この瞬間を超時間的なものにすること、それこそラファエロやプラトンがやったことだ。そのため彼らの言う絶対的な真理、つまり幾何学的真理は、時間を超越したところでのみ有効となる。(*P*, 461)

接触を抑圧した後に「法」に表現を与え、そして抽象を完成した者、プラトン、ラファエロ。(*P*, 513)

プラトンは私の中の完璧で観念的な部分を震えさせる。しかしそれは私のほんの一部だ。完璧さとは人間という不思議な生き物のごく小さな一部にすぎないのである。(*P*, 535)

われわれは自分の足で歩き始めるために、プラトン以前、観念的な概念化が始まるはるか前に、生の悲劇的な観念が生じる以前に戻らなければならない。肉体の忌避と観念化によって救済がもたらされるという思想が、人間の生を悲劇的に捉える見方と一致してしまったからだ。……今やわれわれはあの大いなるつながりを取り戻さなくてはならない。悲観論を内に秘めたえらそうな観念論者たちが、生とは不毛な闘争以外の何ものでもなく、死ぬまで回避すべきものだと信じて、われわれに代わって破壊してしまったあのつながりを。仏陀、プラトン、イエス、この三者は性に関してはまったくの悲観論者であった。

……プラトンとともに生と肉体を撲滅しようとする十字軍運動が始まったが、それは「観念化」を、「精神的」知識の分離を推し進めようとする運動であったのだ。(*P*, 510-12)

前節で引いたラッセルへの手紙と併せてこれらの文章を読むと、ロレンスのプラトン像がかなりはっきりしてくる。それは本稿の冒頭で述べたものと基本的には変わらない。すなわち、肉体、すなわち性を具えた個々の具体的な「存在」を抽象化して一つの理念と化し、肉体と精神=自意識あるいは魂を分離して後者を前者の上に置くことで肉体を十字架にかけた張本人……。このようなロレンスのプラトン像をもう少し明確に捉えるために、以下、「尾を口にくわえた蛇」というあまり論じられることのない小エッセイを中心に検討してみよう。この奇妙なタイトルをつけられたエッセイには、ロレンスが古代ギリシアの思想、哲学をどう捉え、その中にプラトンをどう位置づけているかがとりわけ明瞭に見られるからである。

まず冒頭からプラトンへの言及が見られる。

そこでプラトンは知的観念がいかに素晴らしいかを発見した。実際、観念(理想)のみが完璧なのだ。しかしわれわれすべてを生み出した太古の創造の龍は頭に観念などもってはいなかった。プラトンは準備ができていた。彼はロゴスを龍の口に押し込んだ。すると永遠の蛇が出来上がったのだ。(*RDP*, 309)

原初の生命力をそなえ、人間を生み出した「太古の龍」は、プラトンにロゴスを口に突っ込まれたことで「永遠の蛇」、いわゆる「ウロボロスの蛇」に変貌し、永遠に堂々めぐりを始めるようになった、というわけだ。

通常「ウロボロス」は、世界創造が全にして一であること、あるいは永劫回帰や、反対物の一致を象徴的に示すものとされるが、ロレンスはここでは完全に否定的なものとして使っている。この「蛇」の彼の解釈はこうだ。

始まりと同時に終り、頭であると同時に尾、そんなものはでたらめだ。……創造を輪で囲い、蛇の尾を口に押し込んで、ある究極的で決定的な観念で南京錠をかけなければ、人間に関するかぎり創造など無に帰してしまう。

……

われわれがほしいのは生だ、内なる生のエネルギーだ。生がどこから来たのか、それが何なのか、誰にもわからないし、これからもわからないだろう。生はわれわれの知識にとっては絶対の未知数Xなのだ。(310)

すなわち、ロゴスを接着剤として終末を始源につなぎ、宇宙を円運動として捉えることは、その伝統的な解釈とは裏腹に、決して知ることのできない宇宙の原初の生命力をわれわれ人間に分かりやすいものにし、それによってこの問題に決着をつけて安心立命を得ようとする理性の狡知だとするのである。

この見方は、「私は永遠の生命などほしくない……それでも生きている間は生きたいのだ」(311) というロレンスの根源的な欲求、そして「永遠のゴールなどない」(312) という信念から出てきている。一九一八年に書かれた「生(命)」という小エッセイはほとんど一編の詩だが、ここでも同様の考えが表現されている。すなわち、生(命)とは人間の言語よる表現能力を超えているということだ。生(命)には「創造的未知」、「生き生きとした未知」、「原初の未知」といった言葉が当てられ、「闇」「バラ」「聖霊」などの比喩が与えられる。

われわれにできるのは、言葉によっては、すなわち知的には永遠に知ることのできない生（命）という「未知の者」の到来を待つことだけである。

しかしついに、私の欲望と倦怠が頂点に達したとき、突然ドアが開き、そこに見知らぬものが立っているではないか。ああ、今こそ歓喜のときだ！　私の中に新たなものが創造されたのだ。……これこそわれわれが成就へと至る道だ。これ以外に道はない。（*P*, 697）

私は生命に対して働きかけることはできない。その到来をただ待つだけだ。しかしそれがやってきたときの喜びは筆舌につくしがたい――この生命観はロレンスの思想の根底を貫くものだ。

この文脈で見るとき、ロレンスが以下のように考えたことは容易に理解されよう。すなわち、プラトンに代表される者たちが、知ることのできないものにイデア＝観念を無理矢理押しつけるという、いうなれば知性による冒瀆を犯したのだ、と。

しかし、ここでもう一度「尾を口にくわえた蛇」に眼を転じると、ロレンスの議論が興味深い方向に展開していることが分かる。

ギリシア人は均衡こそゴールであるとした。均衡は目標とするゴールではない。けれどもそれは達成されるべきものだ。人は……四次元を旅しているのである。

均衡という概念は二元論的もしくは多元的宇宙を問題にしている。健全なるギリシア人は汎神論者であり多元論者であった。私もそうだ。

創造とは四次元で、そこには神々初めありとあらゆるものが存在する。……

四次元、すなわち創造の世界では、われわれは多元的宇宙に生きているのだ……

……

存在もしないのにいつもわれわれが立ち返るゴールだが、そう、それは空間的、時間的、あるいは永遠に存在するものではない。しかし四次元においては存在するのだ。

……

……そうすれば私とニワトリとの間に第三のもの、フランス語で言う理解《コネサンス》が生じるだろう。それこそがゴールなのだ。

……

いやしくも生命であろうとするなら、それ［絵］は五〇％の私、五〇％の汝でなければならない。そして第三のもの、すなわち両者の均衡から発する火花は時を超えている。イエスは……それを聖霊と呼んだ。

(*RDP*, 313-17)


「四次元」という言葉の唐突な導入で、論はやや飛躍するように見える。「四次元を旅する」とか「創造とは四次元である」といった文章は、文脈の中に置いても意味がとりにくい。おそらくこの一節の主旨はこうだろう。永遠のゴールなるものはまやかしで、創造が行われる場である四次元の中にこそゴールがある。それは私と他の存在との間に「第三のもの＝親密な関係・理解＝聖霊」を生み出すことである。そしてそれが生まれたとき、人間は四次元に、そして多元的宇宙の中に生きる、そしてそのとき初めて人間は、他の存在と真の関係をもつことができる。これこそ真に生きるということである——ということではないか。ここで、「永遠のゴール」という言葉に、プラトンの（ロレンスが理解した範囲での）「イデア」が重ね合わせられているのはまちがいない。(2)

続けて彼はこう言う。「ギリシア人が均衡と呼んだものを私は関係と呼ぶ。均衡はちょっと機械的だ。それはギリシア人によってとても機械的なものになった。知的な釘がそれに打ち込まれたのだ」。ロレンス自身、例えば『恋する女たち』の中で「星の均衡」なる言葉を使ってほぼ同様の考えを表明していることを考え合わせれば、この一節はやや説得力を欠くが、次の説明を聞けば彼の論点は明瞭になる。

> これがギリシア人の犯した誤りだ。彼らは均衡について話すが、馬や牡牛やアカンサスと均衡を取りたいときには、馬や牡牛やアカンサスの方が人間に合わせるために人間のようにならねばならなかったのだ。……われわれはそんなものを均衡とは言わない。それは擬人化とも言うべきものだが、擬人化なんてうんざりだ。……均衡とは、その最良の意味では、つまりギリシア人がもともと意図した意味では、二つの生物、あるいは二つの均衡の取れたものの間を、生きた関係の中で、不思議な火花が飛び交うことであった。それこそがゴールだ。……古代ギリシアでは、人と人、見知らぬ人同士、あるいは男と女、見知らぬ男と見知らぬ女の間に飛び交う火花は生き生きと活力に溢れたものであった。（*RDP*, 315-16）

つまり、初期のギリシア人は「均衡」という語を正しく使ったが、後のギリシア人がこれを歪めた、すなわちすべての存在を擬人化し、そのために人間とそれら、あるいは彼らとの間に生じるはずの火花が飛ばなくなり、均衡も失われた、というのである。この部分にすぐ続いて「ギリシア人は切り離し作業を始めた」と言っているが、このギリシア人が「後期」ギリシア人であることはまちがいない。彼らこそ存在と存在の間を切り離し、その関係＝均衡を断ち、それゆえ必然的に、両者の関係を取り結び、均衡を保つ上でのキーとなる聖霊をも否定した張本人なのだ。その結果、人間の真の生が営まれる四次元も否定されるに至った。そしてその中心にいるのがプラトンなのだ、ということになろう。このあたりの議論にはバーネットの影響があるのかもしれないが、ここで述べられている「関係性の分断」こそ、プラトンがロゴス＝イデアを原初の生命＝関係性の中に無理矢理突っ込み、これを破壊したために、太古の龍は永遠の蛇となっていつまでも不毛な堂々めぐりを続けている、というこのエッセイの冒頭のイメージが伝えようとしていることなのであろう。

以上、「尾を口にくわえた蛇」というエッセイを中心にロレンスのプラトン観を見てきた。この、ロレンスのプラトンへの反応について寺田建比古は実に的確に、ある意味ではロレンス以上に明瞭に表現している。

> プラトニズムにおいては、存在は二つに分断される。プラトンは存在を「イデア」と「ヒューレー（質量）」とに分断した。……かくて、西欧形而上学を始動させたプラトンの哲学は、人間と自然との間にヴェイルとして立ち塞がり、人間は自然との生ける接触を断たれ、自然を自然として、もはや直接的には体験しえないことになる。（一七―一八頁）

ロレンスがとらえた現代のニヒリズムの真の起動力……は、決して単にキリスト教の神の死といったものではなくて、それは大いなる神、パンを完全に殺し去るに至った力、ヨーロッパ文明史がその原動力として秘める〈観念の浮揚力〉にほかならなかったのである。(二六頁)

この「浮揚力」を起動させたのが、「本来人間の魂に宿るものであったイデアを天上界へと投影してそれを真の存在として形而上学的に実体化する」プラトニズムと、アガペー的愛によって強力に人間を上へと引き上げ、「人間存在の全面的な霊化という点において人間としての人間にとっては全く不可能な」要求をするキリスト教が合体したもの、すなわち「プラトン的＝キリスト教的観念論」(二六―二七頁)だった、と結論づけるのである。

この解説は実に明瞭ではあるが、いささか図式的にうまく整理されすぎているきらいがある。つまり、本章の問題意識、すなわちロレンスは「通俗プラトニズム」への反対者の一群の中にいるのではないか、換言すれば、ロレンスにはプラトンの「誤読」があったのではないか、という問題意識は感じられない。そこで、次節では、近代以降の代表的な反プラトニストの系譜をたどることで、この点を考えてみよう。

三

ホワイトヘッドの有名な言葉、「ヨーロッパの哲学伝統のもっとも安全な一般的性格づけは、それがプラトンについての連の脚注からなっているということである」(六六頁)が示すように、プラトンの哲学は西洋の思想に圧倒的な影響を与えてきたが、それは必ずしも肯定的なものだけではなかった。近代以降の代表的な反プラトニストはやはりニーチェであろう。処女作『悲劇の誕生』において彼はこう主張した。ソクラテス以前の哲学者は「健康」であったのに、ソクラテスが眼を人間の内面にのみ向けることによって人間と「自然（ピュシス）」との健全な関係が断たれた。この見方の最大の犠牲者にして擁護者、そしてそれを理論化したのがプラトンである。その意味で、ソクラテスとプラトンこそ堕落の症候であり、もっとも非ギリシア的である、と。その後も彼は反プラトン的言説を繰り返す——「プラトン対ホメロス、それはまったくの敵対、真の敵対である——前者は最善の意志をもった『彼岸の人』、生の大いなる誹謗者であり、後者は生の無心の讃仰者、黄金のごとき自然である」（『道徳の系譜』一九六—九七頁）。「プラトン。彼における非ギリシア的なもの、すなわち、身体、美、等々の軽蔑」（『生成の無垢』上、三九六頁）。「プラトンの考えでは、冥府における死者たちが本当の哲学者である。身体から救済されているからだ」（前掲書、八七頁）。「私の哲学は逆転されたプラトン主義だ。真にあるものから遠ざかれば遠ざかるほど、純粋さ、美しさ、善さが増す。目標としての、仮象における生」（前掲書、一〇四頁）。

しかしこうしたニーチェのプラトン観は終生固定していたわけではない。例えば次のような言葉が見られる。

偉大な道徳的本性の持ち主たちは、解体の時代に、自己制御者として発生する。それは誇りのしるしだ。彼らは、おのれ自身しか統御すべきものがないある変化した世界における、統御する本性の持ち主なのだ（ヘラクレイトス、プラトン等々）。（『生成の無垢』下、二二四—二二五頁）

哲学でさえもが一種の洗練された性衝動・生殖衝動であるとのプラトンの信念。（前掲書、四二六頁）

さらには、一つのアフォリズムの中でさえ揺れを見せている。

善いものではなくて、高等な者！　プラトンは彼の哲学以上に価値があるのだ！　私たちの諸本能はそれらの概念化的表現よりも優れている。私たちの身体は私たちの精神よりも賢明なのだ！……ソクラテスは、私たちがなんらかの論理的な推理の結果として道徳的に行為するわけではないということを看破していたようだ……プラトンと彼に追随したすべての者たちとは、そうした推理を有すると信じ、そしてキリスト教がこうしたプラトン的な愚かさの洗礼を受けたということ、このことがこれまでヨーロッパにおける不自由の最大の誘引であった。（前掲書、五〇九頁）

あるいは、次のような自問の形にも同じ揺れが見て取れる。「われわれ近代人は、プラトンのイデアリスムを必要とするほどには充分な健康を持ち合わせてはいないのだろうか？」（『悦ばしき知識』三七三―七四頁）。しかしニーチェのこのようなプラトン観の揺れは、最晩年の著作、『偶像の黄昏』においてこう総括される。

プラトンとの関係においては私は徹底的な懐疑家であり……プラトンは退屈である。私は彼を、古代ギリシア人の根本本能からきわめて逸脱したもの、きわめて道徳化されたもの、きわめて先在キリスト教的なものとみとめるので――彼はすでに至高の概念としての「善」という概念をもっている――私はプラトンという全現象について、「高等詐欺」、ないしは……理想主義という手厳しい言葉を使いたい。……プラトンは実在性に対する臆病者であり――したがって彼は理想のうちに逃げ込む……（一五〇―五二頁）

かくてニーチェはロレンスのそれとよく似たプラトン観に回帰する。

二〇世紀に入ると、かつてホワイトヘッドと『プリンキピア・マテマテカ』を共同執筆したラッセルが反プラトンを表明する。この点にはすでに多少触れたが、一時期ロレンスと思想的に「共鳴」したが、まもなくそれが幻想であることを知って苦い別れ方をしたラッセルが、反プラトンでロレンスと同陣営にいるというのも皮肉な話だ。先の引用の言葉を見るかぎりでは、ラッセルの批判の焦点はロレンスのそれと近いところにあるようにも思える。しかしここでも両者の共鳴は幻想、すなわち二人の反プラトンは異なる根拠に立っていることがやがて判明する。

プラトンはいつも、人々を彼が考える意味で有徳にするような見方を唱えることに腐心した。彼は知的に誠実であったとは言いがたい、というのも、彼は常に自分の説を、その社会的影響力で評価したからだ。この点でも彼は誠実ではない。彼は論を展開しつつ、それを純粋に論理的な基準で判断するそぶりを見せる。ところが実は有徳な結論に導くように論を捻じ曲げているのだ。(90)

彼は議論においては不誠実で詭弁を弄した……その思考は科学的でなく、自分の倫理基準に合うように宇宙を明らかにしようと決意していた。これは真理への裏切りであり、最悪の哲学的罪である。(156)

つまりラッセルのプラトン批判は、プラトンの哲学が「科学的」、すなわちラッセルが考える意味で正しく哲学的に思考するのではなく、自分が「真」であると考える結論に強引にもっていこうとするその手法に集中している。

さらに彼は、プラトン哲学は基本的には、パルメニデスの「世界の永遠性」、ヘラクレイトスの「世界の仮象性」、そしてピュタゴラスの「あの世的性格」と「神秘主義」を一体化したものにすぎないとした上でこう述べる。「プラトン哲学には一貫して、ピュタゴラス主義におけるのと同様の知性と神秘主義の融合が見られる。しかしこの最後の頂点に至って、神秘主義がはっきり主導権を握った」(141)。つまり、プラトンの論証は知性を使ってはいるが、最終的な、そして決定的なところでは神秘主義が主導権を握る、と、ここでも知的姿勢の弱さを批判している。しかしこの批判は、本章の問題意識、すなわち理想／超越対現実という古くて新しい問題をどう捉えるべきか、という視角が弱いようだ。つまり、この問題についての考察を深めずに、自らの立場を自明視して反対の見方を両断しているにすぎないように思われる。換言すれば、知的アプローチがすべてを解決する、とでもいわんばかりの態度でこの問題を一蹴している。藤沢令夫はこうしたラッセルの批判をこう要約する。「要するにラッセルたちのこの判決は、イデア論を中心に全一的な性格を特色とするプラトンの哲学が、論理実証主義的な科学主義の教条――『検証』できない何らかの超感覚的な原理を立てる形而上学的思想の全面排撃、また『世界の本質についての理論』と『最善の生き方についての倫理的・政治的教説』とを明確に区別すべきこと――と根本的に相容れないからにほかならない」(九頁)。これはかなりの説得力をもつ説であるが、もしそうだとすれば、ラッセルの反プラトンの根拠がロレンスのそれとはまったく別物であることは明かであろう。

もう一人のプラトン批判者は、哲学のみならず、二〇世紀の思想界全般に巨大な影響を与え続けているハイデガーである。彼の批判はロレンスのそれと本質的なところで通底するものがあるように思われる。木田元は、『存在と時間』時代のハイデガーと後期ハイデガーではプラトン観に微妙な違いがあるのではないかと示唆しているが、その違いはあまり明瞭に示されていない。それでも木田の解説は簡明で、前期のハイデガーのプラトン観をこう要約している。

制作（ポイエーシス）的な存在論の地平においては、〈自然〉はもはやおのれのうちに運動の原理を内蔵し、それによっておのずから生成する生きた自然ではなく、イデアに則して構造化される無機的な質量（ヒュレー）、そのように形相と結びつかない限り存在者とはなりえないもの、したがってそれ自体では〈非存在者〉でしかないものなのである。……〈イデア〉という超自然的（メタピュシス）な原理の設定、形而上学（メタピュシカ）の成立と、自然を存在者の特定領域におとしめ、単なる無機的質量と見る物質的な自然観の成立とは完全に連動しているのである。そして、それと同時に、物事の〈刑相〉によって規定される〈本質存在（エッセンティア）〉と、〈質量〉によって規定される〈事実存在（エクシステンティア）〉とが区別されることになる。……プラトンは、植物の生成をモデルにしたギリシア伝統の自然的思索に逆らって、それとはまったく異質な、制作物をモデルにした制作的存在論とでもいうべきものを構築しようと企て、その過程で超自然的原理を導入し、形而上学的思考様式を創建することになった。そして、この思考様式のもとで物質的自然観が成立し、同時に存在概念の二義的分岐が起こった。(3)（一六一―六二頁）

一九三五年の講義の草稿をもとに、一九五三年に出版された『形而上学入門』でも、ハイデガーはこう述べている。「ソフィストたちとプラトンとにおいて初めて、仮象は単なる仮象だと説明され、したがって格下げされた。これと時を同じくして、存在はイデアとして超感覚的な場所へとまつりあげられる。こちらの下の方のただそう見えるだけの存在者と、どこか上のほんとうの存在との間に割れ目ができた」（一七五―七六頁）。ロレンスのプラトン観として先に見た肉体と魂の分離を、ハイデガーは仮象と存在＝本質＝本体との分離として捉えるが、基本的な視線は同じである。つまり「存在概念の二義的分岐」の起源をプラトンに見るのだ。ハイデガーはここでは、この分岐を「存在をピュシスと解釈することと存在をイデアと解釈すること」（二九四頁）と捉え、こう述べる。

　確かに、存在をイデアと解釈することは存在をピュシスとして根本的に経験することから生じているということは否定できない。だが……決定的なことは、一般にピュシスがイデアとして特徴づけられたということではなく、イデアが存在の唯一の決定的な解釈に成り上がるということなのである。（二九七頁）

　イデアとしての存在が、いまや本来的に存在するものへと祭り上げられ、かつて支配するものであった存在者そのものは、プラトンにメー・オン（本来存在すべきでなく、また本来的にはあるのでもないもの）と名付けられるものへと零落する。……存在をイデアと解釈することとともに根源的な元初に対するひとつの隔たりができる……（二九七頁）

こうしたハイデガーの見解を、木田はこう補足する。

「イデアの優位がエイドスと協力して、本質存在（何であるか）を基準的存在の地位につかせる。存在はなによりもまず本質存在ということになるのである。」

以後、この〈本質存在〉を規定する形而上学的（超自然的）原理の呼び名は、プラトンの〈イデア〉から中世キリスト教神学では〈神〉へ、近代哲学では〈理性〉へと変わってゆくが、本質存在の事実存在に対する優位は揺るがない。（一六五頁）

近代以降、シェリング、キェルケゴール、サルトルへと続くいわゆる実存主義哲学の系譜は、こうしたプラトン、そしてその「イデア＝超越的存在＝本質」観の後継者としてのヘーゲルに激しく反発し、「実存は本質に先行する」をモットーにこの関係の逆転をもくろんだ。[4] ハイデガーの大きな影響下に思索を始め、実存主義を批判的に乗り越えようとしたデリダも、やはりこの点に関してはこの流れをさらに押し進めて、こう言う。「真理の歴史、真理の真理の歴史は……つねに文字言語（エクリチュール）のおとしめであり、それを『充溢的な』音声言語（パロール）の外に放逐することであった」（一六頁）。そしてこうしたエクリチュールのおとしめ＝パロールの称揚をロゴス中心主義へと連結し（「ロゴス中心主義は音声中心主義でもある」（三三頁））、そしてこのロゴス中心主義の元凶にプラトンを見るのである。藤沢令夫などは、ハイデガーのプラトン批判は的がはずれており、専門のプラトン学者はハイデガーの誤解をつとに指摘してきているのだが、「しかし何ぶんにも、二〇世紀におけるハイデガーの影響力は大きく、信奉者たちにはそのようなことはどうでもよいらしい」とうがったことを言うが、その当否はともかくとして、ハイデガーのプラトン観とロレンスのそれとの親近性は注目に値する。おそらくロレンスはハイデガー的な極度に知的、あるいは哲学的な物言いを嫌ったであろうが、しかしこの二人の同時代人がその生きた時代に見ていた風景、ハイデガーが「存在忘却」、あるいは「頽落」と名付けた風景は非常によく似ている。そしてその最大の源流をプラトンに見出していたことも。

以上見てきたような反プラトンの系譜に対しては反論もある。藤沢令夫や竹田青嗣はその代表格だが、竹田はこの傾向を端的にこう表現している——「それはいわば、通俗プラトン思想に対抗する、通俗プラトン批判なのである」（一五頁）。次節ではこのような反論も視野に入れつつ、ロレンスがこうした系譜の中に立つのかどうか、立つとすればどのような位置なのか、そしてロレンスの独自性はいかなるものかを考えてみたい。

四

もとよりロレンスはプラトン学者ではなく、それゆえプラトンを体系的に研究したわけでもないので、ロレンスがプラトンを誤解していたのではないかという問題設定自体、適切なものであるかどうか、という意見があろう。たしかにロレンスはプラトンに言及しているときでも、「哲学者」プラトンをその哲学的不備ゆえに批判していたわけではなく、その意味では、ここで取り上げた他の思想家と同列には論じられない。ロレンスはあくまで、近代に至るヨーロッパの思想潮流を批判する過程で、その最大の源流をプラトンに見ているのである。

ロレンスのプラトン批判は大きく二つの点に絞られる。

一　魂と肉体を分離し、前者を後者の上に置いたこと、そして結果的に肉体と性を否定したこと。
二　イデアなる超越的、普遍的なものを想定することで生および存在を抽象化し、具体的な、肉体をそなえた人間の生を卑小なものにし（前節の言葉を使えば、「本質存在」のみを重視し、「事実存在」を矮小化し）、結果として現在の人間存在の「頽落」をまねいたこと。

まず一から見てみよう。『パイドン』に次のような言葉が見られる。

浄化とは、さっきから論じられてきたように、魂をできるだけ肉体から切り離し、そして、魂が肉体のあらゆる部分から自分自身へと集中し、結集して、いわば肉体の縛めから解放され、現在も、未来も、できるだけ純粋に自分だけになって生きるように魂を習慣づけることを意味するのではないか。（五〇七頁）

この一節だけを抜き出して見れば、ロレンスのプラトン批判は的を射ていると思われよう。ラッセルもこれと同じ箇所をもっと長く引用し、プラトンにとって肉体が「二重の悪」（151）であることの論拠としている。しかしこうした言葉はコンテクストの中で注意深く考察する必要がある。この言葉は、たしかに二元論的枠組みが前面に出てはいるものの、決してラッセルが言うように肉体をおとしめることを主旨としたものではなく、魂の浄化を目指す哲学者の努力は「死の練習」をしているのに等しいというあの有名なテーゼを導くために述べられたものである。そしてそのテーゼは、最終的には「魂の不死」を説くことへとつながっていく。藤沢によれば、その魂には二つの働きがあり、それが魂と身体の対立という形で現われるのだと言う。すなわち、「一方における、知と思惟、そしてそれへと方向づけられた感覚（知覚）・欲望・エロース・快楽と、他方、飲み食いや性愛にかかわる『身体的（物的）なもの』へと方向づけられた感覚（知覚）・欲望・エロース・快楽との間の対立」（一〇六頁）こそが本質的な対立なのだと言う。

もしそうであるとすれば、プラトンはロレンスが批判するような意味で肉体をおとしめているのでないことはもちろん、魂と肉体という二元論さえもが表面的なものになる。この見解を根拠に藤沢は（前に引いた竹田と同様）こう断定する。（『パイドン』のこのような言葉に）「身体を蔑視し、知性（理性）を尊重して感性を蔑視する考えを、さらには生の侮蔑と死の賛美を見ようとする。これが、流布された通俗プラトニズムにほかならない」（一〇四頁）。

ただ、もし以上の見解が正しいとしても、魂の不死を説くプラトンと、前節で見たように、永遠なる生を否定するロレンスとの間にはまだかなりの懸隔がありそうだ。しかし、ここが重要な点だが、ロレンスが永遠の生を拒否すると言うとき、それはだらだらと引き延ばされた、いわば理念化された永遠の生を拒否するのであって、決して魂の不滅性を否定しているわけではない。彼の力点はあくまで、現在のこの地上の「頽落」した生を変えずして、意志の力でそうした生にしがみつき、引き延ばそうとする転倒した欲求の批判にある。現に彼はこう言っていた——人間に真の生を保証する「聖霊」は時を超えており、それゆえ「聖霊」によって関係・均衡を築いた人間の生も必然的に時を超える、と。「私は永遠の生などほしくない」という言葉は、それゆえ、魂の不死なる観念が現在の生から目をそらさせるように働くことをロレンスが恐れていることの表明ととるべきであろう。(3)

以上の論はすでに第二の点、すなわちロレンスの反イデア論につながっている。現在プラトンのイデア論と呼ばれているものが最初に現われるのは、『パイドン』と同じく中期に書かれた『饗宴』においてである。

本性驚嘆すべきある美……は、永遠に存在するものであり、生成消滅も増大減少もしない……ある面では美しく別の面では醜いというものでもない……肉体に属するいかなる部分としてもあらわれることはない……それ自身が、それ自身だけで、独自に、唯一の形相をもつものとして、永遠にあるものなのです。[6]（一六七頁）

そして同じく中期の主著『国家』になると、イデアのイデアとも呼ばれる「〈善〉のイデアこそ、学び知るべき最大なるものだ……」（二三八頁）とされ、そのイデアをプラトンはこう説明する。

それはロゴスがそれ自身で、問答の力を用いて接触するものであって、さまざまな前提を第一原理とはせず、文字どおり仮設（ヒュポテシス）として、つまり跳躍台のように〈下に（ヒュポ）・置かれたもの（テシス）〉として取扱い、それによってどこまでも上昇しながら、もはや仮設ではないもの、万有の第一原理へと到達する。そしてそれを把握したならば、逆に引き返して、第一原理に従属している諸帰結につかまりながら最終結論にまで降りてくることになろうが、その際、いかなる感覚的事物をも用いることなく、ただ「実相（エイドス）」（すなわちイデア）のみを用い、「実相」を通って「実相」から「実相」へと移り、そして「実相」に終わるのである。[7]

つまりイデアとは、感覚ではなくロゴスのみを使って到達すべき「実相」だというのである。ここでも口レンスの指摘と批判は正確なように見える。ではなぜ藤沢や竹田はこの種の批判を「通俗プラトニズム」に対するものだと断定するのであろう。

藤沢は、こうした批判を生む原因となった根本的な誤解は二点に集約できるという。一つは、プラトンのイデア論のもとで、「ソクラテス以前の生成としての生きた自然が、製作の単なる質量（ヒューレー）、つまり、形相（エイドス）によって形を与えられるべき、それ自体としては無機的・無構造的な素材になりさがってしまった」、すなわち「物質的自然観」が確立した、という説。「プラトンほど、『自然』を生命なき物質とみなしてはならないことを、生涯一貫して強く説きつづけた哲学者はいない」ので、これは完全に誤りだという。もう一点は、前の点の前提となっている「形相」と「質量」という対概念をプラトンが使ったという点だが、これはまったくの逆で、『形相』に対する『質量』（素材）というような概念を存在の最基本レベルにもちこまないところが、アリストテレスとは決定的に異なる、まさにイデア論の積極的な特色」だと言う。そしてこうした「誤解」が成立した大きな原因の一つは、弟子のアリストテレスのイデア論批判の仕方、すなわち、『主語・述語』『個物・普遍』『実体・属性』『形相・質量』などの対概念」を使ってこれを批判したことが、後世まで強力な影響力をおよぼしたからであるとする。(8)「そんなことをすれば、イデアは天上のどこかにあるまさに『永遠化された感覚物』としか見えなくなるのはきまっている」。しかしこれらはあくまで副次的な原因である。このような「誤解」＝通俗プラトニズムが生じた最も深い根源は、このプラトンのイデア論が常識的なものの見方と真っ向から対立する点、すなわちプラトン思想のラディカリズムにあるとするのである。

こうした、プラトン批判とそれに対する逆批判の論点をいま少し明確にするために、迂遠ではあるがソクラテス以前まで歴史を遡ってみよう。F・M・コーンフォードは、ソクラテス以前の思想世界を「イオニア自然学」と名付け、その最大の特徴を、「対象を主観から完全に切り離し、それを行動上の利害関心を払拭した思考によって思索しうるような精神態度の成立」(四五頁)に見ている。「それまで天体観測の実際的動機をなしていた占星術上の迷信はまるごと無視した」ギリシア人は、「占星術を天文学という科学に変えた」。こうした出来事にコーンフォードは「自然の発見」という言葉を当てているが、これは「ある部分は自然的で、ある部分は超自然的だというのではなくて、すべてが自然のものだということの発見」である。そしてこの発見こそが科学の誕生に道を拓いたと言う。「この宇宙は一つの自然的全体であり、それ自体としての不変なありかたをもっている、すなわち人間の理性によって認識されうるが、しかし実際行動による支配はおよばぬようなありかたを有していることが理解されるとき、科学は始まる」(一九頁)。

科学の誕生から「自然的存在と超自然存在との間の区別を暗黙のうちに否定する」(二八頁)ことまではほんの一歩である。そしてこの否定が神々の人間化、ロレンスの言う「擬人化」に直結する。この巨大な精神革命、あるいはパラダイム・シフトである「イオニア合理主義」(三一頁)の精華ともいうべきものが、デモクリトスの原子論であった。

科学としての原子論が常識を超え出て進んだのは、物体を構成する原子は無条件に不変不滅たるべしという要求においてだった。これは合理的思考の要請だ。……古代の自然学は、不滅な原子を演繹的に推理した後で、それによってじつは事物の実際の自然本性にまで到達してしまったのだと考えた。……自然学がひきだした結論は、精神界というものがまちがった仕方で考えられていたということではなくて、そんなものは存在しない、原子から構成される可触的物体以外はなにひとつ真実に在るのではないというものだった。そこに残された成果は、哲学者たちが唯物論と呼び、宗教家たちが無神論と呼ぶ教説だった。(三八―四三頁)

以上の考察の結果、コーンフォードはこう結論する――「ソクラテス哲学は自然学のこのような唯物論的動向に対する反抗なのである」(四三頁)。

藤沢は、タレス以下のイオニアの哲学者たちには「人間」の問題への強い関心が見られるので、彼らを「自然学者」と呼ぶことには批判的だが、それ以外はコーンフォードとほぼ同様の見方をする。

しかしその後、アナクサゴラスや……デモクリトスたちは、「思惟されるもの」(実在)と「感覚知覚されるもの」(現象)との区別と関係をめぐる論争が……進む中で、もっぱら自然万有のあり方をそれ自体だけで考究することに、全注意を集中しなければならなくなったように見える。

そしてデモクリトスにおいて、「真の知」がただ原子という〈物〉的存在にのみ向けられるべきものと認定されたとき、人間の生き方や価値の問題との連関は、そこから原理上断ち切られた……〈知〉に求められるべき本来の意義と全一性を回復すること――この課題をプラトンに自覚させたのがソクラテスであった。(二〇七頁)

そして藤沢は、プラトンが批判したのは原子論的「逸脱」に対してだけであり、「ソクラテス以前の哲学」全体ではない、むしろ彼はギリシア哲学の伝統の大本のあり方への復帰を目指したのだと結論する。コーンフォードと力点の違いはあるものの、ソクラテスが、そして弟子のプラトンが抱いていた危機感についての理解は共通している。両者とも、ソクラテスとプラトンは「唯物論的・無神論的」思考様式および精神風土に対して反抗していたと見るのである。

カッシーラーもソクラテスの役割については同様の見解を示している。すなわち、このような思想状況に批判的だったソクラテスは、「汝自身を知れ」という言葉に象徴される視点の転換、すなわち外的世界に向ける眼を徹頭徹尾人間の内部に向ける。この意味で彼の先駆者であるヘラクレイトスは、「人間の秘密を研究しないでは自然の秘密に入り込むことは不可能であると確信」してはいたが、それでも「宇宙論的思想と人間学的思想の境界線に立っている」。ソクラテスに至ってようやくこの転換は完遂するのである（一二三頁参照）。プラトンはこの二つの視点、すなわち宇宙論的思想と人間学的思想を結合するが、その結果生まれた精華がイデア論なのである。

竹田青嗣は以上の経緯をこう解釈する。先に見たように、霊肉二元論、そして霊の肉への優越を強く主張しているように見える『パイドン』は、プラトンの著作の中でも、「ロゴス（知）中心主義」、「魂中心主義」、「現世否定主義」が極端にまで押し進められた「プラトン思想の難所」（一二八頁）である。もともとプラトンの思想には、ソクラテスから受け継いだ「魂への世話と配慮」という「健全」な主張があり、これが初期の対話篇を貫いていた。ところがこの『パイドン』では「魂への配慮」から「絶対的真実性」へという「決定的な転回」が生じていると言う。ではなぜそんな「顚倒」が生じたか。人間の生にはもともと「魂への配慮」を健全な価値とする側面がある。それがプラトンの言う「道徳価値の自然性」ということであり、竹田はこれを「モラルゲーム」と呼ぶ。その一方で人間の生は、これも竹田が「権力ゲーム」とか「成功ゲーム」とか呼ぶいわゆる「競争原理」に支配される側面ももっている。この二つの「ゲーム」の内包する価値は社会の激動期、あるいは頽廃期には揺さぶられ、ぶつかりあって価値のダブルスタンダード化が起こり、結果的にはモラルゲームのルールは成功ゲームのルールに従属させられる。換言すれば、ここにおいて「諸徳の不整合」（一四七頁）が起こった、すなわち人間の価値観がばらばらになり、それぞれに対立を始めたのだ。ここでプラトンの「人間の内的な価値を守ろうとする精神が危機を感じて叫び声をあげる」（一三五頁）のである。「ヘーゲルのいうギリシア的『人倫』、共同体と人間存在の美しい調和への信が崩壊していく時代」（一四九頁）にあって、「普遍」＝イデアという概念を「原理」とすることによって、拡散し消失しようとする意味と価値に再び明確な位置づけを与えようとしたのがプラトンであった、と言うのである。

こうした竹田の見方が、コーンフォードや藤沢の理解、すなわち、プラトンの営為は「唯物論的・無神論的」風潮に対抗して人間的価値を守ろうとするものであった、という見方と共通しているのは明かだろう。これをもう一度藤沢の言葉で要約するとこうなる。

プラトンのしたことは、いったん分離されたプシュケー（魂）とソーマ（物、肉体）の観念のそれぞれをあらためて検討しなおして、ソーマにも適切な役割を与えつつ、しかしこの原子論による原理的な逸脱と特殊化を押し戻し、プシュケーの観念を世界観全体の中で哲学的に強化拡充して、ギリシァ哲学の伝統における本来の位置に復権させることであった。（二〇五―六頁）

つまり、魂と肉体のバランスの回復こそがプラトンの最大の意図だったと言うのである。

以上、かなり長々と、ソクラテス以前の哲学からプラトンのイデア論が形成されるまでを見てきたが、このような背景の中でロレンスのプラトン批判を見ると、これまでの見方とはずいぶん違ってくる。つまりロレンスもプラトンも、二千数百年の時を隔てて、ともに「頽落」の時代、「存在忘却」の時代に抗してそれぞれの思想活動を行なったのだが、二人の力点の違いのために、ロレンスはプラトンを自分の考えと真っ向から対立するもの、それを批判・否定せずには自己の思想が成り立たないものとまで見たのである。

たしかにプラトンはイデアという超越的なものを最大の原理＝てこにして時代の「頽落」に歯止めをかけようとし、一方ロレンスは性を軸とする肉体の復活に最後の望みを託した。こうした表面的な力点の違いだけに目をとめる限り、両者の対立の構図はいつまでも解けないだろう。しかしよく見ると、ロレンスの思想は根底のところでプラトンと通底するものがあり、そしてこれは、ラッセル、ハイデガー、デリダらには見られないものである。例えば、プラトンを源泉とするロゴス中心主義を批判するデリダは、ロゴスを手段とし、仮説を跳躍台としつつ上昇し、ついには万有の第一原理に到達するという発想と手法、そしてその結果到達されるはずの超越的・究極的実在の存在そのものを否定する。存在の絶対現前は無限に「差延」＝繰り延べられ、いかなるものの「それ自体性」も実現されないからである。井筒俊彦の言葉を借りれば、「自らの真の始まりも知らず、自らの終極目標ももたず、己れ自らと『相移』・『相異』する無数のものが、また互いに『相移』・『相異』しつつ、刻々と流れている、それが存在の実相だ」（三七七頁）と見るデリダにとって、そのような終極を想定することと自体が誤りなのである。

しかしロレンスはこの点で異なる。すでに見たように、彼は人間の真の生は「四次元」でこそ起こる、そしてそれを約束するものは「聖霊」だとする。こうした見方は、あるいは思想の枠組み自体が、デリダのそれとは違って、すぐれてプラトン的である。デリダの見方に立てば、「差延」は果てしなく続き、どこまでいっても、ソーマと、現実と、宇宙と、無媒介的に、「胸と胸を突き合わせて」出会うことは不可能だ。すなわち、人間は現在を現在として捉えられず、現在に／現在を生きることができない。これはロレンスの目から見れば明かに「頽落」である。彼は、超越的なもの自体を否定するのではなく、それを立てることによって肉体を伴ったこの地上での具体的な生が「仮象」としておとしめられることを恐れ、これのみを拒否する。ロレンスはプラトン的イデアとロゴスの否定においてはデリダ的認識を共有するが、そこからデリダのように、意味の遊動と「差延」に生の希望を見出すことはできなかった。彼はイデア的な意味の確定と安定を嫌いながらも、やはり存在の究極的・超越的基盤を求めたのである。デリダに大きな影響を与えたハイデガーは、その後期の思索においては、彼のいう「存在忘却」の時代に哲学者を含めた人間ができうることは、「失われた存在を追想しつつ待つことだけ、と考えていたようだ」（二〇六頁）と木田元は言う。もしそうであるならば、近代の人間の中に「存在忘却」と「頽落」を見た思想家と、そこに「生の中の死」を見たもう一人の思想家は、認識の段階までは歩をともにするが、次の段階、すなわち生きる決意の次元では決別すると言えるようだ。ロレンスはプラトンを批判しながら、一方で神、四次元、聖霊といった彼独自の超越的なものを確実に担保していた。この一見矛盾する態度は、今言ったような意味での生への意志が強烈に反映した結果ではなかろうか。

ではニーチェのプラトン観との関係はどうか。すでに見たように、ニーチェはプラトンに対して「実在に対する臆病者」で「理想のうちに逃げ込んだ」という最終判決を下した。逃避のかわりに彼は、「永劫回帰」と「運命愛」によってあらゆる超越的存在の拒否と地上的存在の徹底的肯定を打ち出し、「これが人生だったのか、よし、それならもう一度」と叫ぶ。「価値転倒」による「能動的ニヒリズム」にすべての希望を託すのだ。ロレンスも同じく地上の生を肯定し、「死んだ男」では地上のものを天上に引き上げようとするイエスの行為を否定するが、それでもロレンスには独自の「天上」があった。聖霊が保証する四次元は、たしかにプラトンのイデアのように、すべての存在の根拠となる本質という意味合いはない。しかし「ビーイングとは存在の超越的な形態である」という彼の言葉はほとんどプラトンのものであるかのように響く。独自の「天上」を担保したロレンスは、それゆえニーチェのように能動的ニヒリズムに頼る必要はなかった。いかにかすかなものであれ、宇宙との関係の回復に最後の希望を託すことができたからである。

五

もしロレンスがプラトンを「誤読」したのだとしても、それはプラトン学者が言うような単純な誤解ではない。ロレンスはむしろプラトンの近くにいる。アルタミラの洞窟の絵を嘆賞するロレンスが、「これは純粋で高いレベルの芸術だ。プラトンのように美しい。バーン・ジョーンズなんかよりはるかに『洗練』されている」(*RDP*, 316-17)と言っているのは、批判しつづけたプラトンの中に響きあうものを感じたからであろう。ロレンスはそれと意識せずに、プラトンがかつて唯物論と無神論に対抗したのと同様の抵抗を、二〇世紀というプラトンの時代によく似た世界において行なったのだといえる。彼はその抵抗に、「宇宙と胸と胸を突き合わせて」という独自の比喩=モットーを掲げた。プラトンは彼にとって反面教師でしかなかったが、プラトンがもっていた問題意識を彼も共有していたからこそ、その批判はあれほどに激烈をきわめたのであろう。

ハイデガーは、「卑小なものは、自分が独立していると考えるからこそ、まさにそれゆえに〈卑小〉なのである。偉大な思想家が偉大であるのは、彼らが他の〈偉大な人たち〉の作品からもっとも偉大なものを聞き取り、しかもそれを根源的に変化させうるということにおいてである」(『ニーチェ』1、四九頁)と言った。ロレンスは、プラトンの偉大なものを「根源的に変化」させたというよりは、それから反語的にインスピレーションを受け取った、というべきかもしれない。しかしロレンスの思想が反プラトンの系譜の中でもきわめて特異な位置を占めているのはまちがいない。そしてその「特異」であるあり方が、ロレンスの思想の特徴を逆照射している。

注

(1) これ自体かなり複雑な問題で、シャーのように簡単に言いきることはできない。フーコーはプラトンが同性愛を「自然に反した」行為と考えていたことを指摘している(五八頁参照)。

(2) これは例えば「王冠」などにも見られる考えではあるが、「王冠」では、「聖霊」は「二なるものから生み出された一なるものが具現化した存在」としているのに対し、ここでは二なるものを一なるものにする契機としてとらえているところに違いが見られる。

(3) こうした見方はハイデガーに限らず、あるいは彼の影響なのか、広く見られるようで、藤沢はこうした傾向をこう嘆いている。「一度ならず、『プラトンのイデア論のもとでは、ソクラテス以前の生成としての生きた自然が、制作の単なる質量、つまり、形相によって形を与えられるべき、それ自体としては無機的・

無構造的な素材になりさがってしまった。……ここで〝物質的自然観〟が成立したことになる』といった趣意の文章が目について、これにはさすがに驚いた」(『プラトンの哲学』一三頁)。つまりプラトン学者にとってはこのような見方は誤解にもとづいた俗説にすぎないというわけだ。

(4)例えば、ヘーゲルに対するキェルケゴールの反発を中埜肇はこう要約している。「ヘーゲルにとっての哲学の使命は現実全体を概念的思考によって把握すること……キェルケゴールにとっては、人間というものがまったく無力で、有限で、単独であることを自覚すること、言いかえれば人間が実存であることの徹底的な自覚が哲学的思考の第一歩であり、大前提なのである」(四九頁)。

(5)ロレンスの最晩年の詩、「死の船」に表現されているのはそのような見方、あるいは希望ではなかろうか。

(6)ここにある「永遠にあるもの」が一般にイデアと呼ばれるものであるが、藤沢によれば、「この呼称が定着したかっこうになっているのはアリストテレスによるもの」で、もともと「イデア」も「エイドス」も「姿」「形」「容姿」「顔立ち」「種類」などを意味するごく普通の日常語であり、プラトンはこれを専門用語として固定的に使ってはいないと言う(八六頁参照)。

(7)分かりやすくするために、『世界の名著』7の二四〇頁の翻訳と、ブラック、『プラトン入門』一四二頁の翻訳を組み合わせた。

(8)田中美知太郎も同様のことを述べている。「プラトン誤解の歴史もアリストテレスからはじまり、プラトン主義者もそのプラトン主義において、反プラトン主義者もその反プラトン主義において、互いに対立し、否定しあっている」(『世界の名著』6、五三頁)。

引用文献

井筒俊彦「デリダの中の『ユダヤ人』」、『井筒俊彦著作集』9、中央公論社、一九九三年。

カッシーラー、E・『人間』宮城音弥訳、岩波文庫、一九九七年。

木田元『ハイデガーの思想』岩波新書、一九九三年。

コーンフォード、F・M・『ソクラテス以前以後』山田道夫訳、岩波文庫、一九九五年。

竹田青嗣『プラトン入門』ちくま新書、一九九九年。

寺田建比古『「生けるコスモス」とヨーロッパ文明』沖積社、一九九七年。

デリダ、ジャック『グラマトロジーについて』上、足立和浩訳、現代思潮社、一九七二年。

中埜肇『ヘーゲル』中公新書、一九六八年。

ニーチェ『道徳の系譜』木場深定訳、岩波文庫、一九七四年。

――『生成の無垢』上下、原佑、吉沢伝三郎訳、ちくま学芸文庫、一九九四年。

――『悦ばしき知識』信太正三訳、理想社、一九七四年。

――『偶像の黄昏』原佑訳、ちくま学芸文庫、一九九三年。

ハイデッガー、マルティン『形而上学入門』川原栄峰訳、平凡社、一九九四年。

――『ニーチェ』1、薗田宗人訳、白水社、一九七六年。

フーコー、ミシェル『性の歴史II　快楽の活用』田村俶訳、新潮社、一九八六年。

藤沢令夫『プラトンの哲学』岩波新書、一九九八年。

ブラック、R・S・『プラトン入門』内山勝利訳、岩波文庫、一九九九年。

プラトン『饗宴』鈴木照雄訳、『世界の名著』6、中央公論社、一九六六年。

——『パイドン』池田美恵訳、『世界の名著』6、中央公論社、一九六六年。

——『国家』田中美知太郎、他訳、『世界の名著』7、中央公論社、一九六九年。

ホワイトヘッド『過程と実在』上、山本誠作訳、松籟社、一九八四年。

Gleason, Paul. "A Note on Plato and *Aaron's Rod*," *D. H. Lawrence Review* 27. 1994.

Lawrence, D. H. *Reflections on the Death of a Porcupine and Other Essays*. Ed. M. Herbert. Cambridge: Cambridge UP, 1988. (*RDP*)

———. *Phoenix*. Ed. Edward D. McDonald. Harmondsworth: Penguin, 1978. (*P*)

———. *Phoenix II*. Ed. W. Roberts and H.T. Moore. Harmondsworth: Penguin, 1978. (*PII*)

Russell, Bertrand. *History of Western Philosophy*. London: Routledge & Kegan Paul, 1995.

Scherr, Barry, J. *D. H. Lawrence's Response to Plato: A Bloomian Interpretation*. New York: Peter Lang, 1996.

Schneider, Daniel. "D.H. Lawrence and the Early Greek Philosophers." *D. H. Lawrence Review* 17. 1984.

第一一章　「自発性」という名のカルト――ロレンスとオカルト

序

ロレンスは生涯にわたっていわゆるオカルトに関心を示した。ある時期の作品はその影響を特に色濃くとどめている。本稿では、まず、彼のオカルトへの関心が時代の精神的思潮とどのように関連しているかを検討しようと思う。次に、彼がある書物に施した書き込みを考察することで、彼のオカルト観の特異性を探り、最後に、彼のオカルトへの関心が作品の中にどのような形で表われているかを考えてみたい。

「オカルト」という言葉は通常あまり明確に定義されず、やや野放図に使われている傾向がある。そこで、この稿を進めるにあたって、これに筆者なりの定義を与えておく必要があろう。しかしながらこの言葉は歴史的にもかなり広い意味で使われてきており、明確な定義は難しい。語源的には、「隠す」という意味のラテン語の“occulo”から来たとされ、形容詞としては「神秘の、超自然的な、超常的な、秘術の、深遠な、秘奥の」などの意味が、名詞では「神秘、神秘学」などが、また動詞としては「隠す、見えなくなる、隠れる、見えなくする」などの訳語が与えられている。また百科事典などには、次のような説明が見られる。「……オカルティズムは、自然法則を超えてなお人間の運命や世界のあり方を左右しうる諸存在や原理、力が存在するとの観念・思考に基づいているので、科学的合理性によっては説明できない領域にかかわるものとされる。したがってオカルティストは、超自然的存在や原理や力を操作できる超能力の獲得と行使がその使命となる。……超能力の獲得、開発は、一定の伝承的な型に従い、師弟関係において行われることが多い」(『日本大百科全書』4、八三頁)。急所を押さえた解説であるが、次のレオン・スレットの説明も簡にして要を得ている。「オカルトであるかどうかの試金石は、神秘主義ではなく、もちろん神への信仰でもなく、次のことを信じているか否かである。すなわち、歴史上ある特定の人間たちが神的なものと親密な接触をもち、そしてこの接触から特別な知識(叡智あるいは霊知)を得た。彼らはこの知識をあるテクスト化された形態の中に保存したが、それは秘儀を伝授された者にしか解読できず、またその神秘的な解釈は秘密の団体によって保持されてきた」(一三—一四頁)。本稿では、この両者の意味を併せもったものとして「オカルト」という言葉を使いたい。ロレンス自身は、手紙以外ではこの言葉をほとんど使っておらず、むろん定義もしていない。(1) かわりに、"esoteric"(奥義に達した少数の者に向けられた[にのみ理解される])や"mystic"(秘教の、神秘的な)などの言葉はある時期頻繁に使っているが、これら三つの言葉はほぼ同義のもので、上記の意味を含んでいると見て間違いあるまい。

一 「世紀転換期」の時代精神

ロレンスが生きた一九世紀末から二〇世紀初頭は、歴史上稀に見るほどに人々がオカルト的なものに熱中した時代であったが、次の言葉に典型的に見られるように、ロレンスもこの時代精神に敏感に感応していた。

私は科学に対してなんら反対するものではない。科学はそれ自身に関して言えば完全なものだ。しかし、科学が人間の知りうるすべての領域を余すところなくカバーすると考えるのは幼稚であろう。われわれの科学は死んだ世界の科学なのだ。

私は心底思うのだが、われわれの時代に先行する偉大な異教世界、エジプトとギリシアがその最後の活動的な時代となった異教の世界は、巨大で、おそらくは完全な科学を、生命に関する科学をもっていた。われらの時代にはこの科学は魔法といかさまに堕してしまった。

われらに先立つこの偉大な科学は、われわれの科学とはその構造と性格においてまるで異なるものだが、かつては全世界に広まっていたと私は信じている。それは神秘的なもので、大きな聖職者集団の手に握られていた。……かつての偉大な世界では、大いなる科学と宇宙論は世界中の国々で神秘的に教えられていたと思われる。……

そのような世界で、すべての人間は完全な調和のうちにあって、知り、教え、そして生きていたのだ。……

氷河期が終わると氷河が溶け始め、洪水が起こった。……ある者たち、例えばドルイドやエトルリア人、カルデア人やアメリカ・インディアンや中国人たちは、この古い叡智を忘れず、今では半ば忘れられた象徴的な形態に保存することで後世に伝えた。知識としては多少とも忘れられたが、儀式や身振り、神話といった形で記憶にとどめたのである。(*FU*, 12-13)

彼がこれほど明瞭に「神秘的なもの」について語れたのは、時代の影響が大きいと思われる。P・T・ウィーランは、ロレンスの「生きた時代はオカルティズムが広範な関心を呼び、とりわけ知識人は熱狂的な関心を寄せた」(103)と述べているが、同種の発言は歴史家からもなされている。例えばジャネット・オッペンハイムはこう言う。

オカルトはヴィクトリア朝後期およびエドワード朝に驚くほどの人気を博したが、それは心霊主義者や心霊研究者の間に限ったことではなかった。人間の歴史において魔術がその魅力を発揮しなかった時代はないが、とりわけ大勢の人がオカルトに関心を抱いた時代が何度かある。実証主義が人々の心を席巻するにつれ、その限定的な世界観に対して国際的な反感が湧き起こった一九世紀末から二〇世紀初頭にかけては、まさにそのような時代だったのである。(160)

彼女が指摘するように、この時代の英国におけるオカルトへの関心の土台には「実証主義的世界観」への反感があったが、これを再び彼女の言葉を借りて言い換えれば、「根本的な宇宙的秩序と目的の確実な保証、とりわけ地上の生が人間存在のすべてではないという保証を求める」気持ちであった。この著作でオッペンハイムが詳細に論じているところによれば、この時代のオカルト熱を引き起こしたのはいわゆる「超常現象」、とりわけそれらを現出させることができる「霊媒」への世俗的関心であった。これらの人気ある霊媒が催す交霊会には、貴族を中心とする多くの上流階級の名士が参加したが、とりわけ当時の最も優れた霊媒とされたダニエル・D・ホームの会は多くの人をひきつけた。その中には、「ロバート・オーウェン、ブルワー・リットン、ロバートとエリザベスのブラウニング夫妻、トロロープ夫人、サッカレー、ラスキンらの綺羅星のごとき知識人」

（12）が含まれていた。しかもこうした風潮は決して上流階級やいわゆる「文化人」に限られたことではなく、労働者階級にも広まっていたのである。

このようなオカルト的風潮はしばしば「心霊主義」（spiritualism）と呼ばれるが、それを研究対象とする団体が一八八二年にロンドンで結成されている。この時代の精神を象徴する存在であり、後に大きな影響力をもつにいたる心霊研究協会（Society for Psychical Research）である。しかし、ここで検討しているオカルト的な時代背景という文脈では、これ以上に重要な出来事がその少し前、一八七五年に起こっている。ロシア人オカルティスト、ヘレナ・ペトロヴァ・ブラヴァツキーが、アメリカ人ヘンリー・スティール・オルコット大佐と協力してニューヨークで神智学協会（Theosophical Society）を設立したことである。この協会は、この後さまざまな内部抗争と分裂を繰り返し、多くの醜聞を撒き散らしながらも、世紀末から二〇世紀前半にかけてのオカルト・シーンに巨大な足跡を残すことになる。参加期間の長さや活動の度合はさまざまだし、また多くの者は衝突したり幻滅したりしてこの協会を離れることになるのだが、ともかくも何らかの形でこれに関わっていた人物のリストは長大だ。英国人に限っても、C・C・マッセイ、F・W・マイヤーズ、A・P・シネット、アナ・キングズフォード、アニー・ベザント、C・W・リードビーター、メイベル・コリンズ、アリスター・クローリー、W・B・イェイツ、A・R・オラージュ、E・カーペンターというそうそうたる顔ぶれである。

近代ヨーロッパのオカルト史をもう少しさかのぼれば、こうした超常的なものを求める傾向はこれ以前にも見られた。その最も大きなものは、パリを中心としてヨーロッパ大陸で強い関心を集めたいわゆる「メスメリズム」あるいは「動物磁気」である。オーストリア生まれのフランツ・アントン・メスマーを創始者とするこの運動は、実質的には彼が一七七八年にパリに到着したときに始まった。歴史家ロバート・ダーントンによれば、「メスメリスムは、フランス大革命に先立つ十年間に、測りしれぬほどの関心を集めたのである」(一四頁)。これに魅せられた人々の中には、バルザック、テオフィル・ゴーチエやヴィクトル・ユゴーら大物の名前が見られる。ダーントンはこの時代のオカルティズムの情勢をこう要約している。「一七八九年を契機に、地表に姿をあらわした宗教的神秘主義は、その後、スェーデンボルイ主義、マルチニスム、薔薇十字団思想、錬金術、観相学、その他数多くの神秘主義によって膨れ上がっていった」(一五四―五五頁)。

もう一つ、同種の超常的なものへの関心は、ヨーロッパ人が仏教に寄せた関心および反発の中にも見て取ることができる。ロジェ・ポル・ドロワは、そのユニークな著書『虚無の信仰――西欧はなぜ仏教を怖れたか』の中で、一八世紀後半から一九世紀末にかけてのヨーロッパ人の仏教への反応を跡付け、こう述べている。「仏教、アジア、虚無の信仰が問題にされた一九世紀のおびただしい書き物の中で、問題だったのはむろんただひとつ、ヨーロッパのアイデンティティであった。……自己のアイデンティティに自信がもてず、不安を抱いていたヨーロッパが、虚無の信仰とともにひとつの鏡を作り出した……」(八〇―八一頁)。そして彼はこう結論づける。「ヨーロッパが仏教のうえに投影したのは、もはやヨーロッパの宗教的・社会的現実ではなく、きわめて謎めいたヨーロッパ近代の神話」(二九〇頁)であり、「新しく発見された、かなり異様な東洋の宗教をなんとか理解しようとするふりをしながら、実はヨーロッパは、自分自身にかんして恐れていたもの、すなわち、崩壊・深淵・空・魂の消滅といったものからなるイメージを、ブッダにかぶせたのだ」(二九二―九三頁)。つまりポル・ドロワは、他者表象とは自己表象の陰画にほかならないと言っているのだが、こうした東洋の宗教への関心の底には、自分たちの宗教とはまったく違うことへの興味、さらにいえば、それが濃厚な神秘的色彩に彩られていることへの強い興味があったことは間違いあるまい。その関心の発展のプロセスにおいて、自己表象が他者表象にかぶさる、あるいは取って代わるというのは決して珍しいことではない。ここで確認しておきたいのは、一九世紀ヨーロッパの知識人にとって、「空」という不可思議な観念への強い傾斜を見せる仏教が、虚無への恐怖感を引き起こすと同時に、魅惑の大きな源泉であったということである。先ほど引いたオッペンハイムも、この時代の英国は『神秘的仏教』、薔薇十字の復活、カバラ、ヘルメス主義、輪廻説信仰の時代であった」（160）と述べている。

一九世紀末から二〇世紀初頭にかけてのヨーロッパ、とりわけ英国の時代精神を、G・B・ショーは例によって皮肉のたっぷりきいた次の一節で要約している。一九一四年に至る数十年間の英国は、「霊のテーブル叩きや降霊術、透視術、手相術、水晶占いなどにふけっていたが、その有様は、ありとあらゆる予言者、占星術師、胡散臭い治療家どもがこの半世紀の深淵への漂流の間ほどに隆盛を極めたことは歴史上なかったと思えるほどである」（Preface to *Heartbreak House*, quoted in Oppenheim, 28）。

文学の領域においても、この時代の主要な文学運動がオカルト的なものに影響を受けていることはつとに指摘されている。フランク・カーモウドはこう述べる。

今では、文学に関する諸概念、すなわち文学はイメージの混合体で、それ自体が目的であり、説教から解放され、形式と意味とが一致したものである、等々は、象徴派の美学から発展して一般的なものとなっているが、こうした発展は、もし詩人とオカルティストとの和解がなかったならば起こりえたとは思えない。科学の時代にあって、魔術は詩の擁護者として現れたのである。……オカルティズムのこの側面は、フランスではロマン派の運動と手を携えて進んだ。英国でも、もしブレイクが正当に評価されていれば同様のことが起こっていたであろう。イェイツとシモンズは、「普遍的アナロジーの尽きせぬ泉」を掘り起こす手段としてのイメージの地位を肯定する、いやむしろ再肯定するために、魔術的要素を再び取り入れなければならないと考えた。(131)

カーモウドが明瞭に示しているように、文学においても、魔術や心霊主義などのオカルティズムは、科学と実証主義への大いなる対抗手段として注目され、利用されたのである。

二　ロレンスのオカルトへの接近

ロレンスは、ショーの言う時代が「深淵へ向かって漂流」している最中の一八八五年に生まれた。つまり彼は、キリスト教の影響力が衰え、人々がそれに代わる「救済」を、あるいは生の意味を保証してくれる「隠れた叡智」を必死に求めていた時代に生まれたのである。教会宗教にこそ反発したが、生来強い宗教的傾向をもっていた彼が、こうした時代精神に深く影響を受けなかったとは思えない。第一次大戦中の一九一七年、ヨーロッパとその近代性に深い懐疑を抱いた彼は、「新しい天と地」を希求しつつ、キャサリン・カーズウェルにこう書き送っている。「私はもうみんなの前で演説する用意ができています。休戦だけでなく、新たな世界の始まりについても。……われわれは絶対的な真理の中に自らを打ち立て、そしてこの汚らわしい軽蔑すべき現実世界を拒絶しなければなりません」(*L3*, 106)。ここに見られる「絶対的な真理」と「汚らわしい現実世界」との対置に、ロレンスの「オカルト的」精神が顕著に現れている。

同じ年のウォルドー・フランク[2]への手紙では、彼のオカルトへの接近はさらに鮮明である。

……私は神智学の徒ではありませんが、神秘的な教義は、歴史的に見て素晴らしく啓発的なものです。私は種々の神秘的な形態は大嫌いです。魔術にも大いに関心があります。

……神秘的な教義が復活しなければなりません。そしてそれは大衆から守られねばなりません。大衆というやつは何もかも破壊してしまいます。純粋な思考、純粋な理解、大事なのはそれだけです。……しかし、人間の真の本質、至高の理解、こうしたものを人類のために守ることはできないのでしょうか。いや、是非やらねばなりません。そのためには、これを大衆から切り離さなくてはなりません。いかなる新しい天と地が生まれるためにも、このことこそ必要なのです。そしてそのためには、純粋な存在へと参入する聖なる秘儀が必要です。(*L*3, 143)

さらに同年、精神科医のデヴィッド・エダーにはもっと具体的にこう書いている。

ブラヴァツキーの『秘密教義』はお読みになりましたか。いろんな意味で退屈で、リアルではありません。それでも、この本からはびっくりするほどたくさんのものが手に入ります。理解を大きく広げてくれるのです。あなたは秘教の物理学的な――生理学的な解釈をご存知でしょうか。チャクラとか経験の二元性とかいったやつです。あの悪魔たちは全部は話してくれません。いや、あのオカルティストたちは、自分が話していること、あるいは秘教が真に意味するものを、自分でも十分に理解していないのでしょう。でも多分、生理学的な解釈については理解しているのでしょう。それでも話しはしませんが。しかしいずれにせよ、読者はそこから十分な情報を得ることができるのです。プライスの『封印を解かれた黙示録』はもう入手されましたか。(*L3*, 150)

翌一九一八年にはロレンスはブラヴァツキーのもう一つの主著、『ヴェイルを解かれたイシス』(*Isis Unveiled*)を手に入れている(*L3*, 299)し、雑誌『オカルト・レヴュー』(3)への言及も散見される。ロレンスのこのようなオカルト文献への言及は、とりわけこの時代にはかなり見られるが、同じ一九一七年に書き始めた『アメリカ古典文学研究』の中の次の一節は、この時期のロレンスを最も象徴的に語っていよう。「メルヴィルはその本質においては神秘家であり理想家であった。おそらく私もそうなのだろう」(152)。

このようにオカルト、あるいは神秘主義へと接近していったロレンスは、では具体的にはどのようにそれから影響を受けたのだろうか。そしてそこから読み取れるロレンスのオカルト観の特質とは何なのか。それを明らかにするために、以下、ロレンスがある著作に対して施した書き込みを検討してみようと思う。その著作とはP・D・ウスペンスキーの『ターシャム・オーガヌム』であるが、その検討の前に、この本に出会うまでのロレンスの足取りを簡単に追っておこう。

第一次大戦後、ロレンスはようやく英国を離れることができ、一九一九年にイタリアに行く。そして一九二二年、後に「野蛮なる巡礼」と呼ばれるようになる旅に出る。まず、友人のアメリカ人仏教徒、ブルースター夫妻を訪ねてセイロン(現在のスリランカ)に行くが、ひどい暑さに悩まされ、現地の人々にも不快な印象をもつのみで、早々にオーストラリアにわたる。シドニー近郊のサルーという海に面した町にしばらく滞在し、そこで『カンガルー』を書き上げる。そして同年の秋には、カリフォルニア経由でニュー・メキシコ州タオスに到着する。芸術家の庇護者として著名だったメイベル・ドッジ・スターンに招待されたからである。しばらく後にネイティヴ・アメリカンのトニーと結婚してルーハンの姓を名乗るようになるこの女性は、ロレンスが前年に出版した『海とサルデーニア』を読んで感銘を受け、彼をこの地に呼んだのである。これ以後ロレンス、そして妻のフリーダは、彼女と愛憎半ばする密接かつ複雑な関係を続けることになるのだが、ともかく、メキシコを含めると一九二三年一二月まで続くこの新大陸滞在中に、ロレンスはメイベルに勧められてこのウスペンスキーの本を読んだようだ。この本の欄外への書き込みが、ロレンスのオカルト観、さらには人間観や宇宙観を知るのに格好の材料を提供してくれる。

次にウスペンスキーについて簡単に紹介しておこう。一八七八年にモスクワに生まれた彼は、早くから神秘的なものに興味を示した。ジャーナリストの仕事を続けながら、神秘学関係の文献を読み続け、一九〇九年に最初の著作、『第四次元』(*The Fourth Dimension*)を出版、続いて一九一二年にここで扱う『ターシャム・オーガヌム』を出版する。これはその副題、「世界の謎への鍵」にも明らかなように、アリストテレスの『オルガノン』、フランシス・ベイコンの『ノヴァム・オーガヌム(新機関)』を意識しつつ、これらを乗り越える宇宙観を提示しようとした壮大な著作である。その後一九一三年から一四年にかけ、「奇蹟を求めて」ヨーロッパ、エジプト、インド、セイロンなどを広く旅する。帰国後の一九一五年、彼はモスクワで、アルメニア生まれの稀代のオカルティストにしてグルであるG・I・グルジェフに会うが、これが彼の人生の転回点となる。以後約八年間、軋轢を伴いながらも、グルジェフの弟子として、人間意識の発達における実践的側面を研究する。一九一七年のロシア革命の勃発によってロシアでの活動が困難になったグルジェフは、ウスペンスキーその他の弟子たちとコーカサスへ逃れ、一九二〇年にはコンスタンティノープルにたどりつく。ここで活動を再開している間に、アメリカで『ターシャム・オーガヌム』の英訳が出版され、大きな反響を呼び、これに感銘を受けた英国人、ロザミア子爵夫人（新聞王の妻）がウスペンスキーを英国に呼ぶ。この招待を受けた彼は、一九二一年[4]にロンドンに渡り、そこでグルジェフの思想と行法を教え始める。彼の教えは知識人階級の関心を引きつけ、多くの人が彼の講義を聴きに来た。文学関係では、当時大きな影響力をもっており、ロレンスも読んでいた雑誌『ニュー・エイジ』の編集長、A・R・オラージュ、その親友キャサリン・マンスフィールド、オルダス・ハクスリー、クリストファー・イシャーウッド、T・S・エリオット、J・D・ベレズフォード、ハーバート・リード、『デイリー・ヘラルド』の最初の編集長ローランド・ケニー、デヴィッド・ガーネット（ロレンスの作品出版において最も力のあったエドワード・ガーネットの息子で、後に小説家となる）などがいる。医学関係では、フロイトが創始したばかりの精神分析をいち早く英国に取り入れた四人の傑出した精神科医、ジェイムズ・ヤング、J・M・オールコック、M・D・エダー、モーリス・ニコルや、著名な外科医ケネス・ウォーカーがいた。また、英国の秘密諜報員で、コンスタンティノープルでウスペンスキーやグルジェフに接触したこともあり、後に両者の思想が世界的に広まる上で重要な役割を演じることになるJ・G・ベネットもこのリストに加わる。ウスペンスキーの講義に深い感銘を受けたこの中の何人かは、一九二二年に英国をしばらく訪問したグルジェフその人の話を聞きに行き、彼の中にウスペンスキー以上の「師」を見出した彼らは、同年グルジェフがフランスのフォンテーヌブロー近郊に移設した「人間の調和的発達のための学院」に移る。（ここに移った者の中で最も有名だったキャサリン・マンスフィールドは、翌一九二三年一月、この地で死去する。）これ以後、以前からウスペンスキーとグルジェフの間にあった軋轢は一挙に顕在化し、両者は決裂して別々に活動を行うようになる。ウスペンスキーは引き続き英国を中心に、時々はアメリカでも教えを続け、一九四八年一〇月、英国で死去する。

現在ウスペンスキーはグルジェフとの関連で語られることが多い。とりわけその遺稿、『奇蹟を求めて——未知の教えの断片』(*In Search of the Miraculous: Fragments of an Unknown Teaching*)は、極端に(そしておそらくは意図的に)難解なグルジェフ自身の著作よりも彼の思想が明瞭に解説されているとして、グルジェフに関心のある人々の間で広く読まれている。先にも述べたように、ここで検討する『ターシャム・オーガヌム』はグルジェフに出会う前に書かれたものではあるが、両著作の思想は当然ながら共通性が高く、後者に対するロレンスの反応をグルジェフの思想に対する見解と見てもひどく的をはずことにはならないだろう。

三　ロレンス対ウスペンスキー

ロレンスは『ターシャム・オーガヌム』に激烈な、ときに感情的な反発を示しているが、それが彼のどのような思想の反映なのかを以下で考察したい。現在彼が書き込みをしたこの本はタオスの公共図書館にあるが、このオリジナルを除けば、E・W・テッドロック Jr. の論文がこの書き込みを知る唯一の文献である。そこで以下の論考は多くをテッドロック論文に負うことになるが、テッドロック自身こう述べている。「彼の書き込みは、彼がこの時代の思想潮流といかなる関係をもったかについて、また自分の詩や小説の中で人間や動物の心理をどう描いたかについて、新たな光を投げかけてくれるだろう」(206)。

テッドロック論文に引用されているロレンスの書き込みは、この著書の第八章と第九章だけである。テッドロックははっきりとは述べていないが、ロレンスは何らかの理由でこれらの章だけを読み、あとは放棄したのではあるまいか。仮にそうでなかったとしても、以下に見るように、そこでのロレンスの反応を見るかぎり、この二つの章のマージナリアだけで彼の反応の主たる点は尽くされているように思う。

ウスペンスキーはこの二つの章で、まず動物と人間は世界を違うように見ていると述べる。動物と人間は異なる意識をもつために、世界を異なった仕方で知覚し、受容している。動物の中でも、カタツムリのような低次のそれは一つの次元しかもっていないが、馬や犬のような高次の動物は二つの次元をもっている。これに対して人間は三つの次元をもっている。すなわち世界を三次元において見ている。もしこの三者にこのような違いがあるとすれば、人間は現在の三次元的な世界認識をいずれは超えて、意識を拡張できる、つまり四つの、あるいはそれ以上の次元をもてるのではないか、というのである。これを彼はR・M・バックの言葉を使って「宇宙意識」とも呼び、この著書の結論では、こうした意識をもつ人間、すなわち「超人」の出現を予言している。

これがこの書の根幹的なテーマであり、それをウスペンスキーはさまざまな科学者や神秘家を引用しつつ論じているのだが、ロレンスの攻撃の的となったのは、この「テーマ」そのものではなく、論を構築するための個々の点である。これらの点は、おそらくウスペンスキーにとって論の前提となるもので、それほどに重要視していなかったと思われるが、ロレンスにとっては自分の思想の根幹にかかわる問題であった。例えば、動物と人間における本能の役割を論じる部分で、ウスペンスキーはこう述べる。

確実に言えるのは、本能は快と不快に基づいており、それは電気磁石の陽極と陰極のように、動物を特定の方向に誘引したり反発させたりして、一連の複雑な運動を生み出しているということである。それはときには意識的ではないかと思われるほど的を射ているばかりか、渡り鳥の行動……などはほとんど千里眼のような予知能力に基づいているのである。(77)

これに対してロレンスはこう反論する。「いや、違う。これは快楽主義的な誤謬だ。ひばりを歌わせる『本能』は(厳密には)快でも苦でもない」(Tedlock, 208)。これは実証不可能という意味で論理的反論とはいえないが、ここで重要なのは、この言葉の裏に潜むロレンスの信念、すなわち「本能」はウスペンスキーが定義するような便宜的、あるいは目的志向的なものではなく、はるかに未知で、そして神聖なものだという信念である。

ロレンスがとりわけ激しく反発したのはウスペンスキーの次の言葉である。「人間は単にある種の力を伝達するための中継所にすぎない。……人間は自動人形にすぎない。彼自身から生まれるものは何もない」(78-79)。これに対して、ロレンスは吐き捨てるようにこう書きつける――「チェッ、これは全部彼自身のことだ」。これに続いてウスペンスキーが動物の理性と感情を論じている言葉、「動物は自分の行動を理性的に考えず、感情に従って生きる」の前半部分に対しては、「人間もそうだ」と書き、「人間は、気違いでなければ、理性のみで行動することは絶対にない」と断言し、さらにこう述べる。「[理性が生み出す]概念は感情の別の形態である」(Tedlock, 208)。

これに続く両者の「やり取り」から次のことが明瞭になってくる。すなわち、ロレンスが最も強く批判しているのは、ウスペンスキーが理性と感情をそれぞれ狭い意味で捉え、前者を人間にのみ帰している点であり、ウスペンスキーのこうした思考をおしなべて「知的抽象化」として退けているということだ。テッドロックも、両者の対立の根源をほぼ同じところに見ている。「ロレンスは精神が自動的で選択する能力がないという考えを忌み嫌った。だから本能に関してそうした考えを是認しているウスペンスキーに激しく反発したのだ。……感情は理性に先立ち、より基本的なものだという信念が彼の反発の根底にある——彼は馴染み深い二分法を拒否し、別の道を探っている」(Tedlock, 207)。

先に引いた「人間は自動人形である」という考えは、ウスペンスキーが後に弟子として学ぶことになるグルジェフの思想の根幹にある「人間は機械である」と言葉の上ではほぼ同じだが、この本を書いた時点ではウスペンスキーはまだこの点で一貫していない。別の箇所ではこう書いている。「……人間は機械ではない、目に見える世界よりは高次の世界に目的と意味をもつ存在である」(131)。これはロレンスには受け入れやすい思想であるはずだ。彼自身、人間の生が機械的、無意識的であることを認めた上で、意識的になる必要を説いている。「『恋する女たち』序文」ではこう言う。「真の個人性をもつ人間は、生きていく中で、自分の中でさえ何が起きているかを知り、理解しようとする。言葉で表現されるこの意識は芸術から排除されてはならない。これは人生において非常に重要な部分を占めており、理論の押し付けなどではない。これは真に意識的な存在になるための情熱的な闘いなのである」(*PII*, 276)。また後年、『チャタレー卿夫人の恋人』では、「われわれは半分しか意識的ではなく、半分しか生きていない。われわれは真に生き、意識的にならねばならない」(290)と書いている。こう信じるロレンスなら、このウスペンスキーの言葉に共感しても不思議ではないが、しかし彼はこれを無視するか、あるいは(こちらの方が可能性が高いが)この箇所より前で読むのを止めたのだろう。いずれにせよロレンスには、テッドロックが、「ある場所で自分が言っていることが[ウスペンスキーと]同じである可能性を省みず、別の場所で攻撃するのはロレンスに特徴的なことである」(210)と指摘しているように、他者の思想の中に自らのそれと親近性のあるものを見出すと、親近性を軽視ないしは無視して違いを、つまり自分の独自性を際立たせようとするところがある。

こうした「影響の不安」をロレンスが抱いていたことについては多くの評者が言及している。エミル・ドゥラヴネは、ロレンスがエドワード・カーペンターから受けた影響に対して完全な「沈黙」を守ったのはなぜかと問い、こう皮肉っぽく答えている。「おそらくロレンスは［カーペンターからの］借用があまりに多いと感じて、誰にも勘付かれないように黙っていたほうがいいと思ったのであろう」(39)。ロレンスにおけるニーチェの影響を検討するモンゴメリーも、「ロレンスは自分の借りをごまかそうとしたのか、あるいはおそらく自分の独自性を維持しようとしたのだろう」と言い、その論拠をロレンスの初期の手紙に見出している――「私たちは直前の先行者を憎まなければなりません、彼らの権威から自由になるために」(74)。

実際、ロレンスのウスペンスキーの本への書き込みを詳細に検討してみると、ロレンスの反発の激しさとは裏腹に、驚くほどの両者の親近性が見て取れる。いくつか例を挙げよう。まず顕著に見られるのが、科学的・実証的な世界観に対する二人の批判である。ウスペンスキーは述べる。

問題は、意味の説明においては実証主義はまったく役に立たないということである。……実証主義は、あるものがある状況下でいかに作用するかという疑問に答えるには実に有用だ。しかしひとたびその状況(空間的、時間的、因果的)を離れようとするか、ないしはそうした状況の外部には何物も存在しないと主張しだすと、実証主義はその適切な守備範囲を超えはじめるのである。自然の実質は実証主義的な科学者には把握不能である。(129)

この断定はロレンスのそれと見まがうばかりだ。冒頭で引いた『無意識の幻想』の言葉を想起しよう。「私は科学に対してなんら反対するものではない。科学はそれ自身に関して言えば完全なものだ。しかし、科学が人間が知りうるすべての領域を余すところなくカバーすると考えるのは幼稚であろう。われわれの科学は死んだ世界の科学なのだ」。こうした実証的科学に対する批判はロレンスの生涯を貫く基調低音であり、彼のほとんど全作品に見られる。例えば、フレデリック・カーターの『黙示録の龍』に付けた序文では、彼は現代人がいかに真の宇宙感覚を失っているかを述べ、そしてこう嘆く。はるか古代には「大いなる空があり、その中にはそれぞれに意味をもった星々が散らばり、一つ一つが非常に意味深く動き、しかもその驚嘆すべき天体的広がりは空っぽではなく、その中ではすべてが生き、動いていた。……天文学的宇宙感覚は私をただ麻痺させるだけだ」。そしてこの「麻痺」を引き起こし張本人は、「望遠鏡」に象徴される科学的・実証的世界観だと言う。

……天文学の本……を読むと心は溶けて死んでしまう。孤独な星々がぞっとするほど孤立してぶら下がっているという恐ろしい宇宙の無の中を通っていけるのは、肉体から分離した精神だけである。これは解放などではない。奇妙なことだが、科学が宇宙を無限に拡張したとき、われわれは無限という恐るべき感覚を抱いたが、同時に監禁されたような感覚をもひそかに抱いたのである。(*P*, 293)

さらに後に見られる、「望遠鏡」を通して写した「科学的写真で月のあばた面を見ても、それで月の正体が分かったことになるだろうか。……そのような写真はたしかに大きな打撃ではある。しかし想像力でそれを癒すことはできる。……月は死んではいない。死んでいるのはおそらくわれわれの方だろう」(299-300)という言葉には、科学的実証主義がわれわれの生の意味を剥奪したことに対するロレンスの怒りが透けて見える。世紀転換期から二〇世紀初頭という科学的実証主義全盛の時代、まただからこそ、前にも述べたように、それへの反動として神秘主義やオカルトの高まりもあったのだが、そうした時代に、圧倒的な力で押し寄せる科学を前にして、いくらかは譲歩しながらも、主観的に生の意味感覚をつかみとろうとするロレンスがここにいる。

実証主義的・科学的世界観に対する批判以外にも、ロレンスとウスペンスキーに共通するものは多い。その一つは、人間は世界をその真の姿で見ておらず、そのように見る力を回復するには「驚異の念」、あるいは「宇宙意識」が鍵になる、とする見方である。ウスペンスキーはこう言う。

> もしわれわれが、自分の行為や行動で形作られた因果の連鎖についての見方を広げ、深めることができれば、その連鎖を人間の生——われわれの個人的な生——との関係だけから見るのをやめて、広大な宇宙的意味の中で見ることを学べれば、そしてわれわれの生という単純な現象と宇宙の生との関係を見つけることができたならば、そのときこそわれわれの目の前に、この「単純な」現象が、思いもかけぬ新しいものの無限な姿で立ち現われるであろう。……したがって、「あの世界」——同じこの世界ではあるが、それに向ける限定された見方から解放されて見る世界——が始まるときに覚える最初の感情は驚異の念であるに違いなく、そしてこの驚異の感覚はそれとの関係が深まれば深まるほど大きくなるに違いない。(142-43)

これはロレンスが死の直前に書いた『アポカリプス』の中の言葉、「宇宙と胸を突き合わせて」のウスペンスキー流の表現にほかならず、またロレンスの強調する、人間の現状を打破する鍵としての「驚異の念」に一直線に通じている。

今一つの親近性は、世界に向ける「ロマンティック」な眼差しである。ロレンスが「知的抽象化」を行なっているとして批判するウスペンスキーだが、この時点での彼の世界観は基本的にロマンティックなものだ。それは例えば次のような文に見て取れる。

> 季節の移り行きの中に、秋の、思い出の詰まったにおいを発するきらめく葉の中に、野を凍らせ、不思議な新鮮さと敏感さを伝える初雪の中に、春の小川の中に、暖かい太陽の中に、青い空が透けて見える芽吹きはじめた枝の中に、北の白夜の中に、あるいは星がきらめく暗くて生暖かい南国の夜に——こうしたものすべての中には、ある偉大な意識のもつ独自の思考が、独自の感情が、独自の形が横たわっている。いや、こう言ったほうがいいだろう、これらはすべて、ある神秘的な存在の意識がもつ感情や思考や形の表現である、と。そしてその存在とは、自然である。(179)

これはロレンスの最もロマンティックな風景描写を髣髴とさせる文章で、ほとんど「自然神秘主義」とでも呼びたいものだ。

こうした親近性を見てみると、ロレンスがウスペンスキーの中に実証主義的な世界観に対する闘いの同士を見出したとしても何の不思議もない。ところが彼は正反対のもの、つまり敵を見出したのである。なぜか？ウスペンスキーが基本的に取る論調と言葉遣いは科学的な色彩を帯びてはいるが、これはいってみれば彼独特の「偽装」で、前にも述べたように、彼の基本的な世界観はロマンティックなものである。この『ターシャム・

オーガヌム』の目的も、たびたび指摘したように、実証主義的世界観を乗り越え、宇宙の多次元性を明らかにし、その中で人間が「宇宙意識」を獲得する可能性を証明することにあった。これは、テッドロックやドゥラヴネやリチャード・ヤングが指摘するように、ロレンスがあちこちで表明している考えとほぼぴったり重なるものである。

先にも触れたが、カーペンターのロレンスへの影響を克明にたどっているドゥラヴネは、ウスペンスキーがカーペンターの思想に関心を抱いている（一九一五年には彼の『愛と死のドラマ』をロシア語に翻訳している）というつながりから、やはりロレンスの『ターシャム・オーガヌム』への書き込みを検討しているが、基本的にはテッドロックの見方を追認しているようだ。テッドロックの、ロレンスは「ウスペンスキーの宇宙の調和という観念が気に入ったはずだ」という言葉を引き、さらには、『羽鱗の蛇』とウスペンスキーの言う「新人種」の「新たな意識」とのパラレルを指摘をしていることを述べた上で、こう言う。

実際、ウスペンスキーの読者を驚かせるのは、カーペンター独自の見解が『ターシャム・オーガヌム』の中で明瞭に、しかも相当程度に展開されているのに、それを読んだロレンスがほんのわずかの意義も苛立ちも見せていないことである。……『ターシャム・オーガヌム』の最終章は多くの点で、ロレンスが若いときから抱いてきた考え、『虹』と『恋する女たち』……で表明された中心的な考え……すなわち、見者および発言者としての自らの役割がメシア的なものだという信念の表明を、よりいっそう体系的に行なっていると言えよう。（Delavenay, 43）

テッドロック同様、影響関係ないしは思想的親近性を無視あるいは軽視していると言うのである。

一方ヤングは、ドゥラヴネにも言及しつつ、ウスペンスキーの思想を「きわめてロレンス的」とした上で、こう述べる。

> 『ターシャム・オーガヌム』……は、ロレンスが、とりわけ一九二三年以降に行う四次元についての思索と驚くほどの親近性を見せている。……ロレンスは『ターシャム・オーガヌム』で述べられている新しい意識について書いているだけでなく、その意識の両面［光、生命、幸福をもたらす面と、暗闇や恐怖をもたらす面］を経験していた。これが彼の世界観への鍵である。……『ターシャム・オーガヌム』はロレンスに深い感銘を与えたに違いない。読後まもなく彼はエッセイで四次元という言葉を使い始めるからだ。それどころか彼は一九二四年初めに、その少し前にウスペンスキーが住んでいたフォンテーヌブローのグルジェフの学院を訪ねさえしているのである。(35-36)

こうした論者はなべて、ロレンスは思想的親近性があるにもかかわらず、それを無視し、それどころか批判さえすると指摘している。なぜこうしたことが起きたのだろう。単にロレンスが頑迷で独善的だというだけでは説得力がない。

答の一つは、ロレンスの「天才」に寄せる自負に見出せるかもしれない。彼のこの絶大な自信は多くの人が証言しているが、例えば若い日の言葉にこういうものがある。「ぼくは『生』についてかなりのことを知っています。……いや、人生のことはあまり知りません。しかし大文字の『生』についてはよく知っているのです」

(Young, 32)。ずっと後に知り合い、互いの才能は認め合いながらもある距離をおいた関係をとり続けたキャサリン・マンスフィールドは、その最晩年、病気の治癒と真の生の回復への最後の望みを託したグルジェフのもとから、夫J・M・マリにこう書き送っている。「彼［ロレンス］とE・M・フォースターは、もしそうしようと思えばこの場所が理解できる数少ない人たちです。でも私は、ロレンスはプライドが強すぎてできないと思います」(688)。

マンスフィールドのこの言葉は、後に事実によって証明されることになる。一九二三年一月に彼女がグルジェフの学院で死去すると、フランスのメディアをはじめ多くの耳目を引いたが、ロレンスもその一人だった。一九二四年一月にはルーハンへの手紙にこう書く。「キャサリン・マンスフィールドが死んだフォンテーヌブローのあの場所についてはうんざりするほど聞いたが、あそこは腐った偽物の自意識過剰の場所で、住んでいるやつらは反吐が出そうな曲芸をやっているらしい」(*L4*, 555)。そう言いながら、ルーハンの強い勧めもあって、翌二月にはその場所を訪れているが、そのときの印象は予想通りのものだった。「そこにいたロシア人は、人間の本性に反することをするのがいいのだと心から信じていた。彼はみんなに一日八時間も窓をふかせ、床を磨かせていた。その結果、感情が下劣になればなるほどいいっていうわけだ」[5] (*L4*, 573)。こうした強い、やや感情的な反応には、後に見るように、両者（この場合は、グルジェフから強い影響を受けたという意味でウスペンスキーとグルジェフを一方に、ロレンスをもう一方に置いている）の根底的な世界観、人間観に胚胎するところが大きいが、ジェイムズ・ムアなどはもっと皮肉な、しかし一分の真理が感じられる指摘を行なっている。すなわち、『無意識の幻想』の作者がオカルトや進化論的心理学といった考えに本当に無関心であっただろうか。ラーナーニムの提唱者がフォンテーヌブローの理想に対して心を閉ざしていただろうか。おそらくそうではあるまい。しかしロレンスは本質的に市場で思想を売る立場にあり、買う側ではなかった。……「キャサリン・マンスフィールドのようにグルジェフに真に出会った者は、一つの謎に遭遇した。しかしロレンスは、彼に一度も会っていない者特有の高圧的な権威をもってグルジェフという謎を解いたのである」(203-204)。この点についても、最も率直に表現しているのはテッドロックである。「ロレンスは自分自身の鍵をもっていたので、ウスペンスキーにも彼女［ルーハン］にも耳を傾けるはずはなかった」(206)。

しかし以上の点は、幾分かの真理を含みながらも、本章の主題にとってはやや副次的なものだ。最も注目すべきは、さらに深層にある理由、すなわちウスペンスキー（とその思想上の父ともいえるグルジェフ）とロレンスの間に横たわる根底的な違いである。まず第一に、ロレンスにとってウスペンスキーは、ちょうどブレイクにとってニュートンがそうであったように、あまりに「非想像的」だった。あまりに「眼」の人であった。ウスペンスキーが動物の心理を論じている箇所への書き込みにはこうある。「これはすべて眼からの議論だ」。「眼」は「アニミズム的な真実」(Tedlock, 215) を見ることができないと信じていたロレンスにとって、これは致命的な欠陥である。「アニミズム的真実」を見ることができないウスペンスキーは、しかし奇妙にも神秘的な言辞を吐く。「動物は太陽が昨日も今日も同じものだということが理解できない。ちょうどわれわれがどの朝もどの春も常に同じだということが理解できないのと同様に。……あらゆるものは宇宙の中に常に存在する。この宇宙はヒンドゥー哲学でいう永遠の今である。つまりその中では以前も以後も存在しないのだ」(105)。これはロレンスの時間の観念にきわめて近い。例えば『メキシコの朝』ではこう言う。

白いサルは奇妙はトリックを使う。例えば彼は時間というものを知っている。メキシコ人、そしてインディオにとって、時間とは曖昧で混乱した現実である。……過去と未来を引き剥がし、現在というむき出しの瞬間をそのまま露出させよ。……以前とか以後とかいうものは意識の産物にすぎない。今この瞬間というものは、生贄をささげるナイフのように、忘却という切っ先をもつ永遠に鋭いものなのだ。(*MM*, 34-35)

両者の時間観念は本質的に同じと見なければなるまい。にもかかわらずロレンスはウスペンスキーの先の言葉に激しく反発する——「たわごとだ——春は常に新しい、なんとなれば、生命は新たな生き物を生み出すからだ。数学や詭弁がなんと言おうと、死と生は究極の現実である。第四次元は生命と創造性にあふれている」(Tedlock, 216)。ほぼ同様の時間観念から、一方は春は常に同じだとし、他方は常に新しいとする。これはむしろんどちらが正しいと簡単に結論できる問題ではない。しかしいずれにせよ、ロレンスの反発は、ウスペンスキーの考えが、朝や春が来れば常に新たなものが芽生えるという自らの信念を否定するものだという解釈に基づいている。つまり、ウスペンスキーのこうした言葉は、そのロマンティックな相貌とは裏腹に無機的宇宙観に近く、ロレンスが何より重視する「驚異/畏敬の念」を否定していると考えるのである。この「驚異の念」こそが「アニミズム的真実」を見ることを可能にし、同時に人間の「自発性」の源泉だと考えるロレンスにすれば、このようなウスペンスキーの見方は許しがたいものであっただろう。

しかしこれはよく読めば、レトリックの次元での誤解であることが分かるだろう。両者が強調する「永遠の今」、「以前」も「以後」も実体としては存在しない「意識の産物」だと見る(ロレンス流に言えば)「第四次元」のレベルでは、「春は常に同じ」と「春は常に新しい」は同じことを意味しているのである。

ではこの「誤解」はなぜ生じたのだろう? その疑問を解く鍵は、おそらく今触れた「自発性」という観念にあるように思われる。この言葉は数あるロレンス独自の用法の中でもとりわけ理解しにくいものだ。その困難さは、例えば「闇」や「星の均衡」、「核」や「聖霊」といった、独自の意味を込められていることが明白な用語法とは異なり、一見通常の意味合いで使われているようで、実はロレンスの思考の中核に触れる独自の意味を担っているからである。例えば『恋する女たち』の中で、バーキンはこう言う。「自分の衝動にしたがって自発的に行動することほど難しいことはない。またそれこそが唯一の紳士的な行動だ——もっとも、君にその能力があればの話だがね」(32)。なぜそれが困難かといえば、「意識は彼ら［子供たち］にいやおうなく入り込むからだ」(40)。ロレンスの「意識」対「自発性」の二分法にはあるおもしろいひねり、あるいは分裂が潜んでいる。つまり、彼は一方で人間が意識をもつことの必然性、言い換えれば人間がもはや完全に自発的ではありえないことを十分認識していながら、その一方で、人間が自発的に生きることを希求し、その返す刀で、人間の自発性を否定しているように見えるあらゆる言説に反駁するのである。前者の最も明瞭な例は、ハーマイオニが「頭で」説く「動物主義」をバーキンが完膚なきまでにやりこめ、それを「知性主義が取る最悪にして最後の形態」と断じる有名な場面である。つまりバーキンは、意識に乗っ取られた知性、あるいは意識と同義になった知性は、そのもっとも悪質なトリックとして動物主義を喧伝するが、その行為そのものがどうしようもなく意識的だ、というのである。意識／知性が人間の自発性を殺しているのではないのかというハーマイオニの質問に、バーキンはにべもなくこう答える——「それは人間に意識／知性がありすぎるからではなく、少なすぎるからだ」(41)。ここでバーキン／ロレンスがはっきり示唆しているのは、人間が取るべき方向は、意識／知性を減らして動物的になることではなく、むしろそれを増大させる、換言すれば「四次元的」意識をもつこと、ウスペンスキー風に言えば「超人」になることだ、と言えるであろう。

しかしその一方で、すでに見てきたように、ロレンスはウスペンスキーが動物の機械性を述べる、ということはその自発性を否定すると、激しく反発した。ウスペンスキーは「自発性」という言葉こそ使っていないが、彼のいう「超人」とは、ロレンス風にいえば「自発的」に行為できる人間（グルジェフ風にいえば「自己の主人たる人間」）である。何度も指摘したとおり、ロレンスとウスペンスキーとの距離は、ロレンスが信じたよりもはるかに近かった。テッドロックもこう言っている。「ウスペンスキーの本に対するロレンスの反応の中でおそらく最も興味深いのは、ウスペンスキーが新たな意識と高次の人間の出現を布告していることに対して沈黙していることである。なぜなら、ロレンス自身数年後には、『羽鱗の蛇』において自分なりにこのような人間を創造し、そして彼らが、ロレンスが考える完全なる生を妨害する現代文化の諸側面に反逆し、支配することに成功する様を描くことになるからである」(217)。

では、ロレンスに見られるこの分裂は何に胚胎するのだろう。彼は、人間はもう取り返しがつかないほど意識に支配され、そのため文字通りの意味で「自発的」に生きることはできなくなっているとの冷徹な認識をもっている。しかしそれと同時に、なんとかすれば自発的な生を取り戻せるのではないかという希望も失っていない。『恋する女たち』は、この両者の相克を描いた作品と見ていいだろう。「性」、そして「星の均衡」といった鍵概念を使ってこの窮状を超克しようとしたこの作品は、しかしそのオープン・エンディングが象徴するように、この点に関しては決して十分に説得的であるとはいえない。その最大の原因は、この「自発性」に関するロレンスの態度あるいは思想が一定していないためではないかと思われる。

ウスペンスキー、そしてその師であるグルジェフは、後者の言葉によれば「意識的努力」と「意図的苦悩」を通してこの「自発性」を再獲得しようとした。あるいはグルジェフ風に言えば「自己の主人」になろうとした。

しかしロレンスはこうした意識的・行法的対処を一切拒む。意識に支配されていることこそ問題なのに、その意識を使って問題が解決できるはずはない、というのが彼の見方である。そのため彼は、肉体、性といった、西洋の歴史においては光としての意識が常に闇の中に閉じ込めてきたものに突破口を見出そうとする。こうした西洋の伝統的二分法の内部における「価値転倒」は、むろんニーチェの思想の根幹にあるもので、その意味においてロレンスがこの時代を先取りしたニーチェの思想圏にいたことは間違いない[6]。それはここでは置くとして、ロレンスにおける問題は、このように「闇」の部分に問題の解決の鍵を見出そうとするとき、勢いあまって光の部分、その中央に位置する意識／知性に対する見方が極端に否定的になることである。つまり、人間が長い年月をかけて育んできた、あるいは生き延びる必要に従って成長させてきた「価値あるものとしての意識」という視点が希薄になるのである。

グルジェフは、彼の「ワーク」と総称される行法の出発点に「自己観察」を置く。いわゆる「自意識過剰」といった形とは別の形で、常に自己を見続けない限り、いかなる自己変革も望めないというのである。グルジェフと同様に意識の肯定的側面を重視するウスペンスキーはこう言う。「……意識の拡張という問題は特別な研究を必要とする」(75)。問題へのこうした知的／意識的接近法ないし対処法は、ロレンスの方法論と鋭く対立する。彼は、男女、あるいは人間と宇宙との間の精妙な関係の中から生じる調和がこの高次の意識の源だと考える。そしてそうした調和を保障する土台となるのが、人間の中にある「純朴な核」だとするのである。「人間が心の奥底にもつ純朴にして無垢な核は、常に人間の生命の核であって、知性や理性よりもはるかに重要なものである。無意識の純朴な核をもっているからこそ、人間は責任が取れ、また信頼するに足る存在なのだ」(P.245)。こうした「無意識的」な「核」を人間の中枢に見、そしてそれを人間を取り巻く問題の解決の土台にすえる態度は、ウスペンスキーやグルジェフのそれと対立せざるをえない。(7) ロレンスの眼には、「世界の謎」に対するウスペンスキーの意識的接近は、この「純朴な核」の否定に映ったことであろう。

そしてこの点ではロレンスは「誤解」していない。根底的には「ロマンティックな」世界観の持ち主であったウスペンスキーではあるが、その口調は多くの場合「意識」を志向している。自然を「巨大な意識」と見るウスペンスキーはこう述べる。「生の意味は……知識にこそある。生におけるあらゆる経験は知識なのだ」(192)。彼のこうした知識／知性の強調の根底には、知と存在とは一つのものだという一元論がある。ヴェーダーンタ派やエレア派の哲学者、新プラトン主義者、ドイツの神秘主義者たちはみなこの一元論者であり、それを象徴的に示す言葉としてこう記す。「ブラーマンを知ることは、ブラーマンであることだ」(248)。ロレンスの反論を予期するかのように、ウスペンスキーは注意深く、二つの知を区別する。すなわち、「単に無学あるいは無知の結果」としての「通常の知識」(248)と、「スルティ(啓示)」から発し、「人間の生得的性質である無知を取り除く」(249) 真の知とは本質的に異なるものだとする。しかしロレンスにこのような二分法はなかった。彼にとって決定的に重要なのは、いかなるものであれ「知／知識」を強調することが生み出す弊害であった。

ロレンスの意識観を論じるロバート・モンゴメリーは、ニーチェが『ツァラトゥストラ』の中で展開する肉体と理性の矛盾に満ちた言葉を引用する。「肉体は大いなる理性である。……君の肉体の道具も君の小さな理性だ。……兄弟よ、君の思考と感情の後ろには強大な支配者、未知の賢者が立っている――その名を自己という。彼は君の肉体の内に住む。彼は君の肉体なのだ。君の肉体には、君の再考の叡智以上の理性が存在している」(102)。そしてこの言葉をロレンスの見方に適用しながら、こう述べる。

それ「思考と感情の後ろにいる自己と呼ばれる大いなる理性」は肉体でも魂でもない。むしろ両者が分離した後も生き延び、両者を統合する源泉である。それは統合された人間、もはや分裂のない真の個人の中に自らを再発見する。その人間の行為は自発的で本能的だが、それでいて深く目的志向的で理性に満ちている。(103)

これを理解するには、先のウスペンスキーの「二つの知」の理解が必要である。つまり知/理性には、ウスペンスキーやニーチェが言うように二つ、あるいは幾つかの種類があり、それを混同しているところにロレンスの「混乱」、すなわちウスペンスキーと自分の考えとの親近性が見えなかった理由があるのではなかろうか。

結語

天性の宗教的資質に時代の影響が加わって、ロレンスは早くから神秘的、オカルト的なものに関心を抱いた。これまで見てきたように、その関心は一九一七年頃から手紙などに表われ、また作品にも取り入れられていたが、ニュー・メキシコでルーハンに薦められたウスペンスキーの『ターシャム・オーガヌム』を読んで一挙に活性化した。それ以後の作品にはオカルト的な言及・言説がより明らかな形でなされるようになる。ロレンスがこの本に施した書き込みは、彼のオカルト観のみならず、人間観や宇宙観を知るにも絶好の材料であるが、そこに見られる彼の思想の特質をまとめると以下のようになろう。人間の中枢には「純朴な核」があり、これによって人間は生と宇宙に「驚異の念」をもって接することができる。そこから生じるであろう四次元的意識は人間が「自発的」に生きることを保障するものであった。ところが、「おぞましいリンゴ」が「別種の知」を人間に植えつけたときから人間の意識は「血の意識」と「頭脳／知的意識」に分裂し、「自発的」に生きることを妨げるようになった。これを回復するには、これまで「知的意識」が抑圧してきた「血の意識」、そしてその人間における代表的な表出である性を基軸にして男女関係・人間関係を正常化しなければならない。それができれば、「宇宙と胸と胸を突き合わせて」生きる生の様式、すなわち「四次元」における生を取り戻すことができるであろう。そしてこうした問題への接近を助けてくれるのがオカルトであり神秘主義であった。

こうしたロレンスのオカルト観はいわばロマンティックなもので、同じくロマンティックな傾向をもつウスペンスキーのそれが、一方では「知の意識」の重要性をはっきり認識していたのとは対照的に、あくまで「血の意識」の重要性を主張するものであった。「人間の最も強力な感情は、未知なるものへの憧れである」(*TO*, 192)——このロレンスのものと見まがうばかりの言葉はウスペンスキーのものだが、ロレンスはこの憧れを決して知を通して達成しようとはしなかった。「生きたものを知るとは、それを殺すことだ」(*SCAL*, 70)と言い切るロレンスは、「世界と人間の謎」に「血の知識、本能、直感」で立ち向かった。これらは「知性に先立つ暗い闇の中を流れる巨大な知の流れである」。ところが「その後あのおぞましいリンゴがやってきた。そしてそれとともに別種の知が流れ始めた。……こうして知ることが始まった。それはまもなく理解することへとつながり、かくして悪魔がその地位を得たのである」(90)。こう主張するロレンスは、ウスペンスキーがよって立つ一元論をも否定して二元論の重要性を訴える。「今日では人は二元論という考えを毛嫌いする。これはよくない。われわれは二元的なのだ」(91)。したがって、当然のことながら、ウスペンスキーが同一のものとした「知」と「存在」もロレンスにとっては二元的・排他的なものだ。

知ることと存在することは反対の、対立した状態である。正確に言うと、人間は知れば知るほど存在しなくなる。存在すればするほど知らなくなるのだ。

これは人間が担う重い十字架だ。それが人間の二元性なのだ。すなわち、血の自己と神経・頭脳的自己である。(*SCAL*, 106)

産業化、機械化、総じて近代化というものがもたらす矛盾が噴出してきた一九世紀後半から世紀の転換期において、ロレンスほどに「神経・頭脳的自己」＝「知に支配された自己」のもたらす罪過に敏感であった作家・思想家はそう多くないだろう。彼はそれを人間の言動のあちこちに見出し、それへの嫌悪感とそこからの脱出への希望を糧に創作を続けた。彼はこの脱出への道を、当時の実証主義的世界観への対抗軸として現れたオカルト的、神秘主義的世界観に見出した。その意味でロレンスはまぎれもなく時代の子である。

しかしこの近代の「悪」に対する彼の感受性は、その敏感さゆえに極端へと進んだ。「神経・頭脳的」知への徹底的な断罪である。それゆえに、彼はしばしばケン・ウィルバーの言う「前／超の虚偽」に陥っているように見える。この虚偽は、「前合理的な状態も、超合理的な状態も、それぞれに非合理的な状態であるから、訓練されていない目には、似ているか、あるいはまったく同じに見える」(206) という錯覚のことである。ウィルバーはこれを、人間の意識、とりわけその進化を論じる上で決定的に重要な点だと考えているが、ロレンスを論じる際にもこの概念は有効だろう。つまりロレンスは、「血の意識」＝本能や直感、すなわち「前合理的」

な知の状態に従って行動するあり方を「自発的」と呼んで称揚するが、その称揚はしばしば「超合理的な状態」への称揚とないまぜになっているのだ。こうした彼の奮闘は、英語の格言を使うなら「風呂桶の水と一緒に赤ん坊まで流す」とでも呼べるような傾向があったように思われる。これは、彼が生涯に渡って示した圧倒的なヴィジョンを貶めるものではない。しかしながら感じられるのは、いまだロマン的雰囲気の残滓が濃厚に残る二〇世紀初頭において、彼のヴィジョンはその時代精神に本質的な影響を受けたのではないかということである。

ロレンスの死後七五年がたった今、われわれは、ロレンス的な形での「知的意識」の批判は大きな壁にぶつかっていると感じざるを得ない。それは近代人のもつ宿痾を明るみに出すという大きな貢献は果たしたが、それに変わる有効な代案を提出するまでには至っていない。ロレンスはその鋭い臭覚で時代の病根を嗅ぎ取ったが、その治療に十分に成功したとはいえない。彼はその巨大な思想でもって時代の病の「解毒剤」たらんとしたが、その思想は基本的にはその診断書であった。われわれはこれから、彼の助けを得て時代を正確に診断し、さらにその毒を抜いた上で、さらなる「健康」を目指さなければならない。その「健康」、すなわち彼の言う「四次元」に生きるためには、ロレンスがあれほど否定した「知的意識」がその適切な場所を得て働かなくてはならないであろう。「血の意識」と「知的意識」の統合が、ロレンス自身のヴィジョンを具現化し、彼が理想として夢見た未来の人間の出現のために必要とされているのである。

注

（1）数少ない使用例には次のようなものがある。"With an almost occult carefulness he turned the door handle, and opened the door an inch" (*WL*, 341)．これはジェラルドがグドルンの部屋に忍び込む場面の描写だが、ここでの"occult"は「神秘的な、超自然的な」というくらいの意味が込められているようで、本稿で論じるような使い方とは異なっている。

（2）アメリカの小説家、エッセイスト。彼は後に、後述するグルジェフの弟子となる。

（3）この雑誌は一九〇五年に創刊されたが、その「初代編集長ラルフ・シャーレイは当時の多くの神秘家たちと親交があったため、同誌の紙面にはA・E・ウェイトやクロウリー、ブロディ＝インズ、ダイアン・フォーチュン等の寄稿文が多数掲載された」(『世界魔法大全1　黄金の夜明け』、一一八頁)。ここに並べられている名前は、秘密結社「黄金の夜明け」に関係する人たちである。

（4）ジョン・カーズウェルによれば、ウスペンスキーがロンドンに来たのは一九二〇年である。*Lives and Letters*, 171 参照。

（5）ここで言われている「ロシア人」はグルジェフその人と取りたいところだが、実は彼はこの訪問の少し前に弟子たちを連れてアメリカに出発しており、ジェイムズ・ムアによれば、ロレンスは「このときもこれ以前にもグルジェフをその目で見たことはなかった」(200)。

（6）モンゴメリーは、二〇世紀初頭はパトリック・ブリッジウォーターの言う「英文学におけるニーチェ時代」(74) だと言い、この時代の英国知識人に与えたニーチェの圧倒的な影響力を考えると、ロレンスが彼のどの本を読んだかは特定できないが、ロレンスがニーチェの思想圏にいたことは間違いないと言う。

（7）グルジェフも「本質」（essence）という言葉で、ロレンスの「核」と同様のものを人間の中に措定する。しかしグルジェフは、「本質」は「人格」（personality）によって完全に抑圧されており、この抑圧を解いて本質を再生させるには長期間の地道な行（弟子たちはこれを「ワーク」と呼んだ）が不可欠とする点でロレンスと鋭く対立する。

引用文献

江口之隆、亀井勝行『世界魔法大全1　黄金の夜明け』国書刊行会、一九八三年。

ダーントン、ロバート『パリのメスマー』稲生永訳、平凡社、一九八七年。

ドロワ、ロジェ・ポル『虚無の信仰——西欧はなぜ仏教を怖れたか』島田裕巳、田桐正彦訳、トランスビュー、二〇〇二年。

渡邊静夫編『日本大百科全書』4、小学館、一九九四年。

Carswell, John. *Lives and Letters*. London & Boston: Faber and Faber, 1978.

Delavenay, Emile. *D. H. Lawrence and Edward Carpenter: A Study in Edwardian Transition*. London: Heinemann, 1971.

Kermode, Frank. *Romantic Image*. London: Routledge, 2002.

Lawrence, D. H. *Fantasia of the Unconscious*. Harmondsworth: Penguin, 1971. (*FU*)

________. *Lady Chatterley's Lover*. London: Penguin, 1994. (*LCL*)

________. *The Letters of D. H. Lawrence III*. Ed. James Boulton and Andrew Robertson. Cambridge: Cambridge UP, 1984. (*L3*)

________. *The Letters of D. H. Lawrence IV*. Ed. Warren Roberts, James Boulton and Elizabeth Mansfield. Cambridge: Cambridge UP, 1987. (*L4*)

________. *Mornings in Mexico*. Harmondsworth: Penguin, 1960. (*MM*)

________. *Phoenix*, Ed. E. D. McDonald. Harmondsworth: Penguin, 1978. (*P*)

________. *Phoenix II*. Ed. W. Roberts and H. T. Moore. Harmondsworth: Penguin, 1978. (*PII*)

________. *Studies in Classic American Literature*. Ed. Ezra Greenspan, Lindeth Vasey and John Worthen. Cambridge: Cambridge UP, 2003. (*SCAL*)

________. *Women in Love*. Ed. David Farmer, Lindeth Vasey and John Worthen. London: Penguin, 1995. (*WL*)

Mansfield, Katherine. *Katherine Mansfield's Letters to John Middleton Murry*. Ed. John M. Murry. London: Constable, 1951.

Montgomery, Robert E. *The Visionary D. H. Lawrence: Beyond Philosophy and Art*. Cambridge: Cambridge UP, 1994.

Moore, James. *Gurdjieff and Mansfield*. London: Routledge & Kegan Paul, 1980.

Oppenheim, Janet. *The Other World: Spiritualism and Psychical Research in England, 1850'1914*. Cambridge: Cambridge UP, 1985.

Ouspensky, P. D. *Tertium Organum: A Key to the Enigmas of the World*. New York: Vintage, 1970. (*TO*)

Surette, Leon. *The Birth of Modernism: Ezra Pound, T. S. Eliot, W. B. Yeats and the Occult*. Montreal & Kingston: McGill-Queen' s UP, 1993.

Tedlock, Jr. E. W. "D. H. Lawrence's Annotation of Ouspensky's *Tertium Organum*." *Texas Studies in Literature and Language*, II, 2, 1960.

Whelan, P. T. *D. H. Lawrence: Myth and Metaphysic in The Rainbow and Women in Love*. Ann Arbor & London: UMI Research Press, 1988.

Wilber, Ken. *Sex, Ecology, Spirituality: The Spirit of Evolution*. Boston & London: Shambhala, 1995.

Young, Richard O. "'Where Even the Trees Come and Go': D. H. Lawrence and the Fourth Dimension." *D. H. Lawrence Review* 13, 1980.

第二二章　「深淵への漂流」——ロレンス・イェイツ・オカルティズム

序

一九世紀後半から二〇世紀初頭にかけてヨーロッパは未曾有の危機に直面する。スチュアート・ヒューズは、この時代の決定的に重要な問題は「合理性の問題」であるとしてこう述べる。「理性に対する態度を決定するに当たって、二十世紀初頭の社会思想家たちは剃刀の刃の上を歩くような危機に立たざるをえなかった。一方の側には十八世紀と実証主義的伝統という過去の誤謬があった。他方の側には非合理と情動的思考という将来の誤謬があった」（二八九頁）。ロレンスとイェイツという同時代人は共にこの「剃刀の刃」の上を歩いたが、その認識には共通性と相違が見られる。

最大の共通性は、ヒューズのいう第一の誤謬、すなわち「実証主義的伝統」を誤りとする認識であるが、また、彼の言う第二の誤謬、すなわち「非合理と情動的思考」を誤謬とは考えないことでも一致している。そして共に、後者を第一の誤謬に対する解毒剤とみなしているが、まさにこの見解が二人をオカルティズムあるいは神秘主義へと傾倒させた。二人に共通するのは科学的・物質主義的・実証主義的世界観への反動、あるいは失われた「魔術的」、有機体的世界観の回復である。一方、相違点はもう少し複雑な様相を呈するが、おそらくそのもっとも顕著なものは、神秘主義的な伝統への見解、すなわち過去の叡智に対する畏敬の念であろう。そしてこの相違が、秘教的な組織およびその実践への両者の関わり方の違いにつながっている。

この時代のオカルトへの傾斜を評するには、前章で引いたバーナード・ショーの言葉ほど簡にして要を得ているものはあるまい。「一九一四年に先立つ数十年間の英国社会は、霊のテーブル叩きや降霊術、透視術、手相術、水晶占いなどにふけっていたが、その有様は、ありとあらゆる予言者、占星術師、胡散臭い治療家どもがこの半世紀の深淵への漂流の間ほどに隆盛を極めたことは歴史上なかったと思えるほどである」。実証主義と科学主義の荒波の中で情動的思考、あるいは宗教的情熱を否定された人たちが大挙して「深淵へ漂流」する様子を、ショーは彼特有の諧謔で揶揄しているが、それほどにこの時代の閉塞的状況は強かったのだろう。そうした時代状況にロレンスとイェイツはいかに反応したのか、また、その反応の類似性と相違はいかなる意味と意義をはらんでいるのかを探ってみたい。

一　ロレンスの神秘主義

序で述べたように、この時代のヨーロッパには「実証主義的世界観」の全盛とそれに対する「ロマンティック」な反抗の激しい相克が見られる。ジャック・バーザンはこの時代を象徴するアイコンとしてダーウィン、マルクス、ヴァーグナーの三人を選び、こう述べる。「彼らの営為が示したのは、感情や美や倫理的価値といったものは事実の世界がなんの保障も与えない幻想にすぎないということだった。人間はもはや神々の愛する被造物ではなかった。第一に、神々などは存在しないし、第二には愛するということは事物の自然とは無縁なことであるからだった」（二一〇頁）。さらに続けて、「ロマン派の柔軟で人間味のあるプラグマティズムにたいする唯物主義的機械論の思想、方法、そしてその勝利こそ、われわれ今日の真の苦悩の根源であった」(三六頁)と言い、この「実証主義的世界観」、「唯物主義的機械論」への反抗としてのロマンティックな運動の意義をこう述べる。

「新＝非合理主義」の正しい診断は、それはあまりにも長いことリアリズムを誇る偽りの機械論的な世界に幽閉されていた生命の力を明示しているというところにある。……ロマン主義は個人の自由、主観的感情、人間の理性、社会目的、なかんずく芸術を尊重した。ロマン主義が世界を獲得するのに失敗したとすれば、それは由緒ある失敗だった。そして、この生産的ロマン主義に世紀半ば新＝唯物主義がとってかわったのは……退行現象だったのである。ここから学ぶべきことは、あともどりして再びロマン主義を繰り返すことではない。そんなことはどの道不可能なことだ。そうではなくて、できるかぎり冷静にロマン主義の長所を検討し、そのなかにダーウィン、マルクス、ヴァーグナーが吸収した思想の真の姿を発見して……西欧の精神のために有効な理想を求めて新しいスタートを切るべきだということである。(三七―三八頁)

ロマン主義の「失敗」を評価しつつ、これから取るべき道はその「復活」ではないというのだが、本稿での主張の一つは、ロレンスとイェイツに共通して見られるのはこの「ロマン主義復活」への努力であり、その端的な表れが神秘主義への傾倒だったのではないか、というものである。

まずロレンスの場合から見てみよう。ニュー・メキシコのデル・モンテ牧場に滞在中の一九二三年一二月、ロレンスはフレデリック・カーターから初めて手紙を受け取る。『黙示録』に関して彼が書いた草稿に意見がほしいという内容であった。ロレンスはすぐに強い関心を抱き、草稿を読みたいと返事を書くが、その中に次のような言葉がある。「私自身はマクロコスモスよりマイクロコスモスの方に興味があります。……占星術からは実に貴重なヒントが得られます」。そして彼は出版準備中の『古典アメリカ文学研究』に触れ、そこから「秘教的なものは全部削除した」(*L4*, 405)と言う。さらに後の手紙では、出版社を見つけてあげよう、序文も書いてあげようと、関心を異にする人間には冷淡な態度を取るのが常であったロレンスにしては例外的といってもいい熱の入れようである。メキシコのチャパラ湖畔に居を移していた一九二三年六月一五日にカーターから草稿を受け取ると、三日で読み終え、すぐに長い感想を書き送る。そこには、後の『アポカリプス』に結実する彼の神秘的宇宙観の萌芽が見られる。

ロレンスは、『黙示録』の作者ヨハネは「イメージで思考する能力」を未だに失っていないと考える。「ヨハネはベーメのような人物だったのかもしれません。しかし彼のイマジェリーは基本的に肉体的精神、器官的、神経的かつ大脳的な精神から始まり、星辰にまで広がっていきました。私はそう信じています。彼は脊髄を銀河に投影しようとしていたのでしょう」(*L4*, 460)。「脊髄を銀河に投影する」などというカバラ的表現を含む秘教的色彩の濃い文章だが、ここに見られる「肉体的精神」という言葉は注目に値する。ロレンスはつとに「知的意識」と「血の意識」の分裂が人間の悲劇の元凶であり、その原因は「知性による下半身の情緒的センターの支配」にあると考えていたが、この「肉体的精神」という言葉は、この分裂が起こる以前の、両者が一体であった状態を指すものであろう。同じ書簡中の次の言葉には彼の神秘主義の核を見ることができる。「これ[カーターのテクスト]は一般読者には絶対に理解不能です。でもそこにはすべてを解放してくれるようなすごいものが、人生をもう一度高貴にしてくるようなものがあります」(461)。大衆には理解不能な神秘こそ生を再び高貴なものにするというのだ。なぜか。それは、こうした神秘的なものが、科学的実証主義が人間から奪い去った「驚異の念」を奪還してくれるからにほかならない。

後にカーターの『黙示録の龍』に書いた序文で、ロレンスは明瞭にこう述べる。「天文学の本をいくつか読んだが、そこに述べられている無限の宇宙という考えにはいささか当惑した。そんなものを読むと心は溶けて死んでしまう。孤独な星々がぞっとするほど孤立してぶら下がっているというおぞましい宇宙の空虚な無の空間を通っていけるのは、肉体から分離した知性だけだ。これは解放なんかではない。奇妙なことだが、科学が空間を無限に拡張したとき、われわれは無限という恐るべき感覚を抱いたが、同時に牢獄に閉じ込められたような感覚をも秘かに抱いたのである」。天文学の本と違って、カーターの本は「マクロコスモスの感覚」を、すなわち大いなる空の中に「それぞれに意味をもった星々が散らばり、一つ一つが非常に意味深くめぐり、しかもその驚嘆すべき天体的広がりは空っぽではなく、その中ではすべてが生き、動いている」という感覚を与えてくれると述べ、さらに、「生きた占星術的天空の感覚をもつと、私は自分の存在《ビーイング》が拡大するように感じ、壮麗なる広がりをもって輝きを帯びるようになる」(*P*. 293)と言う。そして「思考という永遠のソドムの木の実ばかり食べてきたわれわれは餓死寸前だ。われわれに必要なのは霊肉全体にいきわたる完全なる想像的経験である。理性を犠牲にしてでも想像的経験がいるのだ」(297)と言明する。彼が「天文学的事実」よりも「占星術的意味感覚」を重視するのは、後者が可能にする「想像的経験」とそれがもたらす意味感覚が自己を拡大させるからである。多くの場合ロレンスはこの地点から激烈な理性あるいは知的意識の批判に入るのだが、この序文では慎重にこう続ける。「科学的写真で月のあばた面を見ても、それで月の正体が分かったことになるだろうか。いや、たとえ理性によって考えたにしてもだ。私はそうは思わない。たしかにこの写真は大きな打撃ではあるが、想像力でそれを癒すことができるのだ」(299)。科学・天文学の「進歩」を理性の必然的な産物として一旦は認めた上で、理性にしたい放題させるのではなく、想像力を使って「想像的経験」を復活させようというのだ。その戦略は次の言葉にも明らかである。「古いヴィジョンは一旦取って代わられると二度と取り戻すことはできない。できるのは、われわれの内に埋もれている古い、遠い遠い昔の体験の記憶と調和するような新たなヴィジョンを発見することである」(301)。そしてこの刺激的な序文をこうしめくくる。「われわれが手にしているのは外部からのヒントだけだ。しかしそれを解く鍵はわれわれの中にある。もしヒントが理解できれば、それははるか彼方の魅惑的な世界へとわれわれを導いてくれるだろう。……もしその幻想が生を高揚させてくれるのであれば、神に感謝すべきなのだ」(303)。こうした言葉を貫いているのは、「何を措いても真理を」ではなく、「何を措いても生き生きした意味感を、魅惑的な生を」という彼の信念である。そして、それを新たなヴィジョンとして再獲得する上で有力なヒントになると彼が考えたのが、秘教的な知であった。

以上のことをロレンスの信条に絡めて換言すればこうなるだろう。人間の中枢には純朴な核があり、これが正しく成長すれば人間は生と宇宙に驚異の念をもって接することができる。そこから生じる、彼が「血の意識」であると彼が考える自発的な生を保障するものであった。ところが、あるとき「おぞましい木の実」がやってきて別種の知を人間に植えつけた。このときから人間の意識は「血の意識」と「知的意識」に分裂し、自発的に生きることを妨げるようになった。これを回復するには、これまで理性/知的意識(およびその産物たる科学・実証主義)が抑圧してきた血の意識を回復しなければならない。それを達成する一つの道は、血の意識の直接的な表出である性を基軸にした男女関係・人間関係の正常化であり、もう一つは、神秘主義的な知をヒントにして古代の叡智を奪回し、古代人がもっていた宇宙感覚あるいは「宇宙意識」を復活させることである。後者の道は、先の序文にある次のような言葉に明瞭に見ることができる。「私はキリストが生まれる二千年前にカルデア人が知っていたように星々を知りたい。……そして私のメソポタミアの自我がもう一度太陽と月と星を、カルデア人の太陽とカルデア人の星々を希求するのだ」(298)。これが達成されれば「宇宙と胸と胸を合わせて」生きる、すなわち「四次元」における生を取り戻すことができるであろう。そしてこうした問題の解決法への強烈な刺激となりヒントになったのが神秘主義であった。

ロレンスの神秘主義への関心およびその利用はフィクションにおいても明瞭に見て取れる。最も顕著なのが彼特有の神秘的語彙の多用である。例えば『恋する女たち』でのバーキンとアーシュラの肉体的接触はこう描かれる。

> 彼らは服を脱ぎ、彼は彼女をかき抱いた。彼は彼女を、彼女の永遠に不可視の肉体の純粋にやわらかく輝く実体を見出した。非人間的なまでに欲望の失せた彼の指、沈黙の上をなぞる沈黙の指は、まだ露わにされぬ彼女の裸体の上をはい、神秘的な夜の肉体は神秘的な夜の肉体に重ねられ、その男性の夜と女性の夜は眼では決して見ることはできず、知性でも知ることはできず、生ける他者性の触知できる啓示としてかろうじて知ることができるのみであった。
>
> 彼女も欲望を感じ、彼に触れた。その暗くて絶妙な沈黙の接触において、彼女は筆舌に尽くせぬ交感から最大限を受け取り、惜しみなく奪い、また与えた。完全な受容と服従。一つの神秘。絶対に知ることのできぬものの実体。知的な概念には決して翻訳できぬ、生気に満ちた官能的実体。闇と沈黙と精妙さをも

つ生ける肉体。実体をもつ神秘な肉体。彼も彼女も欲望を満たした。二人はお互いにとって、神秘で触知できる真の他者性がもつ、太古からの壮麗さそのものであったからである。（320　傍点引用者）

ここで描かれているのは、後に『チャタレー卿夫人の恋人』でさらに明瞭な表現をとることになる、いわば「聖別された肉体」で、知的意識にとって永遠に「闇」であり「神秘」であるがゆえに、その接触は知的には絶対に把握できない。「触知できる」(palpable)というやや古風な言葉によって、逆にこの肉体は生身の肉体ではなく、いわば形而上学的な肉体なのだという感覚が与えられる。こうした神秘的語彙の畳み掛けるような使用によって、この接触が理性の把握を超えた「実体」をもつこと、さらには、こうしたレベルでの肉体的接触のみが、現在人間が置かれている閉塞状況の突破口であるという感覚が読者の中に強く喚起される。要するに、肉体接触の描写が知的意識の否定的な描写と併置されるとき、読者は、知性よりも肉体の方が、あるいはそれのみが重要である、という印象をもつことを強く促されるのだが、そこに現出する男女のありようは奇妙なまでの抽象性を帯びている。[1]

このようにロレンスは、フィクションにおいてもエッセイにおいても、「実証主義的世界観」と「唯物主義的機械論」への有効な反駁として、知性の把握しえないリアリティを神秘主義的色合いの強い筆致で描いた。先の『恋する女たち』のような描写は、あるいは読者の理解を峻拒するようにも見えるが、この巨大な一巻の文脈の中で見るとき、作者が言語表現の境界線に近づきつつ、通常の肉体接触を超えたなんらかのありようを描こうと格闘している姿が浮かんでくる。こうした言説を、カーターの著作についての書簡や序文の言葉と併置して読むとき、ロレンスが「知的な概念には決して翻訳できぬ」ものをなんとか知的に伝えようと努めていることはよくわかる。その結果生まれた先の描写では、例えば後の『チャタレー』などで見られる具体性＝生身性は背景に退き、接触しているのは肉体だが、そこで起こっていることは単なる肉体接触ではなく、両者の「ナイーヴな核」の接触なのだという、彼の好きな言葉で言えば「四次元性」とでもいったものが浮上してくる。そしてその評価はロレンス文学の評価と直接につながっている。

二　イェイツの神秘主義

よく引用される『自伝』中の一節で、イェイツはこう述べている。

私はとても宗教的だったが、大嫌いなハクスリーとティンダルに子供時代の素朴な宗教を奪われてしまった。それで私は新しい宗教を作らねばならなかったが、それはほとんど不可謬の詩的伝統の教会であった。つまり、一連の物語、登場人物、感情などの教会で、それは最初に表現された形から切り離すことはできず、詩人や画家が哲学者や神学者からいくらかの助けを受けて代々受け継いできたものであった。（*Auto*, 115-16）

トマス・ハクスリーとティンダルは一九世紀の英国を代表する科学的・実証主義的世界観の具現者だが、彼らに強い嫌悪感を抱き、それへの対抗策として芸術と哲学を土台とした「個人宗教」を作り上げたというのだ。絶えず「哲学的疑問」（*Auto*, 86）に悩まされ、『鎖を解かれたプロメテウス』を聖なる書物と仰ぎ、ジョージ・エリオットの中に「ヴィクトリア朝科学」（88）を嗅ぎ取り、父を「ジョン・スチュアート・ミルの信奉者」（89）

と見ていたイェイツは、こう述べる。「心霊研究と神秘哲学の研究を始めたときに初めて私は父の影響下から脱した」。かくして彼は、「ライヘンバッハの書いたオディック力についての本や神智学協会の出版物」、あるいはルナンの『キリストの生涯』やA・P・シネットの『秘教的仏教』などを読みはじめ、友人のチャールズ・ジョンストンとダブリンに「ヘルメス協会」を創設する。その設立意図にはこうある。「偉大な詩人たちが最良の瞬間に肯定したものはなんであれ、権威的な宗教に最も近いものだ。彼らの神話、彼らが歌う水や風の霊は文字通りの真実である」(Auto, 90)。

R・F・フォスターによると、このヘルメス協会は一八八六年四月にダブリン神智学協会になり、そしてイェイツは、ブラヴァツキー夫人によってまもなく送り込まれてくる「特命全権大使」のインド人、モヒニ・チャタージーに深い感銘を受ける。(2) その後間もなく彼はジョージ・ラッセル(AE)に出会い、強い共感を覚えるが、二人の共通性をフォスターはこう述べる。「経験的な『リアリティ』を退け、幻視的な真実を好む点で二人は一致した。……特にラッセルは、眼に見える世界は『風に吹かれて揺れるタペストリーのようなもので、これが一瞬でももち上げられれば自分が天国にいるのが分かるだろう』という感覚に取りつかれていた。このタペストリーをもち上げたいという夢が二人の探求者を結び付けていた」(Foster, 48-49)。

フォスターはイェイツの神秘主義への傾倒の理由として、このほかに二つ挙げている。一つはアイリッシュ・プロテスタントが置かれていた立場と関係する。

イェイツはアイルランドのプロテスタントが示してきたオカルトへの関心の伝統の中に位置づけられるかもしれない。……あるレベルで見れば、このオカルトへの関心は現実の脅威に対抗する一つの戦略ともみなしうる（彼らの幻想の中ではカトリックが大きな役を演じている）。……一九世紀末葉のアイリッシュ・プロテスタントの疎外感、社会的、心理的な統合の喪失感はイェイツ家においてはとりわけ強かった。この一家の経験はあるサブカルチャー全体の低落を先取りするものであった。(50)

ちなみにもう一つの理由は、求愛を拒絶され続けたモード・ゴンに対して、オカルトの領域においてのみ優位性を確保できたからだという。

ロレンスと比較するとき、イェイツの神秘主義において顕著なのは組織との関わりである。とりわけ「黄金の暁教団」での活動は後に彼の生活の重要な柱となる。この儀式魔術の研究と実践を活動の中心に据える秘密結社は、一八八八年三月、英国神智学協会に関わっていたA・F・A・ウッドフォード、ウィリアム・ウィン・ウェストコット、W・R・ウッドマン、マグレガー・マザーズを中心に設立された。その前年にマザーズと会って強い感銘を受けていたイェイツは、一八九〇年に加入する。一八九二―九四年がこの教団の全盛期で、イェイツも活発に活動し、有力な友人を加入させる（フロレンス・ファー［一八九〇年］、モード・ゴン［一八九一年］、ジョン・トドハンター［一八九一年］、ジョージ・ポレックスフェン［一八九三年］）。しかし一八九四年頃から権力争いが表面化し、マザーズは妻のモイナ・ベルグソン（アンリ・ベルグソンの妹）とパリに移り、アハトゥール・テンプルという別組織を設立する。同年、後の分裂の種をまくことになる「魔術師」アレスター・クローリーが加入する。(3) 一九〇〇年四月、ついに黄金の暁教団は分裂し、イェイツは事態収拾のために最高位の「最高司令官」(imperator) に就任するが、翌年二月には辞任。一九〇三年、教団は最終的に三団体に分裂してその活動は終息する。(4)

以上の概観からも、イェイツがいかに多くの時間とエネルギーをこの秘教的組織につぎ込んだかが分かる。多大の心労と徒労感を覚えながらも、彼が一貫して秘教に強い関心を抱き、この組織に関与したことには深い意味が秘められている。次節では、その熱意の源泉を、ロレンスのそれと比較しつつ考えてみたい。

三 「個人宗教」と伝統

ロレンスとイェイツは時代の思潮に対する反応において根源的な類似性をもっている。すなわち両者ともに、科学的・実証主義的・唯物論的・機械論的世界観、要するに理性や知性を世界理解の根拠に据える態度に対する仮借ない批判者である。そしてこれに対抗する最も有効かつ根源的な方途として宗教、あるいはもっと端的に神秘主義に注目した点でも著しい共通性を見せる。それゆえ二人は、人間理性に対するある冷ややかな視線、その機能・権能を制限的に見る視線を共有している。W・Y・ティンダルは早くも一九三〇年代に両者の親近性に注目した。一九五〇年代にはG・ハウがより直接的に、「近年の英国作家で、キリスト教の境界を超えた新たな霊的領域に踏み込んでいったのは、イェイツ以外にはロレンスがいるのみである」(vii)と言った。ハウ以後も両者の親近性を説く者は多く、近年ではR・モンゴメリーがこの点を論じ、「イェイツがロレンスを『魂の友』と呼んだのは正しかった」(219)と述べている。

しかし本稿にとっては、共通性よりもむしろ相違の考察から得られるものが多い。第一は両者の「理性/知的意識」の捉え方だ。例えばイェイツは、友人の家で会ったあるアラブ人の学者が金の指輪を見せ、これは錬金術の金でできていると言ったとき、こう思う。「私の批判的知性——これは友なのか、それとも敵か?—

―は冷笑した。でも私は嬉しかった」(*Mythologies*, 367)。「私の批判的知性は友なのか敵なのか」――このフッサール的ともいうべき判断中止の態度こそイェイツの特徴であり、ロレンスにはあまり強く見られないものだ。たしかにロレンスも意識/理性を「両刃の祝福」と呼んでその二重性・二面性を認めてはいるが、しかし彼はその否定的側面を強調し批判することが圧倒的に多い。天文学が宇宙の謎を次々と暴いていくことに対して彼が見せた苛立ちと怒りに典型的に見られるように、ロレンスは理性の機能とその達成を「血の意識」とそれが作り上げる世界観への脅威と受け止めがちだ。

それに対してイェイツは、理性・知性の力に異なる評価を与える。一九二五年に『幻想録』の初版を出したとき、彼はマザーズの妻にこう書き送っている。「私はあの時代を振り返って、われわれは代々受け継がれてきた幻想で頭がいっぱいだったと思っています。……あの幻想はわれわれの知性に対して世界を説明してはくれません――この知性は結局のところ実に近代的なものですが――しかしあの幻想は忘れられた瞑想法を呼び覚まし、それによって意志を宙づりにすれば、知性は自動的になり、そしてそうなれば、それは霊的な存在の乗り物になるのです」(Raine, 182)。瞑想によって知性を自動的にすれば、霊的な存在(人間)の乗り物=道具になるという考えは、例えば呼吸や心拍を数えたり、身体の各部位に注意を集中するといった世界に広く見られる瞑想法を思い起こさせるが、いずれにせよここで重要なのは、知性を「血の意識」を支配する悪役と見ず、分をわきまえさせれば有益なものになりうると考えている点だ。それどころか彼は、「私はエズラ[・パウンド]が信仰という言葉を嫌うのに同感だ。信仰は何か未知のもの、血で署名された名前でその真実性を証明された何かを暗示する。知的であるより感情的である人間は、証拠がないことを自慢するかもしれない」(*The Identity of Yeats*, 239)と述べて、人間が知性よりも感情を重視することに奇妙な優越感をもつことさえ示唆している。ロレンスもときに知性にもそれなりの役割があることを認めはするが、『アポカリプス』の次の言葉に典型的に見られるように、彼の力点は常にそれが受動的存在であるということに置かれる――「知性はそれ自体の存在などもってはいない。それは水の表面に映る太陽のきらめきにすぎない」(149)。

そもそもイェイツの神秘主義への関心そのものが知的なものだった。黄金の暁教団は「ヘルメス的教団」であり、ヘルメス学的秘教の伝統の継承をはっきりと打ち出している。その教えの中には数秘学も含まれており、儀式を含めたその活動は秘教という言葉のイメージとは裏腹にきわめて知的なものであった。レインはこう述べる。「魔術の最も印象的な――また新入会員にとっては驚くべき――特徴は、その細部に至るまでの正確さである」。その新入会員には次のような指示が与えられたという。「われわれは諸君に、オカルトに関することであればすべからく最大限の正確さを追求するよう懇願する。すべての言葉は正確に学ぶべし、すべてのシンボルは正確に描くべし」、と。そしてレインはこう結論する。「魔術とはほかでもない、人間の知性(精神)の全機能の厳格な鍛錬である」(192-93)。このような「精神のあらゆる機能を鍛錬すべし」とする姿勢は、オカルトを世俗的なイメージで捉えていた新参者にはたしかに「驚き」であっただろう。この姿勢は神智学協会でも同様で、そこから派生してルドルフ・シュタイナーが創始した人智学協会では理性あるいは意識の力がさらに強調された。すなわち、「修行中は常に、自分自身をまったく意識的に支配しつつ、日常の事柄に対するときと同じ確かさで、自分の体験に対しても思考力を行使できなければならない」(六七頁)。イェイツの知性への信頼にはこれほどの積極性はなく、先の引用に見たようにある留保がついてはいるが、それでもロレンスの知性批判とは明らかに一線を画している。

寺田健比古はそのロレンス論の中で、イェイツをリーヴィスになぞらえている。彼の眼には、ロレンス学者の大立物リーヴィスはロレンスをまったく理解できなかった批評家と映るのだが、そのリーヴィスを評するとき、「ブレイクの神秘主義と他のオカルティズムのイニシエットたらんとする強い意志と懸命な修行にも拘らず、遂にそれになり得ず、自らの『幻想録』をさえも必ずしも信じるに至り得なかったイェイツに似ている」（五一一頁）と言う。これはイェイツのオカルティズムに対する態度に関してよく言われる評で、むろん寺田はこれを否定的に述べているのだが、ここでの論に当てはめて見るとき、これはむしろイェイツの理性／知性の捉え方を逆照射している。つまり、彼の神秘主義への関心は、当時の時代精神への違和感によって醸成された知的なもので、実践も含めて本格的に取り組むものの、ついにはそれに「神秘的没入《パーティシパシオン・ミスティーク》」を果たせなかったのであろう。そしてこれは一つの知的精神のありようとして、決して否定的に見るべきものではない。これはかつて西尾幹二がショーペンハウアーを「神秘主義に憧れた非神秘家」と呼び、「神秘主義について彼ほど明晰に、非神秘主義的に語った人はいない」（九七頁）と、肯定、否定の両方のニュアンスをこめて評したのを思い出させる。イェイツは彼独自の神秘主義を「明晰に、非神秘主義的に」語りはしなかった。しかしその基本的スタンスはよく似ている。

ロレンスとイェイツの理性・知性の捉え方をめぐるこの違いは、もう一つの両者の顕著な相違、すなわち組織、この場合には秘教的な組織との関係のもち方と本質的に関連している。イェイツの神秘主義への知的な関心は、その神秘主義の叡智を伝統の中に見出そうとする彼の傾向と本質的にかかわっている。神智学協会や黄金の暁教団との関わりに見られるように、イェイツはロレンスよりもはるかに積極的にこうした組織に関与した（ちなみにイェイツは後に上院議員となり、国政という大きな組織にも関与する。これは本章のテーマとは別の次元のことではあるが、ロレンスがそうした行動を取ることは考えられないだろう）。フォスターはその動機の一つとして、「何より彼は組織に属する必要性を感じており、一旦入ると、自分の望む形に変えようとした」(89)と述べて、イェイツの組織に対する熱意が本質的なものであることを示唆しているが、これはロレンスが例外的にラーナーニム創設時に示した熱意と呼応している。ラーナーニムは根源的に「ユートピア的ヴィジョン」を体現したものであったが、このヴィジョンは反伝統的思考、ピンカーの言葉によれば、「人間の本性は社会環境とともに変化するので、伝統的な制度や機構は固有の価値をも持たない。……伝統は過去による圧迫であり、墓から支配しようとする試み」(二一一頁)だという考えに支えられている。つまりロレンスは、ラーナーニムを伝統からの完全な離脱のために構想したといえよう。彼が自分のイニシャティヴでこれを行なったこと、つまりいかなる伝統や組織にも属さず、いかなる人間の指導も受けずに実行しようとしたことにもそれは表われている。

この点でもイェイツとの違いは注目に値する。彼は、あの悪名高いブラヴァツキー夫人、どこにいってもトラブルを引き起こし、詐欺的行為を繰り返すという、カリスマと山師が同居していたようなこの奇矯な女性に対しても、不思議なほどに冷静で、またそれなりの敬意をもって関わった。また、彼女やクローリーほどの歴史に残るトリックスターにはなれなかったが、派手さ(スコットランドの貴族を自称する彼は常にタータンを身にまとっていた)と押しの強さ、あるいは存在感では両者に劣らないマザーズにもイェイツは変わらぬ尊敬の念を抱いていた。そうした一種奇妙な行動の根底には、前にも引いた自伝の言葉や、次のような言葉に見られる「伝統」への信頼、つまり伝統は秘教的叡智の蓄積であることへの信頼がある。「われわれは伝統を必要とする……それは信仰や従属ではなく、知的な要求の表明なのだ」(*The Identity of Yeats*, 239-40)。

一方ロレンスはといえば、賛美歌や儀式から受けた幼少期の宗教体験は尊重していたが、既成の宗教組織とは終始距離を置いた。あまつさえ、秘教的なにおいのするいわゆるオカルト的組織はことごとく毛嫌いした。例えば彼は、一九二四年、メイベル・ルーハンに強く勧められて、グルジェフがフランスのフォンテーヌブロー・アヴォンに設立した「人類の調和的発展のための学院」を訪ねるが、強い拒否反応だけが残った。この学院はキャサリン・マンスフィールドが最後の望みを託して滞在し、前年の一九二三年に亡くなった場所である。それを知っていたロレンスはすでにそこに行く前にメイベルにこう書き送っている。「キャサリン・マンスフィールドが死んだフォンテーヌブローのあの場所についてはうんざりするほど聞いたが、あそこは腐った偽物の自意識過剰の場所で、住んでいるやつらは反吐が出そうな曲芸をやっているらしい」(*L4*, 555)。そして訪ねた後にも、ぶっきらぼうにこう書き送る。「そこにいたロシア人は、人間の本性に反することをするのがいいのだと心から信じていた。彼はみんなに一日八時間も窓をふかせ、床を磨かせていた。その結果、感情が下劣になればなるほどいいっていうわけだ」(*L4*, 573)。こうした反応を、『グルジェフとマンスフィールド』を書いたジェイムズ・ムアは、「ロレンスは基本的に市場で思想を買うのではなく売る立場にあった。メイベル・ルーハンのような善意の押し売り屋からはなおさらのことだ」(203)と皮肉るが、より本質的なのは彼の次の指摘だ。「キャサリン・マンスフィールドのようにグルジェフに真に出会った者は、一つの謎に遭遇した。しかしロレンスは、彼に一度も会っていない者特有の高圧的な権威をもってグルジェフという謎を解いたのである。とはいえ間違いなく、自己の感情の最奥の砦を打たれたことのない者には不可能な態度でそうしたのであろう」(204)。要するにムアは、未知の存在、自分に理解できないことを考えたりやったりしている人間に対する謙虚さの欠如と判断の独善性を指摘しているのだ。テッドロックはさらにはっきりこう言う。「ロレンスは自分自身の鍵をもっていたので、ウスペンスキーにも彼女［ルーハン］にも耳を傾けるはずはなかった」(206)。「自分の鍵をもっている者」とは、自己の天才に強烈な自負をもつ者の謂いである。前章でも触れたが、それを見透かしていたマンスフィールドは、グルジェフの学院での最後の日々に、夫J・M・マリに、ロレンスはそのプライドゆえにグルジェフの思想と活動が理解できなかったのだと書き送っている。たしかにロレンスはどのような組織や団体よりも自己の直感的判断を信じる傾向にあったことは間違いない。しかしもう少し正確に言うならば、こうした態度の真の原因は「プライド」よりももっと深いところにあった。同じく強烈な自負と野心があったイェイツの組織に対する態度と比較するなら、この点はより明確になるだろう。すなわち、両者の本質的な違いはむしろ伝統に対する見方にあるのではないか。

T・S・エリオットは『異神を求めて』で、先に引いたイェイツの言葉、「私はとても宗教的だったが、大嫌いなハクスリーとティンダルに子供時代の素朴な宗教を奪われてしまった」という一節を引用し、「かくしてイェイツは『個人的な』宗教をでっち上げた」(六五頁)と切り捨てる。つまりイェイツがその「創設」を自負していたであろう「新しい宗教」を、エリオットは「個人的」宗教として否定的に見るのだ。なぜなら、「イェイツの超自然の世界は、精神的な意義のある世界、真の『善』と『悪』の世界、聖と罪の世界ではなくて、凝った、文献によって補修された神話であって、それはだんだん薄れていく詩の脈拍に、死に掛かっている病人が末期の言葉を言えるように、なにか一時的な興奮剤を注射するために、医者のように呼ばれたものである。極度の自意識はロレンスの神話の廃退的傾向に近づいている」(六七―八頁)からである。要するに、真の伝統から離れて自分に都合のよい「伝統」を作り上げたが、それはいかなる有効性ももたない、と言うのである。「イェイツは伝統を、アングロ・サクソンの汚れから清められた、自立的な政治、社会の単位としてのアイルランドの概念に求めた。彼はまた詩の宗教的な源泉に到達しようと努めたが、それはロレンスが求めたところである」（六五頁）。しかしモンゴメリーは、エリオットはこのようにイェイツとロレンスの類似性を指摘しておきながら、最終的には「イェイツの罪は軽く」見て、ロレンスこそ「異端の完璧な例」と見ていると言う。そしてその根拠を、ロレンスは「内なる光」という「さまよえる人類にかつて提供された最も信用の置けぬ、また人を惑わす案内者」（225-26）以外に導き手をもたなかった、という有名な一節に見ていると指摘する。

今では反論の多い、またエリオット自身も後に多少の修正をすることになるこの見方は、しかし彼の思想全体から必然的に流れ出てきたものであり、本章で論じている問題を照らし出すのに格好の光を投げかけてくれる。すなわち、伝統と個人との関係をこのエリオットの指摘は浮き彫りにするのである。そしてこの点こそロレンスとイェイツの第三の相違点なのだが、この点は前の二点よりもはるかに微妙である。この問題についてW・Y・ティンダルは、「個人宗教を打ち立てた者の中ではただ一人イェイツのみが、そのよくある帰結から免れている。というのも、彼だけがそれから批判的な距離をとっていたからである」（208）と、一旦イェイツを評価しながら、しかし最終的にはエリオットに同意する。「例えば『異神を求めて』においてエリオットは、核となる生きた伝統を失った時代、つまり、彼が正確に描写しているように、救世主への熱烈な待望、内なる光、個人宗教が跋扈する時代の芸術から教訓を引き出している。……エリオットにとってこうした言葉がどんな意味をもっているにせよ、彼が純粋に美的な土台の上に立ち、美徳を正統に、そして悪徳を異端、あるいは私が個人宗教と呼ぶものにそれぞれ帰したのは正しい……」（209）。すなわち、「生きた中心的な伝統を失った時代」だからこそ「内なる光」に究極的な信を置く「個人宗教」が生まれたことに理解を示しつつ、それを逸脱ないしは誤りと見るエリオットと同じ立場に立つのである。

ここで注目すべきは、ロレンスとイェイツがそれぞれに確立しようとした「個人宗教」の違いである。ロレンスは、次の言葉に見られるように伝統よりも「内なる光／声」を重視する。「われわれは理想、衝動、そして伝統という三つのものすべてによって生きねばならない。しかもその三つはそれぞれの時／分を守らねばならない。しかし本当の導き手は純粋な良心、すなわち完全な全体としての自己の声である聖霊なのだ」（FU, 134）。ロレンスはこうした「内なる光／声」を表すものとして、「聖霊」以外にもしばしば「ナイーヴな核」や「自発性」などを使うが、その眼目は、自己を主導するものは自己の内部にあるという点であり、これは先に見た「伝統は過去による圧迫であり、墓から支配しようとする試み」だというピンカーの言葉に共鳴する。イェイツは逆に、「詩的伝統の不可謬の教会」の上に「個人宗教」を打ちたてようとした。[5] それゆえエリオットの批判はイェイツの伝統軽視にではなく、よって立とうとした伝統が間違っていたことに向けられたのだ。それどころか、自己を主導するものを自己の外部に求めるという姿勢において、イェイツはエリオットの隣にいるとさえいえよう。エリオットがイェイツの「罪」を軽減したのはそのためであろうが、それにしても彼をロレンスと「同罪」と見たのは、彼の批判の趣旨から言っても半分は誤っていたと言えよう。

たしかにロレンスも最晩年に至って、伝統との和解を試みた節がある。例えば死後に残されたある断片では「私とキリスト教の間には真の葛藤はない。……深いところで、私の本性はカトリック的である」という刮目すべき言葉を記し、それまでのキリスト教との長い格闘をひっくり返すようなそぶりを見せている。しかしこの「カトリック」がエリオットが依拠したカトリックでないことは、後に続く言葉を見れば分かる。「私はイエスが神の子の一人だと信じているが、ただし神の一人子ではない。……それでも私はキリストの教会を信じることはできない。……かつての道はイエスの道であった。しかしもはやそうではない」（*RDP*, 385）。ここに見られる伝統との微妙な関係、つまりある伝統の功績を認めつつも、すでにその役割を終えたと見る見方はイェイツにも通じるものがある。伝統の無批判な踏襲を退けた（またそれだからこそエリオットの「誤った」批判を受けることにもなった）イェイツはこう言っている。「私はカトリック教会の中には自分の伝統を見つけなかった。……私がそれを見出したのは、もっと普遍的で古代から続いていると信じる伝統の中であった」(Mongomery, 228 傍点引用者)。彼の伝統観は、あちこちで書いている「私の伝統」という、通常の伝統の概念からすればやや奇妙な言葉に凝縮されている。後年には妻ジョージの「自動筆記」をもとに、まさにエリオットが指摘したとおりの「個人宗教」ともいえる『幻想録』なる体系を構築するが、これは「私の伝統」を創始しようとする試みであったといえよう。しかしその結果作り上げられたものの中には、過去の叡智に向ける畏敬の眼差しが強く感じられる。初期の詩集『葦間の風』（一八九九年）において早くも彼はこう書いている。「古来受け継がれた叡智を思い出せ」"Remember the wisdom out of the old days."（*CP*, 71）。イェイツは「最後のロマン派」を自称した。むろん人間が存在する限りそのロマン的側面は消えるはずもない。そのことは分かった上で、イェイツはこの言葉に最大限の自負を込めたのだ。

繰り返すが、イェイツのロマン主義は伝統に深く根ざすものであった。一方ロレンスのロマン主義は、過去の抑圧、あるいは権威の支配を振り切って未来へ飛翔しようとする希求がイェイツよりも強い。それは「内なる光」に寄せる信頼がイェイツよりも強いということでもある。『鎖を解かれたプロメテウス』を聖なる書物としたイェイツにもこの傾向が濃厚なのはこれまで見てきたとおりだが、その未来への志向性の中には、伝統、すなわち過去の叡智への敬虔ともいえる感情と、それを知的に継承しようという強い意志が潜んでいた。それに比べると、ロレンスに見られるロマン主義ははるかに「純粋培養」的で、「新しい天と地」という言葉が端的に表わしているように、過去の一切の崩壊の上にしか未来はないという感覚的傾きが強い。

ロレンスとエリオットとの間に正反対の世界観を見るスティーヴン・スペンダーは、それゆえ両者の伝統観も異なって当然だとする。彼は、過去を現在に役立つものに変えなければならないことを最もよく理解した英国の作家はロレンスだとして、こう述べる。ロレンスは「われわれを影に引き込むような伝統観、すなわち死者が達成したもう一つの影の王国のより強力でより鮮明な輪郭をたどろうとするような伝統観は、われわれを大脳活動の世界へと引きずり込むだけだということを理解していた」(103)。彼にとって「最も伝統的なものは死ではなくまさに生だ。……過去とは……われわれ自身である。伝統とは神話であり宗教であり芸術であると同時に自然である。それはわれわれの内部の本能的な生命なのだ」(191)。たしかにスペンダーはすぐに続けて、しかしロレンスはこの思想の実現に失敗した。その理由は、彼が「忍耐力に欠け、産業都市の醜さを許せなかったからだが、これは、自身の考えを想像的に実現するためには直面せねばならないものだった。それと同時に、革命を起こし、完全なる芸術を樹立するための規律も方法も受け入れることができなかったからだ」(191-92)と結論づけてはいるが、今の議論にとって重要なのはロレンスの伝統観の指摘である。つまりスペンダーは、ロレンスにとっての伝統とは、過去=死者の栄光をたどりなおしたり賛美したりすることではなく、それを内在化して自分の中に見、生き生きとした現在だと感じることだと言うのである。これがエリオットの伝統観と大きく隔たっているのは明らかだろう。

I・バーリンの説を援用しつつロマン主義と倒錯との関係を考察する作田啓一は、「ロマン主義は病気である」というゲーテの言葉を引用し、その理由は、「自我が肥大化すると、空虚な対象界の中にあって自我は孤立し、欲望が肥大化すると、充溢した対象の中にあって自我は解体する」(一七四―七五頁)からだと言う。そしてこの二つの「肥大化」を促すのは、ロマン主義の特徴である「至上の自我」と「無限への欲望」、デュルケームの言う「無限という病」（一七六頁）だと説明する。エリオットがかくまでに「既成」の伝統、つまりイェイツ、ロレンスともにすでに無効であると見た伝統にこだわったのは、ロマン主義のこの側面、すなわち自我の肥大化による「孤立」と「解体」に対する感受性が極度に強かったからではあるまいか。イェイツとロレンスにそれが弱かったわけではむろんない。しかしエリオットにあっては、この恐怖はほとんど強迫観念にまでなっていたようだ。作田はこう言う。「ロマン派の言う自我は、特殊的な要求に引きずられやすいありのままの自我ではなく、その自我がみずからの上に置く超越自我なのである。自我にとって望ましいものである超越自我が内的権威なのだ。この内的権威に依拠することで理想主義、反俗主義というロマン派の目立った特徴が現れてくる」（一六九頁）。この「超越自我」たる「内的権威」こそエリオットが批判する「内なる光」であり、彼にすれば、歴史によってその「正当性・正統性」が検証されたいかなる枠組み（伝統）にも依拠せず、このようなおのれの内部の信念のみを判断基準とするロマンティックな姿勢はとうてい容認できるものではなかった。

一方、ミシェル・フーコーは歴史分析の問題を論じる際、この「伝統」を「連続性」の問題として捉え、こう述べる。「これらの観念［伝統と影響］は、分散したさまざまな出来事を一つの継起にまとめ、それらを一つの同じ組織原理にはめこみ、それらを生の模範的な力に従属させ……起源と末端との間の永遠に逆転可能な関係によって、時間を思うがままにすること、などを可能にする」（今村、栗原、三六頁）。これを今村と栗原はこう解説する。「こうした連続性が確保されるのは、近代的主体＝人間が一律の時間軸を歴史に持ち込んで、出来事の因果関係を解釈しているからにほかならない。連続史観と近代の同一的な主体による能動的な解釈は、同時に生まれた双子のようなものであり、一つの思考の裏表なのである」（九八頁）。

ロレンスは主題的に歴史分析をしたわけではないが（『イタリアの薄明』や「ハーディ研究」におけるそれはきわめて鋭いものであるが）、その基本的な視線は、ゲーテらよりはフーコーや今村らが述べる時間観および伝統観に近いと見ていいであろう。しかしそこからロレンスは大きく跳躍し、根源的に終末論的あるいは黙示録的な、「新しき天と地」を創造しようとする方向性を強く打ち出す。その意味で、彼の最後の著作が『ヨハネの黙示録』への注解であったのは象徴的である。たしかにヨハネの「新しい天と地」はルサンチマンに深く塗り込められたものだった。そしてロレンスはそれを見抜き、批判もした。しかし、過去を「拒絶」して未来を志向するというベクトルそのものはヨハネと共有した。福田恆存は、『アポカリプス』の翻訳の「まえがき」で、ロレンスの「異教への情熱は、そこに復帰することの不可能を前提としていた」（一三頁）と述べている。たしかに彼の「一部」はそのことを知っていた。しかし他の部分は揺れ続けた。偉大なる異教的過去の、人間と宇宙とが「一体」であった（はずの）時代への郷愁を捨てきれなかった。この郷愁は、論じてきたように、伝統への畏敬の念とは似て非なるものだ。むしろこれが郷愁という情念的なものであったがゆえに、伝統への「正当」な評価を妨げたのである。

そのロレンスが、伝統に冷たい視線を向けたのは驚くに当たらない。唯一といっていい例外がオカルト＝秘教的伝統だったが、それにせよ、ときに熱狂的になったイェイツの関わり方とは明らかに一線を画していた。「最後のロマン派」の称号はむしろロレンスにこそふさわしいだろう。

注

(1) 戦闘的なネオ・ダーウィニストであるリチャード・ドーキンスは、「科学、妄想、驚異への欲求」という副題を付けた『虹をほどく』(*Unweaving the Rainbow*) という本で、知的意識、およびその具現体としての科学と「驚異の念」との関係を、科学者の立場から興味深く論じている。彼は、ロレンスやイェイツ、キーツやブレイクらの科学/知的意識批判はロマン主義的誤謬であり、科学は「驚異の念」と両立するばかりか、それをかきたてるとさえ主張する。ロレンスについてはこう述べる。「大きな障害となったのは、ロレンスが科学及び科学者が反 - 詩的な精神をもっていると誤って考え、それへの反感を抱いていたことである」(25)。イェイツについては、最も好きな詩人であることを「いやいや認めた」上でこう言う。「しかしイェイツはブレイクと同じく科学の愛好者ではなく、それを(理不尽にも)『郊外(中産階級)の阿片』として退け、われわれに『ニュートンの町へ反旗を翻せ』と呼びかける。これは悲しいことで、私がこの本を書くきっかけの一つともなったのである」(26)。

ここでのドーキンスの主張はむろん理解できないものではない。科学はそれ独自の方法で世界が驚異に満ちていることを明らかにする。しかし彼はこのテーゼあるいは信念を繰り返すばかりで、ロマン主義者をはじめとする反科学者たちを十分に説得しているとは言いがたい。すなわち、科学的に世界を見るとは、それを分割し分析することであるが、それはたちまち世界の驚異を消すことになるというロマン主義者たちの反論に十分答えないまま、自分の主張を繰り返しているだけのように見える。例えばロレンスの次のような言葉に彼はどう反応するのだろうか?「真の科学者でさえ驚異の念のもとで仕事をする。……本当に驚異の状況にある科学は、いかなる宗教にも劣らず宗教的だ」(*PII*, 599)。

(2) しかし後年には、チャタージーの名をタイトルにした詩“Mohini Chatterjee”の中で、彼の教えに批判的な見方を示している。

(3)「野獣」と呼ばれ、数々の醜聞を撒き散らし、モームの『魔術師』(一九〇七年)のモデルとなった稀代のトリックスター、クローリーとロレンスとの関係はこれまでほとんど論じられていない。一九一〇年にロレンスは、出版されたばかりのクローリーの詩集 *Ambergris* をグレイス・クロフォードから借りて読むが、まったく好きになれなかった(*LI*, 169)。その後クローリーは行く先々で悶着を引き起こし、その悪評は確立するが、一九二九年にもう一度ロレンスとの接点が生じる。ロレンスの絵画集を出したマンドレイク出版がクローリーの本の出版を引き受けたのだ。*The Stratagem and Other Stories* (1929), *Moonchild* (1929), *Confessions* (1929) である。これを知ったロレンスは編集長P・R・スティーヴンソンに苦言を呈している。「あなたがアリスター・クローリーの本をあれほどたくさん出されたことを少し残念に思います。彼の時代はもう終わったように感じます」(Sutin, 344)。

一方、クローリーがロレンスに注目した形跡はないが、クローリーの伝記作者スーティンは、彼を「練達のモダニスト」と呼んでロレンスやパウンドなど当時の「偶像破壊者」と結び付けている。とりわけ興味深いのは二人の生に対する見方である。クローリーの生涯のモットーは、ラブレーから借り受け、スーティンがその評伝のタイトルに使った「汝の欲するところをなせ」であった。これは、例えば、「唯一のルールは、汝が本当に、衝動的に欲するところをなせ、である」(*FU*, 51) というロレンスの言葉と併置すると面白い。この「本当に、衝動的に」という副詞に、両者の間のほとんど無限といっていい懸隔が潜んではいるのだが、それでも、理性に対する感情の優位と「自発性」の重要性を説く両者の奇妙な親近性は、探ってみる価値がありそうだ。

(4) キャサリン・レインはかなり異なる日付を提示している。例えば黄金の暁教団の創設は、一八八四年にウッドフォードが暗号化されたある文献を入手し、ウッドマンらに見せたことに淵源すると言う。またイェイツの加入は一八八七年、脱退は一九〇五年、教団の解散は一九二三年としている(181)。一方エルマンは、教団は分裂しながらも「今日まで続いている」(*Yeats: The Man and the Masks*, 93)と言う。「今日」というのが、この本の初版が発行された一九四八年なのか、あるいはここで使用している版の出版された一九七九年を指すのか、定かではない。

(5) この「詩人や画家たち」の精神的血統の中で、ブレイクは特別な位置を占めていた。一八九三年にイェイツはエリスと共同でブレイクの詩集を編纂し出版するが、彼らはブレイクが薔薇十字会の参入者であったと考えていた。レインはこう言う。「二人は自分たちが、ブレイクがそこから知識を得、またシンボルを引き出したあの伝統と同じ伝統に属していると、正当にも信じていた」(213)。本文でも触れたが、寺田が言うように、最終的にはイェイツは、ブレイクと完全なる精神的血縁であるという希望を放棄したのかもしれない。しかしそれでもなお、自分が彼と「同じ伝統に属している」と信じようとしていたのではないか。

引用文献

今村仁司、栗原仁『フーコー』清水書院、一九九九年。

エリオット、T・S・『異神を求めて』大竹勝訳、荒地出版社、一九五七年。

作田啓一『生の欲動——神経症から倒錯へ』みすず書房、二〇〇三年。

シュタイナー、ルドルフ『いかにして超感覚的世界の認識を獲得するか』高橋巖訳、イザラ書房、一九七九年。

寺田建比古『「生けるコスモス」とヨーロッパ文明』沖積舎、一九九七年。

西尾幹二「ショーペンハウアーの思想と人間像」『世界の名著』続10、中央公論社、一九七五年。

バーザン、ジャック『ダーウィン、マルクス、ヴァーグナー』野島秀勝訳、法政大学出版局、一九九九年。

ヒューズ、スチュアート『意識と社会』生松、荒川訳、みすず書房、一九七〇年。

ピンカー、スティーブン『人間の本性を考える——心は「空白の石版」か』（下）山下篤子訳、日本放送出版協会、二〇〇四年。

フーコー、ミシェル『知の考古学』中村雄二郎訳、河出書房新社、一九九五年。

ロレンス、D・H・『現代人は愛しうるか——アポカリプス論』福田恆存訳、筑摩書房、一九六五年。

Dawkins, Richard. *Unweaving the Rainbow: Science, Delusion and the Appetite for Wonder*. Boston & New York: Houghton Mifflin, 1998.

Ellmann, Richard. *The Identity of Yeats*. New York: Oxford UP, 1954.

———. *Yeats: The Man and the Masks*. Oxford: Oxford UP, 1979.

Foster, R. F. *W. B. Yeats: A Life I. The Apprentice Mage*. Oxford: Oxford UP, 1998.

Hough, Graham. *The Dark Sun: A Study of D. H. Lawrence*. New York: Octagon Books, 1979. First published in 1956.

Lawrence, D. H. *Apocalypse*. London: Penguin, 1995. (*A*)

________. *Fantasia of the Unconscious*. Harmondsworth: Penguin, 1971. (*FU*)

________. *The Letters of D. H. Lawrence I*. Ed. James. T. Boulton. Cambridge: Cambridge UP, 1987. (*L1*)

________. *The Letters of D. H. Lawrence IV*. Ed. W. Roberts, J. T. Boulton and E. Mansfield. Cambridge: Cambridge UP, 1987. (*L4*)

________. *Phoenix*. Ed. E. D. McDonald. Harmondsworth: Penguin, 1987. (*P*)

________. *Reflections on the Death of a Porcupine and Other Essays*. Ed. Michael Herbert. Cambridge: Cambridge UP, 1988. (*RDP*)

________. *Women in Love*. Ed. David Farmer, Lindeth Vasey and John Worthen.London: Penguin, 1995. (*WL*)

Montgomery, Robert E. *The Visionary D. H. Lawrence: Beyond Philosophy and Art*. Cambridge: Cambridge UP, 1994.

Moore, James. *Gurdjieff and Mansfield*. London: Routledge & Kegan Paul, 1980.

Murry, J. M. Ed. *Katherine Mansfield's Letters to John Middleton Murry*. London: Constable, 1951.

Oppenheim, Janet. *The Other World: Spiritualism and Psychical Research in England, 1850-1914*. Cambridge: Cambridge UP, 1985.

Raine, Kathleen. *Yeats the Initiate*. Portlaoise, Ireland: Dolmen Press; London: George Allen & Unwin, 1986.

Spender, Stephen. *The Creative Element: A Study of Vision, Despair and Orthodoxy among Some Modern Writers*. London: Hamish Hamilton, 1953.

Sutin, Lawrence. *Do What Thou Wilt: A Life of Aleister Crowley*. New York: St. Martin's Griffin, 2002.

Tedlock Jr., E. W. "D. H. Lawrence's Annotation of Ouspensky's *Tertium Organum*." *Texas Studies in Literature and Language*, II, 2. 1960.

Tindall, W. Y. *D. H. Lawrence and Susan His Cow*. New York: Cooper Square Publishers, 1972; first published in 1939.

Yeats, W. B. *Autobiographies*. London: MacMillan, 1980. (*Auto*)

______. *Collected Poems of W. B. Yeats*. London: MacMillan, 1950.（*CP*）

______. *Mythologies*. New York: Collier Books, 1969.

第一三章　「私」とは誰か？　あるいは、「私」とは何か？——グルジェフの人間観

「私とは誰か」——これは、古来人間を悩ましてきた、おそらくは人間にとって最も厄介な問題の一つだろう。「他者」とは、「世界」とは、「宇宙」とは何か？こうした大疑問と肩を並べて、この疑問は長く人間の前に立ちふさがってきた。

これに対するグルジェフの答えはきわめて簡潔だ。「人間は永続的かつ不変の〈私〉などまったくもっていない」というものだ。しかしこれはどういうことなのか。ウスペンスキーの記録によれば、グルジェフはこう言っている。「人間は長い間同一であることは決してない。ある人がイワンと呼ばれていれば、われわれは彼を常にイワンだと考える。実は決してそうではないのだ。今イワンなら、次の瞬間にはピョートルになり、一分後にはニコライに、セルゲイに、マシューに、サイモンになる。……そして彼らはみな自分を〈私〉と呼ぶのだ」(『奇蹟を求めて』九三―九四頁)。また別のときにはこう言う。「人間は一個の〈私〉をもってはいない。そのかわりに何百何千というバラバラの小さな〈私〉があり、それらはほとんどの場合互いに他の存在をまったく知らず、接触もなく、それどころか、互いに敵対的、排他的で、比較さえできないのだ」(一〇三頁)。これはいったい、どういうありようを描いているのか。人間はみな「多重人格」だと言っているのか？　それとも「分裂症」なのか？

人間の中には複数の〈私〉がいるという考え方は、グルジェフの難解な思想の中ではむしろ「理解」しやすい方であり、私も長くそう考えてきた。心理学が説くところとも共通するので、人にも比較的説明しやすく、聞いた人も分かった気がする。しかし年月が経つにつれて、実はこれは大変なことを言っているのではないかと徐々に思うようになってきた。それは端的に言うと、グルジェフのこの言辞は、「私とは誰か」という疑問を、「私とは何か」に、そしてさらには、「私とは存在するのか」という疑問へと転換しているのではないかということだ。こう言うと、哲学に多少関心のある人なら、デカルトやハイデガーの「存在」についての煩瑣な考察を思い出すかもしれない。しかしグルジェフが人間に対して投げかけている視線は、どうもそういう角度からではなさそうだ。

人間はみな名前をもち、とりあえず連続した記憶をもっているために、それらを土台として自らを「誰々」と規定し、あるいは思い込み、その一個の「私」が、成長したり衰退したりすることはあるにせよ、ともかくも生涯同一のものとして続くと考えている。しかしこれは熟慮や冷静な観察による結論というより、むしろ広い意味での教育によって教え込まれたものという側面が強い。換言すれば、「私」というものを知的に把握するときは、名前という符合と記憶の連続に基盤を置こうという暗黙の了解がいつのまにか定着してしまったのだ。先の引用でグルジェフが述べているような事態は、例えば「感情の起伏」だとか、「気分の変化」などの名称＝概念でヴェールをかけられ、そうした変化は、「私」という一個の連続したものの存在をいささかも疑わせるものにはならなかったのである。

グルジェフは広く受け入れられたこの見方に根本的な疑義を呈する。あるときはこう考えてこう行動し、別のときは別様に考え、行動する「私」は、一人の「私」とは呼べない。便宜のために仮にそう呼ぶとしても、それは決して本来あるべき、すなわち人間という名にふさわしい存在ではない。後に決別することにはなるが、グルジェフに深く学んだウスペンスキーはこうしたありようを「人間内部の統一性の欠如」という言葉で記録しているが、これは誤解を招く表現かもしれない。この呼称には統一体としての「人間」が前提され、「複数の私」は、例えば「多重人格」などの症例のような異常形態だという含みがあるからである。しかしグルジェフの言葉はこれよりはるかに深刻で、「複数の私」がむしろ人間の常態で、しかもそのときの「私」は、あるべき「私」とは別の何かであると言っているのだ。すなわち、端的にいえば、大半の「人間」においては「私」なるものは存在しない――彼はこう言っているのである。

こうした見方の底をさらに探っていくと、以下のようなことが見えてくる。すなわち、グルジェフがさかんに問題にしている人間内部の刻々の変化、感情の起伏とか気分の変化と呼び習わされている変化を、多くの人間はとりわけ深刻なことだとは感じていないのではないか、ということである。これはおそらくグルジェフ理解の最大の分岐点だろう。「人生、楽あれば苦あり」的な発想をする限り、あるいは人間の感情には起伏があって当然だ、喜びの後には怒りがくるのだ、という見方を自明のものとする限り、グルジェフがなぜこうした変化をかくも問題視するかが理解できないだろう。たしかにわれわれの人生には起伏がある。外部の出来事や体調などによって、たしかに感情や気分は左右される。グルジェフは別のところでは、人間は怒りや自己憐憫などの否定的感情を表現しないよう努めねばならない、と言っているが、そうした言葉を考え合わせると、彼はこうした起伏・変化自体を否定しているようにも見える。しかし、そうか？

グルジェフの周りにいた人々の残した回想録などを見ると、彼自身にもこうした感情・思考・行動の起伏や変化は、むしろ豊かすぎるくらいあったようだ。彼の激烈なる怒りはほとんど神話となっている。また、彼の主著のいわゆる「第三シリーズ」、『生は〈私が存在し〉て初めて真実となる』などを見ると、深い自己憐憫にとらわれるグルジェフを目にする。あるいは、ニューヨークに送り込んだ熱心な弟子、A・R・オラージュとの関係でも大きな感情の起伏を見せる。オラージュはグルジェフの「外交官」として奮闘を続けていたにもかかわらず、ある時グルジェフは、オラージュが指導するニューヨークのグループを実質的に解散させ、メンバーにオラージュとの接触を禁じる。それどころか、オラージュその人にも「オラージュとの接触」を禁じる誓約書への署名を求めたのである。この、自らの外的・内的な「追放」を告知する署名を、いささかの躊躇もなくオラージュがやってのけたという報に接したグルジェフは、自室に駆け込んで泣き崩れた。そしてそのオラージュがいよいよ亡くなった時、グルジェフは深い衝撃を受ける。さらに、かつての高弟の中で最も論理的思考に秀でていたウスペンスキー、イエスに対するパウロ、ソクラテスに対するプラトンの役を見事に果たしたウスペンスキーその人こそ、グルジェフの不可解な変化の最大の犠牲者ではなかったか。グルジェフから離れ、ロンドン郊外で独自のグループを結成して活動を続けた彼は、ついにはこう考えるに至る――「グルジェフの思想を理解する上で最大の障害はグルジェフその人だ」。

こうしたグルジェフの「振幅」は単なる感情の起伏の大きさゆえなのか？　それとも自らの思想と行動との不一致なのか？　彼のこうした行動の真意が奈辺にあれ、少なくとも言行不一致といった類のものではあるまい。その証拠に、グルジェフに（通常の人間的感覚からすれば）「不当に」扱われた人たちも含めた多くの者が、こぞって彼の圧倒的存在感を確言しているのである。ウスペンスキーは後年、後に著名なグルジェフィアンになるロバート・デ・ロップの「ミスター・グルジェフはとても奇妙な人だったのでしょうね」という質問に、「奇妙な！　彼はけたはずれの人間だった。どれくらいけたはずれだったか、君には想像もつかないだろう」（de

Ropp, 91）と言下に言い放っている。後年、死の一年前にグルジェフに会い、教えを受けたデ・ロップ自身も、「彼は疑いなく私が出会った最も尋常ならざる人物だった。……別の惑星どころか、別の太陽系から来たかのようだった」（174）と述べている。オラージュも、あれほど理不尽な（ように見える）扱いを受けながら、グルジェフから離れた後でも、「グルジェフに出会ったことをどれほど感謝しているか、言葉には尽くせない」と述べている。あるいは、苦難の年月を超えてロシアからフランスまでずっとグルジェフに付き従ってきたトマスとオルガのハルトマン夫妻も、まったく理由も告げられず突如フォンテーヌブローの「人間の調和的発達のための学院」から追放されるが、そのオルガが、その著書『グルジェフ氏との日々』の中でこう書いている。「グルジェフ氏は不可知の人物であり、一つの神秘です。彼の教えについては誰も知らないし、その出生も、なぜモスクワとペテルブルクに現れたのかも知りません。それでも、彼と接触した者は誰でも彼に従いたいと思いました。そして夫と私もその例外ではなかったのです」（xvii）。単に感情の起伏の激しい、説くところと行なうところの違う人間が、かくまでに圧倒的な印象を人々に与えたとは到底考えられない。

よく言われるように、グルジェフのそうした変化はすべて演技であり、またそうした演技ができることこそがその人間の存在《ビーイング》の証なのだ、というのも、おそらくは真実なのだろう。あの有名なエピソード――グルジェフがニューヨークから帰ってきたオラージュをものすごい勢いでしかりつけている。怒り心頭に発しているかに見えた彼が、その時コーヒーをもってその部屋に入ったフリッツ・ピータースににっこりほほえむ。そしてピータースが出ていくとまたもや猛烈に怒り始める、というエピソードは、そうした彼の能力の証左の一つであるのだろう。しかしここでのポイントは、われわれには誰もこんなことはできない、ということであり、こうした芸当を真似てみてもどうにもならない。

グルジェフの人間観は、「人間は眠っている」、あるいは「人間は機械である」という言葉に象徴されるが、もう少し詳しくいうとこうなる。「平均的人間の内的な精神生活というのは、結局のところ、以前に受け取った種々の印象が、そのとき体内に生じていた何らかの衝動の働きによって、彼の中になる三つの異なる部位あるいは〈脳〉の全部に固着し、その印象から生じる二つか三つの連想の流れが〈機械的に接触〉するという、ただそれだけのことにすぎない」(『ベルゼバブ』七四二頁)。こうした、人間は風に吹かれる木の葉のように、外部の出来事の影響の「犠牲者」だという見方は、かつての「人間機械論」などにも見られるようにグルジェフ独自のものではない。彼の特徴は、それが単に「哲学的に真実」というのではなく、そのために人間がこの地球上で定められた、あるいは与えられた「潜在的な力」を発揮することを妨げられ、存在の意味そのものを奪われているという、いわば実存的な見方にある。こうした人間の状態を彼は、「人間は月の餌食である」という強烈な言葉で表現する。これはときに揶揄され、批判の材料にも使われたが、その意味するところは、人間は「彼自身の個人性とは何の関係もない全宇宙的目的に無意識のうちに全面的に使えている奴隷」(『ベルゼバブ』七四三頁)というものだ。

このようなグルジェフの人間観に共感し、そんな一生は過ごしたくない、というところまで同意したとする。しかしそこからどうすればいいのか。グルジェフが言うには、機械としての人間である自分を知らなくてはならない。しかし、機械的に生きたくない、自分の主人になりたい、等々の欲求は、私の中の「私」の一つがたまたまある刺激(例えば読書)を受けた結果抱いたものであって、他の「私」の知ったことではない。当然、総体としての私という有機体の欲求としては、これが長続きするはずもない。グルジェフ自身こう言っている。「しかし、自分の可能性をいかに明確に理解したとしても、それで実現に近づくわけではない。これらの可能性を実現するためには、人は自由への非常に強い欲望をもたねばならず、この自由のために、喜んですべてを犠牲にし、危険を恐れずあらゆることをやってみなくてはならないのだ」(『奇蹟を求めて』一〇五頁)。しかしわれわれは、いや、総体としての「私」は、それほどの犠牲を払ってまで自由を求めているのだろうか?

グルジェフその人の中に、こうした可能性の実現へのきわめて強い欲求があったことは間違いない。第二シリーズ『注目すべき人々との出会い』は、真理、哲学的真理ではなく、人間の可能性を十全に開花させるいわば「テクニック」としての真理を追い求める探査行の不思議な記録だが、そこには彼の貪欲なまでの「覚醒」へ欲求が語られている。『生は〈私が存在し〉て初めて真実となる』の中の次の一節はそれを表わしている。これは、中央アジアでいわゆる「真理の探求者」として放浪している最中、何度か流れ弾にあたって負傷し、それから回復しているときに彼の中に湧き起こってきた「自省」の一部である。

ここ数日の体調から判断するに、私はどうやら生き返ったようで、ということは、これからもいやおうなしに、以前のうんざりするような生活をだらだら続けていかざるをえなくなる。

ああ、神よ! いったい私には、あの最後の不幸が起きる前の半年間続いたような、完全に冷静で、それでいてきわめて能動的な状態で過ごした時期に経験したことを、すべてもう一度経験することはできないのでしょうか。

通常の目覚めた状態における内的・外的な表現行為に対する後悔と、孤独、失望、食傷等々との間を、ほぼ規則的に行き来する感情を再び経験するだけでなく、それよりもまず、〈内的な空虚さ〉に対する恐怖におののいて、あちこちを訪ね歩くという、あの経験をもう一度することはできないものでしょうか。(四二―四三頁)

ここで、「〈内的空虚さ〉に対する恐怖におののいて」という言葉に注目していただきたい。この〈内的空虚さ〉とは、むろん人間の機械性、別言すれば「人間が眠っている」ことの帰結であるが、グルジェフはこの眠りの中の人間を、『ベルゼバブの孫への話』の最終章「著者より」で、この上なく明瞭に、グロテスクなまでに生々しく描いている。裕福なある人間がある朝目を覚ますと、嫌な夢の記憶で気分が悪い。髪をとこうとすると、ブラシが鏡にあたってヒビが入り、さらに気分が悪くなる。外出してタクシーに乗ると、その運転手の顔が誰かに似ており、そこから連想が飛んで、すばらしくおいしかったメレンゲを思い出す。お気に入りのカフェに行くと、隣のテーブルに二人のブロンドの女性が座っていて、「彼は私の好みのタイプ」と言っているのが聞こえ、歓喜に打ち震える。帰宅してヒビの入った鏡を見てもうなんともない。ビジネスの電話をかけると、間違った番号にかけてしまい、相手からひどくののしられると怒りが爆発する。そこにあなたにこびへつらった手紙が届き、それを読むとこの上なく幸せな気分になる……(七三四―三六頁参照)。ここに描かれている普通の人間、あなたと私のような人間の無様な、しかし現実の生活と比べると、多くの人の証言の中のグルジェフ自身ははるかに超越的な存在のように見えるが、しかしまったく無縁なわけではない。先に見たように、真理の探究途上にあった頃の彼も、ここで描いているような「うんざりするような平凡な日々」を送っていたのである。いわゆる凡人と異なるのは、そうした生活に対する苦痛が常人をはるかに越えていたという一事につきる。それを克服したいという欲求が、冷静かつ能動的な（すなわち眠っていない）生を希求させるのである。そしてその状態を保証するのが、自分が眠っているという事実に直面した時に感じる恐怖だというのである。彼のこの欲求の源泉は、いかようにも言えようが、例えば死への恐怖、あるいは無意味な生への恐怖といってもいい。その感覚を、彼はこう表現している。

もし平均的現代人に、たとえ思考の中だけにでも、あるはっきりした日、例えば明日でもいいし、あるいは一週間後、一カ月後、一年もしくは二年後でもいいが、そういうある明確な日に、自分が死ぬ、それも間違いなく死ぬということを感じるか思い出すかする能力が与えられているならば、人はこう自問せざるを得ないだろう。これまで自分の人生を満たし、作り上げていたものの中で、いったい何が残るのか、と。（『ベルゼバブ』七四七頁）

前にも述べたが、この感覚をどこまで共有できるかが、グルジェフ理解の大きな試金石となる。これは「人生、楽あれば苦あり」的な人生観の対極にあるもので、自分のこの人生は何らかの目的をもち、意味に満たされていなければならない、私は何らかの宇宙的な役割を担って生まれてきたはずだ、という直感に裏打ちされたものだ。（グルジェフはこの目的あるいは意味を、「全宇宙的な実現に仕えながらも同時に、大自然の恩寵によって、自分の表現行為の一部を自分自身の〈不滅の存在〉獲得のために使う能力を得る」（『ベルゼバブ』七四八頁）と表現している。）しかし、これも前に述べたように、この直感だけではどこにも至らない。必要なのは自己の機械性を知ることであり、その最大の武器が自己観察だとされる。そしてこう言う。「正しい自己観察を行なえば、その最初の日から、まわりの文字通りすべてのものに直面した自分が、完全に無力でどうしようもない存在であることを明確に把握し、疑いの余地なく納得するであろう。」（『ベルゼバブ』七三八頁）――しかしそうした自己知に至る自己観察はきわめてまれだと言わねばならない。しかしそれでも、グルジェフはこの「自分が無であるという感覚」の重要性を強調する。「覚醒するとは、自分が無であることを自覚すること、つまり自分が完全に、絶対的に機械的であり、全く救われようがないということを自覚することにほかならない」（『奇蹟を求めて』三三九頁）。

人間が「私」と呼び習わしてきたものの実体は、把握することが困難だ。しかし正しい自己観察を長期にわたって続ければ、その実体を感覚的につかむ（グルジェフ流に言えばその「味」を味わう）ことができるであろう。そしてその「つかまれた」ものは、自分が絶対的に無であると感じるときに立ち現われる感覚と酷似している何ものかである。彼が「自己想起」という言葉で示そうとしたのは、人間の意識のこうした様態にほかならない。こうして、私が無であることを自覚した瞬間、そしてその瞬間にのみ「私」が存在するという、ほとんど宗教的とも言える逆説が成立するのである。

しかし、グルジェフの思想と行法を宗教的と呼ぶのは誤解を招くかもしれない。たしかに『ベルゼバブ』では、「至聖絶対太陽」とか「永遠の主」とか「われらが無限の父」とかいう言葉が頻出する。彼の人間理解、そして彼が説く人間が置かれている窮状からの脱却法にも、その根底に深い宗教性があるのはたしかだ。その一例は、ニューヨークのグルジェフ・ファウンデーションや、パリのミシェル・ド・ザルツマンが毎夏スイスで催すサマーキャンプに参加したときの体験である。そこでは、グルジェフ「思想」は語られず、彼特有の用語はほとんど使われず、グルジェフその人の名さえ口にされず、ひたすら瞑想や肉体作業、料理やテーブル・セッティングや後片付けなどが行なわれた。その力点はひたすら、私は誰で、何のためにこのキャンプに参加したのか、今私は何をしているのか、何をすべきなのかの内的把握におかれていた。グルジェフの思想の核心に「私」の理解とその獲得があるのは明らかであるが、その方法論がかくまでに「宗教的」になっているのを目の当たりにして、深い感慨を禁じ得なかった。それは、短い間永平寺に体験入山したときの感覚と酷似したものであった。

しかし「宗教」という言葉がかくも「両刃の剣」的存在になった現代において、この側面をそれほど強調する必要はあるまい。むしろグルジェフの思想と行法の特徴は、先に述べた「自己観察」や「ムーヴメンツ」と呼ばれる舞踏などに代表される方法論が確固としていることにある。内田樹によれば、レヴィナスも「単体の私」という考えを否定し、「私」という存在が常に変わり続けるものであると捉えているようだ。そのレヴィナスが「私たちに求めたのは、いわば、目が覚めるたびに『私は誰でしょう?』と問いかけるような」姿勢であり、人間はそう問うことで「問いかける人」と「問われる人」との間の「ずれ」に引き裂かれる。そしてレヴィナスは、「その『引き裂かれてある』という事況そのものを『主体性』と呼びませんか」(一六八頁)と提言していると言う。内田はこれをさらに換言し、「私の自己同一性を基礎づけるのは、……『私は自分が誰だかよくわからない……』にもかかわらず、そのようにあやふやなものを『私として引き受けることができる』という原事実」(一六九頁)だと言う。もしこれがレヴィナスの「私」観の正確な要約であるとすれば、ともに「実存的」響きのするグルジェフとレヴィナスの言葉は、人間観を共有すると同時に、その目的を異にしていると言わざるを得ない。グルジェフはレヴィナスの「あやふやなものを私として引き受ける」ことを拒否し、全一かつ統合された「私」を求める。そのために、その思想=哲学・心理学に加えてさまざまな行法を、あるいは過去から継承し、あるいは自ら造形したのである。

引用文献

ウスペンスキー、P・D・『奇蹟を求めて』浅井雅志訳、平河出版社、一九八一年。

内田樹『こんな日本でよかったね――構造主義的日本論』バジリコ、二〇〇八年。

グルジェフ、G・I・『生は〈私が存在し〉て初めて真実となる』浅井雅志訳、平河出版社、一九九三年。

――『ベルゼバブの孫への話』浅井雅志訳、平河出版社、一九九〇年。（『ベルゼバブ』）

De Hartmann, Thomas. *Our Life with Mr. Gurdjieff*. Baltimore: Penguin, 1972.

De Ropp, Robert S. *Warrior's Way: A Twentieth Century Odyssey*. Nevada City, CA: Gateways, 1992. First published in 1979.

第一四章　ロレンス、グルジェフ、ウィルソン――楽観主義の光と影

処女作『アウトサイダー』を引っさげて颯爽と登場して以来、日本においては、「金太郎飴」とか「理論派ではない」などと言われながらも、コリン・ウィルソンは今日まで広い読者層を引きつけてきた。哲学者とか思想家と呼ぶのはためらわれるが、さりとて扱う内容は興味深く、比喩や例を巧みに交えるその語り口は魅力的だ。何よりアカデミズムにはない闊達さがある。同時代人の関心を読み取る力も鋭い。日本では何でも知っていることはややもすれば軽さと結びつけられるが、それでも彼の博覧強記は、その高等教育の欠如という経歴ともあいまって読者を魅了する。また同時に、一九六〇年代以降のわが国における「精神世界」あるいは「オカルト」に対する関心の増大に彼の著作が大きく影響していることも否めない。本稿では、日本の「ポップ・アカデミズム」に一時代を画したこのウィルソンの思想の特性を、D・H・ロレンスとG・I・グルジェフに対する彼の評価を軸にして見てみようと思う。

ウィルソンがブレイクを熱狂的に支持していることは多くの著作から明らかであるが、その最大の理由は、ブレイクがウィルソンの信念、すなわち「人間の根本的な難点はヴィジョンが狭く限られている」(『夢見る力』一四二頁)という認識を明確に示しているためであり、さらには、「性をヴィジョン体験のための燃料という古来の地位に復位させるべく試みた最初の近代ヨーロッパ作家の一人」(二〇五頁)だからである。一言で言えば、ウィルソンがロマン的アウトサイダーの考察から手探りで導き出そうとしていた指針を明瞭に提示していたためである。多くの評者と同じくウィルソンも、この点でロレンスをブレイクの血縁と見る。しかしブレ

イクに比べるとロレンスに対する彼の評価ははるかに低い。彼によれば、ロレンスの「失敗」の原因は「自分のヴィジョンを分析というレベルにまで引き上げること」（二二六頁）を決してしないことであり、そして「パーソナリティに対する熱中がロレンスの芸術的な意味をたえず頓挫させた」（二二八頁）ということになる。さらに彼はロレンスの作品の未完結性、および作品中にしばしば表出する不快感、嫌悪感を指摘する。前者に関しては、『夢見る力』の訳者である中村保男が「あとがき」で、「安易な『解決』をつけずに、複雑微妙な現実のニュアンスを伝えようとするロレンスの苦心と工夫を正当に評価しそこなっているのではないか」（三一九—二〇頁）と言っているが、たしかに彼の傑作の多くはそのような「苦心と工夫」の成果である。例えば『恋する女たち』のほとんどアンティ・クライマックスとも呼べるような結末は、一見したところのあっけなさとは裏腹に、ジェラルドの死によるバーキンの動揺と、アーシュラとの真の結合から勝ち取った断乎たる信念との微妙な交錯を見事に表現している。バーキンとアーシュラとの長かった格闘と両者の心の振幅に共感した読者であれば、結末で宙吊りにされたまま放り出されたという感覚は一時的なもので、二人は肯定的未来へと進んで行くであろうという読みに導かれる。あるいは『羽鱗の蛇』でも、結末のケイトの逡巡は、未完の感覚よりは、問題に対する作者の誠実な対決の結果であるという読後感を残す。

しかし、例えばウィルソンが例に挙げている『狐』という作品をはじめとして、結末に不満を抱かせる作品もたしかにある。そういう作品を読むと、ウィルソン同様、「カナダに行っても何も解決されないだろう、ロレンスだってこれを承知しているはずだ、という感じ」を抱かずにはおれない。無論ここでウィルソンが批判している「どこか他所での解決」は、ロレンスが半生をそれに費やしたいわゆる「野蛮なる巡礼」において示した態度とは本質的に別の次元に属すものである。前者には現実逃避の要素が強いが、後者は、西洋的な文明形態に絶望したロレンスの新たな思考様式と生存様式を求める探査行であり、その経験は彼の後期の作品に深い影響を及ぼしている。それはともかく、ウィルソンの批判は、ロレンスが自らのヴィジョンを言語・思考によって突き詰めることなく、「機械仕掛けの神《デウス・エクス・マキーナ》」とも言うべきものを導入していることに向けられている。『虹』の結末も、その壮大さとは裏腹に、身動きの取れなくなったアーシュラを、そして作品自体を救うべく、虹という文字通りの「ヴィジョン」を性急にもちこんで結着をつけたという感がぬぐえない。

第二の点は、ロレンスが終生抱えた問題により本質的にかかわっている。「彼の作品が大いなる非個人的《インパーソナル》なヴィジョンへと高まるかに見えるその瞬間、怒りっぽい卑小な人間ロレンスが、社会的地位やインテリ女性についての固定観念をひっさげて侵入してくるのである。……彼の憎悪は、スウィフトやヴォルテールのそれのように心を浄め、高揚させる性質を全くもっていない」（『夢見る力』二一三頁）。スウィフトの憎悪にそのような性質があるかどうかは置くとして、ロレンスの作品に一種異様な「憎悪」、と言って言いすぎであれば、少なくとも「苛立ち」が見られること、そしてそれが作品に独特な重苦しさを与えていることは否定できない。ただしこの憎悪や苛立ちは、T・S・エリオットの意見に代表されるような、ロレンスの出身階層の低さなどから生まれたものではなく、彼の人間観、世界観に根底的にかかわるものである。『恋する女たち』の中で彼は、バーキンの口を通して人間に対する痛烈な呪詛の言葉を吐いたが、それが最も端的に現われているのは晩年の短篇「島を愛した男」である。生が必然的に生み出す人間関係の軋轢ゆえに、主人公は徹底した人間嫌いになり、最後に一人移り住んだちっぽけな島では、文字（言語）をはじめ人間を連想させるすべてのものを抹殺し、ついには雪に降りこめられて死を迎えようとする。この作品は何かロレンスのネガの自画像といった趣きがあるが、実は彼がここで行なっているのは、彼が終生繰り返し行なった一種の悪魔祓いなのだ。『息子・恋人』で自らの内に潜むエディプスの膿をしぼり出したように、ここで彼は、喉元に突き上げてくる人間に対する嘔吐感をぶちまける、すなわち言語化することによって、完全にではないがそれを乗り越え、『アポカリプス』への準備を整えたのである。

しかしウィルソンがロレンスの核心に最も肉薄しているのは『オカルト』の中の次の一節においてである。

人間があまりに知的になると、人間のより深い力が破壊され、豊富な生命力の領域でもある本能の領域との接触が断たれてしまう、とロレンスは言う。チャタレイ夫人が生命力を奪われた生存から脱出するために必要としたのは、ただ一つ、深くて暗いセックスの領域に復帰することだったのである。が、ロレンス自身の作品が、この考えの背後にある誤謬を明らかにしている。彼の小説を終わりまで読んだ人は、そこのところで、「では、これから登場人物たちは何をするのだろうか」と問いたい気になるのだ。グルジェフであったならば、この誤謬を指摘することが難なくできたであろう。グルジェフは、いくつかのセンターが互いに調和していない人たち――たとえば、性センターが感情エネルギーで作動しようとしている人たち――を問題としている。ロレンスならば、このような「ずれた人たち」に自然へ還れ、自分たちの原始的な起源へ復帰せよと忠告するだろう。すると人びとはそのとおりにして、本能センターや性センターがそれらみずからのエネルギーで作動するようになる。さて、そこで次はどうしたらよいのか。グルジェフならば、そこで真剣なワークが始まるのだと言う。ところが、まさしくこの点まで到達したとき、ロレンスは停止してしまうのだ。（五〇九―一〇頁）

「停止」という言葉はあるいは不適切かもしれない。生命力の本源との接触を断たれて苦悩する人間、そしてその接触を回復して真の生を取り戻そうと奮闘する人間の姿を見事に描いた点において、ロレンスに比肩できる作家は多くはないし、さらに彼は、その接触を回復する道さえ示唆したのだから。それにまた、ロレンスは単に自然に還れと言ったのではない。ある意味では彼もウィルソンと同じく意識の変容／拡大を通して人間の直面する問題を克服する道を目指したのだ。しかし同時に、人間の知性重視に対する批判、そしてそれと対をなす自発的、「原始的」な生へのノスタルジアが強かったために、性および肉体の「復活」を通して自然に復帰することが真の生への唯一の道だと考えていたと「誤解」されてもやむをえない面もたしかにあった。

しかしここで問題にしたいのはウィルソンのそのような「誤解」ではなく、それを越えて彼が指摘していることである。チャタレー卿夫人がメラーズとの理想的性関係に入り、性センターが適切に機能しはじめ、その結果ロレンスが求めた「やさしさ」が生まれたとしても、ほとんど社会から孤立した二人はそのやさしさに包まれてどこに行くのか、ということをウィルソンは問題にしているのだ。彼は進化ということを常に念頭に置いていたがロレンスはそうではなかった、と言えば問題点は一層はっきりしてこよう。ロレンスの死の直後の出版ながら、現在においてもその重要性をいささかも失っていない「ロレンス論」の中で、オルダス・ハクスレーはロレンスの思想のこの側面をいみじくも「宇宙的無目的性《コズミック・ポイントレスネス》」、あるいは「存在論的無目標性」と名付け、彼の手紙からこう引用する。「目標などない。生と愛とは生と愛であり、スミレの花束はスミレの花束なのだ。これに目的などという観念をもちこんだりすれば、すべてはブチ壊しだ。生き、そして生かしめよ。愛し、そして愛さしめよ。花は咲き、そして散る。すべては自然な曲線に従って流れ、目標もなくどこまでも流れ続ける」（1255）。ここにはほとんどタオイスティックと言っていい静謐があるが、その反面、進化という観念とはまったく無縁であることも見逃せない。

ロレンスのこのような考えは晩年になって特に強まるのだが、これを導き出す土台となったのは彼の意識観である。彼の死後に出版された『不死鳥』に収録されている「民衆教育」というエッセイの中で彼は、人間の赤ん坊が初めて石鹸を見たときどういう反応をするかを例に使って、人間の意識の特性を巧みに説いている。すなわち人間は、その本性上観念をもたざるをえず、またひとたび観念をもてばそれを実行に移さざるをえない。そのため赤ん坊は、動物であればひと嗅ぎしただけでソッポを向くであろう石鹸をほおばり、目にこすりつけて、あげくの果てに泣き叫ぶのだと言う。それゆえロレンスにとっては必然的に、人間のもつこの意識、とりわけ頭脳にその座をもつ知的意識は「苦い責任」であり、「最も危険な両刃の祝福」（*P*, 604-605）である（ちなみに彼は胸部の太陽叢が別の意識、すなわち「血の意識」の座であると信じている）。そして一方この知的意識をもたない動物は、彼の目には「美しく」、「純粋に無垢」であるように映る。ケン・ウィルバーがその著作で展開している説を借用するなら、ロレンスは「前／超の虚偽」に陥りかけているとも言えよう。動物のもつこうした「美しさ」や「純粋さ」にわれわれの中のある部分は羨望あるいは郷愁のごときものを感じはするが、それは決してわれわれが目指すべきものではない。つまり人間は、自分でも窺い知れないある衝動、ウィルソンが「進化の衝動」と呼ぶものに衝き動かされて、動物の「美しさ」を超えてここまでやってきた。なぜなら、「意識の本質は志向性にある。意識の運命はたえず志向性を深化させていくこと」（『ミステリーズ』六三五頁）だからである。ウィルバーが『エデンから』の中で引用しているニコライ・ベルジャーエフの言葉も、人間の意識の運命に対してこれとほぼ同じ洞察を示している。

楽園では人間の自由はまだ実現されていなかった。……人間はそこで楽園の至福を捨てて宇宙の中の苦悩と悲劇を選び、自らの運命を究極まで追求することになった。これが人間意識の誕生であった。……禁断の知恵の実を食べることによって人間は非合理の暗がりから出て自由の身となったが、それは無知の中の幸せを捨てて死と分別という苦しみをかかえ込むという行為でもあった。……[知恵を身につけたことは]恥ずべきことではなく、むしろ高みの昇る行為であった。人間の偉大さの証明であった。……罪にみちたわれわれの世界では意識はむしろ分断、苦悩、苦難を意味する。こうした不幸は超意識によってのみ救われる。(二七八―七九頁)

ウィルソンは、ウィルバーやベルジャーエフとともに、意識を所有することがたとえ「死と分別という苦しみ」を担うことになろうとも、やはりわれわれは意識を深化・拡大させて、テイヤール・ド・シャルダンが「オメガ点」と呼んだある究極的地点にまで突き進まねばならないと信じた。一方ロレンスはこのような考えを知性が生み出した理想主義として、人間の自然な生を歪めるものとして強く排撃した。

ウィルソンのロレンス観を要約するならば、ロレンスが目指したものはきわめて重要かつ困難なもので、しかも彼はそれをかなりの程度達成したが、それだけでは十分ではない、ということになろう。この見方は、狂気の人間を「正常」に連れ戻すことに主眼を置いたフロイトやR・D・レインの心理学よりも、「正常」をさらに超えた、ウスペンスキーやエイブラハム・マズローの心理学、すなわちウスペンスキーがその著書のタイトルにした「人間に可能な進化の心理学」にウィルソンが強く共鳴したことと軌を一にしている。

ロレンスに対する評価とは対照的に、ウィルソンがグルジェフをきわめて高く評価する最大の理由もここにある。彼はグルジェフが、問題解決の唯一の道が意識の変容・拡大と「人間機械」の統御、すなわち進化にあることを深く見抜いていた少数の近代人の一人であると考える。さらに彼の卓越した点は、自らの心理学的発見を、ウィルソンの言う「科学的」な体系にまとめ上げ、そしてそれを独自の行法を通して実践したことであった。

初めてウスペンスキーの『奇蹟を求めて』を読んだとき、ウィルソンはそこに記されている「人間は機械である」、「人間は眠っている」という言葉に、自らの探求の結果と符合する明瞭な表現を見た。一方ロレンスは、別の章でも見たように、それより約半世紀前、グルジェフおよびウスペンスキーのこの考え方に激しい反発を示していた。ロレンスは自ら、人間は環境、特に学校教育によって、状況に対して機械的に反応することを否応なしにたたきこまれると言っていながら、グルジェフのように断定的に人間を機械であると決めつけ、その内面を「人為的」に操作することに対しては感情的な反発を抑えることができなかった。フォンテーヌブロー・アヴォンにグルジェフが設立した「人間の調和的発展のための学院」で短い晩年を過ごした友人のキャサリン・マンスフィールドが死んだこともあって、彼はグルジェフに強い嫌悪感を抱くに至り、メイベル・ドッジ・ルーハンの強い勧めにもかかわらずなかなかこの学院を訪ねようとはしなかった。一九二四年に最初で最後の訪問をするが、そのときの印象も、「人間の本性に反すること」をやっている」(Luhan, 134) というさんざんなものであった。人間に対する基本的な認識においては多くの共通点をもつロレンスとグルジェフではあったが[1]、進化という観点の有無のためにそのたどる道筋は大きく隔たってしまった。ロレンスは、近代西洋に生まれた科学的・機械的宇宙観、すなわち仮説をたて、測定によってそれを実証しようとする世界認識法を西洋の宿痾と見、近代科学とその土台である科学主義を激しく批判したが、その最大の理由は、彼が生におい

て何よりも重視した驚異の念、畏怖の念を、そして宇宙との一体感をこれが根こそぎにしてしまったという点にあった

一方ウィルソンのアウトサイダー研究は、彼をグルジェフのそれとほぼ同じ結論に導いた。

私個人の研究は一貫して次の矛盾にかかわるものだった。つまり、内的自由が生み出す霊妙な閃光から、人間の根本的目標が増大した意識だということが明らかになる。にもかかわらず、人間は意識が荒涼とした冷酷な宇宙に自分たちを置き去りにするのではないかと思い、依然として意識を疑ってかかるという矛盾がある。だから、相変わらず自己を進化させる運動に抵抗を続けているのだ。(『ミステリーズ』六三四頁)

グルジェフは人間のもちうる四つの意識についてこう説明する。すなわち第一の意識状態は眠り、第二はわれわれが普通「目覚めている」と呼んでいる状態、第三は自已想起、そして第四が客観意識である。人間は通常、第一と第二の意識の間を行き来しているだけだが、第三、第四の意識状態も非常に稀なひらめきとして瞥見することがある。ウィルソンが論じるアウトサイダーたちは、こういった瞬間的な高次の意識状態の中でヴィジョンを垣間見たのであり、ウィルソンはそれを人間の現況からの突破口として積極的に評価するのだが、しかし同時に彼はロマン主義者たちの欠点をも看破する。すなわち彼らは、「人間の進化の目標が意識の圧力の増大だという事実を偶然発見してはいたが、しかしその実感は直感的レベルにとどまり、彼らの意識的理念と世界観によって否定された」(『ミステリーズ』六三四頁)。これをグルジェフの視点から言い換えるならば、稀なひらめきとして生じた高次の意識を自分の中で「多少とも恒久的なものにするには特殊な訓練によるほかな

い」(『奇蹟を求めて』二三〇頁)ということになろう。近代のロマン主義者たちは自らの見たヴィジョンの中に秘められた可能性を読み取り、人間の未知の領域を探求しはじめた。しかし本来ロマン主義は近代的理性主義への反動として生まれた精神潮流であり、自然と本能を直感的に回復することを目指したために、意識の領域をあまりに深く探ることは自然に反するのではないかという危惧に絶えず悩まされ、自らを分裂に追いやった。「最後のロマン主義者」と自称し、また他称もされるW・B・イェイツと同時代人のグルジェフにとって幸運だったのは、彼の探求の舞台が近代合理主義を生んだヨーロッパではなく主としてアジアであったことであり、そのため「意識が荒涼とした冷酷な宇宙に自分たちを置き去りにするのではないか」という危惧にわずらわされずに自由への道を探求できたことである。その結果彼が見出したのは、人間の完全なる機械性、その眠りの深さであった。古来あらゆる宗教が「目を覚ませ」と説いてきたのに、それを隠喩と考えてしまうほどにその眠りは深い。この眠りから覚めるためには自己観察が不可欠だと彼は言うが、それさえも容易に眠りにのみこまれてしまう。彼は種々の行法を、あるいは秘教教団から継承し、あるいは自ら生み出したが、それは主として人間にショックを与えて彼らが陥っている倦怠と眠りから目覚めさせることを目的としていた。彼は弟子たちに長時間の肉体労働や「ムーヴメンツ」と呼ばれる舞踏の練習を強いた。彼はゲオルグ・フォイアスティンが「聖なる狂気」と呼ぶものの体現者にして実践者であり、「弟子たちの混乱と騒動を引き起こす」ことは、奇行と強制を伴う「彼の教えの中心的な性質」(九九頁)であった。そうして肉体的、精神的に彼らを追いつめていったとき、その極点で、彼らの中に潜む巨大なエネルギーの貯水池を開くことができると考えたのである。ウィルソンが何度も引用しているように、弟子のウスペンスキーやJ・G・ベネットに起こった覚醒体験はその端的な例である。

全体として見ると、グルジェフは、ウィルソンが人間の直面する問題の認識およびその克服法に関して、ほぼ全面的に賛同する数少ない思想家の一人であるが、そのグルジェフに対してさえ、ウィルソンの楽観主義は反論を見出さずにはおれない。すなわち彼は、人間が進化の過程で発達させてきた知的／理性的意識、彼がそのグルジェフ論『眠りとの戦い』の中で左脳と結びつけている意識は、ロレンスの言うように「両刃の祝福」であると言う。というのも、それは分析というこの上なく貴重な能力をもつ反面、物事の一部をあまりに拡大して細部に集中するあまり、巨視的な視野、すなわち意味を見失う傾向があるからだ。そこでゆったりくつろいで右脳を活性化させ（芸術はそのために発明されたと彼は言う）、広いパースペクティヴの中で物事を認識するならば意味感覚も明瞭になり、そして意識が意味と結びついた瞬間、人間は未知のエネルギー源と接触してロボットの支配を脱し、覚醒する、というのが彼の主張である。『ミステリーズ』の第一七章で彼は、この説の具体例として自らの体験を語っている。あやうく自動車事故を免れた瞬間、彼はこう感じる。

> と突然、自分がやすやすと疲労と倦怠の犠牲になってしまったのがまったく愚劣だったことを確信し、愕然としてしまった。というのも、実のところ、自分のエネルギーの水準を決めるのはほかならぬ人間だからだ。……由々しき事態を避けたければ、目を開けておくのが人間の務めなのである。しかもこんなことは、注意を払い、緊迫感を倍加するように自分をし向ければ、いとも容易に行なえるのだ。（六〇五頁。最後の傍点は引用者）

こう言い切った時点で、ウィルソンはグルジェフが進む道から離れていく。なぜなら、彼がここで述べていることの難しさこそグルジェフが繰り返し説いたことだからである。この点に関してグルジェフはいかなる楽観主義も許さず、人は目覚めていると思った瞬間に眠りこむと倦むことなく注意する。もしウィルソンが、先程の例のように頻繁に自己を想起することができると言うのであれば、あるいは意識の覚醒がかくも容易なのであれば、彼自身が「X機能」と呼ぶ、人間に高次の意識を可能にすると彼が考える機能、すなわち「別の時間や場所の現実性を突如把握する能力」（『超読書体験』上、二六九頁）をもっているという主張についてとやかく言う筋合いはない。しかしこれを人間全体に一般化するとき、彼の楽観主義はひどく底の浅いものに思われてくる。

自説を支持するためにウィルソンがもち出すのが「意識のフィードバック点」という理論であり、その結論として彼は、人間は「思考によって内的自由を増大できる、言い換えると、われわれは意識を使えば意識自体を増大できるのだ」（『ミステリーズ』六三三頁）と言う。彼はときとしてこの「意識」を「想像力」とも言い換える。すなわち、想像力を適切に使えば、人生が意味と喜びに満ちていることをすぐに思い出せるというのだ。「想像力を使えば心身の緊張を解き放てる」という「発見は近代人の特徴の中でももっとも興味深く独自のもの」（『超読書体験』上、一六五頁）で、「起こりうる難事を何かしら想像してみて、その難事が実際に現われていないのはなんて幸運なんだろうと思いさえすればいい」（『超読書体験』下、三三頁）というわけだ。同じ楽観主義は、ドストエフスキーを高く評価しながら、彼がこの想像力の能力を十分に把握できなかったという見方につながる。ドストエフスキーの絶望している主人公たちは「できることからはじめ」ればよい、「少しの常識が問題解決に大いに役立つはず」（三四—三五頁）だとこともなげに言うのである。

むろん想像力はそれだけの潜勢力をもっている。しかしウィルソンのこの見方は、やはりそれを過大評価しているといわざるをえない。ドストエフスキーが描いているのは、ウィルソンの好きなウェルズの言葉、「人生が嫌だったら変えればいい」がいかに困難であるかにほかならない。あるいは、これもウィルソンがよく引用するジョンソン博士の、「人間は自分が二週間後に死ぬと知っていれば、異常な集中力を発揮するだろう」という言葉はむろん真実ではあるが、しかしそれでも人間はほとんどの時間そうした意識をもてずに過ごす。つまりドストエフスキーは、まさにグルジェフが強調した意味での人間の眠りの深さ、いわば「業」を描いているのだ。

逆に言えば、想像力、あるいは意識のこの潜勢力を引き出すためには、ある特殊な訓練・修練が必要だという事である。グルジェフの「ワーク」、いやおよそいかなる行法に従ってでも意識の拡大・変容を求めて来た者には、ウィルソンの楽観主義は妙に空しく響くことだろう。ウィルソンは、なんと『内的拡張』を引き起こすコツ」と題した部分で、『バガヴァッド・ギータ』に出会って「途方もない解放感」を得たと書いている。私自身、例えばその中の「おまえの関心は行為のみにあり、決して行為の結果にあってはならない」(『世界の名著』1、一五八頁)といった言葉や、「行為の結果に対する執着を捨て、つねに心が満ち足り、他に依存しない者は、たとえ行為にたずさわっていても、なんら行為を行なわない。……たとえおまえが全悪人中の最悪の人であろうとも、おまえは知識の船によってのみ、すべての罪をのりこえるであろう」(一六二頁)といった教えを読んだときには目が覚めるような「思い」がしたものだ。しかしこの種の「擬似覚醒体験」は決して長続きしない。理由ははっきりしている。その体験が一種の知的興奮、まさにロレンスが批判する知的意識の一時的興奮であって、自己の内部に根付いたものではない、つまりわれわれの中のすべてのセンターが調和して受け入れたものではないからである。グルジェフの思想と行法の結合体系はこれを根付かせることを目的としたものだが、そのために彼は大きな努力と長期間の忍耐を要求した。ところがウィルソンは、「床にあぐらをかいて座り、一度に一時間瞑想あるいは精神集中するようになった。すると瞬間的にすばらしい発見をしたのだ」（『ミステリーズ』六二八頁）と事もなげに言う。こういった言葉を、井筒俊彦が神秘主義の特徴の一つとして述べている次の説明と比較するとき、ウィルソンのもつ楽観主義の質は一層明瞭となる。

意識の深層というものは、われわれが自然の心の働きをそのまま放置しておいたのでは、ふつうの場合なかなか開けてこないのです。感覚や知覚や理性にもとづくわれわれの心の認識形態というものは、実に根強い、しぶといものでありまして、簡単にその支配を脱するということができるようなものではない。この心の性来の傾向を変えるためには、無理にもそれを強力にねじ曲げなければならない。そこで特別な修行とか修道とかいうことが必要になってくるのです。（二八頁）

ウィルソンが修行というものをあまり強調しないことは、彼がいかなる生きた伝統とも直接的、本質的な関わりをもっていないことと深く結びついているように思われる。グルジェフは古代から連綿と続く秘教的伝統の継承者を自称していた。ベルジャーエフはキリスト教信仰に思想の基盤をもち、ウィルバーは自説を、ハクスリーが「永遠の哲学」と呼んだ知の伝統に深く根付かせている。これとは対照的にウィルソンは知識に自らの拠り所を求め、その博覧強記に伝統の代替物を見出そうとしているかのようだ（『超読書体験』には、いかに彼が本の収集に取り付かれているか、その結果、いくらがんばっても一生で読みきれないほどの本を買い集めてしまったか、その大量の本の収納にいかに苦労してきたかを、多少の自嘲と大いなる満足感を込めて書いている）。彼がいかなる労苦を乗り越えて『アウトサイダー』を書き上げたかは周知のところだし、それ以後の彼の思索が体験と切り離されたものであるというつもりはさらにないが、シモーヌ・ヴェイユ風に言えば「根をもつこと」が彼には妙に欠けているように思われる。あるいは、彼が憑かれたように著作を発表するのを見ていると、彼にとっての唯一の行は書くことではないかとさえ思えてくる。しかし私には、未来に向かって精神の道を歩もうとする者にとって、生きた伝統の中に根をもつことは不可欠のように思われる。ウィルバーが、種々の面でウィルソンと共通点をもちながら、その著書がはるかに強い説得力をもっている最大の原因はここにあると私は思っている。グルジェフは、人間の中には「クンダバファー」という「現実」を見ないようにする装置が埋め込まれていると言うが、この説を人間の原罪伝説の変奏曲と見るウィルソンは、必然的にグルジェフを悲観主義者と断定する。しかし深く悲観主義に染まった者が、あれほどの情熱をもち、危険をおかして人々を導くだろうか。そしてまた、原罪に恐れおののくあまり道を歩みはじめない者がいるだろうか。原罪伝説は人間の進化への衝動を妨げるものではなく、むしろその深い認識、すなわちグルジェフ言うところの「自分が無であること」の真の認識は、人をさらなる探求へと促さずにはおかない。

ウィルソンは、自分の全作品に一貫する主題を、「強く念じて行なわれた努力がないと、我々は不思議と現実から切り離されてしまう」（『超読書体験』下、八五頁）と総括している。それを彼は、次のようにも明快に言い換えている。「人間はひじょうに巧妙にできた罠に囚われている。人間の基本的な目標は長期にわたる問題を克服し、できるだけ危機のない生活を楽しむことである。ところが危機によってしか、自分を退屈から救い出してくれる鳥の視点に到達することはできない。……したがって、逆説的な意味で、人間が長期間持続する幸福を獲得するのを妨げる最大の障壁は、人間がさんざん苦労して作り上げたこの文明なのである」（『性のアウトサイダー』三六五頁)。こうした言葉は彼をグルジェフに引き寄せる。人間が生み出した文明が保障する快適さが、逆に人間を現実から乖離させている(これを「鳥の視点」を喪失して「虫の視点」で生きるとも言っている)という状況を、近代人が直面する最大の問題と見、それが不安や無意味感、退屈や絶望の源泉になっているとする認識はグルジェフと同種のものだ。多くの者がこれを克服する手段を提示してきたとウィルソンは言う。サドやバイロンやD・H・ロレンスは「性」を、ヘミングウェイは「冒険」を、T・E・ロレンスは軍隊の規律を、等々。しかしこれらを不十分と見るウィルソンは、対照的にグルジェフの次のような解決法を適切なものだと考える。「毎日毎日、何度も繰り返し『もう一つの自己』を呼び覚まし、活気づけなければならない。危機によって、予期せぬ困難によって、『人格』(左脳意識)を切り崩さねばならない。……正しい解決法はバランスの取れた療法、すなわち論理的な知識と『努力』を注意深く混ぜ合わせた療法である」(Wilson, 80)。こうしてウィルソンは、グルジェフに賛同しつつ「特別な修行とか修道」を一応は認めている。しかし両者の最大の違いは、「バランス」の中でそれに置く比重の軽重である。すなわち彼は、「修行」よりもむしろ「想像力」を働かせれば、この現実感覚は容易に取り戻せると強調するのである。

膨大な数の著作において、人間が進化の過程で獲得した「想像力」(彼はこれを「想像力革命」とも呼んでいる)に大きな力を見出そうとしているのは、現代の知に対するウィルソンの貢献の一つだろう。そして、彼の何よりの強さであり、人気の秘密は、この「想像力」の力に寄せる信頼、あるいは「鳥の視点」の獲得が、その気になりさえすれば容易であるとするその「楽天主義」にあることも間違いないだろう。現代の知性が陥りがちな自己閉塞を突破しようとするウィルソンのこの「楽天主義」には独自のさわやかさと軽さがあり、われわれを鼓舞する力があることは認めなければならない。しかし、その明るい「楽天主義」が自由への道を歩むことの容易さを暗示するとき、われわれは十分に注意して彼の言葉を聞かねばならない。楽観主義はその持ち場をわきまえねばならない。彼がその著作の大半において示しているように、生への全般的態度としては悲観主義よりも楽観主義の方が優っていよう。いかなる悲観的な見方も、生への絶望感を決定づけるものであってはならない。しかし同時に、ユーフォリア的な楽観は継続しないことも、彼が論じる多くの作家や思想家が説くとおりである。つまり楽観主義は、その継続を保証する方法論という土台が必要なのだ。そして人類がこれまでに発見した最も確実な方法は、何らかの修練を伴う「行」的なものであろう。

アカデミズムに捉われない広い視野と、あらゆる可能性に自らを開いておく態度とをもって、批評に新たな地平を切り拓いたウィルソンの大きな功績は認めながらも、彼を見ていると、グルジェフが言った意味での「知識人」の運命のようなものを感じずにはおれない。

注

(1) 両者の共通性に言及している評者は幾人かあるが、例えばリチャード・リースはこう言っている。「われわれの時代でロレンスに比肩できる唯一の心理学者は、あの奇矯な天才、G・I・グルジェフだけだろう」。しかし彼は、ロレンスよりもグルジェフの言動をより「まっとうなもの」と見ている。「グルジェフの弟子はほとんどが知識人で、『通常の自己』を克服して霊知を得たいと願っていた。しかし彼は彼らに、そうした大望を達成する前にまずやるべきことは、自分を普通の単純な家庭人に、よき夫、よき父のレベルに引き上げることだと言った」(38-39)。

引用文献

井筒俊彦『イスラーム哲学の原像』岩波書店、一九八〇年。

ウィルソン、コリン『オカルト』中村保男訳、平河出版社、一九八五年。

――『性のアウトサイダー』鈴木晶訳、青土社、一九八九年。

――『超読書体験』上下、柴田元幸監訳、学研、二〇〇〇年。

――『ミステリーズ』高橋和久、南谷覺正、高橋誠訳、平河出版社、一九八七年。

――『夢見る力』中村保男訳、竹内書店新社、一九六八年。

ウィルバー、ケン『エデンから』松尾弌之訳、講談社、一九八六年。

ウスペンスキー、P・D・『奇蹟を求めて』浅井雅志訳、平河出版社、一九八一年。

長尾雅人編『世界の名著1、バラモン教典、原始仏典』中央公論社、一九六九年。

フォイアスティン、ゲオルグ『聖なる狂気』小杉英了訳、春秋社、一九九九年。

Huxley, Aldous. "Introduction." *The Letters of D. H. Lawrence*. Ed. Aldous Huxley. London: Heinemann, 1932.

Lawrence, D. H. *Phoenix*. Ed. E. D. McDonald. Harmondsworth: Penguin, 1987. (*P*)

Luhan, Mabel Dodge. *Lorenzo in Taos*. New York: A. Knopf, 1932.

Rees, Richard. *A Theory of My Time: An Essay in Didactic Reminiscences.* London: Secker & Warburg, 1963.

Wilson, Colin. *The War against Sleep: The Philosophy of Gurdjieff.* Wellingborough: Aquarian Press, 1980.

第四部　文化への「回帰」

第一五章　追い詰められる日本語――日本人の言語意識とアイデンティティ

序

「空白の十年間」と呼ばれた一九九〇年代が過ぎ、二一世紀の最初の一〇年が過ぎようとしているが、当時の日本の閉塞感が振り払われた気配はない。少し前になるが、二〇〇四年の夏、オリンピックでの日本人の活躍記事に埋まる新聞の文化欄には、「１００年目の大衆社会」と副題の添えられた「うつろう」という記事が連載されている。現代の日本人のさまざまな「うつろい」の形を描いたこの記事の最終回には、「現代人は寓話のような不思議な世界に迷い込んだのだろうか」[1]という言葉が見える。ここで「寓話のような不思議な世界」と表現されている閉塞状態は、直接的には経済の不況が引き金となって起こったのであろう。しかしそこで経験された行き詰まり感は、経済の回復などでは本質的に影響を受けない、日本人の心理の深層にまで達しているように見受けられる。井上ひさしは、「ある国民が閉塞状態に陥ると、言葉ブーム、歴史ブーム、健康ブームが来る」（一四〇頁）と言っているが、たしかにこの三つは、ここ数十年の間に見られた「ブーム」の中でも最も大きなものだったであろう。本稿では、この中の「言語ブーム」に注目してみたい。言語は、歴史とともに、ある国民、あるいは民族が、自らのアイデンティティを確認するために何かに依拠ないしは同一化する対象として、通常最も簡便かつ強力だと見なされているものである。したがってもしそこに何らかの揺らぎが見えるとしたら、当事者の自己認識、すなわちアイデンティティに揺らぎが生じていると考えられる。
「言語ブーム」、あるいはもっと端的に「日本語ブーム」と呼ばれる現象は、二一世紀に入るころから顕著になってきたように思われる。そのきっかけになった、というよりは、その時代風潮をしっかりつかんで形にしたというべき、斎藤孝の『声に出して読みたい日本語』が出たのが二〇〇一年九月、二〇〇三年七月までにはなんと九四刷を数えている。この売れ行きがこのブームを象徴している。表面的にはとりわけ強い思想も主張もない、「暗誦もしくは朗誦することをねらいとして編んだ」この本がなぜベストセラーになるのか――本稿の問題意識の起源の一つはここにある。

私の中でのこの問題意識の起源は「日本語ブーム」だけではない。私が専攻する英文学に対する関心が「劇的」という形容がふさわしいほどに低下してきたという現象もその一つである。これについては、むしろかつての英文学学習者の数が異常に多かったのだ、という見方もあるにはあるが、それはここでは置いておこう。この現象において私がとりわけ注目するのは、それとほとんどセットになっているかのような「スキル（道具）」としての英語習得熱の高揚である。これはもう、熱狂という言葉がぴったりするほどの勢いだ。いうまでもなく日本人は、明治以来外国語習得、とりわけ英語の習得には特段に力を入れてきたわけだが、この現象が、その当の言語ないしは文化の精華ともいうべき文学への無関心とセットになって現れると、いささか異様な感じがする。こうした見方には英文学を専攻する者が抱く感傷もいくばくかは入り込んでいるだろうが、それでも、言語をスキルとしてのみ捉えようとする姿勢には、その背景への理解はあるつもりだが、やはり強い疑問を感じざるをえない。端的に言えば、そんなことは可能なのか、ということだ。この点は本稿の主題にかかわる問題なので、後にやや詳しく検討してみたい。

言語とアイデンティティとの関係に注目するようになったもう一つのきっかけは、いわゆる「英語公用語化論争」である。これについても後に詳しく論じたいが、この提起の斬新さ、というか突飛さは、英語という言語に日常的に接している私にもやや奇異に感じられた。その実利的側面とは別の次元で、やはりこれも現代における日本人のアイデンティティの揺らぎを反映しているのではないだろうかと思われたのである。

こうした状況の中、数年前から高校の英語教科書の作成に携わるようになった。「英語Ⅱ」で執筆を担当することになったのは、絶滅を防ごうと必死の努力を重ねている少数言語の話であった。参考文献を読み進んでいくと、どうしても先述のような日本の状況が思い出されてくる。最後の話者が死んで絶滅した言語、あるいは今生きている少数の話者たちが死ねば絶滅するのが分かっているのに、それを座して見守るしかない言語、こうした言語が想像をはるかに超えて多いことを知るにつれ、日本の言語状況はいったいどうなっているのかと考えざるをえなくなった。一億二千万を超す話者をもつ「大」言語である日本語が、自ら進んで他言語を公用語にしようとしているという状況を、どう考えたらいいのか。日本語の乱れを嘆く、あるいは真剣に批判する声が出されるようになってすでに久しい。そしてそれに対して、さまざまな改革案や擁護論も提出されてきた。しかしそうした営みはすべて、日本語という少々のことではびくともしなさそうに見える「大」言語だからこそできることであって、絶滅に瀕している少数言語の話者は、どんな形であれその言語を保存すること自体が至上命令なのである。しかし現実には、現在五〇〇〇から六七〇〇ある言語の「少なくともその半数は、つぎの一〇〇年のあいだに死滅するであろう」(『消えゆく言語たち』九―一〇頁)と言われている。しかも研究者たちは、言語に「自然死」はない、「言語は殺されるのである」と断言する。そして英語を母語とする研究者自身が、「英語は『殺し屋の言語』である」(前掲書、七頁)とまで言う。まさにその「殺し屋の言語」を、日本人は（そして世界中の人が）必死になって習得しようとしている。そして自分はそれを日々教えている。こうした状況を認識するにつれ、言い知れぬ感慨がこみ上げてきたのである。

やや長々と、この問題に関心を抱くようになった経緯を述べてきたが、これが本稿執筆上重要なのは、言語や文学・文化の教授を職業としているということもさることながら、日本語を母語とし、英語を第二言語としている私自身のアイデンティティを考える上でも、この問題は避けては通れないからである。問題設定の枠をもう少し広げれば、例えば、歴史教科書裁判に象徴される歴史認識に関する議論や、あるいは憲法改正議論の高まりに典型的に現れているナショナリズムの高揚なども射程に入ってくる。本稿では、こうした問題圏も視野に入れながら、現代の日本人の言語とアイデンティティとのかかわりを考察してみようと思う。

上述したような種々の現象の表面を見るかぎり、日本人は自らの言語を追い詰めようとしているのではないかとさえ思えてくる。「日本語ブーム」はそれに対する反動が形になったものとも考えられよう。こうした現象の深層に潜んでいるのはいかなるものだろう。言語が個人あるいは集団のアイデンティティ保持においていかに決定的な役割を果たしているかについての日本人の認識の低さなのか。あるいは文化的「劣等感」の一形態なのか。それとも「大国／大言語」意識からくる余裕、あるいは「のんきさ」なのか。それとも、これまで確固としているように見えてきた日本人のアイデンティティの揺らぎなのだろうか。

一　「母語ペシミズム」の系譜

まず初めに、近代における日本人の言語意識の変遷を簡単にたどっておきたい。(2) 明治以降の学者や政治家たちの日本語をめぐる言説を見ると、そこには田中克彦がいみじくも「母語ペシミズム」と呼んだ、自らの言語に対するどうしようもなくアンビヴァレントな、あるいはもっと直截にいえば悲観的な感情が浮かび上がってくる。その先陣を切ったのは、よく知られているように、森有礼の「英語採用論」であった。現在の英語公用語化論を思い起こさせるこの提案は、イ・ヨンスクが明快に指摘したように、実は誤解とともに語り継がれてきた。しかしとりあえずここで確認しておきたいのは、その真意がどうであったにせよ、森の言説が「近代日本の言語意識にとって最もふれてほしくない部分を、慎みもなくさらけだしてしまった」、すなわち、「森有礼は、日本語が『けっしてわれわれの列島の外では用いられることのない、われわれの貧しい言語』であると無謀にも断定してしまった。日本の知識人がいくら虚勢を張ったとしても、この有無をいわせぬ事実はたえず気にかかっていた」(イ、一三頁)という点である。この「ペシミズム」、あるいは「劣等コンプレックス」は日本の歴代の知識人の日本語観にはっきりと刻印されているが、彼らはこれを嘆いてばかりいたのではなく、日本語を改良することでなんとか克服しようと格闘したのである。

森については後述するとして、この「母語ペシミズム」の系譜の最初に来る人は、前島密である。明治が始まる二年前の一八六六年、当時幕府開成所反訳方であった前島は、一五代将軍徳川慶喜に「漢字御廃止之議」を上申し、国民に教育を普及させるためには「成る可く簡易なる文字文章」を用いるのがよく、そのためには、漢字ではなく、「西洋諸国の如く音符字(仮名字)」を使うのがよいと提言する。これに続いて彼は、一八六九年、「国文教育之儀に付建議」を明治新政府に提出し、基本的に同じ主張を繰り返す。これらにおける彼の主張には、イ・ヨンスクも言うように、後の一部の国学者に見られる復古主義はまったくなく、その意図するところは、「漢字廃止による文章の簡略化とそれにもとづく普通教育の実践によって、近代国民国家の基礎となるべき〈国民〉

を創り出すこと」(イ、三一頁)であったといえよう。しかしここに見られるさらに重要な点は、後の論者にも共通することだが、「言語さらにはその音声である文字は、けっして真の知識の対象ではなく、その知識を伝達するためのたんなる道具に過ぎないという功利主義的な言語道具観」(イ、二九頁)である。この「言語道具観」は、序で述べたような、現在において見られる「スキルとしての言語習得」観の先駆的形態であるといえようが、ここでむしろ注目したいのは、この時代にはまだ言語と人間のアイデンティティとを結びつけて考えるような思考形態は十分には成立していなかったという点である。これについては後に詳しく考えたい。

さて、次にくるのが森有礼のいわゆる「日本語廃止論・英語採用論」である。この論はあまりに有名になったが、イが適切に指摘するように、後の論者でこれを冷静に受け止めて論じたものはきわめて少ない。まず何より、森がこれを論じている箇所は実は一般に思われているよりはるかに少なく、たったの二箇所である。すなわち一八七二年、当時アメリカ弁理公使であった彼がイェール大学言語学教授ホイットニーに当てたいわゆる「ホイットニー書簡」、もう一つは一八七三年の英文著作 *Education in Japan* だけである。しかし、そこで述べられた考えおよび提案が後世の者から見てあまりに刺激的であったために、多くの感情的反論が出されたのであろう。ただし、感情的だからといって、それらの反論に重要な論点がないわけではない。

まず「ホイットニー書簡」から見てみよう。これは、「日本帝国に英語を導入する」(『論争』三三一頁)という森の(そして「英語に関する知識と一般的な教育において最も有能なわが国の人々の同意を得た」(『論争』三三四頁)提案についてのホイットニーの意見をうかがう手紙である。そこで彼はこう述べる。

日本の口語は、帝国人民の増大しつつある必要性に応えるには不適切であり、音声アルファベットを用いても、書き言葉として十分使用に耐えうるものにするためには、あまりに貧弱であります。日本の国民が時代に遅れないためには、語彙が豊かで発展するヨーロッパの言語を採用しなくてはならないという考えが、小生らの間ではもっぱらであります。……日本の言語は、日本人自身の要求を満たすためにさえも不十分であることは明らかとなり、新しい言語への要求は、広範な世界との交易が急激に増加していることを考慮すると、抗しがたいほど不可避的であります。……日本帝国の人民は最高度の文明を希求しておりますけれども、国家の進歩のみならず個人の進歩のためにとりわけ不可欠なもの、すなわち、良い言語を欠いております。（『論争』三三一—三五頁）

現時点でこれを読めば、過剰に自虐的な言語観と映るかもしれないが、ともかくも、ここで概観している「母語ペシミズム」の最初の典型といえよう。これに対してホイットニーは、「言語はその種族の魂と直接に結びついているのであるから、そう安易に放棄するなどと言ってはならない」（高島、一七一頁）と、今から見ればきわめて健全な忠告をしている。しかし森の見解は次の著作、*Education in Japan* にも顕著である。

我々の言語は、中国語の補助なしには一度も教えられたことがないし、意思疎通のいかなる目的のためにも使用されたことがなかった。このことは我々の言語の貧しさを示している。……我々のみすぼらしい言語は、我々の列島以外では使い物にならず、英語の支配に席を譲るしかないであろう。……我々知的国民は知識の追求を熱望しており、西洋の学問、芸術、宗教の珠玉の宝より得られた貴重な真理をつかみ取る努力をするにあたって、脆弱で不確かな意思疎通手段に頼ることはできない。国家の法律を日本の言語で保つことは絶対に不可能である。これらすべての事情は、日本の言語の破棄を示唆している。(『論争』三三七―三八頁。イ・ヨンスクも自著で同じ文章を引用しているが、ここでは鈴木の翻訳を使った。)

ホイットニー書簡にもまして激烈かつ断定的な口吻であるが、これらの断定が、現在の日本語をめぐる「事実」から振り返って見てすべて誤っていると言ってしまっては問題の核心を見誤ることになる。イ・ヨンスクは森の提案の核心を、日本語の『廃止』の当否ではなく、むしろ『日本語』の概念規定」だと捉えているが、正鵠を射ていると言わねばなるまい。ここで私が注目したいのは、その概念規定の中でも、森が、日本語は中国語の「呪縛」の内にあるかぎり確固たる国語にはなりえないと考えている点である。これに関して森はきわめて直截に、ホイットニーに宛てて、「日本で現在使用されている書き言葉は、話し言葉とほとんどあるいはまったく関係がなく、ただ、主として日本語の中に象形文字、すなわち乱れた中国語が混入したもの」(『論争』三三二―三三三頁)と言っている。中国語の話し言葉がその起源を「象形文字」にもっているのは間違いではないが、それにしてもなんとも侮蔑的な口調ではある。こうした口吻から明瞭に感じられるのは、中国語をその中核とする中華文明をいつまでもすばらしいものと考え、その文明から離脱しようとしないかぎり、あるいは福沢諭吉流に言えば「脱亜入欧」を果たさないかぎり、日本に未来はないという考えであり、またその方向に向かおうとする強い意志である。かつて同じ文明を「大中華文明」として仰ぎ見ていたことを思うと隔世の感があるが、日本、中国双方のこの時代におけるほんの短期間の変化はそれほど激しかった、より直接的に言えば両者の力関係に「逆転」が起こりつつあったのである。具体的には、二度にわたるアヘン戦争であの大清帝国があっさりと西洋に敗れたのに対して、日本は、一五年にわたる国内の軋轢と「内乱」を経たとはいえ、比較的に言えばかなりスムーズに近代化、すなわち西洋化を行ないつつある、という自信である。それと同時にこの文章で露わになっているのは、イが指摘するように、明治の知識人に広く見られる実利的・実践的感覚であり、ある意味では現在の英語公用語論に通底する精神である。(3)

こうした森の主張に強く反対したのが馬場辰猪である。森の *Education in Japan* が出たのと同年の一八七三年、馬場は早くも *An Elementary Grammar of the Japanese Language* という英文著作で森を強く批判する。イによれば、その論点は二つ、「一つは、日本語が英語にくらべて劣った貧弱な言語であるという森の主張を否定すること、もう一つは、英語を唯一の公的言語として採用するときに生じるに違いない社会的不平等に注意を喚起すること」(一四—一五頁)だったという。前者は現在ではほとんど論点になることもないほどに自明視されているが、後者は英語公用語化論争に伴って再浮上してきた論点である。例えば船橋洋一は、そうして起こるであろう「社会的不平等」を「イングリッシュ・ディバイド」と英語で命名し、「『英語を持てる者』と『英語を持たざる者』の間の格差と差別の問題」(八二頁)と定義する。この問題意識自体は馬場のそれとほとんど同じだが、注目すべきはそれへの対処法である。イは、馬場の主張の核心を、「言語が社会的支配の道具となることを拒むことであり、政治的民主主義を支える言語的民主主義を実現すること」(一八頁)であったと要約しているが、その方法として馬場は、森のように英語を日本の主要言語にする道を選ばず、断固として日本語を守ろうとするのである。ところが、生じるであろう問題の認識に関しては馬場と立場を同じくする船橋は、逆に英語を日本人の間に広める、さらには公用語にすることを通してこの問題を解決しようとする。その根拠として彼はいくつかの点を挙げているが、その中でももっとも注目すべきは次の意見であろう。「英語は旧社会の中の階層を、上下にかかわらず、既得権益を持つかどうかにかかわらず、英語ができればさまざまな機会——雇用、留学、所得、ネットワーク――は増え、できなければ失われるという形で、平準化する効果を持つ」（一〇三頁）。ここで注目したいのは、船橋の意見の正否ではなく、この問題から派生する他の多くの点を差し置いて、彼がこの点にもっとも大きな重要性を付与していることである。換言すれば、船橋は、後に見るように言語とアイデンティティとの関係を考慮に入れてはいるが、それを最重要視はしない、というより、この問題は比較的容易に回避できると考えているようだ。

馬場の主張に戻ろう。彼の論点は、現在の視点から見るときわめて健全に見えるが、ここでの論旨において重要なのは、その馬場でさえ、自らの著作は、いや、日記や自伝にいたるまで、ほとんど英語で書いたという点である。この言行不一致にも見える馬場の態度は、むろん時代背景を無視して批判しても無意味だが、現在のわれわれにとっては何を意味しているのだろう。馬場が、自らが批判した森の考えをある意味で肯定するようなこうした行動をとった裏には、イ・ヨンスクが指摘するように、「日本語の話しことばと書きことばの越えることのできない深い溝」（二三頁）という、森と同種の認識があったのであろう。そしてその「深い溝」は、英語言語感覚の鋭い者にとって、「日本語ペシミズム」を抱かせるに足るものだったのであろう。かくして、英語を日本での日常語に採用することをめぐって対立した森と馬場の二人は、「母語ペシミズム」という点ではほとんど同じ場所に立っていたのである。

この二人の後にも、立場の異なる知識人がさまざまな日本語改良論を発表するが、そのことごとくが、今見れば深い「母語ペシミズム」に捉われていたと言わざるをえない。西周が一八七四年に発表した「洋字ヲ以テ国語ヲ書スルノ論」は、ローマ字使用を提唱したもので、彼も同時代の知識人の大多数と同じく、「漢字が日本の文化的発展を阻害する最大の原因」（イ、三三頁）と考えたのである。

同じ一八七四年には、清水卯三郎の「平仮名ノ説」が出ている。ここで清水は、やはり当時の多くの識者と同様、言文不一致に文明の遅れの原因を見、すべての文章を平仮名で書くことを提唱した。

一八八四年には、東大総長や文相を務め、詩人でもあった外山正一が「新体漢字破」を発表する。その冒頭彼は、「余は漢字程嫌なるものは他にはあらざるなり」（イ、三六頁）と言い切り、漢字さえ廃止するなら、表記は仮名でもローマ字でもかまわないとした。そして同じ年に発表した「漢字を廃し英語を熾に興すは今日の急務なり」ではローマ字使用を推奨した。イ・ヨンスクによれば、いずれにせよ外山の最大の主張は、「日本の現状は欧米の文明を『ひた真似に真似て』『智識をまる取』しなければならない段階にあり、社会進化から見て劣敗者である漢字をふりすて、『国権』と『国産』の振興をめざすべきとき」（三八頁）だという点にこそあった。また、こうした諸意見と並行するように、一八八三年には仮名文字使用の推進をもくろむ者たちが「かなのくわい」を、一八八五年にはローマ字運動にかかわる者たちが「羅馬字会」を結成するにいたる。

この後も，明治期全体にわたって、日本語改良、あるいはもっと正確には国字改良運動に関するさまざまな提案が、末松謙澄、原敬、井上哲次郎、三宅雪嶺らから出されるが、それらを詳しく追う必要はあるまい。ここで是非確認しておきたいのは、こうした論者に共通するのは、「功利的言語道具観と西洋文明追随主義」（イ、三六頁）であり、また同時に、母語に対するどうしようもないペシミズム、ないしは劣等感だという点である。現在でこそ批判の対象になることもある福沢の「脱亜入欧」は、当時の知識人の共通認識であったようだ。これは、西洋という強大な文明に接触して間もない頃の彼らの心理を考えれば共感できなくはないが、現代の平均的日本人の母語観との乖離は歴然としている。

イ・ヨンスクの『「国語」という思想』という注目すべき本は、国家存亡の危機を認識した新生明治日本が、国民国家としての自己認識を完成させ、さらには植民地帝国へと突き進む動きと、「国語」という概念および実態が形成されていく過程との相関関係を見事に浮かび上がらせているが、そこで中心的に扱われているのは二人の言語学者、すなわち上田万年と保科孝一である。本稿ではイの論考をたどる紙幅はないが、「母語ペシミズム」という主題からすれば、保科には言及しておく必要がある。

イの言葉を借りれば「忘れられた国語学者」である保科孝一（一八七二―一九五五）は、これまでに概観した論者の次世代にあたり、その人生の約半分を明治以後に生き、没したのは昭和三〇年であるにもかかわらず、その母語認識は前世代の者たちと驚くほどに似通っている。東京文理科大学教授で、上田万年の実質的な後継者である彼は、標準語創設、暫時的漢字廃止、公的機関での口語文の採用などを主張した。国語審議会幹事長でもあった彼は、単に主張するだけでなく、その主張の多くを実行できる立場にもいた。彼の言動は、例えば植民地主義を支持し、そこでの日本語教育を積極的に推し進めるなど、一見「母語ペシミズム」とは無縁に見える。しかしそうした言動の一方で、標準語が確立していない日本語を植民地において他言語話者に教育することにはきわめて悲観的であった。その根底には、これまでの多くの「母語ペシミスト」と共通する「日本語は複雑で不規則」、それゆえ「国語改革」を行なわなければ世界に通用させることはできないという認識があった。彼が「日本語は複雑で不規則」と言うとき、その内実は主として、標準語と方言、および文語と口語の大きな違い、表記法・国字の不統一、表音式仮名遣いと歴史的仮名遣いの不一致、漢字の複雑さなどであったが、これも前世代の知識人の意見とほとんど変わらない。「国語」の形成において巨大な役割を果たしたとされる保科でさえ、母語に対する認識は実に悲観的なものであった。

保科の同時代人であった北一輝（一八八三―一九三七）は二・二六事件の精神的支柱といわれる思想家で、

その廉で死刑になった人物だが、一九一九年に発表した『国家改造案原理大綱』(後に『日本改造案原理大綱』と改題)の中の「英語ヲ廃シテ国際語《エスペラント》ヲ課シ第二国語トス」という一項で、以下のような驚くべき発言をしている。

……国民全部ノ大苦悩ハ日本ノ言語文字ハ甚タシク劣悪ナルコトニアリ。其ノ最モ急進的ナル羅馬字採用ヲ決行スルトキ幾分文字ノ不便ハ免ルベキモ言語ノ組織其者ガ思想ノ配列表現ニ於テ悉ク心理的法則ニ背反セルコトハ英語ヲ訳シ漢文ヲ読ムニ凡テ日本文ガ転倒シテ配列セラレタルヲ発見スベシ。国語問題ハ文字又ハ単語ノミノ問題ニ非ズシテ言語ノ組織根底ヨリノ革命ナラサルベカラズ。(イ、三一二頁、傍点引用者)

ある事柄や心理を表現するのに最も適した言語であるはずの母語、すなわち、文字通り母から無意識のうちに習い、自分の血肉の一部になっている言語、さらにもう一度言い換えれば、自己のアイデンティティの基盤となっている言語が、「心理的法則ニ背反」しており、「日本文ガ転倒」していると言う。つまり北は、言語の価値、ないしは「自然さ」を計るに当たって、他者の言語を基準にしているのである。北の「母語ペシミズム」は、これまで見てきた論者のそれをはるかに凌駕しており、ほとんど「絶望」といっていい。北はさらに、日本はそのうちシベリアやオーストラリアにまで植民地を広げていくだろうが、しかしその地で日本語を強制することはできない。なぜなら、「我自ラ不便ニ苦シム国語ヲ比較的良好ナル国語ヲ有スル欧人ニ強制スル能ハズ」(イ、三一二—一三頁)だからである、とまで言う。「日本改造」のためには日本語から、というラディカルさはわからぬでもない。しかし文化相対主義が広範に受け入れられている現在から見れば、こうした「自虐的」な比較は、感情的には忌避され、理性的には論破されるであろう。それでも、憂国の情け深く、国際的な力関係に敏感であった北の「母語ペシミズム」は、かくまでに深かったのである。

北一輝と同じ一八八三年に生まれ、はるかに長生きをしたがゆえに敗戦という苦痛をなめなければならなかった志賀直哉は、終戦後の一九四六年、『改造』に「国語問題」という一文を寄せた。そこで彼は、敗戦後の時代が抱えるさまざまな大問題の中で、将来的には「国語の問題」が一番大きいと言い、さらには「日本の国語が如何に不完全で不便」であるかを、自らの四〇年近い文筆生活で痛感してきたと述べた。それどころか志賀は、日本語を「片輪な国語」と断定し、「国語の改革」を唱えるが、しかし「今までの国語を残し、それを造り変えて完全なものにするという事には私は悲観的」だと言う。そしてついに、後世悪評にまみれることになるあの提案、すなわち「世界中で一番いい言語、一番美しい言語である」フランス語を国語に採用してはどうかという提案をするのである。そして「技術的な面の事は私にはよく分からないが」とその実現可能性の危うさを認めつつ、この提案が突飛なものでないことを自ら確認するように、「国語の切り替えにそれ程困難はない」と述べる。そして最後にもう一度、その必要性を読者に、いやむしろ自分自身に納得させるように、こう述べる。「日本が漢字を入れた時よりも、森有礼が英語採用を称えた時よりも、今の日本は遥かに大きな転換の時期である」（『論争』、三四一―四四頁）。

志賀のこの提案の注目すべき点は、今から見れば驚天動地ともいうべきその発想そのものよりも、それを支える日本人のアイデンティティの不変・不動性への強い確信である。「今までの国語に別れる事は淋しいには違いないが、それは今の吾々の感情で、五十年、百年先の日本人には恐らくそういう感情はなくなっているだろう。吾々は日本人の血を信頼し、そういう感情に支配される事なく、此問題を純粋に未来の日本の為めに考えなくてはならぬ」(『論争』三四五頁、傍点引用者)。つまり志賀は、日本人のアイデンティティは母語が変わったくらいではびくともしないと言っているのだ。

このアイデンティティへの無限の信頼、というより、言語とアイデンティティとの関係に対する無邪気なまでの態度は、しかし決して特例ではなく、むしろ現在も含めて多くの日本人に共有されているのではないか。その一例が、英語公用語化についての議論を提唱した「21世紀日本の構想」懇談会の座長を務めた河合隼雄の次の言葉である。「日本語と日本文化は絶対、大丈夫やで。もしこの程度のこと[英語を第二公用語にすること]でダメになる日本語、日本文化なら、早うそうなったらええんや」(『論争』五一頁)。能天気といえば能天気な、しかし絶対的な信頼といえばそういえそうなこの態度は、一体いかなる根拠に支えられているのであろう。そもそも「大丈夫」とか「ダメになる」とはどういうことなのか。永遠に変わらない言語や文化がない以上、日本語や日本文化も変化しないはずはない。しかし、「早うそうなったらええんや」と突き放さず、少なくともどう変化させたいかは考えるべきだろう。ある国家のそれまで一つであった言語が実質的に二つになるとき、もとの言語や文化にほとんど変化が起こらないといった意味のことを言うのは、無思慮のそしりを免れないし、また責任ある立場での発言であれば無責任であろう。いや、それはここでは置くとしても、言語とアイデンティティとの密接な関係に無自覚という点では、志賀と河合は時代こそ異なれ同じ地点にいるし、またこの発言がそれほど問題にならなかったところに、現代日本人の言語意識が見え隠れしているといえよう。つまり日本人の言語意識は、ここ半世紀の間ほとんど変化してこなかったのだ。

活発な言論活動を続けている言語学者の田中克彦は、「英語公用語化」には反対するが、複雑な漢字を国字に取り入れたことで日本語は国際語になる道を断たれたとする認識でこれまでの「母語ペシミスト」と一致している。彼の言葉を引こう。「漢字のような文字を学ぶということが、いかにおびただしい時間を奪うかということを考えると、こういう不合理を無理して学びなさいとは言えなくなる。私はこの点だけでも、『日本語の国際化』にはほとんど超えがたい壁があるように思う」(『ことばのエコロジー』一四〇—四一頁)。これだけなら、日本語は表記法が三つもあって複雑だから世界一難しい言語であるという、よく聞く「日本語神話」[4]の焼き直しのようにも聞こえる。しかし次の言葉には、イ・ヨンスクの恩師である「言語的民主主義」者、田中克彦の面目躍如たるものがある。

民主主義の近代国家は、古典語と外国語とを公的な生活から追放し、自前のことばだけで生活を可能にしたところから始まる。……いかに日常の母語だとはいっても、それを書くためには、特別に学ばなければならない文字というものが必要になる。この段階で、「能力」は、「知識(=文字)」という必要悪と手を結ぶことになる。とすれば、その文字はできるだけ悪の度合が弱く、できるだけ約束事の少ない、日常の母語のそのままの反映に近いものが望ましい。……権力を背景として、民主主義に抵抗しているのが、特別な知識とチャンス(特権)をふりかざした、いわゆる俗物教養人である。彼らは書くための知識が複雑であればあるほど、また日常の知識から遠ければ遠いほど、自分たちの特権を守るのにつごうがいいのである。

(前掲書、七四—七五頁)

田中にとって文字は「必要悪」であり、したがってこれはできるかぎり簡単なものがいい。こうした発想に立つかぎり、「複雑な」表記システムをもつ日本語がよい言語である可能性は限りなく低くなる。そしてこうした言語観からすれば、当然のことながら、話し言葉と書き言葉は近ければ近いほどよく、したがって古い歴史をもつ言語の大半は望ましいものではない。これは田中の最初期の著作から見られる彼の信念のごときものである。例えば一九八一年に書いた『ことばと国家』ではこう言っている。「古い歴史を担って書かれる言語は、その書かれた形が現実のことばに対応しないから、英語やフランス語のように、文字はすでにことばの現実のすがたをあらわすものではなくなっている。そのばあい、現実のことばよりも文字のほうに身を置く伝統主義者にとっては、ことばはつねに『文語文のくずれ』と映らざるをえないのである」。つまり田中にとって、「ことばの現実のすがた」とは話し言葉であって、文字の機能はそれを忠実に表わすことのみなのである。そうした田中の「言語的民主主義」にとって、「一貫して合理的」で「すっきりと明晰な正書法を持っている」(二一二頁) ピジン語・クレオール語が理想の言語に近いのはけだし当然といえよう。

言語と国家の関係、さらには言語と差別の関係に光を当てた田中の功績には目を見張るものがある。「我々の日常語でことばを呼ぶ名がいかに差別の色に塗り込まれているか、いや、差別こみでなしには、もはやことばを呼ぶことができなくなっている」(『ことばと国家』二四頁) といった主張や、「グラムマティカを学ぶことのできる階層すなわち言語的エリートと、そうでない日常語の平民との断層が、つねにエリートのひまつぶしのために、いじめられっ子を準備している」(前掲書、七四頁) といった指摘は、それなりの説得力を秘めている。とりわけ、(学校での教科も含めて)「国語」というものを自明視していた大半の読者は、田中のこうした指摘に眼から鱗が落ちる思いをしたであろう。しかし、そうした功績は認めながらも、言語を研究する際に「民主主義」を前面に押し出す、あるいはそのような「究極の価値」、それも政治的なニュアンスの濃い価値を最初に定めておくこうした見方には、いくつかの問題を感じる。その詳細な考察は本稿の主旨をはずれるが、二つだけ挙げておくと、まず一つには、こうしたアプローチではその「究極の価値」自体が研究の視野から外れ、「はじめにゴールありき」型の研究になってしまわないかという懸念。二つには、こうした言語観にしたがえば、文学を中心とする言語芸術の役割ないしは存在意義はきわめて限定されたものになろう。芸術至上主義などはまったくのたわごとになり、そこまでいかなくとも、文学上のさまざまな技法はすべて「言語的エリート」のひまつぶし、ないしは「平民いじめ」に成り下がってしまう。これがバランスを欠いた見方であることは多言を要すまい。文芸上の技巧を凝らす文学者が、田中がことあるごとに口をきわめて罵倒ないしは揶揄する「俗物教養人」あるいは「伝統主義者」に含まれるかどうかは定かではないが、彼らとの齟齬はおそらくこうしたところに起因するのであろう。いずれにせよ、ここで確認しておきたいのは、現代の有力な言語学者も「母語ペシミズム」を共有しているということである。西洋文明の衝撃も一段落し、文化相対主義の風潮の中、言語的にも文化的にもそれほど強い劣等感の自覚がない現在の日本においても、「母語ペシミズム」の現代版ともいうべきものが見られるのは注目すべきことである。

二　「母語オプティミズム」の系譜

前節では、明治以降現在に至るまで、その立場こそ異なれ、母語に深い悲観ないしは劣等感を抱いていた人たちの意見を概観した。ここでは、それとは一見対立する立場、「母語オプティミズム」とでも総称できる見方を検討してみよう。その中には、単なる楽観視を超えて、絶対的な崇拝にまで至るものも含まれる。

時代的に最初に来るのは、やはり江戸期の国学者の言語観であろう。その代表者である本居宣長は、日本のアイデンティティが問題とされるとき必ずといっていいほど引き合いに出される思想家だが、それは彼の思想がこの問題の核心に触れていることの証左であろう。そして宣長も、当然というべきか、このアイデンティティを言語との関連から探り当てようとした。宣長の言語観は、子安宣邦によれば、その『古事記』発見に最も明瞭に見ることができるという。すなわち宣長は、「『古事記』を「上つ代の清らかなる正実」を知る上で「最上の聖典」として発見したのであり、そしてその「正実」こそ「皇大御国」の自己同一性を形成する核であり、基盤であるとして発見した」(五六頁)のだと言うのである。

ではなぜ宣長にとって『古事記』は他の多くの史料に抜きん出てこの「核」たりうるのであろうか。その理由を子安は、宣長が『古事記』を『日本書紀』と対比して論じている文章に見出す。「……此の記の優れる事をいはむには、先づ上つ代に書籍と云ふ物なくして、ただ人の口に言ひ伝えたらむ事は、必ず書紀の文の如くには非ずて、此の記の詞のごとくにぞ有りけむ」(五八頁)。さらに宣長はこうも言っている。「書紀は、後の代の意をもて、上つ代のことを記し、漢国の言をもて、皇国の意を記されたる故に、あひかなわざること多かるを、此の記は、いさゝかもさかしらを加へずて、古へより言ひ伝へたるまゝに記されたれば、その意も事も言も相称ひて、皆上つ代の実なり」(五九頁)。要するに、輸入文字である漢文をもって書かれた『日本書紀』にはそれだけで「さかしら」が加えられており、それゆえ「上つ代の実」を伝えるには「あひかなわざること」が多いのに対し、『古事記』は「言ひ伝へたるままに」書かれているので、そこにあるのはすべて真実だ、というのである。さすが国粋主義者のリーダー格だけある断固たる言辞だが、英語熱が沸騰し、外来語が氾濫し、しかもそれがほとんど意に介されない現代においてこれを読めば、一種異様な感懐を抱かざるをえないだろう。子安はこの宣長の断定的な言語観の底に潜むものを次のように解している。すなわち、「漢字表記を透過して訓み出されるはずの『正しい皇国の言語』が、漢字の導入に先だってすでにあるのだという確信」だと。そして子安は、宣長のこのような見方を、「正しい国のものゆえ、その言語は正しい」とする「トートロジー」(六一—二頁)だと言い切っている。

たしかに宣長のこうした論理の展開を見てみると、前節で論じた田中克彦の、言語を見る視座に民主主義や差別撤廃を置くのと同様の発想法が垣間見える。「究極の価値」はすでに研究・考察の前に決まっているのである。宣長にとっての「究極の価値」は、「『皇大御国』は万国にすぐれた国であるゆえ、その声音言語は正しいのだという自己確信」であり、その目指したところは「わが美しき口誦のエクリチュール『敷島のやまとことば』復元の幻想」(八四頁)だと子安は言うが、たしかに宣長にとって、研究の目指すべきゴール、あるいは「グランド・ナラティヴ」は前もって決まっていたというべきであろう。

こうした宣長にとって、日本語＝やまとことばは絶対的なものであって、比較を絶している。いや、彼が他言語と比較をしていないのではない。『漢字三音考』での漢字音の研究など、宣長の言語研究は常に漢語を比較の対象としていた。宣長の特徴は、そうした比較の結果出てきたものを、現在では一般的な作業である相対主義的地平において見るのではなく、あくまで自己肯定、自己讃美の手段としたところにある。あの有名な、「言挙げせずとは、あだし国のごと、こちたく言ひたつることなきを云ふなり」に典型的に見られるとおり、「あだし国」(＝中国)のように何かにつけてついてうるさく言い立てては、その言葉が言い表そうとしている対象そのものはつかめないと考える。つまり、対象を「概念化し、分節化する言語の欠如」(『本居宣長』五二—三頁)も、宣長にあっては美質でこそあれ欠陥などではなかったのである。[5]

宣長の「没後の門人」であり、後の国家神道創設の際の精神的支柱となった平田篤胤は、そのおそるべき博覧強記と著書の数で後世の研究者を今も圧倒しつづけているが、言語に関してはこの「オプティミスト」の系譜に属するだろう。その最も明瞭な表われは『古史徴開題記』で述べられている「神代文字」説である。その巻頭の「大意」の中で、「神世に文字無りしと論へるは非説」であり、「漢字わたり来て後、次々に神字を罷めて、其字を弘く用ふる事となれる」（三四頁）ことを説いたものだと述べている。この神代文字については篤胤のはるか以前からその存在を主張する者がおり、現在に至っても賛否両論あるが、いずれにせよ、宣長の著書を読んで「益々古道の上もなく尊きことを覚え」（『伊布伎於呂志』、荒俣、米田、一一八頁）、日本の古代文化に栄光を見るようになる篤胤の日本語観からすれば、漢字以前に日本語に文字がなかったとは考えられなかったのであろう。

宣長、篤胤に続く「母語オプティミスト」は、明治期の保守派・国粋派、すなわち伝統主義者たちである。彼らは、純粋な「国語」なるものがあると信じ、それと国体あるいは文化は一体であるから、これを死守せねばならないと考えた。その考えを表わす典型的な言葉は、皮肉なことに彼ら保守派と生涯闘った、保科の師でもある上田万年の「国語は国民の間に貫流する精神的血液」というものである。これら伝統主義者たちは、当然あらゆる改革運動に激烈に反対した。

こうした保守派の代表的論客は山田孝雄《よし》であろう。篤胤の『古史徴開題記』を校訂した山田は、その「神代文字」説については、「私は不幸にして翁の神世に文字が在つたといふ論をそのまま受け入れることが出来ない」（八頁）と言っているが、「不幸にして」というところに、逆に彼の篤胤への共感がにじみ出ている。事実彼の篤胤観は、「仏教渡来以後一千年来の神道の衰を回復興起せしめた空前絶後の偉人」（荒俣、米田、一一八頁）というものであった。その山田の言語観は、今から振り返って見れば一種の偉観である。一九四二年に結成された「日本国語会」が翌四三年に出した、その名も『国語の尊厳』という論文集に載せた論文で、山田は次のような言葉を吐いた。「国語は永遠に一つである。古今を貫いて、絶対的な時間性の上に立つて居る」。「国語は国家の精神の宿つてゐるところであり、又国民の精神的文化的の共同的遺産であると共に、過去の伝統を現在と将来とに伝へる唯一の機関である」。「国家は個人の生滅を超えて、永遠無窮に存在する」。「国語には祖先以来の尊い血が流れており、その中には国民精神が宿つて居るのであるから、之を改めんとすることは、日本人としての考へ方の改革であり、国民精神の改革であるといふことになる」(イ、二〇七頁)。現在提出されれば、保守反動という批判が雨あられと降り注ぐであろうこうした言説は、しかし言語とアイデンティティとの関係については、同時代の認識をはるかに超えて敏感である。イ・ヨンスクの指摘を待つまでもなく、山田のこうした言語観が「『言語は変化する』という言語学の原理を学問的に否定」しようとするものであることには異論の余地はないだろう。しかしイが、山田の言語観は「『言語は改良しうる』という国語改革の原理を実践的に否定しようとする」(二〇五頁)とまで言うと、前の指摘のようには全面的に同意できなくなる。なぜなら、「言語が改良しうる」かどうかはきわめて微妙な問題だからである。例えば三島由紀夫は、文化は改良できるとする考えに断固として反対し、こう言った。「文化には改良も進歩も不可能であって、そもそも文化に修正ということはありえない」(二九三頁)。これが正しいかどうかは今は置くとしても、文化の中枢である言語が、自然な変化はともかく、ある時期の知識人による恣意的な提案によって改革できるとは考えにくい。本稿ではこの問題には入っていけないが、いずれにせよ、イが言い切るほどにはこの問題は単純ではない。

山田孝雄の後には志田延義がくる。志田は、一九四三年に出版した『大東亜言語建設の基本』という著作で、「皇国日本を中心とする新しく正しい秩序を建設する覚悟を堅からしめるため」に「日本語を大東亜に普及」

することを提案している。そしてこの提案を支える彼の信念は、山田のそれと並んで、ここで論じている「母語オプティミズム」の頂点に位置するといえよう。彼も平田篤胤に倣い、その『古史本辞経』から取った言葉を使って、日本は「言霊の幸はふ国」だと言い、したがってそこで使用されている「国語」は単なる「言語」ではない。志田自身の言葉によればこうなる。「国語は国体を守護し国民の養生育成にはたらきつつ、国体に支へられてゐる。『国語』は『わがくにのことば』の謂ひであつて、国際的に考へられる並列的な意味に於ける日本語の謂ひではない。……『ことば』にしても、科学言語学的言語として考へられたものではない」（イ、三〇六—七頁）。端的に言えば、言語は科学的概念ではない、したがって「国語学」が「言語学」に包摂されることはありえない、というのである。この、国粋主義、皇道主義の極北のような言葉は、現在では違和感なしに読むことはできないが、イによれば、『国語』と『日本語』とが異なるという意識は、はばひろく分かちもたれていた」という。その意味では、山田や志田の見方はやや突出してはいたものの、これに共感する「母語オプティミズム」は、当時の時代精神の一部であったと見ることができるだろう。(6)

では現代はどうだろう。現在の「日本語ブーム」の中で活発に発言している数学者の藤原正彦は、『文藝春秋』が二〇〇三年三月号で組んだ「日本語大切」という特別企画に、「数学者の国語教育絶対論」という一文を寄せている。そこで彼は、今の日本は「何もかもうまく行かなくなっている」が、その元凶は「誤った教育」にあり、この危機の克服には国語教育が最も重要であると言う。「国家の浮沈は小学校の国語にかかっていると思える。」なぜなら国語は「すべての知的活動の基礎」であるばかりか、情緒をも培うからだと述べる。これはとりわけ新奇な説ではない。また、「実体験だけでは時空を超えた世界を知ることができない。読書に頼らざるを得ない。まず国語なのである」（一七九—八三頁）と、（「国語」という語の使用は気になるものの）人間の精神的成長と言語との関係をきちんと捉えているところなど、それなりの説得力もある。しかしここで注目したいのは、彼が言語と情緒の本質的関係をこれほど強調することが、図らずも言語とアイデンティティとの密接な関係を表わしていることである。より直截に言えば、藤原の説にはアイデンティティの揺らぎに対する不安がにじみ出ている。例えばこんな言説が頻出する。「なつかしさ」や「もののあはれ」などの「高次の情緒」は「日本人として必須」である。「勇気、誠実、正義感、慈愛、忍耐、礼節、惻隠、名誉と恥、卑怯を憎む心など武士道精神に由来するかたちや情緒……は道徳であり、日本人としての行動基準」である。こうした情緒は「英国にももちろんあるが、日本人ほど鋭くないので言語化されていないらしい」。それゆえ、こうした「日本人特有の美しい情緒は、これからの世界が必要とする普遍的価値」（一八三―八六頁）である。なぜ「日本人特有の情緒」が「普遍的価値」をもつかといえば、それが人間のスケールを拡大するからだと言う。「地球上の人間のほとんどは、利害得失ばかりを考えている。これは生存をかけた生物としての本能であり、仕方ないことである。人間としてのスケールは、この本能からどれほど離れられるかでほぼ決まる。……ここを美しい情緒で埋めるのである」。そしてこの美しい情緒を最もふんだんにもっているのが日本人であり、そしてそれを培うのが国語だ、という論理である。これは、後に検討する現在のナショナリズムの風潮から見ればとりわけ驚くにはあたらない発想であり論理であるが、私が注目するのは例えば次のような断定である。「アイデンティティとは祖国であり、祖国愛である。祖国とは国語である」。「国際社会では、日本人としてのルーツをしっかり備えている日本人が、もっとも輝き、歓迎される。根無し草はだめである」。そして論をこう締めくくる。「祖国なき日本人が生まれつつある」（一八七―九〇頁）。こうした言説は「母語オプティミズム」の現代版といえよう。そのオプティミズムが、深いアイデンティティの危機感に裏打ちされているのも、明治から昭和初期にかけての知識人の場合とよく似ている。

藤原のように、道徳の低下阻止、あるいは普遍的な価値の普及などというものものしい目的とは結びつけずに日本語について論じる者もいる。井上ひさしは、藤原ほど力まずに、あっけらかんと日本語のすばらしさを主張する。例えば彼は、明治期の知識人があれほど憎悪した漢字を、「漢字の持つ力の偉大さ」(『私家版日本語文法』一〇五頁)とほめたたえ、それを使う日本人についても「やまと言葉と漢語と外来語の三つを……TPOに合わせて使い分けている。これは日本人のすごいところ」(「この素晴らしい日本語」一四二頁)と賞賛する。

「日本語ブーム」の火付け役の一人となった斎藤孝は、藤原と井上の中間的存在といえるだろう。「暗誦・朗誦文化の復活」を唱える彼は、言語のもつ道徳的効果にも目配りしつつ、しかし基本的な構えは井上のそれに似て押し付けがましさがない。言語と精神との強い関連を説きはするが、それが藤原のそれほどに暗くない、あるいは「脅迫的」な響きが弱い。またかからこそ斎藤の著作はこれほど広範に受け入れられたのであろう。言語とアイデンティティとのつながりを柔らかい言葉で説きつつ、ナショナリスティックな感情も適度に満足させる――そうした心地よいバランスが彼の著作には見える。

こうした「母語オプティミズム」の流れは太く長く、大衆の無意識の支持を受けつづけてきた。しかし、ではなぜ今更のように「日本語ブーム」が起こり、日本語のありようを意識的に詮索しなければならないのか。いわゆる「日本人論」、「日本文化論」が、多少の盛衰はあるにせよ戦後一貫して多くの耳目を集めてきた中で、日本語もようやくその対象になったということなのか。いずれにせよ、序でも述べたように、自らの文化や言語といった、自然に身について通常はそれと意識しない、個人および集団の生存の基盤をなしているものをことさらに取り上げるという行為それ自体が、その行為者の内部の何らかの変化を表していることは間違いないだろう。それをここでは「アイデンティティの揺らぎ」として考えてみたいのである。この考察を進めるためには、これまで「ペシミズム」「オプティミズム」と分けて見てきた立場の根底で共有されているものを探り出してみる必要があるだろう。

三　日本人の母語観とアイデンティティ意識

先に見たように、「母語ペシミズム」的立場は、明治期、西洋の圧倒的な文明を前にし、あるいは敗戦直後の彼我の力の差を前にしてとりわけ強くなった。そしてその根底には、中国からの漢字の借入、その結果としての極端な言文不一致、その結果としての国民間の断絶（文語が使える知識人＝エリート階層と、話し言葉しか使えない庶民）などに対する否定的な意識があった。そしてそのさらに底には、中国文明圏にいることが文明開化の妨げになるという信念があった。

このような母語ペシミズムにもかかわらず、歴史的には、安定した大言語が他の言語を積極的に取り入れた例はあまりない。フランスの言語学者メイエは、「人が自分のことばをすてて外国語をとるのは、自分のことばに行えないはたらきをその外国語がなし得るばあいだけである」（『ことばのエコロジー』一六三頁）と言う。これと同種の意見は、現在でも、例えば「英語公用語化」に反対する論拠として多くの論者が唱えている。しかしこの言葉は、厳密に言うと正確ではない。なぜなら、前に見た志賀直哉の例でもわかるように、「自分のことばに行えないはたらきをその外国語がなし得る」かどうかなど、感覚あるいは推測以上には誰にもわからないからだ。志賀は正直にこう言っている。「外国語に不案内な私はフランス語採用を自信を以っていう程、具体的に分っているわけではないが、フランス語を想ったのは、フランスは文化の進んだ国であり、小説を読んでみても何か日本人と共通するものがあると思われるし、フランスの詩には和歌俳句等の境地と共通するものがあると云われているし、文人達によって在る時、整理された言葉だともいうし、そういう意味で、フランス語が一番よさそうな気がするのである」(『論争』三四三頁)。今では「フランスの詩に和歌俳句と共通するものがある」などとは誰も言わないが、そうした言葉が図らずも示しているのは、言語の「優秀性」などはイメージ以外では計りえないということであろう。だから、志賀をはじめとする当時の知識人たちは、敗戦という事実に直面して、あるいは直面するのを避けるために、その原因を言語の質の差という、どうにも確定しようのないものに「逃れた」のはないだろうか。換言すれば、当時の彼らには、外国語が敗戦の原因となったものを根こそぎ取り払ってくれる一種の「特効薬」と映ったのであろう。同様の例として、歴史上の一時期英国やロシアの上流階級がフランス語を取り入れて使用したというのがある。その場合も同じく、対象言語とその文化に対する強い憧れと、その反面として自言語に対する劣等感が見られはするが、志賀らのいう「そっくり取り替え」とは本質的に異なる事象である。

こうした言語観は、あえて当時の状況を捨象して言えば、幻想だと言わざるをえない。日本語は中国語、英語、スペイン語、ヒンディー語、ロシア語、アラビア語、インドネシア語、ポルトガル語などに続く話者人口をもつ大言語ではあるが、明治から大正にかけて、そして敗戦直後の日本にはそのような認識は強くはなく(今でも知らない人が多い!)、かつてのアメリカやロシアと同種の文化的劣等感があった。そしてその劣等感が言語に転嫁されたのである。この劣等感がアイデンティティ危機の土台となるのは自明といわねばなるまい。

こうしたアイデンティティ危機の最近の一つの表われとして、一九九〇年代以降に大きな論争を引き起こしたいわゆる「自由主義史観」を取りあげてみよう。これは、一九九五年に当時の東大教授の藤岡信勝が中心となって組織した「自由主義史観研究会」がもとになり、後に西尾幹二や人気漫画家の小林よしのりらが加わって「新しい歴史教科書を作る会」が展開した歴史観である。以上のような知名度の高い人たちが中心メンバーだったこともあって、大きな関心を喚起し、支持も受けたが、それに呼応して反論も大きく盛り上がった。そうした反論はさまざまな立場からなされているが、ここでは一例として、『ナショナル・ヒストリーを超えて』という論集を取り上げてみよう。これは、この論争の歴史からいえばかなり遅く（つまり新しく）一九九八年に、東京大学の教員を中心に編まれて東京大学出版会から出版されたもので、その意味で、それまでの論争史を踏まえた包括的なものであると同時に、その論者の立場や出版社からいってかなりに権威的なものであるといえよう。その論者のほとんどは、当然というべきか、この史観とそれに伴う一連の行動、そしてそれを支える現在の日本の保守反動性を批判する。彼らの批判の視点や対象はそれぞれ異なっているが、代表的・典型的なものを以下に見てみよう。

編者の一人である小森陽一はこう言う。「バブル経済の崩壊、阪神大震災、オウム事件以後、決定的に自信を失いつつあった日本人にとって、未来に向かう大きな物語は存在しなかった。その代替として、過去の歴史をめぐる物語、自らも生きた高度経済成長の記憶と明治維新や日清・日露の戦争をめぐる司馬の物語を合せ鏡のように重ねることによって、不安から逃避する心情的通路が見出されていったのである」（一〇頁）。あるいは大越愛子は、「一九九七年の後半期にヒットした『もののけ姫』と加藤典洋の『敗戦後論』は、理不尽と彼らに感じられた怒りの暴発に傷ついた『善良な日本人』の心をいやすための『心優しげな』作品」（一二五―

二六頁）と言う。

また吉見俊哉はこう述べる。「八〇年代のナショナルな語りは、戦後の占領と安保体制の中でネーションの『本質』がすでに失われてしまったという認識に立ち、そうした『本質』をますます失わせていく（と彼らが考える）メディアとしての『教科書』や『新聞』に、猛烈な反発を露にしていった……」「これら［メディア］の論調の背景には、日本が今、急速に構造転換を遂げる世界秩序から取り残されつつあるのではないかという焦りがある」。「ナショナリズムはグローバルな資本の展開や労働力移動、メディアノネットワークと不可分に連動しながら国境を越えた広がりのなかで浮上してきており、この状況は必然的に国民国家と矛盾や軋轢を生じさせることになる。ペルーの事件をめぐる保守系メディアの発言は、既存の国民国家がグローバル化のなかで生じる諸問題に適切に対処できないことに対する苛立ちを、倒錯的な仕方で国境を越えた民族性の主張につなげている」。そして後にも見る姜尚中の言葉を引く。「国家と同定した国民の記憶を、過去の廃墟のなかから救出し、それを『正史』の花輪で飾ろうとする欲望が、新しい世代の関心を集めつつあることは、そのようなナショナリズムが、冷戦の終結と共にはじまった（新たなグローバル化の波という）大転換のなかで新たなアイデンティティの有力なよりどころとなりつつあることを物語っている」。そしてこうした動きを「ナショナルなものの美学化」と呼び、こう締めくくる。「近年のナショナリズムの言説は、グローバル化に対する対抗的な言説として、自らを大衆消費可能な商品にしているのである」（二〇三―二一〇頁）。姜尚中もほぼ同様の視点からこう述べる。「［グローバル化により］国家間システムの社会的な空間のトリアーデ（主権国家・領土的統合・共同体的同一性）の安定性がゆらぎはじめている……からこそ、ある種のファンダメンタリズムの台頭にチャンスがめぐってきたのだ」（一四四頁）。

これ以外にも十数名いる論者の、本稿の主題に関する限りでの最大公約数を要約するなら、以下のようになろう。すなわち、日本は明治以来西洋に追いつき追い越せとがんばって来て、一九七〇―八〇年代に至ってようやく大きな達成感と満足感を抱くようになるが、それもつかの間、さまざまな大きな困難が降りかかってきた。そして近年、その波の中で最大・最新のものである「グローバル化」なる妖怪が出没し、身辺を脅かしている。そうした中で日本人は積み上げてきたわずかばかりの自信も喪失し、それに伴ってアイデンティティも揺らぎ始めた。そうした心情にうまく付け入って出てきたのがナショナリズムであり、その一つの表れが「自由主義史観」だ、というものである。

ここでの関心はこの論争自体の検討ではなく、この論争を言語とアイデンティティをめぐる本稿の文脈に当てはめたときに見えてくるものである。たしかに、主としてメディアの影響で、グローバル化という、名称こそよく聞くが得体の知れない奇妙なものが、国民国家、とまで意識しなくとも、日本人がこれまで自明のものとしてきた「共同体的同一性」を揺さぶっているという漠とした不安を多くの者が感じている。ここで「共同体的同一性」と呼んでいるものは、これまで「イエ社会」、「村社会」、「日本株式会社」など、さまざまな名称が付与されて、時代によって否定されたり肯定されたりしてきたある実体を指す。そしてこの同一性は、われわれはいろいろな意味で同質・均一で、それは多くの欠点を伴いつつも、基本的には気楽で居心地のいい環境を作ってきたのだとする感覚的な安心立命感を提供する。この安心立命感が揺さぶられているという不安は、いやおうなく、「共同体的同一性」の土台であり最後の保障である日本語の危機感へと直結する。前にも引いたように、井上ひさしは「ある国民が閉塞状態に陥ると、言葉ブーム、歴史ブーム、健康ブームが来る」と言ったが、これらのブームはこうした状況に対処する共同体的「知恵」である。言語ブームも、「共同体的同一性」

の土台である日本語を「回復」することによってこの危機と不安を乗り越えようとする無意識的な反作用といえよう。

同じ東京大学の教員である船曳建夫は、日本人論を総括する中で、日本人論は「アイデンティティの不安」の産物だが、そうした不安は日本が「危機となったときにだけ増大するのではなく、国運が好調なときもまた、その『成功』に確信が持てないため」(三六頁)に生まれると言うが、そのとおりであろう。なぜなら、船曳も指摘するように、この不安の根源は、比較的短いサイクルで来るこうした好調や不調よりはるかに深い、すなわち日本の近代化のあり方そのものにあるからである。

本稿の関心の一つは、例えば「英語公用語化」論や、それと対極的に見える「日本語ブーム」という言語をめぐる錯綜した現象の根底に見えるアイデンティティ危機の「克服」運動は健全といえるのか、というものである。例えば『文藝春秋』の日本語特集記事などに見られるさまざまな論の根底には、先ほど述べた「共同体的同一性」を回復しようとする一種の保守性・反動性が共通して感じられる。一方、『声に出して読みたい日本語』をはじめとする斎藤孝の一連の著作に見られる主張は、日本語という言語を身体論(彼の言う「腰肚文化」)に結び付けている点で斬新で、いわゆる「日本語大切」論者の保守性・反動性を免れているように見えるが、言語能力を鍛えることでアイデンティティ危機に対応しようという姿勢において彼らの主張と相通じるところがある。例えば彼はこう言う。「私はすべての活動において基本になるのは母国語能力だと考えている。私たちは、基本的に母国語で思考する。母国語で明晰な思考ができないのに、外国語でそれができるということはありえない。バイリンガル的能力を否定しようとしているのではない。その言語の持つ文化的な力がしっかりと自分の技となっているかどうかが問題なのだ(7)」(『声に出して読みたい日本語』二〇五頁)。そしてこうした能力が失われれば、それとともに「身体文化の伝統」も失われると言う（『身体感覚を取り戻す』九一―九二頁）。こうした言説を見ると、前章では便宜的に「母語オプティミズム」に入れて論じた斎藤の立場が、その問題意識と認識の根底で、私が「母語ペシミスト」と呼んだ論者たちとそう遠くないところにあるのがわかるだろう。両者に共通するのは、むろん言語の危機と連動しているアイデンティティの危機感である。

現在広く見られるこのアイデンティティの危機感は、たしかに明治期や敗戦直後とは異なった様相を見せている。鈴木義里も指摘するように「［森や志賀の］ペシミズムが今回の英語〈第二〉公用語化の主唱者たちの中には感じられない。むしろ、日本語に対する自信と『オプティミズム』すら感じられる」（『論争』二九六頁）かもしれない。さらに鈴木は、「懇談会の発想の背景にはナショナリズムがある」（三一六頁）とか、「今回の英語公用語論の特徴は……提案した人々が、国際派でありかつ日本語に対するナショナリストだ」（三三二頁）と言っており、このナショナリズムを比較的明るい（深刻ではない）ナショナリズムと考えているようだ。そして皮肉なことに、英語公用語化を唱える者も批判する者も、ともにナショナリズムという共通の地盤に立っていると見るのだ。しかし明るいか暗いかは別として、それがアイデンティティの危機感から生じ、その「失われた」同一性を回復しようとする試みという点で同断なのである。

このアイデンティティ危機を促進する最新かつ最大のものはいわゆる「グローバル化」という見えない脅威であろう。これがいかなるもので、どこに向かうか誰にもわからない分、より不気味で、それに対する反応も多岐にわたる。この脅威にさらされた日本の現状を、例えば藤原正彦が日本語の危機と直結させているのは先に見たとおりだ。彼の立場に典型的に見られるのは、自由主義史観にも共通するアイデンティティの揺らぎに対する明瞭な不安である。そしてここでも、その揺らぎを克服し、共同体的同一性を回復する最良の手段として日本語＝「国語」の徹底した教育が選ばれるのだ。

こうした現在の状況について、田中克彦が「言語エリート」としてことあるごとに批判する丸谷才一は、しかし一見エリートらしからぬことを言う。

現在の日本では、……ごく普通の人が、和漢洋三つをやるしかない。そういう文明的状況に立たされているわけです。日本語は難しい。……文化の極端な重層性のせいで厄介なことになった。国民全体が和漢洋ごちゃまぜの日本語を駆使するのは大変な力業を要することであって、それに成功するためには、社会全体が長い年月をかけてジワジワやるのがいいんだけれど、そうはいかなかった。百年ちょっとという短期間でわれわれはやらなくちゃならなかった。そういう運命を背負い込まされているのが、現代日本人なんですね。つまり言語的にたいへん不安定な状況に生きている。だから現代日本人は、不安なわけですね。（一五四頁）

丸谷は、こうした危機の認識から、しかしかつてのひらかな、カタカナ論者やローマ字論者のように日本語簡便化の方向へは向かわない。逆にその運命を受け入れよと言う。「言葉を歴史から切り離して適当に訂正するなどということはできません。……われわれは日本語の歴史的条件を受け入れて、その中でうまく生きていくしかないんです」。しかし、というべきか、だから、というべきか、彼はこの運命の甘受を説くすぐ後に、先の藤原正彦や他の多くの人たちと同様の主張をする。すなわち、「日本語を使ってものを考え、ものを言い、ものを書く術を教えることは、国語教育だけではなく、あらゆる教育の基礎」、だからゆとり教育などでやさしくするのではなく、「小学校、中学校で日本語教育を徹底的にやる」(一五五—五六頁) べきだと結論づけるのである。

こうした諸言説をわれわれはどう考えるべきなのか。前章で「母語ペシミスト」、「母語オプティミスト」と分けて検討した人たちが、実はそんな簡便な区分を受けつけないほどに錯綜したことを言っているように見える。しかし彼らの言説の底をのぞきこむと、あるはっきりとした共通点が見えてくる。それはアイデンティティの危機の認識と、それに対する、とりあえず「ナショナリズム」という呼称で覆えそうな態度と主張である。そこで以下の最終章では、これらの関係を考えてみたい。

四　言語・アイデンティティ・ナショナリズム

英語公用語化の提案者である船橋洋一は、森有礼の「英語国語論は暴論」と非難(すでに触れたように、これとて単純な暴論とはいえない)した上で、「英語公用語論は、多言語環境と多言語主義の流れになじむ形で、日本人の国際対話能力を高めようという趣旨」であり、森の論とは「全く似て非なるものである」(一九六—九七頁)と言う。両者がどの程度本質的に異なるかは大きな問題だが、むしろここで注目したいのは、鈴木義里が「日本語に対する自信と『オプティミズム』すら感じられる」と評した船橋の論の根底にも、日本語の「『言語的孤立』の危険」の意識がくっきりと見られる点だ。彼はライシャワーの「日本と外部世界とを隔絶する言語的障壁が、きびしい言語的現実に起因することは明白」という言葉を引きながら、これを追認し、現在の日本も「言語的孤立」と「知的孤立」状態にあるという。しかし現状を「孤立」と呼ぶべきかどうかには議論の余地がある。そもそもライシャワーの、「日本人がそれ［きびしい言語的現実］を乗りこえるために、従来、もっと努力を払ってこなかったことは驚きに値する」（船橋、一九五頁）などと言う言葉は、言語的強者の傲慢さの明白な表出であり、現代の相対主義的地平からすれば、こうした「努力」は当然双方からなされるべきものであろう。それを一方的に、「われわれの（強い）言語を習得する努力がたりない」などというのは驚くべき尊大な主張である。[8] かりに、そうしたやや感情的な反論をひかえて冷静に「言語的孤立」を認めるとしても、英語を公用語にすることでそれを克服すべきかどうかにはもっと大きな問題が潜んでいる。つまりそうすることが、船橋の言うように「多言語主義となじむ」かどうかには大きな疑問があるのだ。彼は、「英語公用語論提案」の中で、「公用語法は、日本の言語政策が多言語主義の思想を基本とするものであることを明記する」と言っておきながら、その著書全体でそれを裏切るような発言を繰り返している。例えば、「日本の現在の英語力と英語教育では、日本は世界の識字不適格国になることは間違いない。……グローバル・リテラシーの観点からは全員おちこぼれとなってしまう危険もある」（二〇四頁）と脅し、「これからの時代、先立つものはカネではありません。先立つものは英語なのです」（三三頁）と断言する。こうした彼の立場は、どうひいき目に見ても「多言語主義的」と呼ぶことはできないだろう。

船橋はこの『あえて英語公用語論』という本を、懇談会の提言に対するたくさんの反論に応える形で書いている。むろんのこと反論は種々さまざまで、そのよって立つ基盤も異なるが、おそらく彼がもっとも手ごわい反論の一つ、ということはもっとも本質的な点に触れた反論、と感じたものは、本稿の主題である言語とアイデンティティの密接な関係を前提とする立場からのものであったと思われる。それゆえ彼はこの問題に一節を割いて論じている。

彼はこの著作全体を通じて、「国際共通語としての英語」は「世界での『対話』における、実務的、かつ実際的なコミュニケーションに欠かせないみんなの道具」だとか、「グローバルに情報を入手し、表明し、取引をし、共同作業するために必須とされる最低限の道具」（九―一〇頁）だとかいった表現を繰り返し、第一章で言及した「功利主義的な言語道具観」を色濃く表明しているが、アイデンティティを論じる節では、それに反するように（あるいは彼の中では反していないのか？）こう切り出す。「言語がいかに『人的資源』として使われようと、それが民族のアイデンティティの重要な要素であり続けることは間違いない。……母語とは、それを使う人々の間の共同体としての契りであり、証であって、単に機能的、契約的、法律的な概念を超える存在である」（一一一頁）。つまり彼は、いかに言語が「道具（スキル）」として使われようと、母語とアイデンティティとの深い関係にはちゃんと気づいていますよ、と言いたいわけだ。しかし問題はそこからの彼の論の展開である。端的に言えば彼は、英語習得をアイデンティティの「桎梏」からの解放と結びつけて論じるのだ。船橋は持論を擁護するために、ヴァルガス・リョサの言葉を『地方文化とグローバリゼーション』から引用する。

文化的アイデンティティという概念は、よほど注意して使わないと危険である。……自由に対する脅威になるからである。同じところに生まれ、育ち、同じ言葉を話し、同じ習慣を持つ人々が、多くの共通性を身につけ、それを意識し、愛しむのは自然なことだろう。しかし、これらの共通性が、それぞれの個人を定義するものであってはならないし、個人のかけがえのない特性を二義的なものへ貶めるものであってはならない。アイデンティティという概念は、それが個人に適用されず、全体を代表するものとして使われるとき、それは個人の価値を損ない、人間としての大切な部分を捨象することになる。（二一〇―一一頁）

これはたしかに、ナショナリズムという厄介なものの桎梏を離れた、未来に開かれた思想であるように見えるが、実は根深い問題をはらんでいる。

この問題は、サイードが切り開いた「ポストコロニアル」の思想圏に置いてみるといっそう明瞭になる。彼の思想は、ドゥルーズの言葉を借りれば「ノーマッド（遊牧民）の思想」とでも呼べるものだが、個のアイデンティティを国家や国民と結びつけることを強制ないしは「束縛」と捉え、これからいかに離脱するかが個の「幸せ」にかかわると考える。換言すれば、どこにも属さず、「境界・中間」（in between）に位置することで、何かに属していた、すなわちある固定したアイデンティティをもっていたときには見えなかったものが見えてくる、あるいはそのときには知らなかった自由が手に入る、という見方である。

これがリョサの立場と同じ、というより、おそらくはリョサ自身がこうした思想の影響を受けて仕事をしているのであろうが、こうした見方は現在ではいわゆる「保守派」、すなわちアイデンティティを国家や民族や文化や言語という集団的なものと結びつけ、それをより強固なものにすることを目指す立場と拮抗ないしは凌駕するまでに広まっている。サイードと同じく英語を母語としない者としてアメリカの大学で教えている酒井直樹は、心情的にもサイードと共通するものが多いのであろうが、例えば後に触れる杉本良夫などとともに、日本および日本人の固定したイメージと、それを日本人自らが内から支えているアイデンティティ意識とを解体する仕事を海外で続けている。そうした論考をまとめたものが『死産される日本語・日本人』という衝撃的なタイトルをつけて出版されたが、そこで酒井は、同一性（アイデンティティ）というものがいかに「仮想」であり「想像体」であるかを力説している。酒井によれば、同一性を確保しようという努力は日本にかぎらず普遍的なもので、西洋の学者も、「この西洋という仮想された同一性をその普遍性と文化・歴史的特殊性の両面で確保しようという使命」（九頁）を感じてきており、その代表者を過去にはマックス・ヴェーバーに、現在ではロバート・ベラーに見ている。近代に至って国民国家建設を急務と考えた西洋の諸国家および日本は、その核として自国独自のアイデンティティ創作に精魂を傾けた。そうした努力が日本において「国語」という思想の創造といかに密接に絡み合っているかを見事に論じたのが、本章で何度も言及したイ・ヨンスクの著作であるが、酒井も、日本における言語とアイデンティティ、そして「国民共同体」創設との関係に焦点を当て、こう述べている。

話しことばは人倫の共同性を確認する手続きであると同時に、人倫共同体を製作する手段でもある……純粋日本語は学ばなければならない統一体として与えられ、すでに身についているものとしてではなく、これから、未来に向かって学習しなければならないものとして構想されるのである。このかぎりで、純粋日本語は、一八世紀の日本語論者にとって一つの外国語と変わらないことになる。……こうして真似び＝学ばれる日本語は、同時に失われた本来性として提示され……国民語は……喪失された本来性への回帰、自らの生の深部に宿る起源への同一化、の過程として空想される。……一八世紀の日本語論者は……自らの民族的本来性の空想を編み出していったのである。……国語が成立するとき、まず起こるのは、言語が雑種性を排除したものとして構想され……統一体として措定されることである。（二〇三―七頁、傍点引用者）

アイデンティティ構築という「空想」のために、いかに言語が「構想」されてきたかを、酒井はこれでもかといわんばかりに暴き立てる。さらに彼は進んで、こうした「政策」の結果、例えば現在の日本にかなりの数で見られる外国語嫌い、ないしは外国語恐怖症が現れたことを指摘する。すなわち、「『文法』という概念が、政治的な権威と国民国家の排他性をまとって現れる……『正しい日本語』という偏執……は……原住民的流暢さへのほとんど病的な固執」を生み出し、「自国民と他国民の間の『自他の別』を強化するだけでなく、『雑種的』で『文法に合わない』語法への禁忌を増加させ、他国語への態度を極端に臆病にするだろう」。したがって、「外国語習得能力の貧困化は、近代の『国民』の成立と結びついている。最も『成功した』国民国家の国民において、外国語習得能力の貧困化は、最も顕著であるという事実はたんなる偶然ではない」（二〇三―八頁、傍点引用者）と言うのである。「原住民的流暢さ」という表現には彼の気概と同時に複雑な心理を感じさせるが、それでも、国民国家創設の成功と外国語習得能力の貧困化の平行あるいは反比例現象は、たしかにそうした「成功した」国家で一般的に見られるもので、その指摘は説得力に富んでいる。そしてこれは、現在の日本における英語熱を考える際の有力な視角の一つとなるであろう。

　しかしここでとりわけ注目したいのは、酒井がこの長い論考の最後に提出した結論である。彼はこう言い切る。「『一般者の場所』は、そもそも、国民や民族と同一視される統一体でなければならない理由はまったくない」（二〇七頁、傍点引用者）。「社会的抗争を転位するために、人々の孤立感や絶望感を国民的全体への合体《コミュニオン》の感じによって横領するために、国民的同一性の美学的形象としての国体《ナショナリティ》は再生産されつづけるだろう。国体《ナショナリティ》は脱構築されなければならない」（二一〇頁）。問題の核心は、酒井の言うように「まったくない」と言い切れるかどうかである。つまり、こうしたアイデンティティを「仮想」であると見破り、個人を、そしてその集合体である大衆（酒井の言葉で言えば「一般者」）を、彼／彼らを包み込んでいる大きなアイデンティティから切り離せば、いったどのようなことが起きるかということだ。「国体が脱構築」されたとき、いかなる状況が現出するのだろう。そのとき、個人は「自由」になるかもしれない。しかしそれと同時に、まさに母語が保障していたのと同様・同質の「安心立命」も失われてしまうかもしれない。つまりこうした「切り離し」はそれ自体非常に困難なことだが、たとえできたとしても、それを酒井やサイードやリョサのように純粋に肯定できるかどうかはきわめて厄介な問題だということだ。[9]「ノーマッド」とは、そのようないわば「根無し」の状態を肯定的に捉えられる者の謂いだが、こうした立場が取れる人間はきわめて限られている。酒井のこの言葉も、外国というアイデンティティの野放図な無意識化が許されないところで日々仕事をする自らの姿を克明に写し出していると同時に、そのような自分を鼓舞する働きも担っているのではないだろうか。サイードは、こうした立場を象徴的に表現するのにサン・ヴィクトールのフーゴーの言葉を好んで引用する。

故郷を甘美に思う者はまだくちばしの黄色い未熟者だ。あらゆる場所を故郷と感じられる者はすでにかなりの力をもっている。だが、全世界を異郷と思う者こそ完全な人間である。軟弱な人は世界のある特定の場所にその愛着の対象を限定してきた。他方、強靭な人はあらゆる場所にその愛着の念を注いできた。ところが、完璧な人はその愛着の念を消滅してきたのである。

そしてこう注釈をつける。

人間は自分の文化的故郷を離れれば離れるだけ、真のヴィジョンに必要な精神的超然性および寛容さを手に入れ、故郷と全世界をいっそう容易に判断できるようになる。さらには、自分自身に対しても異文化に対しても、同様の親近感と距離感をともにもちつつ、以前より容易に判断を下せるようになるのである。(*Orientalism*, 259)

あるいは、サイードが強い共感と賛嘆の念を抱いていたアウエルバッハは、サイードと同じく故郷を離れ(厳密に言えばナチスによって「追われ」)、異郷の地イスタンブールで、十分な資料もないまま名著『ミメーシス』を執筆したが、その彼はこう述べている。「文献学者の遺産のうちもっとも貴重で不可欠の部分は依然として自分自身の民族の文化であり、遺産である。しかしながら、この遺産からまず離れ、そのあとでそれを超克したとき初めて、それは真の力を発揮してくるのである」(『世界・テキスト・批評家』一一頁)。

こうした立場に立つ感覚を最も率直に表明しているのは、サイードの次の言葉だろう。「複数の文化のはざまにいる感覚が私にはきわめて強くなってきている。この感覚は自分の生涯を貫いている唯一の、かつもっとも強烈な流れであると言ってよかろう。つまり、私はつねに事物の中に入ったり出たりして特定の一つのものに長く帰属する事が現実には決してできない人間なのである」(前掲書、五一五頁)。

こうした思想および立場は、先に引いたリョサの言葉と同じく、強い未来志向と開かれた感覚とを示していて、多くの読者に共感の念を引き起こさずにはいない。しかしわれわれは、これに強い共感を示しつつも、問題のもう一方の側面にも目を配らなければならない。それはすでに触れたように、伝統的な共同体が、あるいはたかだか数世紀とはいえ国民国家が、これまで個人に保障してきてくれた無意識的な安心立命を奪い取ってしまうのではないかという点である。カトリックに反逆したプロテスタンティズムが、個人を腐敗した教会から連れ出し、あるいは「解放」し、神の前に一人で立たせたのとまったく同様に、このノーマッドの思想は個人そのものを自己のアイデンティティの土台＝責任者にしてしまうのだ。自分以外の誰もこの責任を担ってくれる者はいない。サイードやリョサや酒井にはむろんその覚悟があるのだろう、あるいは覚悟しようと努めているのだろう。彼らの考えに共鳴する者は、アイデンティティは安心立命を与えてはくれるが、同時に個人の生きる枠を縛るものだということを意識し、そしてその側面をこそ重要視する。換言すれば、彼らはアイデンティティの枠を一旦破らなければ個人は真の自由を獲得できないと考える。もっと俗に言えば、人間はすべからくこうしたアイデンティティの揺らぎを「楽しむ」強さをもつべきだと考えているようだ。しかし、こうした立場が必然的にはらむ孤独と不安に耐えられる者にはこれはすばらしい思想だが、そうでない者にはつらい思想であろう。

日本を出て、アメリカでの生活を経てオーストラリアに移住し、定住し、ついには市民権を取った（ということは日本の国籍を捨てた）杉本良夫は、そうした「強い」人間の一人だろう。彼は多民族・多文化が共存する、あるいは共存しようと奮闘しているオーストラリアに住むことを、端的に「マルチ・カルチュラリズムの快楽」と呼び、こう述べる。

「よき国際人になるためには、まずすぐれた日本人でなければなりません」という言説の意味が、年ごとに分からなくなってきた。かつては、こうした主張を「なるほど」と思っていたのだが、近年はそうでもない。「日本人としてのアイデンティティ」という概念が、なかなかの曲者だからである。……「日本的ナニナニ」といわれる現象が、よく考えてみると人類共通の事象であったり、日本以外の社会にもいくらでも見かける様式であったりする。何が本当に「日本的」なのかという問題は、多くの国の人たちとつき合えばつき合うほど、答えることがむずかしくなる。このような不確信感を一種の楽しみとして持ちつづけることが、多民族複合文化社会に住むことのおもしろさである。(二一一―二一三頁、傍点引用者)

このような「不確信感」、すなわち不安定感=揺らぎを「楽しみ」と感じるためには、かなりの知的・精神的頑強さが必要となる。とすれば杉本は、田中克彦が口を極めて批判する「俗物教養人」と同じく、自分の強さをひけらかしているのだろうか。むろんそうではないだろう。ここにはたしかに、国家や民族がますますアイデンティティの土台としての役割を果たさなくなるであろう未来に対する建設的な提言が含まれているからである。

しかし問題は現在である。人間の大半は、こうした状況にどこまで耐えられるのか、あるいは耐える準備ができているのか。『日本的ナニナニ』といわれる現象が、よく考えてみると人類共通の事象であったり、日本以外の社会にもいくらでも見かける様式であったりする」ことがたとえ事実であっても、自らの文化に何らかの独自性を見出す、あるいは付与することを通して自己の独自性を、あるいは望むらくは「優越性」を、基礎づけよう、正当化しよう、というのが、大半の人間の希望であり、またこれまでの営為だったのである。

こうした感情はしばしば「ナショナリズム」と呼ばれる。ないしはそれと同定される。浅羽通明は、日本における明治以降のナショナリズムの歴史を要領よく俯瞰した『ナショナリズム』の「あとがき」で、サイード的立場から活発に発言を続けている姜尚中の「ナショナリズムというのは基本的に病気だと思っている」という言葉を引用し、自分はこれを「病気に対する薬」だと考えると述べている。そしてきわめて大胆にこう言う。

「ナショナリズムとは、コスモポリタンとして生きるのは弱すぎる者たちが必要とする補助具」であり、しかもそうした「弱者」は「世界人口のかなりの部分を占める」と。もっとも彼はこう一刀両断に切り捨てるのではなく、「いかなるナショナリズムを、誰が、どのような時に、必要とするのか」を明らかにするためにこの本を書いたのであり、そしてまさにこの、「ある人たちにとって（少なくともある時）ナショナリズムは必要である」（二九一―九二頁）という視点こそ忘れてはならないものであると付け加えている。以下、この視点と、すでに見たサイードらの「脱ナショナリズム」の思考とがせめぎあう接点について考えてみよう。

ナショナリズムについて精力的な研究を続けている英国人アンソニー・スミスは、「脱ナショナリズム」的、ノーマッド的な思考が広まることについてはきわめて悲観的である。つまり、近代から現代にいたる歴史を見るかぎり、少なくとも西洋における個人の多くは、アイデンティティとは一つの「桎梏」で、それゆえそれから解放されてナショナリスティックな感情から自由になりたい、などと望んでいるとは考えられないと言う。彼は『ナショナリズムの生命力』の結論において端的にこう言い切っている。「ナショナリズムが爆発的な大衆的な力と重要性をいささかでも失いつつあるとは思えない」。

彼がこう判断する根拠は以下のとおりである。

ナショナリズムが予想もしないほど力強くよみがえったのは、近代の官僚主義的国家システムと資本主義的階級構造のおかげであり、さらには世俗の時代にあって、歴史と運命の共同体の中で不死と尊厳を望む気持ちが広がったことによる。エスニックな過去を取り戻す約束をすることによって、ナショナル・アイデンティティとナショナリズムは、自由で平等な複数のネイションからなる世界の中で、文化的にも歴史的にも、祖先を同じくする市民からなる領域的共同体である「ネイション」としてのその権利を主張するためにあらゆる階級、地域、ジェンダー、宗教を含むエスニック共同体や人間集団を喚起、刺激するのに成功してきた。どんな強い国家でも、受け入れなければならないアイデンティティと力がここにある。またこれこそが、世界をこれまで形成してきたのであり、これからも形成していくことになるであろう。
(二八七―八八頁)

つまり、ネイション=国家こそが、アイデンティティのもっとも具体的かつ強力な土台であり、また現在のところそれに代わりうるものは見つからないというのである。これに変わる可能性を秘めた、サイードに代表されるノーマッド的生き方、スミスの言葉によれば「コスモポリタニズム」は、「それ自体ナショナリズムの衰退に結びつくわけではない。また、地域文化の台頭が、ナショナル・アイデンティティの力を弱めるわけでもない」。なぜなら、「人間は複数のアイデンティティをもって」いるが、「私がナショナル・アイデンティティと定義づけたものは、今日、集団レベルのその他の文化的アイデンティティに比べて、より強くかつ持続的な影響力を、間違いなく行使していること、さらに私が列挙してきたさまざまな理由――集団としての不死や尊厳への欲求、エスノ・ヒストリーの力、新たな階級構造の役割、近代世界における国家間システムの支配――のために、この種の集合的アイデンティティが、これから当分のあいだ、人間の忠誠心を支配しつづけるだろう」(二九六頁)からである。そして、コスモポリタニズムを実現するためには、すなわち「ネイションを超えようと本気で試みるのなら、まずネイションの原理からスタートし、……利用しなければならない。……ある形態のナショナリズムをつうじてのみ、ネイションを超えることが可能になるのかもしれない」(二八九頁)

と、その可能性を否定はしないまでも、きわめて逆説的な、すなわち具体性に欠けることを述べるにとどまっている。

長年ナショナリズムに注目してきたスミスは、なぜこのような結論に至ったのであろうか。それは、彼の見るところによれば、社会的弱者を含む大衆にとって、ナショナリズムは彼らの「不死と尊厳」、「安心立命」のよりどころとしうる最も具体的かつ「確固」たるものであり、ネイションを超えた観念や概念は、具体性と堅固さにおいて劣るからだ。逆に言えば、先にも述べたように、ネイションを超えるものに堅固さを見るためにはかなりの程度の知的視力がいるということだ。つまりスミスは、サイードらの論がいかに未来を志向する建設的なものであろうと、現時点での現実には不向きだと見るのである。これでは、先ほどの浅羽の言葉、「ナショナリズムとは、コスモポリタンとして生きるのは弱すぎる者たちが必要とする補助具」をアカデミックな言葉で言い換えたものにすぎず、長い論考の末の結論としてはいささか単純だと感じられるかもしれない。しかし問題の核心は、すでに社会学を越えて生物学に入り込んでいるというべきかもしれない。なだいなだはこう言った。「正真正銘の個人になれない人間は、所属することによって自己の存在感を確認する」（一五四頁）。スミスに、そして浅羽に言わせれば、「正真正銘の個人になれない人間」が圧倒的に多い現在、コスモポリタニズムにナショナリズムを超えるほどの有効性はない、ということになろう。その意味でいえば、船橋の「個人のアイデンティティを集団的アイデンティティに収斂させてしまうことはできない。個人の文化的アイデンティティを作り上げるうえで、『世界への接近』と『世界との対話』は、ますます重要な役割を果たすであろう」（一一五頁）という言葉も、現状を的確に踏まえない希望的観測ということになる。

この問題の核心を考える上で、スミスの説く「ナショナル・アイデンティティ」およびそれを支える「ネイションの構成要素」についての考えはきわめて示唆的である。すなわち彼は、その構成要素は西洋と非西洋において大きく異なると考える。そして前者を「西欧的、あるいは『市民的』ネイション・モデル」と名づけ、その構成要素を「歴史上の領域、法的・政治的共同体、構成員の法的・政治的平等、共通の市民文化とイデオロギー」(三五頁)だと述べる。一方、彼が「非西欧的モデル」と呼ぶものは東欧とアジアで生まれ、「西欧型モデルの支配に挑戦」してきたと言う。そしてこのモデルを「エスニック・モデル」とも呼び、その構成要素を、「1 集団に固有の名前 2 共通の祖先にかんする神話 3 歴史的記憶の共有 4 集団独自の共通文化 5 特定の「故国」との心理的結びつき 6 集団を構成する人口の主要な部分に連帯感があること」(五二頁)としている。両者を比較してとりわけ目立つのは、前者が法的・政治的な関係、いわば「契約的」な関係を重視し、その上にネイションが成立している、あるいは成立させることを理想としているのに対し、後者は、生まれた共同体や土着文化、彼自身の言葉によれば「想定された出自」(三六頁)を強調していることである。その論理的必然として、西欧モデルでは帰属は選択できるのに対して、非西欧モデルではその帰属は選択できない。契約や法よりも、言語、慣習などの土着文化を重視するからである。

この二つのモデルを検討するに当たって、もう一つのナショナリズム観を参照してみよう。アントニオ・ネグリとマイケル・ハートは、二〇〇〇年に出版されて世界的に話題となった『帝国』において、従来のものとは異なるきわめて斬新な「帝国」像を提出しているが、彼らは「ナショナリズム」という語をそれほど多くは使っていない。それでも、散見されるそれへの言及はやはり検討に値するものだ。ネグリとハートも、ベネディクト・アンダーソンらの主張を受けて、国民は「創生」されたものだと考える。「国民」という概念は、かつてヨーロッパで「世襲制的な絶対主義国家という地盤の上で発展」してきたが、イギリス・アメリカ・フランスの「三大ブルジョア革命」を経て、「いまや、王の神聖な身体よりもむしろ国民という精神的な同一性が、領土と人口を構成する住民を理念的な抽象概念として措定したのだった。より正確にいえば、物理的な領土と住民は、国民という超越的本質の延長として受け取られたのだ」と言う。こうして新たに出現した権力を支えたのは「国民的同一性」であり、それは「血縁関係という生物学的連続性と領土という空間的連続性、そしてまた言語の共通性にもとづいた、統合を推進する文化的同一性のことである」(一三一—一三二頁)と述べる。彼らは、スミスのように「西欧型」「非西欧型」という区別は設けず、ナショナル・アイデンティティを支えるものとして「血縁関係」(これは民族と言い換えられよう)、「領土」、「言語」を挙げているところを見ると、スミスの言う「西欧型モデル」のみを視野に入れているようだ。ネグリとハートによれば、もともとこの「国民」という概念は、「啓蒙主義の歴史主義的思想家たち」による「完璧な主権の神秘化」によって生まれたものであり、その結果、「あらゆる人間的完成は、ある意味で、ナショナルなもの」となり、「アイデンティティは、諸々の社会的・歴史的差異の解消としてではなく、本源的な統一性の産物として考えられるようになった」のだ。端的に言えば、「国民は、歴史的発展に先立つ、主権の完成した形態」であり、「国民は主権の概念に先行する」(一三九頁)のである。そして、ベネディクト・アンダーソンの「想像の共同体」の概念を認めながら、しかし今では「アンダーソンのその主張がひっくり返されてしまい、ネーションが共同体を想像するための唯一の方法になってしまっている」(一四七頁)とまで言うのだ。このような「ナショナル・アイデンティティ」の捉え方が、スミスの言うナショナリズム、すなわち「あらゆる階級、地域、ジェンダー、宗教を含むエスニック共同体や人間集団を喚起、刺激するのに成功してきた」ナショナリズム、「世界をこれまで形成してきたのであり、これからも形成していくことになるであろう」ナショナリズムと同種・同根のものであることは明らかだろう。

しかし、ネグリとハートはここでスミス的な見解と袂を分かつように見える。つまり、この「国民」という概念の効力については懐疑的なだけでなく、これを積極的に乗り越える方向を示すのである。一言で言えば、「国民の本来的な土台」である「人民」を、「マルチチュード」という新たな概念を使って乗り越えようとする。「マルチチュード」とは「多数多様性のことであり、諸々の特異性からなる平面、諸関係からなる開かれた集合体」であり、「自己の外部にあるそれらの特異性や諸関係を別個のものとして区別せずに、それらと内包的な関係性を保つ」ものである。ではなぜそれがこの乗り越えを可能にするかといえば、「人民は主権のために整えられたすでに構成済みの統合体」であるのに対し、「マルチチュードがいつまでも閉ざされることのない構成的な関係性である」(一四一―四二頁、傍点引用者)からだ。むろんここでのキーワードは傍点を付した言葉であり、一言で言えば「開かれた関係性」ということになろう。「超越的本質」たる「国民」および「国民的国家」は「近代的主権の不安定さを乗り越える新たな手段」(一三二―三三頁)だと見る著者は、それにできることが、せいぜい「マルチチュードとそれを一者の支配へと縮減しようと欲する権力との矛盾した共‐存」としての「近代性の危機」をイデオロギー的に隠蔽し、それを転位させ、またその力の発動を延期させることでしかない」(一三五頁)のに対し、マルチチュードはこの「近代性の危機」を克服する道を指し示していると考えるのである。それを端的に示すのが、マルチチュードの特異性は「〈帝国〉の非‐場に新しい場を確立するような特異性」であり、「異種混交化の動きによって促進される現実」(四九〇頁)だという言葉である。これはまさにサイード的な「ノーマッド」の方向性を示唆している。

結語

スミスとネグリ・ハートの意見を検討しながら、ナショナリズムとアイデンティティの関係を考えてきたが、ナショナリズムがアイデンティティの基盤として現在も、そして未来も有効で望ましいものかどうかについては、簡単に結論を出せそうにない。これまでの議論を見るかぎり、未来に開かれた、あるいは未来を切り開くものは明らかにサイード的方向性であろう。しかしそこには、スミスや浅羽などが指摘する「現実」が厳然と立ちふさがっている。こうした複雑な状況の中で、われわれは、本章の主題である日本語をめぐる現状をどう考えたらよいのだろうか。

スミスが提示した二つのネイション・モデル、あるいはナショナル・アイデンティティのモデルは、この問題に新たな光を投げかけてくれる。すなわち、現在の日本に見られる言語を取り巻く諸問題、そしてそこに垣間見えるアイデンティティの揺らぎという現象は、このネイションの西欧的モデルと非西欧的モデルが激しくぶつかりあい、相克しているがゆえに起こっているのではないかと思えるのである。後者に属する日本では、言語をアイデンティティの基盤とする傾向が非常に強い。第一章で見た言語的保守派は極端な例ではあるが、しかしそこでも述べたように、彼らの見方は決してまれな例外だったわけではなく、また現代における国語教育推進派も、その根本的な言語認識において、また言語とアイデンティティとを、スミス風にいえば「ナショナリスティックに」関係づけている（たとえ本人にその意識はなくとも）点において、過去の保守派の現代版といえよう。そして彼らの言説が大きな支持を受けているという事実そのものが、日本人において、言語をアイデンティティの最大の基盤とするという見方がいかに一般的であるかを端的に表わしている。斎藤孝は『声に出して読みたい日本語』の執筆意図を、読者が「日本語の宝石を身体に埋める」ことができるようにすることだと述べ、その理由をこう述べる。「幼少の頃と老年の現在の自分とが言葉によって結びつけられている。……この一貫した流れの感覚は、自分の人生を肯定する力となるのではなかろうか」(二〇九頁)。この「日本語の宝石」を媒介としてアイデンティティを確保しようという戦略は、著者自身が意識している以上に反「コスモポリタン」的、反「ノーマッド」的である。そして、まさにこうした見方と姿勢が、明治以降連綿と続き、今や無意識の領域に入り込んだかに見える西洋化との間で軋轢を起こしているのである。(英語公用語化論やいわゆる「プチ・ナショナリズム」、あるいは新たに導入された裁判員制度をめぐる議論も、こうした軋轢の例である。)すなわち、明治以降生活と思考のあらゆる側面で「西欧モデル」を目標に進んできて、それから圧倒的な影響を受けてきた日本において、その西欧化がかなりの程度、あるいはすさまじく進んだ現時点に至って、「言語」という「非西欧モデル」の中核をなす要素が反乱を起こしているのだ。「日本語が最も重要」と述べる論者に共通するのは、どんなに西洋化が進んでも、ネイションは非西欧モデルで構成されるべきだという信念、ほとんど原理主義的とも呼んでいいような確信である。そして同時に、もしこのモデルを手放せば、日本人のアイデンティティは失われてしまうという恐怖感である。

グローバル化の妖怪に脅かされる現在の日本では、社会と文化の多くの側面でさらなる西欧化、すなわち法と論理と契約とによって社会、共同体、あるいはネイションを構成していこう、あるいはいくべきだという潮流は、強くなる一方である。それに対してはこれまでも常に、国家主義的、民族主義的、ときには国粋主義的な批判や反発があったし、今日もある。現在の「日本語」をめぐる問題は、それの一種の洗練された新局面と見ていいであろう。

しかしここには大きな問題が潜んでいる。いわゆる「グローバル化」が唱えられるはるか以前から、日本は、常に賛否両論をかかえこみつつ西洋化を進めてきた。それは否応のないプロセス、歴史的に必然的な過程であったと言わざるをえない。「必然的」というのは、むろん、その過程を全肯定し、賛美し、その方向性をこれからも「野放し」にしてよいということではない。どう進むべきかを常に冷静に見極め、検討しつづける必要はもちろんある。しかしそれにしても、現在「グローバル化」と曖昧に総称されている過程は不可逆的なものであろう。すなわち、たとえスミスの言うようにナショナリズムが収束する気配が一向に見えないとしても、アイデンティティを支えるものはこれからもさらに「非西欧型モデル」から離れていくだろう。端的にいえば、日本人はアイデンティティ概念、すなわち何をもってアイデンティティの基盤とするかについての考えに、劇的な変更を迫られているのである。その一つの方向性は、サイードの流れを汲む論者たちが示してくれている。サイードが愛好するサン・ヴィクトールのフーゴーの言葉は、その意味ではあまりに「真実」である。

われわれに残された課題は、その方向を追求しつつ、いかにして「コスモポリタンとして生きるには弱すぎる者たちが必要とする補助具」としてナショナリズム以外のものを見出すことができるか、ということになる。スミスの「暗い」予言には強い説得力があり、「コスモポリタンとして生きるには弱すぎる者たち」、「正真正銘の個人になれない人間」がこの先激減する気配はさらにないが、それでも日本人は、そしておそらくは同様の力学で自らの「安心立命」を確保している世界の大半の人々も、これからその重い課題を解いていかなければならないのである。

注

（1）『朝日新聞』二〇〇四年八月一八日付。
（2）以下、この章の執筆に当たっては、イ・ヨンスクの『「国語」という思想――近代日本の言語認識』（岩波書店、一九九六年）に多くを負っている。
（3）言語改革のみならず、森は、西洋人と結婚することによって日本人の人種改革も唱えていた（高島、一七一頁参照）。
（4）一九八〇年代後半に一年間、アメリカ、ヴァーモント州のある大学で日本語・日本文化を教えたが、受講生の多くがこれに近い先入観をもっていた。この認識は、付論で論じる水村美苗も共有しているが、ただ彼女はそれに肯定的な価値を付与しており、それを『日本語が亡びるとき』における主張の根拠の一つに据えている。
（5）この宣長の見方はしかし、皮肉なことに、老子の「道のいうべきは常の道にあらず」という言葉を思い起こさせる。
（6）これとの関連で言えば、宣長や篤胤に見られる矯激な儒教や仏教批判、あるいは中国批判は、この時代の日本の学界でかなりの程度共有されていた「中国第一主義」に対する憤りがその一因であったという。篤胤は太宰春台の『弁道書』を読み、そこに記されている「日本民族はきわめて野蛮蒙昧の民であって、日本文化の全ては中国の恩恵によって成立した」という内容を読み、『呵妄書』という処女作を書いてこれに反論したという（荒俣、米田、五〇頁参照）。

（7）すでに数十年前に田中克彦が、「母国語」は誤解を招く誤った呼称であり、それは「母語」と呼ばなければならないことを説得的に論じているにもかかわらず、この時点で「母国語」という呼称を使う斎藤の言語意識には疑問を抱かざるをえない。

（8）ライシャワーのこの「傲慢さ」は、「付論」で論じる『日本語が亡びるとき』で水村美苗が臭覚鋭く嗅ぎ当てているベネディクト・アンダーソンの言語についての鈍感さ、水村の言葉で言えば「〈普遍語〉［英語］にかんしての思考の欠落」（一一九頁）と根底で通じているように思われる。大言語の話者であるからそうした鈍感さは当然、ともいえようが、専門の分野でかくも鋭い考察ができる人が鈍感であることが問題なのだ。

にもかかわらず、不思議なことに水村は、後にライシャワーその人に触れるときにはこの鋭い感覚を失っている。彼女も彼の『ザ・ジャパニーズ』から同じ箇所を引用しながら、船橋同様にこの見方を承認するばかりか、その正しさに「ただ、ただ、暗澹としてくる」（二七四頁）とまで言う。この落差は何なのか。一つには、彼女の感受性が、アンダーソンのような鈍感さ、あるいは無邪気な無意識のようなものに対しての方が強いのであろう。それに対して、ライシャワーのようにずばりと歴史的「事実」を述べられることに対しては、その感受性は十分に働かないのだろう。非英語話者からすれば、アンダーソンの「善意」に一種の「おためごかし」が透けて見えるのも事実だろう。その一方、ライシャワーの直接的な「叱責」の方が受け入れやすいのかもしれない。しかし両者は同じ穴のムジナなのだ。どちらも自らが現在世界で最も強力な大言語、水村の言葉で言えば「普遍語」の話者となった「幸運」にはまったく無意識・無頓着で、方向こそ異なれ、それ以外の言語話者に訓示を垂れているのである。そこには言語に関する彼我の状況に対する謙虚な姿勢は見られない。

（9）一九八〇年代に大きな社会問題になった外国人労働者受け入れについての議論は、この文脈においてとりわけ興味深い。これについてはさまざまな議論がなされたが、本章で論じている問題意識にとりわけ近いと感じられたのは、受け入れへの先鋭的な反対論者であった西尾幹二と、それに根底的な反論を試みた石川好との論争である。西尾は、多くの反対論者の中で石川は「人間認識において私に最も近」く、自分と同様に「日本の社会や組織に不足している部品を外国から輸入してくるような」安易さで考える人々を「呑気な開国派」と全面否定していると、ひとまずは肯定する。外国人は「何をしでかすか分からない人間と言う生き物」であり、そうした外国人を大量に入れると「大混乱」が起こると予想するところまでは西尾と同じだと言うのだ。しかしそこから両者は袂を分かち、石川は「だからこそ外国人を入れることを認めよ」と主張すると述べる。その根拠は、「日本人が甘ったるい『外国病』や『国際化ノイローゼ』から解放されるためにも、外国人を一度入れてみろ、そして西尾の言う『破滅的な災厄を子孫に遺す』ほどの事態を一度経験してみよ、それによって始めて日本人は外国に対し生ぬるい考えを持たない、本格的に国際化された、まともな民族に鍛えなおされるであろう」（一七〇―七一頁）というものだと言う。この石川の意見は、先に引いた酒井の言葉を借りれば、「国体《ナショナリティ》は脱構築されなければならない」ということにほかならない。そしてそのためには、外国人大量受け入れと言う「荒療治」がいると言っているのだ。

これに対する西尾の反論が、本章で取り組んでいる問題の核心に触れている。すなわち彼は、こうした考えは「ロマンチックすぎる」と言う。「わが民を強く逞しくするためにわが民に流血の試練を与えよ」というのは、「神のみが口に出来る言葉であり、また神以外の何びとも口にしてはいけない言葉」だとやや気色ばんで言い、さらにこう畳みかける。「人間が人間を試すことは出来ないのだ。……一つの民族が何らかの政治的激変の結果、他の民族を包摂するとか、あるいは他の民族に征服されるとかして、国境の内部に大量の異民族を抱える、あるいは国境の外部に大量の自民族を配置せざるを得なくなる、というようなケースにして初めて、外国人の流入や自国民の流出を民族的運命として、試練として、引き受ける覚悟が固まってくるのではないだろうか。……それがいかように正しい洞察であろうとも、［石川］氏は自分が国民に試練を課すと考えていいほど傲慢であってはいけないのである。……人間が選んだ運命は、運命とはいえない」（一七二―七三頁）。今聞けば、やや大げさに響くかもしれない西尾の論は、しかし民族のアイデンティティ意識の綾を見事に照射している。むろん石川は日本人を試しているわけでも、「運命」を押し付けているわけでもないし、また西尾が言うほど「傲慢」でもない。しかしそうした反論を超える重要な問題を西尾は提起している。

たしかに西尾が言うような事態が起これば、アイデンティティの変化は「運命」として甘受せざるを得ないだろう。しかし逆に言えば、そのような事態が起こらない限り、ある民族は、あるいは言語を一にする文化的な共同体は、そのアイデンティティを変化させられないのだろうか、「国体《ナショナリティ》」を脱構築できないのだろうか。これは大きな問題で、早急な結論は出せない。しかし、本章で論じてきた文脈から言えば、アイデンティティの変化は、そのような外的変化による「受動的」なもの以外の形がありうるし、またあるべきであろう。それは、ここで論じているような、文化の中核たる言語におけるある大きな変化を一つのきっかけにして、「能動的」に進めることができるのではなかろうか。これは決して「神のみが口に出来る言葉」ではない。

引用文献

浅羽通明『ナショナリズム』ちくま新書、二〇〇四年。

荒俣宏、米田勝安『よみがえるカリスマ　平田篤胤』論創社、二〇〇〇年。

井上ひさし『私家版日本語文法』新潮文庫、一九八四年。

井上ひさし、「この素晴らしい日本語」、『文藝春秋―美しい日本語』二〇〇二年九月臨時増刊号。

小森陽一、高橋哲哉編『ナショナル・ヒストリーを超えて』東京大学出版会、一九九八年。

子安宣邦『本居宣長』岩波新書、一九九二年。

サイード、E・『世界・テキスト・批評家』山形和美訳、法政大学出版局、一九九五年。

斎藤孝『声に出して読みたい日本語』草思社、二〇〇一年。

――『身体感覚を取り戻す』日本放送出版協会、二〇〇〇年。

酒井直樹『死産される日本語・日本人』新曜社、一九九六年。

杉本良夫『オーストラリア6000日』岩波新書、一九九一年。

スミス、アントニー・D・『ナショナリズムの生命力』高柳先男訳、晶文社、一九九八年。

高島俊男『漢字と日本人』文藝春秋、二〇〇一年。

田中克彦『ことばと国家』岩波新書、一九八一年。

――『ことばのエコロジー』ちくま学芸文庫、一九九九年。

中公新書ラクレ編集部、鈴木義里編『論争・英語が公用語になる日』中央公論新社、二〇〇二年。（『論争』）

なだいなだ『民族という名の宗教』岩波新書、一九九二年。

西尾幹二『戦略的鎖国論』講談社文庫、一九九二年。

ネグリ、A、M・ハート『帝国』水嶋、酒井、浜、吉田訳、以文社、二〇〇三年。

ネトル、ダニエル・、スザンヌ・ロメイン『消えゆく言語たち』島村宣男訳、新曜社、二〇〇一年。

平田篤胤『古史徴開題記』山田孝雄校訂、岩波文庫、一九九二年（初版一九三六年）。

藤原正彦「数学者の国語教育絶対論」『文藝春秋』二〇〇三年三月号。

船橋洋一『あえて英語公用語論』文藝春秋、二〇〇〇年。

船曳建夫『「日本人論」再考』ＮＨＫ出版、二〇〇三年。

丸谷才一「日本語があぶない」『文藝春秋』二〇〇四年五月号。

三島由紀夫「文化防衛論」『裸体と衣裳』新潮文庫、一九八三年。

ヨンスク、イ・『「国語」という思想——近代日本の言語認識』岩波書店、一九九六年。

Said, Edward W. *Orientalism*. New York: Vintage, 1979.

付論　日本語は亡びるのか、亡びないのか

この論考を発表したのは二〇〇四年、その後、ここで扱った問題圏において大きな注目を集める本が出版された。二〇〇八年に出た水村美苗の『日本語が亡びるとき』である。この本の出版は、あたかも一九八〇年代の『NOといえる日本』や二一世紀初めの英語公用語化論が引きおこしたような狂想曲を誘発したようで、反論・批判も数多く出された。これほどの反響の土台には、英語公用語化の熱は冷めたとはいえ、世界における英語の存在感の加速的増大、相変わらずの英語学習熱、それと比例する日本語への危機意識がある。そこへ「亡びるとき」と来たものだから、いやが上にも注目が集まったのだろう。ともあれこの本は、本稿で論じた問題の多くを俎上にのせており、しかもその主張は私のものとかなり異なることもあって、ぜひここで論じなければならないと感じた。特に最終章では、ほかではあまり注目されなかった河合隼雄の言葉や、それと関連して坂口安吾の言葉を引いて批判するなど、私の論文を読んだのではないか（！）と思われるような論旨展開に、ますますその「責務」を強く感じた。

最初に指摘すべきことは、この本は日本人の母語としての日本語、日常に実際使われる日本語が「亡びる」か「亡びない」かを論じているのではないということ。水村はあくまで、「読まれるべき」、「美しい」、「書き言葉の本質を露呈させる」力を潜めもった世界でも稀有な言語である日本語の消滅を危惧しているだけで、日本人が日々使う言語が消滅するとか、あるいは英語に取って代わられるといった心配をしているのではない。これをしっかり押さえないと奇妙な反論をすることになる。以下、タイトルも『日本語は亡びない』と、明ら

かに水村への反論を意図して書かれた本を参照しつつ、こうした反論によってこの本の衝撃を逆照射してみたい。

まず『日本語は亡びない』から入りたいが、この本の読後感は奇妙な空しさである。それは何よりも、著者の金谷武洋が、実際の日本語の消滅の可能性を否定することに力を注いでいるからで、これはとりもなおさず彼が、水村の主張がそこにあると誤読していることを示している。水村ははっきりと、「〈話し言葉〉としての日本語は残るであろう。〈書き言葉〉としての日本語さえ残るであろう」と言い、その上で「〈叡智を求める人〉が真剣に読み書きする〈書き言葉〉としての日本語」（三一三頁）の消滅を危惧しているのだが、金屋はその肝心要のところを読み飛ばして批判している。金谷は、内容的には、例えば日本の学校文法の「誤謬」の指摘や、自動詞、他動詞、受身、使役を「連続線上の四点」（一〇一頁）として説明するなど、面白い指摘もしている。後者などは図らずも、水村の日本語観とは内容的には異なるが、日本語の中に独自性を見出そうとする彼女の視線と類似のものさえ感じる。しかし、日本語が消滅しない理由として彼が挙げる「五つの免疫効果」などは、今述べたように反論のターゲットを誤っているために、たとえそれ自体は正しくとも、有効な反論になっていない。現在世界で日本語学習者がいかに増えているかという指摘も、同様に水村の主張とはすれ違っている。それだけならまだしも、金谷はさらに進んで、西洋語と日本語の「世界観」を彼なりに抽出して突き合わせ、「西洋の〈我〉は〈汝〉と切れて向き合うが、日本の〈我〉は〈汝〉と繋がり、同じ方向をむいて視線を溶け合わす」（一〇七頁）といった、通俗日本文化論にでも出てきそうなことを平然と言うなど、単なる水村への反論を超える意図を感じさせる。これは、例えば本論でも論じた藤原正彦の、「勇気、誠実、正義感、慈愛、忍耐、礼節、惻隠、名誉と恥、卑怯を憎む心など武士道精神に由来する……日本人特有の美しい情緒は、これからの世界が必要とする普遍的価値」だという見方までほんの半歩である。金谷が巻末で藤原に触れ、彼の「日本は、金銭至上主義を何とも思わない野卑な国々とは一線を画す必要があります」という言葉に「まったく賛成」（一八三頁）と言っているのもむべなるかなである。彼らの脳裏には「野卑な国々」がどこかは明らかで、しかも日本はまだかろうじてそこに入っていないのであろう。

こうした能天気さ、呑気な自文化肯定感が、彼らの論の最大の欠点である。なぜかと言えば、これは、「XX民族／文化は△△ゆえに○○である」という還元論を、「XX語は△△という特質を具えているがゆえに、その言語を話すXX人の世界観は○○である」と変形したもので、しかもそこに独自の価値観をくっつけて、日本語のように肯定的価値観を内包する言語こそもっと広めなければならない、という論証も反証も不能な論を展開するからだ。「お蔭さまで」と言う日本人が「共同体意識」（一一一頁）をもつと言うのはいいが、その「共同体意識」がすべからくいいものであるかどうかは別問題である。つまりその意識は、「出るくいは打たれる」や「能ある鷹は爪を隠す」、「泣き寝入り」や「長いものには巻かれろ」、「寄らば大樹の陰」から「談合」、「KY」から「いじめ」まで、壮大な負の側面を有している。そもそも、それほど『対話の場』を大切にする民族」（一〇六頁）が、異文化間のみならず、言語を同じくする者同士でもいかに対話に消極的であるかは、うるさいほどに論じられてきた。また、それほど協調を重視する民族がなぜ前世紀のような戦争を繰り広げたかも検証せねばなるまい。さらには、近年のアメリカを「正義病」と呼び、その根拠を「SVO構文」をもつ英語を使う人間の「SVO脳」に、すなわち「SのOに対する支配に繋がる」（一八三頁）言語構造に見出しているのも、かつての「右脳」、「左脳」論のような極端な還元論と言わねばならない。

『日本語は亡びない』の批判が長くなったが、ではこの本に水村の主張の核心に触れる部分はないのか。あえて見つけるなら、それは水村に濃厚に見られるエリート志向への批判であろうか。つまり金谷は、水村は明治大正期の「近代日本文学」を、そしてそれを読む、彼女も含む「叡智を求める人」を特別視しすぎだという。その反証として、それ以後の日本文学がいかに世界で広く翻訳され、読まれているかを、何頁にもわたって著者名と書名を列挙していく。その大半を読んでいない私としては、それらが水村が言うように、今の本屋に並ぶ本を見て「『文学の終わり』を身をもって感ぜずにいることはむずかしい」のか、それとも金谷が言うように、それが「見事な花ざかりの森」なのかは判断できない。しかし多少とも「近代日本文学」を読んできた者としては、それがある高度な達成を遂げたという水村の主張に反対することには困難を感じる。おそらく水村も、金谷が列挙するおびただしい本をすべて読んでいるはずはないから、現代の日本文学に関しては判断が早すぎる、あるいは点が辛すぎるのかもしれない。それに、たしかに金谷が言うように、現時点では、これから本当に有能な人たちが日本語で書くだろうかという水村の心配は杞憂のようにも思える。しかしこれとて、数世紀先の予断は許さない。「水村の現代作家批判と非難はいわれのない悲観主義」（一一〇頁）かどうかは、歴史のみが検証できる。

やや論点がずれてしまったが、ここで問題にしたかったのは、金谷のエリート（主義）批判である。彼の立場は、本論で触れた田中克彦を思わせるような「民主主義的」なもので、それが「叡智を求める人たちはまったく当てにならない」（三六頁）とか、日本語を受け継いできたのは「叡智を求める一部のエリート」ではなく「普通の生活をしている庶民」（六六頁）だと言わせるのである。水村も、言語はエリートが創ると言明しているわけではないが、文化はエリートが作ると言っている。文化は「国民すべてが文章を書けるようになる」ことではなく、「〈読まれるべき言葉〉を継承することでしかない」（三〇二頁）と言い切っている。「読まれるべき言葉」を生み出すのはエリートであり、それを読んで継承するのも、エリートとは言わないまでも、ある程度の知的訓練を受けた人たちであると言っているのだから、彼女の「エリート主義」は覆うべくもない。そしてむろん彼女はそれを意識して書いている。本論で見た田中克彦の見方などとは正反対のエリート主義的文化観・言語観である。

これは水村の「表音主義批判」の一環として出てくる論議だが、深い内容をはらんでいる。彼女は表音主義を端的に「文化の否定」と断じるのだが、その根拠はどこにあるのか。その最大のものは、書き言葉は話し言葉の写しではないという見解だが、それをさらに支えているのは、繰り返し表明されている「文化とは〈読まれるべき言葉〉を継承」（三〇二頁）することだと言う信念である。この信念の当否はとりあえず置いて、彼女の表音主義批判の具体的論拠を見てみよう。結論を先に言えば、それは、「日本語という特殊な〈書き言葉〉をもつ私たち日本人こそ……表音主義を批判すべきだった」（三〇五頁）という主張の大胆さの割には説得力が弱い。漢字という表意文字と表音文字を混ぜて書く、音読みと訓読みの二種類の読み方――こうした「地球上に存在した最も複雑な」表記法が存在すること自体が表音主義の批判となる、と言われても、多くの読者は納得しないであろう。そこで彼女は萩原朔太郎の詩をもち出し、「ふらんす」「仏蘭西」「フランス」と表記することからそれぞれに生まれる効果を述べることでこの根拠としようとしているようだが、これは論証というにはいかにも弱い。もう一つ、デリダの「音声中心主義批判」にわずかに触れ、自身の主張と同種のものだと言いたいようだが、デリダの言う「言語に先行して存在する〈主体〉というものが特権化される」（三〇一頁）ことが彼女の主張とどう重なるのか、そもそもそれがなぜいけないのかにはまったく触れていないのであまり効果は上がっていない。それどころか、いわゆるビッグネームを出すことで反論を封印しているのではないかという邪推まで起こさせる。

こうした弱点はすべて、先に見た彼女の文化の定義と、反「言語民主主義」、つまり金谷らが批判する彼女のエリート主義的言語観・文化観に胚胎しているように思われる。彼女にとって、「文化的資産を持つ者と持たざる者との差をなくそうとするポピュリズム」はすなわち文化の否定なのである。むろん彼女はこうしたエリート主義的口吻が批判されることは十分に認識していたはずだ。それでもなおかつ、確信犯的に、「お馬鹿さんクラスに似た国語教育」を「もっともっと過激に」(三二〇頁)批判し、国語教科書を厚くすることを求めるのである。憂国の情の深さであろう。しかしこうした情の深さは、何か三島由紀夫のそれを思い出させる。その深さと主張が十分にかみ合っていないのだ。具体的な教育提案には納得がいくものもあるが、納得がいかないのは、それを支える彼女の言語観、日本語観である。実際彼女の口吻は、思わず知らず、本論で見た藤原正彦らの、日本の美徳を世界に教えなければならぬ、といった口吻と奇妙な共鳴を見せている。自文化・自言語の独自性の主張をするのはいい。またそれを守るためにさまざまな手段をとるのもいい。しかし勢い余って、自己の優越性の主張にまではみ出すと、それまでの主張の妥当性そのものが根拠を失いかねない。この問題に対処するには絶妙なバランス感覚が要求されるのである。

しかし少なくとも、彼女の表音主義批判は、日本語観、あるいは言語観をめぐる二つの立場の真正面からの対立を前景化してくれる。戦後日本では「誰にでも読めるだけでなく、誰にでも書けるような文章を教科書に載せるというばかげたことをするようになった」(三〇四頁)言葉に象徴的に示される水村の日本語観は、田中克彦の表音主義的言語観、すなわち、文字=知識は「必要悪」で、それゆえ「その文字はできるだけ悪の度合が弱く、できるだけ約束事の少ない、日常の母語のそのままの反映に近いものが望ましい」という見方と真っ向から対立するのである。そしてこの対立は、本論で論じた母語ペシミズムと母語オプティミズムに正確に対応している。しかし金谷は両者の本質的違いには気づいていないようで、後半の宮部みゆきと中島みゆきを論じたやや異質な部分をこう締めくくっている。「その『地上の視点』を何世紀にもわたって支えてきたものこそ、共生と共存の思想をその文構造に具えている日本語なのだ」（一七五頁）。そして、「日本人を日本人たらしめるのは……日本語なのである」という言葉に「拍手を送りたい」（一七六頁）と、水村が言う「日本語」が彼の言う日本語とはまったく別物であることに気づいている気配もない。

ではその「本質的違い」とは何か。それはまさに、水村の著書のキーワードである「読まれるべき言葉」に対する理解の違いである。水村にとって、この「〈読まれるべき言葉〉を継承すること」こそが文化であり、その「言葉」は近代日本文学が代表している。すなわち、一部の特殊な能力のある者たちが書いた、「誰にでも書ける文章」ではない文章の集積を指す。これが、金谷が言う「地上の視点」とは別物であるのは明らかだろう。つまり両者は、日本人のアイデンティティにとっての日本語の重要性の認識では一致しているものの、その認識の中身はほとんど逆なのである。水村は、その言語話者が規範とすべき、さらにはその言語を母語としない読者にとっても価値のある言葉の継承が文化であると言っているのに対し、金谷は庶民が使う日常の日本語を使い続けることがそうだと言っているのだ。ここで思い当たるのは、金谷の言語観、文化観が、本論で見た坂口安吾や河合隼雄のそれに酷似していることだ。要するに、日本語はそういう「共存・共生」の言語構造をもっているのだから、水村のように憂国の情に捉われずに、その言語を粛々と使い続ければ文化は継承するという見解だ。これを能天気と見るのか、逆に水村のような見方を杞憂と見るかは評者によって分かれるだろう。

金谷の指摘はその多くが的外れではあるが、しかし水村の「読まれるべき言葉」という言葉の危うさには気づいているようだ。彼女が、「〈学問の言葉〉がすでに英語という〈普遍語〉に一極化されつつある」（二五二頁）と言うのはほぼ事実であろう。そしてそれが文学に及ばないと言う保証はないというのも、とりあえずは合点のいく心配ではある。だから、金谷が眼の敵にしている水村の問い、今漱石ほどの人物が出てきたら、わざわざ日本語で小説を書くだろうかという問いも、金谷のように簡単に「もちろん書く」とは断定できないのである。しかしこれ自体は推測の域を出ない問題で、より本質的な問題は、「真にグローバルな文学など存在しえない」、あるいは「言葉の力だけは、グローバルなものと無縁でしかありえない」（二六四頁）という強い主張である。ある意味でこれこそ、水村の全体主張の根幹をなすもので、これが否定されれば彼女の全テーゼが否定されるほど重要な言説である。

これは水村が認めているとおり、「翻訳」という概念および行為を否定、とまで行かなくとも、少なくともその効能を最小限に見る見方を土台としている。いや、彼女は日本の近代化において翻訳が果たした役割は十分に認識している。そしてその上で、言語の翻訳不可能性を説くのだ。例えば彼女は、「大学に身をおいていては、自分が生きている日本の〈現実〉を真に理解する言葉をもてない……日本人が日本人としてもっとも切実に考えねばならないことを考える言葉がない。『西洋の衝撃』そのものについて考える言葉がない」（二一八頁）と言うのだが、これはいったい本当だろうか。大学は「大きな翻訳機関でしかない」からというのがその理由のようだが、むしろ両方の言語が分かる場所に身をおくからこそ考えることができるのではないか。彼女はその「現実」とは、「過去を引きずったままの日本の〈現実〉」だというが、翻訳を介さず日本語を使えば「日本の〈現実〉を真に理解する」ことができるのか？

この「現実」の例を水村は『三四郎』から取ってくる。三四郎が『ハムレット』の芝居を観ながらの感想、「ハムレットがもう少し日本人じみた事を云つて呉れれば好いと思つた。御母さん、それぢや御父さんに済まないぢやありませんかと云ひさうな所で、急にアポロ抔《など》を引合に出して、呑気に遣つて仕舞ふ」(二一九頁)を引いて、これこそが「現実」と翻訳とのずれだという。フランス文学者である著者は、「日本語にとっての〈現実〉は常に言葉を介してしか見えてこないもの」だという、文学研究者にとっての「真実」をちゃんとわきまえた上で、「当時の日本の〈現実〉は、西洋語からの翻訳ではどうにも捉えられない何か」(二一八頁)だと考える。しかし、そうなのだろうか。むしろ重要なのは、「アポロ」などという日本人にはわけの分からないものに直面したときの違和感ではないか。つまり、彼女のこうした見方は、彼女自身が提出している最も重要な主張だと私が考える、多言語を知る困難を知るものだけが多言語世界＝多様な世界(観)を理解できるという主張、すなわち、翻訳ができる者＝複数言語を知る者こそ、〈現実〉(著者がこの言葉でどんなものを想定しているのかは分からないが)がより正確に見えるという主張を、自ら裏切っているのではないか。

この「裏切り」は、もし今漱石が生まれたら果たして日本語を読み、また書いただろうかという自問において最も明らかになる。彼女の自答、たぶん彼は英語で書いたであろう、「ただ、そのとき漱石は、英語とはあまりにかけ離れた言語を〈母語〉とするおのれの運命を呪い、英語を〈母語〉とする人たちの幸運を妬み、かれらの無邪気と鈍感に怒りを感じながら、人生のかなりの時間を英語そのものと格闘してすごすことになったであろう」(二六〇頁)という自答は、この本の最も重要な主張からの大きな後退である。その主張とは、大言語を母語としない者の「幸福」とでもいっていいものだが、この書のすごいところは、この「幸福」が決して「負け犬の遠吠え」ではないことを論証しているように見えるところにある。しかし今指摘したような言葉を見ると、水村もその語調ほどには確信がなかったのかもしれない。

こうした水村の見解の揺れは、次の言葉に凝縮されている。「『西洋の衝撃』は、非西洋に文学の断絶——究極的には、文化の喪失そのものを強いる」(二三二頁)。つまり彼女は、文学の「断絶」が文化の「喪失」に直結すると言うのだ！　ここで彼女が「断絶」というのは、具体的には日本文学における漢文の伝統との断絶を指す。現代において漢文を読む者および読める者の数を考えれば、これはたしかに断絶であろう。しかしそこから受け継いだ「漢文的思考法」ないしは「漢文的表現法」というものは日本語の中にはっきりとした刻印を残している。その意味ではこれは断絶ではない。古い表現や格言がどんどん忘れられていくのは気分のいいことではない。それによって表現の豊かさが失われているとも言えなくはない。しかし、それと平行して新たな(しばしば古い世代には評判のよくない)表現が生まれているのも事実である。それらの新たな表現は時によって淘汰され、ちょうど文学が淘汰されて古典として残るように、その中のいくつかは日本語の「正当な」表現として定着していく。これが「文化」といわれるものの有り様である。これは「喪失」ではない、あるいは「喪失」にしてはならない。

ある世代はこうした喪失「感」を共有するだろう。そしてそれはどの世代でもそうであろう。しかしそれは、日本語という文化の「喪失」ではない。ここで言っているのは、本論でも見た河合隼雄の言葉、「日本語と日本文化は絶対、大丈夫やで。もしこの程度のこと[英語を第二公用語にすること]でダメになる日本語、日本文化なら、早うそうなったらええんや」に象徴されるような投げやりな、あるいは日本のアイデンティティへの野放図かつ根拠薄弱な信頼ではない。あるいは、先に触れた金谷の、「五つの免疫効果」があるから日本語は亡びない、といった主張とも本質的に異なることだ。すでに述べたように、日本は不可逆的、必然的なプロセスで西欧化を進めてきた。むろん、過去において「必然的」であったからといってその過程を全面的に肯定し、これからも同じ方向に向かえばよいということではない。喫緊なのは、われわれの文化のどこに断絶があり、その結果何を失ったのか、またそれに変わって何が現れてきたのか、そしてこれからどこに向かって進むべきか、等々を常に冷静に見極め、検討しつづけることである。

＊　＊　＊

水村の「読まれるべき」とか「叡智を求める人が真剣に読み書きする」といった言葉、あるいは「誰でも書けるような文章を教科書に載せるというばかげたこと」（三〇四頁）とか、その教科書の薄さが子供心に不思議だったといった言い回しに、そこはかとない、いや、露骨なエリート主義を感じる読者も多いだろう。あるいは、漱石を中心とする日本近代文学を特権化し、そこに「言葉の故郷」（三一九頁）を求めようとする姿勢に懐古的なものを感じ取る読者もいるだろう（そしてこの二つの側面は表裏一体である）。しかし彼女はそんなことに頓着せず、言語的憂国の心情をつづっていく。その「まっすぐな」態度が共感、批判共に呼んだのだろう。むろん彼女の心配は単なる杞憂ではない。深刻に考えるべき内容を含んでいる。河合や安吾のように日本人のアイデンティティにふんぞり返ることはもはやできず、これまで幸運であった日本語の地理的「隔離状態」もすでに消えかけている。そういう状況の中、日本人はその母語をどうしたらいいのか？　その答えは、残念ながら彼女が結論で述べている方向にはない。すなわち、「日本語がかくも高みに達した言葉」で、「〈普遍語〉では見えてこない〈現実〉を提示する言葉」であることを知り、われわれ日本人は、そのような言語がこの世から消えることを、全世界の人々が「人類の文化そのものが貧しくなる」と「思うべき」だという方向、あるべき日本語（この定義に彼女はずいぶん困っているようだが）であり続けることを「選び直す」のが、日本語に対する義務であるだけでなく、「人類の未来に対する義務」（三二二—二三頁）だと考える方向には、光はないのである。これは、すでに見た藤原正彦の、「日本人特有の美しい情緒は、これからの世界が必要とする普遍的価値」をもち、その結晶が日本語だという見方の多少洗練された変奏曲にすぎない。われわれが母語にもつべき態度は、この国粋主義に隣り合わせのような母語中心主義ではない。これは本論で見た「母語ペシミズム」と「母語オプティミズム」が、長い時間の中でより合わさり、捻じ曲がり、「腐敗」を起こして誕生した一種の「奇形児」なのだ。

たしかに水村の「母語」観、すなわち「母語だけは……言語の恣意性が意識されない」（一五〇頁）というのは紛うかたなき真実で、これは外国語を学んだことがある人間すべてが感じることであろう。その母語である日本語の、いや「すべての言葉の、ほかの何物にも還元することができない物質性」（九三頁）の指摘には首肯せざるを得ない。問題は、その認識からどこへ向かうかである。

水村の国語教育に対する具体的な提案、すなわち、日本近代文学を読ませるのに主眼を置くべきだというのはきわめて建設的で、正しい方向を指し示している。しかしそれは、以下の点を十分に認識して初めて有効となる。それは、人間にとって言語が果たす役割という、今では教養主義的と省みられることの少ない領域にもう一度目を向け、水村自身が鋭く指摘している（全体の主張とはややベクトルを異にする）次の言葉の意味するところを確認することだ。

一度この非対称性［英語の世界と非・英語の世界とのあいだにある非対称関係］を意識してしまえば、我々は、「言葉」にかんして、常に思考するのを強いられる運命にある……そして、「言葉」にかんして、常に思考するのを強いられる者のみが、〈真実〉が一つではないということ、西洋、この世は英語でもって理解できる〈真実〉、英語で構築された〈真実〉のほかにも、〈真実〉というものがありうること――それを知るのを、強いられるのです。（八八頁）

最大のポイントは、「知るのを強いられる」を、「知るという特権をもつ」に変えることである。なぜか。他言語習得の困苦を知った者は、それをめでたく習得した者もそうでない者も、少なくともこの「非対称性」にいやおうなく直面させられる。それは、水村の言うとおり、言葉に関して常に思考することを人に強いる。しかしこの強制は恩恵なのだ。なぜなら、人はそのときに初めて、そしてその人のみが、「真実」の多様性、世界の多様性を真に認識でき、世界の中で「複数的・重層的」に生きることが可能になる。これは、より輪郭のはっきりした自己像をもつことができるということと同義である。これは決して「強いられる」屈辱ではなく、世界観の拡大、人生観の深化という恩恵なのである。[1]

注

（1）論旨とは直接関係ないことだが、水村の文体も含めた「スタイル」について一言。本書に収録した論文の加筆修正のために、普段はあまり読まない「新しい」ところをいくつか読んだのだが、その代表例と思しき内田樹や高橋源一郎らの「スタイル」に触れる機会があったので、水村のそれがとりわけ印象に残った。アマゾンの書評などでは彼女の「憂国」的姿勢に否定的意見も見られたが、その裏には、内田や高橋らの「軽い」スタイルが現在の「規範」になっているという事態があるのだろう。実際、彼らのスタイルの特徴は、言っている内容の「重み」とスタイルの「軽さ」のあまりの、あるいは見事なコントラストである。そこまで「軽さ」を衒わなくても、あるいはおどけなくてもいいのでは、と思うことが再三であった。

例えば三島的な憂国のスタイルを現在の読者の多くは好まないだろうが、しかし、例えば福田恆存のもう少し穏健な憂国の情はかなりの共感を集めているようだ。水村も福田の『私の國語教室』に言及しつつ敬意を表しているが、彼女には、現代風の軽さを含みつつ、しかし内田たちのそれとは一線を画すような、福田によく似た「深刻さ」がある。内田や高橋のスタイルがもし現在一世を風靡しているとすれば、水村の本がこれほど受け入れられたことは、それに対する拒否、と言って言いすぎなら、一種の「飽き」を示唆しているのではないだろうか。

引用文献

金谷武洋『日本語は亡びない』ちくま新書、二〇一〇年。
水村美苗『日本語が亡びるとき』筑摩書房、二〇〇八年。

第一六章　「倫理」の両刃――「オリエンタリズム的パラダイム」の光と影

序

エドワード・サイードが『オリエンタリズム』という著作を出版したのは一九七八年、以来、「オリエンタリズム」という言葉はその意味の変更を迫られた。もともとこの言葉は、東洋人の風俗や習慣、思考様式、あるいは東洋文化の特性、さらには、西洋が東洋に抱くエクゾティックな憧れ、いわゆる「東洋趣味」と、それが芸術や思想に表されたもの（印象派の画家たちの日本の浮世絵に対する関心と模倣にその典型を見ることができる）、また東洋に関する学問一般、などをさすものであった。ところがこの著作の出現以来、これらの意味には根底的な変容が起こった。すなわち、西洋中心主義を批判する象徴的な言葉となったのである。少なくとも現在この言葉が使われる場合、特定の時と場所とをのぞいては、この意味で使われることが圧倒的に多い。

その意味で、この書の出現はまことに衝撃的であった。それまで一英文学者であったサイードを一挙に文壇の寵児に押し上げたばかりでなく、現在のポストモダン的色彩を帯びる文芸批評の一つの柱である、いわゆる「ポストコロニアル批評」の出発にも大きく寄与した。しかし、なんといってもこの本の最大の衝撃は、それまでにもなされてはいたが、いわばやや及び腰的であった非西洋の側からの西洋批判が、堂々とできる土俵を用意した点にある。実際、『オリエンタリズム』が提起した問題に関連する領域は広大で、人文系の学問のほとんど全分野を包摂しているといっていい。

「西洋批判が堂々とできる」と言ったが、これは換言すると、単なる批判のための批判、あるいは感情的な弾劾という形をとらないで非西洋圏が西洋を論じることができるようになった、ということである。西洋と総称される地域は、それが台頭を始める大航海時代およびルネサンス、さらに端的には、その大きな力をふるい始める産業革命以後、常に自己批判的であったし、またそれこそがこの地域に花開いた文明の大きな特徴であり、強さでもあった。しかしそれはあくまで西洋人の西洋人に対する批判であった。近代における最大の西洋キリスト教文明の批判者であるニーチェ、そのニーチェの影響を受けて『西洋の没落』を著したシュペングラー、彼のそれとよく似た循環史観を提示したトインビーなど、西洋の客観化、客体化、相対化を図った者はたくさんいた。あるいは近代文学の分野では、西洋文明に根源的な疑義を提出し、これにほとんど呪詛ともいえる言葉を投げつけたD・H・ロレンスや、自己の内なる西洋に生涯アンビヴァレントな態度をとり、ついには日本に帰化したラフカディオ・ハーンがいたし、明瞭な西洋批判は見られないものの、若い晩年にサモアに移住し、そこで没したR・L・スティーヴンスンにもある種の反オリエンタリズム的気風を読み取れるかもしれない。画家ではやはり南太平洋に移住したゴーガンがいる。

こうした、意識的、半意識的な西洋文明の批判者、あるいはそれからの離反者のリストはもっと長いものになるが、要点は、彼らが行なったのはすべて「自己批判」だという点である。それ以前の西洋では、他者批判はもちろん、こうした自己批判は皆無か、あったとしてもきわめて例外的なものであった。これは、世界が「広がり」始めたとき、その最大の推進者が西洋人であり、またそうして広がっていった世界に出ていき、そこで出会ったいかなる文明よりも自らのそれの方が優秀、優勢であることを発見した彼らにしてみれば、無理からぬことであったろう。

こうした西洋優越の趨勢は、例えば文化人類学の発達に伴って、世界のあらゆる文化、文明は一つの統一体、言ってみれば「宇宙」を構成しており、異質ではあるが基本的に同じ価値をもっていることを唱えるいわゆる「文化相対主義」が現われ、ほぼ定着した観のある今日に至っても、その本質的構図は変わっていない。このような見方を提示したのも、ほかならぬ西洋であったからだ。こうした構図に痛烈な一撃を加えたのがこの『オリエンタリズム』であった。当然のことながら、この著作に対しては賛否両論が渦巻いたが、それらを概観するのは本章の目的ではない。ここで目指しているのは、これほどまでに大きな衝撃を与え、今ではほとんどパラダイムと化した観のある「オリエンタリズム」とはいかなるものであるか、それの功と罪を明らかにし、さらには、このパラダイムを支える歴史観を考察することにある。というのも、サイードのこの著作の功も罪も、彼の歴史観によるところが大きいと思われるからである。

一

まず、サイードのいう「オリエンタリズム」とは何か。彼の論の大前提は、「オリエントとはヨーロッパ人の創造物」(1) だという認識である。これを踏まえた彼はこの語を三重に定義する。第一に、「オリエントの特殊な、または一般的な側面について、教授したり、執筆したり、研究したりする人物は……オリエンタリスト」であり、「オリエンタリストのなす行為がオリエンタリズム」だと言う。次に、「オリエンタリズムは『東洋』と(たいていの場合)『西洋』とされるものとの間に設けられた存在論的・認識論的区別にもとづく思考様式」(2)

だと定義する。そして第三に、「オリエントを支配し、再構成し、威圧するための西洋の様式」(3)だと言う。

これら三つの定義のうち、最初のものは伝統的なそれとほとんど異なっていないように見えるが、後に論ずる「オリエンタリストの無意識性」を表明している点で大きな意味をもつ言葉である。

第二のものもそれほど革新的ではないように思われるかもしれないが、ここでは「存在論的区別」というのがミソである。これは、やや大ざっぱに言えば、価値判断を伴う実体的な人種的区別と言ってもいい。彼の言葉で言えばこうである。

オリエンタリズムは、デニス・ヘイがヨーロッパの観念と呼んだものと遠くない。この集合的概念は、「我ら」ヨーロッパ人を「彼ら」非ヨーロッパ人のすべてに対置する。……非ヨーロッパのあらゆる民族・文化に優越するものとして自らを認識するヨーロッパのアイデンティティがそれである。それに加えて、ヨーロッパのオリエント観がもつヘゲモニーというものがある。それは東洋人の後進性に対するヨーロッパ人の優越を繰り返し主張し、より自律的に、より懐疑的に物事を考えようとする人物がそれとは異なる見解をとる可能性を踏みにじってしまうのが常である。(7)

要するにこの第二の定義は第三のそれと直結し、その論理的根拠となっているのだ。以上のように定義される「オリエンタリズム」は、以下のような四つの「ドグマ」をもっているという。

一　合理的で進んだ、人道的で優秀な西洋と、常軌を逸し、遅れ、劣った東洋との間には絶対的・体系的な相違がある。

二　東洋に関する抽象概念、とくに「古典的」な東洋文明を表象する諸文献にもとづいた抽象概念は、現代の東洋の現実から直接引き出される証拠などより常に望ましい。

三　東洋は永遠で、均質的であり、自らを定義できない。したがって西洋の視点から東洋を叙述するには、高度に一般的で体系的な語彙が不可欠であり、学問的に「客観的」でさえあると考えられている。

四　東洋は本質的におそるべきもの（黄禍、モンゴル遊牧民、褐色人種の支配）であるか、支配すべきもの（講和、調査、開発、可能ならば完全な占領によって）である。（300-301）

かくしてサイードは、以上のような定義とドグマを備えた「オリエンタリズム」を土台として、これまで行なわれてきた西洋の東洋支配の実態を暴き、批判を進めていく。

しかしこの著作の大きな特徴は、歴史的アプローチをとりながら、いわゆる歴史的記述にはなっていない、あるいは伝統的な歴史学が対象とするような意味での歴史を扱ってはいないという点である。彼が扱うのはあくまで、ミシェル・フーコーが言う意味での「言説」化された材料である。いや、歴史学が実際に扱うのも、その大半は言説化された材料、すなわち史料や文献ではあるが、歴史学の場合、それらの文献は可能なかぎり「史実」に忠実であることを前提としており、またもしそうでなければその文献は価値のないものと見なされる。しかしサイードがここで扱う文献は、そのような意味での「真実性」を前提とはされていない。逆に言うと、「真実」も「虚構」もすべてを含みもった、西洋人がともかくも生み出してきた東洋に関するテクスト＝言説の総体を、つまり「東洋の『あるがまま《ナチュラル》』の描写としての表象（リプリゼンテーション）ではなく、代替

（リプリゼンテーション）としての表象の決して不可視ではない痕跡」（21）をこそ彼は扱っているのである。これが「テクストに隠されているものではなく、その表層、すなわちテクストが記述するものの外在性を分析」（20）するという彼の言葉の意味である。「彼らは自分で自分を代表することができず、誰かに代表してもらわなければならない」（21）という、マルクスがフランス農民について発した言葉を意識的に転用するサイードは、西洋が東洋に一方的に押しつけた言説のこうした表層性、外在性に対して痛烈な皮肉を投げかけている。

西洋が産出した東洋に関するテクストにこのような態度で向かった結果、彼は以下のような洞察を得る。「東洋について記された言説は、『東洋』として実在する事物のことごとくを排除し、駆逐し、邪魔物扱いすることによってこそ、読者に対して存在感をもつ。したがって、オリエンタリズムは全体として東洋から遠く離れたところに位置している」（21-22）。しかしながら彼は、オリエンタリズムを構築する個々のテクストがすべて虚偽だと言っているのではむろんない。彼がオリエンタリズムの出発点とする一八世紀末以前も以後も、ヨーロッパは東洋に多大の関心を抱き、またかなりの程度の接触をもってきた。そしてとりわけこの一八世紀末以後、ヨーロッパにおける東洋学は精緻の度合いを高めてきた。（その象徴的事件と彼が考えるのが、多数の調査隊員を伴って行なわれたナポレオンのエジプト遠征である。）しかしそうした精緻な東洋学は、大きな学問的達成を示すと同時に（例えば日本における東洋学、すなわちヨーロッパからよりもはるかに身近な対象を扱う学問ですら、その方法論をヨーロッパに負うているということは、このことの何よりの証左であろう）、それは他面で、つまり非学問的レベルでは、ステレオタイプ化した言説の一群、いや、さらに悪いことにはイメージの一群を生産し、これを西洋人一般の意識の根底にたたき込み、彼らの世界観を構成するまでに至っている。

このように、サイードが注目するのは、学問的、非学問的の両レベルにおいて西洋が東洋に向けてきた視角と視点、そして結果としてそこに結ばれた固定化した像であり、またそれが歴史の中で何をなしたかということである。その結果はおそるべきところにまで達している、と彼は言う。

……オリエンタリズムがそれほどまで権威ある地位を獲得した結果、人は誰でも、オリエントについてものを書いたり考えたり行動したりする際に、オリエンタリズムが思考と行動に加える制限を受け入れざるをえなかった。つまりオリエンタリズムのゆえに、昔も今もオリエントは自由な思考と行動の対象となりえないのである。(3)

……ヨーロッパ人またはアメリカ人は、まず最初にヨーロッパ人またはアメリカ人としてオリエントに直面し、しかる後に一個人としてそれと直面するのである。……ヨーロッパ人またはアメリカ人であるという事実が今も昔も意味してきたものは、いかにかすかであれ、自分がオリエントに対して明確な利害関係を有する強国の国民だという自覚であり、さらに重要なのは、ほとんどホメロスの時代以来、オリエントへの明確な関与の歴史をもつ地域に属する人間だという自覚なのである。(11)

……すべてのヨーロッパ人は、彼がオリエントについて言いうることに関して、必然的に人種差別主義者であり、帝国主義者であり、ほぼ完全に自民族中心主義者であった、といって間違いない。(204)

その経歴はともあれ、現にアメリカという西洋のまっただ中に在住し、仕事をし、発言する者の言葉としては驚嘆すべき大胆さであり率直さだが、実はこれは、多くの非西洋人が意識的、無意識的とにかかわらず長年その胸底に秘めてきたものではないか。一般論としてはこれは極論かもしれないが、彼のテクストの中でこれを読むと不思議な説得力をもつ。しかしこうした発言の最も肝要な点は、その正否よりもむしろ、西洋において「オリエンタリズム」と彼が名付けるものが形成され、それが西洋人一般の無意識層にたたき込まれ、「必然的に」人種差別主義者、自民族中心主義者にならざるをえない、というその構造自体が生み出す機械性の指摘である。かくまでに強力に根をはった「オリエンタリズム」は、いかにしてこれほどの影響力を獲得したのか、そしてその現状はいかなるものか――これが彼がその著書で解明しようとした問題である。

二

では、サイードのオリエンタリズム解明の作業はいかなる功績をなしとげたのだろう。それを論じる前に、彼の経歴に触れておくことは有意義であろう。彼自身が多くのところで言及し、認めているように、彼がこうした問題に関心を向けるようになった発端は彼の出自と経歴にあったからだ。

サイードは一九三五年、パレスティナ人を両親としてエルサレムに生まれた。父親の仕事の関係でエルサレムとカイロの両都市に住むようになるが、四八年からカイロに定住、五〇年にはアメリカに移住する。プリンストン、ハーヴァードの両大学で学び、現在はコロンビア大学の英文学・比較文学の教授を務めている。こうした経歴的な複雑さに加えて、彼の家族はパレスティナ系でありながら英国国教徒であるという内的な複雑さも併せもっているところに彼の特異さがある。生まれ育った中近東の文化的基盤であるイスラームを共有せず、出身地よりもアメリカでの居住がはるかに長く、またその地で確固たる地位を築き、きわめて大きな発言力を獲得したにもかかわらず、彼は自らの出自と、少年時代をアラブ世界、とりわけカイロという都市で送ったことが彼の人格形成に多大な影響を与えたことを強調する。『オリエンタリズム』以後のパレスティナ問題についての活発な著作、発言を見ても、彼がこうした自らの出自と経歴に強いこだわりをもち、また何より、それを自らの思索の原動力にしていることが分かる。そうした彼は、自己についてこう語る。

複数の文化の狭間にいる感覚が私にはきわめて強くなってきている。この感覚は自分の生涯を貫いている唯一の、また最も強烈な流れであると言ってよかろう。つまり、私はつねに事物の中に入ったり出たりして特定の一つのものに長く帰属することが現実にはけっしてできない人間なのである。(『世界・テキスト・批評家』五一五頁)

この言葉は、『オリエンタリズム』を著した批評家としての彼の態度の源泉として、さらには彼の世界観を支えるものとして、きわめて重要である。

そのような経歴と世界観をもつサイードの『オリエンタリズム』、そしてそれが及ぼした甚大な影響力は何をなし、またなしつつあるのか。序でも述べたが、これの最大の功績は、「ポストコロニアル」と呼ばれる時代に、そしてその時代精神に道を開くことに大きく貢献したことであろう。『幻想の東洋――オリエンタリズムの系譜』という刺激的な本を書いた彌永信美は、その「新装版へのあとがき」の中でこう言っている。「今世紀、とくに今世紀の後半は、広い意味の『弱者問題』に、歴史上はじめて人々の真剣な目が向けられた時代として記憶されるだろうと思います。子ども、女性、病者、被差別者、『障害者』、『狂人』、『野蛮人』などなど。南北問題、第三世界問題、そして『オクシデント／オリエント』問題も、この大きな『弱者問題』の一部と考えていい側面があるでしょう」（五一五頁）。今世紀初頭まで見られた「弱肉強食」むき出しの帝国主義時代はもちろん、これまでの全歴史は「力の論理」でおおわれてきた。強い者が勝ち、弱い者が負けて支配されるという構図に、道徳や倫理、また宗教などの側から疑義は呈されてきたものの、それが現在見られるような世界的合意と言っていいほどの広がりを見せた時代は一度としてない。こうした「時代」を切り開いた力はさまざまにあるが、単独のものとしては『オリエンタリズム』に比肩できるものはないだろう。

この著作はまた、例えば「文化帝国主義」とか「英語帝国主義」といった言葉で表現される、非西洋圏の国々の文化や言語が、西洋の、とりわけ英語圏の文化と言語に巨大な影響を受けつつあるという現実にあらためて目を向けるきっかけを作ったと言えよう。西洋が力で「世界制覇」を果たし、その必然的結果として、その「制覇」を最もうまくやりおおせた英国の言語、すなわち英語が世界に広まった。そしてその後の世界に軍事面、政治面、経済面で覇をとなえたアメリカの主要言語が英語であるという事実が、この状況を決定的なものにした。これからこの事実にどう対処して行くべきか——言語というものが一つの文化の根幹をなしている以上、これはきわめて重要な問題であるが、多くの国や地域で、その歴史的必然に圧倒されるあまり、この変化をよしとするか、さもなくばあらがいがたいものとされて、真剣に省みられることは少なかった。「オリエンタリズム的パラダイム」の引き起こした大きな余波は、こうした状況を批判的に見る眼を準備したことである。

本書のもう一つの功績は、ポストモダンの代表的な思想家であり、二〇世紀後半の思想界に巨大な足跡を残したミシェル・フーコーの理論、とりわけその「知／権力」理論を実際の歴史に適用した大規模なテストケースを提供したことである。サイードはフーコーに多くを負っていると認めながら、しかしある重要な点で彼を批判している。そのある点とは、歴史の主体性の問題である。これはサイードの歴史観の根幹にかかわる問題であり、後に詳しく論じたい。

前にも述べたが、「弱者問題」としてのオリエンタリズムは、西洋が世界に進出しはじめて以来、潜在的には多くの人に意識されてきたが、この著書のような形で、精緻な実証性を目指し、しかもアメリカという現代の西洋の直中から提示されたのは初めてのことだろう。この作業の強みはなんといってもサイードの博覧強記ともいうべき知識の豊富さで、論の展開そのものよりもむしろそれを裏付ける個々のテクストの膨大さにまず読者は圧倒されると言っていい。しかも、それらのテクストのほとんどを読んでいないであろう大半の読者は、それらに対するサイードの検証が正しいかどうかさえ判断できないという、いわば目つぶしをくらったような状態に置かれる。実際彼の検証は、悪名高いバルフォア宣言で知られるバルフォアやクローマーらの代表的な帝国主義者はもとより、シルヴェストル・ド・サシやエルネスト・ルナンから始まって、マルクスやカーライル、シャトーブリアンからネルヴァル、フローベールからリチャード・バートン、エドワード・W・レインからT・E・ロレンス、ハミルトン・ギブとルイ・マシニョンへと、英仏を中心とする近現代の代表的なオリエンタリストはもちろん、通常はそうとは考えられていない者までも巻き込んで続いていく。その知識量は本書の圧巻といってよく、その量が本書の説得力の半分を担っていると言っても悪意ある評にはならないだろう。

そうした博覧強記に眼をくらまされないためにも、彼が扱っている膨大な数の作家、思想家、学者、政治家の中から何人かを選びだし、サイードが彼らを扱う手法を考察してみよう。まず彼のマルクス批判から。彼は、マルクスが『ニューヨーク・デイリー・トリビューン』紙に載せた「イギリスのインド支配」という記事から引用する。ここでマルクスは、インド人が「古代そのままの形態の文明と伝来の生活手段とを失うのを見ることは、人間の感情にとって胸いたむものであるけれども、……これらの牧歌的な村落共同体が……常に東洋的な専制政治の強固な基盤となり、人間精神をありうるかぎりの最も狭い範囲にとじこめて……人間精神からすべての尊厳と歴史発展のエネルギーを奪った」とし、「人類は、アジアの社会状態の根本的な変革なしに使命を果たすことができるのか」と問いかけ、さらには「イギリスがおかした罪がどんなものであろうとも、イギリスはこの変革をもたらすことによって、無意識に歴史の道具の役割を果したのである」(153)と結んでいる。こうしたマルクスの態度をサイードは「ロマン主義的、メシア的」と断じ、次いで、この著作の主要なテーゼを繰り返す。

オリエンタリストは個人としての人間を論じることには興味を抱かず、またそれを論ずる能力ももってはいない。……「ヨーロッパ」と「アジア」、あるいは「西洋」と「東洋」という古びた区分は、莫大な数の人間のもつありとあらゆる多様性を、実に大雑把なラベルのもとに区分けし、その過程で一つか二つの決定的で集合的な抽象概念に還元してしまうのである。(154-55　傍点引用者)

このようにサイードはマルクスのオリエンタリズム的要素をえぐり出すのだが、傍点を施した部分に端的に見られるそのエッセンスこそ、本書の中心的テーゼの一つであり、また彼の批判が最も集中するところである。そしてこの「還元」を可能にするものこそ、フーコーの言う「言説」なのである。

「オリエント的本質――そのようなものの存在は、私は一瞬たりとも信じない」――こう断言するサイードは、そもそも還元して抽出すべき本質＝エッセンスなど認めない。彼の問題意識はこうである。「問題の核心は、ある事物の真の表象というものが実際に存在しうるものなのかどうか、また、およそあらゆる表象というものは、それが表象であるがゆえに、まず表象する者の使用する言語に、次いでその属する文化・制度・政治的環境に、しっかりと埋めこまれているのではないか、という点である」(272)。さらに言葉を継いで、「ヨーロッパ文化の中にオリエンタリズムが提示する諸表象は、最終的に、われわれが言説的一貫性と呼ぶものを獲得する」と言い、この一貫性は一つのシステムと化しており、そのシステムは、「通常表象というものがそうであるように、それが特定の歴史的・知的・経済的背景の中で、ある傾向に従って、ある目的のために作用している」(273)と言う。すなわち、西洋が東洋について行なった言説はすべからく後者を「抽象概念に還元」し、しかもそれは時間がたつうちに一つのシステムとなって「ある目的のために作用」するようになる、と言うのである。その「目的」が東洋支配であることは論をまつまい。

こうした指摘は注意深く考察する必要がある。つまり、前述したように、「弱者」の問題にこれほどまでの関心、しかも共感的関心が寄せられるようになったのは実に近年の現象であり、現在の感覚からこうした指摘を当然のものと考えてはならないだろう。逆に言うなら、当時はこのマルクスの言葉は、少なくともある人々からは「真理」として迎えられたということは確認しておく必要がある。それを踏まえた上でこれを見るなら、西洋が東洋を表象した言説の下には、無意識の西洋至上主義、いや、主義とさえ呼べないような、ほとんど皮膚感覚のような当然さが感じられる。そうした態度を、西洋人は「東洋人個人には興味を抱かず、集合的抽象概念に還元してしまう」と看破したのはサイードの慧眼であるが、これには、では逆に東洋人が西洋人を見るときにはこのような「還元」は起こらないのかという反論が当然予想されるであろう。これにはサイードは本書ではまったく答えておらず、おそらくはその大きな弱点の一つだろうと思われるが、これは実は、本書、というよりは、「オリエンタリズム的パラダイム」と私が呼ぶ思考法の本質に関わる問題を秘めている。

ある文化、そしてそれに属する人間が、他の文化とそれに属する人間を見るとき、サイードが言うような意味での表象的・還元的「理解」は必ずと言っていいほど起こる。換言すれば、一般レベルでの異文化理解は表象的・還元的なものたらざるをえず（こうしたものを普通ステレオタイプと呼ぶ）、現にそれが、東洋、あるいは日本が西洋に対して抱いてきたものでもある。その意味で、「オリエンタリズム的パラダイム」が明らかにしているのは、異文化理解における典型的・一般的様相というほかない。つまり通常のレベルでの「理解」は、表象を、言説を、そしてその引用の反復を通してしか起こりえないのである。現地に行くという、いわゆる直接体験も、おそらくはその事態を根本的に変えはしないであろう。なぜなら、サイードが指摘するように、その地を見、体験する人といえども、それ以前に注入された言説や映像などの「文化」、そしてそれが生み出すステレオタイプ化されたイメージから完全には自由にはなれず、その枠組み＝「色眼鏡」をはずして現地の「あるがまま」を見ることはきわめて困難だからである。そのようにして得られた理解は真の理解ではない、というのはやさしい。しかし、厳密な意味で何かの「あるがまま」の姿を見る、すなわちそれを真に理解することは可能なのだろうか。さらに言えば、そのような「あるがまま」などあるのだろうか。この本質的な問題に、サイードは、「表象とは構成である、あるいは、ロラン・バルトがあらゆる言語作用について述べたように、変形である」（273）と述べていることからも分かるように、言語による表象が何らかの形と程度において対象物を「構成」あるいは「変形」していることを認識している。にもかかわらず彼は、西洋の言説者のそうした言語行為を「還元」として弾劾する。これは実は矛盾というより、彼の問題への接近法がそのような問題意識を許容しないのである。これが「オリエンタリズム的パラダイム」の大きな盲点の一つであろう。

次に、サイードのもう一つの主張、すなわち、前節で述べた「還元」や「システム」化が個々の書き手の意図とは無関係になされるという点について考えてみよう。これは前に引いた「オリエントの特殊な、または一般的な側面について、教授したり、執筆したり、研究したりする人物は――その人物が人類学者、社会学者、歴史学者、または文献学者のいずれであっても――オリエンタリストなのである。そして、オリエンタリストのなす行為がオリエンタリズムである」という言葉に端的に見て取れる。これはつまり、書き手がどのような目的や意図をもち、どのような描写をし、またどのような結論にたどりつこうとも、すべて東洋支配を目指すオリエンタリズムという堅固な構造体の構築に直接、間接に寄与しているということである。しかし、このようなことはいったい可能なのか？　これについて、彼のT・E・ロレンスについての考察を手がかりに考えてみたい。

「アラビアのロレンス」として知られるに至ったT・E・ロレンスは、アラブ反乱における大きな功績と、ローウェル・トマスというアメリカ人従軍記者の作った彼を主人公とするフィルムとによって、戦後の疲弊した社会に特有の英雄待望の風潮もあって、一夜にして英雄に祭り上げられた人物である。人口に膾炙した彼の像がどの程度「神話」化されているかは別の章で論じたが、戦後、特にパリ講話会議では、何とかアラブの利益を守ろうと孤軍奮闘したのは間違いない（その目的でか、写真の中のロレンスはアラブ服を身にまとっている）。しかしそんなナイーヴな希望は列強の貪欲の前でなすすべもなく潰え、その「幻滅」の後は、余人の理解を峻絶するような不可解な行動を見せる。オクスフォード大学のフェローの地位も、植民地相ウィンストン・チャーチルに請われて就いた顧問としての地位も振り捨て、偽名を使って一兵卒として空軍に入隊。その後も、メディアに正体をすっぱ抜かれるなどさまざまな苦難に遭うが、一貫して軍隊に留まり、除隊数カ月後の一九三五年五月、バイクの事故で死去する。その奇矯な行動と複雑な心理のために、今では単なる英雄ではなく、近代人の宿痾を一身に引き受けた人間として注目される深い謎を秘めた存在であるが、サイードの手にかかると、彼は「オリエンタリスト兼帝国代理人」(196) という平板な人間になる。そのロレンスの眼に映るアラブは次のようなものだという。

アラブ文明の経てきた悠久の歳月は、こうしてアラブをその本質的属性にまで純化しつくすと同時に、その過程で彼らを道徳的に疲弊させもした。……集合体としてのアラブは、いかなる実存的密度も、いかなる意味的密度も蓄積しない。アラブは「内陸砂漠に関する記録」の初めから終わりまで常に同じものでありつづけ、ロレンスがいうように、ただ疲弊しつつ純化していくだけなのである。……仮にある一人のアラブが喜びを感じ、自分の息子や親の死を嘆き悲しみ、あるいは政治的専制に不条理を感じているとしても、これらの経験は、アラブであるという純粋で簡潔で永続的な事実のもとに従属させられてしまうのだ。

……還元的な定義のレベル［と］現実のレベル……の絶対的な一致は、偶発事や環境や経験に妨げられることなく物事の本質をきわめるために考案された語彙と認識手段のおかげで初めて、外部から作り出される。……その一致はまた、方法と伝統と政治力学がすべて協同で機能した結果である。そしてそのそれぞれの作用によって、類型——東洋人、セム族、アラブ、オリエント——と通常の人間的現実、……すべての人間の生きる現実との間の区別がかき消されてしまったのである。(229-30)

ロレンスのアラブ理解および表象をこう概念化するサイードは、ロレンスにもマルクスと同じ態度、すなわち彼がオリエンタリズムの根底に見る基本的テーゼである生きた現実の「抽象概念への還元」を見るのである。

実はサイードはオリエンタリズムを二つに分けており、それぞれを「顕在的オリエンタリズム」と「潜在的オリエンタリズム」と呼ぶ。そして前者には変化と多様性が見られるのに対し、後者における「合意・固定性・持続性はほとんど恒久的である」と言う。そして、一見ロレンスがアラブに示しているかに見える、いわゆる「東洋の叡智」なるものへの憧憬と接近も、[1]実はこの「潜在的オリエンタリズム」という文脈で見るべきだと言う。

オリエントと東洋人とは、その語の最も深い意味において、発展・変化・人間的運動の可能性それ自体を否定されているのである。知悉され、究極的に固定化され、非生産的な特質をもったオリエントと東洋人とはやがて悪質な永遠性と同一視されるようになる。オリエントが賞賛される場合に用いられる「東洋の叡智」といった言い回しは、ここに由来しているのである。(208)

このように、「潜在的オリエンタリズム」に潜む、「人種、文化、社会を先進的なものと後進的な(つまり従属的な)ものとに分類する二項式の類型学」(206)をかぎつけ、これを徹底的に批判するサイードが、これと同じものをロレンスの中に見て取ってもなんの不思議もない。ある意味でサイードは、最初から見るものを決めていたとも言える。

しかしロレンスはマルクスとは違って、遠くからアラブを見、そのイメージや書物からの知識を通して論じたのではなく、その地に行き、その民族に大きな親近感を抱き、そして彼らからも受け入れられた人物である。これが通俗化・神話化したロレンス像であるとしても、ロレンスがアラブ反乱に通常の一軍人の枠をほとんど超え出んばかりに関わったことは事実である。なぜ彼がそのような行動をとったか、その真意は謎であるが、彼が友人に宛てた手紙の言葉によればこうである。

一　個人的なもの。私はあるアラブ人が非常に好きだった。それで、その民族を自由にすることはいい贈り物になるだろうと考えたのです。

二　愛国的なもの。私はこの戦いの勝利に寄与したかった。アラブ人がアレンビー〔英軍最高司令官〕を助けてくれたおかげで、彼の軍隊の死傷者は何千人も減ったのです。

三　知的好奇心。私は、国家的運動の中心になるというのはどんなものか経験してみたかったし、何百万という人間に私を通して自己を表現させてみたかった。……

四　野心。……私はこの考え〔自由な人間の共同体（コモンウェルス）〕がアングロ・サクソン的な形を超えて広がることを希望した。自ら考える人々の新たな国家を建設し、彼らがわれわれの自由を歓呼して迎え、そしてわれわれの帝国への参入を望む、そのような事態が起こることを願ったのです。私から見れば、結局のところエジプトやインドにはこれ以外に道はなく、ならばわれわれの帝国内にアラブ自治領を生み出してその道を容易にしてやろうと思ったのです。（*Selected Letters*, 169）

ここにロレンスの「帝国主義的」態度や思考法を見るのは、サイードならずとも容易であろう。しかしロレンス自身が断っているように、この四つの理由は「強さの順に」書かれたものである。個人的理由、それも「あるアラブ人が非常に好きだった」ことを第一の理由に挙げていることには注目しなければなるまい。いや、これで他の理由が「帳消し」になると言うのではない。彼の内部の「揺れ」こそが重要だと言いたいのだ。この「あるアラブ人」が誰かということはいまだに議論されているが、戦争前、彼がカルケミッシュで大英博物館の調査隊の一員として発掘にあたっていたときの若き助手ダフームだというのが定説になっている。そればかりか、彼はこのダフームに同性愛的な愛情さえ抱いていたとも言われ、またこのダフームこそが、彼の主著『叡智の七柱』の巻頭を飾る「S・Aへ」という不可思議な詩の主人公、すなわちこの書を捧げたその本人にほかならないとされている。こうした事情を考えるとき、ロレンスを「オリエンタリスト兼帝国代理人」として片づけるのはいかにも性急であると言わざるをえない。実にロレンスは、(民族、個人を共に含んだ)アラブへの愛と、祖国への愛国心に引き裂かれ、生涯その良心の傷を癒す方途を探しつつ、あらゆる栄達の道を自ら拒否して、ほとんど自暴自棄ともいえるほどの生涯を送った人間である。同じ手紙の後の方に、「英国人が赤色民族に身を投じるなど、スウィフトのフーイヌムのように野蛮人に身を売るも同然です。しかしながら、私の身体と魂は私のものであり、私が彼らにしたことで私を責めることができるものは一人もいません」とある。こうした語り口に「人種差別主義者」を見て取るのは正当かもしれない。しかしそこに見えかくれする彼の引き裂かれた魂の苦渋を見落とすならば、その「読み」はいかにも安易と言わざるをえない。これは批評家にこそ自己の本分を見るサイードの根幹にかかわる問題である。

あるいは『叡智の七柱』の序文に見られる、当時の英国の帝国主義に対する次のような痛烈な批判をサイードはどう解釈するのだろうか。

われわれが戦争に勝てばアラブ人との約束が空証文になることは初めから明らかだった。もし私がアラブ人の誠実なアドヴァイザーであれば、こんなばかなことに命を賭けずに早く家に帰れと忠告したであろう。しかし私は次のような希望を抱くことによって自分を慰めた。つまり、このアラブを最後の勝利に導いて、彼らを十分な軍事力をもった確固たる地位につかせ、その結果列強がその理不尽な要求を公正なものに引き下げざるをえなくなる、そうした希望である。言い換えれば、この戦闘を勝ち抜いて、トルコ軍だけでなく、［戦後の講話会議の］会議室でわが祖国とその同盟国どもを打ち負かすことができると考えたのだ。これはなんとも不遜な考えで、いまだに成功したかどうか確信がもてない。しかしはっきりしているのは、私には、何も知らないアラブ人をこのような危険に関わらせる権限など露ほどもなかったということだ。アラブ人の協力は、われわれが東方で容易にまたすばやく勝利を得るためには必要であり、戦いに破れるよりは、勝って約束を破る方がましだという信念にもとづいて、私はこの欺瞞に賭けたのである。(*Seven Pillars of Wisdom*, 24)

この引用文に見られる反帝国主義的言辞は、当時としては驚嘆に値するものであったことは間違いない。ここにも、自分は「悪事」に加担しているという良心の呵責と、祖国の利害に忠実であらねばならぬという気持ちとの間で引き裂かれるロレンスの苦悩がにじみでている。事実、パリ講話会議をはさむ数年間、そして代表として参加したその会議の席上でも、彼は英国の三枚舌外交(2)を激しく非難するとともに、アラブ人たちに、英国が（そして自分が！）当初約束したものになるべく近い形での「独立」を果たさせるべく奔走した。新聞への政府批判の投稿も繰り返した。

あるいは、次のようなロレンスの言葉をサイードはどう読むだろう。彼は次男であったが、長兄が宣教師になって中国布教におもむき、しばらくして彼の母も後を追った。これは戦後九年たって、その中国にいる母に宛てた手紙の一部である。

> 実際、これから先はどこでももう宣教などというものはなくなると思います。時代は変わったのです。私たちもかつては、外国人は黒い虫けらで有色人種はキリスト教を知らない野蛮人だと考えていました。ところが今では彼らの信じていることや風俗習慣に敬意を払うようになっています。これは世界がヨーロッパ文明に対して下している復讐なのです。（*Selected Letters*, 335　傍点引用者）

遠い異境で困難な事業に取り組んでいる兄と母に宛てた言葉としては、なんとも苛酷で矯激ではあるが、このとき、彼の眼には、布教というものが明らかに西洋の傲慢であると映っていた。これをオリエンタリズム批判の先駆と持ち上げる必要もないが、見逃してはならないのは、帝国主義の残滓と世界認識の変化の間で揺れるロレンスの姿である。

いや、サイード自身が考察しているロレンスの次のような文章でさえ、そこに西洋人特有の、あるいは「潜在的オリエンタリズム」に特有の「生きた人間を抽象概念に還元」せんとする意志のみを読みとるのはバランスを欠いている。

アラブはぼくの想像力をかきたてた。……ある意味で彼らは精神的・道徳的に疲弊し、枯渇しきった種族なのだ。……だが、彼らと同じものの見方をしなくとも、彼らの見方を理解し、彼らの方向から自分自身や他の外国人を眺めることは十分可能だと思うし、また彼らの見方を非難するいわれもない。(228-29)

これを、「ロレンスがしがみついているのは、非アラブの人間のもつ浄化的パースペクティヴにおいて見たアラブの姿である。そして、その人物にとって、アラブのもつ非自意識的な原始的単純さは、観察者、つまりこの場合『白人』によって定義されたものなのである」(229-30)と読む必然性があるだろうか。ロレンスのテクストはそのような「読み」を要求しているだろうか。ここに見られるのはむしろ、一個の魂が、自らが属すそれとは異なる文明と道徳とに出会ったとき、これを「定義」しつつも、なんとか独善と断定に陥らずにこれに真摯に向き合い、それから何かをくみ取ろうとしている姿勢ではないのか。

いかなる民族のいかなる人間でも、自分とは異なる民族に属する人間に出会うと、その相手を「観察」し「定義」する。それ自体は決して傲慢な行為ではない。それが傲慢になるのは、自他を相対化せずに自らの「観察」、その「定義」を絶対視し、それに則って行動するときである。そして最悪の場合、その行動は抑圧的、侵略的なものになる。しかしこの二つの行為、すなわち「定義」と「行動」の間には明確な線を引かねばならない。サイードの弾劾は、西洋においてこの両者がある時期以後無批判に結びつき、東洋に対して侵略的行動をとったことに向けられているのであるが、勢い余って、こうした観察や定義、あるいは言説そのものを悪と断定しているようだ。しかしこれは明らかに行き過ぎであろう。誰もが誰もに関して何かを語る。他者を表象する。

そこに言説が生まれる。「オリエンタリズムは言説である」と言い、オリエンタリズムを悪とするからといって、言説そのものまで糾弾してはならない。

サイードは考察の対象に加えていないが、T・E・ロレンスの同時代人であるD・H・ロレンスは、その最後の著作、『アポカリプス』の中でこう言っている。

> ……ウルドゥムハイト、つまり原始的愚昧とは、かの高貴なるホメロス以前の全人類、そしてギリシア、ローマ、ユダヤ、そして――われわれ西洋人！――を除く全民族の状態を指す言葉なのだ。
>
> 不思議なのは、初期のギリシア人については公平な学問的著作をものしている本物の学者でさえ、ひとたび地中海沿岸の原住民族やエジプト人、カルデア人などに触れると、強い調子で彼らの幼稚さを言い、その文化的業績の劣等性を述べたてて、ウルドゥムハイトだとの評価がまちがっていないことを主張することである。文明化されたこの偉大な民は何一つ知らなかった、というわけだ。……

実に不思議なことだ。異教的認識法に対するキリスト教徒の恐怖はまだ理解できる。しかし、なぜ科学の分野で恐怖を感じるのか？　科学がウルドゥムハイトなどという言葉にことよせてその恐怖心を顕わにしなければならないのはなぜなのか？　われわれはエジプトやバビロン、アッシリア、ペルシア、古代インドの驚嘆すべき遺跡をながめつつ、口ではウルドゥムハイトと繰り返すのである。ウルドゥムハイト？

エトルリアの墳墓を見るときも、これがウルドゥムハイトというやつか、と自問する。原始的愚昧か、と。とんでもないことだ。人類最古の民族のうちに、エジプトやアッシリアの装飾帯のうちに、エトルリアの壁画やヒンドゥーの彫刻にわれわれが見るのは、光輝であり、美であり、われらが新時代的厚顔の世界には完全に失われてしまった歓喜あふれる繊細な知性なのである。原始的愚昧か新時代的厚顔か、どちらかを選べと言われれば、私は躊躇なく前者を取る。(87-88)

オリエントの「人類最古の民族」のうちに「光輝」と「美」を見、西洋がそれを「原始的愚昧」と見ることの愚、それどころか、その底に西洋の東洋に対する根深い「恐怖」さえ喝破するロレンスは、サイードと同じことを、しかしサイードとは逆の立場に立って、つまり「自己批判」として行なっている。自らが属する西洋を「新時代的厚顔」の世界と断ずるこの言説にも、サイードの鋭敏な鼻は逆転した(あるいはそう装った)オリエンタリズムを、固定したオリエントのイメージへの還元をかぎとるのであろうか? つまり、これだけあからさまな自己批判ができるということは、それだけ自己の優越性を前提にしているのだ、と? しかし、ロレンスのこのトーンにそうしたオリエンタリズム的「作為」を読み取れるだろうか。彼の弾劾、自らだけを「愚昧」の外におこうとする西洋至上主義的な態度への強烈な嘲弄を読むほうが自然ではなかろうか。

むろん私はD・H・ロレンスはオリエンタリズム的思考法から完全に自由であったなどと言おうとしているのではない。例えば彼のセイロン体験やアメリカ、メキシコ体験を述べる口調にはそれをかぎとることができる。ここで私が問題にしているのは、サイードの、「オリエンタリズムとは、結局のところ、作品や作家を引用するシステムである」(23)という言葉に凝縮されている思想、すなわち、個々の作家や思想家がいかに書いたところで、それは結局「オリエンタリズム」という堅牢な構築物に飲み込まれ、さらにはそれを補強さえしているのだ、という見方の正否である。この引用に見られるD・H・ロレンスは、そのような「歴史的帰結」などまったく念頭におかずにこれを書いたことだろう。そしてそこになんらかの「真理」があれば、そのような帰結に彼は頓着しなかったことだろう。このことはサイードの主張の眼目からはずれているように思われるかもしれないが、しかしそうではない。サイードの言うように、個々の書き手の真摯な努力が「結果的に」オリエンタリズムに組み込まれるということは、なんらかの「見えざる手」がそうした操作を行なっていることを暗示する。そしてそうした「見えざる手」は、おそらくは「権威」というものとからみあって、歴史には存在するのだろう。しかしそれは、彼が言うように弾劾すべきものなのだろうか。これにあえて名をつけるとすれば、時代精神、あるいは、後に見るサンソムの言う「ある文化の活力」とでもするほかないであろう。換言すれば、彼が「オリエンタリズム」と命名するような現象があったし、また今もあることは疑えないとしても、それは、ある特定の複数の個人にその責を帰せられるものでないのはもちろん、ある特定の文化、もしくは文明（この場合には西洋）にさえそうできないような何ものかで、これもあえて名付ければ、「歴史の力学」としか言いようがないものであろう。

以上、サイードならD・H・ロレンスのテクストをこう読んだであろうと推測したわけだが、これを彼のT・E・ロレンスのテクストの「読み」に重ね合わせると、個々の書き手に意識的、無意識的な類型化への意志があったかどうかにかかわらず、東洋に関する言説はすべからくオリエンタリズムという一大機構を構築するのに寄与したというサイードの主張には、根底的な疑問を抱かざるをえない。彼がこの本で扱っている作家や思想家の多くについては残念ながら論ずるだけの知識も紙幅もない。しかし以上見てきた例に関する限り、サイードの指摘は悪意さえ感じられる誤解であるか、あるいはよくて的をはずれていると言わざるをえない。しかも、次節で詳しく見るように、サイードは書き手＝主体の存在を軽視するフーコーを手厳しく批判して、作者主体の復権を要求しているのだから、彼の矛盾はさらに大きいと言わねばならない。これほどの知識をもって、これほどのエネルギーを傾けて書かれたこの本に見られる矛盾は、ではどこに起因するのだろう。

三

サイードは『オリエンタリズム』の「序」でこう述べていた。「おそらく最も重要な仕事は、今日オリエンタリズムに代わりうるものが何であるかという研究に取り組み、どのようにしたら他者を抑圧したり操作したりするのではない自由主義《リバタリアン》の立場に立って、異文化および異民族を研究することが可能であるかを問いかけることであろう」(24)。そして巻をこう締めくくっている――「私はオリエンタリズムも欠陥は知的なものであると同様に人間的なものであったと考える。なぜならオリエンタリズムは、自分とは異質なものと見なされる地球上の一地域に対し、断固たる敵対者の立場をとらねばならなかったために、人間の経験と一体化することができず、人間の経験を人間の経験と見なすこともできなかったからである」(328)。つまりオリエンタリズムは、「人間の経験」と彼が呼ぶものをそれとして認識することを妨げた、もっとはっきり言えば、人間を人間として見ることを不可能にした、と最後のとどめを刺している。これは「序」での問題提起への答えにはなっていないが、建設的なものがあるとすれば、それに続く次の言葉だろう。「オリエンタリズムに対する解答はオクシデンタリズムではない」。これは、後に『オクシデンタリズム――敵の目から見た西洋』[3]という挑発的なタイトルの著作が表われたことを見ても、適切な警告といえよう。

しかしこの著作の意義は、その結論よりは、「序」に見られる問題意識と提言にある。このすぐれて今日的な提言に対して積極的な反対を唱える者はいないだろう。しかし、彼自身も言うように、これはどうしたら可能なのか。その方法として彼はこう示唆する――「しかしそのためには、知と権力という複雑な問題を全面的に考え直してみる必要がある」と。しかし同時に、これについては本書では十分に果たせなかったと断っている。この「知と権力」の問題こそは、サイードがその影響を認めながらも批判しているミシェル・フーコーの大きな関心事であった。フーコーの権力論はきわめて錯綜していて、しかも時代によって変化しているので、要約的に述べるのは困難である。例えば『知への意志』ではこう言う。

権力は至るところにある。すべてを統括するからではない、至るところから生じるからである。……権力とは、一つの制度でもなく、一つの構造でもない。ある種の人々が持っているある種の力でもない。それは特定の社会において、錯綜した戦略的状況に与えられた名称なのである。

あるいは、

権力は下から来る……権力［は］個人である主体＝主観の選択あるいは決定に由来……しない。……人は必然的に権力の「中に」いて、権力から「逃れる」ことはなく、権力に対する絶対的外部というものはない……（一二〇―一二三頁）

このような言説からくっきりした権力像を結ぶのは簡単ではないが、少なくとも分かるのは、「権力」という言葉が通常はらんでいる抑圧的・支配的意味あいはほとんど消滅しているということだ。中山元はこれを、フーコーは「権力を、外部からの強制や抑圧としてではなく、主体の内部から働く力として、複数の人間の間に成立する力の場として考えた」（一三六頁）と簡潔に要約している。時とともにさらに権力論を深めたフーコーは、「近代以降の『権力』とは、『生に対する権力』として作動するもの、……社会体という『社会構成員の総体』の『身体』を配慮と関心の対象とし、つまりそれを引き受け、それから最大限の効率を引き出そうとする、極めて高度な『経済観念に貫かれた』行政・管理機構」（渡辺守章『知への意志』「訳者あとがき」二〇八頁）であると見るようになる。すなわち、どこかに権力の主体があって、そこが他の存在を集権的・抑圧的に支配するのではなく、近代以降の「有機的社会」では、自らが自らを見張り、管理するようになったというのである。性はこのような「管理」の重要な一手段であった。それゆえフーコーは、「性は抑圧されていない、というか、性と権力との関係は抑圧の関係ではない」（一六頁）と言うのである。

『知への意志』の中で、フーコーは一つの事件、一八六七年にラプクールという村で起きた「性犯罪」を記している。それまでは村の日常的な性現象であった取るに足らぬほどのことを行なったある農業労務者が、突如として「性犯罪者」として告発される。権力は彼の「頭蓋骨の大きさを測り、顔面の骨格を研究し、解剖学的特性を検査して、そこに性的堕落の可能な徴を見つけだそうとした」。性の言説化の始まりを期する象徴的事件である。そしてこう述べる――「性についてのこれらの言説が増大したのは、権力の外で、あるいは権力に逆らってではなかった。それはまさに権力が行使されている場所で、その行使の手段として、なのであった」（四一―四三頁）。かくして言説＝知と権力は合体する。この合体は権力の質的変換を準備する。「このような死に対する途方もない権力は……今や生命に対して積極的に働きかける権力、生命を経営・管理し、増大させ、生命に対して厳密な管理統制と全体的な調整とを及ぼそうと企てる権力の補完物となるのである」（一七三頁）。

こうした権力、すなわち彼が「生―権力」と呼ぶものが、「資本主義に不可欠の要因」（一七八頁）であることは見やすい道理だろう。

フーコーの知／権力論をいささか長くたどったが、それもすべて、サイードがこれを『オリエンタリズム』でどのように適用しているかを見るためである。サイードがそれまで、ちょうどフーコーが考察の対象とした性と同様、あからさまに語られることこそなかったが厳然と存在してきた「オリエンタリズム」を言説化し、その論証の圧倒的な量によって顕在化させたことの意義はきわめて大きい。「オリエンタリズム」という過去の言説を、別の、あるいはまったく逆の角度から、まったく逆の意図をもって再び言説化するという、その「知への意志」が、ではここでも権力の変換を果たしたのだろうか。この点についてサイードは、先ほど見たように、「オリエンタリズムに対する解答はオクシデンタリズムではない」と言っている。まさに正論であろう。しかし、オリエンタリズムというものが、その政治・経済・文化的な性格上、権力論をまったく抜きにして語ることが不可能なのも、これまた否定できないだろう。オクシデンタリズム、すなわち転倒したオリエンタリズムが彼の長い考察の目指すものでないことは明らかだが、同時に、非西洋も西洋をこれほど自由に、しばしば悪意をもって「還元的」に表象してきたではないか、といった反論が出てきている状況を見ると、「抑圧したり操作したりするのではない自由主義の立場に立って」他者と接触することがいかに困難であるかを思い知らされる。少なくともこれまでは相対立してきたこの二つの他者表象を融和させるためにこそ、サイードはこれほどの努力を払ったのだろう。しかし、その結果が今一歩説得力を欠いているのは、その真摯さの裏に、あまりに強い主観、ほとんど「怨念」とでも呼べるほどの感情が見え隠れするからではないか。

サイードのこの本の刺激性は、第一に「オリエンタリズム」と総称できるきわめて精巧な機構が西洋に存在し、これまでの対外政策を推進する柱の一つとなり、さらにはそれを助長し、正当化さえしてきたことを実証的に示したことにある。この「イズム」が東洋という実体を抽象化し、コード化し、そこに西洋人の心性を反映できる一つのスクリーンと化し、さらにはこれが世界支配の理論的かつ心情的な根拠になってきたことは精緻に論じられている。しかし、T・E・ロレンスを例に挙げて論じたように、彼の論には単なる誤解、あるいは読みの不足といったことでは説明のつかないある種の偏向が見て取れる。きわめて強い主観がそこに作用しているとしか思えない。

そうした主観は彼の執筆の原動力とはなっても、論全体を染めてしまうようなものであってはならない。一九九二年にインタヴューを受けたサイードはこう言っている――「自分が抱えているある種の感情は、後になって初めて知的に明白なものとなる」。そしてナショナリズムについても、それがアイデンティティの主張であるという意味において積極的な価値を付与しながら、それには大きな限界があると言う。「民族的アイデンティティはフェティッシュになるだけではありません。それはベーコン的な意味でのイドラ（謬見）、つまり洞窟のイドラや種族のイドラへと変化するのです。そのイドラはさらに、自暴自棄な宗教的感情と私が呼んでいるものをその結果として同時に生み出します」（『現代思想』八〇―八一頁）。こうした意見を受けてか、山形和美も『世界・テキスト・批評家』の「訳者あとがき」で、「サイードの批評行為の動機を個人的な、そうでなければ民族的な報復」（五二三頁）だとする見方を否定している。

このように、民族的アイデンティティの不適切かつ過度の主張にはっきりとした否定の姿勢をとるサイードの論に、なぜその影が見え隠れするのだろう。私はこの原因を基本的には彼の歴史認識のあり方に見る。すなわち、彼は歴史を見るとき、「倫理」というものを最大の尺度にしているのではないかと思えるのだ。この点について山崎弘行は有効な手がかりを提供してくれる。彼の論によれば、フーコーの哲学を「脱中心の哲学」、すなわち「人間の精神主体に付与されてきた至上権の相対化を目指す懐疑主義的思想の一変種」（三七頁）と捉えるサイードは、フーコーが「権力という集合的な、社会的な、あるいは無名で非個人的な『越えたこと』にとりつかれるあまり、個人的な作者主体を無視している」（四〇頁）と考える。前に見たように、フーコーは権力を「力の場」と見、どこかに権力の主体があってそこが抑圧・支配しているという古い権力観を排する。その意味で、山崎が「……支配者は、現実の蜘蛛と同じく、無意識的で、自らの意図や意志をもたないで蜘蛛の巣を織り出す機械的な装置にすぎないというのが、フーコーの権力論の核心」（五一頁）だというのは正確であろう。同時に山崎は、サイードのこの批判の根元に彼の「倫理的な選択」（五〇頁）を見ている。

この蜘蛛には意図すなわち意志があり、顔があるはずであり、あらねばならないのである。……フーコーが拒絶する顔を持つべきだという「道徳」（"morality"）を彼はむしろ渇望している。

作者の無名性を強調するフーコーのディスコース観は、結局オリエンタリズムを肯定することに帰着［する］。

権力システムだけを批判しても無効である。……顔のある蜘蛛の主体性を同時に批判することがどうしても必要なのである。

……支配者の権力意志を軽視するフーコーの権力観が、いかに現実の権力システムの前に無力であるか……

人間的な制度としてのオリエンタリズムが、もともと人間の精神によって意図的に創造されたものであるとするなら、それを解体するためには、同じく人間の精神によって意図的に解体する以外にないとサイードは主張したいのであろう。（五二―五八頁）

こうした鋭い考察を通して、山崎はサイードの歴史認識の核心に迫る。すなわち、オリエンタリズムを「人間の精神によって意図的に解体する」という要請に呼び出されたのが彼の「倫理」であり「道徳」だと言うのである。「人間精神の意図性をあえて選択する彼の批評精神の背後には、なにか倫理的なものが感じられる」（五八頁）と山崎が言うとき、彼はサイードの批評の根底にあるものをしっかりとつかんでいる[4]。

そもそも、「倫理的」アプローチから生まれる歴史観とはいかなるものであろう。例えば加藤周一は、教科書裁判にことよせてこう言っている。「検定の背景にあった歴史観には倫理的に問題がある。軍国日本が他国および自国の国民にあたえた損害を、できるだけ小さく見積もろうとし、できればかくそうと努めるのは、倫理的に潔くない。他の国も同じようなことをして来たという理由で日本国の免罪を計るのは、いやしい」（『朝日新聞』一九九七年九月一八日夕刊）。こうした見方はおそらく現在では多くの賛同を得るものだろう。しかし倫理的に、つまり「潔い」か「いやしい」かで歴史を見るのは、加藤が言うほどに正しいのだろうか。

一九九〇年代に大きな議論を呼び起こした「新しい教科書を作る会」の掲げる歴史観、いわゆる「自由主義史観」というのは、こうした疑問の上に出てきたものであろう。現在の日本の歴史観を「自虐史観」と断定するのは性急の感を免れないが、これを唱える者たちの論点には再考すべきものも多い。その一人、坂本多加雄は次のような見解を述べる。「歴史には倫理的評価（侵略戦争か否か、平和的か否か）以外にも多様な観点がある。……全体として批判もしくは弁護という姿勢ではなく、過去の人々への共感を通して叡智を汲みとるという態度で記述していきたい」（西尾幹二、六七頁）。眼はつい「従軍慰安婦」とか「南京大虐殺」などの耳目を奪うトピックに向かいがちだが、そしてそれに対する彼らの見解には不十分な点もあるが[5]、もしこの坂本の見解がこのグループに共有されているのであるならば、彼らの問題提起には耳を傾けるべきだろう。なぜなら、歴史とは、本質的に、現在という「特権的高み」からは裁けないし、裁いてはならないものだからである。

当時、自由主義史観の中心的論客であり、「新しい歴史教科書をつくる会」の発起人であり会長でもあった西尾幹二の意見は、この文脈の中で見るとき、興味深い。彼は一方でサイード的な西洋＝ヨーロッパ中心史観批判を展開するかと思えば、他方で歴史は裁けないと言う。例えば日本の帝国主義的膨張政策は「帝国主義時代における各国民の自己表現の形式でもあったので、現在の基準でとやかく言ってもあまり意味がない」（二四頁）と言い、こうした見方の一つの論拠としてフランスの歴史教科書からの言葉を引用する。「歴史は、現在を正当化するために、過去を裁くような一種の裁判ではない。だからわれわれは古代社会が完全に奴隷を認めていたということを口実に、古代社会を非難すべきではなく……事実の原因と結果とを理解しようと努めるべきである」（一〇一頁）。こうしたフランスの歴史家の見方を、かつて自分たちがもっていた奴隷制という恥ずべき事実を正当化するための論理ととるのは正しくないだろう。後に考察するサンソムの論との共通性は明らかである。最大の共通項は、「力の論理」をも含む歴史の必然を直視し、現在から振り返って、とりわけ現在の倫理・道徳観でもって過去を裁断しない、という基本的な歴史認識である。各時代にはその時代特有の観念と価値観があり、それゆえ歴史を見るときに必要なのは、「それを今から簡単にどうこう言うべきではないという慎重さと、見えない遠い世界への〝畏れ〟の意識」（一〇三頁）である。

西尾や藤岡正勝や小林よしのりらを中心とする自由主義史観を標傍するグループの見解の根底には「国益」というものが腰を据えており、それがゆえにときとして冷静な判断を失ったかのように感じさせるさまざまな言辞を弄しているが、それはもしかしたら、「国益」と聞けばすぐに反発する、つまり非民主的だとか時代錯誤的だとか言って反発し拒否し、さらには攻撃する陣営を挑発することを目的としているためかもしれない。彼らは、いわゆる「民主的」、「非国家的」陣営は、国家エゴがぶつかり合い、策を弄し、かけひきをする国家間の現実が見えていないのだと言う。理想論は理想論であっていいが、現実に対処するには冷徹な眼が必要だと言うのである。

ヨーロッパ中心史観とその帰結とを否定する西尾は、その点でサイードと見解を共有する。しかし彼はその一方で、歴史にはその時代の必然があり、それを現在の目から裁いてはならないと言う。この二つの意見は互いに矛盾するように見える。つまり一方では、ヨーロッパが「力の論理」を背景に植民地活動と収奪を行い、さらには言語的、文化的に「帝国主義的」態度をとりつづけた結果生じたヨーロッパ中心史観を否定しつつ、もう一方で、そうした動きは歴史の必然としてしかたがないと言うことは自己撞着にも思える。しかし、西尾の力点はやはり、歴史の必然は必然としてしっかり見据え、その上に立って、過去を裁くのではなく、それを糧として未来を変えていこうとする点にあると思われる。またそうでなくては説得力をもつまい。

この歴史認識に関しては長い論争の歴史があり、簡単に決着がつく問題ではない。そうした経緯を追うE・

H・カーは、何人かの歴史家の言葉を紹介している。マイケル・ノールズは「歴史家は裁判官ではない。まして、厳格な裁判官ではない」と言い、クローチェは「裁判官のように一方に向かっては罪を問い、他方に向かっては無罪を言い渡して騒ぎ回り、これこそ歴史の使命であると考えている人たちは……一般に歴史的感覚のないものとみとめられている」（一一二頁）と言ったという。しかしこれらはあくまで過去の「個人」を裁くことに対しての言葉であり、「過去の事件、制度、政策」に対して道徳的判断が下せるかどうかは別の問題だとカーは言う。そして「歴史的解釈は常に道徳的判断……価値判断を含むもの」であるとしながら、「一方よりも他方が善であると測れるような尺度を私たちはもっていない」（一一四―一一五頁）と言う。そして最後に、「抽象的な超歴史的な規準を打ち樹てて、それで歴史的行為を審くことは出来ない……こういう規準を打ち樹てようとする試み［は］非歴史的なもので、歴史の本質と矛盾している」（一二〇―一二一頁）と結論づけている。「歴史家は、歴史を書き始める前に歴史の産物なのです」（五五頁）と見る彼であれば、こうした結論を下すことにはなんの不思議もない。超歴史的な規準というものはありえず、「歴史の産物」たる個人がたてる規準は必ずやその時代の刻印を帯びており、となると、歴史を見る「客観的」な規準というものは存在しえなくなる。

加藤周一は上に引いた新聞記事の中で「歴史観は倫理的問題である」と言い切っているが、これが短絡的な見方であることは以上の議論から明かであろう。今日の倫理は明日の倫理ではなく、この地の道徳は彼の地の不道徳であるかもしれない。現在という、過去をはるかに見渡せる地点に立っていようと、その地点もまた歴史の流れの一地点にすぎない。少なくとも、そのような謙虚さをもたないかぎり、歴史の真の姿は見えてこないだろう。

以上のような議論を視野において再びサイードの論にもどるとき、われわれは彼の論を支えるもの、そしてそれに何が欠けているかを明瞭に見ることができる。彼には歴史をそのダイナミズムにおいて捉えようとする視点がない、あるいは弱い。過去の裁きにばかり熱中している様子が見える。(6) 先に見たように、彼は民族的なファナティシズムは否定するが、行為の起動力としての「ある感情」はこれを認め、むしろそれに従って仕事をした結果それが「知的に」明らかになる、と言っている。彼において批判すべきは、その感情から十分な距離をおかず、それを自己の論全体にしみわたらせ、それから柔軟性を奪い、硬直なものにしてしまったことである。彼の考察に「オリエンタリズム」に寄与しなかった、もしくは積極的に反対したヨーロッパ人が入ってこないのは、あるいはその著書で扱っている多くの人物を複眼的視座で捉えそこねているのは、それゆえである。

さらに彼の論に欠けている、あるいは意図的に避けているものは、「歴史の必然性」という視点である。この「必然性」はしばしば「力」という形をとってきた。その「力の論理」に従って人類は弱肉強食の戦いを繰り広げ、今世紀における二つの壊滅的な戦争を経験した。そして何より、ホロコーストと核兵器という「力の論理」の権化のような存在を体験したことが、人類の自己批判にとって決定的であった。植民地時代はほぼ終わりを告げ、「力の論理」を公に口にする者はいなくなった。これは明らかに前進だろう。しかし、だからといって、現在の風潮から、倫理から、過去を裁断してはならない。それは歴史を歪めることになる。

先に見たように、サイードは「オリエンタリズムに対する解答はオクシデンタリズムではない」と述べた。むろんそうである。しかしここで問うべきは、なぜ「オクシデンタリズム」という語彙が一般に広まり、これをめぐる論が白熱するという現象がオリエンタリズムに数十年も遅れたのか、ということである。その答えは簡易であろう。すなわち、いかにそこに「オリエンタリズム」と呼ばれる心的機構とそれを支える大衆の心性があったとしても、それを「実行」に移すには「力」がいり、そしてまさにその力が「オリエンタリズム」を必要とし、また逆に「オリエンタリズム」を増強させるには、この力が不可欠だったからである。なぜなら、力を欠いた「イズム」など何の意味ももたず、また実効もないからである。帝国主義、植民地主義を批判するのはやさしい。サイードの努力は、それに新たな光を当て、新しい角度からこれを批判するのに向けられた。もちろんこれは必要な努力ではある。しかしもしそこに、是非を超えた「力の論理」が存在していたことの認識が欠けているならば、その議論は不毛なものとなる。それは歴史を変えようとする不遜な行為である。過去を批判的に超克するのは後世のわれわれの仕事である。しかしそれを行うとき、「こんなことはあってはならなかった」という感傷がまとわりつくと、その議論は不毛とならざるをえない。帝国主義、植民地主義は存在したし、それはもしかしたら人類の歴史的発展の過程では避けて通れない必然的な段階であったのかもしれない——そのような柔軟な歴史観が必要だ。過去を責めることからは何ものも生まれない。なぜなら、歴史は弾劾の対象ではなく、そこから叡智をくみ取るべき源だからである。

四

異質の文明が出遭うとき、そこには必ず力の論理が働く。最初から仲よくやることを期待するのはあまりにナイーヴである。これは、遠くはヨーロッパ人の新大陸発見時、近くは日本に来た黒船の「砲艦外交」を見ても明らかだろう。人間は異質のものに好奇心を抱くと同時に、その異質性がある程度を超えると、これに反発を示す傾向をもつ。それが好奇心をそそる程度にとどまっていれば、それは双方に好ましい刺激を与えるのだが、接触が深まると、相互浸透の度合いは必ずやその程度を超える。そのとき、互いが互いの力の論理を行使しはじめる。異質のものは、ある距離以上に近づくと、少なくとも最初は嫌悪感を催させる。その嫌悪感は、必然的にその異質なものの排除に向かう。そして、いったんその異質なものから利益が得られるとわかった瞬間から、その「排除」は積極的な「侵略」へと歩を進める。そしてこれは、たとえ「オリエンタリズム」に類する精巧な機構がなくとも、きわめて「自然」な一歩なのである。これが人類の現時点での実態であり、この現実と理想＝望ましい未来とを峻別して捉えない限り、議論は果実を生まないだろう。

そのような「実態」をしっかり把握した実りある議論を展開している例として、G・B・サンソムの『西欧世界と日本』を取り上げてみたい。実際この本は、まるでサイードの出現を見すかしていたかのように、彼の説に対する鋭い予言的反論に満ちている。彼はこう言う。

……その時代の情勢からいえば、膨張することはそうした国家存立の法則であり、独立維持の条件であった。今日それは道徳的理由から非難されるかもしれないが、歴史的には不可避だったのである。そして植民地所有の過去と将来について判断を下すときは、この歴史的性格を考慮に入れなければならないのである。ヨーロッパによるアジア世界への侵入の記録には嘆かわしい数章もふくまれているが、しかしそれが全面的に有害とか逆行的なものだったとは断言できない。それは進行中の一文明の自己表現、必然的に起こる自己表現なのであった。（一四四―四五頁）

帝国主義的侵入が「自己表現」だと言われては、自己正当化のそしりを免れないだろう。しかし彼は、ヨーロッパのこうした攻撃的態度は、航海術を中心とする科学的技術のアジアに先駆けた発達や、そして何より軍事力の発達・増大に依拠するものではあるが、そうした態度の根底にひそんでいるのは、実は逆に何世紀にもわたるアジアの脅威から自己を守り、これに対抗しようとする本能的反応であったと見ている。

ヨーロッパ史の戦闘的・膨張的な局面の原因は単にヨーロッパ国民の性格・習慣のある種の攻撃的特質に帰せられるべきものではない。実際、ヨーロッパは、現在扱っている時期以前に数世紀にわたって常に守勢に立ち、危険にさらされてきた。……ヨーロッパの歴史は、ほとんどその誕生のとき以来、ヨーロッパを脅かした外来諸勢力の圧力によって産《つく》られ、保存され、発展させられてきた一文明である……（一〇五頁）

……ヨーロッパのキリスト教文明は絶え間ない攻撃を受けながら成長したのだから、それが戦闘的性格を帯びたとしても、またそれが外敵の脅威にさらされたとき、その勢力に対抗して、たとえ危うい不完全なものだったにせよ、統一体を築き上げたとしても、驚くにはあたらないのである。（一〇六―七頁）

こうした言葉に自己弁護の要素がまったくないとは言えないだろう。その点では、日清、日露戦争を同様の圧力をはねかえすための「防衛戦争」と見る司馬遼太郎の見方に通じるところがある。しかしそれをあまりに強調すると、サンソムや司馬の史観の本質を見誤ることになる。彼らは歴史をそのダイナミズムによって捉えようとしており、そこに出てくる個々の事件が、現在という時点から振り返って、ということは、特権的高処に立って見るとき、非倫理的、反道徳的に映ろうとも、それをそうしたものとして捉えることは、歴史の本質を見逃すことになると言っているように思われる。

客観的に見て、ある文明が成熟し、その勢いが外部世界にあふれるという現象は歴史上常に存在したし、これからも存在するであろう。そしてそのあふれ方が、未来の一地点から見たとき、嘆かわしい、あるいは怒りを催させるようなものであったとしても、その怒りや嘆きを、歴史的文脈から引き離し、独立させて見つめてはならない。過去数世紀にわたって東洋が、イスラームがヨーロッパから侵略されたとしたら、それ以前には逆の事件が起きたのである。これはむろん、喧嘩両成敗といった見方とは何の関係もない。Aという事件はBという逆の方向での事件があったのだから帳消しになる、という歴史の見方は、「断罪史観」とでも呼ぶべきもので、歴史を批判の対象としてしか見ていない。ここでサンソムが提示しているのは、こうした見方とは無縁である。歴史をそのダイナミズムにおいて捉えるとは、こうした「力」、「成熟」といった観点をぬきにしては考えられないということだ。

サイードももちろんこのような史観を知らないわけではなかろう。しかし先にも述べたように、彼の歴史考証の裏には弾劾と詠嘆が潜んでおり、それが彼の歴史を見る目を曇らせているように思われる。むろん、膨張が「国家存立の法則」であると断定することには無理がある。しかし、ある時期、その国家がエネルギーで沸騰しているとき、そのエネルギーがあふれでることはほとんど歴史の法則と言ってよく、そしてこれは、倫理的見地からの非難とはレベルを異にする事象なのである。人は、ヨーロッパが、あるいは日本が、あるいはロシアが、自己の力を充実させるのはかまわないが、膨張せずにおとなしく自己の内部にとどまり、外の世界に迷惑をかけなければよかったのに、と思うかも知れない。しかし歴史はときとしてそうした人間的思惑、希望、あるいは感傷をはずれて暴進することがある。そしてこの事象は、後世において反省の材料とするのはいいし、またそうしなければならないが、そのことが起こったこと自体を否定し、あってはならなかったとするのは間違っている。それはサンソムが言う意味での「歴史的性格」を考慮にいれない態度である。

たしかにサンソムは、「……近ごろいわれるヨーロッパ帝国主義なるものの近代における最初のあらわれは、そのもとをただせば、アジア的宗教の旗の下に戦うアジア起源の国民の帝国主義的野心の矛先をかわそうとする、ヨーロッパ諸国側の努力であったことがわかる」（一四〇頁）という言葉に端的に見られるように、西欧の膨張が歴史的に必然であり、それゆえアジアを初めとする世界の各地に多大の被害を及ぼしたことの「責任」の転嫁を計るようなことを言う。しかしこれを倫理的・道徳的視点から批判しても建設的なものは生まれない。ひとたび道徳的視点に立てば、世界の道徳が地域・文化ごとに異なっている以上、その歴史的考察は混乱し、恣意的にならざるをえないからである。グルジェフは言う。「普遍的な道徳などというものはない。中国で道徳であるものはヨーロッパでは不道徳で、ヨーロッパで道徳であるものは中国では不道徳だ。……社会のある階層で道徳であるものは他の階層では不道徳であり、その反対もしかりだ。道徳は常に、どこにおいても人為的な現象だ。……道徳は自己暗示にすぎない」（『奇蹟を求めて』一五四―五五頁）。今日言うところの「人間的」道徳（ヒューマニズム）でさえも、ヨーロッパ的色彩を深く帯びたものであることは異論のないところであろう。[7] それゆえ、ひとたびある道徳を基盤にして歴史を見はじめるなら、それはきわめて歪んだ歴史像を浮かび上がらせるであろう。普遍的道徳というものはありうるかもしれないが、少なくとも現時点ではまだ人類はそれを発見していないからだ。その意味で、サンソムの、ヨーロッパの侵略的歴史はその充実してきた力が出口を求めて噴出したものだという見方は、特定の道徳に曇らされない冷静な、あるいは非感傷的なものだといえよう。そしてこの見方は、歴史を見る眼と倫理的・道徳的視点を分離させるという建設的な歴史観に道を拓くであろう。

五

サンソムにその一例を見るこうした歴史観は、現在では批判されることが多い。前世紀の大戦のあまりの悲惨さが、それへの反省を心情的に何より優先させているからであろう。そういった心情が例えば、歴史をめぐるある対談での崎山政毅の、「もっと適正に日本は『いじめられる』ほうがいいと思う」(一〇六頁)といういささか軽率な発言を生み出す。しかし同じ対談での田崎英明の言葉は考えるべきものを含んでいる。

たしかに、現在から過去を裁くのは傲慢だ。しかし、そうじゃないとしたら過去のことは全部認めるしかないのかというと、そんなことはないですね。……人類あるいは人類さえ超えたレベルをも含めた解放を志向する過去の解放が歴史認識の根本だと思う。現在のカテゴリーを当てはめて記述することが是か、それとも当時の人々が当時の社会を理解したように記述するのが是かといった議論を掘り崩して、そうじゃないところで、それは実は死者が我々の中で自分たちを当時とは別様に認識するんだという構図で歴史認識というものを語り直していかないといけないと思うんです。(一一二頁)

複眼的視座に立つこの見方は、われわれがこれから目指すべき方向性を示しているように思われる。しかし、これまで見てきたように、このような「解放」、このような「認識」がきわめて困難であるからこそ、例えばカーは「超歴史的規準」を排したのではなかったのか。過去を裁いてはいけない。しかし、過去を裁かないということは、田崎が言うように、過去を全部認めることに自動的にはつながらない。過去を、あったこと、起こったことの総体として、たとえそれが歴史家が「生み出した」ものであろうと、まるごと認めること、これがまず田崎の説く歴史認識の第一歩であろう。しかしこの「認める」は、是として「認める」こととは本質的に異なる。これはつまり、過去を必然としては認識するが、未来に繰り返されることとしてはこれを拒否する、という態度である。田崎が目指す方向が実現するかどうかは、この態度の維持と、そして何より、その作業の微妙さ、困難さの認識とにかかっている。

そしてこの態度が維持できるかどうかは、実はもう一段深いレベルの問題、すなわち自己のアイデンティティをどう捉えるかという問題と本質的にかかわっている。自己のアイデンティティに変化を引き起こさないような異文化理解はありえないし、また歴史認識もないからだ。自ら在日韓国人で、東京大学で教鞭をとるという、サイードのそれに似た経歴をもつ姜尚中は、こう言っている。

ひとが純粋に一つのものであるということ、あるいは単一のアイデンティティをもっていると信じるようになることは、むしろ帝国主義と文化の結合の、あるいはオリエンタリズムによる文化支配の見事な成果なのだ。……もちろん、ひとは自らの歴史をつくるのと同じように、また自分たちのアイデンティティをつくりだすのである。長い間の伝統や習慣、言語や文化地理の連続性があることは否定できない。しかしながらそれらの分離と際だった差異に執着しなければならない理由などどこにもないはずだ。ここで問題なのは、事柄の関係性をどのようにつくりだしていけばいいのか、という問題である。それは自由擁護の立場に立っていかにして他者を抑圧や隠蔽なくして理解しうるのか、という問題でもある。(一五六頁、傍点引用者)

これは次のヴァルガス・リョサの言葉と完全に共鳴する。

文化的アイデンティティという概念は、よほど注意して使わないと危険である。……自由に対する脅威になるからである。同じところに生まれ、育ち、同じ言葉を話し、同じ習慣を持つ人々が、多くの共通性を身につけ、それを意識し、愛しむのは自然なことだろう。しかし、これらの共通性が、それぞれの個人を定義するものであってはならないし、個人のかけがえのない特性を二義的なものへ貶めるものであってはならない。アイデンティティという概念は、それが個人に適用されず、全体を代表するものとして使われるとき、それは個人の価値を損ない、人間としての大切な部分を捨象することになる。(船橋、二一〇―二一一頁、傍点引用者)

この点については第一五章「追い詰められる日本語」でも論じたが、アイデンティティに対する一つの有力な視点を提示している。サイードがこの視点を共有しているのは明らかで、今引用した言葉は、ほとんど彼の主張の変奏曲といっていいだろう。そう、差異に執着しなければならない理由などないし、共通性が個人を定義するものであってもならない。しかしそれは「知的」にないだけであって、心情的には大いにある。いや、むしろそれから逃れられないというのが大半の人間の現状であろう。しかしこれまで見てきたように、現在までの歴史が、差異、すなわちアイデンティティに執着するあまりに引き起こしてきた悲惨の連続だったとすれば、たとえそれが必然であったとはいえ、未来を変えていくのは現在を生きる者の責務であろう。そして、そうした本質的な変化を喚起するものは、姜やサイードが言うような自己のアイデンティティの再考しかありえない。歴史の必然を必然として捉え、そして自らをもその歴史の産物であることを認識しつつ、その上に立って、それでもなお変わっていこうとする意志、今必要なのは、この段階をおった認識と意志である。

サイードの『オリエンタリズム』はその必要性を再考させる大きな契機を生み出した。この本に寄せられた数多くの共感や批判を踏まえて、彼は「オリエンタリズム再考」という文章を発表するが、その中に次のような一節がある。「オリエントを分離し、封じ込めようとする力を、いつまでも放置しておくまい……私は今や『東洋』と『西洋』といった呼称を完全に否定する、極端な立場をとるまでに立ち至っている」[8]（『オリエンタリズム』三四二頁）。「東洋」と「西洋」という呼称の消滅――この、今はほとんど実現不可能に思える目標を提示し、それはもしかしたら可能かもしれないことを人々に考えはじめさせ、そしてともかくもその方向に向けて世界を一歩踏み出させた――『オリエンタリズム』の功績はこれにつきる。

注

（1）例えば一九世紀におけるショーペンハウアーや今世紀のオルダス・ハクスリーらに典型的に見られ、また今世紀では一九六〇年代から七〇年代にかけて起こったいわゆる「対抗文化」以後顕著に見られるようになり、今日では「ニューエイジ」と呼ばれている運動に見られる、東洋の伝統的な宗教・思想・哲学から西洋に欠けている叡智をくみ取ろうとする態度は、細いながらも西洋に一貫して見られる。しかしサイードは、その「戦略」のためか、西洋のこうした側面には一顧だに与えていない。

（2）アラビア、シリア、パレスティナの独立の支援を約束したフセイン＝マクマホン書簡、フランスおよび帝政ロシアとの間でオスマン・トルコ帝国を分割することを秘密裡に取り決めたサイクス・ピコ協定、そしてシオニストの資金援助と引き換えにパレスティナにユダヤ人国家の建設を約束したバルフォア宣言の三つを指す。

（3）Ian Buruma, Avishai Margalit, *Occidentalism: The West in the Eyes of Its Enemies*（New York: Penguin, 2004）. この本はタイトルどおり、いかに西洋が非西洋の（しばしば悪意を伴う）表象の対象になってきたかを明らかにしようとするものではあるが、「オリエンタリズム」の圧力を何とか跳ね返そうとする「力み」ばかりが感じられ、それを学術的リサーチが十分に裏付けることができていないうらみがある。

（4）もっとも山崎は、そうした「倫理的」姿勢を否定的に評価するのではなく、サイードの批評の視角として中立的に捉えている。

（5）例えば山本夏彦の発言として載せてある、「自分の国が悪いことをしてもそれを言わずに隠すのが教科書である。それがどこの国でもやっていることであり、常識というものである」（西尾幹二、六六頁）という言葉は、これが正しいかどうか以前に、問題の所在をそらすものだろう。山本はあきらかにいわゆる「戦略的思考」に則って発言しているのだが、これはここで問題にしている歴史認識とはおのずと別のレベルの話である。
（6）これは、第五章、第六章でT・E・ロレンスを論じたときに触れた、アラブ人スレイマン・ムーサがロレンスを批判するのと、議論の深みは違うが、同様の視線である。
（7）その意味でサイードには、今論じているものとは別の自己矛盾があるといえよう。すなわち、「心情的自己」はアジアの側に置きながら、その考察のよって立つ視点はヨーロッパ起源である「人間的」道徳の側に置き、その奇妙に分裂した立場からヨーロッパの歴史を批判しているからである。
（8）これは本稿で使用した原書（Vintage版）には収録されていない。

引用文献

ウスペンスキー、P・D・『奇蹟を求めて』浅井雅志訳、平河出版社、一九八一年。

カー、E・H・『歴史とは何か』清水幾太郎訳、岩波新書、一九六二年。

姜尚中、「脱オリエンタリズムの思考」、『ナショナリティの脱構築』、酒井、バリー、伊豫谷、編、柏書房、一九九六年。

『現代思想』一九九五年三月号、青土社。

サイード、エドワード『オリエンタリズム』板垣雄三、杉田英明監修、今沢紀子訳、平凡社、一九八六年。

——『世界・テキスト・批評家』山形和美訳、法政大学出版局、一九九五年。

崎山政毅、田崎英明「記憶のパルタージュ、あるいは出来事の言語に耳を澄ますこと」、『文藝』一九九七年夏号。

サンソム、ジョージ・B・『西欧世界と日本』上、金井、多田、芳賀、平川訳、ちくま学芸文庫、一九九五年。

中山元『フーコー入門』ちくま新書、一九九六年。

西尾幹二『歴史を裁く愚かさ』PHP研究所、一九九七年。

フーコー、ミシェル『性の歴史I　知への意志』渡辺守章訳、新潮社、一九九二年。

船橋洋一『あえて英語公用語論』文藝春秋、二〇〇〇年。

彌永信美『幻想の東洋——オリエンタリズムの系譜』青土社、一九九六年。

山崎弘行『イェイツとオリエンタリズム』近代文芸社、一九九六年。

Lawrence, D. H. *Apocalypse*. Ed. Mara Kalnins. London: Penguin, 1995.

Lawrence, T. E. *The Selected Letters*. Ed. Malcolm Brown. New York: Norron, 1989.

———. *Seven Pillars of Wisdom*. Harmondsworth: Penguin, 1962.

Said, Edward W. *Orientalism*. New York: Vintage, 1979.

第一七章　外への眼差し、内への眼差し――自己認識の術としての文化論

一

ある民族が自らのアイデンティティを問うのは、大きな文化的変化に直面したときであろう。「グローバル化」という捉えどころのない言葉に象徴される日本の現状は、政治・経済も巻き込んだ大きな文化的変化が起きていると見て間違いないであろう。いわゆる日本文化論あるいは日本人論は、アカデミックなものもそうでないものも含めて、明治以降一貫して盛況だが、それは西洋との接触という「衝撃」をなんとか理解しようとする姿勢の表われであろう。それ以後、二〇世紀前半の間ずっと続いた戦争が国土を焦土と化したとき以後、いったい自分たちは何をしてきたのかという反省から、日本文化論は再び隆盛になり、近年になってもまったく衰える兆しを見せない。近年は日本文化論こそが日本を型にはめる現況だと批判の槍玉にあがりさえしているが、全体として眺めれば、日本文化論はいわゆる「遅れてきた近代国家」として、日本人が何とか自分たちを、世界の中に、あるいは歴史の中に位置づけようと努力してきたその結晶と言えそうである。実際、ある民族がこれほど長期間自分たちのことを熱心に論じるということは、歴史的にもそう広く見られる現象ではない。本稿では、日本文化論、あるいは広く文化論というものが、毀誉褒貶相半ばしつつ、時代を読み解く材料として貴重であること、いや、貴重であるためにはどうあるべきか、という問題を考えてみたい。

議論のきっかけとして、一つの極端な例から見てみたい。バブル崩壊直前、と言うことは日本がまだ非常に羽振りがよかった一九八九年初頭に発表され、日本と世界（主としてアメリカ）の両方に大きな反響を引き起こした『「NO」と言える日本』の主張を端的に表わした箇所である。

「ノー」と言うべき時に「ノー」と言わない外交は、絶対日本のためにはならない。「ノー」と言えるだけの条件を日本は確実に築いている。私たちは、自分のもっているカードを有効に使えばいいのです。ポーカーのエースカードをうまく使うといった外向的なタクティクスが日本人には不足しているということです。（一二六頁）

この本が喚起した、日本国内のほとんど爆発的といっていい反響、そしてアメリカでのいささかヒステリックな、あるいは知識人の批判的な反応はよく知られている。それらの反応をここに引く煩は避けるが、アメリカでこれだけ大きな反響を引き起こした最大の原因は、今引いたような石原、盛田両著者の知名度と発言の過激さにあるのは間違いあるまいが、日本での反響の一因はもう少し複雑であるようだ。すなわちそれは、著者の発言が孕む、おそらくは著者自身も意識していない微妙な矛盾である。石原、盛田両者の論を簡明に要約すれば、日本人も西洋流の外交手腕、あるいはもっと広い意味でのつきあい方を身につけないと西洋人の言うがままにならざるをえず、そうなると必然的に日本固有の伝統と文化は失われてしまうという、「愛国主義」の系譜に連なるものである。この論のどこに矛盾があるかといえば、彼らが日本の独自性を守ろうとして取った手段がまさに西洋的であるということ、つまり西洋と同じ言葉と論理の土俵に登らないかぎり日本は自らの主張をすることができないと述べている点である。しかし著者は狭い意味で日本の独自性を守ることに汲々としているわけではなく、変えるべきところは変えることを主張している。すなわちその主眼は、日本人の中に深く巣くっている、議論を避けようとする性向、沈黙を尊ぶ傾向を変えることに置かれており、その意味でこの本は本質的には、もう一つの系譜である日本人啓蒙の書であるといえよう。このことは著者たちも意識しているのではあろうが、本書においてはこの啓蒙がすぐれて挑発的な姿勢を取っているのが特徴と言えよう。特に石原の場合、このような「挑戦」を突き付ける根拠そのものが、日本の独自性、日本人のアイデンティティを守るということに置かれており、そして彼の考えている日本人のアイデンティティがかなり固定したものであると思われる以上、彼の発言の中に潜む根源的な矛盾は覆うべくもない。すなわち、日本人である、あるいは日本人的であるためには、日本人を特徴づける性格、少なくともその一部を変えなければならないという自己撞着である。もちろんこれは、日本人のアイデンティティというものをゆるやかに考えるならば、あるいはそれに偏狭な形で捉われなければ、結果的には健全な提案でありうるだろう。しかしここで問題なのは、その論理的矛盾であるよりは、そこに潜むこのような重大な点に気づかずに、感情的、あるいは感傷的に反響が反響を呼んだことである。換言すれば、もしわれわれがこの問題を、日米間の摩擦などという狭い枠に捉われずに考察するならば、日本人がこれから取るべき方向について示唆に富む結論を得る契機となったであろうのに、結局そのような反応が生まれないままに、バブルの崩壊とともに議論は沈静化してしまった。

この本のもう一つの特徴は、近年ますます盛んになってきているグローバルな視点、地球村だとか宇宙船地球号といった視点を、否定はしないまでも、あえて取っていないことであろう。環境保護運動などを中核にして高まりを見せているこうした視点は、いわゆる国家エゴを排して地球規模でさまざまな問題を考えようとする姿勢であるが、その高邁な理想とは裏腹に、多くの面でその実行が困難であることは近年のいくつかの出来事だけでも十分実証するに足る。この本は、そのような理想論にあきたらないものを感じていた、より「現実的な」人々の思いを実にうまく代弁している。すなわち現段階では国家エゴを認めるのが現実的であり、またその方がさまざまな問題をうまく処理できるという見方である。現実に国家エゴが存在することを認めるにやぶさかでない人はたくさんいようが、それを前面に押し出して他の国々とつきあうのはまた別の話である。少なくとも、たとえ必要なときでさえそれをむき出しにして他国とやりあうことにどうしても日本人は困難を覚える。しかしそれでいて、そのような優柔不断な態度しか取れない自分自身を歯痒く思っている——このような、多くの日本人の中に巣くっているであろうわだかまりを、この本はものの見事に払拭してみせてくれたのである。かなりの日本人が快哉を叫んだのも無理はない。しかし、先程も述べたように、このような感情はいったん脇に置いて、こうした現象が暗示し、また孕んでいる問題を掘り下げていけば、文化論のあるべき姿が見えてくるであろう。

二

『菊と刀』に端を発する戦後の日本人論・日本文化論は、先にも述べたように、われわれの自己認識を促す多くの契機を孕んでいる。その考察の足掛かりとして、包括的な日本人論の構築を精力的に試みている浜口恵俊の著書から一部を引いてみよう。

これらの日本人論における共通した分析枠組は、自律的な行為主体としての「個人」を分析の第一の拠点に据え、日本人をその属性の欠如態として規定しようとすることに見出される。この欠如理論においては、近代化が自律的な「個人」によって推進される以上、日本は前近代的な側面を多く残した特殊な社会、特異な文化だという結論にならざるをえない。だがこれは歴史的な事実に反する。にもかかわらず、「日本的自我論」・「甘え」理論・「タテ社会」論・「恥の文化」論が、日本的現実だけを説明する特別理論として提起され、広く一般に受け入れられたのは、欧米起源の社会科学の一般理論が、常に自明のものとされ、それ以外のパラダイムの可能性が考えもされなかったことによるであろう。(三二一頁)

以上のような認識に立つ浜口は、人間存在のモデルとして「個人」ではなく「間人」なるものを措定し、人間を見る枠組＝パラダイムの転換を計る。この論を展開する際に彼が前提とする「個人主義」の属性は、第一に「自己中心主義」、第二に「自己依拠主義」、第三に「対人関係の手段視」である。それに対して「間人主義」の属性は、「相互依存主義」、「相互信頼主義」、「対人関係の本質視」であるとする。以上を前提として浜口は論を展開しているが、その最も肝要な点の一つは、これまで日本人がほとんど自明のものとして西洋から受け入れてきた価値観、すなわち「個人主義」の第一と第二の属性とを正の価値と見る見方を再検討し、究極的にはこれにコペルニクス的転回を起こさしめる、つまりこれらを負の価値へと転じようとするのである。むろん彼は「自己中心主義」および「自己依拠主義」をはっきりと負の価値をもつものとしているわけではない。しかし例えば、「この個人主義的価値観が確立されているかぎり、独立主体としての「個人」がいかに自立していくかという点に、各自の生活の基本目標がおかれる。それは、必然的帰趨である。しかし各個に自立性が追求されるばかりでは、集団としての秩序は保たれないし、かえつて個人の社会生活も破壊されてしまう」（一五〇頁）という言葉や、あるいは、「結局のところ、中国人は最初から安定したＰＳＨ（心理社会的ホメオスタシス）をもっているが、西洋人のＰＳＨはかなり不安定である、といえそうである。また、日体人も含め東洋人一般のＰＳＨは、比較的恒常値を保ちやすいが、西洋人のそれは、均衡値との振幅が大きい、といえるかもしれない」（一七八頁）といった言葉からうかがえるように、彼が、日本人に典型的に見られる「間人主義的」人間存在を肯定するとき、ほとんど必然的に「個人主義的」人間存在を、少なくとも日本人にとっては「望ましからざる」ものとして見ていることは疑いを入れまい。

この主張自体は、従来の日本人の西洋人観に再検討を迫るという意味では大きな意義があるといえようが、意地悪く見れば、これまでの固定観念に対する反動、あるいは単なる逆転といえなくもない。しかし浜口が自己の論拠の一つとしている木村敏の「間」理論には、人間存在の本質に迫る考えが含まれており、一考を要する。木村の考えが端的に示されている文章をいくつか引いておこう。

個人が個人としてアイデンテイファイされる前に、まず人間関係がある。人と人との間ということがある。自分が現在の自分であるということは、けっして自分自身の「内部」において決定されることではなく、つねに自分自身の「外部」において、つまり人と人、自分と相手の「間」において決定される。自分を自分たらしめている自己の根源は、自己の内部にではなくて自己の外部にある。（一四二頁）

セルフとは、いかに他人との人間関係の中から育ってくるものであっても、結局のところは自己の独自性・

自己の実質であって、しかもそれがセルフと言われるゆえんは、それが恒常的に同一性と連続性を保ち続けている点にある。これに対して日本語の「自分」は、本来自己を越えたなにものかについてのそのつどの「自己の分け前」なのであって、恒常的同一性をもった実質ないし属性ではない。（一五四頁）

日本人にあっては、自己は自己自身の存立の根拠を自己自身の内部にもってはいない。（七五頁）

「自己の外部」はそのまま「他人の外部」でもあり、いかなる人にとっても「内部」ではないような場所、すなわち「人と人との間」なのである。しかもそれは、「外部」でありながら、それと同時に、自己自身のありかであるという意味では自己の「内部」でもある。（七六頁）

このような抽象的な言葉で木村が言わんとするところを理解するのは、しかし東洋人の思惟方法にとってはそれほど困難ではないだろう。仏教、とりわけ華厳の影響を見ることもできようが、ともかく、いかなる存在も個としては存在できず、他のすべてのものとの関係においてのみ存在できるという、東洋に広く見られる見方を人間存在に適用したものと見ることができよう。と同時に、木村が自説を支えるためにハイデガーやリルケを援用していることからもうかがえるように、かくまでに西洋から影響を受けた現在の日本人には、これは思ったより理解が難しいことなのかもしれない。

では、人間の存立の根拠が自己の内にないとはいったいどういうことなのか。先ほど触れた華厳哲学では、人間も含めたあらゆる事物は単独では存立しえないという。井筒俊彦によれば、「事物を事物として成立させる相互間の境界線あるいは限界線……を取りはずして事物を見るということを、古来、東洋の哲人たちは知っていた。それが東洋的思惟形態の一つの重要な特徴」（一八頁）ということになる。人間相互間の境界線を取りはずして人間を見るなら、そこに現われる人間は、西洋で言う「個人」というよりは、むしろ「間人」的色彩の強いものになろう。こうした思想的伝統の内にある日本の思想家が「間人主義」あるいは「間」理論のような説を打ち出すことにさしたる不思議はないが、興味深いのは、近年西洋においても、長らく西洋を支配してきたデカルト／ニュートン的な二元論を克服して新たなパラダイムを見出そうとする人たちを中心に、いわゆるニュー・サイエンスやトランスパーソナル心理学等の分野でこうした見方が支配的になってきていることである。この分野の旗手の一人で、現代物理学と東洋の伝統的思惟の類似性をいち早く指摘したフリッチョフ・カプラは、ジェフリー・チューの「ブーツ・ストラップ」理論という現代物理学の最先端にある仮説を引き、東洋思想との類似を示唆しつつこう言っている。

この新しい世界観では、宇宙は相互に関連しあった出来事のダイナミックな織物とみられている。この織物のなかでは、いかなる部分の特性も根源的ではない。それらはすべて他の部分の特性にしたがうもので、その相互関係の全体的調和が織物全体の構造を決定する。（三一〇頁）

こうして、彼らは人間存在そのものも、宇宙全体に広がる関係性の中に見ようとする。これは、一は多の中に、多は一の中に互いの存在の根拠をもつとも言いかえられようし、またブレイクを引いて、「一粒の砂に世界を見／一輪の野花に天国を見る／掌の中に無限をつかみ／一刻のうちに永遠を見る」ような関係指向的見方と言ってもいいだろう。こうした見方は、西洋的人間観が支配的な現在の世界における、人間および人間関係のあり方に対する認識を大きく変える契機を孕んでいると言っていい。しかしこのことは、木村、浜口両者が直接論証の目的としたことというより、むしろ副産物である。つまり二人の主目的はあくまで日本人を論じる新たなモデルを見つけることだった。

両者の論で最も気になる点は、「人と人との間」とか、「間人」とか、「方法論的関係主義」とかいった語彙あるいは概念へのこだわりである。もちろん鍵概念を使うことは論の展開に便利であり、またうまく使えば説得力を増すこともできる。しかしここで問題なのは、個人主義にせよ間人主義にせよ集団主義にせよ、そういった人間観、対人関係のモデルは、ある民族・文化に特有のものであるというよりは、各個人の中に共存しているのではないかという視点が両者にまったく欠けていることである。例えば木村はこう言っている。

日本人は日本という土地に生まれたから日本的になり、ヨーロッパ人はヨーロッパという土地に生まれたからヨーロッパ的になったのではなくて、日本人はすでに日本人として、ヨーロッパ人はすでにヨーロッパ人として、生まれて来るのではないか。日本人は、いわば生まれる前から、「父母未生已前」から日本人なのではないのか。……人間は自己を白紙の状態から風土化するのではなく、生まれた時から、否、生まれる前から、すでに風土の一部なのではないだろうか。(八九頁)

結論の先取りになりそうだが、私は、そもそも文化論とは、人間観の拡大を目指すものであり、またそうでなければ存在意義が半減するものだと考える。もしそうであるなら、木村のこのような還元論的見方は、彼が目指そうとしているかに思える方向にも反するだろうし、またせっかく切り開いた東西の人間観の相互理解の可能性を再び閉じることにもなるだろう。このようないささか唐突かつ感情的な一節を木村に書かせたのは、「だから私は、この地球上に多種多様の風土があり、多種多様の文化があるということの底には、『すべて同一の人類』ではなくて、多種多様の人間があり、多種多様の生き方があるのだと思う」という、彼の願望あるいは信念ともいうべきものであった。もしこの言葉が、自己のアイデンティティを固定化するような方向で述べられているのであれば、いかに精緻な論を展開しても、その行き着く先は自ずから閉鎖的なものとなる。人間が、その生まれ育った風土から巨大な影響を受けるのは事実だとしても、もし木村が言うようにそこに還元論的・呪縛的関係を見てしまえば、人間観の拡大など絵空事になろう。少なくともわれわれが目指すべき文化論はそのようなものであってはならない。民族・文化によって、ある一つの人間観、対人関係観がとりわけ強調され、あるいは理想視されて、その文化の各構成員にインプリントされるのは事実であり、その様態を明らかにするのがこれまでの大半の「文化論」の目的であり、終着点でもあった。浜口はそれを一歩進めて、「個人主義」対「集団主義」といった西洋の社会科学の、あるいはデカルト的二元論の枠組では、日本をはじめとする非西洋社会の人間関係は正確に把握できないとした。これ自体は大事な指摘であり、大きな一歩であるが、問題は、代わりに提出した「間人主義」、「間柄主義」を先行するパラダイムに取って代え、これを日本人を見る最も有効な視点として固定化しつつ、さらにはこの「主義」を、世界も学ぶべきものとして、「愛国主義」すれすれの評価を下していることである。「間人主義」を人間存在の多様なありかたを見る一つのオルターナティヴとして提出するまではいいが、日本人を見る見方はこれでなくてはいけない、これを使わないと日本人の真の姿は見えてこないとまで言い、さらにはそれを普遍的価値にまで一挙に高めようとするのは、明らかに行きすぎである。これは、第一五章で論じた「母語オプティミスト」の一部に見られる考えと同質のものである。

おしなべてこれまでの「文化論」では、「個人主義」と「集団主義」、「罪の文化」と「恥の文化」、「甘えの文化」と「甘えのない文化」等々に典型的に見られるように、日本と西洋の文化および人間観を二元的に捉えることに主眼が置かれるか、あるいは結果的にそうなっていた。そしておのおのが「文化論」としての整合性と包括性をもとうとするあまり、各文化の中に潜む多様性にまで目が行き届かなかったきらいがある。すなわちある一個人の中に、個人主義的、集団主義的、間人主義的等々の特徴が併存あるいは共存しているという点にほとんど注目してこなかった。つまり、どの文化に属していようと、一人ひとりの個人の中には上記のような性格あるいは態度が共存しており、時により場合に応じてそのうちのあるものが強く前面に出てくるのではあるまいか。しかしこれまでの「文化論」では、その方向ではあまり探求が進められず、文化およびそれが内包する思考方法・人間観などが固定的に眺められてきたことは否めない。「間人主義」的あるいは「人と人との間」的視点から見れば日本人に対する理解は容易かつ正確になるかもしれないが、しかしそれは固定的な唯一の視点ではない。浜口が個人主義の属性とする「自己中心主義」、「自己依拠主義」、「対人関係の手段視」は、日本人の行動様式としても特別奇異なものとは言えず、またこれをもって西洋からの影響のゆえと決めつけてしまうのも短慮であろう。複雑な組織とある程度の人口をもつ民族や文化であれば、その全構成員を一つのものさしで計れるはずもなく、また他から影響を受けない純粋な文化などというものもありはしない。

ある鍵概念を使ってある文化を説明する方法におけるいま一つの問題は、自己の文化を含めた文化一般の固定化、狭隘化である。「われわれの本来の文化は○○であった。しかしそれがXXの影響でこう変わった」といった論は、おおまかな図式としては妥当であっても、ある文化の中にもともと含まれていたかもしれない、あるいは含まれていたであろう多様性を必然的に殺し、これから生まれてくるかもしれない文化の多様な可能性に道を閉ざすことになる。ある民族が、風土とのかかわりの中で多様な属性の中のあるものを発達させてきたことは事実であるが、もともとその属性が固有のものであったとは言い切れない。これは、例えば日系のアメリカ人やブラジル人の三世や四世を見れば一目瞭然であろう。あるいはもう少し微妙な例だが、任意の二人の日本人の間の違いが、ある日本人とある西洋人との違いよりも大きいと思われることも意外に多い。深層心理に対する文化の条件付けを考えれば、このような現象は表面的なことにとどまるという意見もあろうが、少なくとも、日本人、西洋人といった枠組である個人全体を説明しきることはきわめて難しいと思われる。その意味で、先に引いた木村の言葉は、誤っているからというよりは、その閉鎖性ゆえに批判されるべきであろう。和辻哲郎の『風土』が批判されることが多いのも、同じ還元論的論法ゆえである。要するにわれわれは日本人として、フランス人として、あるいはインド人として生まれるのではなく、それらになるのだ。ボーヴォワールが「人は女に生まれない。女になるのだ」と言ったのとまったく同じ意味でそうなのである。

主義や論に対するこうした固執をもう少し深く探っていくと、実はその根底に、文化、あるいはその文化の構成員のもつアイデンティティを不変のもの、もしくはきわめて変りにくいものと見る視点が潜んでいるように思われる。二つあるいはそれ以上の文化が衝突し、摩擦を起こすとき、いかに文化相対主義が学問的に正当性をもっていようと、文化の「強弱」というものは多くの者の眼に明らかになる。そのとき、文化は文字通りしのぎをけずるわけで、さながら文化的アナキズムが出現したかのように社会は混沌の様相を呈する。そのような状況に際して、レヴィ＝ストロースは次のように提言する。「独自性をもち、また互いを豊かにする一定の隔たりを保つには、どんな文化も自らに対する忠誠を失ってはなりません。そのためには、自分と異なった価値観にたいしてある程度目をつぶり、こうした価値観の全部あるいは一部への感受性に鈍感であることも必要なのです」(一三五頁)。

これは注意深く読む必要がある言葉である。これを単に、自己(の文化)の安心立命のために、異なるものに対して鈍感であることを勧めていると見れば、彼の主旨を見誤ることになろう。それを突き止めるには、同書の次の言葉を併せ読む必要がある。「文化の融合という理想は、人類学者の知るかぎりでの人類、数十万数百万年前からつねに多様性を生み出しつつここまできた人類の生き方とはあまりにも矛盾するものであり、人類が古い障害を克服したその瞬間にも、予想もつかなかった文化の融合へのあらたな障害が生み出されている、ということになると思われるのです」(一五四頁)。文化人類学者として、彼は壮大な人類史を視野において語っている。多様性を生み出してきた人類の「自然な」歴史に比べれば、「文化の融合」などというものはつい近年生まれた人工的観念であり理想である。それを性急に「自然な」流れに押しつけてはならない、と言うのだ。この見方にはしかるべき説得力があり、それより何より、この種の「障害」をわれわれは日々眼にしている。しかしいかにそれが近年の出来事であろうと、また究極的な文化の融合がきわめて困難であるとしても、われわれは少なくともあるべき調和と可能な限りの歩み寄りを図るべきである。そして、繰り返しになるが、それこそが文化について考察することの最大の目標ではないのか。

これはむろん困難なことである。その達成のためには、まずいかなる種類の「障害」が生じているか、何がそれを引き起こしているかについての冷徹な認識がなくてはならない。その意味で、次に挙げる、レヴィ＝ストロースと一見共通性がありそうな坂口安吾の言葉は、野放図かつ豪放磊落な健康を気取ってはいるが、実はきわめて不健康なものを孕んでいる。

多くの日本人は、故郷の古い姿が破壊されて、欧米風な建物が出現するたびに、悲しみよりも、むしろ喜びを感じる。新しい交通機関も必要だし、エレベーターも必要だ。伝統の美だの日本本来の姿などというものよりも、より便利な生活が必要なのである。京都の寺や奈良の仏像が全滅しても困らないが、電車が動かなくては困るのだ。我々に大切なのは「生活の必要」だけで、古代文化が全滅しても、生活は亡びず、生活自体が亡びないかぎり、我々の独自性は健康なのである。なぜなら、我々自体の必要と、必要に応じた欲求を失わないからである。(九頁)

居直り強盗のようなこの言葉は、一見したところいささかの真理を含んでいるように見える。つまり坂口は、生活、すなわち生きるということを文化に優先させることを論拠にしているのであるが、しかし一体生活と文化は別物なのだろうか。文化とは、生活の「必要」からまったくかけはなれた何かなのであろうか。彼の根底的な問題は、「健康」ということを安易に考えているところにある。「生活の必要」だけを満たしている生存がはたして「健康」なのだろうか。彼はこう続ける。

……タウトが日本を発見し、その伝統の美を発見したことと、我々が日本の伝統を見失いながら、しかも現に日本人であることとの間には、タウトが全然思いもよらぬ距りがあった。すなわち、タウトは日本を発見しなければならなかったが、我々は日本を発見するまでもなく、現に日本人なのだ。我々は古代文化を見失っているかもしれぬが、日本を見失うはずはない。日本精神とは何ぞや、そういうことを我々自身

が論じる必要はないのである。……日本人の生活が健康でありさえすれば、日本そのものが健康だ。（一〇一一頁）

ここに見られるのも、先の引用と同じく、いかなる生活が「健康」かという最も本質的な議論を抜きにした情緒論である。さらに深刻なのは、そうして目先の「生活の必要」さえ満たしていれば、われわれは「現に日本人」であり、「日本を見失うはずはない」という、一見自信に見える見識のなさである。つまり彼は、日本人がいかなるものになろうと、日本人のアイデンティティは変るはずはないと言っているのだが、これは、先に見た浜口や木村の論とは切り口や口吻こそ違え、しかしほとんど同じこと、すなわち民族・文化のアイデンティティは固定したものだと主張しているのである。

このような、生活に根ざした強靱な文化相対主義を装う論が最も質が悪い。同じく文化相対主義と呼びうるかもしれないが、これはレヴィ＝ストロースの取る態度とは正反対のものであり、ここからはいかなる自己認識の拡大も期待することはできない。日本人に典型的に見られる（と坂口が感じた）西洋に対する自意識過剰を、半分揶揄しながら批判するというのが彼の意図だったのであろうが、彼が看板にしていた野放図さ、したたかさに自ら足をすくわれて、自己批判精神、自己を見つめる眼そのものを茶化し、結果的には否定してしまっている。先にも述べたように、文化論の最大の存在意識が自己認識の拡大にあるとすれば、その姿勢の欠如によって坂口のこの論は致命的な傷を負っていると言えよう。

以上、レヴィ＝ストロースと坂口安吾とを並べて検討したのは、いわゆる文化相対主義というものの影の部分を確認しておきたかったからである。坂口のように、「生活」というものを盾にとって自らの文化の上に居直ることからはいかなる展望も開けないが、一方レヴィ＝ストロースのように、各文化に最大限の敬意を払い、多様性の大切さを訴える場合でも、守るべき自らの文化とは何か、そして何は守るべき価値があり、何は変えるべきかということに関する冷徹な認識がなければ、徒らに自民族中心主義、さらには国粋主義にも走りかねない。文化相対主義は、近代以後世界を覆ってきた西洋絶対主義、つまり西洋をあらゆるものごとを測る基準にするという悪弊を揺さぶる上で絶大なる働きをしてきた。この点はおそらく文化人類学が現代社会に寄与した最大の貢献の一つであろうが、これは両刃の剣であった。すなわちそれは他方で、文化のもつ価値あるいは質というものをぼやかしてしまったのだ。先にも述べたように、二つの文化がぶつかるときには、両者の、優劣ではなく「強弱」が露わになる。そして一方が他方を飲み込むか、少なくとも大きな影響を与える。このきわめて簡明な事実を、文化相対主義は曇らせるか、もしくはあってはならないことのように思わせる。もしかしたらこれは、この文化へ向ける眼差しの根底的な見直しをした人たちの意図ではなかったかもしれないが、結果的にはそうなってしまったと言わざるをえない。

大阪人である司馬遼太郎は、初めて「東京ずし」を食べたときのことをこう書いている。「いきなりうまいとおもった。そのいきなりが、普遍性というものである」（四五頁）。これは彼が、アメリカにすしが受け入れられた経緯を述べる件で書いている言葉だが、異文化が初めて出会ったときの衝撃の比喩として卓抜である。食べ物であれ何であれ、自らの文化が提供するものとは異質なものに初めて触れたとき、自・他の判断以前に直接感覚に訴えてくるもの、それを司馬は「普遍的」と呼んでいる。その呼び方の是非はともかく、直接感覚に訴えてくるという点でその力は圧倒的かつ前判断的である。そのときそれを感じた人は、「文化」なる概念をもち出す前にすでにその文化に「飲み込まれて」いると言える。この現象を認めてかからない限り、いかなる文化論も砂上の楼閣となる。しかしここで大事なことは、この「認める」とは、坂口のように、「生活の必要」などという情緒に訴えるものをもち出して自己を正当化することとはまったく別だということを理解することである。内への眼差しは常に厳しくなければならない。ひとたび自己正当化の匂いが入りこんでくるや、その文化論は腐敗する。

文化とは、自分がその中に生まれ、その中で育った環境のあらゆる側面を包含しており、それゆえ本来は客観的には捉えにくいものである。それがなんとか可能になるのは、自己のそれとは異質の文化と比較するときのみと言ってもいいだろう。その意味で文化を論ずるとは実に大それた試みであり、また容易に自己正当化の手段にもなる。われわれは用心に用心を重ねなくてはならない。

三

もちろん、甘えの心性が幼児的であるということは、必ずしもそれが無価値であることを意味しはしない。無価値であるどころか、それが多くの文化的価値の原動力として働いてきたことは、現に日本の歴史の証明するところである。それはまた単に過ぎ去った文化的価値としてだけではなく、現にわれわれの中に生き続けている。しかし今後われわれは、日本精神の純粋さを誇ってばかりはいられないであろう。われわれはむしろこれから甘えを超克することにこそその目標をおかねばならぬのではなかろうか。それも禅的に主客未分の世界に回復することによってではなく、むしろ主客の発見、いいかえれば他者の発見によって甘えを超克せねばならないと考えられるのである。(『「甘え」の構造』九三―九四頁)

言語学的、精神分析学的解釈によって日本文化論に一時代を画した『「甘え」の構造』の中で、この一節はおそらく最も問題的な部分であろう。この本の刺激的な点は、「甘え」という鍵概念への着目とその卓抜な解釈、そしてそれゆえの日本人・日本文化に対する洞察の深さもさることながら、「甘え」というものを両価的に捉えたことである。すなわち土居は、「甘えは人間の健康な精神生活に欠くべからざる役割を果たしている」（八三頁）と言い、また「人間はかつて甘えるということを経験しなければ、自分をもつことができない」（一六九頁）と言って「甘え」をきわめて肯定的に評価すると同時に、先に引用したように超克すべきものとも説くのである。

では、土居が「甘え」を両価的に捉えようとする意図は何だろう。彼は「甘え」を、「人間存在に本来つきものの分離の事実を否定し、分離の痛みを止揚しようとすること」（八二頁）と定義し、さらにこう言う。「甘えは本質的にまったく対象依存的であり、主客合一を願う動きである。したがって甘えをむき出しにしたわがままは、他者に依存すると同時に他者を支配しようとする。しかし甘えを気の動きとしてとらえるならば、それをある程度まで客観視することができ、その限りにおいて主体の立場を確保し、それとともに他者との距離を維持することも可能となる」（一一四頁）。すなわち、甘えは人間の内的葛藤を止揚しようとする活動であることにおいて肯定的なものであるが、その原動力が、母子の、ひいては人間と人間の分離というどうしようもない客観的事実を否定しようとするものである限りにおいて、否定的、あるいは逃避的であらざるをえない。しかしひとたびそれを「客観視」することができれば、分離の事実を認めた上で、甘えのもつ肯定的側面も意識的に保持できるのではないか、というのが土居の最も言いたかったことであると思われる。

しかしこれはどうもうまく読者に伝わらなかったようだ。甘えをめぐる議論はこれまで多くなされてきたが、その顕著な特徴は、甘えの定義に関しての議論はあっても、甘えの評価に関する言及が驚くほど少ないということである。木村にせよ浜口にせよ竹友安彦[1]にせよ、甘えを各自再定義しようとはするが、先に引用した土居の言葉、すなわち「甘えは超克すべきだ」という言葉には奇妙なまでに反応しない。この点に関して説を述べているのは、私の知る限り平井富雄くらいである。

前節で見たように、日本人を見る新たなパラダイムは多くの実りをもたらした。従来日本人の短所といわれてきたものを見直し、積極的な評価を与える契機となった。しかしその結果、このパラダイムを提出した人たちの意図にあるいは反するかもしれないが、日本人を変えていこうとする、あるいは変ろうとする動機付けをも奪いとってしまったように思われる。日本人が、とりわけ集団主義的に、しかも熱狂的に行動するときに犯す愚行は、ここ一世紀ばかりの間に日本人が遂行した戦争などを振り返るまでもなく、われわれの周りにいくらでも見られる。浜口らの論は、パラダイム転換の名のもとに、そのような愚行を、そしてそれを生み出す文化的性向を相対化し、価値判断の対象から除外してしまったのである。こうした論者たちの目から見れば、「甘えは超克すべきだ」といった論は、文化の何たるかを知らない子供じみた考えに見えるのかもしれない。

先に、甘えの評価に関して正面から論じた少数の評者の一人として平井富雄を挙げた。彼の『日本的知性と心理』は日本人論としてほとんど一顧だに与えられていないが、その粗雑な文章や論の展開からいって、むべなるかなとも思う。しかし甘え理論に対する全面的な反論という点で、一種の反面教師の役は果たしている。彼は『「甘え」の構造』は「強者の論理」（一七頁）だと決めつけ、さらにこう続ける。

『「甘え」の構造』は人間の相互依存を否定する論理である。……『「甘え」の構造』は甘えの否定のもとに、

逆に自己主張を肯定している。（一九頁）

私はここではっきりいっておきたい。『「甘え」の構造』に見る権力者の論理……は、かつての軍人たちが、「おまえたちはたるんでいる」といった野蛮な言葉を、現代の心理―精神分析用語でやさしく、しかも巧みな表現におきかえただけのこと、と。（一六二頁）

これらは、すでに引いた土居の言葉に照らしてみても、まったく無理な理屈と言わざるをえない。現に土居は、甘えの経験は健康な生活に不可欠のものだと言い切っている。おそらく平井は、土居の「甘えはいずれは超克すべきもの」という部分にのみ注目して以上のようなことを言ったのであろうが、それにしてもこの激しさは尋常ではない。平井としては、同じ精神科医でありながら（しかもかつての同僚）、つまり甘えは悪いと知りつつなおかつそれから脱却できない患者を毎日見ている身でありながら、のうのうと甘えの「超克」を説く土居に一種の偽善を感じ取ったのかもしれない。たしかに、『「甘え」の構造』そのものが、土居の注意にもかかわらず、どちらかといえば甘えの超克を説く書として受け取られたことも事実であろう。その誤解を解くために、これに続く著書で彼はしきりに、私は決して甘えを悪いものだと言っているわけではないと強調している。例えば、端的に『甘え』のよしあし」と題された文では、甘えは「よくもあり悪くもある」（『「甘え」の周辺』三五頁）と言っている。つまりすでに見たように、彼の主眼はあくまで甘えの両価性の認識にあり、そのどちらか一方のみを強調すれば彼の主旨をつかみ損ねることになる。

では一体どうしてこのような「誤読」が生じたのであろう。平井は、土居が甘え理論を生み出した基盤を彼がカトリックであることに見ようとしているが、それはいくらなんでも強引で単純すぎるだろう。もっとも、平井のこの本を通読すれば、彼の反発がもう少し深いところから来ているのが分かる。簡単に言えば、彼が「日本的知性」と呼び、日本が将来に向かって進んでいく上での指針となると考えているものが、甘えの心情と重なるのである。例えばこう言っている。

甘えのインプリントは、日本人の民族特性と考えてよいのかもしれない。そして、周囲を意識する気持のなかに、それがよく現われている。「誰にもよくしたい、誰からもよく思われたい」真情である。これに見合う意思と努力が強く働くとき、「甘えのエネルギー」は、天に向かって吹き上げる石油のように奔出することがあるのを、私たちは忘れてはならないだろう。(八一頁)

ここ[太宰治の小説]に、私は欧米人より日本人が、後ろめたい心理に敏感な現象を見てとることができる。ある意味では、『「甘え」の構造』のライト・モチーフである「自立」、「自己主張」などより、もっと深い心の領域で「気づかう」人間存在のありようを伝えているかに思われる。(一五二頁)

これらの言葉からは、平井が甘えをあくまで積極的に捉えようとしていること、そのため必然的に、土居が説いたような意味での甘えの「否定的」側面には賛同していないこと、つまり甘えの超克の産物としての「自立」などよりも、甘えの生み出す「気づかい」の方が重要であると考えていることが分かる。

甘えには平井が言うような「エネルギー」があるのだろうか？　たとえあるとしても、そのエネルギーは「誰にもよくしたい、誰にもよく思われたい」といった気持ちから出てくるのだろうか？　事実は、逆に、土居がその著書で明快に述べているように、そのような甘えの「積極的」側面は容易に「否定的」側面、すなわち嫉みや恨みに変わり、そうなると吹き出るエネルギーは憎悪のエネルギーとなるのではなかろうか。まったく同様に、「気づかい」は甘えがうまく働いているときには生まれるが、いったんねじれると同じく憎悪に変わるのではないか。あるいはこの「気づかい」は、近年とりわけ話題となった「KY＝空気読めない」の排除といった否定的側面に容易に変貌するのではないか。

土居の著書をそれほど丹念に読まなくとも、甘えの論理が平井が言うような「強者」の論理でないことはすぐ分かる。もし自立を促す説をすべてその名のもとに切り捨てるのであれば、そもそも文化論に何の意義があるというのか。「自立していない」自分たちを肯定するためにのみあるとでもいうのか。実際、平井の説の底を流れる通奏低音はそれによく似た自己肯定であるように思われる。彼は、多少の外国経験があるけちな知識人が、高処に立って、まるで自分が「異邦人」ででもあるかのように日本人一般を批判するという現象を捉えて、それは「ただいたずらに、『ここは危険』、『あそこも危険』などの危険標識をやたらに示して、勇気をもって登ろうとする人間を萎縮させ、後退させるだけに終始する」（二〇六頁）と言う。これは明治以来ずっと見られる「知識人」批判の変奏曲で、とりわけ目新しいものではない。平井はこの著書の巻末で、集団で騒ぐという日本人の、彼から見ても嫌な側面に遭遇したときの経験を書いている。「知性のひとかけら」もない一団の人を眼にしながら、しかし「それ自体をあげつらうことが、表層的な『日本人論』に途を開く。……この〈いやな雰囲気〉をもとにしたかのような『日本人論』の方がはるかにあくどい。伝承的知性抹消の論調を展開するからである」として、「知識人」的視線を批判する。そしてその根拠として、「日本的知性の心理に根ざす『切り捨て論理』……ひらたくいえば、『なに大したことではない。許せないにしても目くじら立てるのも大人気なかろう』という断罪論理」を挙げ、それが「伝承的な『日本的知性』である」（二二四―二二五頁）との論を展開する。ここに見られる論旨、つまり日本のある一現象を一側面からのみ捉え、しかもそれを日本文化全体に広げ、その上でそれを批判することは、日本文化の「よさ」の否定につながる、という論は、一見健康そうだが、本質的に坂口安吾の論と通底している。すなわちどちらも、知識人批判を装いつつ、自己正当化をその本旨としているのである。

もしかしたら、両者ともこのことは意識していなかったのかもしれない。しかし、ある現象あるいは出来事にその文化の特徴を読み取り、そこから出発してその文化のたどるべき方向を語ることに文化論の真骨頂があるとすれば、たとえ大人気なくても立てるべきところでは目くじらを立てなければならない。目くじらと言って悪ければ、冷徹な批判精神と言ってもよかろう。この批判精神は決して平井が言っているように庶民の生きる勇気を挫くようなものではなく、またそうあってはならない。その意味で、彼が指摘する知識人の「いやらしさ」、あるいは勇み足は自戒せねばならないだろう。しかし、文化という、その中に生きる者にとって空気のようなものを論じ、しかもそれをよりよいと思われるものにしようとするとき、人々に耳の痛い話は当然出てくるであろう。それをしも、「伝承的な日本的知性」を損なうものと言うのであれば、批判的精神の欠如といわれても仕方があるまい。

文化は変わるものであり、変わるべきものである。アイデンティティも同様である。個人のそれも民族のそれも変わっていく。先にも述べたように、自己に注ぐ眼、内への眼差しは厳しくなくてはならない。そこにわずかでも自己正当化の匂いが入り込むとき、その真正さは失われる。たとえその論に「劣等意識」が見え隠れし、「よくもそんなに『自分の国』を悪くいえるなあ」(平井、一八七頁)と思われるときでさえ、それが悪意にもとづいて書かれたものでない限り、耳を傾けるに値する。次にそのことを、典型的な事例で見ることにしよう。

四

一九九〇年の時点でそれまでの日本文化論を総括する青木保は、『菊と刀』(一九四六年)を評して、これまでのほとんどすべての日本文化論の基礎となったのみならず、その視点、枠組みを決定した最も重要な書であり、それればかりか、多くの謬見を含みながらも、日本文化の肯定にも否定にも流れない最も見事に中庸を保った論であると称賛している(三〇―五二頁、一五二―五五頁参照)。

この青木評の前半はまさに正鵠を射ているといえよう。事実、ベネディクト以後の日本人論、日本文化論を通観してみると、「個人主義」対「集団主義」、「罪の文化」対「恥の文化」、あるいはそのバリエーションであるさまざまな二項対立で日本文化を見る眼が大勢を占めている。もとよりこれは、自らの文化を客観的に見るには比較という方法が簡便かつ有効であり、またその際、二項対立的に見れば論がすっきりと単純化できるということにその理由の大半があろう。しかしこうした見方には明らかにいくつかの難点がある。一つは、二項対立を前提とすればほぼ必然的にそのどちらか一方に自らの文化を同一化させることになり、よほど注意しないと、そこから自文化の肯定もしくは否定に走りがちだということ。ただし否定といっても、自文化を頭から全否定することは比較的まれで、否定を通しての止揚ないしは肯定ともいうべき形を取ることが多い。その意味では、肯定、否定のどちらも、青木が加藤周一の言葉を引いて言うところの、「日本文化の『純粋化』運動」（一五二頁）といってよかろう。この運動はその時代に応じて、いわば日本文化からの「離反」あるいは「回帰」という形を取り、そしてこの間の揺れはいつ果てるともなくその振幅を繰り返している。「この『不毛な』振幅の中から、いかに抜け出せるかが、本当は『日本文化論』の課題とされなくてはならないはずである」（一五二頁）という青木の指摘は、その意味でまったく正当なものといえる。

二項対立的な文化の見方が孕むもう一つの問題は、ある文化が、その「二項」の一方を形成するいくつかの鍵概念で捉えられるかということである。この問題を考える上で、『菊と刀』の評価の歴史が格好の材料になるだろう。この作品ほど、日本における評価が完全に二分されてきたものはない。先に見たように、一方には青木のように、これまでの日本文化論の中でも最もバランス感覚にすぐれたものだという見方があり、他方には、これから見るようなさまざまな批判がある。例えば日本を「恥の文化」と捉えられるかどうかについては、さまざまな議論がなされてきた。にもかかわらず、日本文化をあるいくつかの概念で定義し、それをもとにして他の文化と比較するという方法論自体は基本的に踏襲されている。その意味で、『菊と刀』は、日本人が自らを見る眼をまさに呪縛したとさえ言えるであろう。

青木の高い評価の根拠は、ベネディクトが最後まで「文化相対主義」に忠実であり、徒らに日本文化を肯定も否定もせず、冷静にこれを見据えているとする彼の「読み」にある。しかし実はこの点こそが『菊と刀』の中で最も議論を呼んだのである。鶴見和子、和辻哲郎、津田左右吉、柳田国男等の論評は、ベネディクトが日本文化を偏見なく冷静な学者の目で捉えているという論とはむしろ正反対のものである。彼らの論点はいくつかあるが、最大公約数を要約すれば、歴史感覚、歴史的視点の欠如と、それに伴う強引な一般化という点に尽きよう。

和辻の批判から見てみよう。彼が一九四九年の「民族学研究」に載せた「『菊と刀』について」という激越な反論はよく知られている。この本には「学術的な価値だけはない」（六三頁）という断定から始まるこの小論の論旨はこうである。すなわち、著者ベネディクトは集めたデータから「不当に一般的な結論」を出し、「部分的な事実が全体に対してどういう関係に立っているか」はっきりつかまないまま、「局部的な事実において直ちに全体の性格を見ている」（六三—六四頁）という、不当な一般化に対する批判である。さらに詳しく言えば、その「局部的事実」とは「最近十幾年の間に目立った軍部のイデオロギー」であり、著者はこれを「無批判的に使っている」（六七頁）がゆえに、「少数の人々の偏狭な考えが日本人の考えとして言い現わされ」たのだが、「しかしそれは政治的に、武力を握った少数者の専制が行なわれた、ということであって、日本人の考えとか、日本文化の型とかが、その偏狭な考えの中に十分に表現されているということではありません」（七三頁）ということになる。要するに、日本という複雑な有機体を、その歴史を全体的に把握せず、「恥の文化」とか「集団主義」とか「階層制」とかいったいくつかの鍵概念だけで処理していることに対する反発である。これをさらに突き詰めるならば、複雑なものをあまりに単純、あるいは均質のものと見る著者の態度に一種の優越感を嗅ぎ取り、これに反発したと言えるであろう。しかし全体的に見れば、和辻の論は自己弁護的で、ベネディクトの指摘の正当な部分までも否定しているように思われる。

津田左右吉も基本的には和辻の論の延長線上にあるが、これをさらに拡大し、文化人類学的見方そのものに疑義を唱えてこう言う。「いはゆる文化人類学といふもののたちばから、さまざまの生活上の現象に統一的解釈を下すといふことが強く要求せられ、そこからむりが生じた、といふことが考へられよう」（二四七頁）。

あるいは、「いろいろの生活現象を平面的に並べてみてその間に何等かの連絡をつけることによって、それらを体系づけようとする方法では、日本人の性情などを知ることはむつかしい」(二六六頁)。そしてついには、「この本は特にとりたてて問題にするほどのものではない。日本人の性情がそれによって明らかにせられないことは、アメリカ人の日本人観を知るためにも、さして重きをおくべきものではあるまい」(二六八頁)と、和辻同様、その学問上の価値すら剝奪してしまう。

時代はやや下るが、『新・「菊と刀」の読み方』でこの本の再評価を試た西義之は、和辻、津田両者の論を、当時ベネディクトが置かれていた日本研究にはきわめて困難な状況を考慮に入れない厳しすぎるものと考える。のみならず西は、ベネディクトをあれほど激しく攻撃した和辻も、新カント学派の影響の下に、『風土——人間学的考察』という文化類型を探る本を著しており、その点で両者の方法論はきわめて類似しており、また和辻もそれに気づいたからこそ、自分の『菊と刀』評をその全集からはずしたのではないかと言う。これはいささかうがった見方だが、的外れではないだろう。いずれにせよ、西の批判の要点は、少なくとも和辻は、ベネディクトのアプローチは批判しておきながら、自分も同じようなことをやっているではないか、ということであろう。そして彼の批判の根底にあるのは、ベネディクトの本がその副題に掲げている「日本文化の型」だけでなく、「文化の型」というものは考えられるのかどうかという問題意識である。この点に関して西は肯定的である。ある幅はもたせながらも、文化について何らかの「型」は見出せるのではないか、またそうでなければ文化については何一つ言えないのではないか、と考える。

この点について、もう一人の初期の評者、柳田國男は、「現在の民族知識の精確度を以て、文化の型の分類を試みることが、概括してまだ少しく早過ぎるやうに私には思はれる」（一〇八頁）と言っているが、この「現在」は西の本が出た一九八〇年まで含むと見ていいだろう。その意味では、柳田は「文化の型」の摘出には否定的な見方をしている。しかし彼はここから、和辻や津田には見られなかった見解を出す。つまり、彼もベネディクトの一般化を誤解に基づいた強引なものと見るが、さらに一歩踏み込んで、そのような「誤解」の責任を、日本人がこれまで無意識的に外国人についてきた「うそ」にあるとするのである。すなわち、「私達が省みて自ら責めてよいことは、口で筆で日本を世界に説明しようとした人が、屡屡々無意識にうそを教へて居たことであらう」（一〇八頁）。「大小いろいろの日本紹介者に共通した欠点は、いずれも紹介者としての用意が、十分とは言へないことであった」（一〇九頁）と言うのである。「無意識にうそを教える」とは、すなわち日本人が自分たちのことを正確に認識していなかったということにほかなるまい。自己認識の術としての文化論がわれわれの中で十分に鍛えられていなかったからこそ、知らず知らずのうちに外国人に自らの不正確な像を見せていたというのである。この指摘は本稿の目的にとっては決定的に重要である。

以上のような初期の評者の意見を踏まえつつ、西義之は『菊と刀』のもつ現代的意義を強調する。そして、これらの日本人評者の意見は間違ってはいないにしても意地悪いものであり、また感情的な断定も多く、一般化という知的作業には必然的に伴う小さな粗を捜しだしてそれを反論の根拠にしていると言う。「和辻氏のように『反対のデータを同じ数だけ出せる』というのは、批評としてはあまり適切ではないように思える」（一四三頁）のだ。これは和辻にとってなかなか痛い指摘で、私が先に彼の論を「感情的」とか「自己弁護的」と言ったのも、同様の点を根拠にしている。いずれにせよ、西の最も言いたいことは、いくつかの欠陥はあれ、『菊と刀』はわれわれが耳を傾けるべき多くの鋭い洞察と示唆を含んでおり、欠点をあげつらうよりはそれらに謙虚に耳を傾けた方がよい、ということに尽きよう。

ダグラス・ラミスはこの点を捉えて、池田雅之との対談の中で、西の本音はこの本を、「結局、修身教育として読めばいい」（一六三頁）というものだと諧謔的なコメントをしている。同じ対談の中で池田の方は、西の論は「現状維持のイデオロギー」（一六八頁）だとも言っている。これらの言葉は辛辣だが、西の論の急所、あるいは隠された姿勢を鋭く突いているだけでなく、本論の目的にとっても貴重な示唆を与えてくれる。

西の論の意義は、『菊と刀』に対するこれまでの否定的見解のみならず肯定的見方（主として川島武宜の論）までも検討・批判した上で、この著作を再評価している点にある。ベネディクトはもともとアメリカ南西部を研究フィールドとしており、日本語はまったく読めなかった。そこへアメリカ軍から、対日戦争を有利に進め、さらには将来の統治政策を円滑に進めるために日本を理解する必要があるということで、本書の執筆が要請されたという経緯があった。彼女はいわゆる「安楽椅子派」と呼ばれる人類学者に属しており、もともとあまりフィールドワークはしなかったが、とりわけ執筆は日米の交戦時であり、そのため当時利用できた資料は、わずかな英文の研究書や、もと武士階級出身の女性が英文で書いた本、それに日本人移民や日本軍人の捕虜とのインタビューから得た情報だけであった。そこで西は、そうした点を考慮に入れ、さらにこの本の扱う対象を「日清戦争後に生れた世代から昭和ヒトケタ生れにかけての日本人」（一八七頁）というふうに限定すれば、この本は学問的にも今なお価値があるのではないか、と言うのである。この点までは私には公平な意見のように思われる。しかしこの後、「擬似・武士階級」なる概念を提出し、ベネディクトが武士階級のみを見て日本人一般を論じたのは、多くの評者が言うような誤解とは言えないのではないかと言い、さらには、この『擬似・武士社会』の美化されたモラルに郷愁をもつ人は多いだろう」（一八九頁）とまで言うとき、彼の真意が奈辺にあるかがぼんやりと分かってくる。すなわち、もしベネディクトが武士階級を日本人全体に広げて一般化するという「誤解」を犯したのだとしても、それはわれわれ日本人にとって「良い」誤解であり、むしろそれを積極的に受け入れて、日本を擬似・武士社会として再規定しようとするのである。これは一見日本文化の再構築を目指しているように見えるが、その実、「外からの眼差し」に自己を寄り添わせようとする、学問的には不適切で、感情的にはややみっともない態度である。そしてその根底には、先程池田が言った「現状維持のイデオロギー」が潜んでいる。

西が『菊と刀』をその否定的評価の中から救い出し、再評価しようとしたところまでは首肯できるが、それを現状肯定に使おうとしたとき、彼は道を踏み外した。なぜなら、前述したとおり、あらゆる「知」と同じく、文化論、すなわちある文化に対する「知」も、自己認識の手段、あるいは糧にならない限りその存在理由の大半を失う。そして自己認識には常に自己批判が含まれておらねばならず、もしくはそれが中心を成しているべきで、もし自己肯定がその場所を占めるようになると、それは自己認識であることをやめる。なぜなら人間は限りなく未完成なもので、いかなる文化の中にあるものであれ、その現状をそのまま認めてしまうことは、必然的に未完であることを受容することになるからである。

『菊と刀』において、日本文化を「恥の文化」と決めつけたことと同様に大きな反論を引き起こしたのは、ベネディクトの「菊」の解釈である。杉本夫人の *A Daughter of the Samurai* から多くを引用しながら、ベネディクトは日本における「自然らしい」自然がいかに人工的に作り出されたものであるかを説き、それを「偽装された自然」と呼び、さらにはそのような偽装は日本のいたるところに「充ち満ちていた」と断定する。そしてそのような「自然」の象徴として「菊」を見るのである。

菊もまた同じように、鉢植えにされ、毎年日本のいたるところで催される品評会に出品するために手入れをされるのであるが、その見事な花弁は一枚一枚、栽培者の手で整えられ、またしばしば、生きている花の中に、小さな、目につかない針金の輪をはめこんで、正しい位置に保たれる。

この針金の輪を取り除く機会を与えられたときの杉本夫人の興奮は、幸福な、また純粋無垢なものであった。今まで小さな鉢の中で栽培され、その花弁を一つ一つ念入りに整えられてきた菊は、自然であることの中に、純粋な喜びを見いだしたのだ。……菊は針金の輪やものすごい手入れがなくても十分に美しいのである。(295-96)

津田左右吉の言うように、日本人の多くに「何よりもまづ秋の自然の風物としてのその優しい姿や色とそのほのかな香り」とを思い出させる菊が、ここでは一種の「強制的奇形」とでもいうべきものの象徴として使われている。出版当時の日本人にとってだけでなく、現在の読者にとってもかなり奇怪な比喩であるというべきだろう。もちろん、アメリカ人である彼女の自然観と日本人のそれとの違いは明瞭である。菊に見事に象徴される(と多くの日本人が考える)「自然と人工の統合」とも呼ぶべき独特の結合方法は、彼女にとってはほとんど何の意味ももたない。「自然対人間」という厳しい二元論を生きる西洋人の一員であるにもかかわらず、あるいはむしろそれゆえに、彼女にとって「自然」とは人間の手にまったく触れられていない純粋なものでなくてはならなかった。そのような「自然」はむろん仮構のものでしかないのだが、むしろそれゆえにこそ彼女は、その仮構にしがみつこうとするかのように思われる。

この点について、同じアメリカ人であるラミスは、「人類学の中には――特にベネディクトの人類学では――ある一定の行動様式を自然と呼ぶ基盤などどこにもない。ベネディクトの教えの基本は、文化、すなわち学び取った行動は人為的なものであること、アメリカであれ日本であれ、どこの国の文化もパターン化していること、そして自分自身の文化は自然によって特別なものと定められていると主張するのは、自民族中心主義の罪を犯していること、などであった」(*A New Look at The Chrysanthemum and the Sword*, 63)として、彼女のこのような菊の解釈は、誤謬というよりはむしろ自家撞着だと批判している。

こうしたベネディクトの「誤り」あるいは自家撞着を指摘するのは大切な作業だが、それと同様に大事なのは、内なる眼差しを曇らさないこと、すなわち彼女の言葉の中にいくばくかでも日本に関する真理が含まれているかどうかを見極めることである。ここに引かれている杉本夫人の言葉は、現在から見ればたしかに古く思われ、また当時にあってもいささか特殊な家庭のことであったようにも思われる。しかし実は、このような指摘は、学問上の批評にはなっても、本稿が目的としているような意味での批判とはならない。重要なのは、これが例外的であることを認めた上で、このような事情がたしかに、一部とはいえ日本に存在したということであり、さらにはその名残が今もあるかどうかを問うことである。その意味で、杉本夫人が感じたような「不自由感」はたしかに日本にあったし、また今もあると認めざるをえない。われわれが注目すべきはこの点ではないか。先に見た西のように、外からの声をすべて崇めたてる必要はない。また徒らに自意識過剰になって、自己の欠点ばかりをあげつらい、卑屈になってもいけない。いわんや、あたかも自分は日本人ではないかのように、つまりその「痛み」を分かち合わないで、高処に立って論じるなどあってはなるまい。しかし内への眼差しが正しいものでなければ、外への眼差しも必然的に誤ったものになる。前にも述べたように、ある声がいくばくかの冷徹な洞察を含んでいると思われる限り、われわれはその誤りを指摘しつつ、聞くべきところは聞かねばならない。なぜなら、その態度こそがこれからのわれわれを決定するからである。

五

これまで、日本文化論の代表的な著作を検討することで、日本人が「外」と「内」へどのような視線を投げてきたかを見てきた。最後に、以上のような「名著」の系譜に連なるかどうかは未知数だが、近年話題を集めた文化論を概観しておこう。

まず、内田樹の『こんな日本でよかったね――構造主義的日本論』は、タイトルだけ見れば、本稿で一貫して批判してきた自己賛美の典型のような本だが、中身はどうか。彼の出発点は、日本は「辺境」であるという認識であるようだ。彼の言う「辺境性」とは、「自分が劣位にあることを自明の前提として、『この水位差をいかにして埋めるか』という語法によってしか問題を考察することができないという『呪い』がかけられてあること」（二四三頁）である。これを彼は「『従者』の呪い」とも言い換えている。これはやや「強い」、あるいは「自虐的」な言い方だが、例えば加藤周一の「日本雑種論」の変奏曲のようで、格別目新しくもない。ここからの彼の論の展開は、同書の一節、「原理主義と機能主義」で表明している機能主義の論理に基づいている。「『これこれでなきゃダメ』というのが原理主義である。『使えるものがこれしかないなら、これで何とか折り合いをつけよう』というのが機能主義」（九三頁）という意味での機能主義である。これを日本文化論に接続すると以下のようになるらしい。「日本が辺境であることを拒否しようとするなら、世界中を相手に戦争をし続ける覚悟が要る」（二四四頁）。これはかなりの反論が予想される点だが、彼は頓着せずに進んでいき、ここから導かれる選択肢は、「世界を相手に戦争する準備を始める」か、「このまま属国の平安のうちに安らぐか」の二つしかないと言う。しかし幸い日本人は「辺境の民であることの心地よさ」が「血肉化」（二四五頁）しているので、それを享受すればよい。それどころか、辺境にはメリットがある。つまり『辺境』は（自分が「バカ」になったのはその「『辺境人』根性を失ったことにリンクしている」（二四六頁）そうだ。こうした論理を辺境だという意識をもち続けるならば）『中央』を知的に圧倒することができる」と言うのだ。現在の日本が「バ内田は「『利得』と『損失』についてクールかつリアルに計算する」「プラグマティズム」（二四七頁）だと自画自賛している。

こうした、どことなく空しささえ感じさせる論がなぜこれほどもてはやされるのだろう。端的に言えば、内田の目新しさ、そしてそれは、この著作をその一部とする二一世紀の日本論の特徴の一つでもあるが、そのおおっぴらな自己肯定ゆえであろう。「別に世界の一等国になる必要はない」とか、「二流国じゃいけないんですか」といった、俗にもよく聞く居直った感情である。こうした論理というほどのものもない論は、前に見た坂口安吾の居直り具合にも似ているようだが、精神の骨太さという意味でははるかにか弱い。まずこうした論は、「中央」と「辺境」という古い二項対立の図式を引きずっている。しかしそれはまだいい。何よりまずいのは、こうした「論」の体裁を取った感情は、奇妙な自足意識をその前提にしていることだ。その意識の根底には、日本人であることの不可思議な（と思うのは私だけか？）満足感がある。愛国心を批判的に論じている章でさえ、「異郷で同国人に会うと……とりあえずうれしくなってしまう」（二五七頁）と言う。「どうして、地理上、法制上の擬制であるところの『区切り』の内側にたまたま居合わせた人間同士はそうでない人間よりも優先的に愛し合わねばならないのか。私にもよくわからない」（二五八頁）そうだ。しかし内田がはっきり確認しているのは、にもかかわらずそういう感情は間違いなく自分の中にあるということである。彼はこういう「自然な心情」を「愛国心」と区別することで後者を批判する。いわく、「自称愛国者」の最も際立った感情は「怒り」と「憎悪」で、それが「まさにその人々との連帯に基づいて日本国全体の統合を図らなければならない当の人々に対して向けられている」と、一旦はまっとうなことを言いながら、最後は「愛国の至情は言葉ではなくて態度で示す（祖国のシステムに対するえこひいき的な評価と同国人に対するいわれなき身びいきを通じて）……」（二六一―六二頁）と、論のレベルを極端にずらす。ではこれは内田の読者へのお愛想かといえば、おそらくそうではない。彼は本気でこう信じているのだ。

しかし内田とて、比較文化のいろはを知らないわけではない。「私たちは全員眼に『ウロコ』が入っています。……『私のウロコを通じて見える世界』と『あなたのウロコを通じて見える世界』を突き合わせて、その異同の検証を通じて、直接的には誰も見ることのできないはずの『現実』を、再構成することは（論理的には）可能」（二九三―九四頁）と、至極まっとうなことを述べている。しかしそのまっとうな方法論から出てくる結論は、きわめて「内向き」なものだと言わざるを得ない。内田の人気の秘密は、例えば「プチ・ナショナリズム」などという言葉がぼんやりと示している心情が瀰漫している現在の日本で、それを実にうまくすくい上げて、自己の信念と混ぜ合わせて読者に提示するその技術である。しかしこうした文化論が人気を集めるという現象自体が、日本人のもつ「内なる眼差し」がいかに自己肯定的になっているかの現われであり、逆に言えば、文化論がその本来の目的をほとんど果たしていないことをはしなくも表わしている。

もう一つ、内田がタイトルも含めて参考にしたという高橋源一郎の『こんな日本でよかったら』を簡単に見てみよう。これは *Asahi Evening News* で、外国人からよく聞かれる日本についての質問に答えるという形をとったコラムを集めたものだが、やはり現在の日本人の自己認識がよく表われている。この本には、高橋の日本語の原文と紙上に載った翻訳英文が併記してあるが、まず目を引くのは、日本語のタイトルと Japan as it is という英語タイトルとのギャップである。それはさて置くとして、全体を通しての強い印象は、日本の「謎」を外国人に説明するそのやり方が、ある屈曲した形ではあるが、きわめて自己肯定的だということだ。一例として、『白人扱いされたい』症候群」というコラムでは、日本人はアジア人に対して蔑視感情はあるのか、あるとすればその理由は、という問いに、実にあっけらかんと、それはある、そして逆に欧米では「卑屈になる」と認める。そして、「そう、差別なんだよ」と居直る。その理由として、アジアは「かつて征服したことのある人種」であり、「欧米人にはこの前の戦争で徹底的にやられてしまった」(三二頁) ことを挙げる。だからこの先も「残念ながら、日本人のアジア人蔑視は止むことはないのだ」(三二頁) と結論する。こうした言葉をどの程度真剣に取るかということもあるが、とりあえず名のある作家が名のあるメディアに書いたものなので、いや、冗談です、とも言えまい。いずれにせよ、ここで確認しておきたいのは、内田同様、こうした「軽さ」を気取りつつ、その底には、これが日本（人）の現状なんです、悪いですか？ という居直りが見られることだ。ちなみに、先に見た内田の著書のある節のタイトルは「辺境で何か問題でも？」であった。これらが単純な居直りと違うのは、ユーモアがあるために読者が受け入れやすいこと、またそのために、居直りという言葉から受ける硬さがなく、議論拒否といった感じもしない点だ。しかしこれらは表層的なことで、繰り返すが、その底には独特に洗練された（?）、あるいは捻じ曲げられた自己肯定感がある。

かくして、一世紀以上の歴史をもつ日本文化論は、何サイクルかを経て奇妙な自己肯定へと達した（回帰した？）ようだ。こうした現状を、発展とか成長とか呼べるだろうか。本稿の議論からすれば、これは明らかな後退である。なぜなら、文化論がその数少ない分野上のメリットを自ら放棄しているからだ。何度も繰り返したように、その最大のメリットは自己認識の非常に有効な手段である。これを半ば以上手放したとき、文化論、とりわけ自文化を扱う論は集団自慰と化してしまう。

二一世紀に入って新たに日本文化論を総括し直した船曳建夫は、「日本人論」（と彼は総称する）とは「近代の中に生きる日本人のアイデンティティの不安を、日本人とは何かを説明することで取り除こうとする性格」をもつが、その不安は、日本が「『近代』を生み出した西洋の地域的歴史に属さない社会であった、ということに由来する」（三六頁）と述べているが、これは本稿の主張とほぼ一致する。そのような「遅れてきた青年」であった日本、しかし同時に非西洋で唯一のすばやい近代化に成功した国となった日本は、その「遅れ」ゆえに、そして「モデル」であった西洋と民族的にも文化的にも異なっているがゆえに、「アイデンティティの不安」を感じ続けることがほとんど「宿命」となった。これが日本文化論の最大の原動力であった、という説である。しかしここまではとりわけ目新しい指摘ではない。彼の重要な指摘は次の点だ。それは、「日本人論で期待されているのは、『日本人はどのような人々であったか』という問いへの答えにとどまらず、『これから日本人はどうなりますか』という問いへの解答」（一三頁）だというものである。つまり日本人／文化論は、過去の日本のみならず、未来の日本をも指向するのである。だからこそ日本人／文化に向ける眼差しは自己肯定を排した「冷徹さ」が必要なのだ。

論を結ぶに当たって、これまで論じたことを手際よくまとめてくれている山崎正和の言葉を見てみよう。

考えてみると、われわれは自分をある仕方で認識するが、じつは、その自己認識がまた自己の実体をつくるという側面をもっている。人間は、生きている自分を見つめて自分のイメージをつくるだけではなくて、いつのまにか自分でつくったイメージに合わせて、逆に現実を生き始めてしまうという性質をもっている。文化論についても同じことで、もし誤った民族性のイメージをつくりあげてしまうと、その後の行動のなかでこのイメージは補強され、増幅され、私たちを思いがけない方向に引っ張っていくことになる。文化論というのは、けっしてたんなる事実の認識であるだけでなくて、じつは行動の規範であり、またひと回りして認識の枠組みにもなるという、恐ろしい事実を見つめておかなければならないだろう。（七頁）

自分は、あるいは自分の属している文化はこれこれだと認識し、そしてそれが他者にも認められた瞬間、その認識は一人歩きしはじめ、次第に固定化し、やがて人間は、その固定化した認識に自己同一化するようになる。ロシアの思想家、G・I・グルジェフは、このような自己のイメージに対する自己同一化は人間一般に見られる最も特徴的な性質の一つであるとし、「自由とは、何よりもまず自己同一化からの自由なのだ」（『奇蹟を求めて』二四五頁）と言う。換言すれば、自己認識は常に新たになる、あるいは深まる必要があり、いかなるものであれ、最終的な自己認識とはなりえないということである。「甘え」、「間人」、「間」などの概念、あるいは日本を「恥の文化」や「タテ社会」などと見ることは、その「分」を守っている限りは個々の日本人の自己認識に資するところ大であろうが、ひとたびその枠を踏み越えてそれを「長所」となし、自他に向けて積極的に喧伝するようになると、せっかくの努力も逆効果となるであろう。自己認識には終わりはあってはならないが、いかなる形であれそこに自己肯定が忍び込んだ途端、それは停止する。そのとき、文化論は単なる自己満足の一形式に堕し、いずれはそうした「知」の領域自体が意味をもたなくなるであろう。

山崎正和は、世阿弥が抱いていた自他の関係についての独自の見方をこう説明する。

彼によれば、演技者の場合、自己の姿を完全に捉えるには、その主体的な意識である「我見」だけでは十分ではない。自己が真に自由になるためには、自己の後姿まで支配しなければならないが、それを見得るのは他人の眼である「離見」のほかにはない。したがって、自己が自己として完成するためには、まさに逆説的な努力が必要になるのであって、自己を見る他人の視線を自分自身の意識に包摂すること、彼の言葉によれば、「離見の見」の形成が不可欠なのである。[2]（四九―五〇頁）

この世阿弥のおそるべき洞察は、個人が自己を認識する場合にも、文化や民族が自己を認識する場合にも、等しく当てはまるであろう。「離見の見」、すなわち客観的に自己を見る眼差しがなければ、あらゆる自己認識は虚妄となる。そのような内への眼差しがあるときにこそ、自他に関するすべての言説は真なるものとなる。そしてそのような眼差しをもち続けることほど難しいことはない。文化を語るとは、それほど困難なことなのである。

注

（1）（竹友安彦「メタ言語としての「甘え」」、『思想』、岩波書店、一九八八年六月号参照。

（2）この「離見の見」は、グルジェフの説く、長期間にわたるたえまない自己観察の結果得られる「自己意識」あるいは「客観意識」とほぼ同じものであろう。またレヴィ＝ストロースはこの「離見の見」を著書の一つのタイトルに選んでいるが、それに関して述べている言葉は本論の結論の一部ともほぼ一致するように思われる。

ひとつの文明は、他のひとつあるいはいくつかの文明を比較対象とすることなしには、自らをかえりみることもできない、という認識があったのです。自らの文化を知り、理解するには、それを他者の視点から見る術を身につけなければならない。それは世阿弥が語っている、自らの芸を判ずるには、自分が観客であるかのようにして、演ずる自分を見なければならないという能役者のやりかたにも似ています。じつは、一九八三年に出版された本に、どのようなタイトルをつけるか考えあぐねたことがあります。そして、一方では遠く離れた、観察者の属する文化とはたいへん異なった文化を見つめると同時に、自分自身の文化を、他の文化に属する者のようにかえりみるという、人類学的思考の二重性を読者につかんでもらうために、けっきょく私は、世阿弥からとった「離れて見る」（邦訳「はるかなる視線」）というタイトルを選びました。（二八—二九頁）

引用文献

青木保『「日本文化論」の変容』中央公論社、一九九〇年。

井筒俊彦『コスモスとアンチコスモス』岩波書店、一九八九年。

ウスペンスキー、P・D・『奇蹟を求めて』浅井雅志訳、平河出版社、一九八一年。

内田樹『こんな日本でよかったね――構造主義的日本論』バジリコ、二〇〇八年。

カプラ、フリッチョフ『タオ自然学』吉福、田中、島田、中山訳、工作舎、一九八〇年。

木村敏『人と人との間――精神病理学的日本論』弘文堂、一九七二年。

坂口安吾「日本文化私観」、『堕落論』角川文庫、一九七二年。

司馬遼太郎『アメリカ素描』新潮文庫、一九八八年。

高橋源一郎『こんな日本でよかったら』朝日新聞社、一九九六年。

津田左右吉「「菊と刀」のくに――外国人の日本観について」、『津田左右吉全集』第二一巻、岩波書店、一九六五年。

土居健郎『「甘え」の構造』弘文堂、一九八八年（初版、一九七一年）。

――『「甘え」の周辺』弘文堂、一九八七年。

西義之『新・「菊と刀」の読み方』PHP研究所、一九八三年。

浜口恵俊『「日本らしさ」の再発見』講談社学術文庫、一九八八年。

平井富雄『日本的知性と心理』三笠書房、一九八一年。

船曳建夫『「日本人論」再考』NHK出版、二〇〇三年。

盛田昭夫、石原慎太郎『「NO」と言える日本』光文社、一九八九年。

柳田国男「罪の文化と恥の文化」、『柳田國男集』第三〇巻、筑摩書房、一九六七年。

山崎正和『日本文化と個人主義』中央公論社、一九九〇年。

ラミス、ダグラス、池田雅之『日本人論の深層——比較文化の落し穴と可能性』はる書房、一九八五年。

レヴィ＝ストロース、クロード『現代世界と人類学』川田、渡辺訳、サイマル出版会、一九八八年。

和辻哲郎「『菊と刀』について」、『埋もれた日本』新潮文庫、一九八〇年。

Benedict, Ruth. *The Chrysanthemum and the Sword: Patterns of Japanese Culture.* Boston: Houghton Mifflin, 1946.

Lummis, C. Douglas. *A New Look at The Chrysanthemum and the Sword.* Tokyo: Shohakusha, 1982.

第一八章　「花」と“flower”――異文化間理解に関する井筒俊彦の論について

「国際化」、「国際理解」という言葉は今や手垢がつき、きわめて機械的に使われているようだ。私は常々、通常のレベルで使われるこういった言葉には疑問の念を抱いてきたが、その大きな理由は、これらの言葉があまりに安易に、無反省的に、かつ単純化されて使われているように思えるからである。言い換えれば、これらが一体いかなる意味をもつのか、そしてどの程度までわれわれ個々人を巻き込んでいくのかという肝要な点を置き去りにして、言葉が一人歩きしているように思えるのである。

「国際化」とは、「国際理解」とは、あらゆる国の人々が互いをよく知り、仲良くなることなのか？　地球上のすべての人々が、多かれ少なかれ均質化した考え方や価値観をもつようになることなのか？　それとも、違いを認識した上で、距離をとって生きようとすることなのか？　こういった問いにどう答えるにせよ反対するにせよ、議論や考察の多くはこのようなレベルで行なわれているのではないだろうか。もしこれらの問いに真剣に答えようとするならば、「国」とは何かという問題に答えなければならないが、それはただ本論の意図と違うだけでなく、問題を不必要に複雑にする可能性がある。そこで私はここでは国のかわりに文化を取り上げ、異文化間の理解とは何か、こうした文脈における「理解」とは何なのか、という問題を考えてみたいと思う。

この問題に関する論にはおびただしいものがあるが、私の知る範囲で最も核心に迫っていると思えるのは井筒俊彦の論である。言語哲学、イスラーム学を専門にする井筒は、彼独自の言語哲学、とりわけ「言語アラヤ識」、言葉の「存在分節」、「意味分節」理論を軸にこの問題にアプローチしている。本稿では特に、『意味の深みへ』における諸論考を主たる参照文献として論を進めたい。

まず彼は、冒頭の論文「人間存在の現代的状況と東洋哲学」において、「人類の『地球社会化』の過程が、『一様化』と『多様化』という外見上互いにまったく相反する方向に向かっている」と述べ、前者を、西洋的機械文明、機械論的物質観、すなわち物心二元論を共通のパラダイムにする方角に向かう傾向と、そして後者を、現に起こりつつあるさまざまな摩擦、闘争と説明する。ここで注目すべきは、彼が、後者はもちろんのことながら、前者の傾向に対しても強い懸念を表明していることである。その理由をこう述べる。

> なぜなら、およそ伝統的諸文化がそれぞれの個性を失って無色無差別の状態となり、個人間の相異がみな一定の平均価値の水準まで押し下げられてしまうような環境では、人間は知らず知らずのうちに自分の真の実存的中心である「自己《セルフ》」から切り離されてしまい、必然的に「自我《エゴ》」中心的に生きるほかはないからです。(二六―一七頁)

ここで注目したいのは、文化の一様化が進むと、「個人間の相異がみな一定の平均価値の水準まで押し下げられてしまう」と言っている点である。これは現今の文化状況に対する見方としては格別目新しいものではないが、その一方で、「グローバル社会」とか「宇宙船地球号」などの理想的な言辞の陰で見逃されやすい点でもある。いや、そのような理想を掲げる人々はむしろ、文化の一様化が進めば、人類はますます調和に向かい、個人間の相異が一定の平均価値まで押し上げられるとさえ考えているのかもしれない。井筒は、このような楽観論とは正反対に、「『地球社会化』の過程が、ほとんど必然的に人間に対して用意する恐るべき陥穽」（四〇頁）の方に目を向ける。いや、彼の文化観からすれば向けざるをえないのだ。

　これも、前章で述べたように、例えばレヴィ＝ストロースらに代表される広く認められた懸念ではある。しかし井筒がユニークなのは、彼の文化観を独自の言語哲学および認識論が支えている点である。それを彼はこう述べる。

> いわゆる外界に我々が認知するさまざまな事物、それに促されて我々が考え感じるもの、われわれが為すことすべて、どんな些細なものでありましょうとも、全部、なんらかの形でわれわれの心的機構の深層領域に取りこまれて、意味や意味可能体となり、そういう形でそこに把持される性質をもっている。しかも、それが幼少時代からずっと続いて、我々の深層意識を微妙にダイナミックな意味的構造体に作り上げているのです。ですから、外界のある対象を知覚するというような一見単純な行動でも、ただ外界からやって来る刺激にたいして我々の側の感覚器官が直接反応するのではない。その対象をどんなものとして認識するかは、その時その時に我々の意識の深層から働き出してくるコトバの意味構造の、外界を分節する力の介入によって決まるのであります。我々にとって、一輪の花が花であるのは、つまり我々が外界のXをハナとして認知するのは、決して表層的な感官だけの働きではありません。ハナという「名」の意味分節の介入があって、始めてそういうことが可能になってくるのです。（一九―二〇頁）

これを要約すれば、「それぞれの言語が、存在世界を意味的に組立てる特異なシステムを各自もっている」（二一頁）ということになる。このような認識に立つ限り、井筒がカール・ポパーから借用しているいわゆる「文化的枠組み」は必然的に閉ざされたものとなり、そして当然のことながら、異文化間理解は可能かという問いに対しても、「答えは否定的にならざるを得ない」（二二頁）であろう。

こうした見方は現在では、世界的な文化状況の認識においてかなり広範に見られるようになっている。サミュエル・ハンチントンの「文明の衝突」は多くの批判を受けて今では鳴りを潜めているが、これを逆から見ると、異文化・異文明の相互理解はきわめて難しいという見方はむしろ潜在化しているように思われる。つまり、異文化理解への努力は認めるものの、それには一定の限度があるとする醒めた見方は、異文化理解に関する議論の旺盛さの陰で、隠然たる勢力になっているように見える。

こうした状況を背景に、井筒は、一旦は表明した否定的姿勢を自ら崩し、肯定的地平を切り拓こうとするのだが、このとき彼が依拠するのが東洋の伝統的世界観である。すなわち『事事無礙』、そしてその根底にある『事理無礙』――ありとあらゆるものが、限りなく横に拡がり、限りなく縦に伸びて、何重にも流通し合い浸透し合う存在融合の真相」（三五頁）を見ようとする態度、さらには世界を究極的には「無」と見、そこにおける永遠に生成流転する流れ、プロセスとして事物を見る見方と、近年における西洋の自然科学の新たなパラダイム、すなわちニュートン力学やデカルト的二元論という伝統的なパラダイムを脱却しようとする見方との間に、「文化的枠組み」の生産的なぶつかり合いと、さらには来たるべき「地平融合」の可能性を探るのである。しかし、これから見るように、この可能性に対する彼の期待はあまり大きくはないと言わざるをえない。彼の学的誠実さからすれば、むしろ不可能性の方が大きく見えてくるのだろう。しかし少なくとも彼の次の提言だけは、積極的な意味を有している。

このような状況において、それに内在する深刻な危険をはっきり意識しながらも、しかもなお、我々が人類文化のグローバライゼーションの理念を信じ、「地球社会」の理想的な形での形成に向かって進んで行こうと望むのであれば、何よりも先ず我々は、我々自身を作り変えなければならない。すなわち、我々の実存の中心を「自我」のレベルから「自己」のレベルに移行させなければならない。(四一頁)

この提言を明確に理解するには、彼が「自我」のレベル、「自己」のレベルという言葉で何を意味しているのかを明らかにしなければならない。そのために、この提言を支える井筒の言語哲学を、同書の第二論文、「文化と言語アラヤ識——異文化間対話の可能性をめぐって」を使ってもう少し詳しく見てみよう。

彼は、「言語は、意味論的には、一つの『現実』分節のシステムである」(五五頁)と言い、この立場に立って、「二つの違う言語共同体の中に生れ育った人々は、それぞれの言語に特有の意味生産的想像力の違いに従って、二つの違う『世界』を見、二つの違う仕方で『現実』を経験しているものと考えざるを得ない」(五七頁)と言う。その根拠はこうだ。「ある一つの語の意味は、同じ言語の他のすべての語の意味との相関関係においてのみ決まるのであってみれば、二つの違う言語に共通するまったく同じ分節領域(意味領域)というものは、人為的メタ言語の場合は別として、絶対にあり得ない道理である」(五八頁)。

これは意味論的に見ればまさに「道理」である。が、井筒はこのようなソシュール的な言語観に満足せず、これを超えたところにさらにダイナミックな「コトバの深層的意味構造」(八〇頁)を見ようとする。

だが、実は、言語は、従って文化は、こうした社会制度的固定性によって特徴づけられる表層次元の下に、隠れた深層構造をもっている。そこでは、言語的意味は、流動的、浮動的な未定形性を示す。本源的な意味遊動の世界。何ものも、ここでは本質的に固定されてはいない。（七三頁）

この考えを彼はさらに進めて、大乗仏教唯識哲学を基に、「言語アラヤ識」という概念を提唱する。すなわち、「まだ経験的意識の地平に、辞書的に固定された意味として、出現するには至っていない、あるいは、まだ出現しきっていない、『意味可能体』、つまり、まだ社会制度としての言語《ラング》のコードに形式的に組み込まれていない浮動的な意味の貯蔵所」（七七頁）を措定し、ここに、社会制度的、表層的言語を衝き動かすダイナミズムを見、そしてそこにこそ異文化間の対話の可能性を見ようとする。言い換えれば、文化の基盤たる言語の意味を垂直に拡大し、その拡大した部分に異文化をつなぐ共通項が発見できるかもしれないとするのである。

と、理論的には彼はこう展開するのだが、この可能性に対する彼の期待は、前述した通り、むしろ弱々しい。つまり彼は、このような考察を進めれば進めるほど、「異文化間の対話は可能か」という問いに答えられない自分を発見するという。「文化が根源的には言語アラヤ識の自己表現である以上、異文化間の対話も、表層においては可能だが、深層領域においては問題だ」（八二頁）と言うのである。たしかに彼は、異文化の接触によって生じるであろう「意味マンダラの組みかえを通して「の」、文化テクストそのものの織り直しの機会」（八三頁）に期待を寄せてはいるが、それも、その接触が、「もし、文化のアラヤ識的深部において起こるなら」という厳しい条件付きである。彼の真意が、この対話の可能性よりも不可能性の方に傾いていることは明らかであろう。

「異文化間の対話は可能か」といった微妙な問題に対する答えは、井筒自身言っているように、「どの程度の深みのコミュニケーションを問題とするか」(二二頁)によって大きく左右される。そして現在見られる多くの比較文化論や国際化論が、それほどの深みを、少なくともここで井筒が扱っているほどの深みを問題にしていないことは明らかだが、それというのも、言語と文化との根源的なつながりを基盤に据えていない論は表層的たらざるをえないからである。そのような比較的表層的なコミュニケーションを問題とする論も、現在のような状況下ではある一定の意義をもつことは認めざるをえないが、しかしそれにしても、長期的視点に立ってこの問題を考える際に不十分なものとなることは、これもまた明らかであろう。

私はこの困難な問題に迫る井筒独自のアプローチには敬意を抱くのではあるが、それでいてやはり、彼の結論には不満の念を禁じえない。文化の基盤には言語があり、そして言語はその集団(民族)のものの見方、すなわち世界解釈の端的な表われであって、各文化、各言語間にはわれわれの想像を超えた隔たりがある、という彼の論は正しい。しかし彼の論の最大の弱点であると私に思えるのは、彼がせっかく生み出した「言語アラヤ識」にきわめて消極的な意義しか見出していないことである。このことは、この説を引き出すに至る彼の論の展開が決して消極的ではないことを考え合わせるとき、いよいよ奇妙に思える。例えば彼はこう言う。

さて、意味「種子」が、具体的に実現されるのは、個人個人の意識内であるが、言語アラヤ識そのものは、根源的に、個人の心の限界を超出する。それは、水平的には個人の体験の範囲を越えて拡がり、垂直的には、これまですべての人が経験してきた全体験の総体に延びるところの、集合的共同的意識領域として表象さるべきものであって、この意味において、「種子」に変成したかぎりにおける、すべての人のすべてのカルマ痕跡がそこに内蔵されている、と考える。コトバによって生み出される文化の下には、このような集合的共同意味「種子」の基底が伏在しているのである。（七八頁）

さらに彼はこう続ける。

このような観点から見られたアラヤ識は、明らかに、一種の「内部言語」あるいは「深層言語」である。……現われては消え、現われては消える数かぎりない「意味可能体」が、結び合い、溶け合い、またほぐれつつ、瞬間ごとに形姿を変えるダイナミックな意味連関の全体像を描き続ける。深層意識内に遊動するこの意味連関の全体が、日常的意識の表面に働く「外部言語」の意味構造を、いわば下から支えている。われわれの経験的「現実」の奥深いところでは、「意味可能体」の、このような遊動的メカニズムが、常に働いているのである。（七九―八〇頁）

これらの言説から推測するならば、この「深層言語」は、ある一つの「外部言語」の意味構造を支えるだけではなく、その「遊動的メカニズム」は、むしろ種々の言語の底の共通項を成すところの、ユングの言う「集合的無意識」に似たものなのではあるまいか。もしそうだとしたら、彼はなぜ結論としてこう言うのだろう。『花はflower』式の相互理解なら、いつでも実現できる。しかし、『花』という語、flowerという語、の意味の深みを覗きこむと、人は深淵を見て立ち竦む」（八一―八二頁）。前に見たように、「ある一つの語の意味は、同じ言語の他のすべての語の意味との相関関係においてのみ決まる」という認識が正しい以上、われわれがこの深淵に直面することは必至である。しかも、そのような意味の相互関係が認識できるほどに地球上のすべての言語に習熟するのは、当然のことながら不可能である。となれば、われわれは、井筒の言うように「立ち竦む」、あるいは彼の別の言葉を借りれば「文化ニヒリズム」（七一頁）に陥らざるをえない。

しかし、彼自身の生み出した「言語アラヤ識」説こそは、この苦境を脱却する最も力強い土台を提供してくれるはずではなかったのか。すなわち、言語アラヤ識的に見れば、「花」と"flower"という二つの語に通底するものが現出してくるであろう。さもなければ、「集合的共同下意識領域」と規定される言語アラヤ識の意味は、意義はどこにあるのだろう。もし彼が、この「下意識領域」を、各文化の枠組みの中に独立して存在するものと考えているなら話は別だが、そうでないことは、前に引いた言葉、すなわち、「異文化の接触が、もし、文化のアラヤ識的深部において起こるなら、そこに、意味マンダラの組みかえを通して、文化テクストそのものの織り直しの機会が生じる」という言葉からも明らかである。では、なぜ彼は、自らが生み出した言語アラヤ識の説をもっと積極的、建設的に使わないのだろう。

この疑問の根底には、「文化のアラヤ識的深部において起こる」という言葉の意味の曖昧さが潜んでいる。そしてこの疑問は、前に指摘しておいたもう一つの疑問、すなわち「実存の中心を『自我』のレベルから『自己』のレベルに移行する」とはどういうことかという疑問と本質的な関連をもっている。この二つの疑問をつなげて見るとき、井筒は「自己」を「文化のアラヤ識的深部」とほぼ同義で使っていることが分かる。と同時に、われわれの日常的意識は「自我」のレベル、すなわち「言語アラヤ識」の表層にあるということも明らかになる。この日常的な意識の有り様はハイデガーの言う「頽落」、あるいはグルジェフの言う「眠り」に近いものだと思われるが、そのような日常的意識を変える、つまり井筒の言う「自己」のレベルに深化させることは、いうまでもなくきわめて困難なことである。それが困難である以上、「文化テクストの織り直し」、すなわちより深いレベルで言語・文化を異にする「他者」と接触することがおそろしく難事であることは容易に想像できよう。

では、ある客体を「花」と表象する一個人と“flower”と表象する別の個人との間に、何らかの「理解」と呼びうる関係はもちえないのだろうか。先にも言ったが、井筒が説くこの「言語アラヤ識」こそがその土台を提供してくれるのではないか。つまり、その言語の深層が共有できるまでに他言語に精通するなら、こうした理解は可能になってくるのではなかろうか。「精通」というと大げさに聞こえるが、例えば日本人の観点から見れば、“flower”という語が英語という意味分節世界の中でもつ、あるいは“zahrah”という語がアラビア語の中でもつ位置と役割が分かる程度に、という意味であり、これは少なくとも英語に関してはある程度の数の日本人が踏み込んでいる領域である。

しかしさらに重要な点は、この方向に歩を踏み出すことは、学的認識を超えて個人の決意の領域に踏み込むことでもあるという認識である。すなわち、「意味の深み」を覗きこんで立ち竦まない決意である。もしこの地点でわれわれが、学的誠実さゆえに立ち竦んでしまえば、異文化理解の鍵である、「われわれの実存の中心を『自我』のレベルから『自己』のレベルに移行させ」ることなど望むべくもない。なぜなら、この「移行」は、彼我の違いを正確に認識した上での決意、そしてその持続があって初めて為しうるものだからである。

井筒が見逃していると思われるもう一つの重要な点は、「意味の深み」に横たわる深淵は、異なる言語間、文化間だけでなく、たとえ同一言語内にせよ、異なる個人間にも存在するということである。「花」と“flower”、「山」と“mountain”、「海」と“sea”、こういった語の喚起するイメージ、あるいは連想は、日本語と英語をそれぞれ母語とする人の間で違うだけでなく、例えば日本人の間でも、山の中で生まれ育った人と海の近くで生まれ育った人との間でも違う。ことによると後者の相異の方が大きいかもしれない。そうとすれば、われわれは、個々人のもつ、あるいは発する言葉の「意味の深み」にも気づかざるをえない。いかに人間が、同じ言語、同じ言葉を使いながらも、まったく違うことを意味しているかに気づくとき、われわれは嫌応なくこの深淵を覗きこむ。この、無意識の内の意味のスレ違いを認識することはきわめて重要だ。これを認識したときに初めてわれわれは、意味の深みというものが重要な役割を果たしていることに気づくからである。そして、もし井筒の言うように、言語アラヤ識が個人の心の限界を超出するのであれば、これは必ずや文化の限界をも超出するはずである。換言すれば、もしわれわれが常に言語を言語アラヤ識の視点から捉えることができるならば、異言語間、異文化間に通底し合うものを見ることができるはずである。

例えば、「美」という語の意味するものは文化によって異なるであろう。そのことは、言語アラヤ識の説に照らしてみれば明瞭になる。「およそ人間の経験は、いかなるものであれ——言語的行為であろうと、非言語的行為であろうと、すなわち、自分が発した言葉、耳で聞いた他人の言葉、身体的動作、心の動き、などの別なく——必ず意識の深みに影を落として消えていく。たとえ、それ自体としては、どんなに些細で、取るに足りないようなものであっても、痕跡だけは必ず残す。内的、外的に人が経験したことがあとに残していくすべての痕跡が、アラヤ識を、いわゆるカルマの集積の場所となす」(七七頁)。すなわち、さまざまに違う価値観、思考様式をもつ文化の中で為される経験は、さまざまに異なる陰翳を伴ってこのアラヤ識に集積される。となれば、「美」という語から出てくる意味と連想が文化、言語によってさまざまに異なるのは当然と言わねばならない。

では、どうすればこうした異質性を乗り越えることができるであろうか。換言すれば、異文化間対話が文化アラヤ識の深部で起こるとはどういう事態なのだろう。これについて井筒は何も述べていないが、無理からぬことだ。それほど困難なことだからである。しかし、以上の議論からヒントを得ることはできる。それは、「意味の深み」の淵に立って決して立ち竦まず、この深淵を覗きこみ、彼我の「真」や「善」や「美」の意味するものの違いを認識し、そして、相手の「意味」を自らの文化の枠組みのみを視座にして位置づけることなく、それに相応の敬意を払えるようになることである。

言語および文化の「意味の深み」を視野に入れない異文化理解は幻想であり、それは、「意味の深み」を見ない個人間の関係が幻想であるのと本質的に同じである。そしてこの「意味の深み」を覗きこむためには、われわれはまず、覗きこめるだけの認識力をもたねばならない。すなわち他の言語に習熟し、その文化について最大限知らなければならない。(この点がなおざりにされれば、異文化理解は理念の空転に終わるしかない。)しかしそれ以後は、純粋に個人の意志の領域に属する。つまり、その個人がまったく変わらないまま異文化を、あるいはもっと広く言えば、他者を、理解することは不可能なのである。井筒の言葉を再度借りれば、この理解は、「我々の実存の中心を『自我』のレベルから『自己』のレベルに移行させ」ることなしにはできないのだ。この移行は、自己の文化的枠組みから自由であれるほどに、自文化と他文化の「意味の深み」が見えるようになろうとする決意なしには不可能だ。そしてこの決意は、他者を知ることによる自己の変化に対する「恐怖」を乗り越える決意でもある。

引用文献

井筒俊彦『意味の深みへ――東洋哲学の水位――』岩波書店、一九八五年。

第一九章　イェイツの見る「西」と「東」——「彫像」読解

一

「彫像」（"The Statues," 1938）は数あるイェイツの詩の中で最も読解困難なものの一つであるが、それがさらに問題提起的な度合いを増した背景には、一九八〇年代以降盛んになったポストコロニアル批評の存在が大いに関係しているだろう。その一つの契機が、サイードが『オリエンタリズム』において西洋の東洋への視線を劇的に批判したことであった。イェイツの東洋とその思想への注目はそれまでにも論じられてはいたが、オリエンタリズム的視点、あるいはパラダイムの導入によって、イェイツの西洋観と東洋観という問題は、以前にはなかった広がりをもつようになったのである。

この詩についての精緻な論考の中で、松田誠思は、この詩を読み解く鍵は「測鉛で測られた顔」（a plummet-measured face）の解釈であるとして、こう述べている。

……'a plummet-measured face'……というメタファーは、単にピタゴラスの数学的計測の方法が、ギリシア彫刻の構成原理に果たした役割を強調しているだけではない。古代ギリシア人の自然認識と人間把握の重大なパラダイムを的確に指示しており、イェイツは、自分とアイルランド人が思想的拠り所とすべき世界認識のモデルが、そこにあると見ているのである。これが最も中心的な主題であって、東西思想の比較とか文明の循環論に関わる表現は、主題を効果的に展開するための補助手段、ないしはレトリックとして用いられ［て］いると思われる。（三五―三六頁）

この指摘は「彫像」という詩の要諦をついている。少なくともこの詩から読み取れるイェイツの「意図」[1]という観点からすれば、彼の最大の関心がアイルランドの、そしてヨーロッパの精神的復活にあったことは明らかであり、そしてその復活の根拠を古代ギリシア人との精神的親近性に求めていることも比較的容易に見て取れる。しかしここで見落とせないのは、イェイツがこの意図を実現するためにとった手段、すなわち西洋と東洋を対照的に表象したという点である。ポストコロニアル批評がその足場を固めた現在では特に、イェイツのこうした手法が、彼の意図とはやや反する、あるいはかけ離れるような形ではあれ、作者の西洋と東洋についての認識を表したものとして論じられるのは避けがたい。例えばサイードは、イェイツを「脱植民地化の詩人」（230）と規定している。この規定が正しいかどうかはともかく、[2]この文脈では、イェイツがこのような視線からも論じられるようになったという点が重要である。つまり、イェイツが使った「アジア」とか「ヨーロッパ」といった言葉が、彼がそれを使った「意図」とは離れて、いわば実体的に読まれはじめたのである。もちろん、松田も指摘するように、こうした東西比較がこの詩の主眼ではないことには十分留意すべきであるが、その上で、なぜイェイツは「アイルランド人が思想的拠り所とすべき世界認識のモデル」が古代ギリシアにあることを作品化するに当たって東洋を引き合いに出し、結果的に彼の西洋および東洋認識を披瀝するに至ったのかを問うことには今日的な意義があるだろう。

そこで本稿では、山崎弘行が『イェイツとオリエンタリズム』の結論で、残された課題として示している二つの問題、すなわち、「イェイツが認識し表現した東洋と、あるがままの現実の東洋との整合性」、そして「人間はステレオタイプ抜きにあるがままの現実を認識できるのか」(四三七頁)という問題を念頭において、この詩に見られるイェイツの西洋および東洋についての認識と、それがどのように表象されているかを考えてみたい。

人間がいかに現実を認識するかという問題は、古来西洋哲学の主要な問題であった。しかし現在広く認められているのは、通常のレベルでは、あるがままの現実認識は不可能で、それゆえステレオタイプ化、ないしはカテゴリー化は人間の世界認識の中核をなしているという考え方であろう。それなら、山崎の一つ目の問題、「イェイツが認識し表現した東洋と、あるがままの現実の東洋との整合性」は設定自体に無理があるともいえる。しかし山崎がなおかつこのような問題を提示したのは、イェイツの作品に見られる西洋、東洋認識がときにあまりにステレオタイプ的だからであろう。事実、この詩に見られる「アジア」表象、例えば「アジアの茫漠たる広大無辺さ」(Asiatic vague immensities)とか、「砕け散る(多頭の)泡沫」(many-headed foam)、「熱帯の陰」(tropic shade)、「空虚な」(empty)、「虚空」(emptiness)、「銅鑼とほら貝」(gong and conch)、「汚らわしい現代の潮流」(filthy modern tide)、「形のない産卵する憤怒」(formless spawning fury)などは、サイードの次のような手厳しい弾劾の典型的な例とさえ言えよう。「『ヨーロッパ』と『アジア』、あるいは『西洋』と『東洋』という古びた区分は、莫大な数の人間のもつありとあらゆる多様性を、実に大雑把なラベルのもとに区分けし、その過程で一つか二つの決定的で集合的な抽象概念に還元してしまう」(*Orientalism*, 155)。「オリエンタリズム」批判が提出される前、つまり帝国主義的雰囲気がいまだ濃厚であった時代に書かれたものとはいえ、イェイツはなぜこれほどステレオタイプ的なアジア観を表明したのか？　その答はおそらく彼の歴史観に見出せるであろう。

二

『幻想録』を読むと、イェイツのヨーロッパとアジアの表象が彼の歴史観と深くかかわっていることが分かる。この作品は周知のように妻のジョージーの自動筆記をもとに作り上げたと彼自身が言う、いわばイェイツの「個人宗教」の開陳であるが、彼の造語と耳慣れない概念で満たされたきわめて難解な書物である。それゆえ、ここでのその読解にはおのずと限界があるが、それを前提に、イェイツの歴史観を要約してみよう。彼はそれを月の二八相からなる「大車輪」という概念を仮設して解説しているが、まず月暦の二二〇〇年が一文明期にあたり、同じ長さの太陽暦は一宗教期にあたると言う。そして紀元前一〇〇〇年から紀元一〇〇〇年までを「古典文明」と呼び、そのほぼ中間点でキリストが生まれ（より正確に言えば、西洋によって東洋にはらまされ）、その後は、アジアをその象徴とする「本源的文明」（primary civilization）が続くとする（これをイェイツは「アジアの精神的支配」という言葉で表している）。しかしその後、つまり紀元一〇〇〇年から始まり約二〇〇〇年間続くとされる「われわれの文明」では、西洋と東洋はその役割を交代し、この期間の中間点、つまり歴史の現時点で、今度は東洋が西洋に子供を生ませる。（これは大車輪の回転による必然的な移行である。）この子供は「祭壇の荒れ狂う子供」（the turbulent child of the Altar）と表現され、その誕生以後「対抗的文明」（antithetical civilization）に入るという。つまりイェイツの歴史観によれば、現在は、アジアをその象徴とする「本源的文明」から、ヨーロッパをその象徴とする「対抗的文明」への巨大な転換点にあたるのである。注意すべきは、イェイツのこの「本源的」「対抗的」の独自の使い方で、「本源的なもの」とは仕えるもので、対抗的なものとは創造するものである」(85)。

サイードが「非常にエキセントリックかつ美学化された歴史」(*Culture and Imperialism*, 227)と呼ぶ以上の歴史観がこの詩の背景にあることはまちがいないだろう。イェイツにとってはヨーロッパもアジアも「象徴的」であり、さらに両者の関係および力関係は歴史の中で変わっていく。『幻想録』の次の言葉、「それ［歴史家の見方］に対して私は、あらゆる文明はその最盛期においては同等であり、あらゆる相は回帰するがゆえに、あらゆる文明も回帰すると考える」(3)(206)はそのことをはっきりと示している。すなわち、この詩に見られる「アジア」および「ヨーロッパ」は、いわゆる文化的、文明的な実体というよりは、むしろ歴史の中の巨大な文明期の象徴として使われているのだ。これを読み損ねると、つまり西洋、東洋を象徴的にではなく実体的に捉えると、この詩をいわゆるヨーロッパ文明対アジア文明といった比較文明的視点でのみ読むか、両者の優劣を比較しているとかいった「誤読」に陥るか、さもなければ、後に検討するように、イェイツがファシストであるといった「誤り」をおかすことになる。

三

以上のような歴史観を背景に見据えながら、イェイツの東西認識がこの詩でどのように表象されているかを見てみよう。第一連では、この詩全体の軸となる語、「測鉛で測られた顔」の基盤となる「数」がピタゴラスによって西洋に導入されたが、これは「性格」を欠いていることが示される。つまりこの「数」は、測定の観念、明確な輪郭、およびそれに伴う明晰な理性を西洋にもたらしはしたが、「性格」を欠いている。それを付与するのがヨーロッパの若者だ。彼らはピタゴラスの数がいかなるものであるかを知っており、さらには「情熱」こそがこの欠けている「性格」を与えることも知っている。とすればこの「性格」とは、イェイツの重視する主観性・主体性の表象であると考えられよう。そしてその主観性は、客観性・抽象性の象徴である「想像上の愛」に苦しみ、肉体的・性的愛エネルギーの発散を求めている若者によって与えられる。散文草稿の「情熱のみが神を見る」(Only passion sees God) という言葉が端的に示しているように、いかに精巧な輪郭といえども情熱なしには生命はないとするのである。

第二連になると、フィディアスを中心とするピタゴラスの後継者たちが、第一連で述べられたピタゴラス的「理想」を実現したさまが描かれる。そしてその「勝利」は、「アジアの茫漠たる広大無辺さ」とか、「砕け散る(多頭の)泡沫」といったアジア的表象との対照で、いや、それを打ち破るという形で描かれている。外在的「証拠」を使うには注意がいるが、しかしこの連は、「ボイラーの上で」の次の言葉が比較的直接に詩の形を取ったと考えられる。

私は次のような確信を抱くこともあった。すなわち、芸術はピタゴラスの数を造形芸術にもたらしたあのギリシアの均衡を——すべては空虚で計測されているから神聖であるあれらの顔を——もう一度受け入れねばならないと。ヨーロッパが誕生したのはギリシアのガレー船がサラミスでペルシアの軍団を打ち破ったときではなく、ドリア人の工房が、多様で曖昧、かつ表情豊かなアジアの海に対して、がっしりした肩の大理石像を送り出したときであった。こうした彫像はヨーロッパの性本能に目標を、固着した型を与え

たのだ。(*On the Boiler*, 37)

ピタゴラスの「数」=「明確な輪郭」=「明晰な理性」という理想は、かくしてフィディアスらピタゴラスの後継者によって「神聖な顔」として結実する。しかしここで注目すべきは、ピタゴラス的数をもとに造られた像が神聖である理由として、「空虚」(empty)と「計測されている」(measured)という言葉が併置されている点である。この詩の中でこの二つの言葉は対照的な特質を、すなわち象徴的「アジア」と「ヨーロッパ」を表わしており、それを考え合わせると、イェイツの頭には、東西の融合による神聖な彫像の創造という理想的姿があったかに思われる。このことは、「大車輪は象徴的ヨーロッパと象徴的アジアの結婚として考えてもらわねばならない」(*A Vision*, 203)という言葉にもうかがわれる。

しかし次の第三連は、必ずしもそうした安易な読みを許さない。ここでは、イェイツの東洋認識はきわめてアンビヴァレントな形で現れているが、比較的初期の評者たちはかなりナイーヴな読みを提示している。例えば、F・A・C・ウィルスンはこう言う。「これまでわれわれに示されてきたのは、ヨーロッパの意識がアジアの支配を脱する過程であったが、今やイェイツは彼の言う「断固たるヨーロッパ的イメージ」がついに東洋を支配するに至ったことを示そうと提案している」(175)。こうした読みは、イェイツの東洋認識およびその表象のアンビヴァレンスをあまり考慮に入れているとは思えない。例えば、「仏陀の虚空」(Buddha's emptiness)に対するイェイツの姿勢はもっと両義的なものだ。「一つの像/イメージ」(One image)はヨーロッパからアジアに移ることで、つまりヨーロッパ的・対抗的な文明が本源的・アジア的文明に移ることで、その現実を見る眼を深める。「空虚な眼球は知った/知識は非現実性を増大させ/鏡に映る鏡の映像は実は見せかけだということを」（Empty eyeballs knew / That knowledge increases unreality, that / Mirror on mirror mirrored is all the show.）が意味するのはそういう事態であろう。しかしここでの眼目は、イェイツが、この仏陀に象徴される現実認識はきわめて深いものであるが、それでも、少なくとも彼らヨーロッパ人にとっては十分なものではないことを示唆していることである。ただし、その表現の仕方がかくも複雑になっているところに、この点に関する彼のアンビヴァレントな思いが表れている。

「蝿を食べて痩せ細ったハムレット」（Hamlet thin from eating flies）は、アジア的文明のもとにあるヨーロッパ的文明の衰弱を表わしている。それに対してアジア的文明は、仏陀と「空」の思想に象徴される世界・現実認識を達成した。この認識は超越的な高みに達しているように見える。しかし同時に、「丸くなってのろまになった」（grew round and slow）や「太った」（fat）などに潜む皮肉な響きによって、この認識が自己充足に陥り、停滞していることをも示唆している。その後に、謎に満ちた二行がくる。

銅鑼とほら貝が祝福のときが来たと告げるや
老雌猫は仏陀の虚空へ向かって這い寄る。
When gong and conch declares the hour to bless
Grimalkin crawls to Buddha's emptiness.（*CP*, 375）

この部分をヴィヴィアン・コッホはこう読む。「イェイツはとりわけ仏陀の組織的、儀式的な側面を拒否している。……仏陀が『空虚』なのは祝福のために呼び出された像としてである。他の側面では、東洋の理想は『現実』に対する優越した知識ゆえに賞賛される」(73)。これと対照的なのが松田の解釈である。

「中世の行動家」としてのハムレットが保持していたこのようなまなざしが、近代人の価値観から抜け落ちていったのと並行して、人間と自然の霊性にたいする人々の信念と敏感な感応力によって力を得ていた「グリマルキン」は、力の源泉を遮断されて魔力を失い、仏陀によって実体性も固有性も否定された「空」としての自然の中に包摂されようとしている。それはブッダの側から見れば、真理のめでたい実現であろうが、自然の中に超自然を見るヨーロッパ的心性からすれば、彼らに特有な宗教的情念の不本意な「死」であろう。(四五頁)

前にも述べたように、イェイツのアンビヴァレントな東洋観からすれば、コッホのようなナイーヴな解釈には同意しがたい。イェイツは決して東洋の『現実』に対する優越した知識」を褒め称えているわけではないのだ。これに対して、「グリマルキン」に「中世ヨーロッパ人の宗教性」、すなわち「自然の中に潜む不可思議な力、霊力とか超自然の力にたいして畏れを抱き、また恵みを期待する民衆の心から生まれた人間的な反応や態度」を読み取るという視点からこの箇所にアプローチする松田は、このアンビヴァレンスにより敏感に反応している。それゆえに彼は、「銅鑼とほら貝が祝福のときが来たと告げるや」に、「元来異質なもの同士の真の意味での融合ではなく、一方の衰弱が他方の力に吸い寄せられる、そういう現象にたいするイェイツのきわめてアイロニカルな認識」を読み取っているのである。「老いた雌猫」が「仏陀の虚空」に這い寄る、という謎めいた構図は、こうしたアイロニー、あるいはアンビヴァレンスが色濃く反映した結果できあがったものだろう。

一方アンタレッカーはここをこう読む。「第一連の少女たちは成長し、さらに年を重ねて、第三連では『グリマルキン』、すなわち老雌猫に変身する。情熱には年を取りすぎている彼女らは、仏陀の方へと『這い寄る』」(279-80)。つまり、もはや「情熱」＝肉体的な愛にはふさわしくなくなった老いたヨーロッパ文明が、仏陀的世界観をもつ東洋の思想に感銘を受け、その無力感ゆえにこれにすり寄っていく、と読んでいるようだが、これもコッホ同様イェイツの意図を取り逃がしているように思われる。

この連を他の連から切り離して読めば、前に述べたような「ヨーロッパ」、「アジア」の実体的解釈に陥る可能性があり、またそうでなくとも、この連をおおう瞑想的なトーンから、イェイツの東洋に対する敬意あるいは憧憬のようなもののみを読み取りがちだ。ここで肝要なのは、これをとりわけ第四連と関連させ、そしてアジア的、ヨーロッパ的イメージをあくまで文明期の表象と読むことである。ここにはたしかに、アジア的な世界・現実認識がヨーロッパ的なそれを一歩進めたことに対するイェイツの敬意が見られはするが、それは「自嘲的敬意」ともいうべきものであり、彼が仏陀に払う敬意も、同様にきわめてアンビヴァレントな、すなわち保留つきの敬意である。ともかく見逃してはならないのは、イェイツは仏陀や「空」をアジア的文明の表象として使っていることで、彼の仏教理解がいかなるものであったかはそれ自体興味深い論題ではあるが、ここでそれを問うのは的外れといえよう。

第四連ではトーンががらりと変わる。時代が特定できるだけでなく、復活祭蜂起がはらむ緊迫感とエネルギーがもち込まれる。すなわち、復活祭蜂起という民族のアイデンティティを確認させられる場が用意され、そこで再認識される民族的アイデンティティと、ピタゴラスをその象徴的始祖とするヨーロッパ的・対抗的文明とが一挙に同定されるのである。この同定の基盤となる両者に共通の特性は、この詩では「知性、計算、数、測定」という、きわめて知的・科学的色彩の強い言葉で表されている。通常イェイツは、ヨーロッパ文明のこうした抽象的かつ実証的な側面は否定的に評価することが多く、彼の魔術／オカルトへの傾斜もそこに由来するのだが、ここではむしろ、ピタゴラス的／魔術的／数秘的な意味合いを帯びて使われているようだ。『幻想録』ではこのヨーロッパ的特性がアジア的特性との比較においてこう表現されている。

キリスト誕生以前は、宗教と活力は多神教的で対抗的であったが、哲学者たちが彼らの本源的な世俗的思想をそれに対立させせた。プラトンは思索によってあらゆるものを〈統一〉へともたらし、「最初のキリスト教徒」となった。キリストが生まれると、宗教的生活は本源的となり、世俗的生活は対抗的となった。つまり人間はカエサルのものをカエサルに与えたのである。おのれを超えた超越的力の方向を見つめる本源的秩序は独断的で、平準的、統一的、女性的、人情的で、平和がその手段かつ目的である。一方対抗的秩序は迫り来る力に服従し、表現的で階級的、複合的、男性的、苛酷で外科的である。(262-63)

こうした形容詞の連なりをどう解釈するかは厄介な問題だが、とりあえずアジアと結び付けられる「本源的秩序」が女性的で、ヨーロッパと結び付けられる「対抗的秩序」が男性的であることだけは確認しておこう。いずれにせよ、このような断定的表現が、後に述べる「イェイツ＝ファシスト」論に道を開くきっかけになったことは容易に想像できるが、この第四連のトーンも同様に強い。アイルランドと古代ギリシアをつなぐとされるこれらの特性こそがヨーロッパ本来の伝統であったのだが、文明の大車輪の回転の中で、これはアジア的＝本源的文明の「汚らわしい」波に翻弄されて「難破」してしまった。しかし民族の危急存亡のときである今こそ「われらアイルランド人」の本来のアイデンティティを取り戻す好機なのだ――この一種悲愴ささえ帯びた決意は、復活祭蜂起以前に書かれた「釣師」（The Fisherman）（1914）では、もっと冷静に、というよりは、むしろ哀愁を帯びて語られている。

私が　この賢く素朴な男を
まのあたりに呼び覚ますようになってから
もうずいぶんと時間がたった
わが民族のため
また現実のために書いておきたいと
私がずっと望んでいたのは何なのかと
ひがな一日その顔に答えを求めたものだ

It's long since I began
To call up to the eyes
This wise and simple man.
All day I looked in the face
What I had hoped 'twould be
To write for my own race
And the reality;　（*CP*, 166）

この「賢く素朴な男」は、第二連で「このヨーロッパにはいない男／夢に過ぎない男」(A man who does not exist, / A man who is but a dream) と正体を明かされるが、アイルランドの地霊の化身のようなこの男の相貌の中に詩人が探り当てようとしたものは、「わが民族、そして現実のために書きたいと望んできたもの」であった。

これら二つの詩をつなぐメタファーは「登る」(climb) と「暗闇」(dark) である。「彫像」では、古代ギリシアとの一体化によって西洋の最も良質な伝統への復帰を目指す「われらアイルランド人」は、そのために「われらが本来の暗闇へと登っていく」(Climb to our proper dark)。同様にこの釣師も「石が黒ずんでいる場所に登っていく。「日焼けしてそばかすのできた顔で／灰色のコネマラの服を着て／泡立つ波の下の／石が黒ずんでいる場所に登り……」(...his sun-freckled face, / And grey Connemara cloth, / Climbing up to a place / Where stone is dark under froth ...)。いずれの"dark"も、上述の対抗的な特性が凝縮した象徴的な「場」＝特性であり、D・H・ロレンスが不可思議な潜勢力を秘めた場を「地霊」に、そして「暗闇」に見出したのを想起させる。そしてイェイツの場合、こうした特性を最も十全に備えていると彼が信じる、あるいは切望する「われらアイルランド人」こそが、歴史の必然的移行を先頭にたって押し進めなければならないのだ。このような、アイルランドと理想化された「われらが本来の暗闇」＝古代ギリシアとの接続はいかにも強引で、それがサイードの次のようなや皮肉な見方を引き出したのだろう。すなわちイェイツはこの「彫像」において「自分のオカルティストとしての見方と現実のアイルランドを和解させようとした。……イェイツのアイルランドは革命の国であるがゆえに、彼はその後進性を、発展しすぎた現代ヨーロッパではすでに失われた精神的理想への根源的に分裂的、破壊的な回帰をなしとげる源泉として利用できたのである」(*Culture and Imperialism*, 227)。この「発展しすぎた現代ヨーロッパ」は、釣師とは対照的な人間、「私が憎んでいる今生きている人間たち」、「賢明な者を打ちのめし、偉大な芸術をたたきこわす者ども」に満ちており、まさに「汚らわしい現代の潮流」、「形のない産卵する憤怒」の化身であるが、これも、こうした否定的特質が必ずしも地理的、実体的なアジアに対して使われたものではないことの証拠の一つであろう。

こう見てくると、「彫像」は、「釣師」の最後の言葉、「老いる前に／この男のために　詩を一つ／書き上げよう　夜明けのように／冷たくて情熱的な詩を」（Before I am old / I shall have written him one / Poem maybe as cold / And passionate at the dawn.）を実現したものと言えるかもしれない。「冷たく」、同時に「情熱的」、これが二つの詩でイェイツが強く打ち出している望ましい特性であり、またこれこそが「対抗的」なヨーロッパ的文明の担うべきものなのである。仏陀に象徴されるアジア的文明が達成した認識は偉大なものではあるが、その明察は「情熱」を欠いている。すでに見たように、ピタゴラス的な数に基づいて造られた彫像は、「空」と「計測」という、対立的な二つの文明の特性を兼ね備えているからこそ神聖なのだ。大車輪の回転は、今やアジア的認識を乗りこえ、主体性と主観性に基づく対抗的なヨーロッパ的文明期に入りつつあるが、その交代は、すでに見たように、「大車輪は象徴的ヨーロッパと象徴的アジアの結婚として考えてもらわねばならない」という言葉に端的に示されているように、前の文明期の特性を単に否定するのではなく、いわば止揚するような「弁証法的結婚」という形を取るべきことを人間に要請している。

四

最後に、このような主旨をもつこの詩が、なぜ一部の評者からファシスト的であると見られているのかを検討しておこう。サイードはこの詩をその根拠として特定しているわけではないが、イェイツは「ファシズムを支持」(*Culture and Imperialism*, 230) していたと言い、ブルームはこの詩を「ピタゴラス的ファシズム」(444) の表明と呼び、F・A・C・ウィルスンは「ヨーロッパ的、アジア的」といった用語法に「ファシズムの影響」を見ている。しかしこの点を最も詳細に論じているのはデニス・ドノヒューだろう。彼は、イェイツは「ファシストを是認」した、あるいはファシストは彼の「想像力を引きつけた」と見るが、イェイツの基本的姿勢は「美学から政治を引きだす」ものだと考えるドノヒューは、こう続ける。

現代の批評の混乱のなかで疑問の余地のない唯一の信念に関する項目は「創造的想像力」の優越性である。それは風のごとく思うがままに吹き、議論を超越し、厳然として、情け容赦もない。極端な場合には、それは、自然、歴史、他国民などには何の権利も譲渡せず、自然物の世界は、その挽き臼によって思うがままに料理されてしまうのだ。われわれが、美学におけるかかる独裁的見解を承認しながら、一方、政治の独裁主義はけしからんと公言するのは変な話だ。(一六一―六二頁)

彼は「彫像」という詩の根底にイェイツのこうした美学を読み取り、その主題およびシンボルに彫像を選んだのは、「彫刻は独裁に最も従順な芸術」だからだと言う。

こうした見方は、例えば「ボイラーの上で」に見られる極端な優生学的思想や血統の尊重を考え合わせると、ある程度の説得力をもつかもしれない。また、同時代のかなりの作家や思想家がファシズムやナチズムへの傾斜を見せたことからも分かるように、そうした政治・社会体制を民主主義による知性と文化の平準化、相対化などに対する「解毒剤」ないしは反感の「はけ口」とするのは、当時の多くの知識人の共有するところであった。例えば、イェイツと同様に民主主義を否定して精神的貴族主義を賞揚したD・H・ロレンスも、そうした側面を「ファシスト的」と評されることがしばしばあった。彼を「神政主義的ファシスト」(179)と呼んだW・Y・ティンダルがその典型である。しかしこうした面だけを捉えて彼らをファシストと見るなら、彼らの本質を見誤ることになる。この詩におけるイェイツの第一の目的は、アジア、ヨーロッパをそれぞれ象徴とする文明の必然的交代を詩的形象をもって表すことであり、その形象として、アジアを地理的なそれに半ば重ね合わし、そこに否定的形容辞をあてた。しかしこれは、アジアをいくつかの形容辞に「還元」し、いたずらに貶めてヨーロッパを賞揚するといった、オリエンタリズム的姿勢を表明するためではなく、来るべき文明の特質、そしてそれを担うべきヨーロッパ人、とりわけアイルランド人の特質を明らかにするためであった。そのための手法としてアイルランドを古代ギリシアの精神的後継者とするのは、ハイデガーの同様の試みと同じく、強引に見えるかもしれない。しかし、この詩の批評において健康的なのは、おそらくはそのレベルでの批判ではなく、そうしたイェイツの歴史観がいかに詩的形象として結晶しているかを見ることであろう。

繰り返しになるが、「彫像」におけるイェイツにファシストを読み取るこうした「誤読」は、すべからくアジア、ヨーロッパを実体的に捉え、そこにサイード的な、いわゆるオリエンタリズム的パラダイムを当てはめて読もうとするときに起こるのである。しかしこれはイェイツに、あるいは同時代の西洋の作家や思想家にファシスト的な側面がなかったということではない。例えば先述のハイデガーには明らかにそれが認められる。このハイデガーやイェイツ、ロレンスやE・M・フォースターらの、民主化、平準化、大衆化、産業化といった「近代の病」に対する嫌悪感は激烈なものがある。ジョン・ケイリーが巧妙に指摘しているように、こうした「知識人」たちは、「大衆の反逆に対抗して自分たちを生来の貴族とする思想を生み出した。そう考える根拠は、知識人のみが所有できる秘密の知識、D・H・ロレンスが『群集が知ることを禁じられた教義』と呼んだものがある、あるいはあるはずだ、というものであった。イェイツもこれに同意した」(71)。同時にその一方で彼らは、上記の近代の悪弊を逃れているものとして農民を理想化して「農民カルト」(36)を作り上げ、「農民憧憬者」(206)になるという身勝手さであったと言う。そしてこの後者の傾向は、まさにヒトラーが共有していたものであった。

その方向は異なれ、当時の作家や思想家がそれぞれに「近代の病」と捉えたものからの脱出口の一つが、ファシズム的な方向に向かったのは、歴史の「高み」から言えば誤りだったのかもしれない。しかしこのような議論で大事なのは、「ファシズム」とか「ファシスト的」といった言辞で直ちにそれをカテゴライズし、そして否定することを一旦保留し、当時そうした言動をとった者の意図を、時代という背景の中で理解することである。現在という歴史的高みはいわば「特権」である。過去の者は一切口出しできない「聖域」である。その立場を「悪用」して過去を裁断しても、生産的なものは何も生まれてこない。現在の時代精神から見れば、たしかにイェイツやロレンスらにはファシスト的と認められる側面があったというべきだろう。しかし彼らの言説はあくまでその時代に即して理解せねばならない。そこには歴史の力学とでもいうべきものが大きく作用しているからである。

注

（1）作品の「意図」を読みとる上で「外在的証拠」に頼りすぎる弊害はつとに指摘されているが、その「効力」の範囲を意識していれば、かなり有力な手がかりになる。この詩に関しては、"prose draft" (Jeffares, 412) に見られるイェイツの意図が最終稿にほぼ正確に反映されていることは明らかであろう。

（2）例えば山崎弘行は、この規定は再考を要するという。「再臨」の解釈をめぐるサイードの解釈には不備があるとし、その原因を、イェイツが「脱植民地化の詩人」であるという仮説から出発し、彼が、「ヨーロッパ人でありながらも植民地化された第三世界の知識人であったという事実を……指摘することに終始」することに求めている。その仮説ゆえに、イェイツのファシスト的側面に対する彼の解釈は分裂していると言うのである（一五七―一九五頁参照）。

（3）これはいわゆる「循環史観」で、ニーチェの影響もあろうが、シュペングラーやトインビーの歴史観ともつながるものである。事実イェイツは、『幻想録』出版の数週間後に出版されたシュペングラーの本（特定はしていないが明らかに『西洋の没落』であろう）との類似性を認めている（*A Vision*, 18 参照）。

引用文献

ドノヒュー、デニス『現代の思想家イェイツ』大浦幸男訳、新潮社、一九七二年。

松田誠思「自己批評としての"The Statues"」、風呂本武敏編著『ケルトの名残とアイルランド文化』渓水社、一九九九年。

山崎弘行『イェイツとオリエンタリズム』近代文芸社、一九九六年。

Bloom, Harold. *Yeats*. New York: Oxford UP, 1970.

Carey, John. *The Intellectuals and the Masses: Pride and Prejudice among the Literary Intelligentsia 1880-1939*. London: Faber and Faber, 1992.

Jeffares, A. N. *A New Commentary on the Poems of W. B. Yeats*. London: MacMillan, 1984.

Koch, Vivienne. *W. B. Yeats: The Tragic Phase: A Study of the Last Poems*. London: Routledge & Kegan Paul, 1951.

Said, Edward W. *Culture and Imperialism*. New York: Vintage, 1994.

______. *Orientalism*. New York: Vintage, 1979.

Tindall, William York. *D. H. Lawrence and Susan His Cow*. New York: Cooper Square Publishers, 1972. First published in 1939.

Unterecker, John. *A Reader's Guide to William Butler Yeats*. London: Thames and Hudson, 1959.

Wilson, F. A. C. *Yeats: Last Poems: A Casebook*. Ed. Jon Stallworthy. London: MacMillan, 1968.

Yeats, W. B. *The Collected Poems*. London: MacMillan, 1950.（*CP*）

______. *On the Boiler*. Dublin: Cuala Press, 1939.

______. *A Vision*. London: MacMillan, 1962.

第五部　「死への先駆」

第二〇章　引き裂かれた聖霊——ロレンス晩年の作品群におけるヴィジョンの分裂

イエスは彼女に言われた、「われに触れるな。われはまだ父のみもとに昇らざればなり。」

（『ヨハネ伝』、二〇章一七節）

序

「われに触れるな」はロレンスの生涯に投げかけられた呪詛の言葉である。その白鳥の歌、『アポカリプス』の最終章で、彼は現代人に、「個たる人間は愛することができない」（*A*, 147）という呪詛の言葉を投げかける。「個人、キリスト教徒、民主主義者」になった、あるいはならざるをえなかった近代人はついに愛することができない。なぜか？　個としての人間同士の関係を断ち切るものが近代人の精神の中に構造的に組み込まれているからだ。そしてこの事実の根底には、「われわれは関係に耐えられない」（148）という事実が横たわっている——もしこれがロレンスの生涯を締めくくる最後のヴィジョンだとしたら、それまでの彼の思索の総体、なかんずく、この書の直前に書かれたあの「愛」と関係性との情熱的な、いや、ほとんど熱狂的な祝婚歌であり、その「愛」を可能にする聖霊の賛歌である『チャタレー卿夫人の恋人』という存在はいったい何なのだろう。その作品につぎこまれた膨大な時間とエネルギーはいったい何だったのだろう。

『アポカリプス』には先に引いた絶望的なヴィジョンに続いて、人間がひそかに求めているものが記されている。「人間が最も情熱的に求めているのは、生きた完全性と生きた連帯性であって、決して自分一人の『魂』の救済ではない。人間は何にもまして第一に肉体的な充足を求める。というのも、今生という一度だけ、この一回だけに限って、彼は肉体をもち、生殖の力を備えているからである」。『アポカリプス』の結末に近いこの一節は、ロレンスの肉体賛歌を高らかに歌いあげた文字どおりの白鳥の歌として、しばしば文脈から引き離して引用され、言及されるが、論の流れから見る限り、彼がここに見果てぬ夢を「遺書」という形で書き残していることは明白で、行間に流れる一種悲壮な響きはそのためである。「われわれは生きて肉のうちにあるということに、そして生きた身体を具えているコスモスの一部であることに歓喜し、乱舞すべきではないか」(149)。先の引用に続く言葉であるが、ここに見られる「すべき」という強い言葉づかいに、ほとんど実現する由もないことに対する見果てぬ夢と、同時にそれが不可能であることに対する深い諦念と絶望を読み取るのは、必ずしも「誤読」ではないだろう。

『アポカリプス』の少し前に書かれた「死んだ男」は、過去の「愛の説教」は実は「愛の強制」であったと自戒し、懐疑の果てになんとか「幻滅の嘔吐感」を乗り越え、ついにはイシスの女との肉体的接触を通して真の甦りを迎える男の再生の劇である。この作品は、接触を、とりわけ性的な接触を人類のおかれた悲劇的な時代からの唯一の脱出口と位置づけ、それに最後の望みを託し、しかもその試みを肯定的に描いているという点で、『チャタレー卿夫人の恋人』の双生児とも呼べるものだ。しかしこの中編にも、その主題となっている異教的な香りの濃厚な肉体賛歌に、微妙な不協和音が紛れ込んでいる。結末の男の船出である。『チャタレー』では主人公の二人が一緒に暮らすことを夢見、そしてその可能性が強く示唆されていたのに対し、この中編では、互いが互いの再生に力を貸す、というより、その再生に必要不可欠な要素となりあうという、『チャタレー』とまったく同じ「相互救済」の構図が完成しながら、男は女を離れていく。

しかし、なんといっても晩年のロレンスのヴィジョンに決定的なくさびを打ち込んでいるのは、「島を愛した男」という不気味な中編である。二〇世紀文学におけるニヒリズムの極北とも呼べる陰惨きわまりないこの作品は、「接触の神秘」による男女の、そして人類の救済と復活、としばしば概括されるロレンスの晩年の思想を根底から揺るがすほどの、底しれぬネガティヴな人間観を胚胎している。『チャタレー』を読み解くという作業は、おそらくこの作品の解読を抜きにしては完成しないであろう。

そして再び『アポカリプス』。ロレンス最後の研ぎ澄まされた洞察と、強烈な異教的コスモス賛歌の果てに控えているのは、呪いのような六箇条だ。「キリスト教の教義とキリスト教の思想が見逃してきたおそろしく重大な点」として列挙されたこの六箇条は、ロレンスが近代人に見た「病」の最終的な診断書であり、同時に彼が人類に渡そうとした引導である。最後の段落にはかすかな希望が見える。しかしそのなんとささやかなことか。そこから透けて見えるものは、希望よりはむしろ絶望に近い(146-48 参照)。

晩年の作品をこうして俯瞰したときに見えてくるロレンス最後のヴィジョンは、コニーとメラーズに代表される「選ばれた少数者」の間に生まれる「二股の炎」=「聖霊」によって真の男女関係が復活し、そして「太陽とともに始める」ことによって人間がその真の姿を回復するであろうという肯定的・積極的ヴィジョンの裏に、人間同士が真の関係をもつことに対する苦い絶望が垣間見えるという、きわめて分裂的なものである。二五年の執筆を通しての思索の果てに彼がたどりついたヴィジョンが、もしこのように引き裂かれているとしたら、彼の、時代との、そして自己との格闘はいかなる意味をもっていたのであろう。

一　「聖別」と「呪縛」

「われわれの時代は本質的に悲劇の時代だ、だからこれを悲劇的にとらえることを拒否しているのだ。」(*LCL*, 5)――『チャタレー卿夫人の恋人』というロレンス最後の長編の性格を決定づける最大の特徴は、この非物語的、あるいはむしろ反物語的な断定でテクストが始まるところにある。かつて彼自身がこのような書き出しをしなかったというだけでなく、およそナラティヴを重んじる作家であれば、このような結論的言辞を冒頭に置くという拙劣さは避けるであろう。長い作家生活でナラティヴ・テクニークを磨いてきたロレンスが、ここに至ってそうした拙劣さを露呈したとは考えにくい以上、このような形での「開演」にはある確固たる意図が働いているはずだ。すなわち、この断定的な結論先取り的な言葉は、彼のいらだち、焦燥感、いや、もっとあからさまに言えば、彼の絶望感が書かせたのではあるまいか。(1)

しかし、もしそうだとすると、この作品全体をおおう「絶望を突き抜けて歓喜へ」的な希望の光を濃厚に感じさせる雰囲気、そして、選別、いや「聖別」された二人の男女が、その関係の中でそれぞれの苦悩を超克して互いを蘇生させあうという、「相互救済」と呼んでもいい主題はどうなるのか。底知れぬ絶望感が反動的に生み出した刹那的な歓喜なのか。いや、ことはそう簡単ではないだろう。

この問題は『チャタレー』というテクストのもう一つの特徴と密接に関連している。すなわち、登場人物の造形の固定性ないしは決定性である。そしてこのことは、これまでのロレンスの作品にこれでもかといわんばかりに繰り返されてきた男女の葛藤が縮小していることと一直線につながっている。コニーとメラーズという男女の間に起こる葛藤が、例えばアナとウィルやアーシュラとスクレベンスキー、あるいはアーシュラとバーキンとの間に見られたそれと、規模においてばかりかその性質においても異なっていることは明白である。それどころか、二人は出会いのほとんど当初から互いの親近性、いうなれば「魂の友」的な同胞意識を抱く。[2] その意味で、以前の主人公たちの接近と関係の成就とを妨げていた「本質的」な障害はこの二人の間には初めから見られない。彼らはそれぞれのいまだ摩耗していない本能で、相手が魂の友であることをかぎあて、紆余曲折はありながらも、本質的には一度も振り返らず、まっすぐに相手に向かっていく。彼らを「聖別」された者たちと呼ぶゆえんである。そしてこの「聖別」は、固定した人物造形という土台の上で行なわれる。

二人の最初の出会いは、物語もかなり進行した第五章で起こる。短い、そしてまったくなにげない出会いだが、二人の波動はすでに共鳴を始めている。メラーズが初めてコニーの前に現れる様子が、「まるで彼ら（コニーとクリフォード）に襲いかかるかのように」と描写されているのは暗示的という以上に後の展開を予告しているが、その彼はコニーの眼には「ハンサムといっていい」男として映る。彼女の眼をまっすぐに見つめる眼差しは「まったく恐れを知らず、非個人的」で、「皮肉っぽい傲慢さ」(46)を宿している。庭園に抜ける木戸を押さえているコニーの前を通る二人の男は、このとき初めて彼女の眼で対比されるのだが、「貴婦人のお前がそんなことをすべきではない」と言わんばかりに批判的なクリフォードに対して、メラーズはここでも「非個人的な眼で」、「非個人的に彼女を知ろう」と見つめている。その眼は「苦悩」と「超脱」を宿しているが、そこに「ある種の温かさ」があることも彼女は見逃さない。「彼女の中の女性」が彼の弱々しさの中にひそむ「充溢した生命力」(47)を感じとるのである。

こうした描写に早くもある種の固定性を見るのはさほど困難ではない。いや、あのロレンスのモットー、すなわち「古いエゴ」ではなく、いわゆる「個人」ではなく、人間を形作っている「炭素」を、「核」を描きたいというモットーはまちがいなくこの作品執筆時にも不変のはずで、ならば、彼の人物造形がこの種の「堅さ」を、つまり固定性をある程度備えているのは、とりわけ欠点とはいえず、むしろ長所と捉えるべきではないかという見方もあるだろう。これ以前の作品において、彼のこのモットー、あるいは野心がどの程度成功しているかは本稿の主題を超えるが、しかし『チャタレー』に見られるこの種の固定性はいささか極端で、「炭素」を描くという努力とは別種のものに映る。ただし、これはコニーとメラーズという個人が物語の進行の中で変化しないということではない。前述した通りこの物語は「相互救済」の物語であり、互いに救済し、またされるためにはそれぞれが変わらなければならない。しかしその変化は、本質的な変化というよりも、むしろそれぞれがこの奇形的な世界の中で認識することができないでいた各自の「良さ」、つまり「本質」を認知し合い、そしてその相互確認が双方の意識を変える、という構造をもっている。換言すれば、二人の人間のありかたが本質的に変容するのではなく、それまでもっていたそれぞれの特質を確認し、評価し合うことによってその特質を強め合うのである。

二人の主人公の特質は「孤独(アローン)」と「超然(アルーフ)」という言葉に集約できるであろう。ともに「世界」から孤立し、あるいは疎外されて接触を失ってはいるが、人間に必須の尊厳はかろうじて保持している、という語感がまとわりついている。そしてこの特質こそが、彼ら以外のすべての登場人物から剥奪されたものであり、また彼ら二人を結び付けるキーになるのである。

コニーがメラーズの身体を洗うのを見る場面はこの意味で注目に値する。作者自身がコニーの「幻視体験」

と形容するこの場面は、コニーがそれまでうすうす勘づいてはいてもはっきりとは認識していなかった自らの価値観、あるいは美意識が、メラーズの身体の「美」を見るという強烈な衝撃を受けることで初めて意識にのぼるところである。「……純粋に孤独な生き物が発する孤独の感覚が彼女を圧倒した。一人で生きている、内的にも孤立している人間の白い孤独な、そして完璧な裸身。さらにそれにもまして、純粋な人間のもつ独特の美しさ」(66)。彼の「美」がその「孤独」と完全に融合していること、いやむしろそれから発していることに注目されたい。

二人の四度目の出会いの場面では、彼女は彼が仕事をするのを「凝視する」。「彼の裸身の中に見たのと同じ孤独、単独で行動している動物のような、さびしそうではあるが集中した様子[3]」が「「コニーの子宮に触れ」(89)るのである。見られる彼の方も彼女の存在を痛いほど意識している。「突然」あの炎が下半身で燃え上がる。しかしそれは苦痛だ。「この世での唯一の希望は一人でいること――そんな地点にまで彼は達していた」(88)からである。もう「人間同士の接触」はいらない。その裏には必ずや「女の意志」(89)があるからだ。それからである。もう「人間だけは追い払おうとしない。すでに以前の出会いで「彼女はいい、本物だ！　自分でも彼は彼女という人間だけは追い払おうとしない。すでに以前の出会いで「彼女はいい、本物だ！　自分で思ってるよりずっとすばらしい」こと、つまり彼女の本質を感じとっているからだ。彼女の方もそれに応えるかのように、彼に「実に非凡なあるもの、何か特別なもの」(六八頁)をかぎあてる。

もう一つの重要な場面——二人が初めて性交渉をもつ場面。ここでは「孤独」や「超絶」という語こそ使われていないが、キーとなる「見捨てられた(フォーローン)」という語は本質的にこれらと同義、あるいは「奪われた」という語感が加わる分よけいに重い言葉である。「恐れを知らない、きらめく新しい命」をヒヨコの中に見るコニーは、それに「魅惑され」ると同時に、あらためて「自分の中の女性のわびしさから生まれる苦悩」

(114)に打ちのめされる。一方彼は、涙を流す彼女を見て「突如として」(傍点引用者)あの忘れ去ったはずの性欲を覚える。眼の前の彼女の中には「打ち捨てられ、押し黙ったなにか」があり、その彼女に向かって「彼の下腹部で共感の炎が燃え上がる」。「自分の世代のわびしさに胸ふたがれてわれにもあらず泣く彼女」を見て、「彼の心は突然溶けてしまった」(115、傍点引用者)のだ。ここでも二人を結び付けるのは、両者に共通した特質、すなわち「孤独」であり「わびしさ」である。この孤独感、世界からまったく切り離されたという感じ、世界の誰とも価値観を共有できず、接触もできないというあきらめ、自分が完全に異邦人であるという苦悩、これが二人の中に同胞意識を目覚めさせるのだが、「突然」という言葉の繰り返しによって、その目覚めがいかに知的意識の妨害なしに起こったかが強調されているようだ。

二人の特質は物語の最後に至るまで変わらない。変わってはならないのだ。なぜなら二人はロレンスのメッセージの最後の体現者であり、その特質を確認し、いっそう強めることこそがこの作品全体の目的だからである。こうした固定性・決定性を意識してのことであろう、ロレンスにはきわめて珍しく、『チャタレー卿夫人の恋人』について」という「解説文」を書いている。その中で、コニーやメラーズ以上の固定性・決定性をもつクリフォードについて「弁明」しているが、ロレンスの人物造形の「意図」を知るのに格好の材料なので、以下これを参考にしながら検討してみよう。

クリフォードは最初から「呪縛」された存在として登場する。しかし、彼は「利用価値のある関係以外は、仲間の男や女たちとの関係を完全に喪失して」しまった「われらが文明の純粋なる産物」である、というロレンス自身の言葉は簡単には鵜呑みにできない。クリフォードの下半身不随は意図的、象徴的なものなのか?——こうした当然あると予想された質問に対して、ロレンスは実に周到な答を用意している。「私には分からない。

少なくともクリフォードを生み出したときにはそうではなかった」と言うのである。そしてこれもロレンスらしく、まず第一稿を書き、それを読み直したときに初めて「クリフォードの下半身不随は、感情の深層、もしくは情熱の麻痺、つまり現代の彼の階級に属する彼のような人間すべての麻痺の象徴であることに気がついた」と言う。不具者クリフォードを見放させることでコニーをひどく卑俗な人間にしたことは認めながら、「しかし物語はそういう形でひとりでに生まれてきた、だから私はそのままにしておいたのだ」(333)と述べる。むろん簡単に得心できる言葉ではない。

ロレンスは彼自身がそう主張するほどには、そして一般に受け取られているほどには、直感的に筆を走らせる作家ではない。彼の物語構成に払う努力は、その創作過程を見る限り決して少なくない。作品の布置結構に対してはきわめて敏感なのだ。通常そう思われていないのは、一つには彼自身がいかに直感的に書くかを強調しているのを読者および批評家が鵜呑みにしてきたからであり、いま一つは彼独自の物語構成法のためである。つまり筋を結末までじっくり練りあげた上で書くのではなく、ともかく自己表現の衝動にまかせて着手し、最後まで書き上げ、そして納得するまで初めから書き直すという方法である。(4) しかしこれは決して彼が作品に手を加えないということを意味するのではなく、部分修正よりも物語全体の有機的な流れを大事にするというにすぎない。「ひとりでに生まれてきた」とは彼一流の修辞、つまり過大な知的操作を加えていないという自負を込めた修辞と解すべきであろう。(5)

作品全体におけるクリフォードという存在の意味と意義を見る限り、ロレンスの意図的な造形には疑問の余地は少ない(たとえその「意図」が彼の言う無意識から出てきたものであろうとも)。その証拠はいくらもある。同じく「『チャタレー卿夫人の恋人』について」の中の、「本質的に、そして永遠に男根的でない結婚は結婚ではない」(324)という言葉だけでクリフォードの人物造形のプロトタイプを突きあてるには十分であるが、作品のナラティヴそのものの中にも彼を「呪縛」する言葉はふんだんに見られる。例えば、「彼は、ある独特の麻痺させるような形で、自分が無防備であることを意識していた」(LCL, 10 傍点引用者)。まだ彼が戦争で不具になる前の「説明」からしてすでにこうである。彼には最初から「麻痺」の影がまとわりついている。いや、彼は最初から「麻痺」している「不具者」なのだ。それを証明するために、つまりコニーがその「麻痺」ゆえに彼を憎悪し、メラーズと関係をもつに至るかを、作者は実に作品の三分の一を使って読者に訴えているのである。そしてそのほとんど頁ごとに、いかに彼が「呪縛」されているか、その「麻痺」が彼のいかに深いところにまで達しているかを書き記している。

　彼らが住むミッドランズをおおう空は「呪われて」おり、その下で営まれるこの地の生活は「他のすべてのものと同様宿命づけられている」(13)。それと同じ宿命がクリフォードにとりついている。「何とも、また誰とも実際の接触をもってはいない」彼は、しかし、あるいはそれゆえに、「彼女に完全に依存していた」(16)。その虚無ゆえに「無意味な」小説を書きはじめる彼は、それを真の接触の代替物にせんとする。「すべてを言葉に還元」し、その言葉は「常に彼女と生の間に割り込んできて、生きたものから生の樹液を吸い取ってしまう」(93)。議論になれば鉄壁の理論でコニーを圧倒しはするが(45)、彼女の内なる不満には気づかない(「未知の男」「メラーズ」は気づくのだが)(48)。彼女が彼の中に見るのは、「虚ろさ」であり「無」であり「愚鈍さ」である。そして彼女を通して作者はこう述べる。「魂が受けた傷はじわじわと広がっていき……ついにはその人間の精神全体をおおってしまうのだ。……徐々にコニーは、恐怖と戦慄の傷が彼の中に浮かび上がり、広がっていくのを感じた」(49)。いかに彼が言葉に、小説に、「精神生活」(50)に逃れようと、虚ろさ、無の感覚はつきまとう。富と名声を求める彼の姿は、彼女の眼には「ピリピリするような興奮」と「金を追い求める雌犬神に身売りしている」(51) ようにしか見えない。

　クリフォードの特質を描写する語彙はきわめて限られており、しかもそれらが全編にわたって繰り返される。そのステレオタイプ化された描写にはいささかうんざりするが、そう感じさせるのは、クリフォードの人物造形の決定性および固定性であり、その「呪縛」の深さである。何頁読んでも彼は変わらないし、変わる気配もない。ただ一箇所、コニーが彼に共感を示すところがある。メラーズが身体を洗うのを見て衝撃を受けた彼女は、その夜自分の裸体を鏡にさらす。やせ衰えたその身体を見るにつけ、クリフォードに対する「冷たい憤怒」が燃え上がり、「不正だ！　不正だ！」と内なる叫びをあげる。肉体が裏切られた、だまされたという怒りと屈辱感。そのときふと彼女はこう思う――「かわいそうなクリフォード、彼が悪いんじゃないのに。彼の苦しみの方が大きいんだわ。これは大破局の一部にすぎないのよ」(71)――わずか二行の「共感」。「でも、本当に彼には責任がないのかしら。ちっとも温かさがない、ほんのちょっとした温かい身体の接触すらない――それさえ彼の責任じゃないのかしら。彼は一度だって心から温かかったことはないわ、ほんの一度だって」(72) という呪咀の言葉が、たちまちこれを消し去る。さらには後に、コニーが自分の許を去っていくのを知って呆然自失するクリフォードにボルトン夫人がひそかに投げつける「呪い」の言葉を見よ――「こんなことになったのも……彼がいつも自分のことばかり考えていたからよ。不滅の自己とやらに首まで埋まっていたもんだから、ショックを受けると包帯でぐるぐる巻きにされたミイラも同然。まったく、なんてざまなの！」(290)。

　彼にかけられた「呪縛」がいかに深いかを、こうして読者は繰り返し言い聞かされる。この硬直性こそが、クリフォードを「アレゴリー」に、それもあまり深みのないそれにしている。彼は最初からロレンス的な負の価値をすべて背負わされた、ロレンスが最も嫌うアレゴリカルな人物として登場し、そしてそのまま退場する。成長もなければ堕落もない。『アポカリプス』の冒頭、ロレンスは子供心にいかにアレゴリーを嫌ったかを書いている――「人間はキリスト教徒であるのみではない。白馬の騎士は単に『信心深さ』とか『真実』以上の存在だ。人間がある特質の具現でしかないとき、彼らは私にとっては人間ではなくなるのである」(61)。しかしロレンスは、自分が指摘したまさにこの陥穽にはまっている。クリフォードは「われらが文明の純粋なる産物」として見事なまでに固着している。(6)

武藤浩史はこのクリフォードの造形について、『チャタレー』執筆がロレンスにとって「悪魔祓いの儀式のようなもの」だったという視点から、興味深い解釈を示している。すなわち、ロレンスが晩年に抱いた「健康に問題を抱え妻には浮気をされていることに起因する性的不安」を、「自らと似た境遇にあるクリフォードに転移」させ、「物語が進むにつれ徐々にクリフォードをより単純な悪者にしてゆくと同時に、彼を作家から実業家に転身させて作者ロレンス本人と離れた存在にしてゆく。この転移と分離という二つのプロセスを通して、性的不安という穢れを負わせたクリフォードを作品後半では単に排除すべき悪漢に変化させ、最後はヒステリックな幼児的な男として片付けることにより、作者自らの性的不安を想像世界の中で拭い去ろうとしたのだろう」(一一三頁)と。やや伝記的「事実」に頼りすぎている感はあるが、なかなかに鋭くうがった読みである。クリフォードがロレンスの「ネガの自画像」、少なくともその一端を表わしていることは疑うべくもないが、武藤はそのような自画像を描いたロレンスの真意を「悪魔祓い」に見るのである。この「悪魔祓い」は、例えば『むすこ・こいびと』(武藤の訳を借用)にはもっとはっきりと見て取れるが、おそらく、執筆という行為を突き動かす根源的要因なのだろう。その意味で、この作品に「悪魔祓い」を見てとるのは「正統的」な読みだが、しかし、先にも述べたように、クリフォードは決して「徐々に単純な悪者」になるのではない。彼は冒頭から、カインの末裔のごとく、額に印を押されている。しかもそれは「単純な悪者」の印ではない。ロレンス自身が認めるとおり、時代の病、近代の宿痾を一身に体現させた印なのである。

同様の固定性はバーサ・クーツにも見られる。この一度も登場しない人物は、それだけ固定化も簡単だが、ここでの彼女はメラーズの語るがままの存在、つまり彼の語りのみがつむぎだす存在である。彼女を描く視点は一つしかなく、読者には彼女の造形性を吟味する余地すらない。これを鎌田明子は「ステレオタイプ」と断じ、「バーサは『色魔』であるという役を割りあてられただけで、女性としての肉体と精神の両方を考慮に入れたバーサという人間の『セクシュアリティ』を描こうという視点が欠けている。……結局、コニー像を際立たせるために作った人形のような存在で終わらせている」(二〇四―五頁)と述べているが、妥当な読みであろう。ただ注意したいのは、この読みにはフェミニズム批評の色彩が感じられることだ。この批評はテクスト読解に多大な貢献をした反面、とりわけロレンスを読む際には勢い余って、彼を女性嫌い、男性優位主義者と決め付けるという「負の側面」も併せもっていたことはつとに指摘されており、私もその立場に立つものだ。ロレンスはバーサという人間のセクシュアリティを「全体的」に描く意志そのものがなかったのであり、その指摘は私の指摘と重なるが、私はそこにフェミニズム的な批判を込めておらず、むしろロレンスのある「意図」のために、コニーとメラーズ以外の登場人物が、程度の差はあれ、平板に、固定的に造形されており、バーサもその例にもれないということを指摘したいのである。

人物造形の決定性・固定性の解明にずいぶん紙幅を割いたが、これから導き出したい結論は、ロレンスがいかにメッセージを説くに急であったか、そのために以前の作品には見られた人物の幅と柔軟性がどれほど犠性になっているか、ということである。そして何より注目すべきは、この性急さの背後に垣間見える不安定、すなわち、コニーとメラーズを宙づり状態に残さざるをえなかった不安定である。一方に「聖別」された人物を、他方に「呪縛」された人物を配し、その上にテクストを織りあげても、そこからは物語特有の柔軟な広がりは生まれず、作者のメッセージだけが目につく。そうしたテクストから出てくる二人の主人公の関係は、作者が読者に信じさせようと願ったほどには確固としたものにならず、逆に作者の力みばかりが感じられる――そうした不安定である。ロレンス最後のヴィジョンには不気味な亀裂が走っていると言わざるをえない。

二　予定調和

モダニズムの作家とされるロレンスがいわゆる「安定した」結末を書くはずもなく、また『チャタレー』以前の作品にも同種の不安定さが見られることは承知している。この点に関しては丹治愛のモダニズムの定義が参考になる。

秩序（「形あるもの」）はいったんカオス（「形なきもの」）へと「再同化」（＝「ディークリエート」）されることによって再創造（＝「リークリエート」）されていく――エリアーデが「永遠回帰の神話」のなかに認めたこの神話的な円環的構造は、直線的進歩の破産を経験したモダニズムに独特の過渡期の意識を映し出すものとして、そのなかにつねに同時的に働いている二つの並存する、解体と創造の力の弁証法的関係をあきらかに示している。エリアーデ自身、その神話的円環的構造をモダニズムの文学のなかに見いだしているように、モダニズムとはたんに伝統と過去にたいする破壊的な過程を意味するわけではない。また、たんに秩序が一回的に解体され、そのかわりに新たな秩序が一回的に生み出されていく過程を意味するわけでもない。モダニズムとは、「ディークリエーション」と「リークリエーション」という二つの過程がたえず交代する、解体と創造の弁証法的円環をはらむ過渡期として定義されなければならない。（一一頁）

そして丹治は、このような弁証法的関係を最も強調した作家としてロレンスを挙げている。彼の最もモダニスト的な小説といわれる『恋する女たち』はもちろん、ロレンスの思索全体を貫く太い縦糸の一本が「破壊を通して創造へ」という弁証法的過程であったことにまず異論はあるまい。そしてそのような「円環的」思索を進める以上、その結末が安定を示す道理はない。物語のどの一点も破壊と創造の衝動がせめぎあう衝突点であり、その意味でモダニストの作品に終わりはない。いや、どこも終わりでどこも始まりなのだ。

こう見るならば、『チャタレー』の結末の不安定さに格別の疑義をはさむ必要はなさそうである。しかし、そうか？　ここから受ける不安定感は、どうもそれとは質を異にしているようだ。つまり、「解体と創造の弁証法的円環」は最初から目指されていないのではないか、ここに見られる不安定は「破壊と創造の衝動」のせめぎあいの結果生まれたものではないのではないか、という印象を読者に強く与え、ひいては、作者自身が自分の結論にどれだけの確信を抱いているのだろうかという懸念を残すのである。

こうした不安定を生み出す大きな要因として、人物造形の固定性、そしてその原因であるロレンスの性急さを前節で論じたが、これと緊密に関連して、彼特有の宿命論、それも「選良主義的」宿命論がもう一つの要因になっていると思われる。

何度かのすばらしい性的接触を経て、コニーはクリフォードを捨ててメラーズを選ぼうとしている自分の選択が正しいことをますます強く確信するに至る。その過程で、これまでのロレンスの作品には必ず見られた男女の「意志の闘い」が、ここでも見られはするが、それは、例えばアナとウィルやアーシュラとバーキンの間のそれに比べると、実にささやかなものになっている。三度目の性交渉の後、彼女は彼に対する自分の中の情熱に必死であらがおうとする。「それは自分自身に対する自己の喪失を意味していたから」である。彼女の中の「自己意志という悪魔」は必死のあがきを見せるが、今や彼女の内部には「もう一つの自己」が生まれている、まるで「子宮が開いて新たな生命をみごもったかのように」(135)。

その後、一回の出会いで三度続けて交合をする場面が描かれる。最初の交合のとき、「彼女の精神の中の何かが抵抗しようと身構えた」。そうした態度で行う交合はロレンスの弾劾する「頭の中のセックス」をほとんど図式化したものとなる。「彼女の精神は頭の上から見おろしているかのようで、彼の腰の動きは実にばかげたものに見え」、彼のオーガズムでさえ「茶番」に思えるという、実にとりつく島もない抵抗ぶりだ。以前の性交渉では、自分に満足を与えてくれる彼に対して「賛嘆の念」抱き、それこそが「彼女の宝だ」(136)とまで描写されたが、こうした関係の中で、満足を、すなわち恩恵をこうむった側が、それゆえに相手の意志の奴隷となることを本能的に察知してこれに抵抗するというのは、これまでのロレンスの作品に繰り返された主題であり、またその際の心理のえぐり方の鋭さと執拗さこそが彼の文学の強みでもあった。その意味で、ここでのコニーの抵抗はむしろ自然ですらある。

しかし、この作品での大きな変化は、この抵抗が長続きしないことだ。その本質的な理由は、前に述べた人物造形の固定性、そして彼らの「聖別」にある。抵抗されたメラーズはあくまで冷静で、「どうしてもあなたを愛せない」と言うコニーに、「おらを愛せねえなんてことでくよくよしちゃなんねえ！」と、例によって方言でさらりとかわす。（クリフォードとは違って）相手に決して自分の意志を押しつけない高潔さ！　その相手の柔らかさを察してか、彼女は身を離そうとする彼にしがみつく。そのとき、注目すべきコメントを作者はつける――「彼女はまさにこの自己というものから自分を救い出したかったのだ、内なる怒りと抵抗から」。この自己の内部を見る「理知」の力、あるいは言葉を換えればものわかりのよさも、以前の女主人公には見られなかったものだ。[7]この直後に、「それにしても、彼女の内部を捉えている抵抗のなんと力強いことか！」という言葉が続くが、しかし、この抵抗が実はあまり「力強く」ないことをすぐにわれわれは知らされる。彼が彼女を抱きしめると、「突如として彼女は彼の腕の中で小さくなった。……抵抗は消え、えもいわれぬ平安の中に彼女は溶け去っていった」（173　傍点引用者）。そしてこれに続くのがあの有名な描写、性の大海に揺られて「彼女は消えた、存在しなくなった、そして生まれた――女になったのだ」（174）という高らかな性の賛歌である。その後、何度か両者の間に小ぜりあいは見られるが、本質的な対立、つまりこれまでの主人公たちの間で繰り返された「意志の闘い」という意味での対立はこの時点で消滅する。後に見られるのは、階級の違いというこれに比べれば重要性において劣る主題の上での葛藤である。いや、むしろ、ケイト・ミレットの言うように、二人は「二つの階級の間にある壁を破って関係をもったというより、むしろ階級など超越し、富や身分でなく、性のダイナミズムとも言うべきものを基盤とした特権階級に入っていった」（一五三頁）と見るほうが正確であろう。

「今日、女性性のうちの最良の部分はロゴスの中に固く封じ込められ、その結果女性は肉体のない抽象的な存在に堕し、見るもおぞましいほどの自己意志を固めている」（*4*, 126）。この言葉はどうやらコニーには当てはまらないようだ。アナ、アーシュラ、グドルンには強烈に見られた「自己意志」は、アルヴァイナ、ハリエット、ケイト、そして「馬で去った女」と女主人公の系譜をたどるにつれて弱まり、コニーに至っては、メラーズの性の力の前に「突然小さくなる」という、ほとんど予定調和的なそれしかもっていない。彼女からは「今日の女性」の面影は消えている。[8]

なぜか？　ここでも、ロレンスは急いでいた、メッセージを伝えるのにあまりに急いでいた、と見るのが最も正確であろう。この時点でのロレンスにとって、コニーもメラーズもクリフォードも、彼のメッセージを伝えるいわば操り人形で、それを的確に伝えるためには、それまで行なってきたような主人公たちの間での繰り返される葛藤や彼らの中の延々とした逡巡・動揺はもはや必要ない。この物語の登場人物たちは、その意味でみな「よくできた人間たち」なのだ。そしてそこから生じるナラティヴの不完全さ、説得力の弱さを補う、というよりは、一挙に解消せんとして使われるのが、頻出する「突然に」という言葉なのである。[9]

F・R・リーヴィスは『小説家D・H・ロレンス』の中ではほとんど『チャタレー』に言及していないが、この性急さだけは感じとっていたようだ。「しかし［猥褻な］言葉や［肉体的な］事実を意志的に言い張るのは、いかなる意図があったにせよ、何か不快で受け入れがたいものが感じられる。それは間違いなく彼の創造性に背き、彼が本質的に主張する道徳および感情的倫理にも背くのである。この作品で彼は、緊急にやらねばならぬこと、いかなる代償を払おうとぜひともやり遂げねばならぬことがあると感じていた。しかし、それには代償がいるということははっきりと言っておかねばならない」(74　「緊急に」の傍点は引用者)。「緊急にやらねばならぬこと」、それはもちろん彼の最後のヴィジョンを伝えることである。「われわれにとって宇宙は死んでしまった。どうしたら生き返らせることができるのだろう」(331)。死んだ宇宙の中では人間も死ぬしかない。

宇宙と人間の相互再生、これがロレンスがその最後のヴィジョンをもって何らかの解決策を提示しようとした問題であった。この解決をかくも急いだのは、彼の死期の自覚と無縁ではあるまい。しかしここでわれわれが注目しなければならないのは、彼が言説化している解決法である。

性による変容という「魔術」を通して「自己意志という悪魔」をそれぞれの内部で克服したコニーとメラーズは、いよいよ人間の深奥にひそむ最後の怪物を退治せねばならない。すなわち、「羞恥心」の撃滅である。この撃滅が成功しなければ、この変容は真に成就しないのであろう。なぜなら、ここでロレンスがいう「羞恥心」とは「恐怖」、すなわち「肉体の奥深く、われわれの身体の根にひそむ、生体そのものが生み出す恐怖心」だからである。性に対する恐怖は生に対する恐怖に根本のところでつながっており、これを断ち切るには性の魔術的な力をもってしなければならぬ、というのがロレンスの生涯変わらぬ洞察であった。そしてこれができるのは「ファロスのみ」である。ファロスのみがよく「彼女の内部の密林の中心」にある、「彼女の本性の底に横たわる岩盤」(247)を探り当て、これに到達しうるからだ。これこそが、ロレンスがあれほど性急に伝えたいと願ったメッセージの中核をなしている。この小説の執筆時、彼はしきりに知人たちにこれが「ファロス的小説」であり、「ファロス的現実の宣言」(*L6*, 247)であると書きおくっている。この「ファロスによる羞恥心の撃滅」を描くために、ロレンスはこの作品できわめて特徴的な性の扱い方を提示する。一つは性関係の具体性、すなわち肉体的「快楽」が、「快感」が、「満足」がこれまでになく重視され、男女が「一緒にいく」(134)こと、それが可能であることを二人の関係の軸としている点。そしていま一つは肛門性愛である。

まず第一の点だが、『チャタレー』を書き始めるほんの一年前に書いた『羽鱗の蛇』で、ロレンスは「コイトゥス・レゼルバートゥス(カレッツァ)」、すなわち性交のない、もしくは射精のない性交渉を、きわめて肯定的に、つまり「泡から生まれるアフロディテ」すなわちオーガズムばかりを追い求めてきたケイトにその誤りを悟らせるという形でこれを描いている。(10) それがここでは、そのようなことなどなかったかのように、いわゆる通常の性交と、それに伴うべき両者同時のオーガズムを非常に重要視し、むしろそれが男女の関係の決定的要因であるかのごとくに描いている。性愛の側面に限って言えば、これが得られなかったからコニーはマイクリスと、そしてメラーズはバーサと決裂し、またこれが成就したからこそコニーとメラーズは結ばれるとさえ言えそうである。

この作品でロレンスが当時の禁忌をふりはらって書いている快楽追求、つまり性的満足を男女の関係の決定的要因とする激しさ、あるいは「露骨さ」は、「『チャタレー卿夫人の恋人』について」や「好色文学とわいせつ」などの解説的エッセイからは漂ってこない。しかし、「本質的に、そして永遠に男根的でない結婚は結婚ではない」、「血の交感ではない結婚は結婚ではない」(324) といった形而上学の衣をまとってはいるが、そうした結婚を可能にするのはファロスのみであり、そしてそれが約束する快楽であるとする見方は十分に伝わってくる。この形而下性、よく言えば「地に足をつけた」態度は、『チャタレー』の強さであると同時に弱さにもなっている。なぜ弱さかといえば、男女の関係に対するこのような見方は一つの宿命論だからである。「一緒にいく」ことのできる男女にしか至福はやってこないと言っているに等しいからである。そしてこの宿命論が、前節で述べた人物造形の決定性と同じ基盤から生まれてきたものであることは紛れもない。

「本当に誰かと一緒にいられる人だけが、宇宙で一人ぼっちといった様子をしているのかもしれないわ」(271)。これはヴェニスのゴンドリエ、ダニエルを見たときのコニーの感慨だが、そういう「聖別」された人間だけがコニーの相手になるにふさわしいという含意があるのはもちろんである。ここにも上記のものと同種の選良主義的宿命論が見られる。「彼［メラーズ］には生まれながらの非凡さがあった」(274)。――これと同種の言説は彼の登場の当初から見られるし、また彼はバーサについて、「彼女の意志は間違っていたんだ、初めから」(279)と言い放ち、彼女との関係が破綻したのは「宿命」(280)だったと断定する。また、彼とコニーがバーサやクリフォードらを「裁く」調子もきわめて宿命論的である。あたかもカルヴァンが説いた、おのおのの人間は救いと滅びのどちらかに「予定」されているとするいわゆる「二重予定説」のように、『チャタレー』では救いに至る者と滅びに至る者とが最初からくっきりと「予定」されているのである。

この予定調和ともいうべき宿命論は、「クリフォードやバーサども」(301)を徹底的に弾劾し、排除せずにはおかぬ、ほとんどカルヴァン的とも言える不寛容と表裏一体をなし、これがこの作品を貫く基調底音となっている。この残酷なまでの不寛容は、もちろんその存在理由をもっている。いわく、クリフォードには人間本来の温かさ、とりわけ接触から生まれる温かさが欠けている、いや、名声と権力と金という「雌犬神」を求める現代病に芯まで冒されていて、その欠如にさえ気づかない、だからそれを求めようとする気が起こる可能性もない。一方バーサは「くちばし」のような女特有の「自己意志」(202)でメラーズを引き裂き、後にはまた彼の小屋にやってきて強引に「女の意志」(279)を押しつけて復縁を迫る、等々。「まったく、なんてざまなの！」――作者の呪詛が彼らの核を刺し貫く。この不寛容は、かつての西洋が非西洋に対して見せた、あるいはキリスト教徒が異端者に対して示した、傲慢と一体となった不寛容に酷似している。真理を知っているゆえに正義であるのはあくまで「われわれ」、すなわち聖霊によって結ばれたコニーとメラーズ、そしてその同盟者である作者だけであって、それが見えない「クリフォードやバーサどもはみんな死んでしまえばいいのだ」(280)――この不寛容が、この「怒り」が、この「否定」が、クリフォードに対するコニーの「不正だ、不正だ！」という叫び、「女の身体まであざむくようなクリフォードのような男たちに対する冷たい憤怒の情」（71）となって、そしてメラーズの、階級や「女の意志」に対する憤怒となって、ほとばしりでるのである。[11]

注目すべきは、ロレンスが最も伝えたいと願ったメッセージ、すなわち彼の「真理」が、この怒り＝否定と表裏一体となって表現されていることである。コニーはその「真理」を端的にこう言説化する——「ほかの男にはなくてあなたがもっているもの、それこそが未来を切り拓くものを教えましょうか？……それはあなたのやさしさの勇気なの。私のお尻に手をのせて、きれいな尻をしているな、なんて言うときのね」。ロレンスが当初この作品に「やさしさ」という題をつけようとしていたことを思い出さなくとも、この「やさしさの勇気」という言葉が作品全体のキーワードの一つであることは容易に見て取れる。が、この言葉は見かけほどには簡明ではない。コニーのこの言葉に霊感を受けたメラーズが珍しく「解説」を始めるが、作者の「侵入」と見て間違いあるまい。そのメラーズ＝ロレンスは、「やさしさの勇気」とは「意識の問題」であり、「肉体から自然に生まれるやさしさ」であると言い、これを「女性器意識」という耳目を奪う言葉で置き換えている。「性ってのは本当は接触にすぎぎん、しかしあらゆる接触の中でいちばん密な接触だがね。でもこの接触こそがおれたちの恐れてるものなんだ。おれたちは半分しか意識的じゃない、だから半分しか生きちゃいない。真に生きて、意識するようにならなきゃならないんだ」（277）。ここにこの作品の要諦は尽くされている。そして、「真に生き、真に意識する」ためにロレンスがもちだした伝家の宝刀が、「性による接触の神秘」、カーモウドの言う「性の秘儀」（213）であり、そして「性の終末論」（211）であった。

この「性の終末論」を完結するためにロレンスが秘めやかに提示するのが、先にあげた第二点の肛門性愛である。これはいまだに議論のある点だが、テクストに次のような描写がある以上、こうした読みを否定することはむずかしいだろう。例えばメラーズがコニーの股の間に「秘密の入口（複数）」（222）、「二つの秘密の門」（223）を見る箇所。「官能の一夜」における、それまでの性交描写とははっきりと一線を画した描写。そして同じ箇所で「最も秘密の場所（複数）」（247）といった言葉づかいをしている点などである。もっとも論者によって、「官能的情熱の一夜」のメラーズとコニーの行為を肛門性愛と取る論拠は微妙に違っている。代表的論者の一人、ウィルソン・ナイトは明示的な言葉こそ使っていないが、「……問題となっている場所は毒を排泄する非人間的な場所である。かくして死を暗示するものこそが高次の存在を生み出す源泉であることが見出される。根元的な物質性との接触が人間を解き放つのだ」と言い、肛門性愛を、「堕落」＝腐敗＝「根元的物質」＝死との接触を可能にするもの、それゆえ「堕落を突き抜けて新たなる健康へ」（140）の道を拓くものと考えている。

それに対して、もう一人の代表者であるカーモウドは、「この行為は肛門性交である」と断定し、「天国と地獄を、生の流れと死の流れを一つの行為の中で融合」させるためにロレンスはこのような行為を描いたのだと考える。彼は「ロレンスの黙示は選良主義的」であると言明し、「彼に選ばれた者たちは、彼らの秘儀から神聖を冒す者たちを閉め出している」（215）と、ほぼ私と同様の読みを示した上で、「（古代の）秘儀と同様、現代における『キリストの古聖所への下り』も性行為によって成就されることになる」（210）と言い、この「性の終末論」を具現化した小説が『チャタレー』だと見る。「聖別された者たち」が性の秘儀によって甦る、その甦りは「性的ショックによる再生というプログラム」（213）に則っている、そしてそのショックを保証するものが肛門性愛である、というわけだ。（本稿の論に沿って言い換えると、前節で論じた主人公たちの人物造形の固定性も、すべてこの「プログラム」から要請されたものだ。）しかし同時に彼は、「性の恥辱を焼き尽くすこと……から生まれるはずの新しい世界は、この過程が必然的に伴う恐怖が過ぎ去れば、選ばれし者たちを待っているのだろうか」(216) と問いかける。つまり、肛門性愛を描く論理は了解するものの、その効果には疑問を呈するのだ。

これに対して武藤浩史は新しい読みのパースペクティヴを提示する。まずこの「二つの秘密の門」は膣と肛門ではなく、肛門と尿道だという。こうした指摘、また性描写に頻出する「尻」に着目することで、彼はロレンスに(もしかしたら本人も意識していなかったかもしれない)「異性愛主義と性器中心主義を超える知」(一四四頁)を見出そうとしている。基本的に武藤の読みは、「二項対立の脱臼」(一八〇頁)というキーワードに象徴されるように、『チャタレー』を旧来の読みから「脱臼」させることを目指しており、肛門性交をその根拠の一部であると見るのだ。そしてこの作品で最も重要なのは「性」ではなく、「生」あるいは「生の動き」だという重要な指摘がなされる。その「機敏で精妙な」動きを感知できるのはコニーとメラーズの二人だけであり、そこから、「この二人が生の動きを示す者とそれに応える者であるからこそ、彼らは運命的に結ばれてゆくのである」(一八五頁)という結論が導き出される。こうした「身体知」を強調するアプローチはかなりの程度成功しており、新たな批評の地平を切り拓くきっかけを提供しているが、その新たなアプローチが導く結論も、やはり人物造形の固定性・決定性、とりわけコニーとメラーズという二人の特定の資質を具えた人物の「聖別」である。後にもう少し詳しく述べたいが、これはロレンスが同時期の別の著作で見せる、人間は大いなる全体の一部だという洞察と不気味な不協和音を響かせている。

いずれにせよ、あの「官能の一夜」の性描写は他の箇所のそれとは明らかに異質で、作者がある行為を、そしてそれを介したある「効果」を強く暗示していることは疑いをいれない。「黙示録的・終末論的」思考法に急激に傾いていたロレンスであれば、「最後の審判の日《ディエス・イライ》」を呼び招くために性を終末論的に捉えたとしてもなんの不思議もないだろう。

「ロレンスと黙示論的予型」という洞察に満ちた論文を閉じるにあたって、カーモウドはロレンスの晩年のヴィジョンにおける「神話と歴史」の対立および分離を示唆する。

> 彼「ロレンス」は予型論が支配する世界に向かって危険な一歩を踏み出し、そしてその代償を支払った。あらかじめ決められた予型の完成に力を注げば注ぐほど、生命力と特別な恩寵が下ってくる余地を秘めている物語特有の無方向性ともいうべきものはますます縁遠くなる。……この種の予型化されていない恩寵はロレンスには常に見られた。こうした恩寵は歴史に属するものであり、良質の小説には欠くことのできないものである。ロレンスはこの力を決して失いはしなかったが、彼がその力を作品の中で適切に使うことは急激に減っていったと考えざるをえない。[12]（218）

ロレンスがこの意味での均衡を失わなかった最後の作品が『恋する女たち』であると見るカーモウドが、『チャタレー』を失敗作と見るのは必然的であるが、しかしここで眼を留めるべきは、その失敗の原因である。彼はこれを、ロレンスの内部での「歴史」と「神話」の分裂、さらには「神話」の方に「危険な一歩を踏み出し」たことに見ているが、明察であろう。しかしこの読みは、なぜロレンスがそうしたかには答えてくれない。そしてこの疑問こそがロレンスの最後のヴィジョンを解く最大の鍵なのである。

この点で、S・スペンダーの言葉には聞くべきものがある。「ロレンスは生を自然、肉体、本能という側面からのみ扱いたいと願った。……おそらくロレンスの最大の弱点はある種の不寛容にあり、それは生が必然的に生みだす醜さに直面することを断乎として拒む姿勢から生じている」(106)。また別の箇所では、「彼は忍耐力を欠いており、産業都市の醜さを絶対に容認することができなかったが、この醜さこそ、彼の思想を想像力の中で結実させる上でどうしても対決しなければならぬものだったのである。同時に彼は、革命を引き起こすにも完全な芸術作品を仕上げるにも、規律と方法とが不可欠であるということを、自分にも他人にも認めることができなかった」(192)と述べる。「規律と方法」をロレンスは必ずしも否定したわけではなかったが、本能や直感の、ときとして均衡を欠いた強調は、読者にそういう印象を与えがちなことは本書で何度も指摘してきた。そして、「醜さ」が「クリフォードやバーサども」の重要な形容辞であることを考え合わせれば、スペンダーのこの言葉の重みはいっそう増す。たしかにロレンスは人間が本質的にはらむ、暴力や虚栄心、貪欲さといった「醜さ」は直視し、さまざまに診断を下してきた。しかし、近代化、産業化が生み出す、いわば歴史的「醜さ」、つまり人間において本質的ではないと彼が考えた「醜さ」に直面する忍耐力については、ふんだんに備えていたとは言いがたい。こうしたものに対する忍耐力を欠くとは、彼がこの「近代化」と呼ばれる歴史的展開を、多くの弊害を伴いながらも必然的だとする見方をもたなかった、少なくとも西洋における近代化は間違っていたと認識していたということだ。ハーバーマスの、近代を「未完のプロジェクト」とするような捉え方は彼には無縁であった。そのような彼の歴史認識が、近代の「醜さ」に対する忍耐力の欠如と不寛容を生み、そしてカーモウドの言う「神話」、すなわち「黙示論的・終末論的思考法」を取るに至ったのであろう。

個々の問題に対する洞察がいかに鋭かろうとも、このような憤怒に曇らされた眼には「現実」は見えない。「現実」には「醜さ」が必然的に含まれるが、否定と憤怒の眼、つまり現実の一部を「醜さ」と知覚する眼にはこの「全体的現実」は映らないからだ。それが見えない眼は「ユー・トピア（どこにもない場所）」を希求する――「すぐにでも地球の果てまで行って、こんなごたごたすべてから自由になれないものか」（218）――これは「黙示論的・終末論的思考法」の端的な表現であるが、その実現はむろん不可能である。作者も主人公たちもそれは知っている。しかしそれでも彼ら「聖別」された人間たちは、「呪縛」された人間たちから自らを切り放して孤立するしか道を見出せない。彼ら以外はすべて汚れていて「醜い」からである。物語の最後でメラーズがコニーに送る聖霊賛歌の手紙は、その賛美とともに、この「孤独への意志」をはっきりと表明している。しかしこれはかつての孤独、コニーに出会う前に彼が陥っていた、誰とも関わりをもちたくないという意味での孤独ではない。この新たな孤独には「関係」が内含されている。コニーにとってもこの孤独は、ラグビー邸でのあの陰鬱な孤独、言葉で人間関係の表面だけをとりつくろっていたあの孤独ではない。生の喜びに満ちた孤独、「高次の神秘」＝「小さな二股の炎」（301）＝「聖霊」に仲立ちされた孤独である。

　たしかにそうなのだ。作者がそれを必死の思いで伝えようとしているのはよくわかる。コニーとの何度かの性交渉を経た後のメラーズが、はじめて夜のさびしさを感じ、われにもなくラグビー邸に近づいていって、ボルトン夫人に見られる場面がある。このときの彼の感情描写は注目に値する。「……彼は自分の中の不完全な状態を痛いほどに感じた。自分が未完成の孤独状態にあることを激しく感じた。……それは孤独が成就していないという刺すような感覚であり、一人のもの言わぬ女性が腕の中にいなければ完成しないのであった」（143-44 傍点引用者）。つまり、ロレンスの理想郷の中には「成就された孤独」というものがあり、その成就のためにはある「聖別」された女性が一人いるだけでいいのである。ここから最後の手紙までは一直線につながっている。その女性を手に入れた彼はいよいよ「成就された孤独」を完遂しようと歩を踏み出そうとしているのだ。コニーがそれに付き従うことはロレンスの「ユー・トピア」の要請である。いかなる未来が待っていようとも。

三　引き裂かれた聖霊

聖霊に仲立ちされた「成就された孤独」——生涯にわたって「個生」と「共生」との間を激しく揺れ動いたロレンスにとって、これは具体性を帯びた理想郷であるだろう。[13]「聖別」された女性との「共生」を内包した「個生」——しかしこの理想郷は「どこにもない場所（ユー・トピア）」だ。なぜならこれを支える「黙示録的・終末論的思考」には、リーヴィスが不気味に示唆し、カーモウドが鋭く指摘したように、ある「代償」を払わねばならないからである。その「代償」が最も先鋭な形で表現されているのは、『チャタレー』に前後して書かれた二つの中編、「島を愛した男」と「死んだ男」、そして『アポカリプス』である。

『チャタレー』が、性急さと不安定さをひそめながらも、愛と「共生」の可能性の高らかな賛歌を意図したものであるとすれば、「死んだ男」はその点において一抹の影を宿している。「死」から蘇った男は、過去の「愛の説教」は実は「愛の強制」であったと気づき、そしてその裏に「狂気のようにエゴを押しつける」("The Man Who Died," 146) 人間の態度を見る。そんな彼にとって生は望ましいものではなく、蘇生したこと自体が「幻滅の深い嘔吐」(129) を催させるものであった。しかし手に入れた「逃げた雄鶏」があげる鬨《とき》の声を聞くと、悟るところがあった——「生きることは必要なんだ、そして生の勝利の雄叫びをあげることも」と。この、いわば鱗が落ちた男の眼に、世界はそれまでとはまるで違ったものとして立ち現れる。

死んだ男はむき出しの生の世界に眼を向けた。そこにはとほうもなく大きな意志の力が、眼に見えぬ大海原の表面に乱れる泡沫のごとく、荒々しくも精妙な波頭となって一面に躍り上がっており、黒とオレンジ色に彩られた雄鶏も、いちじくの木の枝先に吹き出す緑の炎も、すべてはこの意志の力の発現であった。これだけではない、春のすべての生き物が、欲望と自己主張に燃えて躍りでる。眼に見えぬ欲望の青い激流から、力強く渦巻く不可視の大海原から、泡のように吹き出してくる。色と形をもって現れては、はかなく消えてゆくが、絶えることなく生まれることによって死を超越しているのだ。……（133）

ブレイク流にいえば「知覚の扉」が浄化され、世界のあらゆるものを意志＝欲望＝宇宙エネルギーの顕現と見る「視力」を得た男は、「生の運命は死の運命よりも激烈で、強制的なもの」（134）と観ずるようになる。

しかし、『チャタレー』の「不寛容」を見てきたわれわれの眼を引くのはむしろ男の次の感懐である。「不思議なものだ、この現象界というやつは。汚いものときれいなものが混在している！　私も同じだ。だが、私はそこから離れている！　生はさまざまな泡をたてている。なのに、なぜ私は同じように泡だたせようとしたのだろう。説教したのはかえすがえすも残念だった！……」（143）。ここには「醜さ」に対するあの不寛容は見られない。「クリフォードやバーサども」に対するあの呪いの言葉はない。なぜか。それは男が「幻滅の深い嘔吐」を克服し、「われわれが気づかいと呼んでいるしがらみ」を、「気をつかい、おのれを主張し、何かを手に入れようと必死になっている自己」を脱し、その結果「気づかいせぬ自己」が生まれたからだ。彼の身体の「治癒」とはすなわちこの内面の「治癒」にほかならず、今や男は「いらだちを覚えずに生きるという不死の状態を楽しんで」いる。そしてこの「不死の状態」とは「純粋な孤独」(143)と同義であるという。

この中編の二部構成は、前半で男が以上のような認識を「知的意識」で獲得し、後半、イシスの巫女との肉体的な交わりを通してこの認識を「血の意識」によって肉化する、という構造を反映している。つまり、第二部での肉化は残しているものの、この第一部で得た男の認識は全編を支える柱となっている。コニーとメラーズが求め、その達成が強くほのめかされている「成就された孤独」を、この男もここで半分がた達成し、後半のイシスの女との交合を経てその完成を見るというわけだ。この作品を『チャタレー』の双生児と呼ぶゆえんである。しかし、序でも述べたように、ここには微妙な不協和音が紛れ込んでいる。結末の男の船出である。「もしイエスが、肉も魂もともに具えた完全な男として復活したのであれば、彼は自分の女をめとり、ともに生き、その女との二人一体の生をしなやかに開花させるために復活したのである」(*PII*, 575)。これはこの中編の約一年後に書かれた「復活の主」というエッセイに見られる言葉だが、時期的に考えても、この「イエス」を「男」と重ね合わせることに無理はないだろう。問題は、男がイシスの女のもとを去っていくこと自体が不自然、あるいはロレンスの同時期のヴィジョンと整合していないということよりも、この男の女からの離れ方にある。

『アポカリプス』の仏訳につけた序文で、「死んだ男」に触れたドゥルーズはこう述べている。

……自我とは一つの寓意であり、像(イメージ)であり、〈主体〉であって、真の関係ではない。自我は関係ではない。……個をなしているのは関係であり、自我ではないのだ。おのれを一つの自我として考えることをやめ、おのれを一つの流れとして生きること。……「性的」といい「象徴的」というのも(実際「ロレンスにとって」)これは同じことである)、まさにそうした生の流れの中の生、流れとしての生以外の何ものも意味していない。自己のもつ譲渡不可能な部分は、人が自我であることをやめたとき、初めてそこに姿を現す。このすぐれて流動的な、うち震える部分をこそ獲得しなければならないのだ。……連結（また離接）こそは、まさしくそうした関係の生身の結び合いの論理、コスモスの理法そのものにほかならないからだ。離接［分離］さえ生きた自然の結び合いなのであり……（五二―五四頁）

「死んだ男」の要諦はしっかりとつかまえている。「死」を通して自我を滅却した「男」は、「自己のもつ譲渡不可能な部分」＝「すぐれて流動的な、うち震える部分」、すなわち「こだわりのない自己」を獲得する。そのときおのれは一つの「流れ」となり、そうなれば分離さえ生きた結合に化すると言う。「男」の船出を解釈する上で、これ以上ロレンスに親身な読みもないだろう。

この点では、野島秀勝もよく似た読みを提示する。（これは「死んだ男」を論じた文章ではないが、ここでの議論の核心に触れている。）

そして、「聖霊」が降臨するためには、まずもって男と女はそれぞれの「エゴイズムの状態」（「王冠」三九六）を、自我の「世界卵」（同上）を破砕しなければならないだろう。……そういう自我の「世界卵」「世界の殻」を破ったとき、ひとははじめて真に孤独な存在として、そこに実在するだろう。……かかる「屍衣」を脱ぎ去ったとき、男も女も人間本来の孤独の実在感をとりもどすだろう。そのとき、そのときこそ、彼らの間に真の生命の「対立」が回復し、ことによったら「和解者」＝「聖霊」が彼らの上に舞い降りてくるかもしれない。（六〇九頁）

野島もやはり、「自我を破砕」し「屍衣」を脱ぎ去れば、「男も女も人間本来の孤独の実在感をとりもど」し、「聖霊」によって生きた関係が回復されるかもしれない、と言う。ドゥルーズも野島も、ことの要諦は「自我の破砕」あるいはエゴの放棄であるというのだ。しかし、もしそれで片がつくなら、ロレンスが生涯格闘してきた「自我と他者」の葛藤の問題、『アポカリプス』で宣言することになる「個人はついに愛せない」という苦い認識とどう整合するというのか。ことはそう簡単には収まらないだろう。

「死」から蘇った男はマドレインに会うが、「われに触れるな」と言う。「私はまだ治っておらず、人間とも接触していないから」(135)だ。「死ぬ」前の男の姿=過去に執着するマドレインを振り切った彼は、こうして真の「接触」への道を歩き始める。今や、「童貞であることは貪欲の一形態にすぎない」ことを知り、「肉体にも小さな生命がある」(140)ことに気づいた彼は、接触にこそ「嘔吐」を克服する鍵が潜んでいることを感知する。しかし今の彼は「誰にも属さず、いかなる関係ももっていない」(141)。かくして男はイシスの女に出会う準備を整える。

しかしいざ彼女の接近を感じると、今度は彼の肉体そのものが「われに触れるな」(157)の叫びをあげる。彼にとって接触は死よりも困難なのだ。それでも彼は、女が「治癒のやさしい炎」(158)であると感じるようになり、肉体に深く根をおろしたこの抵抗を徐々に克服していく。そしてついに肉体的交わりの中で、この接触こそは「祈り以上のもの」だと知り、「私は甦った」と宣言する。「男」—「女」—「聖霊」というロレンスの聖三位一体はここに成就し、男は真の甦りを迎える。「人間本来の孤独」を体現した男女が出会い、聖霊によって結びつけられるのだから、これ以上どこにも行くべきところはないはずだ。しかし男は去っていく。

ドゥルーズや野島なら、二人が一緒にいようと離れていようとそれは本質的な問題ではないと言うだろう。「こだわりのない自己」を得、聖霊によって関係をとりもたれたのだから、実際に共に生きるかどうかは問題ではないのだろう。ロレンスも言っている――「彼は一人で行くだろう、運命とともに。しかし一人ではない、接触が彼の上に残り、彼が離れても彼の接触が彼女の上に残るからだ」(171)。しかしここでの文脈に照らし合わせるとき、これがどれほどの説得力をもつだろう。しきりに繰り返される「奴隷」に対する否定的表現、[14]そして「彼女までもが、自分をとりまく自分だけの空気が、ひんやりとさわやかであってほしいと願い、不安から解放されたいと思っていた」(172)という言葉、こうしたテクストの一部が、ロレンス自身の「論理」を裏切ってはいないか？　ロレンスの内部深くに潜む人間に対する不寛容と拒絶の姿勢、さらには、彼の作品全体にわたって見えかくれする人間関係の、共生の不可能性までも読者に思い起こさせはしないか？　世界は清と濁が混在した場所であることを認識したはずの男が、なぜここにきて奴隷や女の母の「醜さ」に心を乱されねばならぬのか？『チャタレー』という最後の大作を書き上げ、その中で(限定された形とはいえ)共生の可能性を強く示唆した後に、なぜあえてこうした不安定な形でこの物語を終えなければならなかったのか？

これに答えるには、「島を愛した男」という不気味な作品を避けては通れないであろう。「島を愛した男がいた。島で生まれたが、そこは人が多すぎて彼には合わなかった。一つの島を全部自分のものにしたかったのである」(97)。「自分のもの」という語の繰り返しで始まるこの奇妙な作品の主人公は、かろうじて一度だけ「カスカート」という名で呼ばれる、三五歳(メラーズとイエスの中間の年齢)の男である。この唯我論にとりつかれたような男は、実は島の孤独の中で異教的宇宙の、「時間のない世界」(101)の神秘を感じる繊細な人間である。島は彼にとって自然そのもの、そして宇宙でさえあり、彼はそれとの交感に最大の喜びを感じるが、一見従順な島人＝「クリフォードやバーサども」がやがてはそれを妨害する存在であることが分かってくる。しかしそんな島人たちに対する寛容な態度から見ても、彼が「イエス的人物像」の一変種であることに間違いはない。博愛の精神に満ち、島人からは「主人」と敬愛されている。（もっともその敬愛の念には微妙な嘲りないしは嫉妬が紛れこんでいるのではあるが。）しかし一度死んだあの「男」が「愛の強制」に気づいたところで舞台に登場するのに対して、カスカートは愛の、あるいは共生の幻想にしがみつく男として登場する。「たぶんみんなが彼をだましているのだろう。だがそんなことを考えるのは嫌だったので、彼は思念から追い払った」（108）。この言葉に象徴されるように、彼は人間の中の悪という現実との対決を拒否し、みんなが善良であるという幻想に執着する。こうして男は、現実に対処できないまま島を手放さざるをえなくなり、第二の島に移る。

ここで彼はある女と恋人関係に入るのだが、あの死んだ男のような認識の準備もないため、とたんに彼女の「意志の押しつけ」を感じる。「あなたのためなら何でもするわ」（114）という彼女は、明らかに献身という仮面をかぶってエゴを押しつけてくるあのマドレインの変種である。彼の方も「彼女の恋人になったのは一種の憐れみのためであった」（113）ことに気づいている。「彼らの間にあるのがほんものの、繊細な欲望でありさえすれば。そして男が女に出会えるあのたぐい稀な第三の場所で繊細な出会いが起こったのであれば。そうであれば彼らはともに、自分たちの中にあるあのかよわくて感じやすいクロッカスの炎のような欲望に忠実であれたのに」（114）。「たぐい稀な第三の場所」とはむろん聖霊の降りてくる場所であり、「クロッカスの炎」がコニーとメラーズの関係をとりもった聖霊であることに間違いはない。それを欠いた二人の関係は、コニーとクリフォードが「黙示録的」に祝福されていたのと構造的には同様に、しかしベクトルとしては逆に、「黙示録的」に呪われている。それでも「性の自動性」（113）にとらえられた彼はしばらくは関係を続けるが、やがて耐えきれなくなり、生まれた子供と女を残して第三の島に去る。

この島で、彼はすべての人間関係と、それから生じるわずらわしさから逃避する。「自分の声にショックを受け」（117）、アザラシの頭を人間のそれと見まちがえて「しばらくの間意識を失い」（119）、「小屋中の文字という文字を消し去る」（120）ほどに、人間とその文明を連想させるものをことごとく抹殺する。あまつさえ、「あらゆる動物に対して深い嫌悪感」を感じるまでに至る。「いかなる接触も彼には汚らわしいものに思えたのである」（119）。ここから、雪に閉じ込められて死を迎えようとする結末まではほんの一歩である。

人間が感情を失っていく過程を陰惨なまでにえぐってみせるこの中編において、ロレンスはあたかも『チャタレー』や「死んだ男」で抑えつけていた自己の半面の鬱屈をぶちまけるかのように、愛と共生の可能性を完膚なきまでに否定する。カスカートが内に秘め、そして外に発する否定の波動は恐るべきもので、それを感じたカモメはいつしか来なくなり、飼っていたネコも姿を消す。彼は「島」を愛するが、その「島」とは彼にいかなる意志も押しつけてこない、したがっていかなる関係ももつ必要のない無機的な物体であり、かつてはそれが象徴していた異教的な古代の「有機的な」世界はここにきて完全に失われる。『チャタレー』では、おずおずとした形でではあるが、未来のかすかな希望の象徴であった子供は、ここでは嫌悪の対象となるのである。

この作品は『チャタレー』に着手する数カ月前に書かれており、年代的にはここで扱う四作の中では最初のものだが、内容的には『チャタレー』と「死んだ男」をはさんで『アポカリプス』と呼応している。「聖人の支配はいかなるものであれ恐るべきものにならざるをえない。なぜか？　人間の本性が元来聖なるものではないからだ」（*A*, 71）。カスカートは『アポカリプス』のこの「真実」を認めようとせず、一種の聖人支配をめざして挫折する。挫折するしかない。人間の中に悪を、弱さを、すなわち「醜さ」を見るのを拒否したからである。彼が関係から離れ、これを拒絶するのは、まさしく「黙示録的」に、あるいは予定調和的に定められていた。すべての人間を高めようとした自分はなんと愚かであったかと気づく死んだ男の、これは見事な陰画であると同時に、物語の最後で同じ「醜さ」から離れていくこの男の写し絵でもある。そして同時に、『アポカリプス』というロレンスが人類に向かって放った最後の「告知」をこれは忠実に物語化している。たしかにカスカートには、ロレンスがパトモスのヨハネにかぎつけたルサンチマンは見られない。彼に見られるのは「宇宙で一人ぼっち」であることの限界である。「もしあなたが自己実現の道を歩んでいるのであれば、ブッダのように一人ぼっちになって誰のことも考えぬがよい。そうすればあなただけのニルヴァーナが得られるかもしれない。隣人を愛せよというキリスト的な道は、結局のところ、その隣人を徹底的に拒否しながら生きねばならぬという奇形的な生活に続いていくのだ」(*A*, 148)。そして「一人だけのニルヴァーナ」の不可能性が「島を愛した男」で「証明」される。

この引用に先立つ部分で彼はこう明言している。「個人は愛することができない。これを公理とせよ。近代の男女は自分のことを個人として以外には考えられない。それゆえ彼らの内に棲む個人は、それぞれの内なる愛する主体を殺さねばならぬ宿命にある。いや、愛する対象を殺すというのではない。おのおのが自己の個人性を主張することで、自己の内なる愛する主体を殺してしまうということなのだ」(*A*, 147)。これは「個生」と「共生」は両立しないという言明ではないのか。「成就された孤独」などありえないと言っているのではないのか。自己の個人性を主張すれば、自分の内に棲む、他者を愛そうとする主体、衝動そのものを絞め殺してしまう。もし近代人が自分のことを個人としてしか考えられないのであれば、人間として存在することがすなわち自己の主張になるからだ。

これこそロレンスが近代の人間に見た宿痾であった。「われに触れるな」――近代人は、いや、歴史上すべての人間がこう言ってきたのだ、おそらくはあの「幸福な」古代人を除いては。人間の中にいわば組み込まれたこの宿痾を克服するにはどうしたらいいか？　接触だ。それを可能にするには？　性だ！　ファロスだ！　かくしてロレンスは『チャタレー』を書いた。最後の福音のつもりだったのであろう。現代人が忘れてしまった性の、肉体の力による人間の復活――しかし最後の最後に彼はどんでんがえしを行なう。いや、決して計画していたわけではないだろう。『チャタレー』の力強い、あるいは「美しい」告知に、自分の真意の半分しか込めることができなかったという本能的な自戒がそうさせたのだろう。

四　見果てぬ夢

ロレンスの晩年を代表する四つの作品に見られるのは、上記のような分裂である。個人を、それも「聖別」された個人を結びつける聖霊は引き裂かれる。そうならざるをえない。大多数の人間において、個人のエゴイズムは聖霊を超えた力を潜めもっているからだ。関係をもちはじめたとたんに自我はおのれを主張しはじめる。それは、聖霊の仲介によって成就されたかに見える「孤独」をも突き崩す力をもっている。野島の言う「人間本来の孤独」など見果てぬ夢なのだ。そしてそれは構造的にそうなのだ。これがロレンスの叡智が見た最後のヴィジョンであり、冷めた認識である。彼はこれを見まがいようのない明瞭な言語で語っている――「われわれは関係に耐えられない。これがわれらの宿痾なのだ。われわれは関係を忌避し、一人にならざるをえない。

われわれはこれをもって自由だ、個人だと称している。ある点を越えるとこれは自殺となるが、すでにその点に達しているのである。おそらくわれわれは自殺を選んだのであろう。ならば、それはそれで結構なことだ」(*A*, 148)。この短刀を突きつけるような言葉を前にするとき、「太陽から始めよ、そうすれば他のことはゆっくり、ゆっくりと生起するであろう」(*A*, 149) という言葉のなんと弱々しいことであろう。

人はこれをペシミズムと呼ぶか? そう、まぎれもないペシミズムだ。しかしわれわれが眼をそらしてはならないのは、ロレンスがいかなる経路をたどって、そしてどれほどの血を流してこの冷めた知に到達したかである。彼は近代人の宿痾を一身に引き受けようとした。[15] 血の意識と本能、性とファロスを説き、それを通さねば見えぬ世界があると生涯説きつづけたロレンスは、まさにそれゆえに、彼自身が彼の弾劾する近代人の代表となった。それが彼が自らに引き受けた「運命」であった。「クリフォードやバーサども」は彼自身の内部に潜んでいる、いやその生の一部なのだ。同じく『アポカリプス』の末尾で彼はこう言う——「私の個人主義は実は迷妄だ。私は大いなる全体の一部であって、そこから逃れることなどできないのだ」(149)。「クリフォードやバーサども」もれっきとした「大いなる全体」の一部であり、彼と「一心/身同体」であるというこの「覚醒」は、『チャタレー』のキーワードである「やさしさの勇気」を「聖別」された特定の人を超えて万人に感じること、と言ってもいいだろう。[16]

これを真に自覚したとき、ロレンスは見果てぬ夢を抱いた。野島は先に触れた論をこう結んでいる——「いや、これも独りロレンスのみに許された美しすぎる幻視《ヴィジョン》にすぎないか」(六〇九頁)。そう、これはそれだけの「視力」を具えていたロレンスの特権であると同時に、おそるべき不幸でもあった。

ニーチェという同様の「視力」をもっていた近代人も、ロレンスとよく似た経緯をたどる。世界の醜さと生の無意味さ、そしてその底に潜む人間の卑小さに直面せざるをえなかった彼は、これと徹底的に対決し、打ちのめされてニヒリズムの底に落ちる。しかしそこで彼の叡智、彼の最後の「戦略」が見出したものは、「超人」、「永却回帰」、「運命愛」という、これら人間的な醜さと卑小さを一挙に超越せんとする「力への意志」、すなわち肯定への意志であった。ニヒリズムの深い穴の底の岩盤をハンマーでたたき割るようなこの作業は、ニーチェという異常な「視力」を具えた人間の人生最後の炎の燃え上がりであった。

私は、いよいよもって、事物における必然的なものを美と見ることを、学ぼうと思う、——こうして私は、事物を美しくする者たちの一人となるであろう。運命愛（Amor fati）——これが今よりのち私の愛であれかし！　私は、醜いものに対し戦いをしかけようなどとは思いもしない。私は非難しようとは思わぬ……そして、これを要するに、私はいつかきっとただひたむきな一個の肯定者（ヤー・ザーゲンダー）であろうと願うのだ！（『悦ばしき知識』二四九頁）

すべての醜さと卑小さに直面してこれから眼をそらさず、たじろがずに、意志の行為としてこれらすべてを肯定し、まるで神が慈悲を垂れるかのようにこれらに「ヤー」を言うこと、そしてまさにその行為によって、かつては自分が呪っていた世界と人間をともに、同時に祝福すること、これこそが、「運命愛」というニーチェ最後の知的錬金術を経てたどりついたヴィジョンであった。彼は『ツァラトゥストラ』で高らかにこう宣言する——「地上に生きることは、かいのあることだ。……『これが——生だったのか』わたしは死に向かって言おう。『よし！　それならもう一度』と」（五一六頁）。

ニヒリズムの底まで沈み込むことでペシミズムの岩盤を打ち破ろうとするこの壮大な格闘は、しかし彼を「正気」と「狂気」の間《あわい》の薄明にいざない、その肉体に死が訪れるまでの一二年間、彼は二度とかつてのニーチェに戻ることはなかった。

近代の宿痾に対して同じく壮大な戦いを仕掛けたロレンスは、しかし世界をニーチェ的運命愛で受け入れることはできなかった。人間の意志を憎悪し、いや、より正確には、意志の否定的側面の呪縛から生涯逃れることができなかった彼には、ニーチェのこのような営為には従うべくもなかった。「性の終末論」に最後の活路を見いだし、「性愛の黙示録」の中で「聖別」された男女の「至福千年」を夢見ようとしたが、世界と人間の醜さと卑小さ、そして他者との関係を忌避せざるをえないほど自己にとりつかれている「近代人」のエゴイズムに打ちひしがれたロレンスは、この「至福千年」を支える「超人」も「永劫回帰」も「運命愛」ももつことができなかった。「これが生だったのか。よし、それならもう一度！」——彼にはこの声を発するいかなる根拠も見出すことはできなかった。「性愛の黙示録」とそれに続く「至福千年」を保証するはずだった「聖霊」は引き裂かれ、ペンテコストは消え、彼の足元には虚空が広がる。そのとき彼の眼が見たものは、すでに彼には失われていた人間の肉体の栄光が復活し、その肉体が「太陽」＝宇宙＝自然という最後の「ユー・トピア」の中で生きるという見果てぬ夢であった。

かくして、異常な「視力」を具えたロレンスの生涯の冒険は終わった。彼のペシミズムはニーチェを狂気に追いやったニヒリズムへと変容することはなく、それゆえ彼は狂気を免れた。しかし同時に、ニーチェ晩年の小児的「軽み」と「笑い」も得ることはなかった。あるいはドストエフスキーの「すべてよし」も。「わがために新しき歌をうたえ、——世は明るく輝けり、天はこぞりて悦べり」（『ニーチェ全集』別巻2、二八四頁）

――ニーチェの最晩年を彩る、狂気と交錯するこの底抜けの明るさは、ロレンスのものとはならなかった。「宇宙と胸と胸を合わせて」という彼の最後の理想には、ニーチェの理想のイマージュである浜辺で波と戯れる幼児の無垢と「軽み」ではなく、一種の悲壮感がつきまとう。「見者」ロレンスは、「意志する者」、それのみが絶望を乗り越えて未来への希望を可能にするであろう意志の「肯定者」ロレンスには、ついになれなかったのである。

注

（1）こうした作者の「侵入」はほかにも見られる。最終章では、コニーの手紙を受け取ったクリフォードの反応の描写に作者が突如口をはさむ――「これがわれわれの実状である。内部で本能的に感じとったものを意識的に認知することを意志の力で妨げるのだ」(288)。こうした不必要に思われる挿入も、彼の焦燥感ゆえではないか。

ちなみに武藤浩史はこの冒頭の一文の接続詞「だから（なので）」に「選択された非論理性」を見出し、これを「悲劇的な時代であるがゆえに前向きに生きていく」という「切ない決意の実存的選択」（七四頁）と解釈している。そのとおりだが、しかしそれはロレンスにあっては論理的にそうなのだ。すなわち、悲劇的な時代であるがゆえにこそ、それを「悲劇的に捉えることを拒否」する意志の姿勢がいっそうの意味をもち、この「断定的な結論先取り的な言葉」を強く読者に印象付けるのである。

(2)同種の出会いは『虹』の第一世代、トムとリディアに見られる。トムは彼女を見た瞬間、「(あれが/それが)彼女だ」という奇妙なつぶやきをもらすが、「宿命的関係」のあの瞬間的な認知は、コニーがメラーズを最初に見たときのそれと同質のものだ。

(3)「動物のような(に)」という言葉は、奥村透が「野生の動物のように」という論考で考察しているように、この作品を読み解くキーワードの一つである。人間の悪しき自意識と意志とから免れている動物は、ロレンスの「ユー・トピア」である宇宙＝自然の象徴でもあった。

(4)G・S・フレイザーはこの方法に、「キルケゴール的な『人生の道行の諸段階』を書き記す方法、つまり偉大な精神が人生の公道を歩みながら探求したダイアレクティックの記録」(394)と的を射た評を下している。

(5)ブレイクも自らの執筆を、自分の知的な操作を超えた力に帰することがあるが、次の言葉はこの文脈で読むと含蓄が深い――「私はペンか彫刻刀を握ると必ず、本当に知的なヴィジョンに酔ってしまうのです」(757 傍点引用者)。超越的な力、衝動と知的な技、そして芸術との不可思議な融合を示す絶妙な表現といえよう。

(6)フィリップ・マーカスは、「『逃げた雄鶏』の男はメラーズに変化するクリフォードである」(231)とうまい比喩を使っているが、現実のクリフォードは決してメラーズにはならない。また、『恋する女たち』のジェラルドはクリフォードと多くの点で共通性の見出せる人物であるが、その造形はもっと柔軟である。少年期に弟を誤って射殺したという、文字通り「カインの末裔」としての「呪い」を身にまとって登場するのではあるが、バーキンやグドルンとの関係の中で彼は揺れ動き、チロルでの「石化」＝死を早くから予測させはしない。作者が彼に割り振る「役割分担」は執筆の中で、つまりロレンスの思索の進展の中で徐々に固まってくるのであって、決してクリフォードのように最初から固定しているのではない。

（7）『羽鱗の蛇』のケイトにはこの種の理知の力が十分に備わってはいるが、しかし決して男に屈し、その「奴隷」（135）となることはない。

（8）K・ミレットは「自己やエゴや意志、そして個我といったもの……は現代になって女性がようやく獲得したもの」（一五二頁）と言っている。これは「近代的」という形容詞がつけば妥当するかもしれないが、少なくともロレンスが問題にしているような意味での「女の意志」は超歴史的なものであろう。このあたりに彼女のロレンスの「誤読」の根があるのではないか。

（9）先の引用以外にも、一四五頁、二〇九頁を参照。

（10）ケイトとシプリアーノの間で行われるこの性交渉については、Asai, 229-32 参照。

（11）ロレンスの次のメルヴィル評は、ここに見られるロレンス自身の「憤怒」に重なって見えてこないだろうか。「メルヴィルは世界を憎んでいた。憎むように生まれついたのだ。しかし彼は天国を探し求めていた。……選べと言われれば、彼は理想郷を求めた。しかし選ばないときは世界に対する憤怒に打ち震えていたのだ」(*SCAL*, 125)。

（12）「予型論」とは、新約聖書における事柄や出来事が旧約聖書の中にすでに予示または象徴されているとする教説。

（13）かつてロレンスは「ラーナーニム」と名づけた理想郷を求めた。それは具体的には賛同者が少ないという理由で挫折したが、仮に実現していたとしても、おそらく理想は達成できなかったであろう。想定していた規模が大きすぎたのである。この理想の実現には、「聖別」されたほんの少数者のみが必要であり、とりわけ二人が最も望ましかった。しかし、後述するように、「島を愛した男」では、二人でさえ「多すぎる」という極限状況が描かれるに至る。

(14)例えば奴隷の少年が少女を犯す場面での二人の卑屈な態度、それを見ていたイシスの女の「奴隷め！」(149)という捨てぜりふ、あるいは男を寝床に案内したときの少年奴隷が見せる「見下すかのような恩きせがましい態度」(153)、そして船出しようとする男がオールを握ったときに感じる「奴隷の手のいやなぬくもり」(173)など。

(15) T・E・ロレンスが意図せずそうしたのとは違って、D・H・は明らかにそれを意識していた。彼の友人が、あるいは後世の人々が彼をキリストになぞらえるのは、それも一因だろう。

(16) ロレンスは終生、「私は私である」という個人主義／個我主義と、個は大いなる全体の一部だという有機体的見方との間を揺れ動いた。後者の見方は神秘主義的・霊学的伝統(ハクスリー言うところの「永遠の哲学」)に属するもので、その意味でロレンスは生涯の最後にその伝統に合流したといえよう。フォイアスティンはこの伝統の今日的表現として、アラン・ワッツの、個＝エゴは「社会的虚構」であり「学習された反応」だという見方、あるいはグレゴリー・ベイトソンの次の言葉を引いている。「個人の精神はなるほど内在的だが……さらに大いなる精神というものが存在し、その一部である個人の精神はサブ・システムにすぎないのである。この大いなる精神は神に匹敵し、……お互いに結合した全体的な社会組織と惑星生態系の中に内在しているのである」(三三六頁)。さらにフォイアスティンは非常に重要な指摘をする。

人間というものが周囲の全体に対して防御的な壁をめぐらした個々バラバラな存在であるという「幻想」が……本質的には人間を保護するためのイデオロギーなのだ……それによってわれわれは、神秘的でおそろしい宇宙を前にしても表面的には安全かつ安定した状態を保っていられるのである。これらのイデオロギーは「偽りの意識」の現れであり、この意識が世界過程全体とわれわれとの包括的な関係をゆがめているのである。(三三七頁)

あらゆる「気づかい」を振り払った死んだ男の「悟達」は、まさにこの、人間を保護するイデオロギーは必要ないということ、そのような壁をめぐらして個々の存在の内にこもらなくてもよいということへの洞察ではなかったか。この「イデオロギーとその産物を克服するためには、私は身体全体でもって存在しなければならない」(三三七—三八頁)というフォイアスティンの提言は、ロレンスその人のものであろう。

引用文献

奥村透「野生の動物のように」、日本ロレンス協会編『D・H・ロレンスと現代』、国書刊行会、一九九五年。

鎌田明子『性と生殖の女性学』世界思想社、二〇〇六年。

丹治愛『モダニズムの詩学』みすず書房、一九九四年。

ドゥルーズ、ファニー&ジル・『情動の思考——ロレンス「アポカリプス」を読む』鈴木雅大訳、朝日出版社、一九八六年。

ニーチェ、フリードリヒ『悦ばしき知識』信太正三訳、理想社、一九七四年。
――『ツァラトゥストラ』手塚富雄訳、中央公論社、一九七三年。
――『ニーチェ全集　別巻2』塚越・中島訳、ちくま学芸文庫、一九九四年。
野島秀勝『孤独の遠近法』南雲堂、一九九四年。
フォイアスティン、ゲオルグ『聖なる狂気――グルの現象学』小杉英了訳、春秋社、一九九九年。
ミレット、ケイト「性の政治学」井上侭子訳、P・ウィドーソン『ポスト・モダンのD・H・ロレンス』吉村宏一、杉山泰、ほか訳、松柏社、一九九七年。
武藤浩史『「チャタレー夫人の恋人」と身体知』筑摩書房、二〇一〇年。
Asai, Masashi. *Fullness of Being: A Study of D. H. Lawrence.* Tokyo: Liber Press, 1992.
Fraser, G. S. *The Twentieth Century Mind: 2.* Oxford: Oxford UP, 1972.
Kermode, Frank. "Lawrence and the Apocalyptic Types." *The Rainbow and Women in Love: A Casebook.* Ed. Colin Clarke. London: Macmillan, 1978.
Knight, G. Wilson. "Lawrence, Joyce and Powys." *The Rainbow and Women in Love: A Casebook.* Ed. Colin Clarke. London: Macmillan, 1978.
Lawrence, D. H. *Apocalypse.* Ed. Mara Kalnins. London: Penguin, 1995. (*A*)
――. *Lady Chatterley's Lover.* Ed. Michael Squires. London: Penguin, 1994. (*LCL*)
――. *The Letters of D. H. Lawrence VI.* Ed. James Boulton and Margaret H. Boulton with Gerald M. Lacy. Cambridge: Cambridge UP, 1991. (*L6*)
――. "The Man Who Died." *Love Among the Haystacks and Other Stories.* Harmondsworth: Penguin, 1974.

________. "The Man Who Loved Islands." *Love Among the Haystacks and Other Stories*. Harmondsworth: Penguin, 1974.

________. *Phoenix II*. Ed. Warren Roberts and H. T. Moore. Harmondsworth: Penguin, 1978. (*PII*)

________. *Studies in Classic American Literature*. Ed. E. Greenspan, L. Vasey and J. Worthen. Cambridge: Cambridge UP, 2003. (*SCAL*)

Leavis, F. R. *D. H. Lawrence: Novelist*. Chicago: Univ. of Chicago Press, 1955.

Marcus, Phillip L. "Lawrence, Yeats, and 'the Resurrection of the Body,'" *D. H. Lawrence: A Centenary Consideration*. Ed. Peter Balbert and Phillip L. Marcus. Ithaca and London: Cornell UP, 1985.

Spender, Stephen. *The Creative Element*. London: Hamish Hamilton, 1953.

第二一章　ソラリスムの行方――三島由紀夫試論

僕は人生の耐ええぬ苦痛の果てに、自ら神となることを望むだろう。何という苦痛！この世に何もないということの、絶対の静けさの苦痛を僕は味わいつくすだろう。（『天人五衰』一九九頁）

一

三島由紀夫は中村光夫との対談でこう語っている。

ぼくは自分の小説はソラリスムというか、太陽崇拝というのが主人公の行動を決定する。太陽崇拝は母であり、天照大神である。そこへ向かって最後に飛んでいくのですが、したがって、それを唆かすのはいつも母的なものなんです。（佐渡谷重信、六二頁）

しかし彼がこう言うのは後年のことである。実は彼は「ソラリスム」とは対蹠的な地点から出発した。『仮面の告白』における告白は象徴的である。「しかしともすると私の心が、死と夜と血潮へ向かってゆくのを、遮げることはできなかった」(二一―二二頁)。あるいは後年、はっきりと死を意識して書かれた『太陽と鉄』では、「太陽は死のイメージと離れることがなかった」と述べた後、一五歳のときの詩を掲げ、こう言う。「『……わたしは暗い坑のなか／陽を避け　魂を投げ出だす』　何と私は仄暗い室内を、本を積み重ねた机のまわりを、私の『坑』を愛していたことだろう」(一九―二〇頁)。

三島の生涯は、夜から太陽へ、そしてさらには夜の太陽、「永いこと私に恵みを授けたあの太陽とはちがったもう一つの太陽、暗い劇場の炎に充ちたもう一つの太陽、決して人の肌を灼かぬ代りに、さらに異様な輝きを持つ、死の太陽」(『太陽と鉄』四一頁)へ、というパターンで捉えられるように思う。別の言い方をするなら、言葉への親近から言葉への不信・離反、それと並行しての肉体への接近、そしてさらには、その両者を超えた死への飛翔とも言える。またはロマン主義から古典主義を経て暗いロマン主義へ、とも言えよう。彼がその創作活動の初期から、R・D・レインの言葉を借りるなら、「存在論的不安」に駆り立てられていたことは明らかである。『仮面の告白』にはこうある。

空襲を人一倍おそれているくせに、同時に私は何か甘い期待で死を待ちかねてもいた。たびたび言うように、私には未来が重荷なのであった。人生ははじめから義務観念で私をしめつけた。義務の遂行が私にとって不可能であることがわかっていながら、人生は私を、義務不履行の故をもって責めさいなむのであった。(一〇六頁)

人生を義務と捉えるのは存在論的不安を抱く人々に特徴的なことである。この作品の主人公にとっては、終戦でさえも、「怖ろしい日々がはじまるという事実だった。その名をきくだけで私を身ぶるいさせる。しかもそれが決して訪れないという風に私自身をだましつづけてきた、あの人間の『日常生活』が、もはや否応なしに私の上にも明日からはじまるという事実だった」[1]（一八〇―八一頁）のである。

後年、そこに自らの存在理由を見出していた「言葉」に限界があることを知ったとき、三島はこの当時を振り返ってこう言う。「その時私は、言葉によって『終らせる』べき自分の生を蔑視していたのである」（『太陽と鉄』七四頁）。そして遺作となった『天人五衰』においてもなお、主人公、本多繁邦に、「本当の大前提は無関心だった。この世界の莫迦らしさに打ち克って生きのびるには、それしかなかった」（一六九頁）と言わせ、そして安永透には、「僕の人生はすべて義務だった」（一七九頁）と言わせているのである。三島の生からの疎隔感はあまりに深かったと言うべきであろう。最初期の『仮面の告白』にしてからが、その全篇をおおう同性愛と血への嗜好にもまして読者を打つのは、この圧倒的な生からの疎隔感である。この疎隔感を「メランコリー」と規定する三浦雅士は、適確にも、「同性愛が疎隔感をもたらしたのではなく、疎隔感が同性愛をもたらしたのである」（五九頁）と言っている。ではその疎隔感をもたらしたものはそもそも何なのか。これについて三浦は語らず、「いまや誰もがメランコリーに陥るほかなくなった」（六一頁）と問題を一般化しているが、本稿で考えてみたいのは、なぜ三島がそのような疎隔感に幼少時から苦しまなければならなかったかということである。

三島は幼年時代から、「人の目に私の演技と映るものが私にとっては本質に還ろうという要求の表われであり、人の目に自然な私と映るものこそ私の演技であるというメカニズムを……おぼろげに……理解しはじめていた」(『仮面の告白』二六頁)。つまり彼にあっては生は最初から「逆立ち」しており、それは自分の本質からの疎隔からこそ始まったと彼は言っているのだ。彼のその後のすべての努力は、この彼が自分の「本質」と考えるものの奪還に向けられたと言ってよい。そして彼が自分の「本質」と考えたものは、当然のことながら幼年期の彼のあり方に深く影響されていた。すなわちそれは、女々しい虚弱な自分、本の世界しか知らぬ自分の対極である、血と筋肉を豊かに具えた勇気ある若き男性、すなわち英雄である。このイメージは後々彼のオブセッションにまでなり、彼の自刃もその延長線上に来ると見ることができよう。

この幼年時、少年時における生からの疎隔感について、彼は後年、「素顔の告白」とも言うべき『太陽と鉄』の中で明瞭に述べている。「第一段階において、私が自分を言葉の側に置き、現実・肉体・行為を他者の側に置いていたことは明白であろう」。そしてさらにこう言う。「……集団に融け込むだけの肉体的な能力に欠け、そのおかげでいつも集団から拒否されるように感じていた私の、自分を何とか正当化しようという欲求が、言葉の習練を積ませたのである……」(一〇―一一頁)。このように一時は彼の存在理由として有力であった言葉に、いつしか彼は満足を感じなくなる。それどころか、言葉は「現実を腐蝕」し、「言葉自体をも腐蝕してゆく危険を内包している」(九頁)とさえ感じるようになる。そして彼は、その感覚の底に「浪曼主義的衝動」を見出す。

すなわち私は、死への浪曼的衝動を深く抱きながら、その器として、厳格に古典的な肉体を要求し、ふしぎな運命観から、私の死への浪曼的衝動が実現の機会を持たなかったのは、実に簡単な理由、つまり肉体的条件が不備のためだったと信じていた。浪曼主義的な悲壮な死のためには、強い彫刻的な筋肉が必須のものであり、もし柔弱な贅肉が死に直面するならば、そこには滑稽なそぐわなさがあるばかりだと思われた。十八歳のとき、私は夭折にあこがれながら、自分が夭折にふさわしくないことを感じていた。なぜなら私はドラマティックな死にふさわしい筋肉を欠いていたからである。そして私を戦後へ生きのびさせたものが、実にこのそぐわなさにあったということは、私の浪曼的な矜りを深く傷つけた。（二六頁、傍点引用者）

これ以上ない正直な告白と言わねばなるまい。それにしても注意を引かれるのは、傍点を付した箇所に端的に見て取れる、いわば「観念の命令」とでもいうべき矯激なる美学である。そう、この生と死の捉え方は何より美学的で、これは三島の生涯と作品を貫く鮮やかな赤い糸である。日本の中世文学や西欧世紀末デカダンスの美学の影響などはよく論じられるところだが、それで彼の美学をすべて説明することはできまい。私にとって何より興味深いのは、このような美学を生み出さずにはおれなかった三島の精神構造が、むろん極端な形であるとはいえ、すぐれて近代的だと思えることである。

上記のように豊かな筋肉をもとうと決意した経緯を説明した彼は、注意深くこう付け加える。「こうしてすべてが私の『考え』から生まれるところに、どうか目を注いでもらいたい」（『太陽と鉄』一三頁）。「自意識の作家」三島由紀夫の面目躍如たる言葉であるが、まさにこの「すべてが『考え』から生まれる」、すなわち観念あるいは精神主導型の生こそが近代そのものがはらむ宿痾であることは、本書で論じた多くの作家や思想家が述べているところである。この観念による生の支配に人一倍苦しまなくてはならなかった彼は、まさにその観念の力を使ってこの近代の毒を皿まで食わんとした。一種のショック療法とでも言おうか。事実、『太陽と鉄』は、彼の死の予告であると同時に、観念による、言葉による、その壮大なるアポロギアなのである。

二

かくて三島は、自分が幼年期から言葉の側に身を置かざるをえなかったことを心のどこかで呪いつつ、自らの言葉における天分を開花させていった。しかし早くから自己の心理のからくりに気付いていた少年にとって、この開花が諸手を挙げて喜べるものになるはずもない。こうして彼は、外面的な華々しい成功とは裏腹に、内ではますます存在論的不安を強めていった。後年の彼自身の言葉を借りれば、彼は「白蟻に蝕まれた白木の柱」(『太陽と鉄』七四頁)だったのである。

言語芸術における自らの天分への確信は、皮肉にも彼の生からの疎隔感をますます強めたが、それは孤立感を強めたと言い換えてもよい。祭りの神輿の担ぎ手たちを見たときに彼が抱く疑問、「みんなの見る青空、神輿の担ぎ手たちが一様に見るあの神秘な青空については、そもそも言語表現が可能なのであろうか」(二八頁)という彼の疑問の力点は、しかし「神秘な」ではなくて「一様に」にある。「仄暗い室内を、本を積み重ねた机のまわりを、私の『坑』を愛していた」(二〇頁)三島、太陽を敵視して自分だけの夜にどっぷり浸っていた三島は、自らの唯一の存在理由と頼む言葉によって「私は皆とはちがう」という成功を収めるが、その成功はすでに肉体的な矛盾をはらんでいた。「言語芸術の栄光ほど異様なものはない。それは一見普遍化を目ざしながら、実は、言葉の持つもっとも本源的な機能を、すなわちその普遍妥当性を、いかに精妙に裏切るか、というところにかかっている」(二八頁)からだ。きらびやかな比喩と奇異なイメジャリーを駆使する彼がこの「裏切り」にいかに長けていたかは、彼の作品が証明している。ともあれ、この異様な栄光、本質的な苦悩から逃れるために青空を「一様に」見る一員になり、『私は皆と同じだ』という栄光」(二八頁)を共有したいと彼が望んだことはきわめて自然であろう。そして彼は、この「一般性の栄光」を筋肉の内に見出すに至る。すなわち、筋肉において初めて「存在感覚の根拠」を見出したのだ。なぜなら筋肉は、「人々の信じているあいまいな相対的な存在感覚の世界を、その見えない逞しい歯列で噛み砕き、何ら対象の要らない、一つの透明無比な力の純粋感覚に変える」(三〇頁)という魔力をもっていたからである。

彼の言葉を待つまでもなく、この「力の純粋感覚」が、言葉が彼に与えてくれる感覚と非常に違うものであることは明白であろう。そしてこのきわめてニーチェ的な感覚は、かくして彼があれほどに求めていた「存在感覚」を保証してくれ、しかも何より重要なのは、その保証の仕方が、彼に存分に恵まれていた理知と自意識による「自慰的」保証ではなく、筋肉という自意識から最も遠い、しかも最も非個性的なものによる連帯感覚の保証だったという点である。しかも、存在感覚の確証に対する彼の欲求はさらに昂進して、自己同定的な確証では満足できずに、ついには集団への神秘的没入(participation mystique)を求めるまでに至る。すなわち、「私一人では筋肉と言葉へ還元されざるをえない或るものが、集団の力によってつなぎ止められ、二度と戻ってくることのできない彼方へ、私を連れ去ってくれること」ができると信じるようになったのである。そしてこれは、徹底的な個人主義者たる三島が『他』を恃んだはじめであった」(七九頁)。

しかしそれは後年の話だ。三島の自意識、彼自ら「存在の形にかかわる自意識」と呼ぶところのものは、そう簡単にはこの問題、「肉体と精神の乖離の主題」の解決を許さなかった。もし彼の自意識が通常のレベルのものであったならば、豊かな筋肉を獲得し、それが生み出す「力の純粋感覚」によって自らの存在が確証された瞬間、問題は解決されるはずであった。

三島は終生「見」続けた人、そして「見る」ことに苦しみ続けた人であった。「見る」とは自意識の本来的機能である。幼・少年時代、虚弱な肉体しかもたぬ「言葉の人間」と自己を規定して以来、彼はこの見ること、自意識を最大の武器に、世界を、そして存在を解釈してきた。しかし自意識は両刃の剣であり、世界を切りつつ返す刀で自らをも切る。すなわち彼は、自らの存在解釈の機構そのものに虚妄の匂いを嗅ぎつけたのである。彼がさらに深いレベルでの存在の確証を求めるに至ったのはけだし当然であった。

その経緯を彼は林檎の比喩を使って説明するのであるが、後の彼の自刃を思い合わせるとき、その「予告」の大胆さ、比喩の露骨さには瞠目すべきものがある。つまり彼はこう言う。林檎という肉体に閉じこめられた芯、つまり自意識は、「蒼白な闇に盲い、身を慄わせて焦躁し、自分がまっとうな林檎であることを何とかわが目で確かめたいと望んでいる」。しかし、もし言葉による保証が十分でないならば、「目が保証する他はない」。

事実、芯にとって確実な存在様態とは、存在し、且、見ることなのだ。しかしこの矛盾を解決する方法は一つしかない。外からナイフが深く入れられて、林檎が割かれ、芯が光りの中に、すなわち半分に切られてころがった林檎の赤い表皮と同等に享ける光りの中に、さらされることなのだ。そのとき、果して、林檎は一個の林檎として存在しつづけることができるだろうか。すでに切られた林檎の存在は断片に堕し、林檎の芯は見るために存在を犠牲に供したのである。

一瞬後には瓦解するあのような完璧な存在感が、言葉を以てではなく、筋肉を以てしか保障されないことを私が知ったとき、私はもはや林檎の運命を身に負うていた。なるほど私の目は鏡の中に私の筋肉を見ることはできた。しかし見ることだけでは、私の存在感覚の根本に触れることはできず、あの幸福な存在感との間にはなお不可測の距離があった。いそいでその距離を埋めないことには、あの存在感を蘇らす望みは持てぬだろう。すなわち、筋肉に賭けられた私の自意識は、あたかも林檎の盲目の芯のように、ただ存在を保障するものが自分のまわりにひしめいている蒼白な果肉の闇であることだけには満足せず、いわれない焦躁にかられて、いずれ存在を破壊せずにはおかぬほどに、存在の確証に飢えていたのである。言葉なしに、ただ見るということの激烈な不安！（五八―五九頁、傍点引用者）

そしてついに彼の筆は勢いあまって比喩を超える。「血が流され、存在が破壊され、その破壊される感覚によって、はじめて全的に存在が保障され、見ることと存在することとの背理の間隙が充たされるだろう。……それは死だ」（六〇頁、傍点引用者）。

自分をここまで追いつめたものが、「見ることと存在することとの背理」であることを彼は見抜いている。もっとはっきり言えば、見ることが存在することを裏切るということを彼はしっかりと理解している。それはD・H・ロレンスが生涯説き続けた「両刃の祝福」たる自意識の悲劇であり、近代の宿痾たる、「すべては見ること、『考え』から生まれる」ことの悲劇でもあった。

R・D・レインは自意識を二通りに定義する。すなわち、「自分で自分自身を意識すること、および他者の観察の対象として自分を意識すること」(106)。普通われわれが自意識と言うときに意味するのは後者であり、これが存在を抑圧して不安を生み出す。しかし三島の悩む自意識はさらに悪質だった。すなわち、自己の中で二つに分裂した一方が他方を見るときに生じる自意識だったのである。これがレインの二つの定義のうちの前者と似て非なるものであることに注意しなくてはならない。林檎の比喩を使うならば、「自分で自分自身を意識する」とは、芯も果肉も一体となった調和統合された林檎がそれ自身を意識することであり、それゆえ自分がまっとうな林檎であることはわが目で確かめずとも明瞭に意識されているのに対し、三島の場合、芯と果肉とは別のものと感じられ、しかも悪いことには、それらはどちらも、その存在自体の破壊を通してしか実体と感じられないのである。このような三島の精神構造を「背理」(彼自身の言葉ではあるが)あるいは自家撞着として退けることは、問題の核心を見逃すことになる。この三島の苦悩は、他の章でも論じたように、D・H・ロレンスやT・E・ロレンス、マックス・ウェーバーらが気づき、そして苦しんだ近代人特有の宿痾、レインの言う「引き裂かれた自己」を極端な形で表わしている点こそが注目されねばならない。

　この自意識の宿痾を癒すために三島が取った方法は、独特であると同時に普遍的なものでもあった。すなわち美学的な道である。具体的な方法として、三島は生における至高の栄光の瞬間を渇望した。生は一篇の美しい詩でなくてはならないと信じた。彼の浪曼的心情は、何も起こらない日常性を拒否した。終戦を迎え、死の危険が去り、日常生活が始まろうとするとき、始まる前からその恐怖は彼を圧倒した。この恐怖を、そして虚無感を克服するために彼は書いた。そして自他共に認める成果を得た。しかし彼は、それが自らの存在論的不安を解消するどころか増大させているのに徐々に気付いていった。そしてその原因を彼は、「文」の原理のみに従って生きてきたことに見た。すなわちその原理とは、「死は抑圧されつつ秘かに動力として利用され、力はひたすら虚妄の構築に捧げられ、生はつねに保留され、ストックされ、死と適度にまぜ合わされ、防腐剤を施され、不気味な永生を保つ芸術作品の製作に費されることであった。むしろこう言ったらよかろう。『武』とは花と散ることであり、『文』とは不朽の花を育てることだと。そして不朽の花とはすなわち造花である」(『太陽と鉄』四五頁)。自虐的ともいえる自己観察だが、正確無比といえよう。これまでの努力が実はすべて造花を作ることに捧げられていたことに気付いた彼は、ごく自然に「武」の原理に注目しはじめる。剣道への、そしてボディ・ビルへの彼の執心は、今述べた彼の認識の深さと正比例している。「言葉が相手にするものこそ、この現在進行形の虚無なのである」（六一頁）と言い、「言葉の本質的な機能とは、『絶対』を待つ間の永い空白を……書くことによって一瞬一瞬『終わらせて』ゆく呪術」（七一頁）だと不気味な定義を下す三島は、ここに来て、自己の文学はすべて徒労だとは言わぬまでも、二義的な価値しかもたない代償行為、いや欺瞞的行為でさえあると告白しているに等しい。これが単なるレトリックではなく、まぎれもない本心であることは、彼の言語観の正確さによって裏打ちされている。

言葉は、硝酸が銅に対応するように、現実に対応しているとは云えない。言葉は現実を抽象化してわれわれの悟性へつなぐ媒体であるから、それによる現実の腐蝕作用は、必然的に、言葉自体をも腐蝕してゆく危険を内包している。（九頁）

「腐蝕」という言葉はどぎついが、言語が抽象化を通して現実を何らかの形で変形するという認識は、古くはヒンドゥー教や仏教の言語観にも見られるもので、現代の言語哲学においても広く受け入れられている。言語と現実の関係について、一般意味論を唱えたコージブスキーは端的にこう言った――「地図は現地ではない」。井筒俊彦は言語のこの機能を「意味分節」あるいは「存在分節」と名づけ、本来つなぎ目のないあるがままの現実を、言語が分節＝分断し、それによって人間は現実をあるがままとは違った形で知覚すると言う。その井筒が、デリダのエクリチュール論について論じる中で、三島の言語観を逆照射する言葉を述べている。『存在』は、最初からそこにあるものではない。書かれてはじめてあるものだ。……神のコトバの沈黙の空間に、人間が、神に代わって、「存在」を書いていくのだ」（三八二―八三頁）。すなわち、言葉が存在を生み出すと言うのである。そこから彼は、きわめて実存的な言語観を提示する。すなわち「書く」という行為を、神の死の後のニヒリズムの世界で人間はいかに生きるかという問いに答えるものとして考えるのだ。「本来はむなしいものと知りつつも、人は書く。……世界を存在にまでもたらすために。有意味性（の幻想）に生きるために。……エクリチュールは、自己分裂した『悲劇的存在』、人間実存の宿命だ。言語幻想としての存在世界の不安な有意味性のなかに、彼は生きる。遊動する記号の『沙漠』」（三八五―八六頁）。

さらに井筒は、「書くことの、歓喜にみちた彷徨」を語るときのデリダは、「『始源』のない『中心』喪失の世界」を表わしていると言う。しかしデリダはこの認識を価値転倒する。つまり、「『中心』がどこかに確立されている安定した世界には、遊びもなく繰り延べもない。遊びも繰り延べもないということは、死を意味する」（四〇〇頁）と。こうしてデリダは、「中心」喪失というニヒリズム的世界に、「遊び」と「繰り延べ」があるエクリチュールの世界、「時間的継起の論理に従わない『意味』の空間的拡がり」（四〇四頁）をもつ世界として、積極的な意味を読み込むのだと井筒は言う。

しかし小説家としての三島は、こうした「楽観的」価値転倒に与することはできなかったようだ。「遊動する記号の『沙漠』」を放浪することを拒んだのだ。上記のような言語観と同時に、文学作品の本質に「文化意志」（『小説家の休暇』二二九頁）を見る彼は、それを担保するためには言葉自体の腐蝕を阻止せねばならないと考えた。そしてそれを実現すべく、最後の巨大な賭けとして、認識の不毛を認識の手段たる言葉で表現するという壮大な実験に着手するに至る。こうして彼の生涯を賭けた大作、『豊饒の海』は書き始められた。

この四部作は「輪廻転生」を骨格に用い、最後の最後でその虚偽を暴くというからくりをもっている。第一巻『春の雪』と第二巻『奔馬』において脇役として登場する本多繁邦が、全篇を通しての視点であり語り手であるが、彼が実質的な主人公であることは間違いない。彼は生を「見る」ことしかできず、「もともと行為するようには生まれついてこなかった」(『暁の寺』一一二―一一三頁)人間、「決して参加しない認識者の陥る最終的な快い戦慄に充ちた地獄」(一九三頁)に住む人間として描かれているが、強すぎる自意識と鋭敏な理知をもてあまし、これこそが生の虚無感の元凶であると感じているところから推察するに、彼は三島の「ネガの自画像」とでも言えそうな人物である。そうした彼が(そして三島が!)、仏教の唯識論に出会ったときの感激は想像に難くない。「恒に転ずること暴流のごとし」という世親の言葉に象徴されるこの教えは、「われわれ現在の一刹那において、この世界なるものがすべてそこに現われている」(一四二頁)と説く。すなわち世界という現象はすべて一瞬一瞬破砕されてはまた新たに生み出されているとし、これを見守り、保証するものとして、人間精神の根底に阿頼耶識なる識を想定する。この説を学んだ本多は、戦火に「焼けただれた末期的な世界」(一四六頁)に接してもたじろぐことなく、むしろ「身もおののくような涼しさに酔」(一四七頁)う。

しかし、本多が学んだと思ったこの唯識論を、彼は本当に身につけたのであろうか。この疑問は『豊饒の海』全体の構造と深くかかわっているが、輪廻転生を思想的鍵概念とするこの長大な作品をつなぐ一本の糸は、四作それぞれの主要登場人物に共通して見られる脇の下の三つの黒子で、これを語り手であり実質的な主人公である本多が見つけ、彼らの間に起こった輪廻転生を知るという布置結構をとっている。

第一巻から第三巻にかけて、本多はそれぞれの巻の「主人公」である松枝清顕、飯沼勲、ジン・ジャンすべてにこの黒子を見つけ、彼らの間の転生を「知り」、また彼らがみな悲劇的な夭折をすることで、彼らを「聖別」

された特殊な人間と思いこむ。劇的な結末を迎える第四巻、『天人五衰』において、「主人公」安永透は、前巻までの「主人公」の生まれ変わりの証しであると本多に信じこませた脇の下の三つの黒子こそもってはいるが、彼を養子にしてしまった後、本多は彼が「贋物」ではないかとの思いを抱く。久松慶子に黒子の秘密を聞かされた透は、「彼が人生でもっとも怖れる事態」である「自尊心の血友病」(二六二頁)に陥り、毒を仰ぐ。一命こそ取りとめたものの、失明する。認識者、「見る」者という点で本多と同類であり、またそれだけを自らの衿りのよりどころにしていた透は、こうしてその象徴たる眼を失う。そして二〇歳を越えても生き延び、「贋物」であることを暴露する。

これと前後して、老年の本多の唯一の「趣味」となっていた神宮外苑での「覗き」が発覚する。透が「見る者」の象徴たる眼を奪われたのとは対照的に、本多は「眼の人」、正確に言えば「視覚に淫する人(ヴォワイユール)」にとって「能うかぎり真実」である「覗き屋」という烙印を押され、自己の本質との同一化を一層深めていく。胃の痛みを自覚する本多は、ついに次のような注目すべき思想を開陳するが、これこそ全編を貫く基調低音であり、生からの疎隔感を美学的に超克しようとした三島の面目がほとばしり出る言葉である。

老いは正しく精神と肉体の双方の病気だったが、老い自体が不治の病だということは、人間存在自体が不治の病だというに等しく、しかもそれは何ら存在論的な哲学的な病ではなくて、われわれの肉体そのものが病であり、潜在的な死なのであった。

衰えることが病であれば、衰えることの根本原因である肉体こそ病だった。肉体の本質は滅びに在り、肉体が時間の中に置かれていることは、衰亡の証明、滅びの証明に使われていることに他ならなかった。

（二七〇頁）

肉体に対するこの断罪こそは、これまでたどってきた三島の存在論的不安の理論的土台であり、生は「『絶対』を待つ間の、つねに現在進行形の虚無」（『太陽と鉄』六二頁）だとする見方の別の表現に他ならない。「衰えることの根本原因である肉体こそ病」であるならば、いかに鍛え上げられた筋肉もこれを逃れることはできないのは自明の理である。三島のいわゆる「能動的ニヒリズム」もここに極まった観がある。近代の宿痾の凝縮的表現としてこれ以上のものはそうそうないだろう。

能動的ニヒリスト三島を「絶対追求者としての過激派」と捉える澁澤龍彦は、これと同じ箇所を引いた後でこう言う。「三島氏もまた、四十五歳の皮膚の下に、つとに肉体という不治の病のひそんでいることに気がついていたればこそ、この病を終焉せしめる唯一の手段ともいうべき、自殺という荒療治に頼ったのであろう。なぜなら、衰えることを知らない死は、永遠であり健康であるからだ」（七九頁）。それはたしかにそうかもしれない。三島の死の謎解きもこれで終わるかもしれない。しかし、それならなぜ彼は最後の月修寺の場面を描いたのであろう。松枝清顕の記憶を否定し、その存在そのものさえも本多の錯誤だったのではないかと、かつての恋人、清顕がその命を燃焼させるまでに「愛した」綾倉聡子である門跡が問いかけるとき、本多の中で、勲もジン・ジャンも、彼らの転生も、さらには彼自身の存在さえもが疑問に付される。「記憶というてもな、映る筈もない遠すぎるものを映しもすれば、これを近いもののように見せもすれば、幻の眼鏡のようなものやさかいに」（『天人五衰』三〇一頁）という門跡は、「見る人」、認識者たる本多を根底から揺るがす。なぜといって、記憶は認識が支えて初めて意味あるものとなるからだ。行為には一切かかわらなくとも、「人の肉の裏に骸骨を見る」能力にだけは自信のあった本多の自尊心、それどころか存在理由さえ、一挙に無に帰せしめるだけの力をこの言葉は秘めている。

三

前述したように、輪廻転生はこの作品を支える屋台骨といってよく、これをくつがえすことはこの小説全体の生命にかかわってくる。小説の構造にあれほどこだわり、完璧な布置結構を理想とした三島が、一体なぜこのようなことをしたのか。『天人五衰』の結末が創作ノートに記されている案と著しく違っているとは、つとに指摘されているところだ。ノートにはこうある。

思えば、この少年、この第一巻よりの少年は、アラヤ識の権化、アラヤ識そのもの、本多の種子《しゅうじ》なるアラヤ識なりし也。

本多死なんとして解脱に入る時、光明の空へ船出せんとする少年の姿、窓ごしに見ゆ。(バルタザールの死)

(『天人五衰』「解説」三〇七頁)

たしかにこのノートの楽天的・肯定的響きの残る案は、決定稿とは異なっているように見えるし、また『天人五衰』という題にも不似合いだ。とすれば、次の澁澤龍彦の言葉が的を射ているのだろうか。

……ある時期に、作者によって大きな改変が加えられた……なぜなら主人公の安永透は、発表された段階では、光明の空へ船出するどころか、贋物である自分の存在自体に絶望し、自殺未遂によって盲目となり、醜い肥った狂女と結婚するという、まさに堕天使の悲惨な境遇に突き落とされなければならなかったからである。それに、本多もまた、決して普通の意味での解脱に入りはしなかった。……おそらく作者の計算や制御を裏切って、それまで押さえられていたニヒリズムが大氾濫を起し、作者の内面の暗澹たる虚無を一挙にさらけ出してしまった、というような印象を受けるのである。（八八―八九頁）

要領のいい解釈だが、しかしこの見方にはどうも深みが感じられない。

この問題を正面から論じているのは井上隆史である。彼は三島の「創作ノート」を実際の作品と突きあわせつつ、結果的には濫澤と同種の見方を提示している。井上はまず『豊饒の海』全体を「虚無と救済との闘い」と捉え、この「ノート」では救済が、実際に書かれたものでは虚無が「勝利をおさめる」（二四八頁）と言う。そしてその原因を、三島が、外的には日本の精神の空洞化の歯止めのない進行を目の当たりにしたこと、さらにそれにもまして、「自身の内部に巣くう虚無から癒されることは決してありえないと覚悟した三島が、世界崩壊の脅威を一身に受け止める他はないと思い定め」（二四五頁）たことに求めている。彼はこの「世界崩壊」を、三島の作品に一貫して流れる中心テーマだと見ており、それがここに来て噴出したと言うのである。要は、先の濫澤の「ニヒリズムが大氾濫を起し、作者の内面の暗澹たる虚無を一挙にさらけ出してしまった」という見方をよりかしこまって述べているわけだが、それどころかその仮説に立つ井上は、三島の「ノート」に沿って、「救済」の大団円を迎える「幻の第四巻」を創作までするのである。

井上はこの大作を読む上での「唯識論」の重要性を説き、中でもとりわけ「阿頼耶識と染汚法との同時更互因果」という説を三島が重視していたことを述べることで、部分的には説得力のある論を展開している。しかし彼の論で決定的に弱いのは、一つはこの唯識をニヒリスティックで世界否定的な思想と見ている点だ。これがあるために彼は、現行の『天人五衰』の終結に虚無しか見られないのである。

井上はこれを書くために、三島が読んだ唯識関係の本を精査し、宇井伯壽の大著『摂大乗論研究』から、深浦正文の『輪廻転生の主体』、源哲勝の『業思想の現代的意義』、上田義文の『仏教における業の思想』を読んでその内容を紹介しつつ、そのどの部分が特に三島に影響を与えたかを考察している。しかし彼が紹介するこれらの識者は、少なくとも井上が言及する限りにおいては、唯識はニヒリスティックだとは一言も言っていない。それどころか彼の紹介をよく読めば、これらの研究者の説はニヒリズムとは決定的に異質なのだ。最も詳しく紹介されている上田はこう言っている。「唯識説は一刹那だけ諸法（それは実は識にほかならない）は存在するので、一刹那をすぎれば滅して無となると考えてゐる。だから因果同時とは、アラヤ識と染汚法とが現在の一刹那に同時に存在して、それらが互いに因となり果となるといふことである。従つてこの一刹那を過ぎれば、これらの両方ともに無になる」（井上、六三頁）。井上はどうもこのあたりから唯識はニヒリズムだという見方を引き出したようだが、上田はすぐに続けてこう言っている。「そして次の刹那になるとまたアラヤ識と汚法とが新たに生じ、それらが更互に同時に因となり果となる。……刹那々々に断絶する（滅する）ことによつて時間といふ連続的なものが成り立つてゐるのである」。これは道元の時間論に近接している。井筒の言葉によれば、「世界が刻々に生起している。その世界現出をもって体験しつつある我々自身を含めて、全存在世界は、時々刻々に新しい。創造不断。イブヌ・ル・アラビーはそれを『新創造』と呼び、道元は『有時《うじ》経歴《きょうりゃく》』と呼ぶ」(二二九―三〇頁)。こうした時間観はどう見てもニヒリスティックとは言えない、むしろ時間の連続性の機縁を肯定的に捉えている。井上とテクストとのこうした乖離を見ると、唯識を虚無的とする見方は、こうした書物を読んだ上での井上自身の解釈であり、しかもそれを「メタ的真実」と仮構して、テクスト読解に押し付けているとしか考えられない。

むろん唯識、ひいては仏教の解釈は多様であってよく、その意味では、井上が唯識を「ニヒリズム」と見てもかまわない。しかし少なくとも、そうでない見方への目配りは必要だろう。道元にとどまらず、現代の日本における解釈でも、唯識の「肯定性」を説くものの方が多い。例えば岡野守也は、はっきりと、「唯識は、ニヒリズム―エゴイズム―快楽主義が、どういう意味で妄想なのかを理論的に明らかにし、かつどうすればそれを心の奥底まで克服できるか、きわめて明快な道筋を示しています」(三九八頁)と述べている。

考えてみれば、別に唯識を奉ずる法相宗徒に限らずとも、自らの宗教が虚無的だと思いつつそれを信仰するとは想像しがたい。仏教一般が「虚無的・人生否定的」と見られるようになった原因の一つは、むしろ近代以降のヨーロッパによる仏教解釈の影響ではないだろうか。ショーペンハウアーを初めとする近代ヨーロッパの知識人は、皮肉にもそうしたものとしての仏教を、非キリスト教的な、そしてそれがゆえに生の真実を捉えたものと賞賛した。その賞賛は消えても、仏教は虚無的だとする見方そのものはそれ以後も残り、それが日本に逆輸入され、その結果、本家本元の仏教圏さえ、仏教は生を虚無的・否定的に見るものという見方が広まったのではないだろうか。しかしそうしたヨーロッパの解釈が、いかに自己の内なるニヒリズムの投影の産物であったかは、例えばロジェ＝ポル・ドロワが見事に論証している。「新しく発見された、かなり異様な東洋の宗教をなんとか理解しようとするふりをしながら、実はヨーロッパは、自分自身にかんして恐れていたものを、すなわち崩壊・深淵・空・魂の消滅といったものからなるイメージを、ブッダにかぶせたのだ」(二九二―九三頁)と。こうした見方の是非はともあれ、いずれにせよ井上は、唯識はニヒリズムだという見方を土台として論を進めるのならば、これらの主張とまず対決しておかなければならなかったのだ。

こうした点に気づいたのか、かろうじて「エピローグ」において井上は、それまでの論を覆すかのように、「実際に発表された通りの『天人五衰』を書いてこそ、三島由紀夫なのだ」と言うが、しかしすぐに続けて、「その文学の本質は、やはりどこまでも虚無」(二五一―五二頁)だと念を押す。しかしそう言った直後に、虚無の真っ只中にある今の日本で「私たちが本当に生きようとするのであれば、この虚無の光景を何としても読み替えなければならない」と言い、最後の場面を、「しかし庭があり、蝉の声が響き、夏の日ざかりの日がある。これらの物象がある。物象しかないのではなく、物象が、物象と言って悪ければ現象は常にあるのだ」と解釈し、こうした読みは「生前の三島自身のあずかり知らない」(二五四―五五頁)ものだとまで言うのである。しかし本稿での読みからすれば、むしろこれの方が三島の意図に近かったのである。

井上の論のもう一つの欠点は、すでに上でも述べたが、作者の上に「メタ」としての読者、すなわち彼自身を置いていることで、それがために「はず」とか「べき」という言葉が頻出する。三島が「ノート」に書き付けた「四巻のラストとしての重み……のため、大対立が必要」という言葉をもとに、井上はこう言う。三島のこの判断は間違っていないが、三島はこれを「不用意に拡張してしまっている。……そもそも、虚無と救済の対立は、単に『ラストとしての重み』として重要なのではなく、根底的な主題として重要なものなのである。三島はこの点を見誤り、そのため構想はここで立ち往生してしまった」(二〇五頁)。彼はいわば作者に先回りしている。つまり自分が作者の「創作ノート」から抽出し、仮構した主題をテクストに先行させ、それをテクストの読みに押し付けているのだ。これはテクスト読解の禁じ手であり、タブーである。ロレンスも言うように、「作者を信じるな、作品を信ぜよ」がここでも規範となる。その意味に限っていえば、作品の舞台裏を見せる「創作ノート」などは読解においては無視する方がいいのかもしれない。いずれにせよ、作者が作った「ノート」をテクストに優先させ、それを作った作者本人がそれを「見誤」っているといった読みの技法は非生産的である。

井上とは逆に田中美代子は、「しかるに、阿頼耶識とは、その先にある『一瞬もとどまらない「無我の流れ」』なのだった。即ち、それこそ失明後の透の姿が体現しているところのものであろう」(『天人五衰』「解説」三〇七頁)と言っているが、これも何か作者におもねっているようだし、何より主旨が曖昧である。これらの評者の見方に不満が残るのは、三島が、自分の死の日時を脱稿の時と定めて書き上げたこの作品に、それほどの揺れや曖昧さがあるとは思えないからだ。実際の脱稿はすでに八月には終わっていたようであるから[2]、この一一月二五日という日付は、あくまで仮構である。井上が言うように、「目前に死という目標を掲げることで、逆に残された時間のすべてを『豊饒の海』を完成させるための営みに捧げよう」(二四六頁)とする命を賭けた「戦略」だったのだ。であればこそ、そこに井上が指摘するような揺れがあるとは思えないのである。さらに言えば、こうした見方は、「力を内包した形態という観念ほど、かねて私が心に描いていた芸術作品の定義として、ふさわしいものはなかった」(『太陽と鉄』二七頁)という三島の芸術観に抵触する。しかし、それはいい。彼が自分の理想とする芸術を造形できなかったというだけのことかもしれないからだ。しかし何より決定的なのは、この大作の執筆中、彼が最後の最後まで理知の制御力を失わなかったことは紛れもないということである。つまりこの作品は、「意識が明晰なままで究極まで追及され、どこの知られざる一点で、それが無意識の力に転化するかということにしか、私の興味はなかった」（『太陽と鉄』三五頁）という彼の究極的関心の最終的遂行であり、さらに遡れば、『仮面の告白』の執筆意図、ないしは決意表明である次の言葉、「……今まで仮想の人物に対して鋭《と》いだ心理分析の刃を自分に向けて、自分で自分の生体解剖をしようといふ試み」（井上、二四九頁）を最後に実行に移したものだと考えられるのだ。要するに、今われわれの眼の前にある結末こそ、まさにこの「ノート」の案を作品化したものだと考える方が自然なのだ。その理由をもう少し詳しく以下に述べよう。

かつて唯識と出会ってあれだけの安らぎを得ていながら、それは本多にとって一向に生の意味感覚を支える助けにはならなかった。門跡に会うまでは、相も変わらず彼は生からの巨大な疎隔感に悩まされ続けていたのである。情熱の人（清顕）、行為の人（勲）、肉体の人（ジン・ジャン）はすべて夭折＝転生したが、眼の人、認識の人（透）のみはしなかった。いや、できなかった。これは理知の最終的な敗北を暗示し、本多が最後に取り残された境地もこれに符合する。月修寺の庭という「寂莫を極めている……記憶もなければ何もないところ」で本多は、それまで彼の人生を染め上げてきた虚無よりも一層深い虚無に直面して茫然自失するのである。しかしこの茫然自失そのものが、逆説的に彼の解脱を予告する。彼における理知の敗北とは、とりもなおさず論理の敗北であり、唯識の権化たる門跡の言葉を受け入れたときにこれは起こった。そしてひとたびこれを真に受け入れれば、その向こうには論理に捉われない自由な世界が拡がっているはずだからである。

そして透は、まさにこの意味において「光明の空へ船出」するのである。すなわち、「見る」ことを自らの手で放棄し、もはや理知と自意識に悩まされなくなったときにこの「船出」は約束されるのである。透自身そのことを見事に予言しているではないか。「不可視のものを『見る』とはどういうことか？　それこそ目の最終的な願望、見ることによるあらゆる否定の果ての目の自己否定なのだった」（一八四頁）と。この「目の自己否定」が完遂されたとき、「救済」は彼にやってきた。そして実際、本多と透の二人は、この結末に至ってよく似た地点にたどり着いたのである——一人は毒の力によって、もう一人は唯識の権化の鉄槌によって。

とはいえ、この種の「救済」が三島にとってあまり魅力的でなかっただろうことは想像に難くない。すでに見た彼の美学は断固としてこの種の救済を拒んでいたからだ。いうなれば、この結末で彼の美学と形而上学が衝突したのだ。そして彼は躊躇なく美意識の命ずる方向を取る。すなわち行動によって救済され、絶対に到達しようとするのである。

一分一分、一秒一秒、二度とかえらぬ時を、人々は何という稀薄な生の意識ですりぬけるのだろう。老いてはじめてその一滴々々には濃度があり、酩酊さえ具わっていることを学ぶのだ。稀覯の葡萄酒の濃密な一滴々々のような、美しい時の滴たり。……そうして血が失われるように時が失われてゆく。あらゆる老人は、からからに枯渇して死ぬ。ゆたかな血が、ゆたかな酩酊を、本人には全く無意識のうちに湧き立たせていたすばらしい時期に、時を止めるのを怠ったその報いに。

そうだ。老人は時が酩酊を含むことを学ぶ。学んだときはすでに、酩酊に足るほどの酒は失われている。なぜ時を止めようとしなかったのか？（二三〇—三一頁）

ここには三島美学の要諦がある。「見る」こと、言葉、あるいは認識によっては、存在感覚を獲得し、「時の酩酊」を味わうことはできないと悟ったとき、彼は肉体による、「武」によるそれの獲得に向かった。しかしこの最後の切り札たる肉体は、衰退という宿命を背負っていた。このアポリアを乗り越えるには、肉体の絶頂時において「時を止める」、すなわち肉体を石化する、すなわち死によってこれを永久に「保持」する他ない——これが三島美学の基本的構造である。

「生の絶頂で時を止めるという天賦に恵まれている人間」を見てきたと信じる本多は、それを「何という能力、何という詩、何という至福だろう」と思う。

> もう少しゆけば、時間は上昇をやめて、休むひまもなく、とめどもない下降へ移ることがわかっている。下降の道で、多くの人はゆっくり収穫《とりいれ》にかかれることをたのしみにしている。しかし収穫なんぞが何になる。向う側では、水も道もまっすぐに落ちてゆくのだ。
>
> ああ、肉の永遠の美しさ！　それこそは時間を止めることのできる人間の特権だ。今、時を止めようとする絶頂の寸前に、肉の美しさの絶頂があらわれる。（一三二頁）

「収穫なんぞが何になる」という言葉には、人間存在そのものを恫喝するようなすごみがある。この言葉が筆から滑り出たとき、三島は本多という仮面をかなぐり捨てて、「肉の永遠の美しさ」は「時を止める」という天賦に恵まれた者にのみ許される詩であり至福だと素顔で言い切っているのである。その感嘆符に込められた絶叫を見よ！

ここでわれわれが見るものもやはり、鋭い洞察を美学が矯激な力で別の方向に連れていこうとしている姿である。「二度とかえらぬ時を、人々は何という稀薄な生の意識ですりぬけるのだろう」という洞察には、能動的な生を促すあらゆる芽が含まれている。しかしこの認識から、彼は決して、時の酩酊を味わうには、時を止めるのではなく、意識を濃厚にし、拡大せねばならない、という方向には進まない。しかし、もしわれわれが「詩」と「至福」を生の中に見出そうとするのであれば、ここにしか道がないことは明らかである。この生の意識が十分に拡大されるならば、人はもはや理知に悩まされず、存在感覚の保障に奔走することもないであろう。ブレイクの言う通り、「エネルギーは永遠の歓び」であり、そのエネルギーを生み出す生もまた歓びであるとなんらの証明もなく感じられるはずである。その生は決して、「やがて来べき未見の『絶対』」（『太陽と鉄』六二頁）を待つ「現在進行形の虚無」ではなく、現在の瞬間のあらゆるものが「絶対」であるような生である。そこではまた、肉の永遠の美しさも絶対的価値をもたない、いや、もっとはっきり言えば、どのような肉も瞬間瞬間に永遠に美しいのである——「この醜さを見て自若としていられるには、どれほど永い自己欺瞞の年数が役立っていることだろう」（『天人五衰』二七八頁）と本多に思わせるその「醜い」肉体でさえも。

　しかし、そのように見るためには、まったく新しい意識、広大な宇宙意識とも呼ぶべき意識が要る。ブレイクの言う

一粒の砂に世界を見
一輪の野花に天国を見る
掌の中に無限をつかみ
一刻のうちに永遠を見る

視力が要る。これに比べれば、一見矯激に見える三島の美学も陳腐にさえ見えてくる。「肉を通って聖性に達

する」ためには「美しい肉」を具える必要があるとは、なんたる凡庸な美学だろう！　まったく逆に、あらゆるものの中に美を見る視力こそが、真の聖性への道である。だからこそブレイクはこう言い切ったのだ――「生きとし生けるものはみな聖なり」。

徹底的に「反禅寺的な家」を建て、庭の中央には、理知への蔑みの証としてのアポロの像を置いた三島にとって、しかしこのような超脱的な、あるいは「霊的」な道は受け入れられるはずもなかった。神秘学あるいは霊学の伝統は、皮肉にも彼と同じ洞察、すなわち理知そしてエゴの放棄にしか悟達への道はないという。しかし三島は、この同じ洞察からまったく逆の方向へ飛躍するのだ。彼の美学はあらゆる超越的、観念的解決を拒絶して、若さと美しい肉体に徹底的にこだわった。美学が明察を押し流してしまったのである。(3)

四

自分の腐った臓腑をつかみだして投げつけるように、一切の矛盾を極限化し、人に目をそむけさせながら、人の志とはいかなるものか、精神とは何かをあかるみに出して破滅してみせよう。すべての思想は極限までおしすすめれば必ず、その思想を実践する人間に破滅をもたらす。革命を説きながら破滅しないでいる、すべての人間はハッタリだ。現代は組織の時代だとはいえ、一個の人間の阿修羅の憤激が、どれだけのことを為しうるか、組織ボケしている人間たちに示さねばならぬ。平和に馴れ、無一物でありながら、あたかも巨万の富を抱き得ているかのように錯覚し、何かを守らねばならないかのように錯覚している人間たちの精神を根こそぎ震撼せしめよう。(一七八頁)

これは高橋和巳の『我が心は石にあらず』の主人公が抱く思いだが、三島の現代社会に対する思いとその行動の軌跡をこれだけ見事に表わしている言葉もまたとないだろう。一九七一年に書かれたこの言葉、とりわけ「すべての思想は極限までおしすすめれば必ず、その思想を実践する人間に破滅をもたらす」という部分は、あるいは三島の行為を念頭に置いたものであったかもしれない。しかしこれはあるレベルでは真正であろうが、三島の思想と行動をつぶさに見てくると、自己の内に育んだ思想・美学を極限にまで推し進めた彼を、単純に「破滅」したと見ることはためらわれる。たしかに笠井潔が高橋の主人公たちについて言う、「ある種、美的な感情をこめて〈観念〉を絶対肯定する」（三一一頁）という言葉は、三島にそっくり当てはまるだろう。しかし三島と彼らとの決定的な違いは、そこからいかなる逡巡も意志の力で排除し、いわば「確信犯的」にそうしている点だ。ブレイクは、「人間は人間というもの以上に偉大な観念をもちえない」と言ったが、三島はこの言葉をもあざ笑っているかのようである。つまり彼は、高橋やブレイクの言葉を置き去りにして「絶対」を目指して飛び立っていったのだ。

小池真理子は、『我が心は石にあらず』の解説文で、三島自決の一年前に行なわれた高橋と三島の対談に触れ、こう述べている。「観念と行動の乖離ができてしまう全共闘の苦悩は、そのまま高橋和巳の苦悩でもあったはずだが、三島由紀夫だけが、軽々と苦悩を乗り越え、彼言うところの、〝恐ろしい深遠〟を自ら覗き見ながら、死の美学を完成させてしまうことになるのである」（三八九頁）。「軽々と」と小池が言うのは、彼女が三島は「心底、人間など信じていない作家」で、彼には「虚無に彩られた美学だけがあり、彼は最終的には人と人との連帯を、自決という抽象的な美意識の中に封じ込めた」（三九〇頁）と見るからである。しかしここまで見てきたわれわれは、彼が「軽々と」死に飛び込んだとも、人と人との連帯を美意識に封じ込めたとも言い切ることができない。彼は自分で言っているように、たしかに自決をともにした盾の会のメンバーには何かを「恃んだ」からだ。しかし、それが「本当」であったのかどうかも今では分からない。ともかく残った事実は彼の自決のみである。彼は死へと飛翔したのだ。

このイカロスが失墜したのかどうか、われわれには答える術がない。解答は彼岸へもち越された、とでも言おうか。しかしこれを考察する糸口になるものはある。象徴的にも「イカロス」と題された、『太陽と鉄』の末尾を飾る詩である。ここにおいて三島は、自らの浪曼的衝動を見事に形象化している。

私はそもそも天に属するのか?
そうでなければ何故天は
かくも絶えざる青の注視を私へ投げ
私をいざない心もそらに
もっと高くもっと高く
人間的なものよりもはるか高みへ
たえず私をおびき寄せる?
……
何故かくも昇天の欲望は
それ自体が狂気に似ているのか?（九二―九三頁）

絶対を垣間見んとして、天に昇ろうとして飛翔した彼は、しかし同時に、その「絶対」の仮想性にも気づいている。地が引き戻す大きな力をも感じる。

空の青は一つの仮想であり
すべてははじめから翼の蠟の
つかのまの灼熱の陶酔のために
私の属する地が仕組み
かつは天がひそかにその企図を助け
私に懲罰を下したのか？
私が私というものを信ぜず
あるいは私が私というものを信じすぎ
自分が何に属するかを性急に知りたがり
あるいはすべてを知ったと傲り
未知へ
あるいは既知へ
いずれも一点の青い表象へ
私が飛び翔とうとした罪の懲罰に？　（九五―九六頁）

余人の追随を許さぬ自己分析と言わねばならない。とはいえ、その分析の結果、天＝絶対を求めるのは人間の越権行為ではないのかという懸念と、やはり自分は天よりも地に属すのではないかという諦念でこの詩が閉じられているのは示唆的である。蠟が溶けて墜落したイカロスは、ヒュブリスの罪で地獄に堕とされる人間の比喩だが、あたかもその人間のように、自分が求めている絶対は「一つの仮想」であり、人間の分を越えたものではないかという疑念が彼を捕えて離さない。しかし、それらをすべて承知の上で、なおかつ彼は最後の決定的行動によって地を離れ、天に属そうとした。彼方の絶対に賭けた。そこに永遠の生があると信じて。死出の旅に発つ朝、彼は書斎の机の上の一枚の紙にこう書き残した――「人生は短いが、私は永遠に生きたい」（スコット＝ストークス、三六五頁）。

＊　＊　＊

澁澤はこう言う。「もとより三島は特殊な感覚、特殊な嗜好、特殊な信念、特殊な哲学をいだいていたひとである」（三九頁）。本稿で私は、その三島の「特殊な哲学」は実は美学であることを示し、その美学がわれわれを取り囲む近代の普遍的問題とどの程度重なり合い、それにどの程度光を投げかけてくれるかという問題意識を抱いて考察を進めてきた。彼の背負った苦悩、すなわち生からの疎隔感あるいは存在論的不安は、コリン・ウィルソン流に言えば、「アウトサイダー」の苦悩であり、その意味ですぐれて近代的なものであった。「三島は、自分はこの世界において倫理の究極的権威でもなく、善悪の最終決定者でもないという事実を受け入れようとしなかった。そのために、自分は――少なくとも理論上は――この宇宙で唯一の人間だという、根本的に唯我論的な立場に追い込まれた」（三五四頁）とウィルソンは言う。この唯我論、すなわち「つまるところ現実などというものは存在しないのだという感覚」（三五六頁）こそアウトサイダーの共通項なのだ、と。生からの疎隔感から三島は唯我論に逃げこんだというウィルソンの指摘は、大ざっぱではあるが間違ってはいない。そしてその意味で、三島の「特殊な哲学」とその哲学を生み出した苦悩は決して特殊ではない。その美学にしても、現代では一般には受け入れ難いものであるにせよ、日本古来の伝統を大きく踏み外しているわけではない。むしろ特殊なのは、その哲学を過激なまでに美学に追従させ、論理的に行動に結びつけたという一点である。この死に至るまでの理性、明晰さこそ、三島を他のアウトサイダーたちから画然と区別するものであり、彼の同類として私は、ドストエフスキーの創作した近代人の「悪魔」的権化、『悪霊』の主人公スタヴローギンしか思い浮かばない。

　かくまでに三島は、その文学と生とを切り離して考えるのが難しい作家である。とりわけその意志的、論理的な死は[4]、文学が意志の産物である以上、これを切り離して考えるわけにはいかない。彼はまさにワイルド流に、自らの生を一個の芸術に化そうとした。そのためには、意志的な死、計算された死は、画竜天睛としてどうしても欠くことのできないものであった。立ち尽くす本多、天翔ける三島――彼はこのような、自らの生と芸術とを一体化した構図を、そしてその効果をも計算し尽くしていたに違いない。理知の限界を見、それを乗り越えようとした者は、その最後の飛翔にも理知の力を使った。そして彼の目指したところは、「暗い激情の炎に充ちた……死の太陽」であった。これこそが、三島のソラリスムが崇拝し、求めた太陽だったのである[5]。

注

(1) 終戦をこのように受けとめたことについては、三島は多くのところに書いている。

(2) 三島と親交のあった織田紘二は、一九七〇年八月十二日の朝、当時投宿していた下田の東急ホテルの三島の部屋で、『天人五衰』の完成稿を見たという。現在の原稿に残る「十一月二十五日」の日付は「決行の朝書き入れられたものだろう」と言う(『決定版三島由紀夫全集』13「月報」参照)。

(3) しかしこれも宿命と言うべきであろうか。二一歳の三島はすでにこう書いていたのである。「なぜ成長してゆくことが……悲劇でなければならないのか。私には今もなお、それがわからない。老年の謐かな知恵が、あの秋の末によくある乾いた明るさを伴って、我々の上に落ちかかることがある日には、ふとした加減で、私にもわかるようになるかもしれない。だがわかったとしても、その時には、何の意味もなくなっているであろう」(「煙草」八頁)。

(4) 切腹という自殺方法の著しい特徴は、それが死の過程においてもなお意志の力を必要とすることである。他の方法はすべて、それが瞬間的なものであるにせよないにせよ、最初の行為がすべてである。服毒という緩慢な自殺方法にせよ、一旦嚥下すればもはや意志はいらない。これを考えるならば、意志の人三島が切腹という方法を取ったのはきわめて自然であり、もちろん彼の美学にも最も適っていた。そして彼は理知の人としてその方法を選択した、すなわち「文」の人として死に臨んだのではあるが、一旦刀を腹に突き立てた瞬間、彼は「武」の人に変わった。いや、変わらざるをえなかった。死の朝ドナルド・キーンに宛てて出した手紙に、彼はこう書いた。「僕はずっと前から、文人としてではなく武人として死にたいと思っていた」（キーン、一五四頁）。むろん彼はその希望を成就した。

（5）小杉英了は三島のこの晩年のありようを、次のような角度から見ている。すなわち彼は、三島は「人生の最終段階において、ふたたび言葉へ帰っていく」（一九二頁）と見、その根拠を、死の年の一月に発表された『「変革の思想」とは——道理の実現」の中の次の言葉に見出す。「私にとって変革とは、言葉と同じ高度の次元の、決して現象化され相対化されれぬ現実を作り出すことでなければならない。そのための行動とは、死を決した最終的な行動しかなく……」。これは一見、「言葉に帰る」とは反対のありようを述べているようにも見えるが、小杉は、三島が「最終的な行動」を「言葉と同じ次元」で語っているのを重視するのである。小杉がこれを重視する理由は、三島はその最後の一〇年を、「日本語という言葉の本質と、その言葉によって築かれてきた美を明らかにし、それを形あるものとして残そうと努力し」（一九二—九三頁）、それを造形化したのが『豊饒の海』だと考えるからだ。そして、小杉がこうした見方の根底に置いているのは、一九六一年に発表された「存在しないものの美学」と題された小エッセイ中の、定家の一首「み渡せば花ももみぢもなかりけり　浦の苫屋の秋の夕ぐれ」の解釈に出てくる言葉である。「ここには喪失が荘厳され、喪失が純粋言語の力によってのみ蘇生せしめられ、回復される」（一九四頁）。「喪失の荘厳」、これは三島の生涯を解きほぐすもう一つのキーワードであろう。むろんこの「荘厳」とは単に飾り立てることではなく、喪失を通して存在・現象のありようをより高次の次元に引き上げることを言う。それを言語が行なう、もし言語が定家がしたほどに純化されればそれができる、と言っている。小杉が最終章のタイトルに取っている紀貫之の古今集の序、「力をも入れずして天地を動かし」がその具現である。

こうした小杉の見方は、三島においては、最終的に「武の原理」＝美学が、「文の原理」＝明察を押し流してしまったとする本稿の論と異なるように見えるかもしれない。しかし、「文」と「武」に引き裂かれた三島は、この最後の大作において、芸術の領域で両者を統合しようとしたのだ。しかしこのとき、「芸術」を「文」の領域でのみ見てしまうと、当然ながらこの統合は果たせない。そこで彼がもちだしたのが、阿頼耶識という、いわば「文の原理」の中の「武の原理」というべきものであった。「恒に転ずること暴流のごとし」(『暁の寺』一三三頁)といい、「われわれ現在の一刹那において、この世界なるものがすべてそこに現れている」(『暁の寺』一四二頁)といい、人間の通常の意識を粉みじんに打ち砕くようなこの教えは、三島の目的にとってこの上なく適切であっただろう。「理知の限界を見、それを乗り越えようとした者は、その最後の飛翔にも理知の力を使った」という本章の最終的結論はその意味で述べられている。しかし、当然のことながら、こうして成し遂げられた統合は通常のそれであるはずもない。「死の太陽」の光の下に露わになった現象界においては、「暴流のごとく転ずる」こと、すなわち破砕(そして割腹)こそが統合だった。喪失が「荘厳」されるとき、その本質を滅びにもつ肉体さえもが「蘇生」するのだから。

引用文献

井筒俊彦『井筒俊彦著作集』9、中央公論社、一九九二年。

井上隆史『三島由紀夫　幻の遺作を読む　もう一つの「豊饒の海」』光文社新書、二〇一〇年。

ウィルソン、コリン『性のアウトサイダー』鈴木晶訳、青土社、一九八九年。

岡野守也『唯識のすすめ―仏教の深層心理学入門』NHK出版、一九九八年。

笠井潔『テロルの現象学』ちくま学芸文庫、一九九三年。

キーン、ドナルド『日本の作家』中公文庫、一九八一年。

小杉英了『三島由紀夫論――命の形』三一書房、一九九七年。

佐渡谷重信『三島由紀夫における西洋』東京書籍、一九八四年。

澁澤龍彦『三島由紀夫おぼえがき』中公文庫、一九八六年。

スコット＝ストークス、ヘンリー『三島由紀夫――死と真実』徳岡孝夫訳、ダイヤモンド社、一九八五年。

高橋和巳『我が心は石にあらず』河出文庫、一九九六年。

ドロワ、ロジェ＝ポル『虚無の信仰―西欧はなぜ仏教を怖れたか』島田裕巳、田桐正彦訳、トランスビュー、二〇〇二年。

三浦雅士『メランコリーの水脈』福武書店、一九八四年。

三島由紀夫『暁の寺』新潮文庫、一九八三年。

――『仮面の告白』新潮文庫、一九八七年。

――『太陽と鉄』講談社文庫、一九八一年。

――「煙草」、『真夏の死』新潮文庫、一九七〇年。

――『天人五衰』新潮文庫、一九八二年。

――「日本文学小史」、『小説家の休暇』新潮文庫、一九八二年。

Blake, William. *The Complete Poetry and Prose of William Blake.* Ed. David Erdman. New York: Doubleday, 1988.

Laing, R. D. *The Divided Self: An Existential Study in Sanity and Madness.* Harmondsworth: Penguin, 1981

第二二章　死への眼差し──ロレンス、三島、ハイデガー

死は（もしくはその暗示すらも）人間を貴重な、そして悲愴な存在にしている。

（ボルヘス、一四四頁）

死こそ私が恐れる唯一のものだ。……なぜって、今では人間はあらゆるものから逃げおおせるのに、死だけは無理だからだ。死と俗悪、この二つだけが一九世紀の人間が説明できぬものなのだ。（Oscar Wilde, 378）

現存在は存在しつづけている間はたえず、すでにおのれの未然を存在しており、そしてそのように、またいつもすでにおのれの終末をも存在しているのである。（『存在と時間』下、五〇頁）

〈死へ臨む日常的存在〉は、頽落的存在として、死からのたえざる逃亡である。……しかしこのように死から逃亡することにおいて、現存在の日常性は、世間そのものもいつもすでに──取りたてて死のことを考えずにいるときにも──〈死へ臨む存在〉としての定めを負っているということを証示するのである。（同書、六八頁）

一

死は古来人間にとって最大の「問題」であった。それをとりわけ主題的に扱ってきたのは哲学と文学である。近代と呼ばれる時代において、死はどう取り扱われてきたのか、どのような眼差しが向けられてきたのか。本稿では、D・H・ロレンス、三島由紀夫、ハイデガーを例にして論じたい。

ロレンスの生涯は四四年、三人の中では最も短い。若くして肺を患い、それに生涯悩まされ、死の病も肺結核であったという事実に見られるように、彼の人生は死の意識を強要されていたといっていいだろう。それゆえか、ロレンスの死生観の最大の特徴は生と死の連続性の認識である。晩年彼は古代エトルリア人に強く惹かれるが、その一因は彼らがこの死生観を共有していたと彼が見たためだろう。エトルリアの墳墓の中で、死者が生者と同じように飲み食いしている壁画を見て、ロレンスはこう思う。「[彼らにとって]、地上の生があまりにすばらしいので、地下での生もその延長でしかありえないからだ。生に対するこの深甚なる信頼、生の受容、これこそエトルリア人の特徴だと思われる」(*EP*, 134)。生を、その意味と意義とを深く信じる「エトルリア人には、人生とは楽しいものであると心から信じようとする強い気持ちがあった。死でさえも陽気で活気にあふれることとであった」[1](*P*, 231)。

三島の生涯も四五年だが、彼の場合、それを意志的に終わらせたという点で際立っている。彼の「死への眼差し」はその独自の生の捉え方にもとづく。すなわち、三島にとって生とは「『絶対』を待つ間の、いつ終わるともしれぬ進行形の虚無」(『太陽と鉄』六一頁)であり、言葉はその虚無を「終わらせる」呪術で、それゆえこれに秀でることは皮肉にも生の連続感を絶つことになる。ロレンスとて、三島のいうこの「進行形の虚無」を、この近代の宿痾、ニーチェがはっきりと予言した「究極のニヒリズム」を知らぬはずもない。同時代ではエリオットが「荒地」や「虚ろな人間」においてこのニヒリズムを文学へ深く刻印したが、ロレンスもこの点においては勝るとも劣らない。その最も端的な例は「島を愛した男」で、あらゆる人間的接触を断ち、言語、文字という最も人間的なものをことごとく排除して孤立のうちに死を待つ男を描いたこの作品は、二〇世紀のニヒリズム文学の極北といえるだろう。あるいは、『虹』の中でスクレベンスキーはアーシュラに「どうして戦争に行きたいの」と問われてこう答える。「僕は何かしなきゃいけないんだ。本物の何かを。この人生はおもちゃみたいなもんだからね」(288)。「おもちゃのような人生」を切り抜けるために軍隊に入るスクレベンスキーの人生観は三島の(そしてある点ではT・E・ロレンスの)それに酷似しており、また武力によって国家に奉仕しようとする行動においても無気味な共鳴を響かせている。

しかし「究極のニヒリズム」の濃密な描写という点では、『恋する女たち』のグドルンとジェラルドにとどめをさすだろう。バーキンは生には二つの流れがあるという。「われわれはいつも銀色の生命の河のことばかり考える。この河が世界を活気づけて輝きを与え、どこまでも流れて天につながると考えている。……しかしわれわれの実情はその逆だ。……崩壊の暗い河、腐敗の暗黒の河だ」。つまり、「統合的な創造の流れが途絶えると、われわれは自分がその逆流の中に、すなわち破壊的創造の奔流の中にいるのに気づく」のだという。そしてこの流れを「死のプロセス」と呼び、通常は美と豊穣のシンボルとされるアフロディテもこの流れの中で生まれ、それに続いて蛇や白鳥や蓮が、そしてジェラルドとグドルンが生まれたのだという (*WL*, 172)。ロレンス特有のシンボリズムとイマジェリーを使ってはいるが、要はこの二人は『絶対』を待つ間のいつ終わるともしれぬ進行形の虚無」に取りつかれており、それを生きる宿命にあると言っているのだ。

ロレンスは作品中で多くの死を描写しているが、この「崩壊の暗い河」の中で生まれ、ニヒリズムに取り付かれたジェラルドが父を看取るシーンは、中でもとりわけ生々しいものである。ジェラルドの父トマス・クライチは大炭鉱主で、炭鉱夫とその家族の面倒を良く見、慈善にも熱心な、いわゆる善良な経営者で、父のあとを継ぐジェラルドとは異なっている。しかしその違いは実は表面上のもので、トマス自身も強いニヒリズムにさいなまれている。そのトマスの死はジェラルドの視点から描かれているが、二人のニヒリストが無意識のうちに相対するこの場面は、二人のニヒリズムの深さを逆照射している。ジェラルドは早く逝ってほしいと願うが、父の「意志」は死に頑強に抵抗する。しかしついに死はやってくる。

突然奇妙な音が聞こえた。振り向いてみると、彼の父が眼を大きく見開き、人間とは思えぬ苦痛の狂乱の中でその血走った眼を回していた。……

「ワー、アー、アアー」父の喉から締め付けられたような恐ろしい叫び声が聞こえた。恐怖におびえ、狂乱したその眼はむなしく助けを求めて荒々しくさまよい、ジェラルドに向けられた。とそのとき、激痛に襲われたこの存在の顔の上に黒い血と汚物が吐き出され、こわばった身体は弛緩し、頭が枕の上に落ちた。

ジェラルドはその場に釘付けになり、その魂は恐れに打ち震えていた。……（*WL*, 333)

二人のニヒリストが死をはさんで対峙するこの場面で、生にしがみつく死はきわめて否定的で醜悪なものとして描かれる。生と死の連続などという観念は入り込む隙間もない。

『恋する女たち』は死に覆われた作品だが、もう一つの同種の死、ジェラルドの妹ダイアナの事故死において、作者はこうした死にバーキンを通して強い否を突きつける。クライチ家の大きなパーティの最中、敷地内の大きな池で舟遊びをしていたダイアナは誤って池に落ち、溺死する。救助に奔走する人たちを尻目に、バーキンはアーシュラに言う。「一旦死んでしまえば、死者は気にならない。一番悪いのは、彼らが生にしがみつき、死を受け入れないことだ」（*WL*, 185）。「ダイアナは死んだほうがいい。彼女の生はすべて間違いだ」。あなただって死にたくはないでしょ、と反論するアーシュラに、「ぼくは死のプロセスを経験してみたい」と答える。さらに続けて、「生には、死に属するものと属さないものがあるんだ」（*WL*, 186）と言う。死の「質」はその生によって決定されるということだろう。

　こうしたロレンスの死への眼差しは、早くも『息子・恋人』で表出されている。ポールは愛する母が不治の病にかかったとき、悲しみと同時に、いやそれよりも強く、彼女の死を願う。彼と母との関係は、しばしば「エディプス的」といわれるように、通常の母子のそれを超える強い愛情で結ばれていた。しかしその愛情は同時に彼を縛りつけるものでもあった。「彼は自分の生を彼女から振りほどきたかった。……彼女は彼を生み、愛し、保護し、そして彼の愛もそれに応えて彼女に注がれた。そのため彼は自分の生を生きることが、他の女性を本当に愛することができなくなったのだ」(389)。こうした関係をもつ母を彼は無意識裡に断ち切ろうとする。これはその意味では自然ではあるが、しかし彼はその死が自分にどれほどの衝撃を与えるかも十分に知っている。現に、後に母が死ぬと激しく嘆くことになるのだが、それでもなお母の死を願っている。その真の理由は、彼女の生への執着への嫌悪にある。母が見せる死への態度は、“never give in” という頻出する言葉に象徴されている。「彼女は絶対あきらめない。……他の死に方もあるんだ。……母方の一族は……頑固だ。絶対死のうとしない」（431）。こうして彼は、母が食事をすることにさえ嫌悪感を覚えるようになる。そしてついに姉と共謀して、手元にあるだけのモルヒネをミルクに混ぜて飲ませるのである。その描写は印象的だ。「二人はまるでいたずらをたくらんでいる子供のように笑った。二人の恐怖の上にわずかな正気が揺らめいていた」（437）。今日の脳死や植物人間をめぐる議論からすれば恐ろしく乱暴な行為ではあるが、ロレンスにとっては、「存在論的不安」を引きずりつつ、もはや無意味となった生に意志の力でしがみつくような生き方は死に属しており、それを止めることこそ「正気」の行為なのである。

これらすべての場面でロレンスが強調するのは、すでに無益となった生にしがみつく人間の「意志」である。人間は生き生きと生き、そして時がきたら潔く死なねばならない、意志はそれを妨げると彼は考える。この点に限れば三島の考えとよく似ている。しかし三島の場合、生への執着を嫌う理由は異なる。それは、生への執着が「美」を裏切るからだ。「ただ人間が美しく生き、美しく死のうとするときには、生に執着することが、いつもその美を裏切ることを覚悟しなければならない」（『葉隠入門』二〇頁）。笠井潔が三島の美学を要約している次の言葉はさらに象徴的だ。「美を表現してもだめだ、自分が美そのものでなければ。革命を語ってもだめだ、革命的行動で死なねば」（『テロルの現象学』一八〇頁）。この美と死とを根源的に結びつける美意識こそ、三島とロレンスを最も截然と分けるものであろう。ロレンスは三島が問題にしたような形あるいは意味での美には頓着しなかった。彼が考える美とは、死への潔さが保障するものではなく、人間が、他の人間、世界、そして宇宙と「正しい」関係、すなわち知的な歪曲を受けず、直接的に、「胸と胸を合わせて」いるような関係をもっているときに生じるものであり、三島のように意識的に目指すべきものではなかったのである。

『恋する女たち』の最後でジェラルドは、グドルンとの関係に「嘔吐」を覚え、「もう十分だ――僕は眠りたい」と言って戸外へ出る。二人は恋人になったその瞬間から「意志の闘い」を始めたのだが、それに敗れたジェラルドはアルプスの雪山をさまよい、凍死する。彼は自分がイエスと同じく「殺された」(472-73)と感じる。翌朝発見された彼の遺体は完全に凍りついている。先に引いた幾つかの死の場面に比べると、このシーンは一見肯定的に見える。つまりジェラルドは死期に気づき、死を受け入れたと見えるかもしれない。しかし彼の遺体を描写する"icy-cold,""freeze,""frozen,""ice-pebble,""ice-water"(477)という氷のイメージの重なりに表れているように、彼の死はその「崩壊の暗い河」=「究極的ニヒリズム」の流れ着く地点として定められていたのである。死の勇気と生の勇気を峻別するロレンスはあるエッセイでこう述べている。「自己主張的な勇気をもつ人間なら、アメリカの赤色インディアンのように、死の鋭い苦痛の最中でも安らかにほほえみもしよう。……しかしそれは死の勇気だ。勇敢に死を迎える強さだけでは十分ではないのである。/死と忍耐に対する勇気という点で、アメリカ・インディアンに勝るものがこれまでいただろうか。と同時に、生に対する勇気をこれほど完全に欠いていたものもいただろうか。……アメリカ・インディアンは死という究極的な苦痛に解放を見出したのだ……」(*P*, 671-72)。「死という究極的な苦痛に解放を見出した」ジェラルドにあったのはこの「死の勇気」であった。

ジェラルドは物語の初めから死に呪われた存在として登場する。子供の頃、弟と銃で遊んでいて、弾が装塡してあると知らずに、誤って弟を撃ち殺してしまったのだ。彼にとって人生は「死のプロセス」として始まったのである。こうして彼は最初から最後まで死につきまとわれた人物を演じるのだが、それはあくまで彼の内部の「究極的ニヒリズム」の外的な表れ、いわゆる「客観的相関物」にすぎない。死を刻印された彼は、同時に「存在論的不安」の刻印を受けた存在でもある。物語の初めに描かれる有名な踏み切りの場面では、アーシュラとグドルンの見ている前で、通り過ぎる列車の轟音におびえる馬に拍車を突き立てて無理やりその場にとどまらせるが、これはアーシュラの指摘を待つまでもなく、力の誇示による存在論的不安の打消しである。また別の章で、ロンドンへの列車にバーキンと乗り合わせたとき、バーキンに「人生の目的と目標」を聞かれた彼は、すぐには答えられない。バーキンは「愛の究極性」あるいは「究極的結婚」が自分にとっての目標だというが、ジェラルドはそうは感じられないと言う。「では君の人生の中心はどこにあるんだ」と聞くバーキンに、彼は「わからない。それこそ誰かに教えてほしいよ」(*WL*, 57 - 8) と答える。ジェラルドがその存在の核に不安を抱えていることが如実に表れる場面であるが、前に見たスクレベンスキーの場合と同様、こうした存在論的不安を描くロレンスの筆致は実に鋭い。

「王冠」では「進行形の虚無」＝「死のプロセス」に捉えられた生をこう描いている。

こうした外なる虚無に取り囲まれているために、われわれは自己を放棄して死の流れに身を任せ、分析やら内省やら機械的な戦争や破壊活動にふけったり、やれ国家だ、やれ貧困だ、やれ出生率だ、幼児死亡率だと大騒ぎしている。……

……

現在のこのような状況の下では、いかなる人間がどんなことをやろうと、その行為のことごとくが、還元的、分解的な行為とならざるを得ない。……これをわれわれすべてのうちに潜む純粋なる腐敗の過程にほかならない。死へと向かう活動だけが唯一の活動となる。それは肉体が腐っていくのに似ている。(*PII*, 392)

現代では、いかなる行為も「死へと向かう行為」にならざるをえないという究極のペシミズムは、先に見た三島の死生観と通低している。三島はこれを、自らの生業である著作＝言葉を紡ぎだすという行為にも当てはめる。すなわち、「言葉の本質的な機能とは、『絶対』を待つ間の永い空白を……書くことによって一瞬一瞬『終らせて』ゆく呪術」であり、「同時に、言葉によってなしくずしに『終らせ』られ、生の自然な連続感をつねに絶たれている精神には、真の終わりの見分けがつかず、従ってそのような精神は決して『終り』を認識しない……」（『太陽と鉄』七一頁）と。「生きながら死んでいる人間」は、この「『絶対』を待つ間の永い空白」、「いつ終わるともしれぬ進行形の虚無」の中にいるが、それをそれとして意識していない。だから決して自らの「終り」を認識しない、と言うのである。

これはロレンスが「生にしがみつく」者たちに向ける眼差しと同じものだ。たしかにロレンスが描くそうした人間たちは三島のように「言葉」に生きる人間ではない。しかしたとえ書かなくとも、彼らは自己の生の「虚無」に気づかぬことによって、あるいはうすうす気づいているにもかかわらず「意志」の力で生にしがみつくことによって、「生の自然な連続感」を絶たれ、またそれゆえに生の自然な結末も認識できないでいる。換言すれば、「死に属する生」は「死の中の生」（Life in death）を理解できないということだ。「生の中に潜む死」（Death in life）を直視しないがゆえに死に絡め取られている生は、エトルリア人のような死の理解、すなわち生は死後にも生き生きと続いていくことを理解できない。三島が「人生は短いが、私は永遠に生きたい」（スコット＝ストークス、三六五頁）と書き残したとき、彼はまさにこういう死を願っていたのである。

三島とロレンスを結びつけるのはこの徹底したニヒリズムの直視であり、それが二人をニーチェの直系の子孫たらしめている。神の死後の世界、すなわち近代においては、人間の行為はすべからく「死へと向かう活動」、すなわち「『絶対』を待つ間の長い空白」を埋める作業となる。

ではその原因はどこにあるのか。近代のどの側面がこのような状況を現出させたのか。モーリス・パンゲは、おそらく日本の自死の伝統を最も高く評価した、というより情熱的に擁護したヨーロッパ人だと思われるが、その名著『自死の日本史』の中の三島を論じた章でこう述べている。「一人一人の人間の命よりも高い価値を、われわれの生きる世界は認めようとしない。おのれよりも高い目的をもたず、平均化された人生は意味を失うほかはない」(五八六頁)。これは三島の思想のみならずロレンスの考えをも見事に要約しているが、三島自身はこう言う。「我々はヒューマニズムを乗り越えて、人命より価値のあるもの、人間の命よりももっと尊いものがあるという理念を国家の中に内包しなければ国家たり得ない……」(小室直樹、二一八頁)。国家に事寄せて語ってはいるが、彼が真に問うているのは生の意味と価値の問題で、要するに近代の産物たるヒューマニズム的、民主主義的価値観は生から真の意味と価値を奪うと言っているのだ。この至上の価値を奪われた生こそ、彼が「『絶対』を待つ間の長い空白」と呼んでいるものだが、その文学的表現ははるかに生々しい。五八年の生を振り返る『豊饒の海』の主人公、本多の眼は、鋭さを通り越してほとんどグロテスクでさえある。

自分の人生は暗黒だった、と宣言することは、人生に対する何か痛切な友情のようにすら思われる。お前との交友には、何一つ実りはなく、何一つ歓喜はなかった。お前は俺がたのみもしないのに、その執拗な交友を押しつけて来て、生きるということの途方もない綱渡りを強いたのだ。陶酔を節約させ、所有を過剰にし、正義を紙屑に変え、理知を家財道具に換価させ、美を世にも恥かしい様相に押しこめてしまった。人生は正統性を流刑に処し、異端を病院に入れ、人間性を愚昧に陥れるために大いに働いた。それは、膿盆の上の、血や膿のついた汚れた繃帯の堆積だった。すなわち、不治の病人の、そのたびごとに、老いも

若きも同じ苦痛の叫びをあげさせる、日々の心の繃帯交換。(『暁の寺』三二六—二七頁)

きらびやかな修辞の陰に、おそるべき生の無意味化、無価値化が描出されている。そうした生を強要される近代人の縮図である本多はこう描写されている。「彼は歩くことしか知らない人間だった。駆けたことがなかった。……自分も大切にしている或る耀かしい価値の救済を企てずにはいられぬような、そういう危機を感じさせたことがなかった。……遺憾ながら、彼は魅惑に欠けた自立的な人間だったのである」(『暁の寺』一一三頁)。皮肉な傍点を付された「自立的な人間」とは、平均化・均質化された人間の謂いであり、そうした人間には救済すべき「耀かしい価値」はなく、その生は「血や膿のついた汚れた繃帯の堆積」たらざるを得ないのだ!

むろん、生から価値と意味を剥奪した元凶を生と人間の平均化・均質化に見る視線は三島独自のものではなく、近代においてはロマン派に始まり、ニーチェ、イェイツ、ワイルド、ロレンス、ハイデガー、オルテガと、近代の多くの作家や思想家が共有している。かくまでに民主化した世界は、必然的に「命よりも高い価値」を否定する。つまり近代人は、まさにジェラルドのごとく、あるいは本多のごとく、生れ落ちて以来、「生には何一つ実りはなく、歓喜もなかった」と感じるよう宿命づけられている。すなわち、「死のプロセス」に絡め取られるよう定められているのだ。

これを知悉していた三島は、この宿命を逆手にとって、まさにこの生きにくい時代に生きんとするために死のプロセスに自らを投じた。彼の執筆という行為はそのためだったとさえ言えよう。パンゲは言う。「彼の態度は意図的に国粋的であった。……彼は自分の身を捧げるための大義を必要としていたのだ。……三島が書いた極めて激烈な調子の政治的著作……は、一個の死への欲望が、目的に向かって前進するときにかぶった仮面なのである」(五八五頁)。これは三島の死の諸要因の中でも最も重要な「美的」要因、すなわち死に究極の美を見ようとする眼差しを喝破した明察だが、実は、政治的著作のみならず、三島のほとんどの著作が、死の欲望を、その欲望の成就を保障するための手段、すなわち「生の中の死」を直視して「死の中の生」を掴み取るための手段だったのである。そしてそれを最終的に担保するものは、「人間の命よりももっと尊いものがある」ことを身をもって「近代人」に示すことであった。

二

寺田建比古は「ロレンスが秘かに認めた唯一人のライヴァル」(六四三頁)はドストエフスキーだと言うが、ロレンスはそのドストエフスキーこそ近代人が「死のプロセス」に絡め取られている様子を最も克明に描いた作家だと言う。「ドストエフスキーは、あらゆる人間の生は腐敗の流れへの完全なる服従であることを完膚なきまでに描ききった。これこそが彼の主題である。すなわち、感覚的刺激を追い求め、ますます意識的になっていくことによって、人間は腐敗し、最後にまったき虚無に陥る」(*PII, 392-93*)。この言葉は三島の死生観への逆説的な注釈にもなっている。すなわち、三島の「虚無」の超克法はこの「感覚的刺激」を極めることであった。それは、ロレンスがその代表例とする性的愉悦・興奮や官能的快楽とは一見正反対の筋肉の鍛錬というきわめて「禁欲的」なものではあったが、むろん違いは表面的なものだ。三島自身はっきり認識しているように、筋肉の鍛錬こそ彼にとって最高度に「官能的」なものだったのだ。そしてその鍛錬は死によって絶頂を迎える。すなわち、鍛え上げた筋肉、とりわけ腹筋を切り裂くことに、彼は最高の官能的快楽を見出したのである（「切腹は最高のマスタベーションだ」とは彼の言葉だ）。それと同時に、鍛え上げられた筋肉は、官能を約束するだけではなく、彼の奉侍する英雄主義を支える最強の岩盤であった。「英雄主義と強大なニヒリズムは、鍛えられた筋肉と関係があるのだ。なぜなら英雄主義とは、畢竟するに、肉体の原理であり、又、肉体の強壮と死の破壊のコントラストに帰するからであった」（『太陽と鉄』三八頁）。

あらゆる近代人の「生は腐敗の流れへの完全なる服従であること」を文学において完膚なきまでに描ききったのが一九世紀のドストエフスキーであるとすれば、二〇世紀の哲学においてそれを最も緻密に、かつ説得力をもって説いたのはハイデガーであろう。彼はこの状態を「存在忘却」、あるいは「頽落」と呼び、こう解説する。「このように……にたずさわってそれに融けこんでいることは、たいていは、世間の公開性のなかでわれわれを忘れているという性格をもっている。現存在は本来的な自己存在可能としてのおのれ自身から、さしあたってはいつもすでに脱落していて、『世界』へ頽落している。『世界』へ頽落しているということは、世間話や好奇心や曖昧さによって導かれているかぎりでの相互存在のなかへ融けこんでいるということである」（『存在と時間』上、七三頁）。そしてこの状態を「現存在の非本来生」と呼ぶのだが、しかしハイデガーは急いで、この「頽落」という名称は「なんら否定的な評価を表明するものではな」（三七二頁）く、「もっと純粋で高尚な『根源状態』からの『堕落』という意味に受け取ってはならない」（三七三頁）と注意している。つまり人間（現存在）が「頽落」しているのは、とりあえずは否定的なことではなく、「日常性の存在の根本的様相」だと言うのである。

つまりハイデガーは、人間の「非本来性」を、また世界への「現存在の頽落」を断罪しない。それらは「実存の、日常の実存的現事実性の不可欠の構成要素」であり、「世界性の誘惑に陥ることが実存することである」。それどころかジョージ・スタイナーが解釈するように、「頽落は現存在そのものの本質的な存在論的構造を明らかにする点において積極的なもの」(一九九頁)ですらある。スタイナーはこう言う。「非本来性、『人びと』、『話』、『好奇心』などは存在しなければならない。これによって、自己の喪失を自覚させられた現存在が本来的存在へ帰ろうと努力することができるからである」。すなわちハイデガーにとって、「頽落は、真の現存在へ、自己の所有、というよりはむしろ再所有するための絶対に必要な前提条件」(二〇〇頁)なのであり、この「非本来性」という不完全性を全面的に受容しない限り新たな跳躍は生まれないというのだ。これは先に見た『恋する女たち』を書いた時点でのロレンスの人間(近代人)観とほぼ同じものだ。バーキン、そしてロレンスは、自らの中の「崩壊の暗い河」を認識しない限り人間の再生は望めない、つまり「生命の銀色の河」は見つからないと言う。重要なのは、ロレンスがこれを必然的な「進行的プロセス」だと見ている点だ。バーキンは続ける。「つまり創造の新たなサイクルはわれわれにではなく、後に来るということだ。もしそれが終りなら、われわれは終りにいるということだ。お望みなら『悪の華』と呼んでもいい。もしわれわれが悪の華なら、幸福のバラではないということになる。これが現状なんだ」。この見解を拒否するアーシュラに、彼は「ぼくはわれわれが何ものであるかを知ってほしいだけなんだ」(*WL*, 173)と言う。この作品とほぼ同時期に書かれた「平安の実相」にはこうある。

これを知る、すなわちわれわれ自身が、つまり自分は正しいと思い込んでいるわれわれが、実は死の流れの中にいたし、今もいるということを知ることから生まれる苦痛は、死そのものである。それは自分という存在に対して営々と築き上げてきた信頼が崩れることであり、今もっている自尊心が死に絶えることなのだ。……

……

全一なる存在となる前にどうしても引き裂いておかねばならないのは、われわれの自己認識である。

……（*PII, 676*）

現にある自己（現存在）を正確に認識しなければ高次の生は望めないというこの段階的（進化論的？）認識は、ロレンスが通常見せるラディカルな、ほとんど黙示録的なヴィジョンとは異なるもので、たとえばニーチェが、ニヒリズムの底まで沈み、底の岩盤を突き破らない限りは「能動的ニヒリズム」に到達し得ないと言ったのと軌を一にしている。現代では、前段階を「内包しつつ超越」することを説くケン・ウィルバーや、近代を「未完のプロジェクト」と考えるハーバーマスに見られる態度である。いずれにせよ、人間の現状を、「崩壊の暗い河」、すなわち「死のプロセス」に飲み込まれているとする認識は、ハイデガーの「頽落」の認識と酷似している。ハイデガーによれば、「頽落」の指標は「世間話と好奇心と曖昧さ」である。これは、ロレンスの「悪の華」や「蛇」や「白鳥」などの強烈なイメジャリーを駆使した言説とはまたなんと違って散文的であることか。しかしロレンスも後に『チャタレー卿夫人の恋人』で、「ラジオ」に聞き入るクリフォードを描くことでハイデガー的頽落の様子を見事に造形化してみせた。

すでに見たように、ロレンスの基本的な死生観は「生の中の死、死の中の生」という言葉に凝縮されている。すなわち「死に属する生とそうでない生」があるという認識である。ハイデガーは同様の区分を「本来的生」と「非本来的生」という名称で行なった。先に見たように、たしかに彼は「頽落」、すなわち「非本来的生」を断罪しはしない。「日常性の存在の根本的様相」を冷徹にえぐりだすことに自らの課題を限定しているように見える。しかし、次に見る「死への先駆」あるいは「死の決意性」といった思想を考え合わせるとき、やはり彼も「本来的生」の回復を願っていたと考えざるを得ない。(後に、不本意にも実存主義哲学陣営に組み込まれることになるのはそのためであろう。)ロレンスも同様、『恋する女たち』では「崩壊の暗い河」の認識を強調するが、彼の著作を全体的に見れば、圧倒的比重は人間の非本来的生への激しい批判に置かれている。実は『恋する女たち』ですら、ジェラルド、グドルンに、「生命の銀色の河」を体現するバーキン、アーシュラを対置することで、バーキンの言葉とは裏腹に、作品の布置結構そのものが「本来的生」を擁護しているといえよう。

これまでの考察から明らかになったのは、ロレンス、三島、ハイデガーともに、本来的生の回復のために死に特別な役割を振り当てることである。ハイデガーはこう言う。

現存在の覚悟が本来的であればあるほど、すなわち、死への先駆において現存在がひとごとでない際立った可能性からおのれをまぎれなく了解すればするほど、おのれの実存の可能性の選択的発見は、それだけあいまいさと偶然性の少ないものになる。死への先駆のみが、あらゆる偶然的な〈暫定的な〉可能性を追い払う。死へむかって開かれた自由のみが、現存在に端的な目標を与えて、実存をおのれの有限性の中へ突き入れる。みずから選び取った実存の有限性は、さまざまに誘いかけてくる安楽さや気楽さや逃避などの手近な可能性の限りない群がりから現存在をひきずりだし、それを自己の運命の単純さの中に連れ込む。ここで運命というのは、本来的覚悟性のなかにひそむ現存在の根源的経歴のことであって、そこで現存在は死に向かって自由でありつつ、しかも自ら選び取った可能性における自己自身へと、おのれを伝承するのである。（『存在と時間』下、三二四―二五頁）

この言葉はハイデガーの死生観を凝縮している。死を前もって、すなわち生を続ける間も絶え間なく、「自由に」選び取れるよう覚悟しておくことで、生はその本来性をとりもどせる、というのである。この覚悟は「おのれの被投性を引き受ける」ことの延長線上にある。「被投性」、すなわち「現存在が世界の内へ投げられている」（上、四七二頁）という事実を自己に引き受け、それが生み出すさまざまな属性とその帰結（「存在忘却」や「頽落」、あるいはその指標である「世間話と好奇心と曖昧さ」）は、死を強烈に意識することで明瞭になり、その結果生は本来的なものになるというのだ。

ロレンスはハイデガーのように「死への先駆」を説かない。しかし前にダイアナ・クライチやジェラルドの例で見たように、「死の中の（に属する）生」に対して厳しい拒否の視線を投げることで、死の自覚が人間を本来的生へと促すことを暗示しているようだ。つまりこうした人間は、ハイデガーの言う「実存の有限性」を「自ら選び取」らないために、「さまざまに誘いかけてくる安楽さや気楽さや逃避などの手近な可能性の限りない群がり」の中に埋没していると言っているのだ。しかしそれでも、ロレンスは死を意識することで生の本来性を回復するという、ハイデガーやグルジェフが目指した方向に全面的に賛同はしなかった。彼はそれをあまりに意識的な操作だと、すなわち「死への勇気」を悪用するものと見るのである。

しかし「死への先駆」とは、まさしく三島が目指し、また実行したものではなかったのか。三島がいかに死を意識していたかは次のような言葉からも明らかだろう。「死が日常であり、又、そのことが自明であるような生活が、私にとって唯一の「自然な世界」……」（『太陽と鉄』五一頁）。「そこで生まれるのが、現在の、瞬時の、刻々の死の観念だ。これこそ私にとって真になまなましく、真にエロティックな唯一の観念かもしれない」（「私の遍歴時代」一五九頁）。一つには時代背景があった。つまり徴兵されて戦死することは彼らの世代にとって宿命的なことであった。しかしそれよりもはるかに本質的なのは、彼がこの時代の宿命を逆手に取るようにして、死をハイデガーが言う「先駆」として捉え、それを自らの生と芸術の「拍車」としたことである。「死へむかって開かれた自由のみが、現存在に端的な目標を与えて、実存をおのれの有限性の中へ突き入れる」というハイデガーの言葉は、まさに三島のために書かれたといってもよい。そしてここに見られる「死」と「自由」の同定も両者の大きな共通性である。

しかし三島の死への眼差しには、ロレンスにもハイデガーにも見られない独自性がある。それは「死を理解して味わおうとする嗜欲」であり、この「嗜欲」の源は「肉体的勇気」で、それが「死への認識能力の第一条件」（『太陽と鉄』四〇頁）だというものである。この言葉や、先に引用した「美を表現してもだめだ、自分が美そのものでなければ。革命を語ってもだめだ、革命的行動で死ななければ」という言葉が強く示唆するように、彼の死への眼差しは死を美的に捉えることに直結している。ハイデガー流にいえば、美しい死を「現存在の端的な目標」にすることである。そしてそのために必須なのが美しい肉体と夭折であった。

> すなわち私は、死への浪漫的衝動を深く抱きながら、その器として、厳格に古典的な肉体を要求し、ふしぎな運命観から、私の死への衝動が実現の機会を持たなかったのは、実に簡単な理由、つまり肉体的条件が不備だったと信じていた。浪漫主義的な悲壮な死のためには、強い彫刻的な筋肉が必須のものであり、

もし柔弱な贅肉が死に直面するならば、そこには滑稽なそぐわなさがあるばかりだと思われた。(『太陽と鉄』二六頁)

しかし肉体を終局的に滑稽さから救うものこそ、健全強壮な肉体における死の要素であり、肉体の気品はそれによって支えられねばならなかった。(三八頁)

死を「そぐわなさ」や「気品」といった観点から、すなわち「美」の観点から眺めること、繰り返しになるが、これが三島の際立った特徴である。(彼にとっては、「強大なニヒリズム」さえ「鍛えられた肉体と関係がある」(『太陽と鉄』三八頁)、つまり、見事な肉体がなければ強大なニヒリズムは抱けないというわけだ!)彼のこのような死への眼差し(および嗜好)はある程度先天的なものだったのかもしれない。しかしそれに対して強い支持を与えてくれたのが山本常朝の『葉隠』であった。「戦争中から読みだして、いつも自分の机の周辺に置き、以後二十数年間、折にふれて、あるページを読んで感銘を新たにした本といえば、おそらく『葉隠』一冊であろう」(『葉隠入門』八頁)。それどころか彼は、この書を「失われた行動原理の復活の文化意志」(『日本文学小史』二三三頁)の表れとして『古事記』や『万葉集』、『源氏物語』などと並ぶ日本の代表的文学作品と見ているのだ! ハイデガーの次の言葉は、著者である山本常朝の「武士道とは死ぬことと見つけたり」という言葉を髣髴とさせる。「現存在が事実的にえらびとるいかなる存在可能のなかにも多少ともまぎれなく立ち現れている死の可能性へ向かっておのれを投企するならば、覚悟性はそのときはじめてその固有の意味に沿って本来性の実を発揮する……」(『存在と時間』下、一六七頁)。武士道は武士の「本来的生」の道で、それを支えるのは「死の覚悟」であった。両者をこのような関係において見るところに三島とハイデガーとの強い親近性が認められる。

しかしこの『葉隠』への耽溺は三島を窮地に追い込む。「『葉隠』が罵っている『芸能』の道に生きているわたしは、自分の行動倫理と芸術との相克にしばしば悩まなければならなくなった」（一四頁）のである。「武」を求める自己と「芸術」を求める自己とが彼の内部で引き裂かれる。「死に対する燃えるような希求が、決して厭世や無気力と結びつかずに、却って充溢した力や生の絶頂の花々しさや戦いの意志と結びつくところに『武』の原理があるとすれば、これほど文学の原理に反するものは又とあるまい」（『太陽と鉄』四五頁）。「武」を「美」と等値する、すなわち死を美と等値する視線は彼の文学を、そしてその作為者である彼自身をここまで追い詰めていたのである。

彼はこの相反するものを芸術上で統合しようとした。その最終的な表現は、遺作となった、というよりは意識的に遺作にした『豊穣の海』四部作である。とりわけその第二部、主人公の自決で巻を閉じる『奔馬』はそれを明瞭に意識して書かれたと思われる。主人公飯沼勲は三島の死生観を純粋培養したような人物として設定される。「勲は一度だって女になりたいと思ったことはなかった。男であり、男らしく生き、男らしく死ぬことのほかに願いはなかった。そして男であるとは、不断に男であることの確証を要求されることであり、今日は昨日よりもより男らしく、明日は今日よりもさらに男らしくなることであった。男であるとは、不断に男の絶頂へ向かって攀じ登ることであり、その頂には白雪のような死があった」（三六一頁）と考える男である。「人生を一瞬の詩に変えてしまおうとする欲求」をもち、「血しぶきを以って描く一行の詩」を書きたいと望み、そうした「異常な純粋」を知らぬ、「内に雄心を持たぬ大多数の人」（三五五頁）を蔑視する彼は、神風連をモデルに社会変革を目指して決起しようとするが、密告によってそれも潰え、最後に海辺の断崖の上で自決する。しかしその描写はいかにも簡潔である。「勲は深く呼吸をして、左手で腹を撫でると、瞑目して、右手の小刀の刃先をそこに押しあて、左手の指先で位置を定め、右腕に力をこめて突っ込んだ。／正に刀を腹へ突き立てた瞬間、日輪は瞼の裏に赫奕と昇った」（四四五頁）。ロレンスの描く生々しい死との懸隔は衝撃的ですらある。三島の美意識がこれ以上の冗長な死の描写を拒んだとしか言いようがない(2)。

自決以前、裁判の席で勲は決起の理由をこう述べる。「天と地を結ぶには、何か決然たる純粋の行為が要るのです。……一刻も早く肉体を捨てなければ、魂の、天への火急のお使いの任務が果たせぬからです」（416）。天とは太陽であり、太陽とは天皇である。「天は小指一つ動かすだけでその暗雲を払い、荒れた沼地を輝く田園に変えることができるのです」。そしてそのためには、誰かが死を以って、地の窮状を天に知らせねばならないというのだ。これが三島が勲の死に与えた「理由」である。しかしこれが表層的なものであることは疑いようがない。三島にとってはるかに大きな比重は、民の窮状や社会の混乱・腐敗よりも、「決然たる純粋の行為」に置かれていた。だから彼はこう書いたのだ。「すでに謎はなく、謎は死だけであった。……浪漫的な死と、頽廃的な死とはどうちがうのか？……違いがあるとすれば、それは、死を『見られるもの』とする名誉の観念の有無と、これにもとづく死の形式上の美的形象、死にゆく状況の悲劇性、死にゆく肉体の美の有無に帰着するであろう」（『太陽と鉄』四八―四九頁）。つまり三島、あるいは勲にとって、その政治的大義よりも、純粋かつ決定的な肉体的行動を起こすことで、自意識・言葉から解放され、それが「精神の絶対の閑暇・肉の至上の浄福」を生み、「私は正に存在していた！」（五五頁）という感覚を得ることのほうがはるかに重要かつ本質的なことであり、そしてそれを最終的に保障するものが美だったのである。楠正成、正季兄弟の自刃を解説するパンゲの次の言葉は、何より飯沼勲の死を、そしてそれを書いた三島の死生観のこの上ない解説になっている。

あのオイディプス王の、死を前にした最後の言葉、人を呆然たらしめるあの言葉が再び彼らによって言われるのだ――「すべてよし」、と。……「永遠の回帰」という思想から流れ出るニーチェのあの道徳原理を彼らは身をもって具現する。そのように美しい最期、思い残すこともなく思い改めることもなく、思いかえすこともないこの最期が表しているのは、生を早く終わらせたいという欲望ではなく、最後の最後の瞬間まで生きようとする生への純粋無垢の愛なのである。(二二四頁)

死がはっきり見えている、すなわち自分で死の瞬間を決めていること、三島にとってはそれこそが「生への純粋無垢の愛」を保障する。つまり「意志的な死」＝「死への先駆」と、それが生み出す美を通してのみ三島的な「本来的生」はあがなわれるのだ。パンゲの言葉によれば、「一個の独自存在たる彼は、今をもって存在することをやめるという意志の純粋決定に同化することによって、より広い時間の中に融けて行こうとする」(六〇四頁)ということになる。ハイデガーの「死への先駆」は、三島にあっては「死を理解して味わおうとする嗜欲」としてまず現われ、それが美しい肉体を具えた意思的な死となって実現しないかぎり「成就」しない。ハイデガーのようにそれを一種の思考実験のように使って自己の生を意味有らしめようとする態度は、彼に言わせれば、「書斎の哲学者が、いかに死を思いめぐらしても、死の認識能力の前提をなす肉体的勇気がなければ、ついにその本質の片鱗をもつかむことがないだろう」(『太陽と鉄』四〇頁)ということになる。「死への先駆」

は、その実現があって初めて有効になるというのである。そしてその実現、すなわち意志的な死こそが、三島の根源的な苦悩であるニヒリズムを克服し、「武」と「文＝美」への内部分裂の統合を成就するのである。

三

『豊饒の海』全四巻を通して登場する唯一の人物であり、すべての出来事を見る唯一の「視点」であり語り手である本多は、ほとんど三島的な「見る人《ヴォワイユール》」であるが、彼がずっと見てきたのは「生の絶頂で時を止めるという天賦に恵まれている人間」、すなわち肉体の絶頂時においてこれを意志的に石化する、すなわち死によってその美を永遠に保障することができた人たちであった。これが三島流の「本来的生」の取り戻し方であることはすでに見た。

「『見ること』と『存在すること』とは背反する。自意識と存在との間の微妙な背理……」（『太陽と鉄』五七頁）という言葉を俟つまでもなく、三島はこの「本来的生」を阻害するものの根幹に、ロレンスと同様「見る」ことと「存在」することの相克を見て取るが、その解決法はまったく異なる。三島の解決法はこうだ。

事実、（林檎の）芯にとって確実な存在様態とは、存在し、且、見ることなのだ。しかしこの矛盾を解決する方法は一つしかない。外からナイフが深く入れられて、林檎が割かれ、芯が光りの中に、すなわち半分に切られてころがった林檎の赤い表皮と同等に享ける光りの中に、さらされることなのだ。そのとき……林檎の芯は、見るために存在を犠牲に供したのである。……すなわち、筋肉に賭けられた私の自意識は、あたかも林檎の盲目の芯のように、……いわれない焦燥にかられて、いずれ存在を破壊せずにはおかぬほどに、存在の確証に飢えていたのである。……血が流され、存在が破壊され、その破壊される感覚によって、はじめて全的に存在が保障され、見ることと存在することとの背理の間隙が充たされるだろう。……それは死だ。（『太陽と鉄』五八―六〇頁）

これは前節で見た結論と一致する言葉だが、ロレンスはむろんこのような「意志的な死」による解決を認めるはずもない。それは彼が糾弾する「意志的な生」の単なる陰画であり、「死の勇気」の実践にすぎない。十全なる関係性を、「完全なる結婚」を、宇宙との一体感を成就すれば、あとは肉体的生命が尽きるのを待てばよい、意志の力でそれを長引かせることも短縮することも間違っている——ロレンスはきっとそう言うだろう。彼には三島のような、ニーチェのような、あるいはイェイツのような「悲劇への意志」などない、あるいはこれを峻拒する。イェイツは、「人は生を悲劇と捉えたときに生きはじめる」と言ったが、重要なのはこの有名な表明の直前の、「私が『仮面』と呼んできたものは、内的自然から出てくるものへの感情的対立物である」(189)という言葉である。[3]「仮面」をつけたとき人間は生を悲劇と捉えはじめ、そのとき本当に生きはじめる、すなわち「本来的生」を取り戻しはじめる、と言うのである。木原謙一によれば、イェイツの仮面の中核的概念は「死による生の逆説的表現」（一六一頁）であり、より正確には、「日常性に埋没した『あるがままの』自然的自我（'Is'）に対して、生の本質を凝固させた瞬間（悲劇的瞬間＝'Ought'）を示すもの」（一六三頁）であるが、これが三島の生と死に向ける眼差しと寸分変わらないのは明らかであろう。そしてまた、自発性・内発性＝『あるがままの』自然的自我」の自然な流露を人間の理想としたロレンスにとって、これほど同意できない思想もないだろう。ロレンスにとって人間がどうしても回復せねばならないのは、まさにこの「内的自然」が「自発的」に流れ出すことだからだ。『チャタレー卿夫人の恋人』の有名な冒頭、「われわれの時代は本質的に悲劇的であり、それゆえわれわれはこれを悲劇と捉えることを拒否するのだ」という言葉も、力点はあくまで「われわれの時代」すなわち近代が「悲劇的」だというところにあり、彼はあくまでその悲劇を突き抜けて「健康」を希求する。その達成のために彼が重視するのが人間同士の、そして人間と宇宙との有機的関係であり、それが成就された生こそ「本来的生」なのである。イェイツや三島のように、「仮面」などという小賢しい装置を作り上げて自らの生を悲劇と化するなど、彼の思考の埒外のことであった。

ロレンスと三島はこのようにハイデガーの「死への先駆」について対立的立場に立つが、その対立のより深い根拠は、何を本来的生と見るかにある。三島の死生観に深い共感を覚えたパンゲは、長い自著の最終章、「三島的行為」をこう締めくくる。

死が意志に向かって投げ続ける挑戦……が一つの状況に出会い目を覚ますとき、人の躓きとなるべき死という虚無がその鋭い刃をもって現われ、存在がその濃密な謎をもって立ち現れてくるだろう。そのときにこそ異常なまでに過激であった一つの行為が、みずからに死を与えることができる人間というものの比類なき至上性のもっともすぐれた例証となることであろう。(六〇五頁)

これは三島の死生観を忠実になぞったものだが、この結論にロレンスが同意する気遣いもない。死の挑戦は受けて立たねばならないが、その勝利は決して「自らに死を与えること」ではない。それは「死の勇気」にすぎず、「生の勇気」とは明確に異なるものである。ロレンスが「人間の比類なき至上性」を見るのは、その輝かしさも腐敗（頽落）も含めた人間存在の全体性を、知性を介さず「血の意識」で認識し、それにもとづいて生きる、そのような生の中にである。「どんな生き物でも、その存在を充全に開花させ、生きた自己を獲得するならば、独自の、比類なき存在になる。生存の天国とも言うべき四次元の世界におのれの場を保持し、比較を越えた全き存在となるのだ」(*RDP*, 358)。こうした存在になるためには意志は妨害物でしかない。それに対して、「勇気の証明としての受苦」を説き、「肉体的勇気とは、死を理解して味わおうとする嗜欲の源であり、それこそ死への認識能力の第一条件」（『太陽と鉄』三九—四〇頁）だという三島は、ロレンスが否定する「死の勇気」を全面的に肯定する。つまり、死は苦痛をあえて受け入れるという行為を通してしか認識できないと言うのだ。

もう一度ハイデガーの「死への先駆」の説明を聞こう。

本質上その存在において将来的であって、それゆえにおのれの死へむかって自由に打ち開かれ、死に突き当たって砕け、こうしておのれの事実的な現へ投げ返されることのできる存在者、——すなわち、将来的でありつつ同根源的に既往的な存在者、かような存在者のみが、相続された可能性をおのれ自身へ伝承しつつ、おのれの被投性を引き受け、そして〈自己の時代〉へむかって瞬視的に存在することができる。本来的であるとともに有限的でもある時間性のみが、運命というようなことを、すなわち本来的歴史性を可能にするのである。（『存在と時間』下、三二六—三二七頁）

ここで彼が難解な言葉を使って説く生のありようは、ロレンス的死生観、三島的死生観とどのような関係に立つのだろう。

笠井潔はミステリー小説『哲学者の密室』で、そのプロットにハイデガーの思想を大胆に組み込んでいる。解説の野崎六助のように、「探偵小説という形式を借りたハイデガー哲学の脱構築とみなすことは、初歩的な誤読」という見方もあるが、逆に私はここで笠井は、小説という形を取りながら、かなり本格的にその哲学批判を行なっていると思う。彼によれば、ハイデガーの見る死の特徴は五つ、「自分に固有の可能性」、「没交渉的な可能性」、「追い越しえない可能性」、「確実性」、「無規定性」であるが、対照的に「自殺とは、体験できない自分の死を、無理にも体験しようとする、矛盾した試み……無規定な、輪郭の鮮明でない、しかも確実性である死を、自分で規定しようとする試み……追い越しえない可能性を、意志の力で追い越してしまおうとする、不条理な試み」（上、四〇二―三頁）であり、「死の可能性の隠蔽」（四一五頁）だと言明する。さらに進んで彼は、自殺欲求の底に生へのルサンチマンを読み取る。「死の観念の地獄とは、体験できないものとしての死、追い越しえないものとしての死を、わが手に摑みとろうとする不可能な欲望の地獄……死という鏡さえ与えられるなら、自分にも英雄のように真実の人生を、選ばれた人生を、特権的な人生を生きることができるだろう……あまりに息苦しい、凡庸な日常世界を、一瞬にして裏返しにするような奇跡を演じてみたい。そのためには、なにがなんでも死に直面することが必要だ。吐き気のするような俗物の集団で溢れかえる都市の街頭を、テロリズムの戦場に転化せよ……」（下、二八―三〇頁）。とりわけ最後の部分など、三島が自決前に行なった自衛隊への決起の檄を痛烈に批判したものと読むことができる。いずれにせよ笠井がこの本で強く主張するのは、ハイデガーの「死への先駆」は、三島のように「体験できないものとしての死、追い越しえないものとしての死を、わが手に摑みとろうとする不可能な欲望」を実現することではないということである。それは単に

「死の可能性の隠蔽」にすぎない。ということは、自殺によっては、「死へ先駆」することによって得ようとしていたもの、すなわち生の本来性は逆に手をすり抜けていくということだ。要するに、ハイデガーと三島の死への眼差しは見かけほどには近くない、どころか、正反対でさえあると主張しているのだ。しかしその笠井も、「日本の有名らしい小説家が伝統的な作法で」自殺したが、「ハルバッハ［ハイデガーをモデルにした登場人物］哲学は、その小説家のようにしろと命じているのではない」と言った直後に、「それでも」彼の哲学と三島の自殺とが「つまるところ、おなじようなものではないかとも感じられてしまう」（下、三三—三四頁）と、考えの揺れを示している。

この笠井の見方は面白い視点を提供してくれる。一体「死への先駆」とは、常に死を意識するだけで十分なのか、それとも、三島が言うように、実行しないと意味がないのか？　笠井は主人公にこう言わせている。「死への先駆」など「人間には不可能ではないのか……日常生活のなかにありながら、死の可能性のうちに先駆し、死の可能性を凝視することなど不可能」（下、三八頁）だと。そして、「日常的頽落の方が普遍的な人間のあり方で、［死に直面して］本来的な実存に覚醒できる極限状況の方が、たぶん例外的」（三九頁）だと結論する。もし笠井が正しいなら、ハイデガーも三島もともに間違ったことになる。しかしその間違い方は異なる。ハイデガーは例外的な生を本質的と規定して人間を不必要に不安にさせたという意味で、三島は追い越せるはずもない死を実際に追い越そうとしたことで……。しかし、そう結論していいのだろうか。

「メメント・モリ」——生のさなかにあって常に死を自覚することの重要性は古来説かれてきた。人間がさまざまに異なる以上、この自覚のありかたが異なるのも不思議はない。こうした一種の覚醒状態を人間が経験する場として、例えば戦場があった。コリン・ウィルソンは人間が高揚した意識状態をもつ一例としてヘミングウェイの「兵士の帰郷」を取り上げる。死と隣り合わせの戦場で「人間がやるべきただ一つのことを気軽に、自然にやっていた日々」の主人公はある明晰な意識をもっていたのに、帰郷後は「もはやその涼やかで貴重な価値を失い、やがてはその日々自体が消え去った」(31)という。常に死を自覚せざるを得なかった日々、やることが明確に定まっていた日々は生の充実感に満たされていたのに、死の意識が消えると同時にそれは失われたというのである。あるいは、別の章で見たように、アラブ反乱であれほど輝き、活躍したT・E・ロレンスは、戦後には「自意識に南京錠をかける」ために軍隊に入ってしまう。しかし笠井は、そうした戦場での高揚感はハイデガーの言う「本来的生」とは似て非なるものと言うであろう。つまり、意識的に死を先取りしたのではなく、単に偶然の状況の産物にすぎないと。こうした笠井の見方はD・H・ロレンスの死生観に通じるものが見られるが、しかしそのロレンスとて、「凡庸な地獄をそれ自体として肯定できるような思想」(『哲学者の密室』下、四〇頁)を説いたわけではなく、「本来的生」を説くことではハイデガーや三島と一致する。しかしロレンスは、その本来性を、これまで見てきたように、死の自覚によってではなく、肉体の復権と、その肉体を土台とした両性間の、さらには人間と宇宙との関係性の構築において獲得しようとするのである。

このような三島とロレンスの死生観の違いは、一見したところロレンスと三島の共通性と思われるものの根底に横たわるくっきりとした違いにも連動している。その一つが太陽崇拝だ。三島はこう言う。「ぼくは自分の小説はソラリスムというか、太陽崇拝というのが主人公の行動を決定する。太陽崇拝は母であり、天照大神である」(佐渡谷重信、六二頁)。ロレンスも作品中で太陽を常に肯定的シンボルとして使っている。一つの典型は短編小説「太陽」で、主人公の女性に日がな日光浴をさせ、それとの完全な交感を通して再生していくさまを描いている。さらに注目すべき共通点は、両者とも昼の明るい太陽と同時に「暗い太陽」を見ている点だ。

しかしロレンスの「暗い太陽」は神秘的な生命の源である。「神々の一人［ケツァルコアトル］が……太陽を見上げ、太陽を通して暗い太陽を見た。それは太陽と世界を生み出し、そしてまるで水をひと飲みするようにそれを飲み干すだろう」。この「彼方にある闇の太陽はお前たち［人間］の最終的な住処である」（*PS*, 122-23）。「太陽」の女主人公のように日光浴を日課とした三島は、太陽の恵みをその肉体で知っていた。しかし筋肉の美を知るようになり、まさにそれこそが、彼があれだけ自負していた「明晰な意識」の根源であることに気づくにつれて、「暗い激情の炎に充ちたもう一つの太陽、決して人の肌を灼かぬ代りに、さらに異様な輝きをもつ、死の太陽を垣間見る」（『太陽と鉄』四一頁）ようになる。「暗い太陽」は「死の太陽」へと変容するのである。二人の作家において、同じ太陽崇拝が、その死生観の違いに従ってまったく別の方向に向かうようになるのである。

結語

一九七〇年一一月二五日、「死への先駆」をこの生において実現すべく家を出た三島は、短い遺書を机の上に置いた。そこにはすでに見た言葉が記されていた。「人生は短いが、私は永遠に生きたい」[4]。

一方ロレンスは、辞世の句ともいうべき「死の船」において、死を「忘却への最も長い旅」（*CP*, 717）と呼ぶ。そこには、死を生からの解放と感じさせるトーン、死の甘美さを称える口調が見られる。しかし同時に、次のような不可思議な言葉も見られる。「古い自己と新たな自己との間にある長くて苦痛な死」（718）、「夜明けが、忘却から生へと呼び戻す残酷な夜明けがある」、「バラが赤く染まり、すべては再び始まる」（720）。これは、三島の『豊饒の海』の布置結構を支える輪廻転生思想のロレンス版ではないか！　たしかにロレンスは三島ほどにはこの考えを強く打ち出してはいない。しかし、同じく晩年の「死んだ男」や『エトルリアの遺跡』などには、これを強く思わせる言葉が見出せる。つまり三島もロレンスも、死後も続く生への希求を共有しているようだ。三島はそれを輪廻転生と、その思想的土台である阿頼耶識を中心とする仏教哲学を通して提示し、ロレンスはエトルリア人に自己の思想を投影しつつ、生と死の一体性・連続性という形で打ち出す。両者が求めたのは、表現こそ違え、死後も続く生だったと言えよう。

　では、何が「死後も続く生」を保障するのか？　先に見たように、三島とロレンスはハイデガーの「死への先駆」をほぼ正反対に理解したが、この点についても両者の見解は分かれる。三島はこう言う。「死後も続く生」を保障するのは「本来的生」であり、それを保障するのは「死への先駆」、すなわち死を常に意識していることだ、と。これは一見堂々巡りに見える。しかしこれはよく考えてみれば、実は堂々巡りではなく、死というものがはらむ謎（「謎は死だけであった」）が紡ぎだす不可避のメビウスの輪ではなかろうか。「日々死を心に充て、ありうべき死に向かって一瞬一瞬を収斂し、最悪の事態への想像力を栄光への想像力と同じ場所に置」（『太陽と鉄』五二頁）くという「修練」だけが、「死後も続く生」を保障する。このように自分の死を視覚化し、生々しく意識すること、それはグルジェフが人間には絶対に不可能だと言ったことだ。もしかしたら三島もそれに気づいていて、その不可能事を可能にするために、この、意識だけにとどめておく「べき」ことを実行に移したのではないか。彼自身が「究極感覚の探求」あるいは「意識の純粋実験」と呼んだものを実行したのではなかろうか。この実行を可能にするのは、死の瞬間の意識の明晰さである。「意識が明晰なままで究極まで追及され、どこの知られざる一点で、それが無意識の力に転化するかということにしか、私の興味はなかった。それなら、意識を最後までつなぎとめる確実な証人として、苦痛以上のものがあるだろうか」(『太陽と鉄』三五頁)。この「それなら」に典型的に表われている三島独自の論理から言えば、彼が「受苦」の道を選んだのはけだし必然であった。そしてその「受苦」は、「肉体的勇気の証明」(三九頁)であるがゆえに、彼にとっては一石二鳥であったのだ。

すでに引いた「王冠」からの一節でロレンスはこう述べていた。「現在のこのような状況の下では、いかなる人間がどんなことをやろうと、その行為のことごとくが、還元的、分解的な行為とならざるを得ない。……これはわれわれすべてのうちに潜む純粋なる腐敗の過程にほかならない。死へと向かう活動だけが唯一の活動となる。それは肉体が腐っていくのに似ている……腐敗の新たな各段階は感覚を解放する。鋭い、一時的に満足を与える感覚を。あるいは全体を構成する部分についての意識的知識を解放するが、この知識も同様に満足をもたらす」。ロレンスの視点から見れば、三島の考えと行為はこの「一時的に満足を与える感覚と知識」を生み出すにすぎず、『絶対』を待つ間の、いつ終わるともしれぬ進行形の虚無」を根底的に治癒するものではない。いや、三島とてそれは分かっていたであろう。そもそも彼は根本的治癒など求めていなかったのではないか。なぜなら人間存在は彼の目からは不治の病に見えたからである。「老いは正しく精神と肉体の双方の病気だったが、老い自体が不治の病だということは、人間存在自体が不治の病だというに等しく、しかもそれは何ら存在論的な哲学的な病ではなくて、われわれの肉体そのものが病であり、潜在的な死なのであった」(『天人五衰』二七〇頁)。この言葉のなんと絶望的なまでに断定的なことか。つまり三島の希望は一にかかってこの不治の病をもつ存在をいかに美しく終わらせるかということにあった。いや、それしか選択肢がなかったと言うべきであろう。彼にとって、ロレンスがとくとくと説く「人間の唯一の活動は死に向かう活動だけだ」という宣託など、人間存在の無条件の前提だったのだ。三島はつとにこう言っていたではないか。「肉体が未来の衰退へ向かって歩むとき、そのほうへはついて行かずに、肉体に比べればはるかに盲目で頑固な精神に黙ってついて行き、果てはそれにたぶらかされる人々と同じ道を、私は歩きたいとは思わなかった。何とか私の精神に再び『終り』を認識させねばならぬ。そこからすべてがはじまるのだ。それにしか私の真の自由の根拠がありえぬことは明らかだった」(『太陽と鉄』七五頁、傍点引用者)。三島の思考と行動はこの究極のニヒリズムの地点から見なければ何も分からないだろう。

それに対してロレンスには希望があった。バーキンは控えめに、「新しい創造のサイクルはわれわれにではなく、われわれの後に来る」(*WL*, 173) と言うが、作者ロレンスはもう少し確信をこめてこう言う。「どちらの方向に行こうと、もし人間が前進する運命にあるのなら、道を切り開かねばならない。そして知ることが、表現することがこの牢獄の壁を打ち破る道なのだ。……今新たな動きはない。知ることによって、解放への闘いの中で、古い身体を意図的に打ち破ろうとしないからだ」(*WL*, 186)。今はない、しかしこれからは起きる、いや、そうしなければならない——これを楽観と呼ぶにはむろん語弊があろう。しかしいかにわずかとはいえ、ロレンスには希望が見えていた。いや、希望をもたねばならないという使命を感じるだけの元気、あるいは展望があった。

＊　＊　＊

三島は短編『美しい死』にこんな言葉を書き残している。

古代ギリシア人の理想は、美しく生き、美しく死ぬことであった。わが武士道の理想もそこにあつたにちがいない。……一か八かといふときには、戦つて死ぬか、自刃するかしか道はないからである。しかし、そのとき、はじめて人間は美しく死ぬことができ、立派に人生を完成することができるのであるから、つくづく人間といふものは皮肉にできてゐる。(小室直樹、一三二―三三頁に引用)

生と死との関係をこのような「皮肉」なものと見るかどうかがロレンスと三島を分かつ最大のポイントとなる。ロレンスにとって、美しく生きるとはそのままで美しく死ぬことであった。生と死は有機的かつ一直線につながっており、どこにも破断線はなかった。ところが三島にとっては、「美しく死ぬことができ、立派に人生を完成する」ときとは、すなわち「武」によって生を終わらせるときだった。美しく生きた結果が美しい死なのではなく、美しく死ぬことのみが美しい生を保証するという、まるでロレンスの死生観を倒立させたような見方をするのである。ロレンスは白鳥の歌となった『アポカリプス』の終結部でこう言っていた。「人生における、肉体を具えた今・ここの壮大さはわれわれのもの、われわれだけのものだ、しかもある一定の期限のみそうなのだ」(149)。この言葉に三島は全面的に賛成するだろう――最後の「ある一定の期限のみ」を除いて。彼はこれを拒否し、永遠の生を求めて旅だった。その永遠の生は、意志的な死によってのみ手に入ると信じて。

どうやら両者の死への眼差しが和解することは望み得ないようだ。それは、二人の「生への眼差し」の違いが必然的に生み出した違いであり、ともにそれを生き抜いたという点でのみ、二人は親和性を見せるのである。

死とは、死後がどうであれ、とりあえずは今生の生が終わることだ。この厳然たる「事実」を眼の前にしたとき、人間はさまざまな「抜け道」を考案した。「人生は短いが、私は永遠に生きたい」と書き残した三島、死に甘美な「忘却」を見ようとしたロレンス、死への先駆をてこにして生の本来性を回復しようとしたハイデガー、今生の生の永劫回帰を唱えたニーチェ——どの「抜け道」が最も効果的かは、その生への眼差しが規定する。それぞれの思想家は、その生と死へ向ける眼差しの一貫性において、現在のわれわれにとっても問題提起的な存在なのである。(5)

注

(1) ジョージ・パニカスは、ロレンスがエトルリアの墳墓の絵に惹かれたのは、それが「死を『生の連続体』の中でのさらなる旅として描いていたからだ」(Marcus, 236) と述べている。

(2) もっとも三島自身、『憂国』では血なまぐさい切腹の様子を、これでもかといわんばかりにリアルに描いている。これが、彼自身の自決の「予行演習」という側面もあったという点は多くの評者が指摘している。

(3) この言葉はニーチェの「すべての深いものは仮面を愛する」(六七頁) という言葉を思い起こさせる。イェイツに対するニーチェの影響はつとに指摘されているが、両者の「仮面」という言葉に込めた違いについては、木原謙一が説得的に論じている (一五六—六六頁参照)。

（4）人間の「永遠への希求」はある意味では普遍的な現象だが、それを極度に強くもっていた三島の性向について、ラカンの説は興味深い視点を提供してくれる。その「鏡像段階論」によれば、いまだ「統一的自己像」をもたない幼児が鏡の中の自分を見たとき、「視覚は姿勢覚に比して早くから発達しているため、内面の不統一にもかかわらず、視覚像によって、自己の統一性が実現されてしまう」（新宮一成、一七一頁）。そしてこの鏡像は「自己の象徴」（一八二頁）であり、「『私』の先取り」（二〇二頁）である。しかしこうして象徴としての鏡像に自己の根拠を求めていくと、その自己参照は、「私が現に在るということを知っている私は、現にあるのだから、知の主体は新たに現に在る主体となる。そうすると、そのことを知っている主体が、さらにその後に生じる」（一九六頁）といった具合に、一種の「無限後退」を続けることになる。新宮によれば、ラカンは、それがために「人間の精神は無限への傾斜を組み込まれて」しまい、さらには、「その『無限』という場所において、私は絶対的な他者となり、私の起源の現実を、黄金数として享受していることだろう。幼い私は、その享楽をすでに鏡像段階において先取りし、自分を死の次元から眺める悦びを、早くも覚えてしまったのである」（二〇四頁）と考えたという。早くから「見ること」と「存在すること」との背理に悩まされた三島の「永遠希求」の構造は、このようなものであったのかもしれない。

三島の死への眼差しを考える上でのもう一つの面白い視点は、土居健郎の「甘え」理論である。それによれば、三島の死も日本的心性の中核にある「甘え」の表出ということになるであろう。つまり、日本人が「甘えの心理に生きていたため」に、「日本人にとって自由は死の中にしかなかったし、したがってしばしば死を讃美し死に誘われるということも起こり得た」（一四八頁）のだと言う。これは、土居が甘えを「人間存在に本来つきものの分離の事実を否定し、分離の痛みを止揚しようとすること」と定義していることと考え合わせると、三島の自死の説明にも適用しうるであろう。「人生は短いが、私は永遠に生きたい」とは、生からの「分離の事実の否定」であり、この「事実」を意志的な死によって「止揚」しようとする試みである。

（5）本章では、ロレンスと三島というヨーロッパと日本の作家の死への眼差しを、ハイデガーを仲介人として論じてきたが、これはさらに広げれば、西洋と日本における死の捉え方の違いにもつながっていく。これは本稿の射程を超えるが、パンゲの示唆に富む指摘を引用することでその可能性への手がかりとしたい。

日本が死ぬことの自由を、原則としてみずからに禁じたことはかつて一度もない……この点に関して、わが西欧の思想は絶えず曖昧な態度を示し続けてきた。（二八頁）

日本文化にはこのような形而上学と観念的理想主義が存在しない……永遠者の絶対的支配が人間の生の支配的原理となることも決してなかった。プラトン的、ないしはキリスト教的西欧の示す普遍主義的傾向に対して日本は多元主義的傾向を示し、わが西欧の超越の教義に対して日本には、感覚的世界以外に絶対者を認めない、本能的かつ根源的とも言うべき現象主義的教義がある。日本史の端緒においてすでに日本人は、今、ここにある、この現実世界の出来事に愛着を示している。（四七頁）

西欧の歴史の現時点に至って初めてわれわれは、禅がわれわれに考えさせようとしている事柄に耳を傾けることができるようになったのである。……人間的条件の限界内にとどまることを敵視する形而上学から脱け出し、至高善の名において人間的な「より善く」の探求を誹謗するあの不幸な意識を一掃し、始祖のものではなく、死ぬことをさだめられたすべてのものを虚無だと言い捨てるニヒリズムの遺恨の根を枯らすこと。この険しい、だが希望にあふれる道を歩むわれわれを、日本が、日本こそが、その歴史の最も奥深い場所からやってきて、励まし、力づけてくれるのである。(五〇—五一頁)

引用文献

笠井潔『哲学者の密室』上下、光文社、一九九九年。

——『テロルの現象学』ちくま学芸文庫、一九九三年。

木原謙一『イェイツと仮面——死のパラドックス』彩流社、二〇〇一年。

小室直樹『三島由紀夫と「天皇」』天山文庫、一九九〇年。

佐渡谷重信『三島由紀夫における西洋』東京書籍、一九八四年。

新宮一成『ラカンの精神分析』講談社現代新書、一九九五年。

スコット=ストークス、ヘンリー『三島由紀夫——死と真実』徳岡孝夫訳、ダイヤモンド社、一九八五年。

スタイナー、ジョージ『マルティン・ハイデガー』生松敬三訳、岩波現代文庫、二〇〇〇年。

寺田建比古『「生けるコスモス」とヨーロッパ文明——D・H・ロレンスの本質と作品』沖積舎、一九九七年。

土居健郎『「甘え」の構造』弘文堂、二〇〇七年(初版一九七一年)。

ニーチェ、F・『善悪の彼岸』竹山道雄訳、新潮文庫、一九五四年。

ハイデッガー、マルティン『存在と時間』上下、細谷貞雄訳、ちくま学芸文庫、一九九四年。

パンゲ、モーリス『自死の日本史』竹内信夫訳、ちくま学芸文庫、一九九二年。

ボルヘス『伝奇集』篠田一士訳、集英社、一九八四年。

三島由紀夫『太陽と鉄』講談社文庫、一九七一年。

――「日本文学小史」、『小説家の休暇』新潮文庫、一九八二年。

――『葉隠入門』新潮文庫、一九八三年。

――『奔馬』新潮文庫、一九七七年。

――「私の遍歴時代」『太陽と鉄』講談社文庫、一九七一年。

Lawrence, D. H. *Apocalypse*. Ed. Mara Kalnins. London: Penguin, 1995.

――. *Reflections on the Death of a Porcupine and Other Essays*. Ed. M. Herbert. Cambridge: Cambridge UP, 1988. (*RDP*)

――. *The Complete Poems of D. H. Lawrence*. Ed. Vivian de Sola Pinto and F. Warren Roberts. New York: Viking, 1971. (CP)

――. *Phoenix*. Ed. E. McDonald. Harmondsworth: Penguin, 1978. (*P*)

――. *Phoenix II*. Ed. Warren Roberts and H. T. Moore. Harmondsworth: Penguin, 1978. (*PII*)

――. *The Plumed Serpent*. Ed. L. D. Clark. Cambridge: Cambridge UP, 1987. (*PS*)

――. *The Rainbow*. Ed. Mark Kinkead-Weekes. Cambridge: Cambridge UP, 1989.

――. *Sons and Lovers*. Ed. Helen Baron and Carl Baron. Cambridge: Cambridge UP, 1992.

――. *Women in Love*. Ed. David Farmer, Lindeth Vasey and John Worthen. London: Penguin, 1995. (WL)

Marcus, Phillip L. "Lawrence, Yeats, and 'the Resurrection of the Body.'" *D. H. Lawrence: A Centenary Consideration*. Ed. Peter Balbert and Phillip L. Marcus. Ithaca and London: Cornell UP, 1985.

Wilde, Oscar. *The Picture of Dorian Gray*. *The Portable Oscar Wilde*. Harmondsworth: Penguin, 1977.

Wilson, Colin. *The Outsider*. London: Phoenix, 2001. First published in 1956.

Yeats, W. B. *Autobiographies*, London: Macmillan, 1955.

あとがき

人間は本を読む。それは面白かったりつまらなかったりする。しかしそうした感想とは別に、その本を自分の前にテクストとして置いて、そこに自分を取り巻く、自分の関心を引く問題を読み込みながら自分の世界を構築するという行為がある。これを普通「批評」と呼ぶが、こうして長年にわたって自分が書いてきたものを読み返してみると、自分がやってきたのはまさしくそういう意味での批評なのだなと改めて思う。誰かが、批評は創作である、といった意味のことを言っていたように思うが、その行為を通して、それまであまり自覚的でなかった自分が、そして世界が見えてくるという意味ではまさにそうだろうと思う。

それにしても、肉体的には今の「私」と同じ「私」が、あるときある関心に導かれて書いたものを読むという行為は不思議な感覚を呼び覚ます。そこに、いわば「自分ではない自分」のようなものが感じられるのだ。「批評する自己」とでもいおうか。これはグルジェフが言うような意味での「複数の私」、つまり互いが互いの存在を知らず、そのときそのときに自分の無意識の主人となって好き放題する、という「私」の一つではなく、むしろ自分とそれを取り巻く環境を鳥瞰的に見るために意識的に作り出した「私」のようだ。そこから見える風景は著者である私には素晴らしい（ものが多い）のだが、読者にとってもそうであるかどうかは、これは読者の判断に委ねるしかない。しかし、ともかくもこれだけの長期間、少なくともある程度は意識的に、自分を取り巻く問題を見つめようとしてきたとは言えると思う。そしてまさにこれが、批評というものの価値だろう。

これまで、かなりの期間にわたって、本書で論じた作家や思想家たちを読んできたが、その中心にいたのがD・H・ロレンスである。この作家を読んできて感じたことの一つは、彼は一個の「原理主義者」だということである。この言葉は近年、特に「イスラーム」と結び付けられて否定的意味合いを発散しているが、もともと否定的な言葉ではない。かつて、私が大学生だった頃に「ラディカル」という言葉がはやったが、これはもう百％いい意味だった。ここでいう原理主義者はこのラディカルに近い。いや、ほとんど同義である。こうした人間の価値は、たいていの人間、すなわち日常生活を「当然」と受け入れ、さらにはこの世も自分のこの生も「当然」と考えている人間には決定的に閉ざされていることを見ることができることである。しかしむろんのこと、この「視力」はよいことばかりを意味しない。これがあるばかりに、「平穏」な生を「穏便」に送ることが阻まれることもある。精神的な異常を抱え込むことさえあるだろう。

いずれにせよ、ロレンスはこうした意味で「原理主義者」である。彼は通常の人間が見えない多くのことが見えた。それは部分的には彼自身の意欲と努力の結果であるだろうが、同じく部分的には天賦の才であろう。つまり、見たくなくても見えてきた、という側面もあるのだろうと推測する。しかしそれは些細なことだ。重要な問題は、彼に見えたことが現代にとってどれほどの有効性をもっているかということだ。本書で十分に論じたつもりだが、この意味での彼の見たものの有効性は相当に大きいと思う。例えば、『アメリカ古典文学研究』のポーの章で、後に彼が削除した部分にこういう言葉がある。「愛さずにはいられないことが、おそらくはわれわれのすべての不幸の源である。しかしそれはすべての源である以上、ことさら明文化するのはばかげている」（この言葉は、「われわれのすべての不幸の源は一人でいることができないことだ」というキェルケゴールの言葉を思い出させる)。これに対する彼の答えが、最後の著作である『アポカリプス』における「個人はついに愛せない」という命題である。この二つの命題の間を揺れ動く彼の思索、そしてその結論へのたどり着き方は、近代人のみならず人間一般に対する見方に再考を迫る。これは、このことを深く思索したのが彼だけだということを意味しない。どんなに天賦の才に恵まれている人間でも、やはり時代の子である。先達にも同時代人に同様のことを指摘した人はたくさんいたかもしれない。ロレンスの優れたところは、その思索へ至る道筋を読者とうまく共有してくれるところ、および、その思索の提示のうまさである。むろん彼のこうした手法・技術(アート)を「うまい」と感じるかどうかで彼の文学の評価は分かれるのではあるが、私が読んできた限りでは、「原理主義者」としての彼の視力は一級品で、その眼が見抜いた現代の病理の診断は、一部の思索家を除けば、まさに「余人の追随を許さない」という言葉が妥当するほどの見事な切れ味を示している。寺田健比古はこれを、ロレンスの傍らに身を置く人間は、「自己の存在が恰もレントゲン透視を介してのように透けて見えるのではないかと恐れたという言葉で表しているが、たしかハクスレーも同種の感想を述べていたように思う。

ロレンスについて感じたもう一点は、その診断から出てくる「処方箋」の功罪である。本書の諸論考で伝えようとしたのは、彼が提出した処方の多くは、診断の鋭さに比べればそれほどの有効性を示せなかったのではないか、ということであった。むろんこれはすべてを書き終えた後の大雑把な感想であり、そのおのおのの有効性に関しては各論考に譲らねばならないが、全体として人類の知の歴史におけるロレンスは、病を嗅ぎ当てる嗅覚の鋭さに対して、その解決法の有効性の相対的弱さ、という視点で位置づけられるのではなかろうか。

むろんこれにはさまざまな角度からの反論があるだろう。例えば武藤浩史はロレンスの創作活動の本質を、

「否定的なものを繰り返すことによりそれを肯定的な事柄に転化させる人生の知恵に繋がる治療＝幻術的なスキル」に見出し、彼の「処方箋」とそれの提示法を高く評価する。すなわち、その反復的表現は「生きることに必要なのは私心ない静けさに満ちた柔らかい身体的感受性である」ことを適切に示していると言う。おそらく、武藤が主題的に扱っている『チャタレー』、および、ときにロレンスに見られる、はっとするほどに美しく静謐な表現、彼が嫌った仏教的、あるいはタオイスト的とでも言うほかない表現を見れば、こうして指摘は首肯できる。しかしロレンスの特徴は、こうしたある意味で「達観的」な洞察が、人間の理性とそれが生み出したさまざまなもの、科学主義、産業主義、功利主義およびその派生物である拝金主義などへの、おそろしく攻撃的・独断的な批判と独特の形で混交しているという点である。私がむしろ注目するのは、ロレンスの中のこうした混交の「形」であり、さらに言えば、それが「モダン」と呼ばれる時代に集中的に見られる「おそれ」と「おののき」の集約的表現ではなかったか、という点である。

原理主義の対となる生への眼差しとして機能主義というものがあるが、ロレンスの生国である英国はどちらかといえば前者よりは後者が強い国と見られているし、それは多くの歴史的な事象からも言えることではないかと思う。その観点からすれば、ロレンスは英国の水準を大きく抜きん出て物事の本質に貫入・没入する能力に優れていたが、逆に機能主義的側面、すなわちその思索が「発見」したものが現在の世界・地球でどの程度の有効性・機能性があるかということにはそれほど頓着しなかったようだ。これまでのロレンスの評者の大半はロレンスのこの「原理主義者」の側面を評価し、しばしば賛美してきた。寺田健比古などはこの側面を最高度に評価し、「ロレンスは、二十世紀初頭の作家でありながら、二十世紀の地平を大胆不敵に遥かに遠く踏み越えた唯一人の言語芸術家、根源的思想家、予言者である」と言う。唯一人かどうかはともかくとして、ロレンスの原理主義性、ものごとの根源への眼力に注目すれば、これはそれほどに的外れな評価ではない。歴史が明らかにしているように、新たな時代は、その時代に異端視された一部の特殊な視力を具えた人たちが切り開いてきたことは間違いないからだ。しかし、それは認めつつも、本書で私が提示しようとしたのは、ある作家なり思想家なりの「原理主義的」側面のみに注目しては、彼らが生み出した成果の十全な評価ができないのではないかということだ。つまり、この「原理主義者」ロレンスへの注目という枠組みを何とかはずせないかという格闘である。その結果焦点を結んだ（と念ずる）ロレンス像は、機能主義の観点をも併せもった視点から見られたものであり、寺田のこうした見方とは自ずから趣を異にしている。

私見では、寺田のロレンス論は、これまでの日本におけるロレンス研究の地平を突き抜ける巨大な金字塔である。その「エリオット論」、「メルヴィル論」も、おそらくは同様の価値があるのではなかろうか。生前に一度お会いして親しくお話しする機会があったが、問題の核心を射抜く眼力には感嘆させられた。その氏が、本書にも収録したロレンスの『越境者』論をお送りしたとき、便箋二〇枚を超える長大な批判の手紙を送ってよこされた。要するに文学研究とはこのようなものであってはならず、これでは文化研究だ、という骨子であったように思う。彼の研究態度からすればむべなるかな、である。これを「古い」と切り捨てる気など私には微塵もなかった。彼の意を尽くした説得には力があった。しばらくは気落ちしていたが、やはりどうも釈然としない気持ちが残った。その後もずっと考え続けて至りついたのが、前述のことである。つまり寺田は、ある作家、とりわけ「見者」的な作家が、多くの作品を使って彫琢しようと格闘している問題の核をつかみ出すことに驚くほどに長けている。その「天才的」価値を評価する力はずばぬけている。しかし、その裏腹に、彼らのその「叡智」が、人間の長い歴史が形成してきたものとどういう関係にあるかを把握する力は比較的に弱かったのではないか。その意味で、彼はロレンスと同質の人間であったと思う。同質の人間が同質の人間を評価するときの功と罪が彼のロレンス評に端的に表われている。それは、素晴らしい達成であると同時に、ロレンスの別の側面を結果的に覆い隠すことになったように思う。

このような個人的なことを記したのも、なぜ私がロレンスをこのように読むようになったかを知っていただきたかったからである。私も長い間、深みはともあれ、寺田と同様の読み方をしてきた。しかしいろいろな経緯から、そのような読みを乗り越えようと試みるようになった。それがどれほどの敬意、あるいは畏敬の念に基づいていようと、ある作家や思想家の「神話化」は必ずその「神格化」を招き、結果として彼（女）の歴史上の真の意味と意義とをぼかしてしまう、悪くすれば覆い隠してしまうのではないかと思ったからだ。その成果が本書である。忌憚のない評をいただければ幸いである。

本書の出版準備が終盤にさしかかった頃、勤務校の「女性歴史文化研究所」の「トランスジェンダー研究プロジェクト」の発表準備のために、関連する本をいくつか読んだのだが、その中に岸田秀の『性的唯幻論序説』があった。そこで彼が論じていることは、本書で扱った諸テーマ、とりわけD・H・ロレンスにかかわるテーマに関連が深いので、本論で述べられなかったことも含めて、多少述べておきたい。岸田はこの本を、「人間は本能の壊れた動物である」という前提から始めている。これはフロイトの幼児性欲などの説の影響もあろうが、特段革新的な説でもない。しかし彼がここから派生させた、「性欲は作られたものだ」、「近代に入って神が死んだ後に恋愛が登場した」、「理性を具えた近代人とは神を殺し、神に取って代わったまさに誇大妄想的な人間であった」といった説を聞くと、これはもうロレンスと真正面からぶつかってくるので、もう少し早くこれを読んでいれば、これの考察から多少とも目新しい見方が出てきたのではないかと思う。それはもう無理なので、ここで急いでやや感想文風に書いておきたい。

ロレンスは、岸田が「壊れた」と言う「動物的本能」は、近代化の中でひどくたたかれ、窒息寸前ではあるが、人間の中でまだ完全に壊れてはおらず、いわば仮死状態にあると考えているようだ。それゆえに、「正常な」人間関係、さらには人間と宇宙との関係を回復すればこの本能も回復できるのではないかという希望がつなげたのであろう。そして岸田は、この希望を見切ったところから出発しているのだ。これはまさに、本書でさんざん論じた、「宿命」としての近代化の圧力と、人間の中で仮死状態にある本能の力との軋轢の問題である。ここではもう繰り返さないが、一つ指摘しておきたいのは、岸田のように、「本能が壊れた」ことを出発点にした議論が十分に成立しうる、しかもかなりの説得力をもって成立しているという点である。しかしそれでも、自分の中でこの本能が「壊れている」とは自覚しにくい、いや、はっきり言えば認めたくない、という気持ちは否定できない。むろん岸田はこの認識から絶望的未来を引き出しているわけではないのだが、それでも何か釈然としない。ロレンスの「希望」が、いかに弱々しいものであろうとも、意味をもってくるのはまさにこの地点であろう。本書で扱ったさまざまな人々は、それぞれに「モダン」と格闘し、その多くは悲観的結論に至ったかに見える。しかし中には、「モダン」をいわば「未完」のものとして捉え、さらに汚濁の中に突入しようと決意する人々もいた。以下は自戒の念をこめて言うのだが、われわれはこうした知の格闘家たちのどちらが正しいと性急な結論に飛びつくのではなく、彼らの格闘のありさまをきちんと押さえ、理解しておくことこそ、次の時代を切り開く上で必須なのではないかと思う。

かなり長期にわたって書いてきたものに手を入れたので主張や引用などにいくらかの重複が見られた。なるべく整理したつもりだが、論の進行上必要なものはそのままにした。通読してくださる読者の中にはわずらわしさを感じられる方もおられると思うが、御寛恕を乞うしだいである。

この出版への刺激と援助を与えてくださった方々を挙げればきりがない。まず何より、D・H・ロレンスという一人の作家に大いなる関心をもち、大げさに言えば自らの生の大半をそれに関わらせている一群の人々、具体的には、日本ロレンス協会、および京都に本拠をおくロレンス研究会のメンバーである。同じく、W・B・イェイツという詩人に魅せられ、彼の詩をより深く理解すること大きな喜びを感じている、日本イェイツ協会と京都のイェイツ研究会の人たち。こういった同行者との切磋琢磨がなかったなら、本書の諸論考の完成ははるかに困難だったであろう。それは程度の差はあれ、グルジェフやシュタイナーをはじめとする近代神秘学に関心をもつ人たち、またトランスパーソナル心理学に関わる人たち、比較文明学会の人たち、あるいは勤務先の京都橘大学の同僚にも言えることだ。また、こうした研究ができる環境を整え、日々の活動を支えてくれた家族にも感謝したい。

最後になったが、出版という行為がかくも厳しくなってきているとき、それを引き受け、さまざまなわがままを聞いていただいた松柏社の森信久社長には深甚なる感謝の意を表したい。長年の付き合いとはいえ、本当にありがとうございました。それから、決して読みやすくはない私の文章を、すばらしくスピーディかつ的確に校正していただいた平岩実和子さんにも感謝します。特記して感謝したいのは、本書の編集作業を手とり足とり助けて下さった、京都橘大学メディア・センターの妹尾さんをはじめとするスタッフの方々である。また本書は、二〇一〇年度の京都橘大学の出版助成を受けて出されるものである。これも記して感謝したい。

自分の思索活動をまとめるという作業は、必然的に過去を振り返ることを伴うが、そうしたとき、いかに自分が多くの人との関係の中でその存在を成立させているかを感じざるを得ない。上に挙げた人以外の多くの人も含めて、感謝の気持ちを申し述べたい。

この出版作業がいよいよ大詰めを迎えたとき、東北関東大震災が起きた。京都で卒業式に臨んでいた私はまったく気づかなかった。仕事から帰り、遅くまでテレビの画面に見入り、離れることができなかった。町や人々が巨大な津波に飲み込まれる様子を繰り返し見るうちに、心が溶けていくように思われた。自然の猛威とか人間の無力さとか、言葉ではどのように言っても、現実に多くの方々が亡くなり、生身の人間がそこで悲しんでいるのを見てもどうにもできない無力感。この巨大な現象の前では、私のこのつたない言葉の構築が何になるのだろうという思いが押し寄せてきた。しかしそれでも、こうした「知」の営為は、どんな形かは知らないが、必ず何らかの意味をもつのだと自らに信じ込ませながら、そして一人でも多くの方が生き延びることを願いながら、筆を擱きたい。

二〇一一年三月

浅井雅志

浅井雅志　あさい・まさし
一九五二年、広島県生まれ。

近現代英文学専攻。

同志社大学大学院修士課程終了、マンチェスター大学大学院博士課程終了、同大学よりPh.D.取得。

現在、京都橘大学人間発達学部教授。

著書に、***Fullness of Being: A Study of D. H. Lawrence***（リーベル出版）、『ロレンス研究』（共著、朝日出版社）、『オカルト・ムーヴメント』（共著、創林社）、『表象と生のはざまで』（共著、南雲堂）、『表象としての旅』（共著、東洋書林）、『人と表象』（共著、悠書館）、他。

訳書に、P・D・ウスペンスキー『奇蹟を求めて』、G・I・グルジェフ『ベルゼバブの孫への話』、同『生は〈私が存在し〉て初めて真実となる』（以上、平河出版社）、ブレンダ・ウェランド『本当の自分を見つける文章術』（アトリエHB）、D・H・ロレンス『不死鳥』、同『不死鳥Ⅱ』（以上共訳、山口書店）、マイケル・ベル『モダニズムと神話』（共訳、松柏社）、他。

モダンの「おそれ」と「おののき」
近代の宿痾の診断と処方

初版第一刷発行　二〇一一年三月三十一日
著　者　浅井雅志
発行者　森　信久
発行所　株式会社　松柏社
〒一〇二―〇〇七二
東京都千代田区飯田橋一―六―一
電話〇三―三二三〇―四八一三
電送〇三―三二三〇―四八五七
印刷・製本　中央精版印刷株式会社
装　幀　マルプデザイン（黒瀬章夫）

ISBN978-4-7754-0175-0